kB034489

언어와 풍경

한국 현대시의 다양한 시선과 표정

지은이 **남기혁**(南基赫, Nam, Ki-hyeog)은 1964년생으로 경기도 용인 출신이다. 서울대학교 국어국문학과 및 동대학원을 수료하고 문학박사 학위를 받았다. 아주대, 인하대, 서울시립대에 출강하였으며, 현재 군산대학교 국어국문학과 교수로 재직 중이다. 주요 저서로『한국 현대시의 비판적 연구』, 『한국 현대시와 침묵의 언어』,『한국현대시문학사』(공저),『현국현대시사』(공저)가 있다.

언어와 풍경 한국 현대시의 다양한 시선과 표정

초판 인쇄 2010년 12월 5일 **초판 발행** 2010년 12월 10일

지은이 남기혁 **펴낸이** 박성모 **펴낸곳** 소명출판 **출판등록** 제13-522호

주소 서울시 서초구 서초동 1621-18 란빌딩 1층

전화 02-585-7840 **팩스** 02-585-7848 **전자우편** somyong@korea.com **홈페이지** www.somyong.co.kr

값 32,000원

ISBN 978-89-5626-484-4 93810

ⓒ 2010, 남기혁

잘못된 책은 바꾸어드립니다.

이 책은 저작권법의 보호를 받는 저작물이므로 무단전재와 복제를 금하며, 이 책의 전부 또는 일부를 이용하려면 반드시 사전에 소명출판의 동의를 받아야 합니다.

언어와 풍경

한국 현대시의 다양한 시선과 표정

소명출판

한국 현대시의 역사가 100년을 넘어섰고, 본격적인 현대시 연구가 시작된 것도 50년이 되었다. 결코 짧다고 말할 수 없는 시간들이다. 그 동안 한국문학사를 지탱하여 왔던 수많은 시인, 평론가, 연구자들이 쌓아 놓은 성채들은 새로운 시창작과 시 연구의 굳건한 토대가 되었으며, 또한 새로운 세대를 길러낼 수 있는 문학적, 문화적 자양분을 제공할 수 있게 되었다. 돌이켜 보면 어느 시인의 푸념처럼 시 한 편 써야 겨우 몇 만 원 손에 쥐는 것에 불과한 것을 두고, 그렇게 많은 사람들이 시인 지망생이 되고 문학청년이 되어 젊은 날을 불면의 시간들로 채우고, 비탄과 좌절에 빠져들었단 말인가? 그렇다면 거기에는 우리의 시가 시 이상의 그 무엇을 가지고 있다는 믿음이 있었던 것은 아니겠는가? 눈에 보이지 않는 것을 보게 하고, 귀에 들리지 않는 것을 듣게 하고, 예사 사람들이 느낄 수 없는 것들을 미리 예감하게 하는 어떤 마법적인 힘이 시에 간직되어 있지 않다면, 그렇게 수많은 사람들이 시에 목말라 하지는 않았으리라.

'상상력'이란 시의 이러한 마법적인 힘을 다른 말로 이르는 것이다. 부재하는 것, 혹은 지각할 수 없는 것에 형상을 부여하는 언어의 마법적인 힘. 그것은 인간이 이룰 수 없는 소망을 상상적으로 실현하고, 무의식 저편에 있는 욕망들에 형상을 부여하는 일에 다름 아닐 것이다. 현실에선 가능하지 않을 법한 일들을 상상적 언어 행위를 통해 펼쳐냄으로써 어떤 이는 위안을 받고, 또 어떤 이는 미래에 대한 희망을 얻기도 하고, 또 어떤 이는 존재의 슬픈 내면을 다른 이와 함께 나누고 있음을 느끼게 되는 일. 어쩌면 그 동안 한국시는 언어적 의사소통의 가장 고급스러운 기능들을 대신 해온 것이라고 할 수 있고, 그것이 사실이라면 그런 만큼 우리의 삶은 위태롭고 척박하다는 증거일 것이다.

이런 말을 저자 서문에 앞세우는 것은 무슨 거창한 폼을 잡기 위함은 아니다. 한국 현대시 연구자가 되겠다고 결심하고 공부를 시작한 후 많은 시간이 지났다. 하지만 지나온 길을 되돌아보면 처음 지녔던 열망에 비해 너무 부족하고 엉성한 부분이 많아 부끄럽기 짝이 없다. 무엇보다 연구자로서 첫발을 내딛었던 시절 품었던 포부에 비할 때 결코 양적으로, 질적으로 충분한 성과를 내지 못한 것이 아닌가 하는 자괴감이 든다. 연구자로서의 자질과 성실성에 의문을 품은 적도 많았고, 그런 생각들에 사로잡혀 시간들을 낭비하면서 시읽기와 글쓰기에 더욱 몰입하지 못했던 적도 많았다.

돌이켜 보면 나에겐 시읽기와 글쓰기가 결코 즐거운 일은 아니었다. 시인과 작품에 대한 기존의 객관적 연구 성과와 연구자로서의 주관적 판단 사이에서, 학문적 평가와 비평적 시각의 불일치 사이에서 주저하기도 했다. 연구자라면 누구나 겪었을 법한 이런 일 이외에도, 두 아이의 아비로서, 남편으로서, 또 자식으로서 떠맡아야 했던 인간적 도리와 학자로서 떠맡아야 할 책무 사이에서도 나는 끝없이 흔들렸고, 어느새 그렇게 불혹의 나이를 훌쩍 넘겨 사십대 후반의 나이로 치닫고 있다.

　이제 지방의 한가한 대학에 자리를 잡고, 지난 7년간 발표한 논문들에 체계를 세워 '언어와 풍경 ─ 한국 현대시의 다양한 시선과 표정'이란 이름으로 연구서를 묶어내게 되었다. 학술지에 발표한 논문들이야 인터넷을 통해 얼마든지 조회하여 받아볼 수 있는 시대에 꼭 연구서를 묶어낼 필요가 있는가에 대해 회의한 적이 있다. 주위 연구자들의 이런 행위에 대해 다소 냉소적인 태도를 취했던 것도 사실이다. 하지만 책을 낸다는 것이 연구자로서 어떤 중간 점검의 의의를 지닐 수 있다는 생각에 미치면서, 보잘 것 없는 성과들을 묶어서 연구자로서의 문제의식을 가다듬고 앞으로 진행할 연구의 방향성을 모색할 수 있다면 나름대로의 의의가 있는 것이 아닌가 하는 생각이 들었다. 그리고 작년 여름부터 틈틈이 단행본을 엮어내는 일에 시간을 할애해 왔다. 마침 두 주간의 빈 시간을 활용하여, 발표한 원고들을 주제별로 분류·정리하고 원고의 내용과 표현을 집중적으로 가다듬을 수 있는 기회가 생겼다. 특히 여러 가지 사정으로 논문을 학술지에 서둘러 발표해야 했던 까닭에 미처 사실의 고증에 소홀했던 부분들, 거친 표현이나 인용상의 실수, 편집 과정에서 발생한 오류 등을 바로 잡는 데 많은 정성을 기울였다.

　이 책은 모두 3부로 구성하였다. 제1부에서는 김소월의 문학 세계를 조망한 세 편의 논문과 함께, 김소월 연구에서 촉발되어 제2부의 논문들을 구상하게 된 계기가 되는 논문 한 편을 수록하였다. 몇 년의 시간적 거리를 두고 발표된 이 논문들은 내용상 다소 중복이 있는 경우도 있다. 연구를 진행하면서 생각을 섬세하게 가다듬고 연구자로서 문제의식을 심화하거나 보다 분명한 판단과 평가를 제시하는 과정에서 다소 중복된 논의가 불가피하였다. 제2부에서는 1920년대에서 일제말기에 이르는 시기에 우리의 시인들이 접했던 근대의 다양한 풍경과 시선, 그리고 현대시의 다양한 표정들을 살펴본 논문들을 수록하였다. 정지용, 임화, 서정주라는 각기 다른 시적 개성이 시대와 길항하면서 다양한 방식으로 근대에 맞서는 과정을 집중적으로 살펴본 논문들이다. 제3부는 전후시에 관한 논문들을 수록하였다. 전쟁이라는 미증유의 체험을 통해 시인들이 겪게 된 의식의 굴절과 대응 양상이 문제의식의 중심에 자리 잡고 있는 논문들이다.

묵은 글들을 다시 끄집어내 정리하는 것은 매우 고통스러운 일이었다. 하지만 연구자로서 게을렀던 부분을 되돌아보고 작품을 분석하는 시선을 가다듬으며 새로운 연구의 방향을 모색하는 일은 꼭 필요한 일이기도 했다. 전문 학술서 출판 시장이 위축되고 있는 어려운 상황에서 소명출판에 신세를 지게 되었다. 출판을 결정해 주신 박성모 사장님의 후의에 다시 한번 감사드린다. 보잘 것 없지만 이런 결과물들을 내기까지 곁에서 응원해 준 아내, 사춘기의 홍역을 앓고 있는 아들과 여전히 발랄하게 커가고 있는 딸, 그리고 누구보다 사랑하는 아버지께 이 책을 바친다.

2010년 12월
군산대 연구실에서

1부_ 1920년대의 도시풍경과 김소월

김소월 시에 나타난 경계인의 내면 풍경
새로 발굴된 초기시 세 편을 중심으로

1. 들어가는 말 ——— 13
2. 식민지적 근대 공간을 방황하는 피식민 주체의 불안한 시선 ——— 18
3. 전통주의적 전회-근원적 세계를 향한 시선의 이동 ——— 30
4. 전통의 세계에서 들려오는 이질적인 목소리 ——— 42
5. 맺음말-김소월 문학에서 초기시 세 편이 지니는 의미 ——— 49

김소월 시의 근대와 반근대 의식

1. 들어가는 말 ——— 54
2. 혼종의 시·공간으로서의 고향 ——— 59
3. 식민지적 근대화와 피식민 주체의 자기발견 ——— 72
4. 이질적인 목소리의 표출방식-민요·민담·주술의 언어 ——— 86
5. 맺음말 ——— 98

1920년대 시에 나타난 도시체험
도시풍경과 이념적 시선, 미디어의 문제를 중심으로

1. 들어가는 말 ——— 102
2. 도시 풍경의 출현과 우울한 시선의 탄생 ——— 105
3. 이국 도시의 체험-식민지 지식인의 분열된 자의식 ——— 118
4. 미디어와 도시풍경-풍경의 관찰과 기록, 그리고 이념적 시선의 획득 ——— 125
5. 맺음말 ——— 141

김소월의 시에 나타난 근대 풍경과 시선의 문제
식민지적 근대와 시선의 계보학(1)

1. 들어가는 말 ——— 144
2. 식민지적 근대 도시 풍경의 탄생 ——— 148
3. 김소월의 우울−원근법적 시선의 부재와 헤매는 영혼 ——— 156
4. '조선 생명'된 고민과 '보는' 주체의 확립 ——— 168
5. 맺음말 ——— 177

2부_ 식민지적 근대와 맞서는 언어의 풍경

정지용 초기시의 '보는' 주체와 시선(視線)의 문제
식민지적 근대와 시선의 계보학(2)

1. 들어가는 말 ——— 183
2. '거리'의 상상력−파노라마적 풍경과 위축된 영혼의 분열된 시선 ——— 187
3. 파노라마적 풍경의 기원−초기 「바다」 시편에 나타난 '여행'의 의미 ——— 202
4. '유리창' 혹은 유폐된 공간에 갇힌 풍경과 초월적 시선의 탄생 ——— 208
5. 맺음말 ——— 224

임화 시에 나타난 근대 풍경과 이념적 시선의 변모과정
식민지적 근대와 시선의 계보학(3)

1. 들어가는 말 ——— 228
2. 전위주의 시에 나타난 탐색의 시선− 풍경으로서의 서울, '장소'로서의 서울 ——— 231
3. 거리의 상상력과 이념적 시선−타자의 발견, 연대의 모색 ——— 247
4. '현해탄'을 바라보는 성찰적 시선−풍경의 시간화와 역사화 ——— 257
5. 맺음말 ——— 268

정지용 중·후기시에 나타난 풍경과 시선, 재현의 문제
식민지적 근대와 시선의 계보학(4)

  1. 들어가는 말 ——— 273
  2. 램프의 '눈'과 절대적 타자로서의 신 — 초월적 시선의 완성 ——— 277
  3. 동양적 산수의 발견 — 기행시에 나타난 풍경과 시선 ——— 293
  4. 나비의 겹눈과 상징적 죽음 — 기행산문시에 나타난 심미주의적 부정의식 ——— 304
  5. 맺음말 ——— 316

시어로서의 '조선어＝민족어'의 풍경과 시단의 지형도
1930년대 중후반 임화의 시와 평론을 중심으로

  1. 들어가는 말 — 임화라는 프리즘 ——— 320
  2. 논의의 출발점 — 「지상의 시」에 대한 해석 문제 ——— 323
  3. '민족어'와 '계급성', 그리고 '현실성'의 관계 ——— 334
  4. 시단의 지형도 — 특히 방언과 지방주의의 문제 ——— 346
  5. 맺음말 ——— 358

서정주의 동양 인식과 친일의 논리

  1. 들어가는 말 ——— 362
  2. 자기변명의 논리와 기억의 편집 ——— 364
  3. 그리스적 육체성에서 동양정신으로의 회귀 ——— 370
  4. '국민시'론의 내적 논리와 친일 이데올로기 ——— 379
  5. '국민'의 목소리와 역사의 심미화 ——— 386
  6. 맺음말 ——— 395

3부_ 전후의 시대 풍경과 시적 주체의 대응

한국 전후시에 나타난 '가족' 모티브 연구

1. 들어가는 말 ——— 401
2. 가족의 위기, 위기의 가족-전쟁의 광기와 폭력 ——— 407
3. 아버지에 대한 부정과 가족주의 비판 ——— 415
4. 가족공동체의 회복과 아버지 되기의 욕망 ——— 426
5. 어머니와 누이-모성적인 것에 대한 욕망 ——— 435
6. 맺음말: 전후시와 가족의 의미 ——— 447

웃음의 시학과 탈근대성
전후 모더니즘 시를 중심으로

1. 들어가는 말-주체의 분열과 웃음의 전략 ——— 451
2. 냉소적 주체의 현실 비판과 풍자적 웃음 ——— 455
3. 김수영 시의 자조와 냉소적 주체의 자기극복 ——— 468
4. 냉소적 웃음을 넘어서는 사랑 ——— 478
5. 맺음말 ——— 489

1부

1920년대의 도시풍경과 김소월

김소월 시에 나타난 경계인의 내면 풍경
새로 발굴된 초기시 세 편을 중심으로

김소월 시의 근대와 반근대 의식

1920년대 시에 나타난 도시체험
도시풍경과 이념적 시선, 미디어의 문제를 중심으로

김소월의 시에 나타난 근대 풍경과 시선의 문제
식민지적 근대와 시선의 계보학(1)

김소월 시에 나타난
경계인의 내면 풍경

새로 발굴된 초기시 세 편을 중심으로

1. 들어가는 말

    김소월의 초기시 3편이 새로 발굴되어 최근 『문학사상』(2004년 5월 호)을 통해 공개되었다.[1] 이번에 공개된 작품은 「서울의 거리」(제1권 5호, 1920.12), 「磨住石」(제2권 7호, 1921.4), 「宮人唱」(제2권 8호, 1921.5) 등 세 편으로 모두 『학생계』라는 잡지에 수록되어있다. 이 세 편은 각 각 김소월 문학에 혼재되어 있는 상이하면서도 내적으로 긴밀하게

---

1) 『문학사상』에서 발굴한 이 세 편의 작품이 수록된 잡지는 『학생계』이다. 『학생계』는 1920년 7월 1일 한성도서주식회사 출판부에서 중고등학생을 대상으로 간행한 월간 교양 잡지였다. 이런 잘 알려진 잡지에 수록된 작품이 그동안 알려지지 않은 점은 의문이 아닐 수 없다. 김소월은 이번에 발굴된 작품 이외에도 「먼후일」 외 3편(1920.7), 「무제」와 「春朝」 (1920.10) 등을 같은 잡지에 발표한 바 있기 때문이다. 오세영 교수는 이 세 작품이 이후 『진 달래꽃』(매문사, 1925)에 수록되지 못하고 또 연구자에게 알려지지 않게 된 이유를 세 가 지로 추측한다. 그는 ① 시집 간행 당시에 작품이 유실되었을 가능성, ② 소월이나 그의 스 승 김억이 세 작품의 문학적 성취가 미흡하다고 판단하여 고의적으로 누락시켰을 가능성, ③ 시집 『진달래꽃』의 시적 경향과의 차별성 등을 제기하면서, 이 중에서 ③의 가능성이 가장 높다고 평가한다. 이에 대해서는 오세영, 「거울에 비친 초기시의 미의식」, 『문학사상 』, 2004년 5월호, 76~81면 참조. 한편 이 세 작품 이외에 김소월의 작품을 인용할 경우에는 김용직 편, 『김소월전집』, 서울대 출판부, 1996 참조.

연결되어 있는 문학적 경향들을 예비하고 있다는 점에서 주목된다. 연보를 참고하면 세 작품이 발표되었던 시기는 김소월이 스승 김억에게 문학 수업을 받았던 오산학교(五山學校) 중학부의 졸업을 목전에 두고 있었던 때이다. 오산학교를 졸업한 이후 김소월은 1922년에 배재고보에 5학년으로 편입하여 그 다음 해(1923년)에 졸업을 하였고 곧바로 일본의 동경상대에 유학을 갔다가 동경대지진을 겪고 귀국한 후 학업을 중단하게 된다.

김소월의 시문학에 대해서는 늘 조선주의·민요시(혹은 민요조 서정시)·전통주의와 같은 꼬리말이 따라 다닌다.2) 여기서 '조선주의'라는 용어는 김소월의 시가 지니고 있는 민족주의적 성격을 강조한 말로서 그의 시를 1920년대 중후반 국민문학이라는 범주에 포함시켜 논의하려는 의도를 담고 있는 것이다. 하지만 김소월 시에 나타나는 조선주의적 정신세계와 표현 체계를 육당 최남선 류의 조선주의(가령 '단군민족주의'와 같이 민족의 기원을 신비화하고 이상화하는 경향)라는 틀로 이해할 위험이 있다는 점에서, 이 용어의 사용에 대해서는 신중을 기할 필요가 있다고 생각한다. 그리고 '민요시' 혹은 '민요조 서정시'라는 말은 김소월 시의 양식적 특성을 핵심적으로 표현한 용어이지만, 그의 시가 지닌 미적 근대성을 해명하기에는 다소 부석설한 것이 아

---

2) 기존의 김소월 연구로는 오세영, 『김소월 그 삶과 문학』, 서울대 출판부, 2000; 송희복, 『김소월 연구』, 태학사, 1994; 신범순, 「현대시에서 전통적 정신의 존재형식과 그 의미」, 『국어교육』, 한국국어교육연구학회, 1998; 신범순, 「샤머니즘의 근대적 계승과 시학적 양상―김소월을 중심으로」, 『시안』 18권, 2002; 김경숙, 「1920년대 한국시의 근대성 연구1―소월의 시를 중심으로」, 『민족문학과 근대성』(민족문학사연구소 편), 문학과지성사, 1995; 김만수, 「김소월의 『진달래꽃』과 샤머니즘」, 『민족문학사연구』, 2003; 박경수, 「김소월 시와 천기론」, 『시와시학』 47호, 2002; 심선옥, 「김소월의 시에 형상화된 '사랑'의 근대적 의미」, 『반교어문학회지』 12, 2000 등을 주로 참조하였다.

닌가 한다. 한편 전통주의3)라는 용어는 김소월의 시에 나타난 전통
성을 중시하되, 그러한 전통지향적 시창작이 지니는 미학적 의미를
근대시의 범주에서 논의할 수 있는 유효한 개념이라 생각한다.

　김소월의 시문학을 근대성의 관점에서 해명하려는 논의가 없었던
것은 아니지만, 김소월의 시에 대해 이중적이고 자기모순적인 평가
가 여전히 현대시 연구자들에게 남아있는 것이 사실이다. 가령 김소
월 시의 문학적 성취를 인정하면서도 김소월의 시 창작이 몰(沒)근대
적인 정신세계의 표출과 관련된다고 보는 편견이 아직도 현대시 연
구자들에게 발견된다. 이런 문제를 극복하려면 김소월 시의 전통성
이 시적 근대성의 성취에 어떻게 관련을 맺는가를 살펴보아 한다.
특히 김소월이 전통을 수용하게 된 동기가 무엇인가에 대한 세심한
고찰이 필요하다. 전통지향적인 정신세계를 보여주었다고 해서 김
소월의 시를 근대성 미달의 형식으로 단정하는 것은 위험한 논리가
아닐 수 없다.

---

3) 최근 한국시의 전통지향성을 전통주의라는 미학적 프로젝트의 관점에서 해명하려는 논의
　가 활발하게 전개되고 있다. 가령, 황종연은 전통주의라는 용어를 "역사상의 과거를 현재적
　관점에서 새롭게 구성하고 그것의 부활, 혹은 지속을 도모함으로써 과거와 현재 사이의 살
　아있는 관계를 정립하고자 하는 기획"(황종연, 「한국문학의 근대와 반근대—1930년대 후반
　기 문학의 전통주의 연구」, 동국대 박사논문, 1991)으로 규정짓고 있으며, 그 연장선상에서
　송기한은 "문화를 역사적 현상으로 파악하여 역사의식을 강조"하고 "주조를 상실하고 자기
　분열에 빠진 시대의 거점이 전통에 있다고 생각"하며 "그 전통 속에서 종교적 우주관을 찾으
　려는 경향"(송기한, 「문장과 전통주의의 현대적 성격 연구」, 『대전대 인문과학논문집』 26,
　1998)이라 파악하고 있으며, 남기혁은 "근대 사회의 위기에 직면하여 그것에 대항하거나 그
　것을 뛰어넘을 수 있는 정신적·문화적·예술적 준거틀을 전통 속에서 찾으려는 경향" 즉
　"기억 속에 저장된 과거적 전통을 되살려 현대사회가 처한 위기에 대처하면서 동시에 미래
　적 대안을 모색하는 미학적 프로젝트"(남기혁, 『한국 현대시의 비판적 연구』, 월인, 2001)로
　정의내린 바 있다. 한편 1920년대 시의 전통주의 형성 과정에 대해서는 박현수, 「전통시의
　형성」, 『20세기 한국시의 사적 조명』(한국현대시학회 편), 태학사, 2003 참조.

본고는 김소월의 시를 전통주의나 근대주의의 어느 한 편으로 일 방적으로 규정하는 논법을 피하고자 한다. 그 대신에 김소월이 자신 이 처해 있던 시대적 조건, 즉 전통과 근대가 교차하는 혼종의 시공 간 속에서 어떤 방식으로 식민지적 근대에 맞서고 있는가를 섬세하 게 살펴볼 것이다. 그의 시에 나타나는 전통주의의 목소리는 이미 사라지고 없는 것, 혹은 사라져야 마땅한 것에 대한 낭만적인 집착 이나 회고 이상의 의미를 우리에게 던져주고 있기 때문이다. 그 목 소리는 식민지적 근대가 내포하고 있던 모순을 폭로하고 계몽적 이 성의 폭력성과 광기를 우회적으로 드러내는 역설의 수사학에 맞닿 아 있기 때문이다. 전후 비평가였던 고석규가 김소월의 시에서 "현 대시의 첨단에까지 번져오는 저항의 요소 다시 말하자면 역설하는 정신을 속속들이 찾을 수 있"으며 이런 맥락에서 "소월은 가장 전형 적인 대결의 인간, 모더니스트"[4]였다고 평가한 이유가 여기에 있다.

김소월은 전통과 근대가 뒤섞이는 혼종의 공간, 시대적 지평이 뒤 바뀌는 경계의 시간을 살았던 경계인이다.[5] 그의 시문학이 지니는

---

4) 고석규, 『여백의 존재성』, 책읽는 사람, 1993, 153면 참조.
5) 김소월을 경계인으로 위치지울 때 전기적 측면에서 고려할 점은 그의 출생 환경과 교육 과정이다. 우선 출생 환경을 보면, 그가 태어난 평안도 정주 지방은 당시의 조선에서 근대 문명의 수용이 빨랐던 지역(김용직, 『한국근대시사』(하), 학연사, 1991 참조)이었다. 전통 과 근대가 교차하는 혼종의 공간에서 태어나고 성장한 김소월이었기에 근대와 전통의 충 돌을 예민하게 포착할 수 있었던 것이다. 한편 교육 과정을 보면 김소월은 양반가(家)의 엄 격한 조부 밑에서 한학(유학)을 수학하였을 뿐만 아니라 민족주의적 분위기가 팽배했던 오 산학교, 배재고보 등을 거치면서 근대 교육 과정을 우수한 성적으로 이수하였다. 한학을 수 학한 경험은 이후 한시의 번역이나 시조 창작 실험 등으로 이어지기도 한다.
이러한 출생 환경과 교육 과정을 거친 식민지 지식인으로서 김소월은 전통과 근대 어느 쪽 에도 확고하게 기울지 못하고 정체성의 혼란을 경험하였던 것으로 보인다. 이런 점에서 김 소월이 민족적 정한과 민요적 세계관에 천착한 것에 대해 김소월의 기질적 측면과 관련시켜 설명하는 것이 과연 바람직한가 하는 문제를 생각해볼 수 있다. 김억의 회고에 의하면 김소 월은 지극히 냉정하고 이지적이며 합리적인 성격의 소유자이다. 소위 계산적 합리성을 갖

문제성은 식민지적 근대의 모순에 대한 예리한 관찰과 분석, 그로 인한 식민지 지식인의 정신적 고뇌와 반성을 보여주었다는 데 있다. 그는 계몽적 지식인들처럼 확신에 찬 어조로 근대의 이념을 설파하거나 식민지적 근대의 지배 체제에 동화될 수 없었고, 그렇다고 지평이 뒤바뀌는 세상에서 사라져가는 전통에 안주할 수도 없는 경계인의 아이러니를 숙명처럼 안고 간 시인이다. 그는 전통 저 너머의 세계가 영혼을 "헤내는"(「무덤」 중에서) 소리에 이끌리면서 근대와 전통의 경계를 타고 피식민 주체의 고독한 내면속으로 미끄러져 들어갔던 것이다.

이번에 발굴된 초기기 세 편은 식민지적 근대화에 대해 거리감을 느꼈던 엘리트 지식인의 정신적 고뇌와 방황을 잘 보여주는 작품들이다. 특히 이 세 편은 전통주의로의 확고한 전회가 미처 이루어지기 직전에 발표된 작품으로 피식민 주체의 정체성 분열과 그 극복의 단초를 보여주고 있다고 평가된다. 본고는 비동시적인 것이 공존하는 식민지의 시공간에서 육체적·정신적으로 "방황"하는 경계인의 "憂鬱"(「서울의 거리」 중에서)한 내면 풍경을 초기시 세 편을 통해 검토하고, 이 세 작품이 김소월의 전통주의적 전회에서 차지하는 위치와 의미를 점검하고자 한다. 작품에 대한 논의는 발표순으로 진행할 예정이다. 우선 2절에서는 「서울의 거리」를 검토하면서 식민지적 근대화가 한창 진행되는 서울의 거리를 거닐면서 시적 주체가 느꼈던 시선의 분열과 육체적 피로를 살펴보고, 제3절에서는 「마주석」을 검

춘 근대적 인간형인 셈인데, 이는 김소월이 잠시나마 사업을 벌이고 고리대금업을 하기도 했던 점에서도 확인된다. 이에 대해서는 이에 대해서는 오세영, 앞의 책, 87~88면 참조.

토하면서 시적 주체가 근원적인 세계(혹은 전통의 세계)에 대한 형이상학적 인식의 문제에 천착하게 되는 과정을 전통주의적 전회라는 관점에서 살펴보고, 4절에서는 「궁인창」을 검토하면서 전통적인 세계의 목소리가 시에 혼입되는 방식 즉 타자의 이질적인 목소리가 서정시에 혼입되는 김소월 특유의 시적 방법론이 정립되는 과정에 대해 살펴볼 것이다.

한 시인이 불과 몇 개월의 시차를 두고 이렇게 다양한 시적 경향을 시도하였다는 것은 일견 놀라운 일이다. 하지만 이 작품들을 발표하던 시기에 김소월은 자기 정체성을 미처 정립하지 못한 불과 20세 무렵의 문학청년이었고 그런 만큼 자신의 시적 세계를 모색하기 위해 다양한 실험이 있었을 것으로 추정된다. 이런 점을 고려한다면 비슷한 시기에 다양한 시적 경향이 공존하는 것은 얼마든지 가능한 일이며 또한 주목해보아야 할 만한 일이다. 특히 「서울의 거리」는 시집 『진달래꽃』(1925)에 수록된 「서울밤」의 시적 주체가 보여준 바 있는 근대 문명에 대한 시각적인 포착과 비판 의식의 원형적인 모습을 갖추고 있어서 김소월의 초기시를 해명하는 데 있어서 중요한 위치를 차지한다고 판단된다.

2. 식민지적 근대 공간을 방황하는 피식민 주체의 불안한 시선

「서울의 거리」는 김소월의 주류적 경향에 비추어 보면 상당히 낯선 기법과 정신세계를 드러내고 있는 작품이다. 1920년대 후반의 정지용 시6)를 읽고 있는 듯한 착각이 들만큼 이 작품에는 근대 도시에 대한 감각적 묘사와 근대적 주체의 신경증적인 내면세계가 펼쳐지고 있기 때문이다. 특히 「서울의 거리」는 식민지적 근대에 대한 비판 의식이 비교적 이른 시기부터 김소월 시의 정신세계에 어렴풋하게나마 자리 잡고 있었음을 보여준다.7)

　김소월은 1920년에 「浪人의 봄」, 「夜의 雨滴」(『창조』 2호), 「그리워」(『창조』 5호) 등을 발표하면서 문단에 등장하였다. 민요시 형태의 원형을 가지고 있는 이 작품들은 정서적인 측면에서 막연한 상실감과 애상을 드러내고 있지만 그 원인이 무엇인가에 대해 짐작하기가 쉽지 않다. 다만 「夜의 雨滴」에서 "험구진山"이나 "모지른바위"과 같이 시적 주체를 가로 막고 있는 암울한 현실이 암시적으로 제시되어 있을 뿐이다. 그런데 밤의 빗방울(물)로 비유된 시적 주체는 "어데로 도라가랴"에서처럼 자신이 두고 온 세계로 되돌아가지 못한 채 "지향업"는 "헤메임"에서 "헤날길" 없음을 한탄하고 있다. 전통과 근대가 교차하는 혼종의 시공간에 서 있는 시적 주체는 사라져가는 전통

---

6) 정지용의 시에 나타나는 시선과 병적인 헤매임의 문제에 대해서는 신범순, 「정지용 시에서 병적인 헤매임과 그 극복의 문제」, 『한국 현대시의 퇴폐와 작은 주체』, 신구문화사, 1998을 참고할 수 있다.

7) 식민지적 근대화에 대한 비판이 드러나고 있는 김소월의 작품으로는 「봄과봄밤과봄비」·「봄바람」·「그만두쟈 자네」·「서울밤」·「車와 船」 등을 꼽을 수 있다. 가령 미발표 유작시인 「봄과봄밤과봄비」의 "漢江, 大同江, 豆滿江, 洛東江, 鴨綠江, / 普通學校三學年 五大江의이름외이든地理時間, / 主任先生얼굴이내눈에 환하다. // 무쇠다리우헤도, 무쇠다리를스를듯, 비가온다. / 이곳은國境, 朝鮮은新義州, 鴨綠江鐵橋, / 鐵橋우헤나는섯다. 分明치못하게? 分明하게? // 朝鮮生命된苦悶이여! // 우러러보라, 하늘은감핫고아득하다. // 自動車의, 멀니, 불붓는두눈, 騷音과騷音과냄새와냄새와"라는 표현에 주목할 필요가 있다. 이는 식민지 근대 교육을 통해 형성된 '민족'과 '국가'에 대한 상상과 함께, 시적 주체가 '민족'과 '국가'를 통해 근대적 주체를 형성하려는 노력이 좌절되는 과정을 보여 주는 것이다. 이 작품의 시적 주체가 토로하는 "朝鮮生命된苦悶" 역시 이런 맥락에서 이해할 수 있다. 이에 대해서는 별도의 논문(본서 1부 2장 참조)을 통해 깊이 있게 논의할 예정이다.

의 세계로 되돌아갈 수도 없고 새롭게 부상하는 식민지적 근대 세계로 동화될 수도 없는 경계인의 숙명적 한계에 봉착하고 있는 것이다. 다만 전통과 근대라는 서로 이질적인 세계가 교차하는 지점에서 경계인의 운명을 자발적으로 받아들이고 시대 현실에 대한 부정과 저항의 언어를 모색하는 적극적인 모습은 보이지 않는다. 「夜의 雨滴」의 시적 주체가 지향 없는 "헤메임" 속에서 설움에 빠져 있는 점은 1920년의 시점에서 김소월이 처해 있었던 방향상실감을 잘 보여주는 것이다.

물론 이러한 방향상실감은 근대 자유시를 실험했던 대부분의 동시대 시인들에게 일반적으로 나타난다. 식민지 지식인들은 근대 교육을 받으면서 근대적 의식의 세례를 입었지만 공적인 영역에서 계몽적 이념을 설파할 수 있는 공간이 허락되지 않았다. 이런 상황에서 식민지적 근대에 동화될 수 없다고 느꼈던 많은 피식민 주체들은 전망 부재의 현실에 좌절하면서 급격하게 내면의 세계 속으로 침잠하게 되었다. 『백조』와 『창조』의 주요 시인들이 보여준 내면성의 시학은 현실과의 대결 구도가 온전하게 형성되지 못한 상태에서 이루어진 것이다. 가령 주요한, 황석우, 김억, 박영희 등의 시에서 시적 주체는 근대적 주체의 단일한 목소리와 낙관주의적 비전을 상실한 채 개별적 주체의 사적이고 은밀한 내적 체험만을 표출하고 있다. 이는 식민지적 현실에 짓눌린 피식민 주체의 고립된 내면, 충족되지 않는 정신적 결핍과 욕망을 보여 주는 것이다.

결국 이들의 시에서 시적 주체는 피식민 주체로서의 자기 정체성을 미처 형성하지 못한 상태에서 식민 권력의 억압을 내면화하게 되었고, 그 결과 극단적인 방향상실과 주체 부정에 직면하게 되었다. 이들의 시가 보여준 감상의 과잉과 데카당스적 경향은 궁극적으로 식민지 권력의 담론에 대응할 수 있는 타자(전통)의 언어를 발견하지 못하였기 때문이라고 말할 수 있다. 이들은 전통부정이라는 점에 있어서는 계몽 주체, 더 나아가 식민지 주체(식민 권력)와 동일한 시각을 공유하였지만 그렇다고 해서 식민지적 근대의 현실을 받아들일 수도 없었다. 그들의 시에서 식민지적 현실에 대한 직접적인 묘사나 재현을 발견하기 어려운 이유가 여기에 있다. 그들은 자신의 시선에 포착되는 식민지적 현실에 대한 표상을 미처 만들어내지 못한 상태에서 어둡고 습한 내면의 세계 속으로 급격하게 침잠해 들어갔다. 이에 비해 「서울의 거리」의 시적 주체는 방황하는 주체의 분열된 시선을 통해 식민지적 시공간의 시각적 표상을 드러내고 있다는 점에서 주목할 만하다.

「서울의 거리」는 김소월이 민요조의 시 형태를 완성하기 이전에 시도한 다양한 형태 실험 과정에서 산출된 자유시이다. 형태적 정형성이나 간결한 운율미가 전혀 검출되지 않으며 다소 산문적인 진술로 일관하고 있다. 이 작품에서 김소월은 "어둡고 습한" 내면성의 시학으로 침잠하기 이전에, 자신이 왜 그러한 세계로 나아갈 수밖에 없는지를 식민지 수도 경성의 밤거리에 대한 시각적 표상을 통해 우회적으로 드러내고 있다. 특히 시적 주체가 근대적 시선[8]을 획득함

---

8) 김소월의 시에는 풍경과 분리된 주체의 근대적 시선이 자주 등장한다. 가령 「苦樂」이란 작품에서 시적 주체는 "崎嶇한발뿌리만 보지말고서 / 째로는 고개드러 四方山川의 / 시언한 세상風景"도 바라보아야 한다고 말한다. 여기서 시적 주체의 시선은 한편으로는 "뒤밧귀는 세상" 즉 근대화되고 있는 식민지 현실을 향하지만 다른 한편으로는 그러한 풍경 너머에 존

과 동시에 그 분열에 도달하는 과정을 잘 보여 주고 있다. 근대적 시선의 획득과 그 분열에 대한 인식은 김소월 시 특유의 내면성은 물론 이후 전통주의로의 전회[9]를 설명할 수 있는 중요한 단서가 된다. 우선 작품의 앞부분을 살펴보기로 하자.

> 서울의 거리!
> 山그늘에 주저 안젓는 서울의 거리!
> 이리저리 찌어진 서울의 거리!
> 어둑 축축한 六月 밤 서울의 거리!
> 蒼白色의 서울의 거리!
> 거리거리 電燈은 소리 업시 울어라!
> 어둑 축축한 六月 밤의
> 蒼白色의 서울의 거리여!
> 支離한 霖雨에 썩어진 物件은
> 구역나는 臭氣를 흘너 저으며
> 집집의 窓틈으로 끄러들어라.
> 陰濕하고 무거운 灰色空間에
> 商店과 會社의 建物들은

재하는 근원적인 세계를 향하고 있다. 어떤 경우이든 시적 주체가 풍경의 일부가 되지 못하고, 풍경과 분리된 지점에서 풍경을 관조하는 근대적 시선이 드러나는 것이다. 한편, '근대적 시선'에 대해서는 이진경, 「근대적 시선의 체계와 주체화」, 『근대성의 경계를 찾아서』, 새길, 1997 참조.

9) 김억에 회고에 의하면 시집 『진달래꽃』(매문사, 1925)에 수록된 대다수의 작품들은 「서울의 거리」가 발표될 무렵 즉 오산학교 재학시절에 창작한 것이라고 한다. 이런 점에서 김소월의 초기시는 전통주의적 경향과 근대주의적 경향 사이에 확고한 방향성이 정립되지 못한 상태였다고 말할 수 있다.

히스테리의 *女子*의 거름과도 갓치

어슬어슬 흔들니며 멕기여 가면서

검누른 거리 우에서 *彷徨*하여라!

― 이상, 「서울의 거리」 1~16행

　시적 주체는 매우 지친 육체를 이끌고 장마가 한참 진행 중인 "어
둑 축축한 六月 밤 서울의 거리"를 걷고 있다. "山그늘에 주저 안젓
는", "이리저리 찌어진", "蒼白色의 서울의 거리"를 걷는 시적 주체의
눈에 포착된 서울의 밤 풍경은 살풍경스럽기 짝이 없다. "거리거리
전등은 소리 업시 울"10)고 있고, "支離한霖雨"(장마)로 인해 썩은 물
건들의 "臭氣"가 거리를 메우고 있으며, "商店과 會社의建物들"이
들어선 "灰色空間"은 "陰濕하고 무거운" 느낌을 준다. 시적 주체는
이와 같이 살풍경한 서울의 거리에 일말의 매혹도 느끼지 못한다.
그는 근대의 실험장인 식민지 경성의 밤거리에서 죽음의 냄새와 빛
깔을 느끼면서 국외자가 되어 거리를 표류한다.

　거리를 표류하는 시적 주체는 이내 정신의 분열을 경험하게 된다.
시적 주체의 정신 분열은 서울의 근대적 풍경의 일부로서 화려한 야
경이 유발하는 시선의 착란을 통해 확인할 수 있다. 시인의 눈에는
"商店과 會社"가 들어선 근대적 건축 공간들이 마치 "히스테리의 女

---

10) 서울의 밤거리를 수놓은 "電燈"을 통해 피식민 주체의 우울한 내면을 표상하는 발상은 「서
　울밤」(『진달래꽃』(1925)에 수록)이란 작품에서도 발견된다. 이 작품에서 시적 주체는 서울
　의 "거리"와 "골목"을 지키는 "붉은電燈 / 푸른電燈"을 자신의 "어둡고 밝은" 내면으로 끌어들
　여 자신의 "孤寂"한 마음을 드러내고 있다. 특히 시적 주체가 "서울거리가 죠타고해요"라는
　타자의 발화를 끌어들여 역설적으로 서울에 대한 거리감을 표출하고 있는 점이 주목된다.

子의 거름과도 갓치 / 어슬어슬 흔들니며 멕기어 가면서 / 검누른 거리 우에서 *彷徨*"하는 모습으로 비친다. 근대적 건축물은 일정한 공간을 점유하는, 움직일 수 없는 고정체이다. 흔히 근대적 건축물의 내부 공간은 밝은 빛이 균일하고 고르게 퍼져나가며 건축물 전체가 안정감을 주는 투시체로 표상된다. 근대적 건축물은 근대적 투시법에 의해 축조되는 것이고 여기에는 사물을 보는 주체의 '시선의 권력'이 작동하게 된다. 하지만 「서울의 거리」에서 시적 주체는 시선의 권력을 향유하지 못한다. 그에게는 근대의 건축물이 늘어선 서울의 거리가 "陰濕하고 무거운 灰色空間"으로 다가오며, 그래서 그것이 마치 "히스테리의 女子의 거름"처럼 비틀거리며 움직이는 모습으로 비추어진다. 이는 시적 주체의 시선이 불안하고 분열적임을 의미한다. 따라서 "검누른 거리에 우에서 방황하"는 주체는 사실 "회색공간"(건물)이 아니라 이 작품의 시적 주체이다.[11] 지향 없이 서울의 밤거리를 "방황"하는 시적 주체는 자신이 공간의 영점에서 사물에 대해 시선의 권력을 행사할 수 있음을 망각한다. 이제 시적 주체의 시선의 통제를 벗어난 사물들은 시적 주체의 눈에 "彷徨"하는 것으로 비쳐진다. 통제할 수 없는 식민지적 근대의 도시 풍경에 좌절하면서 밤거리를 방황하는 시적 주체가 자신의 방황을 사물들의 "彷徨"으로

---

11) 당시 식민지 수도 경성에는 서양식 건축, 전차와 기차 등 근대적 풍경을 구성하는 요소들이 유입되기 시작하였는데, 사람들에게 가장 인상적이고 충격적인 경험은 전기불이었다고 한다. 사람들은 도시의 야경을 수놓는 전등을 보면서 호기심과 두려움을 같이 느꼈지만, 밤이면 남촌(본정통 주변)의 야경을 보기 위해 도심으로 몰려들어 이유 없이 밤거리를 배회하였다는 것이다. 처음에는 "나라에 불길한 불"이라 여겨 꺼리던 "전등"이 이제는 근대에 대한 강렬한 매혹을 불러일으키는 것으로 바뀌었다. 노형석, 『모던의 유혹 모던의 눈물』, 생각의나무, 2004, 52~54면 참조.

바꾸는 인식(시선)의 전도를 보여주고 있는 것이다.[12] 이렇게 불안하고 착란된 시적 주체의 시선에 이제 도시의 군중들이 포착된다.

이러할 때러라. 白堊의 人形인듯한
貴夫人, 紳士, 또는 男女의 學生과
學校의 敎師, 妓生, 또는 商女는
하나 둘식 아득이면 떠돌아라.
아아 풀 낡은 갈바람에 꿈을 깨 힌 쟝지 배암의
憂鬱은 흘너라 그림자가 떠돌아라……
사흘이나 굴믄 거지는 밉쌀스럽게도
스러질 듯한 애닯은 목소리의
『나리마님! 積善합시요, 積善합시오!』……
거리거리는 고요하여라!
집집의 窓들은 눈을 감아라!

— 이상, 「서울의 거리」 17~27행

시적 주체의 시선에 포착된 군중은 "貴婦人, 紳士, 또는 男女의 學生과 / 學校의 敎師, 妓生, 또는 商女"로서, 이들은 예외 없이 근대화되고 있는 식민지 수도 경성에서 살아가던 가장 근대화된 계층의 사람들이다. 그런데 시적 주체의 눈에는 이들이 마치 "白堊의 人形"—

---

12) 이러한 판단은 「夜의 雨滴」에 나타나는 시적 주체가 "지향없시 / 헤메임"의 상태에 있는 것을 떠올리게 한다. 「서울의 거리」에서 시적 주체는 근대 도시로 새롭게 공간이 재편되는 식민지 수도 경성의 "거리"에서 지향 없이 헤매고 있는 것이다.

여기서 '白堊'은 흰색 시멘트벽을 가리키는 말이다—으로 비친다. 백악의 인형은 원시적 생명성을 상실하고 화석화되는 식민지적 근대의 불모성을 암시한다. 시적 주체는 이러한 군중의 얼굴에서 죽음을 떠올린다. 시적 주체의 눈에는 서울의 밤거리를 "방황"하는 피식민지의 군중들이 마치 "幽靈"(30행) 같은 존재로 표상된다. 그 유령과 같은 밤거리의 군중들은 고정된 형체를 가지지 못한 채 "하나 둘식 아득이면 떠돌"고 있다. 이러한 지향 없는 헤매임은 전통과 근대의 경계에 서 있는 피식민 주체의 역사적 방향 상실감을 보여 주는 것이다.

「서울의 거리」의 시적 주체는 식민지 경성의 "陰濕하고 무거운" 풍경을 보면서 "憂鬱"을 느끼고 육체적 피로에 사로잡힌다. 파리의 거리를 산책하던 보들레르의 시적 주체가 그랬던 것처럼[13] 이 작품의 시적 주체는 도시의 명멸하는 불빛과 거리 풍경을 보면서 고독과 우울을 경험하게 된다. 물론 보들레르의 시적 주체와 달리 이 작품의 시적 주체는 도시적 현실에 일순간도 매혹을 느끼지 못한 채 막바로 근원 상실감[14]에 사로잡힌다. 이는 김소월의 방황하는 주체가 거니는 서울의 거리가 전통과 근대가 교차하는, 착종된 근대의 도시

---

13) 특히 "스러질 듯한 애닮은 목소리"로 "積善"을 구걸하는 "사흘이나 굴믄 거지"가 등장하는 대목은 보들레르가 그려낸 파리의 뒷골목에서 만날 수 있는 걸인이나 술주정뱅이들과 흡사하다.

14) 이 시의 21행에서 시적 주체는 밤거리를 떠도는 군중의 얼굴을 통해 "풀 낡은 갈바람에 꿈을 깨힌 쟝지 배암의 憂鬱"(이 작품을 새로 발굴한 『문학사상』에서는 "깨힌"을 "깨 힌"으로 표기하고 있으나, 이렇게 띄어쓰기를 할 경우 전후 문맥이 통하지 않으므로 "깨힌"으로 보는 것이 타당하다)을 발견한다. 여기서 "풀 낡은 갈바람"이란 시대의 변화를 상징하는 것이며, 쟝지 뱀이 꿈에서 깨었다는 것은 시대의 변화로 인한 정신적 충격을 상징하는 것으로 보인다. 그럴 때 쟝지뱀의 "우울"은 잃어버린 시간에 대한 상실감(근원상실감)에 연결되는 것으로 볼 수 있다.

공간이었기 때문이다. 보들레르의 산책자가 근대적 상품과 군중이 넘쳐나는 대도시 파리의 거리 풍경에서 매혹과 환상[15]을 경험할 수 있었던 것과는 달리, 김소월의 방황하는 주체는 강요된 근대의 도시 풍경이 주는 충격에 미처 적응하지 못한 채 풍경 외부의 국외자로 밀려나고 있다. 이러한 국외자의 눈에 거지의 구걸에도 아랑곳하지 않고 "눈을 감"는 "집집의 窓"이 포착된다. 시적 주체는 건물에서 불이 꺼지는 모습을 "눈을 감"는다고 비유한 것이다. 이는 근대적 도시 공간을 떠도는 타자들, 특히 적선을 구걸하는 걸인에 대한 근대 도시의 무관심을 그려낸 것으로 보아야 한다. 이와 같이 시적 주체는 식민지적 근대화가 진행되는 경성의 밤거리를 소외와 무관심, 고독과 단절의 낯선 세계로 인식하고 있는 것이다.

한편, 「서울의 거리」의 시적 주체가 경험하는 육체적 · 정신적 피로와 시선의 착란은 여전히 습속의 세계에 익숙한 육체가 새롭게 떠오르는 문명의 세계에 적응하지 못한 데서 비롯한다. 습속의 기억에 사로잡힌 육체는 근대적 규율 권력의 신체 통제에 온전히 적응하기 어렵다. 「서울의 거리」의 시적 주체는 근대적 규율을 신체에 내면화하지 못한 채 거리로 내몰린 것이다. 시적 주체가 서울의 거리에서 만나는 군중에 동화되지 못하는 것도 이런 맥락에서 이해할 수 있다. 도시의 풍경에 어떤 매혹도 느끼지 못하고 소외되는 김소월의 시적 주체는 이제 밤이 깊어감에 따라 서울의 밤거리가 마치 죽음과 같이

---

15) 물론 산책자가 대도시의 거리와 군중 속에게 매혹과 환상만을 느끼는 것은 아니다. 산책자는 군중의 모습을 통해 공포를 느끼기도 하고, 모든 사람과 사물이 자신을 바라보고 있다는 불안을 느끼기도 한다. 윤미애, 「대도시와 거리 산보자」, 『독일문학』 85집, 2003, 401쪽 참조.

"깁픈 잠 속으로 들"어 가는 모습을 보게 된다.

> 이때러라, 사람 사람, 또는 왼 物件은
> 깁픈 잠 속으로 들러하여라
> 그대도 쓸쓸한 幽靈과 갓튼 陰鬱은
> 오히려 그 嘔逆나는 臭氣를 불고 잇서라.
> 아아 히스테리의 女子의 괴롭운 가슴엣 꿈!
> 떨렁떨렁 요란한 鐘을 울리며,
> 막 電車는 왓서라, 아아 지내 갓서라.
> 아아 보아라, 들어라, 사람도 업서라,
> 고요하여라, 소리 좃차 업서라!
> 아아 電車은 파르르 떨면서 울어라!
> 어둑 축축한 六月 밤의 서울 거리여,
> 그리하고 히스테리의 女子도 只今은 업서라.
>
> — 이상, 「서울의 거리」 28~끝행

시적 주체는 서울의 밤거리에서 "幽靈과 갓튼 憂鬱"과 "嘔逆나는 臭氣"를 느끼게 된다. 이 대목은 김소월이 식민지 조선에서 가장 근대화된 공간이었던 서울을 통해 근대의 어두운 이면을 정확하게 포착하고 있었음을 보여준다. 그에겐 서울의 거리가 "히스테리의 女子"처럼 불안정하고 분열적인 모습으로 비치며, 그것을 보는 시적 주체 역시 히스테리컬하게 변하지 않을 수 없다. 그러나 이제 밤이 더욱 깊어 시적 주체는 "막 電車"마저 다 지나가고, 모든 사람이 사라지고 "소리"조차 "업서"진 "어둑 축축한 六月 밤 서울의 거리", "히스테리의 女子도 只今은 업서"진 서울의 거리에 혼자 서 있다. 더 이상 갈 곳이 없고 몸을 의탁할 곳도 없는 서울의 밤거리에 혼자 내버려진 것이다.

식민지적 근대화가 진행되는 서울의 거리에서 시적 주체가 경험하는 극단적인 소외와 고독은 김소월 시의 근본적인 특징이라 지적되는 자아와 세계의 불화(不和)가 어디에서 연유하는 것인지를 해명할 수 있는 단서가 된다. 김소월의 시는 대부분 전통적인 어법을 빌어 정한의 정서를 노래하고 있다. 이때 시적 주체는 '님'의 부재라는 결핍의 상태에 놓여 있으며 이 결핍이 부재하는 대상에 대한 형언할 수 없는 그리움을 낳게 된다. 그리고 이 그리움이 다시 주체 절멸의 상태로 시적 주체를 몰아가는 것이 '자아와 세계의 불화'라는 악순환이 이루어지는 구도이다. 「서울의 거리」는 이러한 불화가 근본적으로 식민지적 근대 현실에 적응할 수 없었던 경계인의 상실과 우울에서 비롯한다는 것을 보여주는 작품이다. 이러한 경계인으로서의 근대 체험이 있었기에 그의 전통주의적 전회가 더욱 더 문학사적인 광휘를 드러낼 수 있는 것이다.

한편, 김소월 개인의 입장을 떠나 문단적인 상황에서 보더라도 「서울의 거리」는 1920년의 시점에서 보면 매우 이례적인 작품이다. 서울의 거리가 피식민 주체의 분열된 시선을 통해서 문명 비판적으로 그려진 사례를 찾아보기가 어렵기 때문이다. 문명화와 근대화를 예찬한 육당의 경우를 보면, 「경부철도가」(1904)·「한양가」(1905)의 시적 주체는 근대적 계몽 주체의 날렵한 시선이동과 낙관적이며 웅

변적인 목소리를 통해 주마간산 격으로 서울을 그렸다. 이런 점에서 식민지적 도시 풍경을 분열된 시선으로 포착하고 이를 통해 전통과 근대의 경계에 서 있는 지식인의 분열된 정체성과 우울한 내면 풍경을 드러낸 김소월의 「서울의 거리」는 매우 문제적인 작품이라고 평가할 수 있다. 그는 식민지적 근대의 허구성을 민감하게 포착하였고, 이를 근대적 주체의 분열된 시선을 통해 그려냄으로써 미적 모더니티에 성큼 다가섰다. 일본 유학 체험을 바탕으로 근대의 풍물들을 예각적인 이미지로 그려낸 정지용의 작품들이 1920년대 후반에야 발표된 것을 고려한다면, 김소월의 시 창작이 얼마나 선진적인 것이었는가를 짐작할 수 있다. 이는 1920년대 중반 이후 본격화되는 김소월의 전통주의가 단순히 전근대적이거나 몰근대적인 반근대주의가 아니라, 식민지적 근대에 대한 분열적 체험을 바탕으로 형성된 자각적 반근대주의임을 보여주는 것이다.

3. 전통주의적 전회 —근원적 세계를 향한 시선의 이동

김소월은 비동시적인 것이 동시대에 공존하는 식민지 현실 속에서 자아정체성의 분열에 직면하면서 지향 없이 헤매는 모습을 보여주었다. 하지만 신문학 초기의 상징주의자들이나 퇴폐적 낭만주의자들과 달리 김소월은 점차 식민지적 근대로부터 탈주할 수 있는 시적 비전을 확보하게 된다. 그렇다면 김소월이 동시대의 다른 시인들과 달리 식민지적 근대의 시공간으로부터 탈주할 수 있었던 힘은 무엇에서 연유하는가? 그것은 김소월이 서구지향적 근대주의의 맹목에서 벗어날 수 있었기 때문이라 판단된다. 1920년대 초반의 낭만파 시인들이 전통을 부정하고 극복해야 할 타자로 여겼던 것과 달리, 김소월은 허물어져 가는 "집"(전통)의 끝자리를 부여잡고 그 세계로 되돌아 갈 수 없는 피식민 주체의 비극적인 운명을 노래하였다. 이를 통해 그는 계몽적 이성에 의해 억눌릴 수밖에 없었던 전통(타자)의 목소리를 문학적으로 복원하는 시적 방법론을 터득하게 된다. 『진달래꽃』(1925)에 수록된 시편들이 보여준 전통적인 어법과 정서, 상상력과 심상체계, 설화적인 목소리 등이 김소월이 터득한 전통주의적 시 창작 방법의 구체적인 내용들이다.

「마주석(磨住石)」은 김소월의 전통주의적 전회를 예고한 작품이다. 물론 이 작품에는 1920년대 중반 김소월이 즐겨 사용한 전통주의적 시 창작 방법이 직접적으로 나타나지 않는다. 오히려 이 작품이 과연 김소월의 작품일까 하는 의문이 생길 정도로 낯선 느낌을 주기도 한다. 김소월의 작품 중에서는 예외적으로 철학적 인식론의 문제를 다루고 있기 때문이다. 즉 '영'으로 표상되는 이데아적 세계에 대한 인식의 문제가 이 작품의 전면에 드러나 있는 것이다. 그렇다면 '영'으로 표상되는 이데아적 세계에 대한 인식이 어떤 점에서 전통주의적 전회와 관련이 있다는 것인가? 구체적인 작품 분석을 통해 이 문제를 살펴보기로 하자.

「마주석」은 김소월이 훗날 「시혼」이란 창작 시론에서 구체화하게 되는 형이상학적 사고의 단초를 보여주고 있는 작품이다. 「시혼」에서 그는 "우리에게는 우리의 몸보다도 맘보다도 더욱 우리에게 各自

의 그림자 가티 갓갑고 各自에게 잇는 그림자 가티 반듯한 各自의 靈魂이 잇"으며, "이는 곳, 모든 물건이 가장 갓가이 빗치워 드러옴을 밧는 거울, 그것들이 모두 다 우리 각자의 영혼의 標像이라면 標像일 것"이라고 말하면서, 그 "靈魂은 絶對로 完全한 永遠의 存在며 不變의 成形"이라고 밝힌 바 있다. 인간에게는 다 각자의 고유한 영혼이 있는데 그 영혼은 절대적 완전성과 영원성을 가지고 있고, 그 영혼의 표상인 "거울"에는 "모든 물건"이 "비치어 드러"올 수 있다는 것이다.

「마주석」은 「시혼」이 제기하고 있는 형이상학적 존재 인식의 문제를 시적으로 형상화하고 있다. 이런 점에서 「마주석」은 시집 『진달래꽃』에 수록된 「꿈」이나 「여자의 냄새」에 대한 예고편의 성격이 지닌다.16) 「꿈」은 「마주석」보다 두 달 늦게 『동아일보』(1921.6.8)에 발표된 작품이다.

꿈? 靈의해적임. 서름의故鄕.
울쟈, 내사랑, 꽃지고 저므는봄.

불과 2행으로 구성된 이 짧은 시편은 많은 것을 함축하고 있다. 우선 2행에는 시적 주체가 처한 상황이 암시되어 있다. 꽃이 지고 봄이 저무는 시간, 즉 존재의 가장 황홀한 순간이 끝나고 이제 소멸로 접

---

16) 「마주석」을 처음 검토한 오세영 교수는 「마주석」이 소월의 시 가운데서는 예외적으로 사물에 대한 인식론적 의미를 탐구했다고 평가하면서, 『진달래꽃』에 수록된 「꿈」의 "靈의해적임. 서름의 고향"이라는 부분과의 유사성을 지적하고 있다. 오세영, "거울에 비친 초기 시의 미의식", 『문학사상』, 2004년 5월호 참조.

어 들어가는 시간에 시적 주체는 자신이 사랑하는 대상에게 함께 울 것을 권유하고 있다. 이 울음은 "꽃"과 "봄"으로 상징되는 근원적인 세계의 상실감을 보여주는 것이다. 그렇다면 시적 주체가 잃어버린 근원적인 세계란 무엇인가? 그것은 1연의 마지막에 등장하는 "서름의 故鄕"이다. 고향을 서러운 것으로 표현한 이유는 그 고향으로 더 이상 되돌아갈 수 없기 때문이다. 「서울의 거리」에서 살펴본 바와 같이 식민지적 근대화가 초래한 비극적인 현실, 즉 전통적인 세계가 역사적 지평 저 너머로 사라지고 근대적인 문명이 생활 세계 속으로 폭력적인 방식으로 진입하는 시대에 고향은 충족될 수 없는 그리움의 대상이 아닐 수 없다. 그리고 이는 시적 주체에게 설움이라는 역설적인 감정을 유발하게 되는 것이다. 이제 시적 주체는 오로지 "꿈"의 형식을 빌려야만 고향에 갈 수 있다. 이 때 꿈이란 부재와 결핍의 현실을 이겨내려는 시적 주체가 꾸는 백일몽이라고 할 수 있다. 이 백일몽은 "靈"을 "해적"이는 행위와 동일시된다. 여기서 "해적임"은 '감추어진 물건을 찾으려고 자꾸 들추어 헤치다'는 뜻을 가진 '혜적임'의 오기(誤記)로 보인다.[17] 그렇다면 혜적임의 대상인 '영'은 무엇을 가리키는가? 시의 문맥을 고려한다면 그것은 바로 잃어버린 '서름의 故鄕'이다. 즉 부재와 결핍의 상태에 빠진 시적 주체가 욕망하는 대상, 이미 근대적 지평 저 너머로 사라진 근원적인 세계가 바로 '영'으로 표상되고 있는 것이다.

---

17) 김용직 교수는 "해적임"을 연보(年譜), 비망록으로 해석하고 있는데 그 근거가 무엇인지 명확치 않다. 이 해석보다는 오하근이 밝힌 '해작하다, 자꾸 들추어내다'의 해석이 더 적합하다고 판단된다. '혜적이다'에 대한 국어사전의 어의 풀이를 작품에 적용하면 의미론적 정합성이 확인되기 때문이다.

이제 시인의 시선은 근대적 지평 저 너머를 향한다. 근대적 지평 저 너머에 있는 근원적인 세계, 부재와 결핍으로 인식되고 또 오로지 그림자로만 현상되는 전통의 세계가 시적 주체의 시선에 포착되는 경계를 넘어 경험적 현실 세계 속에 감각적으로 현현하기를 기다리면서 말이다. 물론 근원적인 세계의 감각적인 현현은 반투명적인 속성을 지닌다. 그것은 지각되는 것과 지각되지 않는 것의 중간적 성격을 지니며 무한한 여백의 열림을 배경으로 이루어지는 것이다. 이는 김소월의 전통주의적 전회가 아직은 뚜렷한 방향성을 정립하지 못하였다는 것을 보여주는 동시에 전통주의적 전회가 자발적인 것이 아니라 근원적인 세계(전통)의 이끌림에 의한 것임을 보여준다. 유독 이 시기의 작품 중에 '냄새', '안개', '그림자' 등의 반투명성의 이미지가 등장하는 것도 이 때문이다. 「여자의 냄새」에서 시적 주체는 여자의 "냄새만흔 그몸"을 통해 '靈'으로 상징되는 근원적인 세계의 감각적 현현을 체험한다. "조그마" 하고 "푸릇한" 영은 비록 형체가 분명하지 못하지만("그무러진"), 시적 주체에게는 "보드랍고그립은" 대상이다. 시적 주체는 여자의 몸에서 나는 냄새를 통해 자신이 그리워 하는 대상, 즉 죽은 자의 영이 감각적으로 현현함을 느끼고, "어우러져빗기는 살의아우성"을 듣게 되는 것이다.

「마주석」은 1920년대 초·중반에 창작된 「꿈」과 「여자의 냄새」 계열의 작품을 예고한다. 이를 구체적인 작품 분석을 통해 검토하기로 하자.

날로 오고가는 길손의 眺望

朝暮로 기다리는 石神

물 우에 몸은 橋邊

默默히 섯슴

그대요 磨住石, 愛의 標像.

날과 비와 바람의 하늘 아래

흐름(流)을 마주 꿈 뀌는 꿈

生苔 묵(宿)는 봄가을

그림자 직키

그대요 磨住石, 靈의 標像.

— 이상, 「마주석」 전문(『學生界』 제2권 7호, 1921.4)

이 작품에서 시적 주체는 "길손"으로 설정되어 있다. "길손"이란 길을 떠난 '나그네'를 가리키는 말인데 이 작품에서 시적 주체는 길손의 입장에서 사물을 "眺望"한다. 일반적으로 조망이란 거리를 두고서 풍경을 바라보는 행위에 해당된다. 이 '거리'는 보는 주체와 보이는 대상을 분리시키는 거리이자, 보는 주체가 대상을 관찰하고 시선을 통해 그것을 장악하는 힘을 행사할 수 있는 거리이다. 이러한 시적 주체의 시선에 "默默"히 서 있는 "石神", 즉 "마주석"이 포착된다. 그런데 시적 주체는 "石神"이 "길손의 眺望"을 "朝暮로 기다리"고 있는 것으로 여긴다.[18] 즉 "石神"이 시적 주체의 시선을 기다리는

<hr>

[18) 이 작품의 시간적 배경을 이루는 "朝暮"는 김소월 시에서 흔히 나타나는 경계적 시간의 이

객체로 현상되고 있는 것이다. 여기서 시적 주체와 대상 사이에 역동적인 긴장 관계가 성립된다. 보이는 대상으로서의 마주석은 자신에게 길손의 시선이 머물기만을 기다리고 있다. 길손이 마무석에 눈길이 간다면 이는 길손의 의지적 행위는 아니다. 오히려 마주석에 의해 길손의 시선이 이끌린 것으로 보아야 자연스럽다. 이런 점에서 조망의 진정한 주체는 길손이 아니라 마주석이다.

시적 주체는 우연히 마주친 마주석에 시선을 빼앗긴 채 마주석이 표상하는 본질적인 세계(혹은 전통 세계)로 이끌리게 된다. 우선 시적 주체의 눈은 "석신" 그 자체가 아니라 "물 우에 비친" 석신의 그림자를 향하게 된다.[19] 그리고 시적 주체의 시선은 마주석의 가상인 물 위에 비친 그림자로부터 근원적 세계의 일차적 가상으로서의 마주석으로, 그리고 다시 애와 영으로 표상되는 근원적 세계로 세 단계를 따라 이동하게 된다. 즉, 「마주석」의 시적 주체는 물 위에 비친 마주석의 그림자를 통해 경험적 시공간 저 너머의 본질적인 세계로 소환되고 있는 것이다. 한편 2연에서 시적 주체는 "生쏨 묵(宿)는"[20] 석

___

미지 중 하나이다. '밤→낮 혹은'낮→밤'으로 이행하는 경계의 시간인 "朝暮"는 전통과 근대가 혼종하는, 그러면서도 지평이 뒤바뀌는 식민지적 근대를 표상하는 이미지로 볼 수 있다. "朝暮"를 이와 같이 역사철학적 맥락에서 이해할 경우, 이 작품에 등장하는 "石像"은 근대 사회에 남아 있는 과거의 잔여적 전통으로서 해석될 수도 있다. 시적 주체는 그 속에서 발견되는 "조상의 記錄"(「무덤」 중에서)과 대면하여 그것과 대화적 관계를 형성하게 된다. 「마주석」에서 시적 주체의 시선이 물 위에 비친 석신의 그림자를 향하는 이유도 이런 맥락에서 이해할 수 있다.

19) 돌정승이 물 위에 서있을 수는 없는 노릇이다. 전후의 정황으로 미루어 볼 때 이 시에 등장하는 돌정승은 물가에 서있으며, 그 정승이 "朝暮"의 빛을 받아 물위에 그림자를 드리우고 있는 것으로 짐작된다. 그리고 시적 주체는 물가의 다리 주변("橋邊")에서 그것을 "眺望"하고 있는 것으로 볼 수 있다.

20) 여기서 "生쏨 묵(宿)는"이란 말, 즉 이끼가 끼었다는 말은 시간의 경과를 시각화한 것으로 볼 수 있다.

상을 대면하고 있다. 이 석상은 "날과 비와 바람의 하늘 아래"에서 "흐름(流)"에 대한 "꿈"을 꾸고 있다.

여기서 부동(不動)과 유동(流動)의 이미지 대립이 드러난다. 이 작품의 핵심 소재인 '石神'은 부동의 존재이다. 그런데 시적 주체는 이 부동의 존재를 영원한 것으로 간주하지 않는다. 그것은 "愛"와 "靈"의 "標像"21)에 불과하기 때문이다. 여기서 "애"란 인간이 나누는 사랑이 아니라 2연의 "영"과 마찬가지로 이데아적인 것을 가리킨다. 즉 石神은 愛와 靈의 감각적 현현에 해당된다. 감각적으로 현현된 가상(Schein)이기에 석신은 "물 우에 몸" 혹은 "그림자"22)로 그려진다. 김소월의 시적 주체는 이와 같이 물에 비친 마주석의 그림자를 통해 현상 세계 너머의 본질적 진리 혹은 영원하고 절대적인 세계를 엿보려 한다. 2연 1~2행에서 부동의 존재로서의 마주석이 "흐름"을 꿈꾼다함은 이런 맥락에서 이해된다. 시적 주체에게 있어서 애와 영(즉 이데아적인 것)은 끊임없이 흐르는 것이며, 그 흐름 속에서 순간적으로 감각적으로 현현하는 것이다. "꿈"이란 바로 그 이데아적인 것이 감각적으로 현현하는 순간23)에 대한 기다림, 혹은 백일몽의 상태를 가

---

21) 이 작품에서 '愛'는 '靈'과 은유적으로 결합되어 있다. 한편 "愛의標像" / "靈의標像"이란 말에는 현상적인 것보다 이데아적인 것(근원적인 것)를 우월한 자리에 놓는 사고가 자리잡고 있다. 김소월의 시적 주체는 지속적으로 "흐르"는 유동적이고 반투명적인 물체(혹은 거울)에 감각적으로 현현하는 '愛'와 '靈'을 엿보고자 한다.

22) 「시혼」에서는 이를 "陰影"이라 말하고 있다. "陰影 없는 物體가 어듸 잇겟습니가. 나는 存在에는 반드시 陰影이 따른다고 합니다. 다만 가튼 物體일지라도 空間과 時間의 如何에 依하야, 그 陰影에 光度의 强弱만은 잇을 것입니다."

23) 이데아적인 것이 감각적으로 현현하는 순간은 인간의 시간 경험이 역전되는 순간이기도 하다. 시적 주체는 "조모"의 경계적 시공간 저 너머에 존재하는 이미 지나간 것, 기억 저 편으로 사라졌던 것, 즉 절대적이고 근원적인 것을 꿈꾼다. 시적 주체는 이 꿈을 통해 과거적 전통과 대면하게 되며, 이는 시적 주체의 분열된 내면의식을 극복하는 방법으로서 큰 의의를 지닌다.

리킨다.

여기서 시적 주체가 마주석을 "석신"이라고 말한 대목에 유의하자. 石神이란 돌로 형상화한 신을 가리키는 말이다. 즉 김소월은 석신이라는 상(像)을 통해 이데아(초월적 시니피에)를 엿보고 있는 것이며, 이는 마지막 행에 나타난 "靈의標像"의 "靈"이란 말에서도 확인할 수 있다.[24] 그렇다면 김소월의 시와 시론에 등장하는 영의 구체적인 함의는 무엇인가? 가설적인 수준에서 말하면 "영"을 통해서 김소월이 표현하고자 한 것은 동양적 사유 속에 등장하는 혼백(魂魄)이다. 무덤 앞에 있는 석물은 십이지신상, 문인석, 무인석의 경우가 대부분이란 점을 고려한다면, 석신(石神)이 표상하는 영(靈)은 동양의 신화에 나타나는 신화적 주인공이거나 조상의 혼백일 수 있다. 결국이 작품은 시적 주체가 고향(향토)에 되돌아와 "祖先"의 무덤을 찾아가 거기서 "조상의記錄"(「무덤」 중에서) 즉 전통의 세계를 발견하는 과정, 즉 「무덤」(시집 『진달래꽃』 수록)과 「招魂」의 세계가 출현할 것을 예고하는 작품이라고 볼 수 있다.[25]

---

24) 다만 김소월이 말하는 "靈"이 이승훈 교수가 지적한 바(이승훈, 『한국현대시론사』, 고려원, 1993)와 같이 플라톤적 의미에서의 이데아 혹은 신과 완전하게 일치하는 것인지에 대해서는 또 다른 고찰이 필요하다. 최근에는 우리의 전통시론 중 하나인 천기론(天機論)의 관점에서 김소월의 시론을 분석한 경우도 있다. 이에 대해서는 박경수, 앞의 글 참조.

25) 김윤식 교수나 신범순 교수가 적절하게 지적한 바와 같이 「무덤」과 「초혼」의 세계는 같은 계열로 속하는 작품들이다. 이 작품들은 김소월 시의 전통주의적 정신세계를 전형적으로 보여주는 동시에 그것이 지닌 한계를 함께 드러낸다. 신범순은 「무덤」이 김소월의 진정한 시론을 보여주는 작품으로서 "단지 과거의 추억과 회고만으로 살아가는 수동적인 삶이 아니라 과거의 소중한 기록들을 되살려가는 능동적인 삶에 의해서 자신의 시를 써나가겠다는 의지를 표명한 것"이라고 평가한 바 있다. 특히 그는 김소월이 과거적 전통(특히 민요와 한시)의 선택을 통해 "고향이나 님에 대한 그리움, 이별의 정서"의 주제 계열로 나아간 것에 주목하면서도, 김소월이 끝내 "과거와 새로운 근대적 현실의 틈바구니에 깊이 패인 나락의 깊은 어둠"으로부터 새롭게 부활된 정신으로 빠져나오지"는 못했다는 점을 들어 김소월의 전통주의를 비판한다. 이에 대해서는 신범순, 「현대시에서 전통적 정신의 존재형식과

물론 「마주석」은 「무덤」이나 「초혼」과 같이 전통주의적 시창작 노선을 명확하게 정립하고 있지는 못하다. 「마주석」에서 "영"의 음영을 좇아 "흐름(流)"의 경계 지대를 헤매는 시적 주체는 식민지 지식인의 정체성 분열을 보여줄 뿐 피식민 주체로서의 명확한 자기 인식을 보여주지는 못하고 있기 때문이다. 하지만 「마주석」이 시도하고 있는 근원적인 세계에 대한 탐색은 「무덤」과 「초혼」을 거치면서 전통주의로 발전하게 된다. 「시혼」은 그것이 산문적인 진술로 표명된 경우이다.

> 도회의 밝음과 짓거림이 그의 文明으로써 光輝와 勢力을 다투며 자랑할 째에도, 저, 깁고 어둠은 山과 숩의 그늘진 곳에서는 외롭은 버러지 한 마리가, 그 무슨 슬음에 겨윗는지, 수임없이 울지고 잇습니다. (중략) 일허버린 故人은 꿈에서 만나고, 놉고 맑은 行蹟의 거륵한 첫 한방울의 企圖의 이슬도 이른 아츰 잠자리 우헤서 뜯습니다.[26]

김소월은 "문명"의 세계 어느 곳에서도 정신적 안주를 얻지 못했다. 그가 거주할 "집"은 이미 무너졌고 고향은 갈 수 없으며 도시의 명멸하는 불빛에 시선의 착란을 일으키는 주체는 자기 정체성의 해체를 경험한다. 그런데 "砂漠같은이세상"(「단장 1」)에서 피식민 주체로서 자기를 발견한 시적 주체는 근대적 시공간이 야기하는 공포에서 벗어나기 위해 과거적 시간(전통)으로 거슬러 올라갈 수밖에 없다.

그 의미」, 『국어교육』(한국국어교육연구학회), 431~437면 참조.
26) 김소월, 「시혼」, 『김소월전집』(김용직 편), 서울대 출판부, 1996.

앞에서 인용된 「시혼」의 경우 시적 주체는 "도회의 밝음과 짓거림"을 등지고 나와 깊고 어두운 산과 숲의 세계로 들어가서 "일허버린 故人"을 만나 그의 "놉고 맑은 行蹟"을 듣고 있다. "조상의 기록"이 아로새겨진 전통 속에서 비로소 그는 정신적 거주지("집짓기")를 찾게 되는 것이다.

"일허버린 故人"의 "놉고 맑은 行蹟"으로의 전통주의적 전회는 정신사적 측면에서 사뭇 심각한 문제의식을 내포하고 있다. 그것은 「서울의 거리」에서 시적 주체가 직면했던 정체성의 분열, 혹은 식민지적 근대가 촉발한 불안한 시선의 극복과 연결되는 것이기 때문이다. 김소월은 근대의 전진하는 시간의식에 내재하고 있는 심연과 허무를 극복하기 위해, 식민지적 근대의 허구성과 모순을 비판하기 위해 과거적 시간 속으로 역류하였다. 물론 조상의 기록이 간직된 과거적 시간(전통) 속에 유토피아가 있는 것은 아니다. 그는 결코 과거적 기원을 신비화하거나 이상화하지 않았다. 전통의 호명을 통해 정립된 새로운 주체는 과거적 시간 속에 간직된 역사적 상흔과 고통을 환기하고, 피식민 주체가 처할 수밖에 없었던 운명의 아이러니를 고발한다. 우리가 김소월의 시적 주체가 전하는 발화를 통해 민족 공동체의 운명을 읽어내고 역사적 억압으로부터 해방된 집단 주체의 형상을 꿈꾸는 이유가 여기에 있다. 전통의 호명을 받은 김소월의 시적 주체는 식민적 근대 담론을 내적으로 균열시키는 이질적인 목소리를 우리에게 들려준다. 그 목소리는 과거적 시간으로부터 미래를 이끌어내는 시간의식의 역전을 가능케 한다.

「무덤」과 「초혼」은 「시혼」이 표방하는 전통주의적 목소리가 구체적인 창작적 실천으로 이어진 대표적인 작품이다. 이 작품 계열에서 시적 주체는 자신의 영혼을 불러내는 타자의 목소리에 이끌리어 때로는 어둡고 습한 내면의 세계를, 때로는 전통과 근대가 뒤섞이는 시대적 지평 저 너머의 세계를 끊임없이 흘러 다닌다. 그는 식민지적 근대의 어두운 이면에서 "일허버린 故人"의 "불러도 대답 없는 이름"을 목 놓아 부른다. 근대의 계몽적인 목소리에 파묻혔던 전통 세계를 복원하는 목소리인 것이다.

「마주석」에서 「꿈」을 거쳐 「무덤」과 「초혼」으로 이어지는 전통주의적 전회가 조선적 정체성의 문제와 결합할 때 소위 '조선주의'가 성립된다. 물론 『진달래꽃』이 간행된 1920년대 중반에 조선주의가 분명한 형태로 완성된 것은 아니다. 조선적인 감수성과 언어의식이 시창작 방법으로 활용된 것은 분명한 사실이지만, 이것이 이념의 형태를 갖추지는 못하였기 때문이다. 피압박 민족으로서 조선 민족을 상상하고, 상상된 민족을 통해 식민주체와 맞서서 해방의 가능성을 모색하였던 조선주의는 그 동안 연구자들이 크게 관심을 기울이지 않았던 미발표 유작시[27]에서 그 모습을 드러낸다. 가령 「그만두쟈

---

27) 조선적인 것, 조선 민족, 조선 정신 등은 김소월 시문학의 특징을 설명하는 중요한 키워드이다. 하지만 이러한 말들이 시에 직접 등장하는 것은 1978년 『문학사상』을 통해 발표된 미발표 유작시에서 찾을 수 있다. 일제의 검열을 의식한 결과라고 할 수 있다. 이 미발표 유작시가 과연 어느 시기에 창작된 것인지에 대해서는 분명하게 말하기 어렵다. 다만 압축미나 상징성이 떨어지는 산문적 진술이 지배적인 것으로 보아 『진달래꽃』이 발표된 시기와는 상당한 시간적 거리가 있는 것으로 보이며, 대체로 1930년대 초 · 중반에 쓰여진 것이 아닌가 한다. 이 시기 김소월은 잇따른 사업 실패로 인해 좌절을 맛보았고, 상당 시간 창작과는 거리가 먼 생활을 하고 있었다. 만일 미발표 유작시의 창작 시기를 1930년대 초중반으로 잡는다면, 김소월의 조선주의는 1920년대 국민문학파의 조선주의에 내면적으로 맞닿아 있을 가능성이 있다. 우파 민족주의의 이념적 표현으로서의 조선주의가 당대 문단에서 논쟁거리였고 김소월 역시 이러한 논쟁을 모르지는 않았을 것이기 때문이다. 다만 김소월의 조선주의가 국민문학파의 조선주의와 어떻게 변별되는가에 대해서는 섬세한 검토가 필요한 일

자네」에서 시적 주체는 "나는朝鮮人"이라고 자신의 정체성을 분명하게 드러내면서, 조선의 "都市와村落"을 "집삼아쩌도는" 바람에서 "朝鮮의" 넋을 발견한다. 김소월의 시적 주체에게 있어서 "朝鮮"에 대한 상상, "못니쳐글입길래내가괴롭아하는朝鮮"(「마음의 눈물」 중에서)에 대한 그리움은 식민지적 근대에 맞설 수 있는 유일한 방법이었던 셈이다.

4. 전통의 세계에서 들려오는 이질적인 목소리

「궁인창(宮人唱)」(1921. 5)은 김소월의 전통주의가 보다 분명한 모습을 드러내고 있는 작품이다. 이 작품의 전통주의적 요소는 창작 방법과 시간 의식의 두 측면에서 살펴볼 수 있다. 우선 창작 방법의 측면을 볼 때 이 작품이 '창(唱)'의 형식을 빌어 민요조로 노래되고 있는 점이 주목된다.[28] 주지하듯이 김소월은 전통시가의 어법과 목소리를 빌어 작품을 창작하였던 시인이다. 시조·한시·민요 등 전통 시가가 폭 넓게 활용되고 있지만 특히 서도 민요와 잡가는 소재나 주제, 지배적 정서, 수사법 등에서 김소월의 민요시가 형성되는 데 절대적인 영향을 미쳤다고 평가된다. 구체적인 작품 분석을 통해 이러한 창작 방법의 초기적인 모습을 살펴보기로 하자.

이라고 생각된다.

28) 오세영 교수는 이 작품이 "구중 궁궐에 갇힌 궁녀들의 한을 타령의 형식으로 노래한" 작품으로서 "서도 잡가가 지닌 민중적 정서를 유장하게 표출해내고 있"다고 평가하였다. 오세영, 위의 글, 80면 참조.

동굴자 이즈러지는 금음 달 아래
塵여서 떠러지는 꼿을 보고서
다시금 뒷 期約을 맷는 離別과
知覺나자 늙어 감을 나는 만낫노라.

뜨는 물 김 속에서 바라다보니
어젯 날의 흰눈이 덥힌 山 그늘로
눌하게도 희미하게 빗갈도 업시
쓸쓸하게 나타나는 오늘의 날이여.

죽은 나무에 마른 닙이 번쩍거림은
지내간 녯날들을 꿈에 보람인가
서리 속에 터지는 꼿 봉오리는
몰으고 보낸 봄을 설어 함인가.

생각사록 멋 업슨 내 가슴에는
볼사록 시울 지는 내 얼골에는
빗기는 한숨뿐이 프르러 오아라
금음 새벽 지새는 달의 그늘에.

— 이상, 「宮人唱」 전문(『學生界』 제2권 8호, 1921.5)

「궁인창」은 7 · 5조 3음보의 시행을 한 연에 4행씩 4번 반복하고
있다. 이 작품은 실제로 노래로 불릴 만큼 음악성이 풍부한 표현을

갖추지는 못하였고 오히려 산문적 진술에 가까운 편이다. 따라서 창의 음악적 측면이나 민요시의 형태적인 측면보다는 그러한 창을 빌려 타자의 목소리가 서정시에 혼입되는 방식에 주목을 할 필요가 있다. 「궁인창」에서 시인은 자신의 인격과 분리된 타자를 통해 말을 한다. 즉 시적 주체가 한 평생을 '궁'에서 살면서 늙어간 궁인의 목소리를 빌어 말을 하고 있는 것이다. 이때 역사적 전통의 세계가 시간의 경계를 뛰어넘어 '소리'의 형식으로 근대적 서정시에 혼입된다. 마치 「옛니야기」(『진달래꽃』 수록)이란 작품에서 어린 시절 "외와두엇든 / 옛이야기"가 시간과 공간을 뛰어넘어 현재의 시적 주체에 들려오는 것처럼, "唱"의 소리를 통해 근대적 담론 질서의 외부로 밀려났던 타자(전통)의 언어가 복원되고 있는 것이다.

여기서 타자의 언어를 전달하는 시적 주체의 형상이 문제가 된다. 궁인의 형상을 빌어 말을 하는 시적 주체는 김소월 중기시에서 여러 차례 등장하는 샤먼의 형상과 흡사하다. 근대 사회에서 사라져가는 습속의 세계를 복원하는 샤먼적 화자의 목소리는 주술적이고 마법적인 성격을 가지고 있다. 김소월의 시에서 '소리'의 반복이 자주 등장하는 이유도 이런 맥락에서 이해할 수 있다.[29] 샤먼의 주술을 연상케 하는 소리, 혹은 그러한 소리를 환기하는 이미지[30]는 「초혼」을 통해서도 확인할 수 있다. 「초혼」에서 죽은 님의 혼(魂)을 부르는 시

---

29) 언어 이전에 존재하는 근원적인 것을 환기하는 주술적인 · 마법적인 목소리는 가령 "자동차의 소음"으로 대변되는 문명의 소리(기계음)와는 근본적으로 다른 차원에 놓이는 소리이다. 김소월의 시적 주체는 문명의 소리가 아니라 풍속과 습속의 세계에서 길어 올린 소리에 이끌려 근대적 지평 저 너머의 근원적인 세계로 나아간다.
30) 이에 대해서는 각주 2)에 제시한 신범순과 김만수의 논문 참조.

적 주체의 목소리는 주술적 제의의 과정에서 등장하는 소리와 흡사하기 때문이다. 여기서 시적 주체는 사자(死者)의 세계에서 생자(生者)의 세계로 이어져 오는 소리를 전해주는 영매(靈媒)라고 할 수 있다. 전통(혹은 습속)의 세계에서 울려나오는 이질적인 목소리를 통해, 시인은 근대의 합리적이고 이성적인 언어적 표현에 동화될 수 없는 타자의 목소리를 서정시에 혼입시키게 되는 것이다. 김소월의 시적 담론에서 늘 극적 긴장과 갈등을 느낄 수 있는 것도 이 때문이다.

한편 「궁인창」의 전통주의적 요소는 작품 속에 반영된 시간의식을 통해서도 확인할 수 있다. 물론 전통주의적 시 창작이 보여줄 수 있는 시간 의식이 고정적일 수는 없을 것이다. 전통주의적 시창작이 시도되는 시대적 맥락에 따라서, 혹은 개별 시인들의 세계관에 따라서 상이한 형태의 시간의식이 성립될 수 있기 때문이다. 하지만 전통주의적 시간의식의 본질적 측면은 근대적 시간의식과의 맞섬에서 찾을 수 있다. 근대적 시간의식이란 등질적이고 공허한 단위로 분할된 양적인 시간의 축적이 곧 역사의 진보라고 믿는 시간의식을 가리킨다. 따라서 근원적 시간으로 되돌아가는 아나크로니즘이든 아니면 유기적 자연의 질서로 회귀하는 순환적 시간의식이든 간에, 그것은 근대의 직선적인 시간의식에 대한 전면적인 저항의 의미로 읽을 수 있다.

우선 이 작품의 1연에서 시적 주체는 "꽃"을 보고 있다. 그런데 "塵여서 떨어지는 꽃"[31]이 "둥글자 이즈러지는 금음 달"이란 배경과 함

---

31) 여기서 "塵"은 "부지런히"라는 뜻을 가진 한자이다. 따라서 "塵여서 떨어지는 꽃"은 서둘러서, 혹은 일찍 지는 꽃을 가리킨다고 볼 수 있다.

께 시적 주체의 눈에 포착되고 있다. 달이 "둥글자 이지러지"는 것은 자연의 순환적 질서에 해당된다. 문제는 그믐달과 지는 꽃이 지니고 있는 소멸과 죽음의 이미지이다. 김소월은 근원상실 의식을 표현하기 위해 존재의 생성과 약동 대신에 소멸과 하강의 이미지를 동원하고 있는 것이다. 근원 상실 의식은 애상의 정조를 동반하는데 이 작품의 경우에도 존재의 소멸에 대한 애상감이 작품의 지배적 정서를 이루고 있다.

한편 1연 3~4행에서 그믐달 아래에 지는 꽃은 "뒷 期約을 맺는 離別과 知覺나자 늙어 감"을 만나는 "나"로 치환된다. 여기서 '나'는 시의 표제에 나타난 "宮人"을 가리킨다. 즉 시인이 전근대 국가의 상징인 궁궐에서 한 평생을 바친 늙은 궁인32)의 퍼소나를 빌어 작품에 등장하고 있는 것이다. 여기서 늙은 궁인이 "知覺나자 늙어 감"을 한탄하는 대목은 인간의 근원적인 운명을 말한 것이어서 대수로울 것이 없다. 하지만 궁인이 "뒷 期約을 맺는 離別"을 받아들이는 대목은 상당히 의미심장하다. 한 번 지는 꽃은 계절의 순환에 의해 언젠가 다시 피게 된다. 이처럼 이별(늙음과 죽음) 역시 순환의 관점에서 보자면 새로운 탄생에 대한 예비라고 할 수 있는데, 시적 주체는 자신의 늙어감과 죽음을 통해 새로운 생명에의 "기약"을 보고 있는 것이다. 이러한 기약은 한 인간의 실존적 차원을 벗어나 역사주의적 상상력에 연결된다.

---

32) 이 늙은 "宮人"은 조선에 대한, 민족에 대한 상상을 불러일으키는 존재이다. 그의 늙음은 단순히 시간의 무상함을 환기하는 것이 아니라, 근원적인 것(조선, 민족, 전통)의 사라짐을 환기하는 것이다. 즉 님의 부재, 존재의 결핍, 그리고 그러한 것을 초래한 식민지적 근대의 심연을 환기하는 '늙음'인 것이다.

이 작품의 역사주의적 상상력은 2연을 읽어보면 보다 쉽게 파악할 수 있다. 2연에서 늙은 궁인은 "어젯날"의 시간 속에서 "오늘의 날"이 투영되는 것을 본다. 물론 "어젯날"과 "오늘의 날" 사이에는 "뜨는 물감"이라는 반투명의 막이 존재한다. 시적 주체는 이 반투명의 막을 통해 어렴풋하게 시간적 지평 저 너머의 세계, 과거(전통)의 세계를 보게 된다. 그럴 때 "어젯날의 흰눈이 덥힌 山 그늘"에서 이미 퇴색할 대로 퇴색한(2연 3행) "오늘의 날"이 "쓸쓸하게 나타나"게 된다. 영화로웠던 과거와 대비되는 쇠락한 현재를 "쓸쓸"한 심회로 바라보는 늙은 궁인은 존재의 무상감과 상실감에 사로잡힌다. 물론 시적 주체가 한탄하는 대상이 단순히 자신의 신체적 늙음만은 아닐 것이다. 그는 전통·국가·민족으로 표상되는 근원적 세계의 상실에 대해 한탄하고 있기 때문이다. 그러니까 "눌하게도 희미하게 빗갈도 없시" 나타나는 "오늘의 날"은 국권 상실의 현실, 국가(님) 부재의 상태, 피식민의 상태를 가리키는 것으로 보아야 한다.

한편 제3연에서 시적 자아는 "지나간 넷날"에 대한 꿈을 꿀 것 같은 예감에 사로잡힌다. "죽은 나무에 마른 닙이 번쩍거"린다는 역설적 표현에 주목해 보자. '죽은 나무'와 '마른 닙'은 생명의 빛깔을 잃은 것인데, 시인의 시선에는 이러한 사물에 빛이 반사되어 "번쩍거림"이 포착되는 것이다. 그리고 그는 순간의 시간 속에서 섬광처럼 나타나는 "지내간 넷날"의 꿈을 꾸게 된다. 이 "지내간 넷날"은 동질적이고 공허한 역사의 진행 과정을 '폭파'[33]하고, 새로운 역사에 대한 비전을 제시하는 시간이다. 마른 잎에 번쩍이는 섬광처럼 나타나

---

33) 발터 벤야민, 반성완 역, 『발터 벤야민의 문예이론』, 민음사, 1983, 347면.

는 과거의 한 순간에 대한 경험은 시적 주체가 경험적 시간의 구속에서 벗어나 영원의 세계로 나아갈 수 있는 시간 체험으로 작용한다.

이러한 섬광과도 같은 시간에 대한 비전은 "서리 속에 터지는 꽃봉오리"의 역설을 낳게 되고, 이 역설은 사막과도 같은 식민지적 근대의 비극적 현실 속에서 새로운 역사적 지평이 열리기를 간구하는 피식민 주체의 현실 부정의식을 보여준다. 물론 시적 주체가 섬광처럼 나타나는 영원성에 마냥 안주할 수는 없다. 3연에서 시적 주체가 표명하고 있는 "설움"은 그러한 근원적 세계가 도달 불가능하다는 비극적 인식에서 비롯하는 것이기 때문이다.34) 4연에서 시적 주체가 자신의 늙은 "얼굴"을 보면서 "빗기는 한숨"을 쉬는 것도 같은 맥락에서 이해할 수 있다.

하지만 이러한 내면성의 시학, "볼사록 시울 지는 내 얼골"에 정향된 시적 주체의 눈은 결국 김소월 시의 한계점을 형성하게 된다. 김소월의 시가 식민지적 근대에 대한 보다 적극적인 부정과 저항으로 나아가기 위해서는 시선을 자아 외부로 돌리는 것이 필요했다. 이질적인 목소리가 뒤섞인 다성적인 시적 담론을 통해 식민지적 현실이 지닌 모순을 해부하고, 식민 권력의 단일한 목소리에 대해 보다 적극적인 가치전복과 해체를 시도하는 것이 필요했다는 말이다. 김소월의 중기시에서 엿볼 수 있는 절창은 식민 담론에 대한 가치 전복

---

34) 김소월 시의 수사학에서 아이러니와 패러독스가 중요한 역할을 하는 것도 이런 맥락에서 설명할 수 있을 것이다. 그것은 전통(님)의 세계로 나아가고자 하는 자아와 그곳으로 나아갈 수 없다는 것을 냉철하게 인식하는 자아가 서로 충돌을 일으키는 가운데 자연스럽게 형성되었다. 김소월은 이러한 반어와 역설의 수사학을 통해 식민지적 근대에 대한 극단적인 부정 의식을 표현하고 있는 것이다.

과 해체보다는, 식민담론이 촉발한 정체성의 위기를 모순과 반어의 언어로 폭로하는 데서 비롯한 것이다. 「나무리벌 노래」나 「바라건 대는 우리에게 우리의 보섭대일땅이 잇섯더면」으로 대표되는 현실 주의적 시창작이 식민주의에 대한 보다 적극적인 부정을 시도하고 있는 것은 사실이지만, 이는 양적·질적인 측면에서 김소월을 대표 하기 곤란한 측면이 있고, 김소월 스스로 이 세계를 보다 적극적으 로 발전시키지도 못하였다. 1920년대 후반 김소월이 상당 기간 작품 을 창작하지 못한 것도 이러한 창작상의 곤경을 극복할 수 있는 시 적 비전을 확보하기 어려웠던 데 그 원인이 있을 것이다. 내면성의 시학에서 벗어나 보다 적극적으로 식민담론에 저항하기 위해서는 이념적 기반이 필요했고, 이는 조선주의를 전면적으로 수용한 그의 후기작들 즉 미발표 유작시를 통해서 확인할 수 있다. 다만 김소월 이 선택한 전통주의의 이념적 기반으로서의 조선주의가 초기작에서 부터 그 맹아적 형태를 가지고 있었다는 점은 부정하기 어렵다. 앞 에서 살펴본 「마주석」과 「궁인창」이 결국은 조선적 전통의 그림자 와 목소리에 대한 시적 탐색에 해당된다는 점은 분명하기 때문이다.

5. 맺음말 —김소월 문학에서 초기시 세 편이 지니는 의미

김소월은 근대의 지배 담론에 포섭될 수 없는 언어 양식(이질적인 목소리)을 근대시 내부에 수용함으로써 한국 근대시 초기의 어떤 시 인도 그려내지 못했던 근대 부정의 시적 담론을 창조한 시인이다.

그것은 근대의 지배적인 문화에 의해 억눌렸던 잔여적(the residual) 문화를 환기하고, 모든 문화의 기록과 역사 진행이 필연적으로 은폐하고 있는 야만성을 고발하며, 식민 담론의 자기동일성을 그 내부에서 균열시킬 수 있는 대안적인 목소리이다. 김소월의 시적 담론이 동시대의 독자는 물론 오늘날의 독자들에게 보편적인 공감을 불러일으킬 수 있는 이유도 여기에 있을 것이다.

본고는 최근 『문학사상』(2004년 5월호)을 통해 새로 발굴된 김소월의 초기시 세 편을 집중적으로 검토하는 가운데, 이 작품들이 김소월의 전통주의적 성취를 예비하고 있는 작품이라고 보았다. 따라서 이 세 작품은 김소월 시에 대한 기존의 연구를 부정할 만큼 새로운 요소를 가지고 있는 것은 아니라고 평가된다. 다만 기존의 김소월 시 연구, 특히 초·중기시 연구에서 다소 미심쩍은 부분으로 남아 있던 사항들을 해명할 수 있는 단서가 될 수는 있다.

이런 점에서 새로 발굴된 세 편 중 가장 주목되는 작품이 「서울의 거리」이다. 「서울의 거리」는 김소월의 전통주의적 전회가 식민지적 근대에 대한 극단적인 소외감과 절망감에서 연유하는 것임을 보여주기 때문이다. 기존 연구에서는 김소월 시에 나타난 정한의 정서와 님의 부재를 식민지 시대의 국권상실의식에서 비롯한 것이라고 막연하게 추론하였다. 이런 추론이 김소월 시의 내면 의식을 이해하는 데 있어서 훌륭한 길잡이가 된 것은 사실이지만, 국권상실의식과 전통주의적 전회의 관련성을 설명하거나 혹은 김소월의 전통주의적 전회가 생겨난 원인을 설명하는 데 있어서는 많은 한계를 드러내고 있다.

본고는 「서울의 거리」에서 나타나는 피식민 주체의 불안한 시선과 정체성 균열에 초점을 맞추어 논의하였다. 「서울의 거리」에 나타나는 이러한 특성은 20세 무렵의 김소월이 전통과 근대의 경계에서 어느 한쪽으로도 무게 중심을 옮길 수 없었던 경계인이었음을 보여주는 것이다. 특히 이 작품에서 시적 주체는 감각적인 묘사와 시선 처리를 통해 식민지 지식인의 불안하고 우울한 내면의식을 보여주고 있는데, 이는 1920년대 후반 정지용 시의 주요한 미적 특질과 방법론을 선취한 것이라 평가할 수 있다. 하지만 김소월은 정지용이 시도한 문명에 대한 감각적 묘사와 모더니티 비판을 보다 깊이 있게 진전시키지 않고 전통의 목소리로 선회하였다. 전통과 근대가 교차하는 시대적 지평에 대한 시각적 표상보다 김소월에게 있어서 더욱 중요했던 것은 그러한 시대적 지평 저 너머의 목소리에 시적인 형상을 부여하는 것이었기 때문이다. 보이는 것에 대해서 들리는 것을 우위에 놓는 방식, 눈으로 보이는 감각적 세계에 대해서 그 너머의 초월적이고 근원적인 세계를 우위에 놓는 방식이 바로 김소월이 선택한 전통주의였다.

　「마주석」과 「금잔디」은 초월적이고 근원적인 세계의 그림자와 목소리를 찾아가는 김소월의 전통주의적 전회가 보다 분명하게 드러나는 작품으로 평가할 수 있다. 우선 「마주석」을 통해 김소월은 음영으로 포착되는 근원적인 세계에 대한 향수와 근원적인 세계에 대한 형이상학적 인식의 문제를 다루고 있다. 하지만 시적 주체가 찾고자 하는 '영'의 구체적 함의가 조상의 혼백에 있다는 점에 유의할 필요가 있다. 애와 영의 표상인 마주석을 통해 시적 주체는 조상의 혼백과 그림자를 만나려고 했다. 하지만 그것은 시적 주체의 의지적인 행동에서 비롯된 것이 아니다. 오히려 전통적 세계의 능동적 선택에 의해 시적 주체가 호명되고 전통적 주체로서 거듭나게 된 것으로 보아야 타당하다. 이 작품에서 '마주석'이 길손의 조망을 "朝暮로 기다리는" 존재로 그려진 것도 이런 맥락에서 이해할 수 있다. 시적 주체는 이러한 마주석과 대면하면서 전통과 근대가 뒤바뀌는 시대적 지평 저 너머의 전통적 세계에 대한 백일몽("꿈")을 꾸게 된다.

한편 「마주석」보다 한 달 늦게 발표된 「궁인창」은 근대적 시간 지평 저 너머의 전통의 목소리가 서정시에 혼입하는 방식을 마련하고 있다. 전통의 목소리는 김소월의 시적 담론을 다양한 모순과 역설이 공존하는 공간으로 바꾸어 놓았다. 이 전통의 목소리를 통해 김소월은 식민지적 근대의 허구성을 폭로하는 한편 근대적 주체가 전개할 수밖에 없는 주체 해체와 주체 현존의 변증법을 부분적으로 펼쳐 보이게 된다. 소위 "조상의 기록"을 향한 끊임없는 회귀를 통해 주체 내부의 또 다른 자아를 불러 세우고, 근대성 담론에 동화될 수 없는 이질적인 목소리를 표출하는 방식인 것이다. 이러한 시적 방법론은 「무덤」과 「초혼」 계보의 시가 어떤 방식으로 형성된 것인지를 잘 보여주는 것이다.

물론 김소월의 시가 근대성 담론에 대해 얼마나 대안적 목소리로서 작동할 수 있는가, 혹은 김소월의 시가 얼마나 현실적 응전력을 가지고 있느냐는 문제는 또 다른 논의가 필요하다. 『진달래꽃』을 중심으로 한 1920년대 중반의 시 창작에서 김소월의 시적 주체가 식민지적 근대와의 적극적인 대면을 모색하거나 식민주의를 파생시킨

체계의 외부를 비판적으로 사유하는 모습을 보이지 못하고 있기 때문이다. 그의 시에서 엿볼 수 있는 내면지향성은 결국 근대적 시간성의 압박에 굴복할 수밖에 없는 피식민 주체의 고립된 의식을 보여준다. 전후 비평가인 고석규가 김소월의 시에 "시간성을 넘으려 한" 저항과 역설의 정신이 있다고 평가하면서도 "영원에의 정진, 다시 말하면 이념의 구조가 태무"하다고 비판한 것도 이런 맥락과 관련이 있을 것이다. 김소월 중기시에서 샤먼적 화자의 입을 빌어 호명되는 억눌린 타자의 목소리는 근대적 주체로 환원될 수 없는 타자의 영역을 보여주지만 시적 주체의 고립된 내면의 경계를 벗어나지 못한 채 그 안에서 메아리 칠 뿐이다. 이러한 시적 비전의 축소는 김소월이 단형(短型)적인 서정시형이나 민요조 리듬에 지나치게 집착한 것과도 무관하지 않을 것이다. 다만 이 논문에서 다룬 세 편의 작품을 포함하여 초·중기 시를 벗어나면 양상은 사뭇 달라진다. 특히『진달래꽃』(1925)과『소월시초』(1935)에 수록되지 않는 작품들(시집에 수록되지 않은 작품이나 미처 발표되지 못한 작품들)은 비록 작품의 완성도는 떨어지기는 해도 피식민 주체의 정체성이 분열되는 양상을 보다 분명하게 드러내고 있으며 이와 함께 식민 담론에 대한 적극적인 부정과 저항의 정신을 보여주고 있다. 이에 대해서는 별도의 논문을 통해 논의할 예정이다.

김소월 시의 근대와
반근대 의식

1. 들어가는 말

한국 근대시를 전통지향성과 근대지향성의 교체 · 반복으로 설명하는 모델[1]은 한국 근대시 연구에 중요한 시사점을 던져준다. 이 모델은 한국 근대시사의 전개를 일종의 순환론으로 환원하여 설명하는 비변증법적 사고의 한계를 가지고 있는 것이 사실이다. 하지만, 한국 근대시사의 중요한 결절을 이루는 지점에서 예외 없이 전통적 서정성을 중시하는 시창작과 소위 근대주의적 실험을 추구하는 시창작이 순차적이거나 동시적으로 등장하여 한국시의 내면을 풍요롭게 만들었다는 점을 고려한다면 이 모델을 통해 한국 시사를 점검하는 것에는 큰 무리가 없다고 판단된다. 김윤식 교수는 이 모델을 제시하면서 '근대지향성'을 소위 '근대'(혹은 서구적인 것)라는 이름에 값

---

1) 김윤식, 『한국현대시론비판』, 일지사, 1986, 289~290면 참조.

하는 요인들의 추구를 가리키는 것으로, '전통지향성'을 한민족의 생명의식으로서 언어와 리듬의식의 표현을 가리키는 것으로 규정한 바 있다. 다만 이 두 가지 대립적 경향을 통해 한국 근대시사를 설명하려면 다음 몇 가지의 전제를 인정할 필요가 있다.

우선 전통지향성과 근대지향성은 문학사의 거시적인 틀을 설명하기 위한 모델이기 때문에, 개별 시인이나 유파의 시적 담론 전체를 어느 하나의 항목에 기계적으로 대입시킬 수 없다. 오히려 개별 시인이나 유파의 시적 담론에서 나타날 수 있는 혼종성에 관심을 기울일 필요도 있다. 이때 우리는 한 시적 개성 내부에서 빚어지는 전통지향성과 근대지향성의 길항작용에 관심을 기울여야 한다. 가령 정지용의 시적 담론이 전통지향성이나 근대지향성의 어느 한 축에 의해 온전하게 설명될 수 없으며, 이러한 상황은 서정주의 시적 담론을 해명할 때에도 마찬가지로 적용된다.

이와 함께 한국 근대시에 나타난 전통지향성을 '전근대성'이라 규정하는 태도 역시 극복되어야 한다. 근대시적 교양과 소양이 없는 상태에서 전근대적인 시양식과 주제의식을 고집하는 경우가 아니라면 한 사람의 시적 개성이 전통주의적 시 창작을 선택할 때 거기에는 나름대로의 방법적 자각이 전제된 것으로 보아야 한다. 여기서 방법적 자각이라 함은 단순히 시 창작 방법만을 의미하는 것은 아니다. 그것은 근대 사회의 심연을 발견한 시인이 자신이 속한 시대의 모순에 대한 자각과 반성의 토대 위에서 의식적으로 '과거적인 것'으로 역류하는 방법을 통해 근대에 맞서려는 미학적 프로젝트를 가리키기 때문이다.[2] 그러니까 전통주의란 근대에 미달하는 현상, 혹은 근대에 대한 무지나 몰각과는 구별될 필요가 있다. 문학사에서 전통지향적인 시창작은 '근대성의 위기'가 역사의 전면에 부각되었던 시기에 주기적으로 등장하였다. 전통주의자들은 근대성의 위기에 맞서 시적 주체를 재건하고 근대를 초극할 수 있는 시적 비전을 과거의 문화적 전통에서 찾았다. 따라서 우리는 한국시의 전통주의자들이 내세운 '전통'이 얼마만큼 근대성 담론을 뒤흔들 수 있는 현실적 잠재력을 가지고 있는가에 대해서 관심을 기울여야 한다. 단순하게 '전통적인 것=전근대적인 것, 퇴영적인 것'이란 등식을 내세워 전통주의적 시 창작을 문학사적 타자로 만드는 것이라면 앞서의 문학사적 도식은 근대주의의 또 다른 폭력을 드러낼 수밖에 없다.

하지만 전통지향성의 문제를 민족 주체성, 자문화의 우월성과 연결시켜 사고하는 방식 역시 재고되어야 한다. 제국주의와의 힘겨운 투쟁을 거치는 과정에서 우리 문화와 전통의 우월성을 내세우는 문화민족주의가 커다란 역할을 한 것은 분명하다. 하지만 단일한 기원을 상정할 수 없는 전통, 그 내부에 이미 다극적 혼종성을 가지고 있으며 시대에 따라 새로운 문화와 교섭하면서 창조적인 자기변신을 거듭하는 전통을 외면하고,3) 민족의 고유한 혈통과 문화적 순수성을 상정하는 민족주의적(혹은 국수주의적) 전통주의는 결국 나르시즘

---

2) 이에 대해서는 남기혁, 『한국 현대시의 비판적 연구』, 월인, 2001, 11~19면 참조.
3) 특히 전통을 고유성이라는 관점에서 이해하는 편견을 버려야 한다. 다른 민족에게는 없는 것, 철저히 자생적이면서 민족적 특질을 드러내는 전통이란 실제로는 존재하기 어려운 것이다. 전통이란 시대의 변천에 따라 늘 새롭게 구성되고 창안되는 것이지 과거적 기억 속에 고착되어 더 이상 변할 수 없는 그 무엇은 아니다. 전통을 고유성과 관련시켜 이해하고 이를 타 문화에 대한 우월성으로 간주한다면 이는 동양적(한국적) 전통을 퇴영적인 것으로 간주하는 근대주의자들의 오리엔탈리즘적 편견과 논리적으로 다를 바 없다.

적 자기도취와 환상에 빠져버릴 수밖에 없다. 이러한 민족적 나르시시즘은 식민 주체와 피식민 주체의 대립을 파생시키는 체계 외부를 상상할 수 없으며, 특히 식민지적 근대 담론의 권력을 그 내부에서 해체하는 저항의 담론으로 발전하기 어렵다. 이는 일제말의 상당수 전통주의자들이 끝내 식민지 권력과 영합한 사실에서 그 근거를 찾을 수 있다.

이 글은 이러한 문제의식 아래, 한국 시문학사상에서 가장 훌륭한 전통주의 시인의 한 사람으로 평가받는 김소월의 시 창작을 비판적으로 검토할 것이다. 김소월은 전통과 근대가 뒤섞여 있는 혼종의 시·공간에서 살아가는 동안 끊임없이 정체성의 혼란을 경험하였다. 김소월은 유교적 가풍을 가진 집안의 장손으로 태어나 할아버지 밑에서 어린 시절부터 한학을 공부하였다. 하지만 그는 성장하면서 민족주의적 분위기가 지배하고 있던 신식학교(오산학교와 배재고보)에서 근대적 교육을 받았고 잠시나마 일본에 유학(동경 상대 예과)까지 다녀온 지식인이기도 하다. 뿐만 아니라 그가 태어난 서북지역은 우리나라에서 근대적 문물이 가장 활발하게 수입된 지역으로서 상공업적 경제 질서와 기독교적 문물이 큰 힘을 발휘하던 곳이다.[4] 이러한 혼종의 시공간을 살다간 김소월이 전통과 근대의 대립과 갈등을 예민하게 포착하고 식민지적 근대의 자기모순을 폭로하며 근대성의 위기를 뛰어 넘을 수 있는 시적 비전을 전통 속에서 찾았다는 것은 매우 역설적이다.

---

4) 김소월의 출생과 성장, 교육 등에 대해서는 오세영, 『김소월 그 삶과 문학』, 서울대 출판부, 2000 참조.

본고는 식민지적 근대에 대한 비판적 인식이 어떤 방식으로 김소월의 시적 담론 속에 삼투하고 있으며, 또한 그의 전통주의적 시 창작이 식민지적 근대 담론을 어떻게 균열시키고 있는가를 밝히고자 한다. 구체적으로 본고는 김소월의 시적 주체가 전통과 근대가 혼종하는 식민지적 근대 현실을 어떤 방식으로 인식하고 있는가, 식민지적 근대화의 비참한 현실 속에서 어떻게 피식민 주체로서 자기를 발견하고 있는가, 그리고 역사적 시간 저 너머의 전통의 목소리가 시적 담론 내에 들어와 어떤 방식으로 이질적인 목소리를 형성하는가5)에 대해 살펴볼 것이다. 이 과정에서 기존의 김소월 시 연구자들이 비교적 소홀하게 다루었던 작품들, 특히 시집 미수록 발표작과 미발표 유작시6)에 대해서 많은 관심을 기울일 것이다. 다만 김소월이 남긴 글이 상징적이고 암시적인 서정시가 주류를 이루고 있어서 막연한 추론과 논의의 비약을 피할 수 없을 것으로 보인다.

---

5) 김소월 시에서는 서로 이질적인 목소리가 충돌한다. 흔히 김소월을 한(恨)의 시인이라 말하고 이 한이 시인의 기질적 요인에 기인한다고 보는 경향이 있다. 하지만 전기(傳記) 연구에 의하면 김소월은 "매우 냉철한 이성의 소유자로서 계산이 밝고 빈틈이 없으며 이지적"인 인물이었다고 한다. 김소월이 고리대금업을 한 사실이나, 대학에서 상대를 지망했던 점도 이와 무관치 않아 보인다. 이에 대해서는 오세영, 「한, 민요조, 여성성, 민족주의」, 『김소월, 그 삶과 문학』, 서울대 출판부, 2000, 87~88면 참조. 이런 사실을 고려한다면 김소월 시에 지방어와 토속어, 주술적 언어, 구비문학적 언어와 같은 이질적 언어가 들어오는 것도 다분히 시적인 전략에서 비롯된 것으로 볼 필요가 있다.

6) 본 연구는 김용직 교수가 편집한 전집(『김소월전집』, 서울대 출판부, 1996)을 텍스트로 활용할 것이다. 이 책에서 텍스트를 인용할 경우에는 별도의 각주 없이 괄호 속에 쪽수만 밝혀두도록 하겠다. 『김소월 전집』은 모두 6부로 구성되어 있다. 제1부는 1925년 간행된 『진달래꽃』(매문사)이고, 제2부는 김소월 사후 김억이 간행한 『소월시초』이며, 제3부는 미수록 발표시, 제4부는 미발표 유작시, 제5부는 번역시, 제6부는 산문이다. 이 중에서 제3부와 제4부는 기존의 김소월 시 연구에서 비교적 관심을 덜 받은 작품들이다. 특히 제4부의 미발표 유작시들은 비록 작품 수준은 떨어지지만 공식적으로 발표된 작품들과 달리 김소월의 조선주의가 분명하게 드러나 있어 주목된다. 본고는 정전 위주의 김소월 시 연구에서 벗어나 미발표 유작시를 중심으로 김소월의 근대·반근대 의식을 밝히게 될 것이다.

2. 혼종의 시 · 공간으로서의 고향

　김소월의 시와 시론에는 경계 혹은 지평7)의 이미지가 빈번하게 등장한다. 이런 작품에서 시적 주체의 시선은 바다와 육지, 산마루(혹은 땅)와 하늘이 서로 맞닿는 공간적 경계와 함께, 새벽과 아침 · 저녁과 밤과 같이 전이되는 시간적 경계를 향하게 된다. 시적 주체의 시선을 통해 마치 풍경처럼 포착되는 경계의 시 · 공간은 시적 주체와 서로 결합되면서 동시에 분리된다. 시적 주체와 풍경이 서로 결합된다 함은 시적 주체가 풍경을 통해서만 세계를 지각하고 자신의 실존에 대한 감각을 유지할 수 있다는 의미이다. 물론 시적 주체는 자신의 시선에 포착되는 풍경으로부터 분리된 채 작품에 등장하게 된다. 다음에 인용하는 「展望」이란 작품을 보자.

　부엿한하눌, 날도 채밝지안앗는데,

　흰눈이 우멍우멍 쌔운새벽,

　저 남便물까우헤

　이상한구름은 層層臺떠올나라.

---

7) '경계'가 서로 다른 세계가 접합을 이루는 지점을 가리킨다면, '지평'은 시적 주체의 시선에 포착되는 '경계'라고 말할 수 있을 것이다. 미셸 콜로에 의하면 이러한 '지평'은 시적 경험의 세 축, 즉 주체 · 세계 · 언어에 동시에 관여하는 진정한 구조이다. "시작품이 가리키는 현실은 여러 과학이 만들어내고자 하는 객관 세계의 현실이 아니라 지각되고 체험된 세계의 현실이다. 그런데 이 세계는 지평으로서만 자신을 드러낸다. 다시 말하면 주체의 특정한 관점에 따라서만 드러나며, 지각된 것과 지각되지 않은 것을, 구조의 구축과 확정되지 않은 무한한 여백의 열림을 유동적으로 분절시켜나감으로써 드러난다." 미셸 콜로, 정선이 역, 『현대시와 지평구조』, 문학과지성사, 2003, 9~10면 참조

마을아기는
무리지어 書齋로 올나들가고,
쇠집사리하는 젊은이들은
각금각금 움물질 나드러라.

蕭索한欄干우흘 건일으며
내가 볼째 온아츰, 내가슴의,
좁펴옴긴 그림張이 한녑풀,
한갓 더운 눈물로 어룽지게.

억게우헤 銃메인산양바치
半白의머리털에 바람불며
한번 다름박질. 올길 다왓서라.
흰눈이 滿山遍野 쌔운아츰.

— 이상, 「展望」 전문 인용

    제1연에서 시적 주체는 흰눈이 내린 새벽 하늘에 떠있는 구름을 보고 있다. 여기서 "날도 채밝지안"은 새벽과 "이상한구름은 層層臺 써올"르는 "저 남便물싸우"의 "부엿한하늘"은 각각 경계의 시간과 공간에 해당된다. 이러한 경계의 시간과 공간은 부재와 현존이 교차하는 지평의 이미지를 갖는다. 어둠 속에 감추어졌던 사물들이 반투명("부엿한")의 상태에서 자신의 현존을 드러내고, "저 남便물싸우"로 지평 저 너머에 있던 "이상한구름"이 시적 주체의 시선에 풍경으로 포착되는 것이다.

　제1연이 시인의 시선에 원경(遠景)으로 다가오는 풍경이라면, 제2연은 근경(近景)으로 다가오는 풍경이다. 학동들이 공부를 하기 위해 "書齋로 올나들가고", 젊은 아낙네들이 물을 긷기 위해 "움물질"을 나드는 아침 무렵의 일상 세계를 그리고 있기 때문이다. 원경이든 근경이든 간에 시적 주체는 풍경으로 포착되는 세계의 외부에서 그 세계를 조망한다. 이때 시적 주체와 세계 사이에는 서정적 동일화가 발생하지 않는다. 1연의 "쩌올나라"와 2연의 "나드러라"라는 서술어에서 발화자의 어조가 건조하게 느껴지는 것은 시적 주체가 외부의 풍경과 통합되지 못한 상태임을 보여준다. 이는 시적 주체가 외부 풍경에 대해 일정한 거리를 유지하면서 풍경의 관조자로 남아 있는 데서 비롯하는 것이다.

　한편, 풍경을 관조하는 시적 주체의 위치는 제3연 1행에서 분명하게 드러난다. 제3연 1행에서 시적 주체는 새벽과 아침 무렵의 풍경들을 "蕭索한欄干우흘 건일으며" 바라다보고 있는 것이다. 여기서 시적 주체는 풍경을 관찰하는 주체로서, 그 풍경과 분리된 외부에서 풍경을 투시한다. 하지만 3연 2~3행에서 "온아츰, 내가슴의 / 좁혀옴긴 그림張"이란 표현은 시적 주체와 풍경의 어떻게 결합되는지를 보여주는 대목이다. 풍경과 분리된 시적 주체는 그 풍경을 시적 주체의 내면으로 "좁혀옴"김으로써 풍경과의 결합을 이루어낸다. 시적 주체의 내면으로 옮겨진 풍경("그림張")과 시적 주체의 결합은 시적 주체가 풍경에 대한 관조에서 벗어나 그 풍경과 서정적 동일화를 이루어 내고 있음을 보여준다. 이제 시적 주체의 시선은 더 이상 대상을 향하길 멈추고 자신의 내면속으로 옮겨진 풍경, 즉 자신의 내면과 하나가 된 풍경을 향한다. 3연 3~4행에서 내면으로 옮겨진 "그림張"을 보는 시적 주체의 눈이 "한갓 더운 눈물로 어룽지"는 이유가 여기에 있다.

그러나 3연에서 나타나는 시적 주체와 풍경의 결합은 일시적인 것이다. 시적 주체는 그 풍경과 하나가 되지만 서정적 회감이 이루어지는 짧은 순간이 지나면 시적 주체와 풍경은 다시 분리가 될 수밖에 없다. 즉 김소월의 시적 주체는 자신의 시선에 포착되는 "簫殺스러운 풍경" 속에 정주하지 못하는 것이다. 풍경으로 다가오는 "이세상 모든 것"이 "한갓 아름답은눌얼님의 / 그림자쑨"(「희망」 중에서)이라는 사실을 시적 주체가 너무 잘 아는 까닭이다. 이 세계의 만물이 눈으로 보기에만 그럴 듯한 것, 어떤 이데아적인 것의 감각적 현상에 불과하다는 생각을 드러내고 있는 것이다.[8] 앞에 인용한 「전망」의 3연에서 시적 주체의 눈에 맺힌 눈물은 근원적인 세계와의 상상적 합일에서 비롯하는 눈물이면서 동시에 근원적 세계와의 합일이 끝내 이루어질 수 없는 사실에 대한 인식에서 비롯하는 좌절의 눈물로 보인다.

이제 좌절의 눈물을 딛고 시적 주체의 시선은 풍경 너머, 경계 너머의 근원적인 세계를 향하게 된다.[9] 「전망」의 4연에서 시적 주체가 시선을 던지는 "흰눈이 滿山遍野 쌔운아츰"의 겨울 풍경이 그것

---

8) 이는 김소월의 시론인 「詩魂」의 핵심을 이루는 생각이다.
9) 미셸 콜로에 의하면 "인간이란 "머나먼 곳들의존재"이며, 그 실존은 항상 현재 저 너머를 바라본다. 그 때문에 그는 멀리 있는 사물들을 가까이할 수 있고, "자신 쪽으로 끌어들일" 수 있는 것이다." 미셸 콜로, 앞의 책, 60면 참조.

이다. 여기서 겨울 풍경이 시적 주체의 시선에 포착되는 방식이 주목된다. 눈물을 거두고 눈 내린 겨울 아침의 산으로 시선을 돌리자 그 산이 마치 총을 멘 "산양바치"가 한번 달음박질로 내닫듯이 빠른 속도로 시적 주체의 시야에 포착되는 것. 시적 주체는 이와 같이 불현듯 출현하는 근원적인 세계, 시간적·공간적 지평 저 너머로부터 시적 주체의 시선에 포착되는 풍경 이편으로 갑작스럽게 모습을 드러내는 이데아적인 세계를 기다리고 있다. 그의 시적 언어는 이러한 기다림에 대한 주술적 표현이며, 그러한 기다림이 비극적인 좌절로 이어질 때 김소월 특유의 내면성의 시학—특히 풍경과 분리된 시적 주체의 고립된 내면세계에 대한 천착—이 성립하게 되는 것으로 보인다.

시적 주체와 풍경의 분리, 그리고 풍경 너머의 근원적 세계에 대한 갈망. 그것은 김소월이 식민지적 근대 사회의 어두운 이면을 얼마나 잘 포착하고 있는가를 역설적으로 보여준다. 그는 한편으로는 근대인의 시선을 통해 전통과 근대가 교차하는 시대적 현실을 관조하고, 다른 한편으로는 근원적인 세계가 부재와 침묵을 벗어던지고 근대적 풍경 이편으로 자신의 그림자를 드리우길 기다린다. 이는 「苦樂」(『삼천리』, 1934.11)이란 작품을 통해 확인된다. 이 작품에서 시적 주체는 "무겁은짐 지고서 닷는사람들" 즉 식민지의 고통스러운 삶을 살아가는 사람들에게 "崎嶇한발섀리만 보지말고서 / 째로는 고개드러 四方山川의 / 시언한 세상風景"도 바라볼 것을 권유한다. 시적 주체에게 포착되는 풍경은 다른 연에서 "뒤밧귀는 세상"으로 포착되고 있다. 여기서 뒤밖이는 세상이란 "한방울 물"이 모이고 모여

"山間엔 瀑布되어 水力發電"이 되고 "들에서 灌漑되어 萬鐘石"이 되는 근대화되는 세계, 즉 전통과 근대가 교차하는 식민지적 근대의 현실이다. 시적 주체는 작은 노력이 모여서 근대 문명이라는 거대한 변화10)를 이루어낼 수 있는 시대에, "무거운짐 지고서" 역경의 길을 걸어가야 하는 식민지 동포들이 가장 "이세상 사람답은 사람"이라고 치켜세운다. 식민지적 현실 속에서 고통과 억압의 삶을 살아가는 사람들이야말로 시대의 새로운 변화를 이끌어갈 주역이기 때문이다.

이와 같이 김소월의 시적 주체는 "뒤밧귀는 세상", 즉 전통과 근대가 서로 교차하는 경계의 시간과 혼종(hybrid)의 공간을 가로지른다. 비록 육체적 고향으로부터 멀지 않은 곳에 머물고 있었으나 시적 주체를 둘러싸고 있는 세계는 낯설기 그지없는 '고향 아닌 고향'일 뿐이다. 그래서 김소월은 고향을 현실 속의 공간으로 재현하지 못하고 기억과 꿈의 힘을 빌려 상상적으로 재현할 수밖에 없었다. 그의 시 「故鄕」(『삼천리』 56, 1934.11)에서 시적 주체는 "조상님 쪄가서 뭇친곳", "송아지 동무들과 놀든곳"인 고향을 "생시에는 생각도 아니하"다가 "잠들면 어느덧" 꿈속에서야 만난다. "꿈"과 "記憶" 속에서만 만날 수 있는 고향은 3~4연에서 아름답기 그지없고 또 풍요로운 세계로 그려진다. 하지만 시적 주체는 "쩌도는 몸"인 까닭에 고향에 되돌아가지 못하고 그리워만 한다. 그는 "제자리로 도라갈날 잇스"리라고 스스로를 위로하지만, "괴롭은 바다 이세상"으로 표상되는 식민지적

---

10) 물론 이 변화는 일제의 식민지적 수탈과 관련된 것이다. 이 작품에서 시적 주체는 식민지적 농업 정책으로 인해 변화되는 농촌의 근대화되는 현실에 대해 한편으로는 경탄의 시선을 보내면서도, 다른 한편으로는 그것의 본질로서 제국주의적 침탈에 대한 고발을 억압받는 민중의 형상을 통해 제시하고 있다.

현실로부터 벗어나 풍요로웠던 과거로 되돌아 갈 희망은 전혀 보이지 않는다.

　김소월의 시에서 시적 주체는 고향으로 되돌아 갈 수 없으며, 그래서 늘 길에서 방랑하거나 첩첩의 산중에 유폐될 수밖에 없는 존재로서 자신의 모습을 드러낸다. 고향은 늘 지평 저 너머에, 건너 뛸 수 없는 거리에 있는 것으로 간주된다. 고향의 세계에 대한 이러한 거리감의 표출은 김소월의 시적 주체가 근대적 주체임을 보여주는 것이다. 고향을 벗어나 보지 못한 전근대적 주체는 그 고향을 고향으로 인식할 수 없다. 비록 고향 밖을 벗어나더라도 그의 시선에 포착되는 외부의 현실은 고향과 다를 바 없으며, 고향은 시간적·공간적으로 언제나 회귀 가능한 곳으로 간주된다. 반면 근대적 주체에게 있어서 고향은 늘 부재하는 것으로서 인식된다. 근대적 시·공간에 대한 경험이 개입되면 고향을 바라보는 방식이 변할 수밖에 없기 때문이다. 가령 애국계몽기 시가의 시적 주체들이 고향을 인습과 미몽이 지배하고 있는 낡은 세계, 계몽해야 할 타자로 간주한 것이 좋은 예이다. 그들은 어둠과 낡음의 표상인 고향을 저주하며 탈향에의 강한 의지를 드러냈다.

　그렇다면 고향에 대한 그리움을 강하게 표출하는 김소월의 시적 주체가 서있는 자리는 무엇인가? 이 점은 김소월의 시가 놓여 있는 문학사적 위치를 가늠하는 중요한 표지가 된다. 주지하듯이 1910~20년대의 근대시는 대부분 맹목적인 근대지향성, 도시지향성을 보여주었다. 이와 달리 김소월은 밝고 소란스러운 근대적 도시의 세계, 가령 시론에 해당되는 산문 「시혼」(『개벽』, 1925.5)에서 밝힌 바와 같이

"밝음과 짓거림이 그의 文明으로써 光輝와 勢力을 다투며 자랑"하는 "都會"에서 벗어나 어둡고 습한 고향의 언저리로 되돌아온다. 물론 「祈願」(『삼천리』 56호, 1934.11호)의 "東洋 도—교—의긴자는 밤의 귓속 잘하는 네온싸인 눈찍좃차 가고십퍼"라는 부분에서처럼 김소월의 시적 주체는 자신이 체험한 근대 문명에 대한 동경과 그리움을 가슴 한 구석에 간직하고 있다. 하지만 그는 도시적 풍경의 이방인으로 남을 수밖에 없었다. 이는 「서울밤」을 비한 초기시 몇 편[11])에서도 확인할 수 있다. 가령 「서울밤」이란 작품에서 시적 주체는 서울의 거리를 밝히는 "電燈"을 바라보면서, "電燈" 저 너머의 "머나먼밤하눌"을 보고, 또 그것을 "나의가슴의 속모를곳"으로 끌어온다. 이와 같이 도시적 풍경의 국외자로 밀려난 시적 주체는 "서울거리가 죠타고" 말하는 세상 사람들을 뒤로 하고 자신의 고독하고 어두운 내면에 자리잡고 있는 또 다른 세계, 즉 고향의 세계를 찾아가게 된다.

그런데 고향, 향토의 세계로 되돌아온 시적 주체는 오직 근대인의 시선을 통해서만 고향을 관찰할 수 있다. 따라서 시적 주체에게 포착된 고향은 더 이상 고향이 아니다. 근대의 시선을 획득한 주체이기에 고향과 향토를 재발견할 수 있었지만, 그 고향과 향토는 이미 전통과 근대가 혼종되어 있는 이질적 세계이며, 결국 시적 주체는

---

11) 「서울밤」은 『진달래꽃』(1925)에 수록된 작품으로 근대 도시문명에 대한 소외감을 감각적인 이미지로 표현하고 있어서 김소월시의 주류적 경향과 대비된다. 그런데 흥미로운 사실은 이러한 예외적 경향의 작품이 김소월 시의 전통주의를 해명하는 중요한 단서가 될 수 있다는 점이다. 김소월이 왜 전통주의로 돌아섰는가 하는 문제는 그가 (식민지적) 근대에 대해 어떤 경험을 했고, 그것을 어떻게 인식하였는가 하는 문제와 뗄 수 없기 때문이다. 최근 이러한 입장을 뒷받침해줄 수 있는 김소월의 초기시 몇 편이 『문학사상』 2004년 5월호를 통해 발굴·소개되었다. 이 중에서 「서울의 거리」라는 작품이 특히 주목되는데, 이에 대해서는 남기혁, 「김소월 시에 나타난 경계인의 내면풍경」, 『국제어문』 31, 2004 참조.

고향을 부재의 세계로서 인식할 수밖에 없다.[12] 김소월의 절창으로
꼽히는 유작시 「삼수갑산」을 통해 구체적으로 살펴보자.

　　三水甲山 내웨왔노 三水甲山이 어디뇨
　　오고나니 奇險타 아하 물도 많고 山첩첩이라 아하하

　　내 故향을 돌우가자 내 고향을 내못가네
　　三水甲山 멀드라 아하 蜀道之難이 예로구나 아하하

　　三水甲山이 어디뇨 내가오고 내못가네
　　不歸로다 내故향 아하 새가되면 떠가리라 아하하

　　님게신곳 내고향을 내못가네 내못가네
　　오다가다 야속타 아하 三水甲山이 날가두었네 아하하

　　내 고향을 가고지고 오호 三水甲山 날가두었네
　　不歸로다 내몸이야 아하 三水甲山 못벗어난다 아하하

　　　　　　　　　　　　　　　　　　─『신인문학』3호, 1934.11[13]

---

12) 근대의 시선에 의한 향토와 고향의 발견은 식민지의 엘리트 지식인에게 일반적인 문제였
　다. "전근대 농촌 사회를 타자화시킨 계몽의 시선과 이를 심미적 대상으로서의 향토로 발견
　한 시선은 본질적으로 별 차이가 없는 것, 즉 근대의 시선이라고 할 수 있다." 이러한 근대의
　시선은 식민지 엘리트들이 자신을 계몽의 주체이면서 동시에 계몽되어야 할 대상으로 여
　기는, 그래서 '문명 / 야만' 사이에서 불안하게 유동하는 정체성을 가지도록 유도한다. 이에
　대해서는 오성호, 「「향토」와 「고향」, 그리고 향토의 발견」, 『한국시학연구』 7호, 한국시학
　회, 2002 참조.
13) 이 작품은 김억의 시 「三水甲山」과 함경도 민요 「산수갑산 가고지고」에 뿌리를 둔 작품이

이 작품에서 시적 주체가 처해 있는 공간은 '三水甲山'이다. 시적 주체는 '蜀道之難'과 같은 삼수갑산을 향해 고향을 떠나왔다. 문제는 탈향(脫鄕)의 과정을 거쳐 도달한 삼수갑산이 결코 이상적인 세계가 아니라는 사실을 시적 주체가 알아차렸다는 점이다. 그 삼수갑산에 는 "님"[14]이 없기 때문이다. 그 '님'을 다시 만나려면 시적 주체는 또 다른 삼수갑산을 찾아 떠나가거나 자신의 고향으로 되돌아가야만 한다. 하지만 귀향에 대한 욕망은 물론 또 다른 이상 세계로의 탈출 에 대한 욕망 역시 충족되지 못한다. 고향은 이미 고향이 아니고, 삼 수갑산은 시적 주체의 탈출[15]을 허락하지 않는 철저한 유폐의 공간 이기 때문이다.[16] 시적 주체는 자신의 의지대로("내가오고") 험난한 길을 걸어 삼수갑산에 도달했지만 자신을 유폐("三水甲山 날가두네")시 킨 삼수갑산에서 벗어나 고향으로 되돌아갈 수 없는 운명("내못가네") 을 자각하게 된다.

그렇다면 '삼수갑산'이 상징하는 세계는 무엇인가. 그것은 바로 식

다. 형식과 정서는 물론 표현과 발상법까지 거의 다르지 않다. 하지만 김소월의 작품은 '삼 수갑산'에 유폐된 시적 주체의 아이러니를 보다 생생하게 드러낸다는 점에서 주목된다.

14) 김소월 시를 포함하여 1910~20년대 시에서 '님'이 단순히 사랑하는 연인을 가리키는 것이 아니라 보다 '큰 자아' 즉 조국이나 민족을 가리킨다는 것은 최근의 민요시 연구에서도 속속 밝혀지고 있다. 이에 대해서는 정우택, 「한국 근대시 형성과정에서 '님'의 위상」, 『문학교육 학』 6, 2000 참조.

15) 김소월의 시에서 시적 주체는 대체로 헤매는, 방황하는 자아이거나 갇혀 있는 자아있다. 헤매임은 거주할 수 있는 이상적 공간을 찾지 못한 상태를 가리키고, 갇힘은 영혼과 육체가 구속됨을 의미한다. 때문에 헤매임과 갇힘은 전통과 근대 어느 쪽에서도 정신적 거주지를 찾을 수 없었던 피식민 주체의 피폐한 영혼(혹은 내면적 정신세계)을 상징하는 것으로 볼 수 있다. 이러한 헤매임과 갇힘의 상태에 대비되는 시어로 빈번하게 등장하는 것이 바로 '새'이다. 「삼수갑산」의 경우 "不歸로다 내고향 아하 새가되면 떠가리라 아하"라는 표현에 서, 피식민 주체가 지닌 탈출에의 꿈과 소망을 대리 충족하는 존재로서 '새'의 상징이 등장 한다.

16) 따라서 "崎險타"는 말은 공간적이 접근 불가능성뿐만 아니라, 시대적인 역경을 가리키는 말로 해석된다.

민지적 근대의 시공간, 즉 전통과 근대가 교차하는 혼종의 시공간이다. 김소월의 시적 주체는 전통과 고향에 대한 부정을 통해 근대 세계, 즉 탈향의 공간으로서의 삼수갑산으로 나아갔지만, 식민지적 권력이 지배하고 있는 세계는 시적 자아가 추구하던 이상적 세계가 될 수 없었다. 그렇다고 이미 부정한 전통의 세계로 되돌아갈 수도 없고('不歸' 의식), 새로운 세계(또 다른 삼수갑산, 1연 1행의 "三水甲山이 어디뇨"의 三水甲山)로의 초월에 대한 비전도 확보할 수 없는 아이러니한 상황이 펼쳐지는 것이다. 이러한 아이러니는 식민지 권력에 동화되기를 거부하였지만 대안적인 현실을 발견할 수 없었던 피식민 주체의 전망 부재의 상황, 그래서 끝내 자신을 가두는 "不歸"의 유폐 공간에서 살아가야 했던 식민지 지식인의 비극적인 내면 풍경을 여실하게 보여주는 것이다.

혼종의 시공간으로서의 고향과 향토의 재발견은 전통의 자기동일성이 파괴된 근대 세계의 어두운 이면에 대한 재발견을 의미한다. 근대인의 입장에서 볼 때 이 세계의 모든 사물과 존재는 영원성에 대한 비전을 상실한 채 의미가 비어 있는 시간과 공간 속으로 소멸해 들어갈 수밖에 없다. 김소월의 많은 시가 허무와 죽음의 문제를 다루고 있는 이유도 이 때문일 것이다. 이러한 근대인의 시선에 포착되는 고향산천은 비록 그것이 사라진 시대의 자연 풍경과 같은 모습일지라도, 낯선 풍경으로 다가올 수밖에 없다. 앞서 살펴본 바와 같이 풍경으로 다가오는 것들은 그것을 보는 주체와 분리될 수밖에 없으며, 그럴 때 자연이 갖는 고유한 가치와 의미는 달라지게 마련이다. 이를 잘 보여주는 작품이 바로 「산유화」이다.

山에는 숫픠네
숫치픠네
갈 봄 녀름업시
숫치피네

山에
山에
픠는숫츤
저만치 혼자서 픠여잇네

山에서우는 적은새요
숫치죠와
山에서
사노라네

山에는 숫지네
숫치지네
갈 봄 녀름업시
숫치지네

— 이상, 「산유화」 전문

　이 작품에서 시적 자아의 시선은 '청산'에 피어 있는 꽃을 향한다. 하지만 시적 자아와 대상의 상상적 합일은 이루어지지 않는다. 양자 사이에는 건널 수 없는 '거리'가 개입되기 때문이다. 이 작품에서 "저 만치 혼자서 피어 있"다고 말한 대목은 매우 의미심장하다. 우선 '혼 자서'라는 부사는 시적 자아와 대상이 서로 분리되어, 고립되어 있는 양상을 암시한다. 그렇다면 시적 자아와 대상이 각각 겪는 고립감과 고독감의 근본적인 원인이 문제가 된다. 1연과 4연에서 청산 속에서 꽃이 피고 또 지는 것은 자연의 순환적 질서를 표상하는 것이다. 이 러한 순환적 질서 속에 놓여 있는 꽃은 그 자체만으로는 고독하다거 나 고독하지 않다고 말할 수 없다. 문제는 청산 속의 꽃을 바라보는 주체의 시선이다.

자아와 대상의 서정적 융화가 중시되는 전통 시가에서 자연은 사 물 그 자체로 묘사되거나 고립된 존재로 표상되지 않는다. 반면 이 작품에서 자아와 대상의 서정적 상호 융화는 끝내 이루어지지 않는 다. 양자 사이에 "저만치"의 거리[17]가 개입하기 때문이다. 이 거리는 시적 주체가 대상을 관조하는 물리적 거리이면서, 동시에 자연의 마 법적인 질서를 계몽의 시선 아래 굴복시키려 하는 근대적 자아가 자 연에 대해서 가지는 심리적 거리(분리의식)이다. 이미 도시의 소란스 러움과 밝음을 체험한 근대적 주체는 근대적 시간성의 개입을 의식 하면서 자연을 회감할 수밖에 없으며, 이러한 거리감은 '자연에 합일 하고자 하는 자아'와 '자연에 합일할 수 없다고 느끼는 자아' 사이의

---

17) 김동리는 이 거리를 "인간과 청산과의 거리", "인간의 자연에 대한 향수의 거리"라고 설명 하고 있다. 그 이후 많은 연구자들이 "저만치"의 앰비규어티에 대해 논했지만, "자아와 자연 사이에 놓여 있는 극복하기 어려운 단절"이라는 점에 대체적인 동의가 이루어지고 있다. 이 에 대해서는 김동리, 「청산과의 거리」, 『김소월』(김동욱 편), 문학과지성사, 1981 ; 이미순, 『한국 현대시와 언어의 수사성』, 국학자료원, 1997, 150면 참조.

분열을 촉발한다. 근대적 주체의 자기 분열이 이루어지는 것이다. 이 분열은 '거리'를 통해 자연을 관찰하고 지배할 수밖에 없는 근대적 주체에 대한 자기반성의 의미를 담고 있다. '산유화'의 시적 주체는 자신의 시선이 지닌 이러한 양가성을 어렴풋하게 인식하고 있다. 시선의 양가성을 인식하는 지점에서 시적 주체는 자신의 분열된 정체성을 드러낼 수밖에 없다. 그것은 식민지적 현실 속에서, 전통과 근대가 뒤섞이는 시대적 지평 속에서 피식민 주체가 필연적으로 겪게 되는 정신의 균열을 보여주는 것이다. 이는 궁극적으로 피식민 주체의 자기 발견의 문제로 이어진다.

3. 식민지적 근대화와 피식민 주체의 자기발견

피식민지 주체의 정체성 분열, 혹은 주체의 이중화는 미발표 유작 시인 「봄과 봄밤과 봄비」라는 작품에 잘 나타난다. 이 작품에서 "세상을모르고 / 가난하고불상한나의가슴"이라고 묘사되고 있는 시적 주체는 '봄밤'에 내리는 비를 보면서 과거를 회상하게 된다.

漢江, 大同江, 豆滿江, 洛東江, 鴨綠江,
普通學校三學年 五大江의이름외이든地理時間,
主任先生얼굴이내눈에 환하다.

무쇠다리우혜도, 무쇠다리를스를듯, 비가온다.

이곳은國境, 朝鮮은新義州, 鴨綠江鐵橋,

鐵橋우헤나는섯다. 分明치못하게? 分明하게?

朝鮮生命된苦悶이여!

우러러보라, 하늘은감핫고아득하다.

自動車의, 멀니, 불붓는두눈, 騷音과騷音과냄새와냄새와,

— 이상, 「봄과봄밤과봄비」 부분 인용

　시적 주체의 기억 속에 떠오르는 장면은 다름 아닌 "보통학교삼학
년"의 지리 수업 시간이다. 시적 주체는 "五大江의이름"을 외게 하는
"主任先生얼굴이내눈에환하다"고 고백한다. 여기서 주목되는 것은
'지리시간'의 비유적 이미지이다. '지리'란 자연 공간을 수학적으로
분할하고, 지정학적 척도에 의해 그 공간을 계측하는 학문이다. 그
러나 지리의 공간분할이 결코 가치중립적인 것만은 아니다. 지도그
리기란 일정한 지표적 공간을 점유하고 있는 현실 권력을 상상하게
해주기 때문이다. 특히 근대국가에 있어서 지도그리기란 국가와 민
족간의 경계를 나누고, 일정한 지표적 공간에 속한 구성원들에게 국
가나 민족 따위의 공동체를 상상하게 만든다. 제국주의적 주체는 식
민지에 대한 지도그리기[18]를 통해 지도로 축소된 세계에 대한 소유
의 욕망을 불러일으키고, 이는 궁극적으로 식민지배의 담론을 파생

---

18) 박주식, 「제국의 지도그리기—장소, 재현 그리고 타자의 담론」, 『탈식민주의 이론과 쟁
　점』(고부응 편), 문학과지성사, 2004.

시키는 것이다.

　그런데 「봄과 봄밤과 봄비」에서 시적 주체는 '지리수업'을 통해 국가와 민족이라는 상상의 공동체를 감지하게 된다. 하지만 시적 주체는 지금 조선의 국경인 신의주의 압록강 "철교우헤" 서있는 자신의 모습이 "분명치못하"다고 말한다. 이 작품에서 시적 주체가 경험하는 정체성의 분열[19]이나, 민족 공동체의 위기에 대한 인식은 근본적으로 식민지 체험과 깊숙이 연결되어 있다. 근대 교육을 통해 습득한 국토에 대한 지식과 지리적 심상 체계는 민족에 대한 상상을 낳게 되지만, 그 상상은 늘 부재와 결핍을 환기할 뿐이다. 이 시의 1연에서 시적 주체가 자기 자신을 "세상을모르고 / 가난하고불상한나의가슴"이라고 묘사하는 이유가 여기에 있다. 여기서 "세상을모르"는 상태란 근대 교육을 통해서 얻게 된 민족과 국토에 대한 상상이 실제 현실과 맞부딪힐 때 생기는 괴리를 가리키며, "가난하고불상한" 모습은 피식민 주체로서 느끼는 자기 연민 즉 민족과 국토를 상상할 수 없게 만드는 식민지적 현실 속에서 피식민 주체가 느끼는 정신적 곤경을 암시한다. 압록강의 철교 위에 서 있는 시적 주체가 분명치 못한 자신의 모습을 발견하고 "朝鮮生命된苦悶"을 직접적으로 토로하는 이유가 여기에 있다.

　이와 같이 "朝鮮人, 日本人, 中國人"이 마음껏 넘나드는 국경 아닌 국경 위에서, 시적 주체는 한편으로는 나라 잃는 피식민 주체의 설

---

19) 가령 「夜의雨滴」(1920)에서 "어데로도라가랴, 내의 신세는", "그가치지향업시 / 헤메임이라"라고 표현되었던 헤메이는 주체는 피식민주체의 정체성 상실과 관련되는 것으로 보인다.

움을 느끼게 되고, 다른 한편으로는 자동차의 소음과 냄새가 진동하고 전등의 불빛이 작열하는 압록강 철교의 모습에 압도당한다. 시적 주체는 이제 "감핫고아득"한 하늘이나 "電燈이밝"게 비추는 철교로 상징되는 근대를 향한 시선을 거두고, 그 대신에 "그늘도깁게번듯거리며 / 푸른물결이 흐"르는 "다리아래"를 향해 시선을 옮긴다. 여기서 시적 주체는 구비치며 흐르는 "푸른물결" 위로 "얼신얼신" 나타나는 그 무엇을 보고 있다. 그렇다면 그 '무엇'의 정체는 무엇인가? 그것은 압록강 물에 비친 "가난하고불상한나의가슴"이며, 또한 "끼니좃차 벗드린" 조선 사람의 얼굴, 더 나아가 그러한 가슴과 얼굴 속에 투영된 조상의 혼일 것이다.

피식민 주체로서 민족을 상상하는 행위는 미발표 유작시인 「봄바람」과 「그만두쟈 자네」 등에서도 확인된다. 가령 「봄바람」에서 시적 주체는 "바람"이 부는 행로를 추적하고 있다. 그 바람은 "蒙古의 沙漠"과 "北支那의古墟"에 불고 "鴨綠江"을 건너 "新義州, 平壤, 群山, 木浦"와 "제주"에도 불고, "南洋"을 지나 "對馬島"와 "그곳나라"(일본)을 거쳐 "近代的美國"으로 건너가 "世相의尖端을것"는 "모단女, 모단아희"를 희롱하며, "外交의소용도리"인 구라파의 "詐欺事와 機械業者와外交官의헷바닥"에 불고, 이제는 "돌고돌아, 다시이곳, 朝鮮사람에 / 한사람인나의념통을불어준다."

이 작품에서 "봄바람"은 일단 새로운 생명을 움틔우는 존재(1연)로 표상되지만, 그렇다고 해서 이러한 상징적 의미가 작품 전체에서 지속되는 것은 아니다. 오히려 시적 주체는 "봄바람"을 통해 전 세계를 휩쓸고 있는 근대화의 바람을 표상하려 한다. 이 과정에서 시적 주

체는 근대화에 뒤진 "몽고"·"北支那"·"朝鮮"의 현실과 근대화를 주
도하고 있는 제국주의 세력을 대비시킨다. 이러한 대비는 궁극적으
로 제국주의의 폭력성과 허구성을 우회적으로 비판하기 위한 것으
로 해석된다. 또한 시적 주체가 자신을 "조선사람에 한 사람"으로 표
현하는 부분은 김소월이 민족에 대한 상상을 통해 피식민 주체로서
의 자기정체성에 대한 인식으로 나아갔음을 보여주는 것이다.

이러한 피식민 주체의 자기 발견은 초·중기시에서 발견되는 현
실주의 및 조선주의적 경향과 밀접한 관련이 있는 것으로 보인다.
전자의 경향을 대표하는 시가 바로 「바라건대는 우리에게 우리의 보
섭대일 땅이 있었더면」(『진달래꽃』 수록), 「爽快한아츰」(1934.11), 「나
무리벌노래」(『白雉』 2호, 1928.7)이다.

東이랴, 南北이랴,

내몸은 써가나니, 볼지어다,

希望의반짝임은, 벌빗치아득임은,

물결쑌 써올나라, 가슴에 팔다리에.

그러나 엇지면 황송한이心情을! 날로 나날이 내압페는

자춧가느른길이 니어가라. 나는 나아가리라

한거름, 쏘한거름, 보이는山비탈엔

온새벽 동무들 저저혼자 …… 山耕을김메이는.

— 이상, 「바라건대는 우리에게 우리의 보섭대일 땅이 있었더면」 부분 인용

新載寧에도 나무리벌

물도만코

쌍조흔곳

滿洲奉天은 못살곳

왜 왓느냐

왜 웃드냐

자고자곡이 피쌈이라

故鄕山川이 어듸메냐.

— 이상, 「나무리벌노래」(『白雉』 2호, 1928.7) 부분 인용

「바라건대는……」의 시적 주체는 삶(생업)의 근거가 되는 집과 토지를 잃고 "아츰에점을손에 / 새라새롭은歎息"(2연)을 하면서 길을 떠도는 유이민이다. 주지하듯이 김소월의 작품 중에는 집과 토지를 잃고 고향을 떠난 유이민이 시적 주체로 설정되는 경우가 많다. 고향의 무너진 집을 보면서 느끼는 허무와 상실감, 두고 온 고향의 산야에 대한 그리움은 일제의 식민지 침탈을 환기하게 된다. 그런데 「바라건대는……」에서 집과 토지를 잃은 유이민은 과거의 고향, 즉 근원적이고 이상적인 세계로 돌아갈 수 있으리라는 헛된 "꿈"에서 깨어나 새롭게 삶을 개척하려는 의지를 보여주고 있다. 이와 함께 시적 주체는 비록 "가느른길"이지만 "내압페" 있는 길 즉 미래에 대한 "希望"을 노래하고 있다. 미래에 대한 이러한 낙관적 태도가 "동무"로 표상되는 피식민 주체들 간의 연대의식으로 이어지고, 이것이

다시 민족이라는 더 큰 자아에 대한 상상을 가능케 하는 것이다.

이러한 현실주의적 경향은 「밧고랑우헤서」라는 작품에서도 발견된다. 이 작품에서 시적 주체는 "다시한番 活氣잇게 웃고나서, 우리 두사람은 / 바람에일니우는 보리밧속으로 / 호미들고 드러갓서라"라고 말하면서 "生命의 向上"에 대한 다짐을 하기도 한다. 미래에 대한 낙관적 태도와 현실 극복 의지는 식민지적 현실에 대해 다소 주관적인 전망을 내놓은 것이어서 당대적 현실을 핍진하게 그려낸 것이라고 보긴 어렵다. 하지만 그것은 피식민 주체로서의 명확한 자기 인식에 기반하고 있는 것이어서 공허한 현실 도피주의와는 구별될 필요가 있다.

피식민 주체로서의 자기 정체성의 확인은 「나무리벌노래」에서 보다 분명하게 드러난다. 이 작품은 '나무리벌'이란 넓은 평야를 소재로 하고 있다. 나무리벌은 황해도 재령군 북률면에 소재한 벌판으로서 만경평야와 함께 우리 나라의 곡창지대로 이름난 곳이다. 그런 만큼 동척(東拓)으로 대표되는 일본 제국주의 권력에 의한 토지와 식량 수탈이 극에 달했던 것으로 알려져 있다. 이로 인해 광범위한 소작 쟁의와 농민 항거가 잇달아 당대의 사회 문제로 부각되었고 총독부 역시 더 이상의 일본인 이주 금지를 약속하게 되었다. 하지만 이미 상당수의 농민들이 토지를 잃고 만주 유이민으로 유입되게 된다.[20] 「나무리벌노래」는 이러한 역사적 사건을 소재로, 토지를 잃고 '고향산천'을 떠나 만주로 흘러들어가야 했던 유이민의 신산한 삶[21]

---

20) 이에 대해서는 심선옥, 「1920년대 민요시의 근원과 성격」, 『상허학보』 10, 2003, 304~5면 참조.

과 풍요로웠던 고향에 대한 그리움을 노래한 작품이다.

식민지 권력에 의해 수탈당하는 피식민 주체의 비극적인 현실에 대한 비판적 인식은 자연스럽게 '조선'에 대한 상상으로 이어진다. 「마음의 눈물」에서 "못닛쳐글입길래내내가괴롭아하는朝鮮이여"라는 표현, 「그만두쟈 자네」에서 "朝鮮의 넋"이란 표현 등은 김소월의 조선주의를 확인할 수 있는 구체적인 단서가 된다. 여기서 '조선'에 대한 상상은 식민침탈 이전의 국체였던 조선에 대한 기억도 아니고 새로 꿈꾸는 근대국가에 대한 상상도 아니다. 오히려 그것은 '민족'에 대한 상상과 관련이 있다. 김소월의 시적 주체들은 「돈과밥과맘과들」에서 "우리나라사람들"로 표현되는 민족을 상상하면서, 국가를 잃은 피식민 주체로서 연대감을 표출하게 된다. 조선과 민족이라는 더 큰 자아를 상상하는 행위는 「꿈자리」(『개벽』, 1922.11)의 경우에 "집없고 孤單한 제몸의踪跡을 불상히 생각하셔서 검소한 이 자리를 간곳마다 제所有로 작만하여 두"신 님, "제 엷은 목숨의줄을 온전히 붓잡아주시고 외롭히 一生을 제가 危險업슨 이 자리속에 살게 하여 주"신 님과 같이 절대적인 존재에 대한 상상으로 이어진다. 그리고 시적 주체는 '조선'과 '민족'이라는 더 큰 자아의 "품속에서…… 종신토록 살겟"다고 다짐한다.

절대적이고 근원적인 존재로 표상되는 '님'(조선, 민족)은 결코 잊을 수 없고 잊혀지지도 않는 대상이다. 김소월의 시적 주체는 이러한

---

21) 가령 「제법인전」(미발표 유작시)에는 다 지어 놓은 농사를 "이다지모두내놋코" 고향에서 내쫓기어 "발길도라가는대로" 가는 유이민이 등장한다. 이 작품에서 시적 주체는 피식민 주체를 수탈하는 식민지 권력을 우회적으로 비판하면서 자신을 "알을까두고 / 색기를치지 못"하는 "기러기" 같은 존재로 비유하면서 자조하고 있다.

'님'과의 상상적 동일시를 지향한다. 문제는 시적 주체가 더 큰 자아와의 상상적 동일시에 안주하려 한다는 점이다. 이는 심리적 퇴행이나 현실 도피라는 비판을 받을 소지가 있는 것이다. 그는 "당신의 미듬성스러운 그품속에서 저를 잠들게 하여주셔요"라고 표현에서와 같이 비역사적인 시간, 모성적[22]이고 근원적인 시간으로 거슬러 올라가고자 하는 조급한 심정을 드러내기도 하였다. 이러한 심리적 퇴행이 문제가 되는 이유는 시적 주체가 식민지 / 피식민지, 식민 주체 / 피식민 주체의 대립을 낳는 체계의 외부 혹은 근대의 이중성에 대한 비판적 인식으로 나아가기 어렵다는 점 때문이다.

한편, 김소월은 식민주의적 근대화가 초래한 민족의 피폐한 현실, 가령 「단장(1)」에서 "沙漠같은이세상"으로 표현된 1920년대의 현실을 목도하면서, 피식민 주체로서의 자기 발견을 거쳐 마침내 조선주의에 도달하게 된다. 김소월의 조선주의는 조선의 넋과 혼에 대한 발견, "조상의 記錄"에의 전회로 특징지어진다. 이러한 조선주의는 시적 주체가 근대적 계몽 이성의 동질화하는 힘에 포섭되지 않는 더 큰 타자를 통해 자기정체성을 확인하려는 의지를 보여주는 것이다. 즉 조선주의는 시적 주체가 식민지적 근대에 맞설 수 있는 이념적 기반으로 작용하게 되는 것이다.

물론 김소월의 조선주의가 일관되고 통일된 목소리를 가지고 있

---

22) 김소월의 시에서 '조선적인 것'에 대한 상상이 부성적인 것에 대한 그리움보다는 모성적인 것에 대한 그리움으로 표현되고 있는 것은 매우 주목을 요한다. 예를 들어 「비오는날」에서 시적 자아는 석양 무렵 "찬비마자우는오굴쇼굴한병아리를모으고잇"는 "암닭"를 그리고 있는데, 이는 "견일과는 다르"게 내리는 비를 보면서 "今年세살먹은아가를 품에안고" 어르는 시적 자아의 모습과 겹치게 된다. 시적 주체는 '아이'와 '병아리'로 표상되는 피식민 주체를 감싸안아줄 어머니의 품과 같은 존재로 조선적인 것을 상정하고 있는 것이다.

었던 것은 아니다. 가령 「제이. 엠. 에쓰」[23]를 비롯하여 상당수의 작품은 서북 지방의 근대주의자들, 특히 안창호·이광수·주요한·조만식 등으로 이어지는 기독교 계통의 준비론자들의 현실인식이나 윤리관에 맞닿아 있다. 이는 김소월의 조선주의가 육당(六堂) 최남선의 국수주의적 경향의 조선주의와는 그 놓인 지점이 다르다는 것을 암시한다. 주지하는 바와 같이 육당의 조선주의는 역사의 기원을 찾아 신화의 세계로 거슬러 올라가 끝내 과거를 이상화·신비화하거나 역사를 심미화하는 문화보수주의 내지는 파시즘적 상상력으로 기울고 말았다.[24] 하지만 준비론자들의 윤리관에 영향을 받은 후기 시편을 통해 김소월은 미래에의 희망을 잃지 않고 검약과 절제, 인종의 삶[25]을 살면서 새로운 세계를 준비해야 한다는 근대주의적 현실인식을 피력하였다. 미발표유작시인 「忍從」은 이러한 준비론적 사고가 잘 드러난 작품이다.

---

23) 1934년 8월 『삼천리』를 통해 발표된 이 작품은 오산학교 시절 자신의 은사인 조만식에 대한 흠모를 노래한 작품이다. 조만식은 일찍이 도산 안창호의 연설에 감화 받아 그의 준비론 사상을 몸소 실천한 사람이라 알려지고 있다. 이러한 조만식과 오산학교의 기독교적이면서 민족주의적인 분위기는 성장기의 김소월에게 많은 영향을 미쳤을 것으로 보인다.
　　김소월은 이 작품에서 조만식의 "素朴한 風采, 仁慈하신 넷날의 그모양"을 뵈옵고 "술과 계집과 利慾에 헝클려져 / 十五年을 하주한 나"를 반성하게 된다. 이 시절 김소월은 여러 사업에 손을 댔다가 실패하고, 고리대금을 놓아 생활하다 그 마저 여의치 않아 실의의 나날을 보내고 있었다.
24) 국민문학파의 문화적 민족주의에 대한 최근의 비판적 논의로는 전승주, 「1920년대 민족주의문학과 민족 담론」, 『민족문학사연구』 24, 민족문학사학회, 2004 참조.
25) 김소월이 준비론적 사고에 접하게 된 것은 오산학교, 더 나아가 서북 지방에 널리 퍼져 있던 기독교적 분위기에서 말미암은 것으로 추측된다. 다만 준비론적 사고가 김소월의 사상체계에서 얼마나 본질적인 것이었나, 혹은 김소월에게 있어서 기독교가 얼만큼 절대적인 것이었나에 대해서는 의문의 여지가 남아 있는 것이 사실이다. 김소월의 전통주의는 이러한 근대주의의 전통부정과는 상당히 다른 차원에 놓이는 것이기 때문이다.

우리노래는가장슬프다.

우리는우리는孤兒지만

어버이업는아기어는,

지금은슬픈노래불러도죄는업지만,

즐겁은즐겁은게노래부른다.

슬픔을누가不健全하다고말을하느냐,

죠흔슬픔은忍從이다.

다만 모든恥辱을참으라, 굴머죽지안는다!

忍從은가장德이다.

最善의抗抗이다

안즉우리는힘을기를쑌.

오즉배화서알고보쟈.

우리가어른되는그날에는, 自然히싸호게되고,

싸호면이길즐안다.

— 이상, 「忍從」 부분 인용

「인종」은 시적 형상화가 잘된 작품은 아니다. 하지만 이 작품은
식민지 현실에서 등장할 수 있는 서로 다른 근대성 담론이 그 안에
서 이데올로기적 쟁투를 벌이고 있는 점이 주목된다. 이 작품은 시
적 주체가 "어벼이업는우리아기들", 즉 "철업는孤兒"로 설정된 작중
청자에게 준비론적 사상을 전달하는 형식을 취하고 있다. 작품 전체
에서 시적 주체는 세 가지 '노래'를 대비시킨다. "나는 냇가의 시들어

버린 갈대"라는 뜻을 지닌 일본어로 된 노래,26) "배달나라健兒야 나아가서 싸호라"라는 노래, "우리祖先의노래"가 그것이다.

　시적 주체에 의하면 일본어로 된 노래는 "거지"의 맘을 가진 사람만이 부르는 퇴영적인 노래이다. 이 노래는 작품이 쓰일 당시 널리 퍼져 있는 일본 가요의 일부분으로서 다분히 패배주의적이고 퇴영적인 내용을 담고 있는 것으로 보인다. 문제는 이러한 패배주의적인 이데올로기가 "虐待와貧困"에 신음하는 "어린孤兒들" 즉 식민지의 젊은이들의 영혼을 갉아먹는다는 점에 있다. 이 작품에서 시적 주체가 일본 가요를 문제 삼는 이유는 그것이 당대의 지배적인 이데올로기를 반영하고 있기 때문이다. 식민권력은 피식민 주체가 부정적인 자아 정체성을 형성하도록 유도하고 이를 식민 지배의 유효한 수단으로 활용하였다. 때문에 시적 주체는 우리가 비록 "고아"이지만 이 노래를 불러서는 안 된다고 단호하게 말하고 있는 것이다.

　한편 시인이 견지하고 있던 조선주의는 대결론자들과의 이데올로기적 투쟁27)을 통해 보다 분명한 모습을 드러낸다. 시적 주체는 대결론자들이 "철업는孤兒"들에게 "나아가싸호라, 나아가싸호라, 즐겁어하라"(3연)라고 가르치는 노래가 "부질업는선동"(6연)이며, "한갓 술에 취한사람들의되지못할억지"(6연)이고, "제가저를상하는몸부림"(6연)

---

26) 원문에는 "「オレ八河原ノ枯ススキ」"로 표기되어 있다. 송희복의 조사에 의하면 이 구절은 「般頭小睍」(센도우 고우다)라는 엥카(演歌)의 한 구절이라고 한다. 이 일본 노래는 1923년 관동대지진 이후 일본 사회에 만연한 염세적인 분위기를 반영한 것으로 1920년대 널리 불린 번안창가 「시들은 芳草」의 원가가 되었다고 한다. 소월이 이러한 염세풍의 일본 노래를 경계한 것은 노랫말의 내용이 민족적 패배주의를 조장할 수 있다고 보았기 때문이다. 이에 대해서는 송희복, 『김소월연구』, 태학사, 1994, 68~72면 참조.
27) 이 부분은 작품이 쓰일 당시 문단을 지배하고 있는 계급주의적 경향의 시 창작에 대한 비판으로 볼 수 있을 것이다.

이라고 비판한다. 식민지 시대의 대결론자들이 제기하고 있는 투쟁론이 과연 부질없는 선동이고 한갓 술에 취한 사람들의 억지인가에 대해서는 다양한 반론이 있을 수 있다. 다만 피식민 주체가 자신의 힘과 역량을 무시한 채 막바로 적과의 투쟁에 돌입한다는 것이 얼마나 위험한 것인가에 대해서는 누구나 공감할 수 있는 일이다.

이러한 대결론자들의 선동적인 노래 대신에 시적 주체는 "안즉어린孤兒"들이 "우리의노래"를 불러야 한다고 말한다. 그렇다면 "우리의노래"는 어떤 노래인가? 이 작품의 4연에서 시적 주체는 사람은 슬플 때에는 슬픈 노래를, 즐거울 때에는 즐거운 노래를 불러야 한다고 전제하면서 지금 "우리는괴로우니쓸픈노래를부르쟈"고 제안한다. 우리 노래는 비록 슬플 노래일지라도 "祖先의" 노래이고 그 속에는 "우리의精神"과 "우리生存의意義"(5연)가 있기 때문이라는 것이다. 여기서 시적 주체가 유독 '우리'의 노래를 강조하고 있는 이유는 무엇인가? 그것은 김소월이 조선적인 것을 통해 식민담론에 대한 저항의 가능성을 찾았기 때문이라고 해석된다.

김소월이 「인종」이란 작품에서 제기한 조선주의는 준비론자들의 현실 인식과 밀접한 연관이 있다. 시적 주체의 의하면, "슬픔"은 결코 "不健全"한 것이 아니며, 오히려 "죠흔슬픔은 忍從"(7연)이라는 것이다. 이 인종이야말로 "가장德"이고 "最善의反抗"인 까닭에 "모든 恥辱을참"고 이겨내며 오직 "힘"을 기르고 "배화서알"(8연)아야 하는 것이다. 여기에는 준비론자들의 낙관주의적인 미래 인식이 자리 잡고 있다. 이 시의 마지막에서 시적 주체가 "우리가어른되는그날에는, 自然히싸호게되고, 싸호면이길줄안다"라고 말하는 대목이 주목되는 이유가 여기에 있다. 주지하듯이 미래에 있을 싸움에 대비해 학문과 지식을 쌓고 힘을 길러야 한다는 실력양성론은 도산 안창호 그룹의 준비론 사상의 핵심에 해당되는 것이다.

준비론이 과연 제국주의 담론에 대한 저항의 담론으로 지속적으로 기능할 수 있는가에 대해서는 의문의 여지가 있는 것이 사실이다.[28] 온갖 치욕과 슬픔을 참아내고 근대적인 지식을 쌓으며 민족의 실력을 양성하면 과연 언제가 민족 해방이 찾아올 수 있을까? 오히려 그것은 식민담론의 변형된 이데올로기로 작용할 가능성은 없는가? 「忍從」의 시적 주체는 준비론이 가지고 있는 이런 한계에 대해서 반성적 사유를 보여주지 않고 있다. 거의 산문적인 진술로 일관하고 있는 이 작품에서 시적 주체의 목소리는 오히려 확신에 가득 차 있다. 이러한 확신은 김소월의 시 창작 과정에서 거의 유례를 찾아보기 어려운 것이다. 치욕을 이겨내는 인종이야말로 최선의 반항이라는 명제는 적어도 이 작품이 창작된 시기에 김소월이 도달할 수 있는 대항 담론의 최고치였던 셈이다. 준비론의 한계를 인정한다고 해도 준비론의 목소리를 수용한 것이 지니는 의미는 매우 크다. 왜냐하면 김소월의 조선주의가 국수주의·자민족중심주의로의 함몰을 피할 수 있었던 동인이 바로 준비론이기 때문이다. 그는 준비론의 근대주의적 목소리에 견인됨으로써 맹목적인 전통주의에서 벗어

---

28) 준비론 혹은 실력양성론은 1920년대 민족주의 문학의 이념적 근거였던 문화주의 이념의 구체적 실천양상을 보여주는 것이다. 실력양성론은 독립의 기회가 올 때까지 교육의 장려와 실업의 발전에 의한 자본주의 근대화를 이룩하는 데 심혈을 기울여야 한다는 주장이다. 엄밀한 의미에서 실력양성론은 독립을 전제로 의도적으로 실력을 양성한다는 것이지만, 실제로는 식민권력의 지원과 간섭이 불가피한 것이었기에 식민지배의 정당성을 인정하게 되는 딜레마를 벗어날 수 없었다. 이에 대해서는 전승주, 위의 글, 37면 참조.

날 수 있었고, 결국 전통과 근대가 뒤섞이는 시대를 가로지르는 경계인의 사유를 펼쳐 보일 수 있었던 것이다. 민족에 대한 상상이 자칫 민족의 신화화로 귀착되고 그것이 또다시 역사 현실의 모순을 억압하고 은폐하는 수단으로 귀착되는 문화보수주의의 프로그램을 떠올린다면, 김소월의 조선주의가 밟아간 정신적 도정은 우리의 정신사에서 매우 의미심장한 부분이 아닐 수 없다.

4. 이질적인 목소리의 표출방식 ─민요·민담·주술의 언어

김소월의 시에서 식민지적 근대는 양가적인 것으로 인식된다. 왜냐하면 식민지적 근대는 전통과 근대라는 비동시적인 요소들이 공존하면서 길항하는 시공간을 만들어내기 때문이다. 근대의 관점에서 보면 전통이란 개인의 자유와 실존을 억압하는 타자이고, 부정하거나 타파해야 할 계몽의 대상이다. 하지만 피식민 주체의 입장에서 보면 식민지적 근대란 이식된 근대이고 강요된 근대이기 때문에 이 역시 부정하고 타파해야 할 대상이다. 그래서 상당수의 식민지의 주체들은 근대의 타자인 전통을 통해 근대의 억압에 맞설 수 있는 미학적 프로젝트, 즉 전통주의로 전회하게 된다. 특히 제국주의 권력에 의해 부정되었던 민족적 정체성을 회복하기 위해 자민족 문화의 고유성과 특수성에 집착하고 민족의 기원을 찾아 근원적 시간을 탐색하는 일은 이 시기 상당수 계몽적 지식인들의 정신을 사로잡았다. 1920년대 중후반에 형성된 국민문학파의 조선주의는 이러한 정신사적 맥락에서 자연스럽게 표출된 것으로 보아야 한다.

김소월의 조선주의 역시 식민지적 근대의 양가성에 대한 인식에서 비롯한 것이다. 그의 시에서 근대의 양가성은 일련의 대립적 표상을 통해 드러난다. 근대는 밝음과 소란스러움으로 표상되지만, 밝음과 소란스러움의 이면에는 근대의 타자가 자리 잡고 있다. 근대의 타자는 흔히 어둠과 고요함으로 표상된다. 김소월의 시적 주체는 밝고 소란스러운 근대를 목도하면서 겪게 된 시선의 분열과 정체성의 균열을 극복하기 위해 근대의 어두운 이면을 향해 시선을 옮겼다. 그리고 그는 어둡고 고요한 전통의 세계에서 근원적인 세계의 그림자를 포착하였고, 그것을 시의 언어로 표출하고자 했다. 하지만 전통의 목소리를 시의 언어로 표출하기 위해서는 주체 해체와 주체 현존의 변증법이 필요했다. 즉 이성적 언어를 구사하는 근대적 주체의 해체와 초이성적 언어를 구사하는 탈근대적 주체의 현존이 동시에 이루어져야 하는 것이다.

여기서 언어의 선조적 질서를 탈구축할 수 있는 말하기 방식의 창출이 관건이 된다. 김소월은 이성적 언어의 선조적 질서를 탈구축하는 말하기 방식을 전통에서 찾았다. 그는 자신의 인격과 분리된 시적 주체를 등장시켜 말을 하게 한다. 근대적 주체의 자기동일적 의식으로 환원되지 않는 타자의 목소리가 서정시에 혼입됨으로써 그의 시적 담론은 다양한 의식과 이데올로기가 공존하는 이질적 담론으로 변모하게 된다. 김소월 시의 중요한 수사적 특질을 반어와 역설에서 찾은 기존 연구자들의 논의도 이런 맥락에서 이해할 수 있을 것이다. 그는 근대성 담론에 의해 타자로 규정되면서 배제와 차별의 대상으로 고착되고 시적 담론의 표면으로 부상하지 못한 채 억압되었던 전통의 담론을 되살리려 했다. 그의 시에서 전통의 세계는 어둠·하강·고요·은폐의 이미지로 그려진다.29) 이 점은 과거의 역사적 전통을 '빛'에 비유했던 1920년대 후반 육당의 계몽적 조선주의30)와 근본적으로 구별되는 것이다. 김소월은 '어둠·하강·은폐'의 이미지를 통해 전통의 목소리를 되살려 근대적 의식 맞서려 했다. 특히 그는 '혼'의 문제에 집중하여 역사 저 너머의 목소리, 근대적 지평 저 너머에서 울려나오는 전통의 목소리를 시적으로 복원하려 했다.

이 목소리는 식민지적 근대의 지리적 상상력에 균열을 가하고, 피식민 주체를 규율하는 근대성 담론의 단일 음성을 해체하는 힘을 가지고 있다. 앞 절에서 밝힌 바와 같이, 김소월은 식민지 지식인이 경험할 수밖에 없는 정체성의 분열에 시달렸다. 근대적 지식인으로서의 정체성과 민족 공동체의 구성원으로서의 정체성 사이에서 방황을 하고 있었던 것이다. 피식민 주체로서의 시적 주체는 이 헤매임

---

29) 이런 점에서 김소월의 시적 담론은 1910년대 전후의 애국계몽시가와 구별된다. 1910년대 육당과 춘원의 시에 나타난 '계몽적 주체'(남성적, 규율적, 근대적 주체)는 근대성의 이념을 전파하는 공적 담론의 목소리(단일음성)를 보여주고 있다. 그래서 이들의 시가에는 밝음·긍정성·미래지향성·반전통주의·낙관주의·상승의 어조와 이미지가 지배적이다. 한편 김소월의 시적 담론은 「백조」류의 퇴폐적 낭만주의와도 구별된다. 물론 주요한, 황석우, 김억, 박영희 등의 시적 주체 역시 계몽적 주체의 단일한 목소리와 낙관주의적 비전을 상실한 상태에서 개별적 주체의 사적이고 은밀한 내적 체험을 표현하였다. 이는 식민지적 현실에 의해 짓눌린 피식민 주체의 고립된 내면, 충족되지 않는 정신적 결핍과 욕망을 표현하고 있는 것으로 보인다. 하지만 이들의 시적 주체는 피식민 주체로서의 자기 정체성을 미처 형성하지 못한 상태에서, 식민 권력의 억압을 내면화하면서 방향상실과 주체 부정에 직면하게 된다. 이들의 시가가 보여준 감상의 과잉과 데카당스적 경향은 궁극적으로 식민지 권력의 담론에 대응할 수 있는 타자(전통)의 언어를 발견하지 못하였기 때문이다. 이들은 전통부정이라는 점에 있어서는 계몽 주체, 더 나아가 식민지 주체(식민권력)와 같은 시각을 공유하였지만, 그렇다고 해서 식민지적 근대의 현실을 받아들일 수도 없었다.
30) 가령 최남선이 제창했던 '밝사상'·'광명사상'이 여기에 해당된다.

(방황)을 통해 정체성의 분열을 드러냄으로써 역설적으로 식민 체제에 동화될 수 없는 피식민 주체의 고유한 내면 영역을 드러내게 된다. 그리고 이것은 궁극적으로 식민지 권력의 지도그리기에 미세할 균열을 불러일으키게 된다. 그것은 시적 주체 내분에 있는 또 다른 자아(전통)가 스스로 말을 하게함으로써 근대성 담론이 더 이상 식민화할 수 없는 절대적 타자의 영역이 존재함을 보여주는 방식인 것이다. 「무덤」에서 언급하고 있는 "조상의기록"은 근대성 담론 및 식민지 규율 권력에 동화될 수 없는 타자의 영역의 좋은 예이다.

"조상의 기록"(목소리)을 불러낼 수 있는 시적 장치를 마련하기 위해 김소월은 다양한 시도를 하였다. 구체적으로 김소월의 시적 주체는 풍속과 습속의 세계31)를 재현하거나 민담와 민요("옛이야기"와 "옛노래")의 구연자가 되기도 하고, 샤먼적(혹은 유교적) 제의의 주재자로서 주술을 읊조리기도 한다. 가령 「널」과 「칠석」이란 작품은 민중 공동체의 풍속과 습속을 그려내고 있는 작품이다. 습속의 세계는 식민지적 근대로 환원될 수 없는 잔여 문화로서, 비동시적인 것이 동시대적 현실 속에서 공존하는 식민지적 근대의 현실 속에서 민족적인 것 혹은 전통적인 것을 상상하게 해준다. 민담의 세계 역시 마찬가지이다. 「옛니야기」(개벽32, 1923.2)에서 시적 주체는 "고요하고 어둡은밤"에 "외롭음에 압픔에" 눈물을 흘리면서, 어린 시절 "외와두엇든 / 옛니야기"를 떠올린다. 김소월의 시에 수용된 그 "옛니야기"의 대표적인 예가 접동새 설화이다. 이 설화에서 누이와 "아웁이나 남

---

31) 습속과 풍속의 관점에서 김소월의 시를 조명한 논의로는 신범순, 「샤머니즘의 근대적 계승과 시학적 양상」, 『시안』 18, 2002 참조.

아되는 오랩동생"은 "이붓어미"로 상징되는 가족외적 존재의 폭력으로 인해 비극적인 결말을 맞이한다. 인륜적 공동체로서의 가족의 파괴는 더 큰 가족으로 상상되는 국가(혹은 민족)의 상실을 연상케 하며, 접동새의 서글픈 울음 소리를 배음(背音) 삼아 역사 너머의 목소리가 자신의 목소리를 드러내게 된다. 이러한 시적 발상과 표현법은 「춘향과 이도령」(173면)이란 작품에서도 확인된다. 이 작품에서 시적 주체는 "춘향과 이도령"이 살았던 "우리나라섬기든 한옛적"을 떠올리면서, 더 이상 "우리나라"를 섬길 수 없는 식민지 현실을 우회적으로 비판하고 있다. 이전 시대부터 구비 전승되던 민요나, 동시대에 대중들 사이에 인기를 끌던 타령32)과 잡가를 수용하여 창작된 작품들 역시 민담의 수용과 같은 맥락에서 이해할 수 있다.

구비문학적 유산33)을 통해 만나게 되는 "조상의 記錄"은 시적 주체의 "넉슬 잡아끄러혜"낸다. 여기에서 넋을 잡아 끌어낸다는 것은 조상에 의한 호명을 의미한다. 시적 자아는 '조상'으로 상징되는 민족과 전통에 호명됨으로써 민족 공동체의 일원으로서 자기 정체성을 부여받게 된다. 식민지적 근대라는 혼종의 시·공간 속을 방황하면 떠돌던 자아가 비로소 전통의 호명을 통해 주체로 거듭나게 되는

---

32) 「돈타령」(1934.8)이란 작품에서 김소월은 타령조의 말씨를 수용하여, 돈 문제로 고통스럽게 살아가는 피식민 주체의 삶을 다소 해학적으로 그려내고 있다.

33) 최근 탈식민주의 이론에서는 "구전전통을 사용하는 것 그 자체가 탈식민화 과정에서 전술적 전략"이 될 수 있다고 본다. 이는 "노예가 주인의 언어를 사용할 것을 강요받을 때 자신의 인격과 문화를 유지하기 위해 일종의 전략으로 사용"하는 "민족의 언어 nation language"가 식민 담론에 대한 대항 담론을 형성하는 동인이 될 수 있기 때문이다. 박경화, 「탈식민주의와 페미니즘」, 『탈식민주의 이론과 쟁점』(고부응 편), 문학과지성사, 2004, 165~168면 참조. 이런 맥락에서 볼 때 김소월이 1920년대 여타의 근대시인들과 달리 문명어와 외래어를 버리고, 향토색 짙은 사투리와 구비문학적 언어 운영 방식을 수용한 것은 많은 것을 시사해 준다.

것이다. 김소월은 전통주의적 전회를 통해 근원적인 세계로 회귀함으로써 피식민 주체가 경험할 수밖에 없었던 결핍(국가부재)을 극복할 수 있다고 본 것이다. 이러한 선택은 김소월이 "과거의 소중한 기록들을 되살려가는 능동적인 삶에 의해서 자신의 시들을 써나가겠다는 의지", 혹은 "삶의 가장 내밀한 부분에까지 내려간 자리에서 과거의 숨겨진 재산을 받"으려는 전통의식[34]을 가지고 있었음을 보여준다.

> 그누가 나를헤내는 부르는소리
> 붉으스럼한언덕, 여긔저긔
> 돌무덕이도 움즉이며, 달빗헤,
> 소리만남은노래 서러워엉겨라,
> 옛祖上들의記錄을 무더둔그곳!
> 나는두루찻노라, 그곳에서,
> 형격업는노래 흘너퍼져,
> 그림자가득한언덕으로 여긔져긔,
> 그누구나 나늘헤내는 부르는소리
> 부르는소리, 부르는소리
> 내넉슬 잡아쓰러헤내는 부르는소리.

— 이상, 「무덤」 전문 인용

---

34) 신범순, 「현대시에서 전통적 정신의 존재 형식과 그 의미」, 『국어교육』 96, 한국국어교육연구학회, 1998, 431면.

이 작품의 시적 주체는 과거적 기억이 "부르는 소리"에 이끌리어 "형적업는노래 흘너퍼"지는 조상의 무덤가를 헤매게 된다. 여기서 "무덤"은 "옛祖上들의記錄을 무더둔" 곳으로 표상된다. 즉 무덤은 단순히 죽은 자를 묻어 둔 장소가 아니라 죽은 자의 처소이며, 이 죽은 자는 비록 육체가 멸하였지만 혼백(魂魄)만은 남아 있는 것으로 간주된다. 시적 주체는 조상의 혼백이 간직된 무덤을 "조상의記錄"이라고 말한 것이다. 그런데 시적 주체가 옛 조상의 무덤가에 온 까닭은 혼백이 부르는 노래, 그 형체("형적없는")가 사라지고 "소리만남은노래" 소리에 이끌렸기 때문이다. 산 자의 넋을 부르는 형체 없는 소리, 조상의 기록이 묻힌 무덤에서 퍼져 나오는 소리가 산 자와 죽은 자의 소통을 매개하고 있는 것이다. 산 자와 죽은 자의 소통 내지 회통[35]은 일종의 주술적인 언어 혹은 마법적인 언어의 매개로 성립되는 것이다. 주술적 언어의 힘을 빌어 경험적 세계 속에 위치한 시적 주체는 초월적 세계 속에 위치한 타자("조상"의 혼백)와 회통(魂交)의 체험을 하게 된다. 회통이 이루어지는 배경, 즉 "달빗"이 교교하게 비추는 밤과 "그림자가득한언덕"이 지니고 있는 지평의 이미지는 회통의 체험이 근본적으로 종교적 초월에 해당되는 것임을 보여준다.

결국 "넉슬 잡아끄러헤내는 부르는 소리"를 들을 수 있는 시적 주

---

35) 산 자와 죽은 자의 소통, 혹은 삶과 죽음의 상징적 교환은 근대 이전의 유기적 세계관에서 흔히 발견되는 것이다. 김소월의 경우 그러한 소통과 교환은 종교적 제의의 주술적·마법적 언어를 통해 성취된다. 주술적·마법적 언어는 근대의 이성적 언어에 의해 억압되었던 타자(전통)의 목소리를 되살리고, 근대성 담론의 선조적이고 건축적인 질서를 그 내부로부터 폭파시킬 수 있는 새로운 문명의 비전을 전통주의자들에게 제공한다. 김소월에 의해 시도된 이러한 시적 방법은 이후 백석과 서정주를 거치면서 보다 풍요로운 시적 세계를 일구어내게 된다.

체는 일종의 샤먼과 같은 존재라고 말할 수 있다. 샤먼적 형상을 지닌 인물이 보다 전면화되는 작품으로 「苦樂」(1934.11)을 들 수 있다. 이 작품에는 "칼날우헤 춤추는 人生이라고 / 自己가 칼날우헤 춤을춘게지 / 그누가 밋친춤을 추라햇나요 / 얼마나 빗꼬이운 게집애"가 등장한다. 여기서 시적 주체는 샤먼적 존재의 비극적 운명을 노래하고 있다. 근대 사회에서 샤먼적 존재는 전통 사회에서 누렸던 권위를 상실할 수밖에 없다. 근대의 계몽적 이성의 입장에서 보면 샤먼의 주술적·마법적 언어는 부정과 타파의 대상이기 때문이다. 「고락」은 근대 사회에서 샤먼이 지고가야 할 삶의 고뇌와 절망, 특히 다른 사람의 천대와 멸시를 짐 지고 가야하는 비극적 운명을 노래하고 있다.

김소월이 샤먼적 존재를 시적 자아나 시적 주인공으로 등장시킨 이유는 "파괴되는 과거의 삶 전체, 떠도는 존재들의 운명 전체를 짊어지"[36]려 했기 때문이다. 김소월은 여러 작품에서 샤먼적 제의를 떠올리게 하는 소재가 등장시키고 있으며 샤먼의 마법적 주술을 연상시키는 동일한 소리의 의미 없는 반복[37]을 끌어들이기도 하였다. 가령 「悅樂」(140면)에서 시적 주체는 자신이 듣고 있는 빗소리를 "흘

---

36) 신범순, "샤머니즘의 근대적 계승과 시학적 양상─김소월을 중심으로", 『시안』 18, 2002, 48~49면 참조. 이 글에서 신범순은 김소월이 수용한 무속적 측면이 과거의 구태의연한 무풍의 잔존물이나 변두리의 하찮은 일들에 종사하는 타락한 무속이 아니라고 주장하며, 평북 정주 지방이 천도교와 밀접한 관계가 있는 지역임을 들어 천도교의 세계관과 영혼관이 김소월에게 영향을 미쳤을 가능성을 조심스럽게 제기하고 있다.

37) 김소월의 시에서 근원적인 세계를 넘어 현실 세계로 들려오는 '소리'의 이미지가 자주 발견된다. 가령 「애모」에서 시적 주체는 잠이 들면서 "저멀니 들니는 것" 즉 "봄철의 밀물소래"를 듣게 되는데, 이 밀물소리는 곧 "물나라의 玲瓏한九重宮闕"의 "잠못드는龍女의춤과노래"로 치환된다.

늦겨빗기는 呪文의소리"에 비유하고 있으며 이를 또다시 "啄木鳥의
/ 쪼아리는 소리"에 비유한다. 이와 같이 시적 주체는 자연의 현상을
마법적인 언어와 결합시킴으로써 죽은 자("식컴은머리채 푸러헷치고 / 아
우성하면서 가시는 따님")의 원혼을 달래려 한다. 다음은 샤먼적 제의가
보다 직접적으로 등장하는 작품이다.

> 내몸은 생각에잠잠할때. 희미한수풀로서
> 村家의 厄맥이祭지나는 불빗츤 새여오며,
> 이윽고, 비난수도머구리소리와함께 자자저라.
> 가득키차오는 내心靈은……하늘과쌍사이에.
>
> 나는 무심히 니러거러 그대의잠든몸우헤 기대여라
> 움직임 다시업시, 萬籟는 俱寂한데,
> 熙燿히 나려빗추는 별빗들이
> 내몸을 잇그러라, 無限히 더갓갑게.
>
> — 이상, 「默念」 부분 인용

「묵념」에서 시적 주체는 "이슥한밤"(1연)에도 잠을 못 이루고 "窓"
에서 들려오는 "첫머구리"(개구리)의 우는 "소래"(소리)를 듣고 있다.
그런데 개구리의 울음소리에는 "촌가"에서 앞으로 닥쳐올 액(厄)을
막기 위해 올리는 "厄맥이祭"의 불빛과 "비난수"하는 소리가 겹쳐져
있다. "厄맥이祭"의 불빛과 "비난수"의 소리는 "나려빗추는 별빗들"
과 함께 이제 시적 주체의 "心靈"과 "몸"을 이끌어낸다. 시적 주체는

샤먼적 주술을 통해 초월적인 영역과 영적 교섭을 하게 되고 "無限"을 경험하게 되는 것이다. 존재의 고양을 가능케 하는 샤먼의 주술적인 목소리는 근대적 이성과 언어에 포섭되지 않는 절대적 타자의 세계를 환기한다. 그 목소리는 이 세상의 목소리가 아니라 저 세상의 목소리이며, 주체 내부에 있는 또 다른 타자를 불러 일으켜 세우는 낯설고 이질적인 말이다. 시적 주체는 이질적인 목소리를 시에 끌어들임으로써 비로소 근대의 경험적 시간에서 벗어나 영원의 시간성을 맛보게 되며 그 순간 부재하는 것의 현전화가 이루어지는 것이다.

이와 같이 김소월의 시적 언어는 비이성적이고 마법적인 언어로 채워져 있다. 선조적으로 의미를 건축하는 근대시의 언어가 궁극적으로 발화 주체의 단일한 의식만을 반영하는 것에 비해, 김소월의 시에서는 복수의 발화 주체가 등장하여 단일한 의식에 균열을 일으킨다. 여기서 복수의 발화 주체란 시의 현상적인 발화 주체인 시적 주체와 그 시적 주체의 입을 빌어 비이성적·마법적 목소리를 표출하는 타자(샤먼)를 가리킨다.

「초혼」은 타자의 목소리가 시적 담론을 통해 표출되는 방식의 전형을 보여준다. 이 작품에는 동일한 시행이 여러 차례 반복된다. 이 반복 시행들은 "불안정적이고 격정적인" 시적 주체의 절망적인 내면 의식을 드러내는 동시에 주술적 마력을 뿜어 낸다.[38] 특히 유교적

---

38) 김만수는 김소월의 시집 「진달래꽃」 전체가 "고뇌→죽음→부활이라는 통과제의를 반복하고 있"으며, 이때 "시적 화자가 무의(巫醫, medicine man)로서의 기능을 담당하고 있다"고 본다. 특히 그는 「초혼」과 같은 계열의 작품이 보여주고 있는 "불안정적이고 격정적인" 표현은 샤먼이 접신 중에 돌아가는 곳인 "비롯되던 때(Illud tempus)에 대한 황홀감과 환각"이

장례 절차의 하나인 고복의식을 빌어 와 죽은 자의 혼을 불러내고, 그 죽은 원혼의 목소리에 형식을 부여하는 방식이 시도되고 있다. 물론 님의 이름은 "산산히 부서진 이름"이고 "불러도 主人업는이름"이어서 주체의 호명에 답을 할 수 없다. 그러나 시적 주체는 죽음을 불사하고 죽은 자의 원혼에 집착한다. 이미 사라진 것에 대한 형언할 수 없는 그리움, 그 병적인 집착은 시적 주체의 절멸로 이어지는 것이지만, 시적 주체는 자신의 절멸을 통해 님의 부재를 낳은 시대의 폭력적인 질서를 고발하게 된다.

그렇다면 해소될 수 없는 "서름"을 직정적으로 토로하는 '나'는 누구인가? 발화의 층위에서 본다면 '나'는 서정적 정조에 사로잡힌 시적 주체일 것이다. 하지만 발화 현상의 이면을 한꺼풀 벗겨보면 거기에는 샤먼적 형상을 지닌 타자가 자리잡고 있다. 이러한 샤먼적 주체(타자)의 입을 빌어 집단 주체(공동체)가 말을 하는 방식, 즉 근원적인 세계를 잃어버린 민족 공동체가 샤먼적 주체(타자)의 입을 통해 자신의 목소리를 표출하고 있는 방식을 「초혼」은 보여주는 것이다. 이 작품의 시적 주체는 다양하고 이질적인 목소리를 뒤섞어 분열된 역사 현실을 드러내고, 궁극적으로 역사적 시간의 균열과 틈을 비집고 절대적인 것이 현현하는 지점을 예기한다. "부르다가 내가 죽"는 그 주체 절멸의 순간이란 그 죽음을 통해 "내가" 그 이름의 "주인"과 대면하게 되는 순간이기 때문이다.

표현된 것이며, "죽은 자들과 죽은 자들이 사는 곳에 대한 시적 화자의 실감이 곧바로 일제 치하 조선의 현실에 대한 직시와 연결되고 있"다고 주장한다. 이에 대해서는 김만수, "김소월의 『진달래꽃』과 샤머니즘", 『민족문학사연구』 23, 민족문학사학회, 2003 참조.

이와 같이 김소월은 근대의 지배 담론에 포섭될 수 없는 이질적인 말을 근대시 내부에 수용함으로써 근대 부정의 시적 담론을 창조하게 된다. 그것은 근대의 지배적인 문화에 억눌렸던 잔여적(the residual) 문화[39]를 환기하고, 모든 문화의 기록과 역사 진행이 은폐하고 있는 야만성[40]을 고발하며, 식민 담론의 자기동일성을 그 내부에서 균열시킬 수 있는 대안적인 목소리이다. 따라서 이 목소리를 과거적이고 퇴영적인 것으로 간주하기는 어렵다. 김소월의 시적 주체는 근원적이고 모성적인 세계와의 상상적 동일시에 쉽게 안주하지 못한다. 시적 담론 속으로 혼입되어 들어오는 근대적 시간성의 압박을 끊임없이 의식하고 있기 때문이다. 근원적 세계가 차이와 거리의 견지에서만 감지되는 것, 그래서 전통과 근대의 어느 쪽에서도 정신적 안주를 얻을 수 없었던 경계인의 비극적 운명을 드러내는 것. 김소월이 선택하였던 전통주의에서 근대성 담론의 대안적 가능성을 발견할 수 있는 이유가 여기에 있다.

---

39) 한 시대의 문화 속에는 비동시적인 것이 공존할 수 있다. 즉 한 시대를 '지배하는 것(the dominant)', 과거에 형성되어 이후의 문화적 과정 속에서도 여전히 활동하는 '잔여적인 것'(the residual), 새로운 이념과 가치로 무장하고 '출현하는 것'(the emergent)가 공존할 수 있는 것이다. 여기서 '잔여적인 것'은 단순히 '구시대적인 것'과는 다르며, "지배적 문화의 관점에서는 표현되거나 실질적으로 입증될 수 없는 어떤 경험이나 의미, 가치"를 체험하고 실천할 수 있으며, 그래서 "지배적 문화에 대해서 대안적이거나 심지어는 반대적 관계에 있을 수" 있는 문화를 가리킨다. 여기서 재해석, 무력화, 투영, 차별적 포함과 배제 등 "능동적인 잔여물을 통합하는" 선별적 전통의 작용이 요구된다. R. 윌리엄즈, 이일환 역, 『문학과 이념』, 문학과지성사, 1982, 153~155면 참조.
40) W. 벤야민, 반성완 역, 『발터 벤야민의 문학이론』, 민음사, 1983, 347면 참조.

5. 맺음말

　김소월은 한국 근대시인들 중에서 대중들에게 가장 폭넓게 읽히고 또 사랑을 받는 시인이다. 여기에는 문학 정전을 선별하고 관리하는 제도 교육의 이데올로기적 심급이 중요한 역할을 한 것이 사실이다. 제도교육은 끊임없이 일정한 유형의 문학적 정전들을 '문학적인 것'으로 규정하고 그 정전에 대한 수용 방식과 미학적 반응을 특정한 방향으로 유도한다. 그 결과 김소월은 가장 한국적인 감수성을 한국적인 운율과 상징 체계로 형상화한 시인으로 평가받게 되었다. 이러한 반응들이 김소월의 문학적 특성에 비추어볼 때 큰 무리가 없는 것은 사실이지만, 다른 측면에서 보면 김소월의 시에 대한 편협한 이해를 낳게 하는 중요한 요인이 되기도 하였다. 특히 김소월의 시를 근대성 담론과는 무관한 것으로 이해하고 그의 시가 지닌 미학적 특질을 따로 떼어내 시대적 현실과는 유리된 진공의 공간 속에 격리시키는 경향은 문제로 지적할 수 있다. 그럴 경우 김소월 시의 전통지향성이 사실은 식민지적 근대의 모순과 허구성을 경험한 피식민 지식인의 정신적 고뇌와 분투의 결과라는 사실이 간과될 위험이 있기 때문이다. 이런 점에서 볼 때 김소월의 전통주의적 시 창작을 개인의 기질적 요인으로 설명하거나 동시대의 주류적 시 창작과는 유리된 개별적 현상으로 간주하는 것은 바람직한 이해방식이라 보기 어렵다.

　본고는 이러한 문제의식 아래 김소월 시의 전통주의가 어떤 과정을 통해 형성되었는가, 특히 전통주의의 이념적 기반으로서 조선주의가 어떤 함의를 갖는가에 대해서 집중적으로 조명하고자 했다. 이 과정에서 김소월 시의 대표작으로 간주되는 작품들보다는 그 동안의 연구에서 비교적 소홀하게 취급되었던 작품들 즉 시집 미수록 작품과 미발표 유작시를 중요한 자료로 취급하였다.

　김소월은 전통과 근대가 교차하는 혼종의 시공간을 가로지르면 항상 그 경계 위에서 사유한 피식민 지식인이다. 최근에 발굴된 「서울의거리」(1920년)를 비롯하여 「서울밤」 등의 초기작에서 시적 주체가 보여준 불안한 시선, 즉 식민지적 근대화가 가져온 문명으로부터 느끼는 피로나 정신적 분열은 김소월이 식민지적 근대의 거대한 심연을 발견하고 허무와 불안에 사로잡혀 있었음을 보여준다. 그의 전통주의적 전회는 이와 같이 식민지적 근대에 대한 비판적 인식에서 비롯한 것으로 판단할 수 있다. 그는 식민지적 근대화가 바꾸어 놓은 세상의 풍경, 즉 시간적 · 공간적 풍경의 전도에 주목하면서 그 이면에 자리 잡고 있는 민중의 고통을 환기하고 더 큰 자아로서 '민족'과 '조선'에 대한 상상으로 나아갔다. 근대적 교육제도가 창출한 '민족'과 '조선'에 대한 상상은 식민지적 근대에 동화되기를 거부하는 피식민 주체의 정신적 분열과 정체성의 균열을 촉발하게 된다. 결국 피식민 주체로서의 자기발견은 끊임없이 주체 해체와 주체 현존의 변증법을 거듭할 수밖에 없다. 한편으로는 식민주의적 근대성 담론에 맞서기 위해 근대적 주체를 해체하고 전통을 통해 민족적 자아로서 거듭나면서, 다른 한편으로는 맹목적인 전통주의에 맞서기 위해 또 다른 근대성 담론(준비론 사상)에 견인되면서 근대적 주체의 형상을 만들어내는 것. 이것이 김소월이 보여준 주체 해체와 주체 현존의 변증법이다.

　전자의 경우는 전통이라는 이질적 담론이 스스로 목소리를 표출함으로써 근대성 담론과 내적 대화화를 모색한다. 이때 시적 주체는 민요·민담·주술의 언어를 통해 말을 하는 방식, 즉 근대의 이성적 언어가 지닌 선조적이고 재현적인 언어질서를 탈구축하여 근대성 담론으로 환원될 수 없는 이질적인 목소리(마법적·주술적 언어)를 드러내는 방식을 취하게 된다. 「무덤」과 「초혼」의 세계가 바로 여기에 해당된다. 김소월은 이런 방식을 통해 "조상의 기록"과 대면하였고, 과거적 기억 속에 묻혀있던 억눌린 존재를 역사적 지평으로 끌어내었다. 그것은 근대성 담론의 억압과 폭력을 폭로하고 근대적 시간의 공허함을 파기할 수 있는 근원적 시간에 대한 비전을 우리에게 제시해준다. 하지만 김소월은 과거적 기원을 절대적인 것으로 간주하거나, 그곳에 유토피아가 있을 것이라는 헛된 망상을 하지 않았다. 그는 식민지적 근대가 초래한 현실의 변화, 즉 고향은 이미 사라진 세계이기 때문에 더 이상 갈 수 없는 곳이라는 사실을 너무 잘 알고 있었던 것이다. 물론 더 이상 갈 수 없는 곳이기에 그리움의 강도는 그만큼 커질 수밖에 없다. 갈 수 없는 세계 즉 부재와 결핍의 세계에 대한 낭만적인 집착이 생겨나는 이유가 여기에 있다.

　김소월의 시적 주체는 근대적 시간이 초래한 이러한 운명을 수용하면서 이미 사라진 세계를 향해 비극적 황홀의 포즈를 취하였다. 그러나 김소월의 시적 주체가 보여준 비극적 황홀은 또 다른 근대주의에 견인되면서 식민지적 현실에 대한 비판으로 담론으로 기능하게 된다. 미발표 유작시인 「인종」과 같은 작품에서 시적 주체가 보다 적극적이고 직접적인 목소리로 식민담론에 대한 대항의 목소리를 만들어내는 이유가 여기에 있다. 준비론 사상이 지닌 한계를 인정한다고 해도, 그것이 시적 담론에 들어와 김소월의 조선주의가 맹목적인 전통주의 즉 과거적 기원의 신비화와 이상화에 함몰되지 않도록 유도하고 있는 점은 주목할 만한 일이다.

물론 김소월의 반근대적 사유가 지닌 저항성을 과대평가할 필요는 없다. 김소월은 식민 주체에 맞설 수 있는 피식민 주체를 '조선', '민족', '조상', '여성'적 정체성에서 찾았다. 이러한 창작 경향은 식민지의 억압받는 '타자'의 정체성을 우리에게 환기해 주는 것이 사실이다. 하지만 그는 식민지의 억압받는 타자를 통해 현실을 해방할 수 있는 비전을 확고하게 제시하지는 못하였다. 그의 시와 시론이 상당 부분 "반투명적"인 존재의 회감을 강조하는 데 그친 것도 이 때문이다. 그는 "반투명적"인 존재, 가령 그의 시론에서 피력된 바 "도회의 밝음과 짓거림이 그의 文明으로써 光輝와 勢力을 다투며 자랑할 째에도, 저, 깁고 어둠은 山과 숩의 그늘진 곳에서는 외롭은 버러지 한 마리"의 존재를 통해 피식민 주체의 고뇌와 설움을 표현하고자 했다. 그 "깁고 어둠은 숩의 그늘진 곳"에서 만나게 되는 "일허버린故人"은 "時間과 空間을 超越한 存在"로서의 '詩魂'을 드러낼 수 있지만 당대적 현실을 미학적으로 포착하고 분열된 현실에 대한 대항 담론을 형성하기에는 너무나 심약한 것이었다. 전통과 근대의 경계에 서 있는 김소월의 내면 세계가 죽음과 허무의 언어로만 채워져 있는 것, 또 그가 마침내 불행한 죽음을 통해서만 궁핍한 현실을 벗어날 수 있었던 것은 이런 맥락에서 이해할 수 있을 것이다.

1920년대 시에 나타난 도시체험

도시풍경과 이념적 시선, 미디어의 문제를 중심으로

1. 들어가는 말

한국 근대시는 주지하는 바와 같이 1920년경부터 본격화되기 시작하였다. 물론 애국계몽기에 등장한 여러 문인(시인)들이 문명개화와 진보의 이상을 노래하였고, 이를 담아내기 위해 다양한 양식적 실험도 시도한 바 있다. 또한 1910년대 중반에 이르러 일부 유학생들을 중심으로 서구의 근대문예사조, 특히 상징주의 시에 영향을 받아 모던한 감각의 시를 창작하는 경향이 나타나기도 하였다. 하지만 근대 자유시의 방법과 이념에 대한 자각 위에서 근대적 자아의 내면 의식을 보다 선명하게 드러내는 시 창작은 1920년 전후 소위 동인지 시대의 시인들을 통해 본격화되었다고 해도 과언은 아니다. 이 시점은 식민지적 근대화가 본격적으로 진행되어 근대 도시의 풍경이 자리 잡기 시작한 시기와 겹친다.

정치적 · 경제적 측면에서 볼 때, 식민지적 근대화는 한일합방이 이루어진 1910년 이전부터 시작되었다. 하지만 근대성의 경험에 있어서 핵심을 이루는 '근대도시'에 대한 체험은 1920년 전후에 와서야 본격화될 수 있었다. 특히 식민 권력의 도시 계획에 따라 도시 공간들이 합리적으로 재배치되면서 이전 시대에는 없었던 대로(大路)와 광장이 건설되고, 자동차와 전차가 질주하는 대로를 따라 서양식 건물로 지어진 관공서 · 은행 · 상점 · 교회 등이 들어서고, 서양 복식을 차려입은 군중들이 거리를 활보하면서 구경거리를 찾아 헤매거나 혹은 스스로 구경거리가 되는 근대도시의 풍경은 1920년 전후에 와서야 구체적으로 그 모습을 드러내기 시작하였다. 물론 1920년대의 서울(혹은 부산, 인천, 평양 등)의 도시화는 식민 권력과 자본에 의해 제한된 권역 내에서 진행되었을 뿐만 아니라, 전근대적인 도시 풍경과 근대적인 도시풍경이 혼재되는 이른바 '비동시적인 것의 동시성'의 양상을 띠고 있었다. 하지만 새롭게 등장한 식민지 근대 도시의 스펙터클은 전통과 근대의 경계에 서있었던 사람들에게 시각의 충격과 감각의 혼란을 초래할 만큼 낯설고 두려운 것이 아닐 수 없었을 것이다.

실제로 1920년을 전후로 등장한 근대 시인들은 그 이전에 비해 확연하게 구분되는 시적 모더니티를 펼쳐보였다. 그들은 계몽의 시선으로 새로운 문명을 예찬하거나 혹은 근대적 시선을 미처 갖추지 못한 채 고립된 주체의 내면의식을 '몽롱체'로 드러내는 데 머물렀던 선배 시인들의 한계를 극복하려는 모습을 보여주었다. 특히 새로운 세대의 시인들은 갑작스럽게 출현한 근대 도시의 스펙터클과 새로운 감각에 주목하였다. 비록 제한적 수준이지만 근대 도시의 시각적

(視覺的) 경험은 새로운 시적 경험의 출현을 예고하는 것이었다. 새롭게 출현한 식민지적 근대 도시(특히 서울)의 풍경과 그것을 '풍경'으로 바라보는 주체가 겪는 시선의 충격과 혼란, 풍경에 대한 도취와 거리화(距離化), 거리를 활보하면서 도시풍경을 관찰하는 자의 우울과 권태 등은 1920년대 근대 시인들의 도시 체험에 있어서 가장 중요한 모티브를 이룬다. 다만 이러한 도시체험을 냉정하게 성찰하고 관조하는 것, 그리고 매혹과 도취의 이면에 숨겨진 자본과 권력의 냉혹한 논리를 비판적으로 사유하는 작업은 1930년대 중반의 모더니즘 시에서 본격화되었다.

본고는 근대의 시각적 경험과 반응이 식민지적 근대화가 본격화된 1920년을 전후로 해서 나타나기 시작했다는 판단 아래, 도시체험을 모티브로 삼고 있는 1920년대 시와 시인들을 연구 대상으로 설정하였다. 특히 착종된 근대 체험으로서 식민지적 근대 도시 체험이 어떤 방식으로 시적 형상화를 이루는지 추적하고자 한다. 이를 위해 본고는 김소월, 이장희, 이상화, 정지용, 박팔양, 임화 등이 발표한 1920년대 도시시(都市詩)를 연구 대상으로 설정하되, 이장희, 이상화, 박팔양의 작품에 초점을 두고 논의를 이끌어갈 것이다.[1] 이 논의에

---

1) 필자는 최근 '한국 근대시에 나타난 식민지적 근대와 시선의 문제'라는 테마를 가지고 일련의 계보학적 연구를 진행하고 있다. 그 구체적인 성과로 김소월, 정지용, 임화의 시에 나타난 식민지적 근대의 제 양상을 풍경과 시선의 관점에서 살펴본 논문을 발표한 바 있다. 따라서 본고에서 이 세 시인은 논의의 필요에 따라, 혹은 기존 논의를 일부 수정·보완하기 위해 언급될 것이며, 주로 이장희, 이상화, 박팔양 등의 잘 알려지지 않은 도시시를 집중적으로 논의할 것이다. 이 과정에서 본고는 시인들 간의 비교·고찰을 주된 논의 방식이 삼을 것이다. 다음은 본 논문과 관련하여 필자가 최근에 발표한 논문의 목록이다.
남기혁, 「김소월의 시에 나타난 근대 풍경과 시선의 문제」, 『어문론총』 49, 2008; 남기혁, 「정지용 초기시의 '보는' 주체와 시선의 문제」, 『한국현대문학연구』, 2008; 남기혁, 「임화 시에 나타난 근대 풍경과 이념적 시선의 변모과정」, 『한국시학연구』, 2008.

서 이들의 작품 세계에서 도시시가 얼마나 자주 나타나는가는 중요하지 않다. 이 시인들이 도시 체험을 통해 징후적으로 포착한 식민지적 근대의 시각적(視覺的) 양상이 한국 근대시의 내면성과 정치성에 어떤 의미를 던져주는지 살펴보는 것이 훨씬 중요하기 때문이다. 이 과정에서 식민지 근대 도시의 체험으로서 병적인 우울과 방황이 지닌 의미가 자연스럽게 드러나게 될 것이다. 이와 함께 본고는 새로운 이념과 시각으로 세계를 해석할 수 있는 근대적 주체가 형성되고 또한 식민지적 근대를 조망할 수 있는 객관적이고 비판적인 거리(距離)를 확보하게 됨에 따라, 1920년대 시인들의 병적인 우울과 방황이 극복되어 가는 양상을 함께 살펴볼 것이다.

2. 도시 풍경의 출현과 우울한 시선의 탄생

1920년 전후의 서울의 도시 풍경의 변화는 일본 제국주의의 식민지 지배 전략에 의해 촉발된 것이다. 조선총독부는 1910년 이후 식민지 경영을 위해 서울의 도시공간을 합리적으로 재편하기 시작하였거니와, 그 핵심에는 가로의 재정비 사업, 가령 남대문, 서울역, 황금정(을지로), 남촌 진고개의 도로 확장을 비롯하여 31개 노선의 도로정비 확장 사업이 자리 잡고 있다. 총독부의 도로망 정비 사업은 19세기 중반 프랑스 파리의 시가개조 계획을 모델로 삼았던 일본 도쿄의 전례를 본 뜬 것이다. 이 사업을 통해 새로운 도시 간선망이 구축됨에 따라 일본인 거주지역인 남촌과 조선인 거주지역인 북촌의 공간분할이 이루어졌으며, 남촌을 중심으로 상업가와 금융가가 형성되는 등 서울은 바야흐로 식민지 근대 도시의 면모를 띠어가기 시작했다. 이 과정에서 총독부는 "눈에 보이지 않게 교묘한 전통 유산 말살 전략"을 구사하여 전통 건물을 파괴하거나 쇠락을 유도하였으며, 그 대신 새롭게 들어서기 시작한 관공서, 교회, 상점과 백화점 등은 서울의 도시풍경을 근대화하는 데 결정적인 역할을 하였다. 이 과정에서 "궁궐 쪽 길과 도심의 인파 집산지를 반듯한 도로로 블록화"하여 조선인들의 불온 행위를 감시하고 소요를 진압할 무력을 동원하려는 식민 권력의 치밀한 계산이 작용하였다는 점은 결코 간과할 수 없다.[2]

식민 권력의 가시성의 배치에 의해 재편된 도시 공간은 새로운 근대 문물과 결합되면서 전근대 사회에서는 상상할 수 없었던 낯선 풍경들을 만들어냈다. 그 중심에는 새로운 교통수단의 출현과 전기의 보급이 자리 잡고 있다. 거리를 질주하는 전차와 자동차는 시간·공간의 압축, 균질화된 공간과 사회적으로 표준화된 시간에 대한 체험을 제공하였을 뿐만 아니라 그 자체가 풍부한 볼거리를 제공하는 도시 풍경의 일부가 되었다. 그리고 일본인 거주지역과 상업지역을 중심으로 전기가 보급되면서 도심의 밤거리를 환하게 밝힌 불빛 역시 서울의 거주민들에게 훌륭한 볼거리를 제공하였다. 수많은 사람들이 서울의 도시 풍경을 구경하기 위해 거리로 쏟아져 나왔다. 그들

---

2) 이상의 1920년대 서울의 도시 형성과 도시 풍경의 변화에 대해서는 노형석, 『모던의 유혹 모던의 눈물』, 생각의나무, 2004; 서울사회과학연구소, 『근대성의 경계를 찾아서』, 새길, 1997의 제3장의 보론 「서울의 도시공간에 대한 시론적 분석」 참조.

은 거리의 매혹적인 풍경을 바라보는 구경꾼으로서 거리를 활보하였고, 스스로 타자들에게 좋은 구경거리로 노출되었다.

金素月의 시 「서울의 거리」(『학생계』 1920.12)는 식민지적 근대화가 연출한 도시의 스펙터클과 그것을 향유하는 구경꾼이 등장하는 최초의 작품일 것이다. 1920년대 후반이나 1930년대 중반에 이르러서야 비로소 본격화되는 이런 모티브가 1920년에 창작된 김소월의 시에 등장하는 점은 매우 이례적이다. 필자는 최근 몇 편의 논문을 통해 「서울의 거리」에 포착된 식민지적 근대의 풍경과 시적 주체의 시선의 문제에 주목한 바 있다.[3] 이 작품은 전통과 근대, 과거와 현재가 교차하는 시대의 경계에서 새롭게 출현한 식민지적 근대도시의 풍경과 그것에 노출된 피식민 주체가 겪은 충격과 소외감, 시각의 혼란을 그려내고 있다. 이와 관련하여 "아아 풀 낡은 갈바람에 꿈을 깨힌 쟝지 배암의 / 憂鬱은 흘너라 그림자가 떠돌아라⋯⋯"라는 표현을 주목할 필요가 있다. 여기서 '쟝지배암'은 전근대와 근대가 교차하는 시대의 경계에서 갑작스럽게 낡은 시대의 미몽에서 깨어나 대도시의 새로운 문물과 시각적 자극에 노출된 시적 자아를 비유한 것이다. 미처 '꿈'에서 깨어나지 못한 '쟝지배암'의 눈에는 서울의 풍경이 마치 '히스테리의 여자'의 신경질적인 걸음처럼 혼란스러운 모습으로 비친다. 시적 화자는 서구식의 낯선 건물들, 가로등과 전차, "백악의 인형"인 듯 생기와 개성을 찾아볼 수 없는 군중의 무표정한

---

3) 「서울의 거리」에 대한 최근 연구로는 남기혁, 「김소월시에 나타난 경계인의 내면풍경」, 『국제어문』, 2004; 남기혁, 「김소월의 시에 나타난 근대 풍경과 시선의 문제」, 『어문론총』 49, 2008; 이외에도 김효중, 「김소월의 초기시에 투영된 전통과 미의식」, 『한민족어문학』 제46집, 2005 참조.

얼굴,[4] 밤거리를 질주하는 전차의 소음 등으로 구성되는 식민지적 근대 도시의 풍경들에 일말의 매혹도 느끼지 못한다. 그렇다고 그는 서울의 풍경을 편집자적 시각을 가지고 관찰할 수도 없었다. 그는 서울의 밤거리에서 혼란스러운 스펙터클에 노출된 채 아득한 시선의 충격과 혼란에 빠져 들었기 때문이다.

김소월의 시에 나타나는 시선의 충격과 혼란은 여행자(외부인)가 겪는 시각 경험의 전형적인 특징을 보여준다.[5] 이 여행자는 공간적 차이와 시간적 차이에 이중적으로 노출된 존재이다. 그는 시골뜨기인 동시에 전근대인인 까닭이다. 이 여행자는 자신을 압도하는 도시 풍경의 충격에서 헤어 나오지 못한다. 그는 서울의 풍경을 자기 자신과는 관련이 없는 외부의 사건으로 간주할 뿐이다. 시적 주체가 풍경으로부터의 소외감을 느끼는 것도 이 때문이다. 그는 '보는 주체'로서 풍경을 지배하거나 통어할 수 있는 시선의 권력을 행사하지 못한 채, 상실감과 우울, 육체적 피로와 정신적 혼란에 빠진 상태에서 식민지적 근대가 펼쳐놓은 도시풍경 속을 정처 없이 방황하고 있다. 밤거리의 유동하는 스펙터클의 일부인 시적 화자는 정작 그 자신이 도시의 유동하는 스펙터클을 능동적으로 수용할 수 없음을 민감하게 의식하고 있다. 뿐만 아니라 그는 풍경의 일부로 노출된 자

---

4) 군중의 무표정한 얼굴은 타자에 대한 무관심과도 밀접한 연관이 있을 것이다. 벤야민이 지적한 바와 같이, 군중은 "서로 아무런 공통점이 없으며 아무런 상관도 없는 것처럼 서로 치닫듯 스쳐가고 있는 것이다 …중략… 어느 누구도 다른 사람들에게 단 한번만이라도 시선을 던져 볼 생각은 하지 않는다. 이러한 개인들이 작은 공간으로 밀집해서 밀어닥치면 밀어닥칠수록 잔인한 무관심, 즉 자신의 사적인 관심사에만 무감각하게 고립되는 현상은 그만큼 더 역겹고 자존심을 상하게 하는 것으로 나타나게 된다." 발터 벤야민, 반성완 편역, 『발터벤야민의 문예이론』, 민음사, 1992, 133면 참조.
5) 남기혁, 「김소월의 시에 나타난 근대 풍경과 시선의 문제」, 『어문론총』 49, 2008 참조.

신을 향한, 숨어 있는 식민지 권력의 감시하는 시선을 의식하면서 육체적·정신적 피로를 느끼게 된다. 시적 화자가 도시의 소음과 '嘔逆나는 臭氣'에 취해 감각의 혼란을 경험하는 것이 이를 잘 보여주고 있다. 이러한 혼란스러운 경험은 근대도시의 비인간적인 속성과 함께, 시적 주체가 겪는 '불안과 위기 감각', 감각의 과부하로 인한 공포와 전율[6]을 동시에 보여준다.

김소월의 시적 자아에게 합리적 계산과 이성이 지배하는 서울의 거리는 우울증적인 세계로 다가왔다. 이 세계는 "파편화된 기호의 무한한 변전과 조합과 놀이로 구성되어 있는 만화경적 공간"[7]에 해당된다. 그런 까닭에 서울의 거리는 결코 근대적 주체의 자기정체성 형성을 위한 탐색의 공간이 될 수 없었다. 그는 1920년의 황량한 도시 서울에서 식민지적 근대의 어두운 이면을 발견하고 병적인 우울에 빠져들게 되었다. 주지하듯이 '우울'이란 "근대의 진보적 세계관의 필연적인 그림자"로서 문화적 모더니티를 이루는 중요한 정조(情調)이자 '세계감' 중 하나이다.[8] 우울자는 통상 자신이 무엇을 잃어버렸는지 모르는 상태에서 그것에 대한 상실감에 사로잡혀 끝내 자존감의 극심한 감소와 자아의 빈곤화에 빠져들게 된다.

김억·황석우 같은 상징주의 시인들에 비해 김소월은 이러한 '우울자'의 무의식을 훨씬 더 분명하게 드러냈다. 그것은 김소월이 도시적 삶의 병적 징후를 보다 예민하게 포착한 시인임을 보여준다. 김

---

6) 주은우, 『시각과 현대성』, 한나래, 2003, 390면 참조.
7) 김홍중, 「멜랑콜리와 모더니티−문화적 모더니티의 세계감 분석」, 『한국사회학』 제40집 3호, 2006, 17면.
8) 위의 논문, 3면.

소월 시에서 도시적 '우울'은 몇몇 작품에만 등장하는 우연적이고 일회적인 사건에 그친 것이 사실이다.9) 하지만 상실과 애상의 정조가 지배하는 김소월의 전통주의적 시 창작의 배후에 식민지 근대 도시(서울)의 체험이 자리 잡고 있다는 사실은 주목할 만한 것이다. 김소월은 도시 체험을 통해 식민지적 근대 사회가 결코 화해할 수 없는 세계임을 확인하였다. 그는 도시 체험에서 얻은 병적 우울과 상실감을 전통적인 정한이나 습속과 결합하는 방식으로 전통주의라는 또 다른 근대시의 계보를 일구어냈다. 이런 점에서 그의 전통주의적 전회는 식민지적 근대세계에 대항하여 그것으로부터 탈주하려는 시적 방법론이었다고 평가할 수 있을 것이다.10)

한편 古月 李章熙는 김소월에 비해 훨씬 더 감각적으로 식민지적 근대 도시의 풍경에 반응한 시인이다. 도시 풍경을 주체 외부의 사건으로 간주하면서도 그것을 감각적으로 묘사할 수 있는 비판적 거리와 시선을 확보하지 못했던 김소월과 달리, 이장희는 식민지적 근대의 풍경을 심미적 거리를 두고 바라보면서 감각적 언어로 표상하였다. 사실 김소월에 비해 이장희는 도시 문물에 익숙했던 도시인 출신의 시인이었다. 게다가 이장희의 도시시 창작은 김소월에 비해

___

9) 「시혼」(『개벽』, 1925.5)에서 언급한 바와 같이, 김소월은 "도회(都會)의 밝음과 짓거림"으로 표상되는 문명의 세계 대신에 저 어둡고 고요한 자연과 습속의 세계("깊고 어둠은 산과 숲의 그늘진 곳")에 이끌려 들어갔던 것이다.
10) 「서울의 거리」에 한정시켜 생각하면, 그의 탈주는 식민지 규율 권력이 요구하는 신체의 훈육, 그리고 근대적인 시각 체제에 미처 적응하지 못한 자의 육체적 피로와 시선의 혼란을 보여준다. 원근법적 시선의 부재, 혹은 원근법적 시선을 해체할 수 있는 탈주하는 시선의 부재가 김소월에게 근원상실감으로서 '우울'의 정조를 촉발한 것이다.

훨씬 더 늦은 시기(1925)에, 그리고 성숙한 나이에 이루어졌다. 실제로 이장희는 도시의 밤거리에 출현한 군중에 보다 감각적으로 반응하는 모습을 보여주고 있다.

그의 시에서 군중은 "등불 그리는 나비같이 / 모여들어 거니는 사람"(「여름밤」(『상화와 고월』 수록))들로 그려진다. 전등이 펼쳐놓는 스펙터클에 매혹되어 밤거리를 배회하는 군중들을 '등불 그리는 나비'에 비유하고 있는 것이다. 또한 그는 도시의 밤거리를 "아름다운 시내"에 비유하면서 거리의 유동하는 흐름을 예찬하는 모습을 보여주었다. 하지만 이장희가 도시의 풍경을 따듯한 시선만으로 바라본 것은 아니었다. 가령 「여름밤」의 연작시적 성격을 띠는 「가을밤」에서 시적 화자는 낙엽이 지는 늦가을 밤에 거리를 홀로 걷는 이의 쓸쓸한 마음을 노래하고 있다. 또한 「겨울밤」(『生長』, 1925.5)에서는 "싸늘한 등불은 거리에 흘러 / 거리는 푸르른 유리창(琉璃窓) / 검은 예각(銳角)이 미끄러 간다"와 같이 감각적인 이미지를 통해 겨울밤의 거리 풍경을 재현하고 있다. 특히 시적 화자는 거리에 반사되는 전등 빛에서 고드름이 달린 처마 끝으로 시선을 돌려, "풍지같이 떨고 있"는 "서울의 망령"을 바라보고·있다. 이와 같이 이장희가 그려내고 있는 도시(서울) 풍경 역시 결코 매혹되거나 동화될 만한 것이 아니었다. 우울한 시선으로 도시 풍경을 바라보면서 소외되고 위축된 시적 자아의 모습은 김소월 시에 등장하는 시적 자아의 모습과 비슷하다. 하지만 과도한 영탄적 표현과 산문적 진술로 도시 체험을 그려낸 김소월과 달리, 이장희는 대상에 대한 거리화를 통해 절제된 감정으로 도시 풍경을 감각적으로 그려내고 있다.11) 이러한 풍경의 통어, 감각적 이미지 활용은 이장희의 시가 김소월의 시에 비해 한 걸음 더 미적 모더니티에 근접하였음을 보여준다.

이제 「사상(沙上)」(『신민』, 1925.9)과 「겨울의 모경(暮景)」(『신민』, 1926.1)」을 통해 이장희 시에 나타난 도시체험의 특성을 구체적으로 살펴보기로 하자.

①
끔찍한 행렬(行列)이로다

군대(軍隊)도아니요 여상(旅商)도아니요 코끼리도아니오

꿈같이솟구은피라밋너머로

기다란형상(形象)이움직이도다

아아어스름달아래

그는쓸쓸한광영(光影)의물결이런다

물결은물결을쫓으며끝없이움직이도다

이전경(全景)에흐르는정조(情調)

야릇한정조(情調)에잠기게하여라

환상(幻想)의범선(帆船)을 띄우게하여라

사상(沙上)의바람은끊이지않고

멀리로서해조(海潮)의울음소리들리어라

---

11) 김신정은 이를 "개인 바깥의 영역과 거리를 둔 채 물러서 오직 자아의 내부와 사물의 구체적 실재에 집중하는" 시적 태도라고 설명하고 있다. 특히 김신정은 이장희 시가 "자아의 충만한 정서적 활동, 그리고 이를 일정한 영역 안에 사물을 통어하고 배치하는 주체의 능력이 객관적 풍경의 이면에서 활발하게 작동하고 있다"고 평가한다. 김신정, 「이장희 시 연구」, 『배달말』 41, 2007, 165면 및 172면.

— 이상, 「사상(沙上)」 전문 인용

②

길바닥은 얼어서 죽은 구렁이같이 뻗으러졌고

그 위를 세찬 바람이 돛을 달고 달아나면

야릇한 군소리가 눈물에 떨어 그윽히 들린다

잘 지절대고 하이칼라인 제비의 유령(幽靈)이

불룩한 검정 외투(外套)를 휘감고 비틀거리는 사이에 있어서

흐린 은(銀)결같이 희스름한 옷 그림자가 고요히 움직인다

— 이상, 「겨울의 모경」 부분 인용

인용문 ①에서 시적 화자는 황폐한[12] 밤거리를 활보하는 군중을 바라보고 있다. 그의 시선은 도시의 군중이 끝없이 움직이는 '물결'의 모습으로 포착된다. "꿈같이솟구은피라밋"과 같이 기하학적 공간으로 비유된 도시의 빌딩을 배경으로, 군중은 "쓸쓸한광영(光影)의물결"을 이룬 채 거리를 헤맨다. 유동하는 군중은 식민권력이 배치해 놓은 동선을 따라 지향성 없이 움직일 뿐이다. 도시의 거리는 권력의 가시성의 배치에 따라 건설된 것이기 때문이다. 군중은 식민 권력의 감시하는 시선으로부터 자유롭지 못하다. 시적 화자가 군중의 물결을 "끔찍한 행렬"로, 혹은 '쓸쓸한' 전경이라 묘사하는 이유도 이런 맥락에서 이해할 수 있다. 군중은 '군대'도, '여상'도 '코끼리'도 아

---

12) '沙上'이란 제목에서 알 수 있듯이 이장희는 도시를 모래(사막)에 비유하고 있다. 이는 식민지적 근대도시를 바라보는 시인의 비판적인 시선을 암시하는 것이다.

니지만,13) '기다란' 형상 이외에는 어떠한 개별자의 형상을 찾아볼 수 없는 얼굴 없는 '끔찍한' 무리에 불과하다. 그들은 서로에게 무관심하고 자신을 드러내지 않으며, 순간적으로 스쳐지나가는 인상 이외에는 서로 내면적으로 연결되어 있다는 느낌을 갖기 어렵다. 이 작품의 시적 화자는 거리를 메우고 있는 이런 군중의 모습을 보면서 쓸쓸함과 야릇함을 동시에 느끼고 있다.

한편, ②의 시적 화자는 서울의 거리 풍경을 우울한 시선으로 바라본다. 전반부에서 도시의 '큰 거리'는 '연기'에 젖은 몽롱한 분위기와 '둔중한 냄새'로 포착된다. 특히 시적 화자가 바라보는 "풀잎 같은 뾰죽한 신경(神經)을 드러내고" 있는 전차의 움직임은 급작스럽게 출현한 근대 풍경에 미처 적응하지 못했던 경계인의 신경증적인 반응을 암시한다. 시적 화자의 눈에는 거리의 풍경이 결코 매혹의 대상이 될 수 없다. 새로운 문물에 대한 시적 화자의 신경증적 반응은 여러 가지 죽음의 표상을 통해서도 확인할 수 있다. 인용문 ②에서 도시의 '길바닥'을 "죽은 구렁이"에 비유한 것, 거리의 군중들을 "불룩한 검정 외투를 휘감고 비틀거리"고 있는 '제비의 유령'에 비유한 것이 좋은 예이다.

이장희는 군중의 물결에 휩쓸리지 않고 군중의 바깥에서 군중을 최대한 객관적·비판적 시선으로 바라보고 있다. 시적 화자는 자기

---

13) 이 시의 2행에 등장하는 '군대(軍隊)', '여상(旅商)'은 각각 제국주의와 자본주의를 표상하며, '코끼리'는 자연과 야생을 표상하는 것으로 볼 수 있다. 군중은 군대나 여상처럼 뚜렷한 목적(가령 권력과 돈)을 가지지 못한 채 행렬을 이루고 있는 자들이며, 그렇다고 야생적 본능 때문에 길거리를 활보하는 것도 아니다. 시적 화자의 시선에는 이러한 군중의 행렬이 그로테스크한 모습으로 비춰지는 것이다.

자신을 군중이 이루는 풍경과 분리함으로써 내면을 향해 시선을 돌릴 수 있었다. 하지만 그의 내면 풍경에는 우울한 정조가 투영되어 있다. ①에서 시적 화자는 이 우울감을 떨쳐버리기 위해 내면의 상상을 통해 "환상(幻想)의범선(帆船)"14)을 띄운다. 이 범선을 움직이는 "바람"은 "沙上"으로 비유된 황폐한 도시의 풍경이다. 시적 화자는 군중의 움직임에서 '물결'을 떠올리고 이 물결을 움직이는 '바람'을 연상하면서, 도시 풍경 바깥의 "해조(海潮)의울음소리"를 듣게 되는 것이다. "환상의 범선"은 시적 화자를 싣고 해조의 울음소리를 향하여 항해를 한다. 이 항해는 환상적인 분위기15)를 자아내는 동시에, 도시로부터 탈주하려는 우울자의 실현 불가능한 욕망을 암시한다.

하지만 탈주의 욕망이 좌절되는 순간 이장희의 시적 자아는 급격하게 내면의 세계로 침잠하게 된다. 가령 「봄하늘에 눈물이 돌다」(『여명』, 1926.6)에서 시적 화자는 "봄은 나를 버리고 곁길로 돌아가다"는 말로 동경과 그 좌절을 이야기한다. 시적 화자가 속한 세계는 "밝은 웃음과 강한 빛깔이" 가득찬 도시의 '거리'이지만, 그는 이 '거리'에서 자신의 '행복과 자랑'이 모두 '녹아사라졌'(1연)다고 생각한다. 그는 식민지적 근대의 풍경에 대한 소외감을 다음과 같이 노래한다.

　　사람세상을등진오랫동안

---

14) ②에 등장하는 '돛'의 이미지 역시 같은 맥락에서 이해할 수 있다.
15) 이창민은 「사상」에 나타난 몽환적이고 환상적인 정조에 주목하고, 이 작품이 "대상의 정체를 숨긴 채 부정과 긍정, 감상과 묘사, 의문과 명령의 서술을 병치시킴으로써 초현실적인 분위기를 조성한다"고 평가한다. 이창민, 「이장희 시의 낭만성과 환상성」, 『우리어문연구』 제23집, 2004, 548면.

권태(倦怠)와우울(憂鬱)과참회(懺悔)로된무거운보퉁이를둘러메고

가상이넓은검정모자(帽子)를숙여쓰고

때로호젓한어둔골목을헤매이다가

싸늘한돌담에기대이며

창(窓)틈으로흐르는피아노가락에귀를기울이고

추억(追憶)의환상(幻想)의신비(神秘)의 눈물을지우더니라.

— 이상, 「봄하늘에 눈물이 돌다」 부분 인용

시적 화자는 자신을 "사람세상을 등진" 채 "倦怠와 憂鬱과 懺悔"의 심정으로 "호젓한 어둔 골목"을 헤매이는 "고달픈 魂"에 비유하고 있다. 이 고달픈 혼은 잃어버린 '봄'을 그리워하며 "追憶의 幻想의 神秘의 눈물을" 짓지만, 그는 봄이 다시 돌아오지 못할 것임을 알고 있다. 이는 도시 풍경에 대해 주변인(경계인)으로 밀려날 수밖에 없는 식민지 지식인의 자기 인식을 보여주는 것이다. 그는 자신의 '행복과 자랑'을 무너뜨린 '거리'의 정치학에 희생된 "고달픈 魂"에 지나지 않았다. "倦怠와 憂鬱과 懺悔"는 식민지적 근대의 감각적 표상들에 대한 시적 화자의 절망감과 거리감을 보여준다. 또한 시적 화자는 식민지적 근대를 뛰어넘을 수 있는 어떠한 시적 비전도 확보하지 못하였다. 3연에서 시적 화자가 "위로 삼아" 읊기도 했던 '시'마저 "을씨년스러"운 '옛꿈'이 되었다고 토로한 것도 이 때문이다.

이장희 역시 김소월과 마찬가지로 식민지적 근대의 '거리'의 정치학에 맞설 수 있는 어떤 이념적 시선도, 또 그 시선을 지탱할 수 있는 식민지적 근대의 타자들과의 연대도 발견할 수 없었다. 그들의 도시

체험은 내면에 대한 도시 풍경의 우위, 정체 모를 근원상실감과 우울, 방향성 없는 탈주라는 점에서 공통적이다. 그들은 도시 풍경에 대한 원근법적인 거리 조절에 성공적하지 못하였다. 그것은 그들이 도시 풍경을 바라볼 수 있는 고정된 위치와 특권화된 시선을 확보하지 못하였기 때문이다.16) 그들은 식민지 근대의 풍경을 바라보는 주체의 '위치'와 시선에 대한 성찰을 결여한 분열된 주체였다. 여기서 주체의 위치와 시선은 공간적인 차원을 넘어 사회적(혹은 계급적)인 차원까지 포함하는 것이다. 주체의 사회적 위치는 풍경을 바라보고 해석하는 이념적 시선 혹은 이념적 프레임과 밀접한 관련이 있다. 이념적 시선과 프레임은 '보는 주체'가 자신의 신체와 시선을 규율하는 식민 권력의 응시에 맞서 자기만의 보는 방식을 획득하려 할 때, 그리고 더 나아가 자신의 위치와 시선을 반성적으로 사유할 때 반드시 필요한 것이다. 보는 주체의 시선을 바라보는 자아 내부의 또 다른 시선이 작동할 때 비로소 근대적 성찰성이 성립된다.17) 이는 일본에서의 유학 체험을 담은 정지용과 이상화의 작품들을 통해 구체적으로 살펴볼 수 있다.

---

16) 풍경에 대한 통어는 그것을 바라보는 주체가 고정된 위치(투시점)에서 대상을 원근법으로 조망할 때, 그리고 주체의 시선을 통해 원경과 근경을 절취하고 그것이 보는 주체의 '눈'에 포착된 채로 재현하는 일련의 과정을 통해 실현된다. 다만 본고에서 보는 주체의 '눈'은 꼭 육안만이 아니라, 세계를 단일한 이념으로 해석할 수 있는 심안(心眼)과 이념적 시선까지 포함하는 것이다.

17) '성찰적 시선', '성찰성' 등의 개념에 대해서는 김홍중, 「근대적 성찰성의 풍경과 성찰적 주체의 알레고리」, 『한국사회학』 제41집 3호, 2007 참조.

3. 이국 도시의 체험 ─식민지 지식인의 분열된 자의식

鄭芝溶의 「슬픈 印象畵」(『학조』 1, 1926.6), 「카페 · 프란스」(『학조』 1, 1926.6), 「幌馬車」(『조선지광』 68, 1927.6) 등은 모두 일본 교토(京都)에 머물렀던 시절에 창작된 작품이다. 따라서 이 작품들에서는 김소월 이나 이장희의 경우와 달리 식민지 근대 도시 체험이 아니라, 식민 제국의 도시(京都)의 체험이 문제가 된다. 시적 화자는 식민 제국의 타자에 불과한 유학생 신분으로서 자신의 소외된 처지를 민감하게 의식할 수밖에 없었다. 구체적으로 「카페 · 프란스」의 시적 화자는 이국의 도시에서 살아가는 자신의 처지를 "옮겨다 심은 종려나무"와 같다고 여긴다. 시적 화자가 권력의 감시하는 시선이 교차하는 거리 로부터 벗어나 '카페'라는 밀폐된 공간을 찾아 들어가는 것도 이런 맥락에서 이해할 수 있다. 그의 시선에 포착된 교토의 밤거리는 "뱀 눈처럼 가는"[18] 밤비가 내리고, 비에 젖은 포도에서는 불빛이 반사 된다. 산란하는 불빛은 대상의 경계와 윤곽을 지워버리고, 도시풍경 을 바라보는 주체의 시선을 분산시킨다. 작품의 전반부가 마치 인상 주의 회화를 보는 듯한 느낌을 자아내는 이유가 여기에 있다.

도시의 스펙터클과 시선의 착란, 식민 권력의 감시하는 시선은 시 적 주체에게 피로와 권태를 유발한다. 시적 화자는 카페라는 밀폐된 공간에서의 작은 퇴폐와 향연을 통해 위로를 받고자 한다. 하지만 시적 화자는 카페 안에서조차 자신을 권력의 타자로서 바라볼 수밖 에 없다. 권력의 감시하는 시선은 이미 주체 내부로 이입되어 있는

---

18) '뱀눈'이 환기하는 사악함의 이미지는 식민 권력의 감시하는 시선과 무관하지 않다

까닭이다. "나는 나라도 집도 없단다"에 나타난 바와 같이, 시적 화자는 제국의 도시 교토에서 민족적 타자로서의 위치를 재확인한다. 결국 카페라는 공간 역시 '거리'와 마찬가지로 시적 화자에게 영혼의 안식을 줄 수 없었던 셈이다.

한편 「카페·프란스」와 유사하게, 「황마차」는 '거리 / 따뜻한 화롯가'라는 대립적 공간을 설정한다. '카페'와 '따뜻한 화롯가'는 밀폐된 공간으로서 권력의 감시하는 시선이 작동하지 못한다는 점에서 비슷하다. 그러나 카페와 달리 '따뜻한 화롯가'는 상상의 공간이다. 이 상상의 공간은 유년시절의 고향에 대한 기억과, '코란 경'과 '남경 콩'이 환기하는 이국적인 세계에 대한 동경이 결합하여 빚어진 것이다. 이 작품에서 과거의 기억이나 낯선 세계의 동경은 다소 낭만적인 느낌을 자아내기도 한다. 하지만 시 전체의 분위기까지 '낭만풍'(2연)이라고 볼 수는 없다. 오히려 시적 화자는 자신이 교토라는 제국의 도시에서 낯선 타자가 될 수밖에 없음을 깨닫고 알 수 없는 상실감과 비애에 빠져든다.

시적 화자가 자신을 식민 제국의 타자로 인식하는 과정에는 다양한 시선이 복합적으로 작동하고 있다. 구체적으로 「황마차」에는 크게 보아 세 개의 시선, 즉 교토 밤거리의 파노라마적인 풍경을 감각적으로 포착하는 시적 화자의 시선(이하 '시선1'), 이국의 도시를 배회하는 시적 화자를 감시하는 권력의 시선(이하 '시선2'), 권력의 시선이 자신을 바라보는 것을 바라보는 자아 내부의 또 다른 시선(이하 '시선3')이 자리 잡고 있다.

'시선1'은 "금붕어의 분류(奔流)와 같은 밤 경치"(2연)에서처럼 도시 풍경을 감각적으로 포착하는 시선이다. 이 작품에서 도시의 풍경은 정물화 속에 갇힌 풍경이 아니라 끊임없이 유동하는는 풍경이며, 이 풍경을 바라보는 주체 역시 거리의 동선(動線)을 따라 끊임없이 유동한다. 따라서 '시선1'은 근대 도시의 파노라마적 풍경을 구경하는 구경꾼의 시선에 근접하지만, 시적 화자는 그 풍경을 원근법적으로 통어할 위치에 있지 않다. 오히려 시적 화자는 풍경에 내맡겨진 존재로서, 유동하는 시선을 가지고 풍경에 신경증적으로 반응할 뿐이다. 시적 화자가 구경거리에 어떤 매혹도 느끼지 못하는 것, 그리고 그것을 향유하려는 생각을 품지 못하는 것도 이 때문이다.

'시선1'의 불안정성은 시적 화자가 끊임없이 '시선2'를 의식하고 있기 때문에 생겨난다. 이 작품에서 '시선2'는 "이국 척후병의 걸음새"(2연), "붉은 벽돌집 탑"(5연), "헬멧 쓴 야경순사"(5연), "빨간 전등의 눈알"(6연), "뱀눈알 같은 것"(7연)으로 표현된다. 이러한 표현들은 모두 대상을 바라보는 '눈'의 존재를 암시한다. 이 '눈'은 실재하는 '눈'(육안)이 아니라, 판옵티콘의 경우처럼 감시되는 자가 상상하는 감시 권력의 '눈'이다. 감시되는 자는 이 '상상'(부재하는 것)의 눈을 마치 실재하는 눈처럼 느낀다. 지배 권력이 가시성을 고려하여 배치한 도시의 '거리'는 따라서 도시 공간으로 확장된 판옵티콘이다. 5연에서 "솔잎새 같은 모양새를 하고 걸어가는 나를 높다란 데서 굽어보는 것"이란 표현은 감시의 시선이 지닌 효과가 무엇인지를 암시한다. 세속 권력의 상징인 시계탑은 '피뢰침'이 향하고 있는 하늘(신성한 권력)을 향해 손가락질을 할 만큼 '거만'스럽다. 시적 화자는 시계탑이 높은 곳에서 사람들을 굽어본다고 여긴다. 그것은 제국의 권력이 작동시킨 감시의 시선에 다름 아니다. 시적 화자가 '솔잎새 같은 모양새'로 걸어가는 모습은 식민지 규율 권력의 감시하는 시선을 내면화한 근대적 주체가 감시의 시선 앞에서 얼마나 위축될 수밖에 없는지를 역설적으로 보여준다. 그는 "마음놓고 술술 소변이라도 볼까요"라는 말로, 짐짓 규율권력을 조롱해보지만 그 조롱은 현실화되지 못한다. 또 다른 감시의 시선, 즉 "야경순사"의 감시하는 시선이 두렵기 때문이다.[19]

한편, '시선3'은 '시선2'를 의식하면서, 도시 풍경의 외부로 밀려날 수밖에 없음을 깨달은 시적 자아 내부의 또 다른 시선이다. 이런 점에서 '시선3'은 성찰적(혹은 재귀적) 시선에 해당된다. 하지만 '시선3'의 성찰성은 도시 체험이나 모더니티에 대한 비판적 성찰로 심화되지는 못하였다. 실제로 「황마차」의 시적 화자는 거리의 상상력을 지속하면서 도시 풍경의 물신적 속성을 구체적으로 비판하는 데까지 나아가지 못하였다. 뿐만 아니라 권력의 감시하는 시선을 균열시키는 데도 실패하였다. 그 대신 그는 '화롯가'·'소─냐의 둥근 어깨'·'머언 따뜻한 바다' 등이 환기하는 상상계적 세계를 꿈꾼다. 이러한 상상계적 세계는 식민지적 근대성에 의해 소멸되어버린 근원적 세계라 할 수 있다. 그것은 근대의 탈주선에 대한 상상을 제공할 수는 있어도 그 자체가 근대를 대신할 수는 없다. 다만 '시선3'이 작동함으로써 문화적 모더니티의 세계감으로서 우울의 정조가 부각된 점은 주목해야 한다.

---

19) 「황마차」에 나타나는 감시의 시선에 대해서는 이수정, 「정지용의 시에서 시계의 의미와 감각」, 『한국현대문학연구』 12, 2002 참조.

李相和는 정지용의 경우처럼 유학생의 시선으로 식민제국의 도시 풍경을 바라보았지만, 분열된 시선을 훨씬 쉽게 극복한 시인이었다. 그의 시에서 '조선'이란 상상의 공동체가 구체적으로 등장하는 점에 유의할 필요가 있다. 이상화 역시 식민 제국의 대도시에서 소외감과 절망감을 느낀다. 가령 「몽환병」(『조선문단』, 1925.10)이란 작품에서 그는 "목적도 없는 동경에서 명정(酩酊)"하면서 한낮에 '솔숲'에서 "까무러지면서 누워 있었"던 체험을 노래하고 있다. 그의 '명정'은 낯선 제국의 도시에서 경험했던 식민지 지식인의 울분과 좌절에서 비롯한 것으로 보인다.

시적 화자는 이 명정의 체험을 통해 자기반성을 이끌어내고 있다. 우선 시적 화자는 '명정'중에 "잠도 아니요 죽음도 아닌 침울이 쏟아지며 그 뒤를 이어선 신비로운 변화가 나의 심령 우으로 덮쳐"(1연)는 몽환적인 체험을 한다. 그 '신비로운 변화'란 "검은 안개 같은 요정"(2연)이 꿈속의 '나'를 찾아오는 것에서 시작하여, 그 요정이 "내 눈을 뚫을 듯한 무서운 눈"(10연)으로 '나'를 바라보다가 눈물을 흘리며 돌아서서는 "어쩔 줄 모르는 설움만을 나의 가슴에 남겨다 두고"(12연) 사라진 것을 가리킨다. 마지막 연(15연)에 이르러 시적 화자는 이러한 몽환적 체험에서 '혼란'과 '침묵'만이 아련하게 "영화된 것"을 떠올리면서, "아! 한낮에 눈을 뜨고도 이렇던 것은 나의 병인가 청춘의 병인가? 하늘이 부끄러운 듯이 새빨개지고 바람이 이상스러운지 속삭일 뿐"이라고 말한다. 이는 삶의 목적을 망각한 채 대낮에 명정하는 생활에 대한 자기반성을 보여주는 것이다. 몽환 중에 찾아온 요정의 '무서운 눈'(10연)은 이러한 반성을 이끌어낸 자아 내부의 성찰적 시선을 보여준다. 이 성찰적 시선은 '조선'에 대한 상상을 통해 구체화되는데, 이는 「도−교에서」(『문예운동』, 1926.1)라는 작품을 통해 보다 분명하게 확인할 수 있다. 여기서 이상화는 동경(東京)의 스펙터클에 더 이상 현혹되지 않고 시선의 통합을 이루어낸 시적 화자를 내세우고 있다.

오늘이 다 되도록 일본의 서울을 헤매어도
나의 꿈은 문둥이살 같은 조선의 땅을 밟고 돈다.

예쁜 인형들이 노는 이 도회의 호사로운 거리에서
나는 안 잊히는 조선의 하늘이 그리워 애닯은 마음에 노래만 부르노라.

'동경'의 밤이 밝기는 낮이다―그러나 내게 무엇이랴!
나의 기억은 자연이 준 등불 해금강의 달을 새로이 솟친다.

색채와 음향이 생활의 화려로운 아롱사(紗)를 짜는―
예쁜 일본의 서울에서도 나는 암멸(暗滅)을 서럽게―달게 꿈꾸노라.

― 이상, 「도−교에서」 부분 인용

"예쁜 인형들이 노는" 호사로운 거리, 낮보다 밝은 동경의 밤, 색채와 음향이 생활의 화려함을 자랑하는 이 "예쁜 일본의 서울"은 도취와 매혹의 대상이 될 만하다. 시적 화자는 동경의 밤거리가 연출하는 스펙터클에 이끌리어 헤매면서 자신이 식민 제국의 타자에 불과

함을 의식하게 된다. 시적 화자가 "문둥이살 같은 조선의 땅"과 "조선의 하늘"에 "안 잊히는" 그리움을 갖는 것도 이 때문이다. 주체의 위치를 확인한 시적 자아는 대낮보다 밝은 동경의 밤이 자신과는 무관한 현실("그러나 내게 무엇이라!")임을 깨닫게 된다. 이는 식민제국의 타자가 느끼는 소외감을 보여준다. 이 소외감은 고향에 대한 기억을 통해 더욱 강화한다. 특히 그는 '동경 / 조선', '문명의 불빛 / 자연의 달빛', '화려한 도시의 감각적 자극 / 암멸' 등의 대립적 표상들을 만들어내면서, '흰옷'(6연)이 상징하는 민족적 주체에 대한 상상으로 나아가게 된다. 민족에 대한 상상을 근대 / 전통의 대립적 표상에 접맥하면서, 시적 화자는 민족(혹은 조선)을 문명이 침범하지 않은 자연, 문명의 화려한 '색채와 음향'이 스며들지 않은 "거룩한 단순"의 '흰옷'·'암멸'과 등치시키고 있다. 이는 민족(조선)과 전통을 타자화한 식민 권력의 시선을 내면화하는 근대적 지식인의 한계를 보여준다. 하지만 시적 화자가 "우리의 앞엔 가느나마 한 가닥 길"이 있음을 발견하고 "어둠 속에서 별과 함께 우는 흐린 초롱불"로 향해 시선을 돌릴 수 있었던 것은 '조선'이란 상상의 공동체에 대한 발견, 식민지적 근대에 함께 맞설 수 있는 계급적 타자의 발견이 있었기에 가능했다고 볼 수 있다. 「초혼」(『개벽』, 1926.1)이란 작품에서 이는 '반역'의 정신으로 이어진다.

서럽다 건망증이 든 도회야!
어제부터 살기조차 다—두었대도
몇백 년 전 네 몸이 생기던 옛 꿈이나마

마지막으로 한 번은 생각코나 말아라.

서울아 반역이 낳은 도회야!

— 이상, 「초혼」 전문 인용

이상화는 이 작품에서 서울을 "서럽다 건망증이 든 도회야!", "반역이 낳은 도회"라는 말로 호명한다. 이는 민족적 주체에 대한 상상 때문에 가능한 것이었다. 그는 서울을 식민 권력의 지배에 순응하는 공간이 아니라, 기성의 권력에 반역하였던 역사적 기억을 간직한 저항의 공간으로 전유한다. 반역에 대한 역사적 기억은 피식민 주체의 사회적 기반이 되어야 할 민족과 국가를 환기하면서, 서울을 식민권력과 피식민 주체간의 권력투쟁이 벌어져야 할 살아 숨 쉬는 역사적 공간으로 만들어 놓는다.20)

4. 미디어와 도시풍경 − 풍경의 관찰과 기록, 그리고 이념적 시선의 획득

1920년대 시인들의 도시 체험은 시각 체험의 직접성에서 그 공통점을 찾을 수 있다. 정도의 차이는 있지만 그들은 식민지적 근대도시로 급변하는 서울의 풍경, 혹은 제국의 타자로 일본의 근대도시의 풍경에 내던져진 존재이다. 그들은 눈앞의 도시 풍경을 원근법적으

---

20) 이상화의 경우 도시 풍경 그 자체에 대한 감각적 묘사가 부족한 것은 사실이다. 이는 시적 화자가 도시 풍경 너머에 있는 근원적 세계에 대한 동경(혹은 민족주의 이념)을 드러내는 것에 더 큰 관심을 두었기 때문일 것이다.

로 조망하고, 이를 지배하거나 통어할 수 있는 특권화된 시선이나 통합된 감각을 갖추지 못했다. 그들은 눈앞의 풍경이 결국 자신이 살아갈 도시의 현실임을 받아들이지 못한 채 극단적인 소외감에 빠져들고 말았다. 도시는 시적 주체와는 무관한 타자들의 세계로 추상화되었다. 특히 이상화를 제외한 다른 시인들은 새로운 도시의 거리를 거닐면서 근대적 자아로서의 자기정체성을 탐색하거나 도시적 삶의 본질을 규명하려 하기보다, 자신의 위축된 영혼과 유폐된 내면의식을 토로하는 데 급급하였다.

내면에 대한 풍경의 우위, 풍경과 분리된 객관적 시선의 부재 등은 역설적으로 도시 풍경 그 자체의 소멸을 초래한다. 앞에 언급된 작품들에서 본 바와 같이, 도시 풍경은 풍부한 육체성을 드러내지 못한 채 파편화되고 있다. 그들의 시에서 파편화된 도시 풍경이 어떻게 나타나는지, 그리고 그 과정에서 근대적 미디어가 어떻게 활용되는지 세심하게 살펴보기로 하자.

①
구름인지 안개인지 너머로 핏줄 선 눈알같이 불그레함은
마지막으로 넘어가는 날볕의 얼굴이 숨어 있음이라
이들 눈에 드는 모든 것이 저마다 김을 뿜어서
그는 환등(幻燈)의 영사막(映寫幕)이며 침울(沈鬱)한 뎃상을 보는 듯하다.
— 이장희, 「겨울의 모경(暮景)」 부분 인용

②

시멘트 깐 인도측으로 사풋사풋 옮기는

하이얀 양장의 점경(點景)!

그는 흘러가는 실심(失心)한 풍경이어니……

부질없이 오랑쥬 껍질 씹는 시름……

— 정지용, 「슬픈 인상화」 중에서

③ 헬멧 쓴 야경순사가 필름처럼 쫓아오겠지요!

— 정지용, 「황마차」 부분 인용

①에는 석양 무렵의 도시풍경과 그것을 바라보는 주체가 등장한
다. "저마다 김을 뿜어서"라는 표현에 나타난 바와 같이, 이 시에는
'연기', '구름', '김' 등 대상의 선명한 모습을 가리는 수증기의 이미지
가 자주 나타난다. 인상주의 회화에서 수증기의 이미지는 도시 풍경
을 그려내는 중요한 표현 기법이다.[21] 수증기에 의해 도시는 경계가
해체된, 그리고 끊임없이 유동하는 이미지로 그려진다. 마찬가지 맥
락에서 ①의 시적 화자는 도시의 풍경을 보면서 "침울(沈鬱)한 뎃상
을 보는 듯하다"고 말하고 있다. 한편, ②의 시적 화자는 "이국 정
조"(3연)가 물씬 풍기는 항구의 깜박거리는 전등과 낯선 타국으로 떠
나는 사람의 유동하는 이미지가 마치 '점경' 같다고 느낀다. 시적 화

---

21) 린다 노클린, 정연심 역, 『절단된 신체와 모더니티』, 조형교육, 2001, 38~45면; 마순자, 『자
연, 풍경, 그리고 인간』, 아카넷, 2003.

자가 점경을 "실심한 풍경"에 비유하는 것 역시 이장희의 시와 유사하다. 이와 같이 시인들은 근대 도시의 파편화된 풍경을 바라보면서 자신들이 전에 보았던 근대적 회화(특히 인상주의 풍경화) 속의 풍경을 떠올리고 있다.

①의 '환등(幻燈)의 영사막(映寫幕)'과 ③의 '필름'은 도시의 파노라마적 풍경과 그것을 바라보는 주체의 시선이 근대적 미디어에서 기원한 것임을 보여준다. 파노라마적 풍경과 시선은 근대성의 시각체제의 한 양상을 이룬다. 하지만 원근법의 경우와 달리, 파노라마적 풍경을 바라보는 주체는 시선의 특권을 향유하지 못한다. 그는 유동하는 풍경과 폭주하는 이미지를 수동적으로 반응할 뿐, 자신의 시선으로 풍경을 지배하거나 통어할 수 없다. 물론 위 인용문에서 엿보이는 인상주의 회화 수법과 파노라마적 시선은 이 시인들이 지녔던 모던한 감각을 보여준다. 하지만 그들은 모던한 감각을 확대 · 심화시키거나 대자적인 존재로서 풍경을 바라보지 못한 채 단지 근대의 파편화된 도시 풍경의 일면(인상)만을 스케치하는데 머물고 말았다.

다만 풍경을 바라보는 1920년대 시인들의 시선이 근대적 미디어와 밀접한 관련을 맺고 있는 점은 주목할 필요가 있다. 사진 · 영화와 같은 영상물, 신문과 잡지와 같은 대중매체, 책이나 화보와 같은 인쇄매체 등에 포착된 도시풍경은 시적 주체의 시선에 포착된 도시풍경과 겹쳐진다. 엄밀하게 말하면 근대적 미디어가 풍경을 바라보는 새로운 시선을 탄생시킨 것이다. 근대적 미디어는 도시 풍경에 대한 간접적인 경험과 시각적 소비를 제공한다. 보는 주체는, '지금 내 눈앞에 펼쳐지는 실제 풍경'이 아니라 미디어가 재현한 풍경을 통해 풍경을 간접적으로 소비하게 되는 것이다. 여기서 19세기에 등장한 파노라마나 20세기에 보급되기 시작한 초기 영화가 거대한 스펙터클을 통해 도시인들에게 구경(거리)[22]에 대한 욕구—다른 말로 하면 풍경을 소비하려는 욕구—를 충족시키려 했던 것을 떠올릴 필요가 있다. 1920년대 근대시인들 역시 도시의 실제적인 풍경 이전에 미디어를 통해 도시 풍경을 보고, 이를 도시의 실제 풍경과 구경거리를 통해 확인하는 방식으로 풍경을 소비한 것이다.

근대적 미디어는 도시 풍경을 바라보는 시선을 결정할 수도 있다. 사진의 경우, 보는 주체는 기계적으로 재현하는 사진기의 눈(單眼)을 통해 대상(풍경)을 바라본다. 그것은 근대 회화(풍경화)의 원근법적인 시선과 동일한 시각적 경험을 제공한다. 하지만 영화를 '보는 주체'는 어두운 극장의 관람석에 앉아 자신의 눈앞에 펼쳐지는 유동하는 이미지—파노라마적 풍경—를 소비하게 된다. 일본 유학을 경험한 정지용과 이장희 역시 도시 풍경을 바라보면서 '영사막'과 '필름'을 떠올리고 있다. 그들에게 도시 풍경은 영화 속의 파노라마적 풍경처럼, 그러니까 영사막에 비쳐지는 폭주하는 이미지처럼 지각된다. 그들이 보는 도시 풍경은 실재이면서 동시에 가상이다. 이러한 풍경의 소비 방식은 영화라는 새로운 미디어에 대한 경험에서 비롯한 것이다. 김소월, 이장희, 정지용의 도시시에서 기하학적인 건물들, 현란한 불빛과 교통수단, 거리를 걸어가는 군중들이 마치 영사막 속의 피사체처럼 지각되는 것도 근대적 미디어(영화)에 대한 경험이 있었

---

22) 19세기 시각문화에 나타난 구경꾼과 구경거리에 대해서는 바네사 R. 슈와르츠, 『구경꾼의 탄생』, 마티, 2006 참조.

기 때문에 가능했던 것으로 보인다.

근대적 미디어는 풍경의 재현 방식에도 많은 영향을 미쳤다. 시적 주체는 풍경을 재현하는 미디어의 시선을 흉내를 내서 풍경을 절취하고 이를 일정한 프레임 속에 가두어 시각적으로 재현한다. 마치 사진을 찍거나 그림을 그리듯, 보는 주체는 주관성을 최대한 배제하고 대상의 감각적인 인상만을 재현한다. 여기서 '보는 주체'는 사진을 찍는 사람, 혹은 사실주의적으로 대상을 그려내는 사람과 유사하다.[23] 가령 이장희와 정지용의 시적 화자가 감정을 최대한 배제하고 대상의 즉물적인 이미지를 감각적으로 재현하려는 것이 좋은 예이다. 경우는 다르지만, 정지용의 시에서 '인상주의적 풍경화'가, 임화나 박팔양의 시에서 표현파·미래파의 그림이 자주 언급되는 것 역시 도시 풍경의 시각적 재현과 현대 회화의 기법이 밀접한 관련이 있음을 암시한다. 실제로 이 시인들은 19세기말 이후 새롭게 등장한 근대적 풍경화의 기법에 따라 도시 풍경을 바라보고 또 재현한다. 그들은 화보집에서 본 현대회화 속의 풍경을 도시 풍경에서 확인하고 이를 시적 언어로 번안하려는 욕망을 가지고 있었다.

도시 풍경의 발견·관찰·기록과 재현에 있어서 결정적인 역할을 한 근대적 미디어로서 신문이란 존재를 간과할 수 없다. 특히 각종 근대적 미디어에 대한 접근이 용이하고 동시대의 사회적 문화적 조류에도 민감했던 신문기자 출신의 시인들을 주목할 필요가 있다. 주

---

23) 한편 영화적 재현의 경우처럼, 유동하는 이미지를 시간적 질서 위에 구축하거나 비동시적인 사건의 이미지들을 몽타주 기법으로 결합하는 방식이 가능하다. 이러한 영화적 재현 기법은 1920년대 시의 경우 임화의 「담—1927」에서 예외적으로 시도된 바 있다.

지하듯이 1920~30년대 시단에는 신문기자 특유의 모던한 감각과 날렵한 관찰자적 시선으로 도시 풍경을 담아낸 시인들이 있었다. 가령 1930년대에 도시시를 발표하였던 김기림이 신문기자 특유의 감각과 시선을 지닌 시인이었던 점은 많은 것을 시사해준다. 1920년대 시인들 중에서 김기림에 필적할 기자 출신의 시인으로 박팔양(朴八陽)을 들 수 있다. 「都會情調」(『신여성』, 1926.11)는 신문기자 박팔양의 모던한 감각과 날렵한 관찰자적 시선이 잘 드러난 작품이다.

> 도회는 강렬한 음향과 색채의 세계,
> 나는 그것을 얼마나 사랑하는지 모른다.
> 불규칙한 직선의 나열, 곡선의 배회,
> 아아 표현파의 그림 같은 도회의 기분이여!
>
> — 이상, 「都會情調」 1연

이 작품에서 도시를 바라보는 시적 화자의 시선은 관찰자적이다. 그는 작품 초반부에 "나는 그것을 얼마나 사랑하는지 모른다"는 반어적 진술[24]을 내세워 식민지 근대 도시 서울에 대해 냉소적 태도를 드러내고 있다. 이 냉소적 태도는 도시적인 삶의 본질을 꿰뚫어 보는 관찰자적 시선에서 비롯된 것이다. 그는 도시를 "강렬한 음향과 색채의 세계"라고 갈파한다. 도시를 지배하는 감각적 체험은 시각에

---

24) 권오만은 이 표현을 반어적 진술로 읽지 않고 "시인 자신의 도시에 대한 애정을 토로한 것"이라 해석하고 있지만, 시의 어조와 문맥을 고려할 때 이런 해석은 적절하지 않다. 권오만, 『서울의 시 서울의 시인들』, 혜안, 2004, 103면.

있다는 짐멜의 지적을 떠올리게 하는 대목이다. 「도회정조」는 식민
지 근대 도시의 공간배치를 매우 사실적인 시선으로 재현하고 있다.
사실적 시선에 바탕을 둔 도시 풍경 묘사는 1920년대 시에서는 유례
를 찾아보기 어렵다. "직선의 나열, 곡선의 배회"(1연), "직선과 사선,
반원과 타원의 선과 선, / 도회의 건물들은 아래에서 위로, 불규칙하
게 발전한다."(5연) 등의 표현에 나타난 바와 같이, 균질화된 도시 공
간과 풍경을 시각적으로 재현하면서 빌딩의 기하학적 구조와 스카
이라인을 묘사하는 대목은 주목할 만하다.

　박팔양은 신문기자의 감각을 발휘하여 마치 현장의 리포터처럼
도시의 기하학적인 건축물들을 묘사한다. 그리고 이것이 식민제국
의 도시재정비 사업, 더 나아가 식민권력의 감시하는 시선과 밀접하
게 관련이 있음을 예리하게 포착한다. 구체적으로 이 시의 6연에서
시적 화자의 시선은 "문명 기관의 총신경이 이곳에 집중되어" 식민
지의 질서를 유지하고 식민 통치를 강화하는 관공서, 금융기관, 교육
기관 등을 향하고 있다. 현대문명을 표상하는 건축물들을 보면서 시
적 화자는 "아아 정신이 얼떨떨하다"고 말한다. 그것은 현대문명이
초래한 시각적 충격을 드러내는 것은 물론, 시적 화자가 식민권력의
감시하는 시선을 의식하고 있음을 보여준다. 그는 도시공간을 가로
지르는 또 다른 권력 즉 자본(자본가, 자본주의)을 다음과 같이 냉소적
어법을 빌어 비판한다.

　어떻든 이 도회란 곳은
　철학자가 혼도하고 상인이 만세 부르는 좋은 곳이다.

그 복잡한 기분과 기분의 교류는

어느 놈이 감히 나서서 정리하지를 못한다.

마치 그는 위대한 탁류의 흐름과 같다.

— 이상, 「都會情調」 9연

이 시의 9연은 현대 도시가 자본과 정치권력이 결탁하여 만들어낸 물화된 세계임을 보여주고 있다. 대도시에서 '철학자'가 혼도할 수밖에 없는 이유는 무엇인가? 여기서 "상인이 만세 부르기 좋은 곳"이란 표현을 먼저 주목해야 한다.[25] 자본주의 사회에서 '상인'은 교환(거래)을 매개하는 화폐를 가장 합리적인 것으로 간주한다. 화폐는 인간들의 관계와 사회조직을 탈인격적인 것으로 바꾸어 놓았다. 대도시는 화폐 경제의 주류적 위치를 차지하는 상인들이 여타의 계급에 대해 승리를 거둘 수밖에 없는 물화된 세계이다. 그렇다면 상인의 세계인 도시에서의 정신적 삶은 어떠한가? 짐멜은 대도시의 전형적인 심리학을 예민한 신경증과 그것으로부터 자신의 인격을 보호하기 위한 '둔감증'[26]으로 설명한 바 있다. 예를 들어 도시인의 전형적인

---

25) 철학자와 상인은 합리적으로 사유하는 이성적 능력을 가지고 있는 존재이다. 그러나 철학자의 경우와 달리, 상인은 인간과 사물의 가치를 교환가치에 따라 매기며 대상의 개별적 특성이나 구체적 상황에 영향을 받지 않는 계산적 정확성과 확실성이라는 기준을 따른다. (윤미애, 「대도시와 거리 산보자—짐멜과 벤야민의 도시 문화 읽기」, 『독일문학』 85집, 2003, 393면) 철학자의 이성이 상인의 경우에는 계산적 합리성으로 축소되며, 승리는 상인의 몫이 될 수밖에 없다.

26) 짐멜이 지적한 바와 같이, 화폐는 인간들의 관계에서 인격성의 원리를 배제한다. 도시는 이러한 화폐의 무한한 축적과 재생산을 가능하게 하는 "화폐 순환의 본거지"(게오르그 짐멜, 『짐멜의 모더니티 읽기』, 새물결, 2005, 42면)이다. 따라서 도시는 특정한 지리적 경계를 지닌 공간을 넘어 화폐경제에 의해 지배되는 추상적 공간으로 정의될 수 있으며, 이 도시 공간은 "개인들간의 상호작용의 연쇄사슬이 연장됨에 따라 무한히 확대된다." 짐멜에 의하면 이는 화폐의 기능이 보편화되면서 생기는 효과이다. 이에 대해서는 윤미애, 앞의 논

태도로서 사물에 대한 심리적 거리화—가령 사물을 기계적·사무적
으로 처리하는 태도—는 대도시적 삶을 견뎌 내려는 자기 보존 충동
에서 비롯된 것이다.

박팔양의 「도회정조」는 이렇게 화폐가 지배하는 도시의 현실, 그
리고 도시의 정신적 삶과 반응으로서 무관심과 소외감·신경증적인
반응과 냉담함 등을 문제 삼고 있다. 특히 '도회정조'를 "어느 놈도
감히 나서서 정리하지" 못하는, '위대한 탁류'[27])에 비유한다. 그 '탁
류'는 도시인들 사이에 빚어지는 "복잡한 기분과 기분의 교류"를 가
리킨다. 박팔양이 말하는 '복잡한 기분'은 식민지적 근대화와 도시화
에 대한 도시인의 양가적 감정을 가리킨다. 근대화와 도시화는 발전
/ 진보의 표상인 동시에 지배 / 억압의 표상이다. 때문에 자본과 권
력이 직조하는 도시 공간에는 극단적인 매혹과 환멸, 열정과 우울이
교차한다.[28]) '복잡한 기분'의 교류는 도시의 이러한 모순적 속성, 혹
은 양가적 속성에서 비롯된 분열적 정조의 기운으로 보아도 좋을 것
이다.

박팔양은 도시 풍경의 객관적 관찰과 기록뿐만 아니라, 도시적 삶
의 본질을 제시하는 데 있어서도 두각을 나타냈다. 특히 그는 전위
주의 예술가나 카프 문인들과 교류하면서 다다이즘적 경향의 시나

문, 391면 참조.

27) 여기서 '위대한'이란 시어 역시 반어적 표현으로서, 대도시의 정신적 삶에 대한 시인의 냉
소적인 태도를 암시한다.

28) 박팔양은 1933년에 발표한 「점경」에서 도시를 "수상한 거리"의 숙녀에 비유한다. 이 숙녀
는 시적 자아를 "고혹의 뒷골목으로 / 교태로 손짓하며 말없이" 부른다. 이러한 비유는 도시
적인 풍경과 삶이 주는 매혹을 암시한다. 한편 이 시의 3연과 4연은 각각 도시적 삶이 야기
하는 아름다운 환상과 피로·환멸을 그려내고 있다. 마지막 연에서 박팔양은 "기쁨과 슬픔
이 交錯되는 네거리"라는 표현을 통해 도시적 삶의 양가성을 분명하게 드러내고 있다.

계급의식에 바탕을 둔 경향시를 창작하기도 했는데, 이런 시적 변모는 문화적 조류에 민감할 수밖에 없었던 신문기자의 감각에서 비롯된 것이다.[29] 사실 그의 신문기자로서의 감각은 새로운 시대 이념을 통해 도시의 풍경을 조망하고 새로운 시대에 대한 전망을 노래하는 데에도 결정적인 역할을 하였다. 「공장」(1926.10), 「데모」(1928.7), 「태양을 등진 거리에서」, 「인천항」 등의 일련의 경향시나 「輪轉機와 四層집」(1927.2)과 같은 다다이즘 시에서 나타난 바와 같이, 박팔양은 신문기자 혹은 편집자의 중립적 시선을 유보하고 예술적·이념적 전위의 눈을 가지고 식민지적 근대성을 비판하였다.

1920년대 시인들 중에서 박팔양과 가장 유사한 경로를 밟아나간 시인으로 林和를 들 수 있다. 주지하듯이 임화의 초기시는 다다이즘·미래파·표현파 등 현대의 전위주의적 미술사조에 영향을 입었다. 그는 전위주의 미술을 서적과 화보 같은 출판 미디어를 통해 '지식' 차원에서 수용하였다. 하지만 이 지식이 대상에 대한 앎의 축적에만 머문 것은 아니다. 왜냐하면 출판 미디어를 통해 접한 그림 속의 풍경과 재현 방식이 임화가 식민지 근대 도시 서울의 풍경을 발견하고 이를 이념적 시선으로 해석하고 시적 언어로 재현하는 데 결정적인 역할을 미쳤기 때문이다. 실제로 임화의 초기시에서 시적 화

---

29) 박팔양은 1923년 문단에 등장한 시점부터 해방 이후 북한에서 활동하기까지 다양한 유파의 문인들과 친교하였다. 특히 정지용, 김화산과 문우 관계를 유지하였고 구인회에도 참여한 바 있다. 시대조류에 편승하여 사상적·예술적 변모를 거듭한 박팔양의 행적은 무엇보다 "사회 현실을 누구보다도 먼저 예리하게 인식"할 수 있는 신문기자의 감각이 있었기에 가능했을 것이다. 이에 대해서는 김낙현, 「박팔양론」, 『어문연구』 제30권 제2호, 2002 참조.

자는 현대의 전위주의 미술 사조를 언급한 경우가 많다. 또한 시적 화자가 자기 자신을 그림을 그리는 '화가'에 비유한 경우(「초상」(1927.1), 「화가의 시」(1927.5))도 있다. 이와 같이 임화의 초기시가 그려 낸 도시풍경의 기원은 전위주의적 미술사조와 출판 미디어라 말할 수도 있다. 이는 임화의 초기시에 재현된 도시 풍경이 동시대 서울 의 실제 풍경과는 거리가 멀다는 사실에서도 확인된다.[30] 그의 다다 이즘 시에 등장하는 도시 풍경은 출판 미디어에 의해 매개된 시선[31] 으로 발견한 풍경이다. 따라서 그의 초기시에서는 풍경의 실재성보 다는 알레고리적 의미—특히 국제주의적 시각으로 파악된 혁명의 분위기—가 더욱 중시된다. 「젊은 巡邏의 편지」(1928.4)를 살펴보기 로 하자.

요전에 우리는 베를린 교외를 지나다 봄풀이 싹이 돋기도 전 가난한 그 들의 주머니를 털어 가여운 계집애 XX의 무덤에다 꽃뭉치를 안겨주고 마음을 다하여 눈물을 흘리는 독일의 프롤레타리아의 얼굴을 보고 왔소.

---

30) 임화는 서울에서 태어서고 자란 전형적인 도시인이었다. 그래서 그는 여행자가 아니라 내부자의 시선을 통해서 도시풍경을 관찰할 수 있었다. 하지만 임화가 서울의 구체적인 풍경을 그려낸 시점은 단편서사시를 처음 발표했던 1929년경이다. 단편서사시 단계 이전의 시에 등장하는 도시들은 대부분 구체적인 지명을 획득하지 못하였으며, 실제의 지명이 나오더라도 신문기사나 잡지의 기사나 사진에서 접한 외국도시(「담—1927」를 보라)인 경우 가 대부분이다.

31) "그 동안 高橋新吉이란 이의 詩集을 사읽고, 어느 틈에 「따따이즘」이란 말을 배웠읍니다. —氏義良이란 이의 「未來派硏究」란 冊, 外의 「아렉세이·깡」이란 이에 「構成主義藝術論」表現派 作家, 「카레에 市民」과 더부러 「로망로오랑」을 特히 民衆劇場論과, 「愛와 死의 戱弄」을 通하야 알었읍니다. 한 一年前부터 工夫하던 洋畵에서 그는 이런 新興藝術의 樣式을 試驗할 만 하다가 偶然히 村山知義란 사람의 「今日의 藝術과 明日의 藝術」이란 冊을 求景하고 熱狂했습 니다. 그때로부터 그는 낡은 感傷風의 詩를 버리고, 「따따」風의 詩作을 試驗했읍니다." 임 화, 「나의 문학 십년기—어떤 청년의 참회—」, 『문장』, 1940.2.

그 때 나는 나의 옆에 동X를 죽이러 중국을 갔었다는 늙은 동X의 슬피
우는 얼굴을 보고 왔소 나는 가만히 눈물을 내 눈에 집에버렸고 참기가
어렵웁디가.

그러나 형님! 우리는 다시 우리들의 앞을 걸어가는 북방 XXX의 발소리
를 역력히 들었고 일리치는 무엇이라고인지 한참 떠듭디다 그러더니 한
참 있다 우리의 X렬엔 새 지령이 내리었고 그것은 우리들의 새 XX XX이
에서 벌어지려는 것이었소

그리하여 확대된 우리의 XX는 새로운 XX발의 도쿄에게 보내었소

여기는 조선의 서울이요 지금은 XX의 비가 오는 중이요.

이것은 아마 우리의 봄을 장식하는 실비인가 보오 비단 같은 빗발이요
형님!

끝이 없이 길게 늘어진 XX의 XX의 벽을 보오!

무엇이 감히 이것을 깨트릴 힘을 가졌는지 3백 마력의 수상 비행기 고
속도의 운용 탱크 위력의 기중기 ─ 그것은 XX의 벽에서 한 개의 돌을 끌
어낼 힘이 없소.

— 이상, 「젊은 순라의 편지」 부분 인용

「젊은 순라의 편지」(1928.4)는 「담―1927」과 함께 프롤레타리아 국
제주의의 시각을 보여주고 있는 작품이다. 이 작품에서 시적 화자는
베를린, 모스크바, 윈나(비엔나), 도쿄, 서울에 팽배한 혁명의 분위기
를 그리고 있다. 시적 화자는 부르조아 권력의 폭력성을 고발하고
노동자의 국제적인 연대를 주장한다. 특히 근대적 교통수단과 무기
를 앞세운 부르조아 권력에 맞서는 프롤레타리아 계급 시위대의 행

진을 묘사하고 있다. 이와 함께 '서울'을 국제적인 혁명 분위기에 발을 맞추는 도시로 그려내고 있다. 그러나 이 시에서 도시 풍경은 결코 시인이 직접 본 도시 풍경이라고 볼 수 없다. 그것은 신문이나 서적을 통해 획득한 미디어 속의 풍경이자, 마르크스주의 이념이 구성해낸 상상 속의 풍경이기 때문이다. 풍경에 앞서 이념이, 이념에 앞서 출판 미디어가 혁명의 도시로서 서울을 상상하는 원천이 되고 있는 셈이다. 임화는 서울의 풍경에 앞서 미디어에 담긴 '재현된 풍경'에 이끌렸다. 그리고 임화는 이 재현된 풍경을 실제 현실 즉 도시의 풍경을 통해 다시 확인하려 했다. 그의 초기시에서 도시 풍경의 감각적·구체적 재현 대신에 풍경의 알레고리적 의미가 중시되는 이유가 여기에 있다. 또한 그의 다다이즘 시가 손쉽게 공허한 국제주의의 시각에 빠져든 것도 이와 밀접한 연관이 있다.

하지만 임화는 그로테스크한 도시풍경의 알레고리적 의미와 자아정체성 탐색을 서로 연결시키면서 서서히 이념적 시선을 획득하게 된다. 출판미디어와 전위주의 미술사조를 통해 관념적으로 획득한 도시체험은 임화가 세계를 해석하고 실천하는 이념적 주체로 거듭나는 데 결정적으로 기여를 하였다. 단편서사시 창작에 이르러 임화가 서울의 실제 풍경을 발견하고, 도시적 현실 속에서 투영된 식민지 근대사회의 내적 모순을 재현할 수 있게 되었던 점은 주목할 만하다.

순이야, 누이야!
근로하는 청년, 용감한 사내의 연인아!

생각해 보아라, 오늘은 네 귀중한 청년인 용감한 사내가

젊은 날을 부지런한 일에 보내던 그 여윈 손가락으로

지금은 굳은 벽돌담에다 달력을 그리겠구나!

또 이거 봐라, 어서.

이 사내도 네 커다란 오빠를……

남은 것이라고는 때묻은 넥타이 하나뿐이 아니냐!

오오, 눈보라는 '트럭'처럼 길거리를 휘몰아 간다.

자 좋다, 바로 종로 네거리가 예 아니냐!

어서 너와 나는 번개처럼 두 손을 잡고,

내일을 위하여 저 골목으로 들어가자,

네 사내를 위하여,

또 근로하는 모든 여자의 연인을 위하여……

이것이 너와 나의 행복된 청춘이 아니냐?

— 이상, 「네거리의 순이」 부분 인용

임화의 단편서사시에는 구체적인 인명(순이, 영남이)과 지명(종로)이 등장하고, 가족·동지 관계로 연대를 형성한 하위주체들이 모습을 드러낸다.[32] 이들은 개체적 삶에 부과된 공동체 삶의 모순에 맞서 싸

---

32) 임화의 도시체험은 이와 같이 하위주체들이 역사의 새로운 세력으로 전면에 부각된다는 점에 특징이 있다. 앞서 언급한 시인들 역시 도시의 거리에서 군중을 발견하였지만 이 군중들은 서로에게 무관심한 고립된 개인들의 무리에 불과하다. 이들의 시에서 개인의 고립된 내면과 소외감, 상실과 우울이 지배적 정서로 나타나는 이유도 시적 화자와 군중의 거리(距

우는 대도시의 계급적 타자들이다. 이 타자들은 '종로네거리'로 쏟아져 나와 투쟁하고 좌절하며, 짓밟히고 끌려가면서 서울을 계급투쟁의 공간으로 바꾸어 놓았다. 위에 인용한 「네 거리의 순이」에서 '종로 네거리'는 "꺼질 줄 모르는 청춘의 정열"(3연)을 품은 청년들이 "가난한 젊은 날이 가진 / 불쌍한 즐거움을 노리는" 식민 권력과 자본에 맞서 영웅적인 투쟁을 벌이던 곳이다. 비록 싸움은 패배로 끝났고 '용감한 사내'는 감옥에 갇혀버렸지만, 시적 화자는 눈보라가 "'트럭'처럼 길거리를 휘몰아"가는 황량한 종로 네거리에서 투쟁에 대한 기억과 혁명의 '내일'에 대한 기대를 품고 새로운 반역의 음모를 계획한다. '골목'이란 공간이 주목되는 이유가 여기에 있다. '골목'은 식민 권력의 감시하는 시선이 닿지 않는 은폐된 공간이기 때문이다.

식민 권력은 가시성의 배치를 고려하려 대로와 광장을 건설하였다. 하지만 이 대로와 광장은 피식민 주체들이 전통적으로 비가시성의 영역으로 억압되어 왔던 계급적 타자들이 가시적 영역 안으로 나오는 통로가 되기도 하였다. 또한 그들은 거리와 광장에서 서로 결집하여 식민권력에 맞서 계급투쟁을 벌이기 하였다. 하지만 도로와 광장은 식민 권력이 집회와 시위를 효율적으로 진압할 수 있는 곳이기도 하다. 「다 없어졌는가」, 「병감에서 죽은 녀석」에서 노동자들이 피 흘리며 죽어가거나 감시 권력에 잡혀간 곳이 바로 네거리(대로)인

離) 때문일 것이다. 이와 달리 임화 시의 군중들은 계급적 연대를 모색하면서 식민권력과 권력투쟁에 나서는 세력화된 집단이다. 그들은 더 이상 익명화된 존재이길 거부하고 민족－계급의 정치적 이상을 위해 '청춘의 정열'을 바치는 혁명의 전위인 것이다. 이와 같이 정치 투쟁(저항)의 공간으로 도시(서울)을 그려냈다는 점에서 임화 시의 문학사적 의미를 찾아볼 수 있다.

것이다.[33] 하지만 「네 거리의 순이」의 시적 화자가 말하고 있는 바와 같이, 그들은 권력의 감시하는 시선이 닿지 않는 '골목'에서 전열을 가다듬고 혁명의 역량을 축적하여 또다시 '거리'로 나설 것이다. 권력과 권력, 의지와 의지의 대립과 투쟁이 벌어질 곳은 결국 골목이 아니라 거리이기 때문이다. 임화가 정치적인 위기에 처할 때마다 종로의 네거리를 찾아와 죽은 누이(딸, 어머니)와 동무를 추억하는 이유도 여기에 있다. 그에게 서울은 육신의 고향이자 동시에 정치적 이상이 실현되어야 할 이념의 고향이었던 것이다.

5. 맺음말

본고는 1920년대의 시와 시인들을 대상으로 도시 체험의 여러 가지 양상을 추적하였다. 이 양상들은 단순한 도식화나 유형화를 거부한다. 도시는 다양한 계층과 집단, 과거의 기억과 미래의 기대, 전통적인 것과 외래적인 것이 뒤섞여 문화적 다층성과 복합성을 갖게 된다. 1920년대의 도시―특히 서울―역시 이러한 문화적 다층성과 복합성을 갖고 있는 공간이었다. 갑작스럽게 출현한 근대 도시 풍경은 전통과 근대의 시간적·공간적 경계를 만들어냈고, 비동시적인 것들이 공존하는 식민지적 근대의 현실 속에서 다양한 문화적·이념적 지향성들이 우후죽순 격으로 나타나기 시작했다. 이런 가운데 도

---

33) 허정은 '종로'의 공간적 의미를 일제시대 '민족해방운동의 중심장소'라는 관점에서 논의하고 있다. 허정, 「임화와 종로」, 『한국문학논총』 제47집, 2007, 261~267면.

시(서울)는 식민권력의 감시하는 시선과 그 시선을 의식하는 근대적 주체 사이에 미묘한 신경전이 벌어지는 공간으로 변모한다.

본고에서 고찰한 1920년대의 시인들은 도시 풍경과 도시적인 삶의 양상에 다양한 방식으로 반응하였다. 서울의 풍경에 압도된 시골뜨기 김소월의 놀란 표정과 신경증적 반응, 세련된 감각과 이미지로 변화하는 도시의 풍경과 군중의 모습을 포착하려 했던 이장희, 식민 제국의 낯선 도시에서 권력의 감시하는 시선을 의식하며 한없이 위축되었던 유학생 정지용과 이상화, 근대적 미디어의 감각으로 풍경을 재현하고 기록하려 했던 박팔양, 전위주의 미술을 통해 도시풍경을 발견하고 마침내 혁명의 전위로 거듭나 '청춘의 정열'을 가지고 서울을 계급투쟁의 공간으로 바꾸어 놓은 임화 등이 좋은 예이다.

이들의 도시체험은 무정형하고 혼돈스럽다. 1920년대의 도시(서울)은 그만큼 역동적인 시공간이었다. 급격하게 진행되는 도시화 · 근대화의 과정 속에 놓인 식민지 근대도시(서울)는 근대적 시각체제에 미처 적응하지 못한 경계인들에게 시선의 착종과 혼란을 초래하였고, 변화하는 시대의 의미를 미처 파악하지 못했던 시인들은 알 수 없는 상실감과 우울감에 빠져 고립된 자아의 내면세계에 갇혀버리기도 하였다. 도시(서울)가 지닌 역사적 의미와 방향성에 대한 탐색은 도시를 이념적 시선으로 바라볼 때 비로소 가능했다. 1920년대 중반에 이르러서야 일련의 경향시인들이 서울을 저항의 공간으로 형상화할 수 있었던 것도 이 때문일 것이다. 이들은 1930년대의 모더니스트들처럼 세련된 감각과 이미지를 동원하여 도시의 풍경을 만화경적으로 포착하지는 못하였다. 풍경보다 이념이 앞섰고 이 이

넘을 통해 풍경을 해석하려 했기 때문이다. 하지만 경향시인들은 익명화된 도시의 풍경과 물신화된 도시적 삶 대신에 자신의 이념적 시선에 맞는 새로운 도시 풍경을 창조하고자 했다. 그것은 자본과 식민권력의 감시하는 시선에 맞서 새로운 유토피아를 꿈꾸었던 '청년'들의 투쟁에 대한 기록을 통해 확인할 수 있다.

김소월의 시에 나타난
근대 풍경과 시선의 문제
식민지적 근대와 시선의 계보학(1)

1. 들어가는 말

　김소월은 전통과 근대가 교차하는 혼종의 시공간에서 식민지적
근대의 모순을 가장 비극적인 목소리로 노래한 경계인이다.[1] 그런
데 '김소월은 경계인이다'라는 명제는 다음 두 가지 전제를 필요로
한다. 첫째, 그의 전통주의는 과거적 전통(혹은 조선)으로의 단순한 회
귀나 상고(尙古) 취향이 아니라 근대적 주체로서의 방법적 자각을 보
여준다는 점이다. 둘째, 김소월이 보여준 근대적 주체로서의 방법적
자각은 식민지적 근대가 지니고 있던 내적 모순에 대한 자각과 이에
대한 비판적 의식에서 비롯한 것인 만큼, 근대의 계몽적 주체가 지
니고 있던 권능이나 확고한 자기동일성과는 다른 '타자성'의 계기가
그 안에 내포되어 있다는 점이다. 타자성의 계기를 내부에 간직하고

---

[1] '경계인'이란 관점에서 김소월의 시를 논의한 것으로는 남기혁, 「김소월 시에 나타난 경계
　인의 내면 풍경」, 『국제어문』 제31집, 2004.8 참조

있는 근대적 주체는 그래서 혼종적 주체라고 할 수 있으며, 이 혼종적 주체를 통해 식민지적 근대에 동화될 수 없는 타자들의 목소리를 다양한 방식으로 표출하는 것이 바로 김소월 시의 시적 방법이자 정신적 지향이라고 말할 수 있을 것이다.

그렇다면 경계인으로서 김소월이 마주한 근대, 혹은 식민지적 근대란 무엇을 가리키는가? 이에 대한 답은 여러 가지로 제시할 수 있을 것이다. 가령 정치적 · 경제적 시스템이란 측면에서, 이념과 세계관의 측면에서, 혹은 생활양식의 측면에서 다양한 방식으로 근대에 대한 개념 규정과 시대의 구별짓기를 시도할 수 있다. 하지만 최근의 '풍경' 논의에 기대어 설명하자면, 근대—더나아가 식민지적 근대—란 그 이전의 시대와는 다른 방식으로 객관 세계를 바라보고 또 표상하는 것이다. 동양적 산수화의 이념에서 알 수 있는 바와 같이, 인간이 자연 속에서 그 자연의 일부로 살아가던 시대에 자연은 '풍경'으로 지각되지 못했다. 자연이 '풍경'으로 지각되는 것은 오로지 '여행자'의 시선을 통해서 가능한데, 이 여행자가 심미적 시선으로 자연과 그 속에서 살아가는 사람들의 생활 경관을 바라보게 될 때 비로소 풍경이 탄생하는 것이다.[2] 그런데 여행자의 심미적 시선으로부터 분리된 객관 세계(풍경)를 '객관적'으로 재현하기 위해서는, 풍경을 바라보는 주체가 고정된 위치에서, 즉 '공간의 영점'(=원점)에서 대상을 원근법적으로 조망할 수 있어야 한다.[3] 자기 외부의 풍경을 원근법적으로 바라볼 수 있는 주체만이 풍경으로부터 분리된 내면의

---

2) 이효덕, 박성관 역, 『표상공간의 근대』, 소명출판, 2002, 47면.
3) 위의 책, 135~136면 참조

세계를 발견할 수 있는 것이며, 여기서 근대적 주체의 내면풍경이 성립될 수 있다.[4)]

　이제 한국근대시의 성립기에 '풍경'이 어떤 방식으로 포착되고 재현되는가를 추적하는 일은 근대시의 기반으로서 근대적 주체의 내면이 발견되는 과정을 추적하는 일과 동전의 양면을 이룬다 하겠다. 이것은 일종의 계보학적인 작업을 필요로 하는 일이다. 각각의 계보가 보여준 시선의 섬세한 차이를 규명함으로써 근대시 성립기에 우리 시인들이 보여주었던 다양한 정신적 지향을 재구하는 것, 그래서 오늘날 우리가 발을 디디고 있는 모더니티의 기원적 풍경을 재구하는 것이 계보학적 작업의 지향점이라 할 수 있을 것이다. 필자는 한국 근대시의 모더니티가 성립되는 기원적 풍경을 재구하고 그 속에서 식민지 지식인들이 식민지 근대를 극복하기 위해 시도하였던 다양한 시적 실천들을 보다 세밀한 방법으로 비교 분석하기 위하여 시선의 계보학을 추적하려 한다. 그리고 그 출발점을 한국 근대시의 가장 대표적 전통주의 시인 김소월로 설정하였다.

　주지하듯이 김소월은 한국 근대시 성립기인 1910년대 후반에 시 창작을 시작하였다. 그는 식민지적 근대가 지닌 내적 모순의 징후를 발견하고 그로 인한 상실과 허무, 우울과 비애를 전통적인 정한의 정서로 형상화하는 데 탁월한 능력을 보여준 시인이었다. 특히 전통과 근대가 교차하는 시대의 경계선에서 갑작스럽게 출현한 근대 도시의 풍경을 목도한 시인으로서, 김소월은 근대 풍경으로 야기된 시선의 충격과 혼란 및 그것의 극복 과정을 보여준 바 있다. 다만 김소

---

4) 가라타니 고진, 박유하 역, 『일본 근대문학의 기원』, 민음사, 17~62면 참조.

월 시에 나타난 식민지적 근대의 풍경과 시선의 문제를 논의하기에 앞서 두 가지 사실을 간략하게 언급할 필요가 있다. 우선 김소월의 시에는 시각지향성보다는 청각지향성이 더 강하게 드러나고 있다는 점이다. 이는 김소월의 시가 모더니티 지향성보다는 전통지향성에 이끌렸다는 것을 의미한다. 필자는 다른 논문5)에서 김소월의 근원지향의식과 청각에의 이끌림을 '전통의 세계에서 들려오는 이질적인 목소리'라는 측면에서 논의한 바 있다. 그러나 김소월의 청각지향성, 전통지향성은 근대(도시)에 대한 시각적 체험을 전제로 성립된 것이기 때문에, 이 문제를 도외시하고 그의 전통성만을 따로 떼어내 논의하는 것은 김소월의 시가 지닌 근대적 면모를 사상하는 결과를 낳게 될 것이다. 한편, 본고는 이러한 사실을 전제로, 김소월 시에 나타난 모더니티의 여러 가지 징후적 양상에 주목하고자 한다. 그의 시에서 과연 완벽한 의미의 근대적 주체가 형성된 작품이 얼마나 되는가, 혹은 근대적 풍경과 시선의 문제가 드러난 작품의 비중이 얼마나 되는가, 더 나아가 그것이 과연 김소월 시의 전형성이나 대표성을 띨 수 있는가에 대해서는 판단을 유보하고자 한다. 필자의 관심은 김소월 시의 전형성과 대표성을 재확인하는 것이 아니라 김소월의 시가 (식민지적) 근대를 어느 정도나 선취하였는가에 있기 때문이다.6)

---

5) 남기혁, 앞의 글, 196~203면 참조.
6) 본고에서 조명하게 될 작품들은 주로 김소월 시의 전형적 특성이 형성되기 이전의 습작기 작품이거나, 혹은 시집에 수록되지 않은 발표시나 미발표 유작시이다. 정전의 관점에서 볼 때 본고가 다루는 작품들은 중요성이 떨어진다고 볼 수도 있다. 하지만 필자는 공식적으로 언급될 수 없었던 것들, 혹은 어떤 이유에서 정전의 반열에 오르지 못한 작품들을 통해 김소월의 정신적 지향성을 밝힐 수 있으며, 오히려 정전을 통해 해명할 수 없었던 것들을 드

2. 식민지적 근대 도시 풍경의 탄생

근대적 계몽이념은 자연과 인간 사회에 대한 합리적 개조를 통해 인간을 봉건적인 억압과 무지에서 해방시켜 무한한 진보의 세계로 이끈다는 목표를 가지고 있다. 이 프로젝트는 자본주의적 생산 및 교환 시스템의 전일적 지배, 근대적 개인의식으로 무장한 시민계급의 연대를 통한 정치 혁명 등으로 구체화된다. 그러나 불행하게도 한국과 같이 식민 지배를 경험하였던 곳에서는 근대 프로젝트가 내부의 동인이 아니라 외적 강제에 의해서 추동되었다. 근대화의 첫걸음이 소위 '개항'이란 이름으로 표상되는 이유도 바로 근대가 군함과 함포를 앞세운 제국주의 세력에 의해 강요된 것이기 때문이다. 근대 일반 대신에 소위 식민지적 근대가 문제로 부각되는 이유가 여기에 있다고 하겠다. 그런데 일반 민중의 입장에서 보면, '근대'란 괴물은 정치적, 경제적 시스템, 혹은 계몽주의라는 추상적 이념을 통해 포착된 것은 아니었다. 일반 민중들은 식민지적 근대를 오히려 근대적 정치 및 경제 시스템, 혹은 학문이나 사상과 함께 필연적으로 묶어 들어온 것들, 즉 제국주의와 함께 들어온 다양한 근대 문물이 형성한 풍경을 통해 지각하기 시작했다고 해도 과언은 아닐 것이다.

이러한 근대 문물들은 식민지 민중에게 엄청난 시각적 충격을 주었거니와, 이 시각적 충격은 일차적으로 신문물이 지니는 감각적 차원의 낯설음에 그 원인이 있다. 특히 신문물이 기존의 생활 경관을

러냄으로써 김소월의 균열된 의식을 드러내주고 김소월 문학이 지닌 역동성을 규명할 수 있다고 생각한다.

해체하고, 비균질적 공간을 균질적 공간으로 재편성하면서 새로운 '시각의 체제'를 형성한 점은 주목할 만하다. 이로 인해 일반 민중들은 전통적으로 간직해오던 시간과 공간의 개념들, 그리고 낯익은 세계상(世界像)이 뿌리째 뒤흔들리는 체험을 하게 되었다. 가령 기차나 전차 같은 새로운 교통체계, 전기와 통신, 전통 가옥들을 허물고 들어서는 서구식 건축물들, 자동차가 다닐 수 있는 근대적인 도로, 백화점과 같은 근대적 유통체계를 포함하여 박래(舶來)의 상품들이 넘쳐나는 도시의 상가, 도로와 거리 등 새로운 생활 경관들이 들어서던 식민지 근대 도시 서울은 그 자체가 근대에 대한 시각적 경험의 각축장이 되었다.7) 따라서 한국시의 근대성은 근대 형성기에 등장한 신문물과 도시 풍경에 대한 시인들의 다양한 시각적 경험과 반응의 양상들을 추적함으로써 규명될 수 있을 것이다. 본고는 이러한 계보학적 탐색의 첫 출발점을 김소월의 초기시로 설정하고, 이에 대한 예비적 검토로서 먼저 개화기 시가에 등장하는 근대적 풍경의 양상을 최남선의 「경부텰도노래」(1908)를 통해 살펴보고자 한다.

1.
우렁챠게 吐하는 汽笛소리에
南大門을 등디고 떠나가가서
쌀리부난 바람의 形勢갓흐니
날개 가딘 새라도 못짜르겟네

---

7) 식민지 근대 도시 서울의 새로운 풍경에 대해서는 노형석, 『모던의 유혹 모던의 눈물』, 생각의나무, 2004의 제1부 '뒤틀린 근대성의 상징들'을 참고.

2.

늘근이와 졀믄이 셕겨안졋고

우리네와 외국인 갓티탓스나

內外親疎 다갓티 익히디너니

됴고마한 짠세상 멸노일웟네

3.

關王廟와 蓮花峰 둘러보는 중

어느덧에 龍山驛 다달았도다

새로이룬 저자는 모두 日本집

이천여명 日人이 여기산다네

(…중략…)

8.

冠岳山의 개인景 우러러보고

永郎城의 묵은터 바라보면서

잠시동안 始興驛 거쳐가지고

날개있어 나는 듯 安養이르러

기차는 근대 문명과 진보의 표상이다. 기차가 근대의 표상이 된 것은 상당 부분 교통수단으로서 기차의 효율성과 경제적 가치 때문일 것이다. 이와 함께 전통(전근대) 사회에서 줄곧 유지되었던 비균질적인 시간과 공간에 대한 관념과 표상이 기차에 의해 뒤바뀐 점을 주목할 필요가 있다. 기차는 순환적 자연시간과는 다른 표준화된 사회적 시간체계의 도입을 필요로 했을 뿐만 아니라, 비균질적인 자연 공간을 합리적으로 분할 가능한 균질 공간으로 전환시킴으로써8) 근대적 지리 공간과 정치 공동체에 대한 상상을 이끌어내었기 때문이다. 이러한 낯선 문명(기차)를 접한 사람들은 그것을 놀라움과 두려움, 매혹과 공포라는 양가적 감정을 가지고 바라볼 수밖에 없었다. 문제는 계몽의 시선이다. 「경부텰도노래」의 시적 화자는 1연에서 기차가 지니고 있는 두 가지 속성에 경이를 느낀다. 하나는 "우렁탸게 吐하는 汽笛소리"로 지각되는 근대의 남성적인 힘과 역동성이며, 다른 하나는 "바람의 形勢"와 같은 속도감이다. 기차의 이 두 가지 속성은 낡고 정체된 전근대 사회의 순환적 자기동일성과 극적으로 대비된다. 이 시의 시적 화자는 "날개 가딘 새라도 못짜르겟네"라는 비유를 동원하여 기계의 속도감과 자연의 속도감을 대비시키고 있다. 그는 자연에 대한 문명의 우월성을 강조하는 계몽 주체의 시선을 가지고 새로운 근대 풍경을 바라보고 있는 것이다.

한편 시적 화자는 기차의 내부 풍경 묘사를 통해 인간 관계9)와 사회적 관습의 변화에 주목한다. 2연에 언급된 바와 같이, 늙은이와 젊

---

8) "철도의 보급은 '시각혁명'에 이중의 형태로 기여하였다. 하나는 '근대적 시선'을 구성하는 사회적 균질공간을 준비했다는 점, 또 하나는 '세계'를 균질적인 것으로 보는 구체적인 경험을 개개인의 수준에서 가능하게 해주었다는 점이다." 이에 대해서는 이효덕, 앞의 책, 244면 참조.

9) 김동식은 「경부텰도노래」의 철도가 "우연하면서도 평등한 사교가능성을 제시한다"고 평가하고 있다. 김동식, 「철도의 근대성」, 『돈암어문학』 제15집, 2002, 57면 참조. 이외에도 「경부텰도노래」에 대한 논의로는 서영채, 「최남선 시가의 근대성에 대한 연구」, 『민족문학사연구』 13, 1998 참조.

은이, 내국인과 외국인이 함께 어울려 이루어놓은 "됴고마한 짠세상"은 새로운 사회적 관계의 등장을 예고한다. 기차는 전통 사회에서는 상상할 수 없었던 새로운 인간관계와 인류적 질서가 펼쳐지는 소우주였다. 이러한 소우주는 계몽주의자들이 가졌던 새로운 근대국가 및 국민의 표상과 밀접한 관련이 있다.

이제 시적 화자는 "조그마한 딴세상"에서 기차의 차창을 통해 기차 외부의 세계를 관찰한다. 기차 외부의 세계는 주체가 차창을 사이에 두고 대면하는 '풍경'이 된다. 여기서 보이는 풍경보다는 풍경을 '보는' 주체로 정립이 된 시적 화자에 주목할 필요가 있다. "關王廟와 蓮花峰 둘러보는 중", "冠岳山의 개인景 우러러보고 / 永郎城의 묵은터 바라보면서"에 나타난 바와 같이, 시적 화자는 속도감 있게 운행하는 기차를 타고 움직이면서 '보는 주체'로서 차창 밖의 풍경을 관조하고 있다. 이러한 풍경의 관조는 결코 정태적인 것이 아니다. 기차는 속도감 있게 움직이면서 용산, 노량진, 안양, 수원 등 일련의 지리적 공간을 주파하고 있으며, 이러한 공간 이동의 체험을 통해 파노라마처럼 스쳐지나가는 풍경은 이제 균질적인 근대 공간에 대한 체험, 더 나아가 그러한 공간의 사회적 통합과 편제에 대한 상상을 가능하게 한다.[10] 이 시의 시적 화자가 풍경을 바라보면서 끊임없이 지배권력이나 근대문명 등에 대한 상념에 사로잡히는 것도 이와 밀접한 관련이 있을 것이다.[11] 이와 같이 「경부텰도노래」의

---

10) 철도는 시간과 공간의 균질화에 대한 경험을 가능하게 해주었다. 이러한 근대적 시간 및 공간에 대한 경험은 근대적 국민국가를 상상하는 밑바탕이 된다. 이에 대해서는 주은우, 『시각과 현대성』, 한나래, 2001, 372~382면 참조

11) "우리들도 어늬째 새긔운나서 / 곳곳마다 일흔것 차자드리여 / 우리장사 우리가 主張해보

시적 화자는 계몽 주체로서 기차와 철도가 지니고 있는 진보의 표상을 적극 예찬하면서, 근대(국가)에 대한 상상을 독자들에게 심어주는 데 역점을 두고 있다. 그는 식민지적 근대의 내적 모순이나 부정적 계기에 눈을 돌릴 틈이 없었다. 속도감 있게 앞만 보고 달려가는 철도처럼 그에게 근대란 서둘러 받아들여야 할 대상으로 간주될 뿐, 그것이 초래할 삶의 위기에 대해서는 맹목일 수밖에 없었던 것이다.12)

「경부텰도노래」에서 시적 화자의 시선은 보는 주체와 보이는 세계(대상)의 분리에서 그 특징을 찾을 수 있다. 시적 화자는 기차를 타고 여행하면서 차창으로 스쳐가는 풍경을 바라보고 있다. 엘빈 스트라우스는, "철도여행은 여행자와 공간 사이의 친밀한 관계를 파괴하고, 풍경 공간을 지리적 공간으로 바꾸었"으며, "풍경(자연)과 유기적으로 결부되어 있던 전근대적인 공간 파악을, 좌표 축 위의 일정한 시점(視點)하에 통일적으로 규정되는 기하학적인 공간파악으로 변화시켰다"13)고 지적한 바 있다. 이러한 공간 표상의 변화는 계몽 주체

고 / 내나라쌍 내것과 갓히보힐가"라는 부분은 철도가 '국토'에 대한 상상, 근대국가에 대한 계몽주의자의 열망과 관련이 있음을 보여준다. 또한 "食前부터 밤까지 타고온汽車 / 내것갓히 안저도 實狀남의것" / 어늬째나 우리힘 굿세게되야 / 내팔쑥을 가지고 구을려보나"라는 부분에는 철도가 이식된 근대의 소산이란 인식과, 기차를 '내팔쑥을 가지고' 굴려보고 싶다는 성급한 소망이 나타나 있다. 이는 근대(서구)에 대해 열등의식을 지닌 계몽주의자의 조급증을 보여주는 것이라 하겠다.

12) 김석준은 「경부텰도노래」가 낙관적인 문명 예찬으로 일관할 뿐, 문명의 저편에 도사리고 있는 계몽의 허상을 직시하지 못하고 있다고 비판한다. 즉 "급박하게 변해 가는 현실과 문명 사이에서 문명의 기표에 압도당한 개화기 지식인의 현실 인식의 한계를 잘 보여"주는 작품이라는 것이다. 이에 대해서는 김석준, 「개화기 시가의 계몽의식과 장르적 특성」, 『20세기 한국시의 사적 조명』(한국현대시학회 편), 태학사, 2003, 57~58면 참조.

13) 풍경 공간과 지리적 공간에 대한 엘빈 슈트라우스의 논의에 대해서는 이효덕, 앞의 책, 242~243면 참조.

의 근대적 시선이 지닌 특징을 잘 보여준다. 계몽 주체는 철도의 보급을 통해 가능해진 시각 혁명, 즉 기차 여행을 통해 '근대적 시선'이 포착한 사회적 균질 공간에 대한 표상을 만들어내고, 이를 통해 '세계'를 균질적인 것으로 보는 구체적인 경험을 독자 개개인에게 제공할 수 있었다. 이 시선은 풍경에 대한 원근법적인 지배를 전제로 하여 성립된다. 계몽해야 될 타자로서의 풍경은 보는 주체의 고정된 위치를 중심으로 원경과 근경으로 나뉘어 지각된다. 하지만 기차 여행의 경우 차창 밖의 풍경은, 빠른 속도로 움직이는 기차에 실려 이동하는 여행자의 시선에 파노라마적 풍경으로 지각된다. 때문에 시적 화자가 계몽의 열정을 갖고 바라봄에도 불구하고, 「경부텰도노래」에서 재현되는 기차 밖 풍경은 공간의 깊이를 결여할 수밖에 없다. 이는 계몽의 추상성에서 기인한 것으로 볼 수도 있고, '노래'라는 형식이 지니는 시각적 재현 기능의 한계에서 기인하는 것으로 볼 수도 있다. 하지만 공간적 깊이의 결여는 무엇보다 기차를 통해 포착되는 풍경이 보는 주체에게 빠른 속도로 움직이는 풍경으로 지각된다는 사실에서 비롯한다.[14]

근대 형성기의 피식민 주체들은 기차와 철도 이외에도 다양한 문물을 통해 근대에 대한 시각적 경험에 노출되었다. 기차와 철도가

---

14) "기차가 제공하는 파노라마적 시각은 풍경을 스쳐 지나가는 스펙터클, 이미지로 대체함으로써 대상 세계와 현실의 객관성을 모호하게 만든다. 파노라마적 시각에서 제공되는 장면은 깊이의 차원을 상실하였고, 속도는 모든 전경에 있는 대상들을 흐릿하게 함으로써 여행객을 풍경에 신체적으로 관계시켜 주던 전경의 소멸을 가져온다." 이와 같이 기차는 자연의 풍경을 변화시켰고 여행은 자연과의 밀접한 관계에서 벗어나게 되었다. 이러한 교통과 여행의 탈자연화는 인간과 자연의 소통적 관계 역시 상실시킨다. 이런 점에서 기차 여행을 통해 획득되는 파노라마적 시각은 전통적인 원근법적 시각과는 다른 것이다. 파노라마적 풍경과 시각에 대해서는 주은우, 앞의 책, 381면 참조.

여행자의 시선을 통해 근대적 시선에 대한 경험을 제공하였다면, 식민지적 질서로 재편되던 경성의 도시 공간을 가로질러 새롭게 배치되는 서구식 건물, 전차, 전깃불, 서양식 복장의 '모던 보이'와 '모던 걸'15) 등은 일상생활의 수준에서 근대를 지각하는 시각적 경험을 제공하였다. 이러한 근대 풍경은 한편으로는 도시 공간 내부에 근대적 시간과 공간에 대한 표상들을 만들어냈을 뿐만 아니라, 다른 한편으로는 도시 공간의 내부와 외부를 각각 근대와 전근대, 진보와 낙후 등으로 표상하는 데 결정적 역할을 하였다. 하지만 전통과 근대의 지평이 교체되는 시기에 등장한 근대적 풍경들을 시각적으로 포착하고 표상하는 데는 많은 시간이 필요하였다.

실제로 1920년대 초중반의 상징주의 계열의 시에서 근대적 도시가 시적 공간으로 설정되었음에도 불구하고, 도시의 풍경에 대한 시각적 재현은 잘 나타나지 않는다. 시적 주체가 도시적 우울에 사로잡혀 방황하고 있는 모습은 엿볼 수 있지만, 그것이 구체적인 형상을 획득하지 못한 채 몽롱한 분위기를 자아내는 이유도 여기에 있다.16) 가라타니 고진이 말한 것처럼, 근대적 주체의 내면은 풍경의 탄생과 함께 이루어지는 것이다. 식민지적 근대의 풍경을 원근법적으로 조망할 수 있는 시선을 아직 획득하지 못한 상징주의 시의 주

---

15) 이러한 소재들은 다음 절에서 살펴볼 김소월의 시 「서울의 거리」에서 중심적인 모티브를 이룬다.

16) 근대 초기 시인들 중에서 도시 풍경의 감각적 묘사에 근접한 시인으로 고월(古月) 이장희를 떠올릴 수 있다. 특히 그의 「여름밤」, 「겨울밤」, 「沙上」, 「겨울의 모경」 등은 도시 풍경에 대한 거리화와 감각적 이미지화에 비교적 성공한 작품들이다. 하지만 이 작품들은 1925년경에 이르러 발표된 것으로서 본고의 논의 대상과는 다소 시간적인 차이가 존재한다. 이장희 시의 도시 풍경체험과 시선의 문제에 대해서는 별도의 논의를 통해 밝히도록 하겠다.

체들은 풍경과 분리된 주체의 내면을 바라볼 수 있는 성찰적 시선도 획득할 수 없었다. 오히려 김소월의 일부 초기시에서 식민지적 근대의 스펙터클한 풍경들이 시각적으로 재현되는 양상을 발견할 수 있을 뿐 아니라, 시적 주체의 분열된 시선과 '우울'한 감정의 기원이 무엇인지 구체적으로 포착할 수 있을 것이다.

3. 김소월의 우울 – 원근법적 시선의 부재와 헤매는 영혼

전근대와 근대의 지평이 교차하는 식민지 근대 도시 서울의 풍경은 일반 민중은 물론 근대적 지식을 학습하던 지식청년들에게도 엄청난 충격으로 다가왔을 것이다. 그런데 이러한 도시 풍경의 시각적 충격을 가장 빨리, 가장 근본적인 차원에서 시로 그려낸 시인 중 한 사람이 훗날 대표적인 전통주의 시인으로 성장한 김소월이었다는 점은 흥미롭다. 김소월이 1920년 12월에 발표한 시 「서울의 거리」[17]는 그 당시 서울의 풍경을 시각적으로 재현한 작품으로서 한국시의 모더니티가 성립되는 과정을 논의할 때 주목을 요한다. 필자는 다른 논문에서 이 작품에 나타난 '식민지적 근대 공간을 방황하는 피식민 주체의 불안한 시선'에 주목하고, 이것이 "김소월 시 특유의 내면성은 물론 이후 전통주의로의 전회를 설명할 수 있는 중요한 단서"[18]

---

17) 2004년 5월 월간 『문학사상』에는 1920년 12월에서 1921년 5월에 걸쳐 『학생계』란 잡지에 발표된 김소월의 시 세 편, 즉 「서울의 거리」·「마주석」·「궁인창」을 발굴, 소개한 바 있다.
18) 남기혁, 앞의 글, 179면. 한편 이 작품에 대한 최근의 논의로는 송희복, 「김소월과 이시카

가 된다고 평가한 바 있다. 이 절에서는 기존 논의를 발전시켜 「서울의 거리」에 표상된 식민지적 근대 도시의 풍경과 그 풍경을 바라보는 주체의 시선, 그리고 내면의식과 정조(情調)의 성격과 의미에 대해 보다 구체적으로 살펴보고자 한다.

「서울의 거리」는 연 구분 없이 모두 39행으로 이루어져 있다. 영탄적 표현을 여러 차례 반복하고 있고, 시행은 비교적 짧게 처리되었지만 전체적으로 산문적 호흡이 두드러지는 작품이다. 이러한 표현상의 특징은 김소월 시의 주류적 경향에 비추어볼 때 매우 예외적인 것이다.[19] 그런데 이 작품에 나타난 시 형태상의 혼란은 시적 화자가 보여준 시선의 혼란 및 정체성의 분열과 밀접한 관련이 있다. 우선 이 시의 첫 부분을 보기로 하자.

서울의 거리!
山그늘에 주저 안젓는 서울의 거리!
이러저리 찌어진 서울의 거리!
어둑 축축한 六月 밤 서울의 거리!
蒼白色의 서울의 거리!

와 다쿠보쿠의 시세계」, 『한국시학연구』 제22호, 2008; 김효중, 「김소월의 초기시에 투영된 전통과 미의식」, 『한민족어문학』 제46집, 2005 참조.

19) 주로 민요조 리듬 위에서 창작된 김소월의 시는 형태적 단순성을 보여준다. 김소월 시의 형태적 특성에 대해서는 오세영, 『김소월, 그 삶과 문학』, 서울대 출판부, 2000 참조.
한편 「서울의 거리」에 나타난 균제미와 시적 절제의 결핍은 습작기 시인이 겪는 전형적 특징을 보여주는 것이다. 이제 막 자기만의 시세계를 형성하는 과정에서 필연적으로 겪게 되는 정신적 혼란이 시적 형태의 혼란으로 표출된 것이라 하겠다. 다음 절에서 살펴볼 「서울 밤」에서는 이러한 혼란상이 상당 부분 극복되고 있지만, 도시 체험의 구체성과 밀도는 훨씬 떨어진다.

거리거리 電燈은 소리 업시 울어라!

어둑 축축한 六月 밤의

蒼白色의 서울의 거리여!

— 이상, 「서울의 거리」 1~8행

　'서울의 거리!'란 영탄적 발화를 되풀이 하는 시적 화자의 눈에는 서울의 거리가 하강과 침잠의 이미지로 포착된다. 시적 화자는 시각("山그늘에 주저 안젓는", "창백색의")과 청각("소리 업시 울어라!"), 촉각("어둑축축한") 등 다양한 감각을 통하여 어느 6월 서울의 밤거리 풍경을 섬세하게 그려내고 있다. 하지만 시적 화자가 그려낸 서울의 풍경은 아무런 생기를 느낄 수 없는 모습이다. 그에게 서울의 거리는 지루한 장마("霖雨")처럼 불쾌하고 불편한 풍경으로 다가온다. 더군다나 시적 화자는 '보는 주체'로서 풍경을 능동적으로 조망하고 표상하는 데까지 나아가지 못 한다. 이는 시적 주체가 풍경을 바라볼 수 있는 고정된 위치를 확보하지 못하였기 때문이다. 실제로 이 작품에서 보는 주체와 보이는 풍경은 서로 엇갈려 있다. 가령 "산 그늘에 주저 안젓는 서울의 거리! / 이리저리 찌어진 서울의 거리!"에서 알 수 있는 바와 같이, 시적 화자는 '낮은 곳', 즉 서울의 거리에 내던져 있으며 이러한 눈높이에서 식민지적 근대의 풍경이 펼쳐지는 서울의 밤거리를 바라보고 있다. 그의 눈에 서울의 거리가 "山그늘에 주저 안젓는" 것으로 비춰지는 이유도 이 때문이다. 시적 화자는 이렇게 하강과 침잠의 이미지로 비춰진 낯선 타향(서울)의 밤거리를 지향 없이 헤매고 있다. 그는 풍경 전체를 원근법적으로 조감할 수 있는 특권적 위치, 가령 풍경을 심미적 시선으로 바라볼 수 있는 거리(距離)나 혹은 풍경을 굽어보면서 통어할 수 있는 시선의 높이를 확보하지 못하였다. 그는 서울의 밤풍경에 포획되어 넋이 나간 낯선 국외자의 유동하는 시선을 가지고 풍경을 스쳐지나갈 뿐이다.

그렇다면 시적 화자가 서울의 밤풍경을 원근법적으로 조감할 수 있는 거리와 높이를 확보하지 못한 이유는 무엇인가? 우선 텍스트 외적 정보를 통해 살펴보면, 김소월이 이 작품을 창작하던 1920년의 시점이 문제가 된다. 연보[20]에 의하면 1920년의 시점에 18세의 청년 김소월은 오산학교에 재학하고 있던 학생이다. 이해 그는 스승 김억을 통해 『창조』 2호에 「浪人의 봄」을 포함하여 다섯 편의 시[21]을 발표하면서 시단에 등장하였다. 전기적 정보가 불충분하여 단언할 수 없지만, 김소월이 배재고등보통학교 5학년에 편입한 1922년 4월의 시점까지 김소월에게 '서울'이란 공간은 자신과는 무관한 낯선 타인들의 세계에 지나지 않았을 것이다. 평안북도 안주군 곽산면에서 태어나 그곳에서 줄곧 학교(오산학교) 교육을 받았던 김소월에게 서울이란 공간은 정주(定住)의 공간이 될 수 없었다. 이런 소년이 어떤 계기에서 '서울'을 여행하게 되었는지 짐작하기는 어렵다. 다만 식민지 근대도시 서울의 스펙터클한 풍경은 국외자처럼 서울의 거리를 방

---

20) 김소월의 연보는 김용직(편저), 『김소월전집』(서울대 출판부, 1996)을 참조하였으며, 본고에서 인용한 김소월의 시 텍스트는 대부분 이 책을 출처로 한다.

21) 이 작품들은 김소월의 낭인의식을 잘 보여준다. 그의 낭인의식은 삶의 목적과 지향점을 찾지 못한 지식청년의 막연한 방황감을 보여주는 동시에, 전통과 근대가 교차하는 식민지적 근대사회에서 피식민 주체가 겪을 수밖에 없는 내면의 혼돈과 방향상실감을 보여준다. 특히 「夜의 雨滴」에서 김소월은 자신의 '신세'를 '夜의 雨滴'에 비유하면서 "그가치지향업시 / 헤메임"에 빠진 '서름'을 노래하고 있다.

황하는 여행자의 시선을 심각하게 교란시켰을 것으로 짐작된다.[22] 그리고 그것은 시적 주체가 갖고 있던 세계상을 뿌리째 뒤흔드는 사건이었다.

한편, 텍스트 내적 정보를 통해 살펴보면, 이 작품에 나타난 여행자의 시각적 충격과 피로, 낯선 세계에 대한 두려움이 문제가 된다. 이 시의 9~16행에서 시적 화자는 서울의 거리를 정처 없이 헤매는 보행자의 피곤한 시선을 드러내고 있다. 시적 화자는 "지리한 霖雨에 썩어진 건물"에서 "구역나는 臭氣"를 느끼고, "음습하고 무거운 灰色空間"에서 "商店과 會社의 建物"들이 "어슬어슬 흔들니며 멕기어 가면서 / 검누른 거리 우에서 彷徨"하는 모습을 목격한다. 시적 화자의 눈에 포착된 도시의 밤풍경에서 다음 두 가지 사실을 추론할 수 있다. 우선 시적 화자는 살풍경한 도시의 밤거리를 풍경으로 관조하는 주체가 아니라, 그 스스로 밤거리 풍경의 일부를 이루는 방황하는 주체이다. 또한 '히스테리의 여자'의 발걸음에 비유된 건물들의 "방황"하는 모습은 사실 건물의 방황이 아니라, 끊임없이 유동하는 군중의 물결 속에서 정처 없이 헤매는 시적 화자 자신의 방황을 암시한다.[23] 결국 밤거리를 헤매는 자의 분열된 시선 때문에 외적

---

22) 「서울의 거리」에 나타난 풍경 묘사와 시선의 주된 특징은 도시적 생활 리듬에 적응하지 못한 전근대인을 여행자로 설정하였다는 점에서 찾을 수 있다. 이러한 사실은 일종의 공간적, 시간적 감각의 지체 현상을 낳게 된다. 김소월의 시에서 도시 풍경을 향유하는 감각적 시선 대신에 충격과 혼란에 휩싸인 시적 주체가 등장하는 것은 이런 맥락에서 설명할 수 있을 것이다.

23) "히스테리의 여자"의 발걸음에서 암시된 바와 같이, 식민지 도시의 거리를 걷는 주체들은 병적인(신경증적인) '헤매임'을 보여주는 경우가 많다. 병적인 헤매임에 대해서는 신범순, 「정지용 시에서 병적인 헤매임과 그 극복의 문제」, 『한국현대시의 퇴폐와 작은 주체』, 신구문화사, 1998 참조.

세계(대상)가 마치 경계가 해체된 채 떠도는 모습으로 비친 것이라 할 수 있다.

분열된 시선의 소유자인 시적 화자가 서울의 밤거리 풍경을 접하고 느낀 내면의 정조는 근원상실감과 '우울'이다. 시적 화자는 그것을 "풀 낡은 갈바람에 잠을 깨힌 장지배암의 우울"이라고 간명하게 표현하고 있다. 이러한 표현은 식민지 근대도시 서울이 가져온 시각 체제의 혼란과 정신적 충격을 역설적으로 보여준다. 여기서 '꿈을 깨힌 장지배암'은 시적 화자를 가리킨다. 그런데 장지뱀이 꿈을 깬 것은 결코 자발적인 행위가 아니다. 그것은 "풀 낡은 갈바람"으로 비유된 외적 충격에 의해 강요된 행위였기 때문이다. 장지뱀의 꿈을 깨운 '갈바람'이란 결국 근대도시의 새로운 풍경 혹은 식민지적 근대를 비유한 것으로 볼 수 있다. 문제는 이렇게 잠을 깬 장지뱀이 겪게 되는 시각적 충격이다. 장지뱀(시적 자아)은 이 충격으로 인해 무시간적 순환성의 미몽에서 깨어날 수밖에 없었다. 그리고 꿈에서 깨어나는 순간 그는 근대의 균질적인 시간과 공간 질서에 편입될 운명에 직면하게 된다. 장지뱀의 우울은 식민지적 근대의 운명에 직면한 존재가 겪게 되는 "대상없는 상실감"[24]을 보여주는 것이다. 프로이트는 이러한 우울자가 결국 자신이 무엇을 잃어버렸는지 모르는 채 극심한 자기비하와 자기멸시에 사로잡혀, 자신이 상실했다고 상상하는 '그것'을 찾아서 방황하는 무기력자가 된다고 지적한 바 있다.[25]

---

24) 프로이트는 자아가 대상을 삼켜버림으로써 대상 그 자체가 되어버리는 현상, 소위 자기애적 퇴행이 멜랑콜리의 기제라고 보았다. G. 프로이트, 윤희기 · 박찬부 역, 「슬픔과 우울증」, 『정신분석학의 근본개념』, 열린책들, 1997, 244면.
25) 김홍중, 「멜랑콜리와 모더니티―문화적 모더니티의 세계감 분석」, 『한국사회학』 제40집

실제로 「서울의 거리」에서 시적 화자는 우울에 사로잡힌 무기력자의 모습으로 '형체' 없이 서울의 밤거리를 정처 없이 헤맨다. 그의 무기력함은 근대 도시에서 느끼는 육체적 피로와 정신적 혼란을 보여주고 있다. 주지하듯이 근대 사회는 다양한 방식의 신체적 훈육을 통해 주체를 근대적 체계에 통합시킨다. 하지만 이 시의 시적 화자, 혹은 '꿈을 깨친 장지배암'은 근대적 주체처럼 신체의 훈육을 거치지 못한 존재로 보인다. 그는 식민지적 근대가 초래한 사회적 변화상과 도시적 풍경에 압도되어 존재의 뿌리가 뒤흔들리는 혼란스러운 사건을 경험하고 있다. 결국 '장지배암'의 우울은 전통과 근대가 교차하는 시공간 속에서 미처 근대적 질서에 편입되지 못했던 불안한 주체가 겪는 상실감과 정신적 혼란을 동시에 보여준다 하겠다. 시적 화자는 한편으로는 다시는 돌아오지 못할 '영원한 과거'로 소멸되어 버린 근원적 세계에 대한 상실감 속에서, 다른 한편으로는 다가오는 미래의 시간이 지닌 진보적 가치에 대한 확신감이 결여된 상태에서, 오로지 "사회적 모더니티가 일소해버린 초월적 가치와 대상들"26)에 집착할 뿐이다. 그의 '우울'은 사회적 모더니티의 표면적 세계에서 죽고, 소멸하고, 사라진 근원적 가치들이 더 이상 이 세계의 내재적 질서 속에서는 구현될 수 없다는 인식을 보여주는 것이다.

이런 상황에서 '우울한 주체'는 서울의 밤풍경 속으로 속절없이 미끄러져 들어가 밤거리를 헤매고 있다. 그의 '헤맴'은 식민지적 근대에 대한 어떠한 방법적 대응도 보여주지 못하는 병적인 방황이다.

3호, 2006, 15면 참조
26) 상게논문, 20면 참조

그는 서울의 밤거리 풍경을 향유하거나 혹은 자신이 바라보는 사물들을 빠르게 닮아가는 동화적 권능을 지닌 자유로운 만보객이 아니다. 그는 단지 낯선 도시 서울에 내던져진 '고아'[27]처럼 지향 없이 밤거리를 헤맬 뿐이다. 이 헤매는 주체는 "세계를 분절할 수 있는 경계"[28]를 상실한 채 객관적인 세계에 의해서 지배될 뿐이며, 궁극적으로 자아와 세계의 경계가 해체되는 상황조차 피할 수 없다. 실제로 이 작품에서 시적 화자는 밤거리의 군중들("貴夫人, 紳士, 또는 男女의 學生과 / 學校의 敎師, 妓生, 또는 商女")을 바라보지만, 이들은 하나 같이 "白堊의 人形인 듯" 표정이 없다. 군중들의 무표정한 얼굴은 그들이 개성이 없는 존재임을 보여주는 동시에, 시적 화자와 서로 의미 있는 시선을 주고받는 관계가 아님을 암시한다. 때문에 군중은 시적 화자의 시선에 단지 "아득이면 떠돌아"(20행) 다니는 허깨비처럼 포착될 뿐이다.

하지만 김소월은 서울의 거리를 활보하는 다양한 인간 군상에서 계층 갈등 및 신구 갈등의 징후를 예민하게 포착해낸다. 그에게 '거리'는 노동과 상품이 유통되는 자본의 공간, 혹은 식민지 권력이 작동하는 일방향적인 감시의 공간으로만 다가오는 것이 아니다. 왜냐하면 '거리'는 근대의 타자들이 그 안에서 도시의 병리적 징후를 드러내는 분열의 공간이기도 하기 때문이다. 구체적으로 '서울의 거리'는 식민지 근대화의 과정에서 비가시적 영역으로 억압되어 왔던 계

---

27) 신범순은 김소월 시에 등장하는 고아모티브를 세상의 모든 것과 멀어진 고립된 주체와 관련지어 설명하고 있다. 이에 대해서는 신범순, 「현대시에서 전통적 정신의 존재형식과 그 의미」, 『국어교육』, 1998, 429면 참조.
28) 김홍중, 위의 글, 20면 참조

급적 타자, 즉 피지배 계급이 가시적 영역으로 나오는 통로[29])이기도 했다. 적선을 구걸하는 "사흘이나 굶은 거지"를 외면하는 군중의 모습에서 알 수 있듯이, 식민지적 근대의 경계 내에 편입된 자와 그 밖으로 밀려난 자 사이에 견고한 벽이 존재하고 있다. 시적 화자가 절망적인 어조로 "집집의 窓들은 눈을 감아라!"라고 말할 때, 여기에는 근대의 계급적 타자들에 대한 도시인(정주자)의 비정한 무관심과 그에 대한 시인의 비판적 인식이 자리 잡고 있다. 그렇다고 시적 화자가 거리의 부랑아들에게 손을 내민다거나, 혹은 거리를 메운 군중들에게 연대의 시선을 보내는 것도 아니다. 시적 화자 역시 서울의 거리를 잠시 스쳐지나가는 여행객이 지나지 않으며, 그런 만큼 거리로부터 이중의 소외를 경험할 수밖에 없다. 「서울의 거리」에서 시적 화자는 밤거리에 홀로 남겨진 자신의 모습을 다음과 같이 그려내고 있다.

거리거리는 고요하여라!
집집의 窓들은 눈을 감아라!
이때러라, 사람 사람, 또는 왼 物件은
깁픈 잠 속으로 들러하여라

---

29) 대도시의 거리는 전통적으로 비가시적 영역으로 억압되어 왔던 계급적 타자, 즉 피지배 계급이 가시적 영역 안으로 나오는 통로이기도 했다. 대도시의 거리는—프랑스 대혁명 이래, 특히 더—피지배 계급이 군중의 일부로 등장함으로써 계급 갈등 혹은 계급적 긴장이 가시화되는 공간이기도 했던 것이다. 더구나 이런 계급 갈등과 긴장은 이제 혁명이나 봉기 같은 특수한 경우를 통해서만 가시화되는 것이 아니라, 도시민의 일상생활 속에서 언제나, 늘 가시화되었다. 이렇게 본다면 새로운 거리와 번화가는 노동계급과 하층민이 사회적 장면 속에 들어와 가시화되고 계급 간 대결이 일상화되는 공간이었던 셈이다. 이에 대해서는 주은우, 앞의 책, 400면 참조.

그대도 쓸쓸한 幽靈과 갓튼 陰鬱은

오히려 그 嘔逆나는 臭氣를 불고 잇서라.

아아 히스테리의 女子의 괴롭운 가슴엣 꿈!

떨렁떨렁 요란한 鐘을 울리며,

막 電車는 왓서라, 아아 지내 갓서라.

아아 보아라, 들어라, 사람도 업서라,

고요하여라, 소리 좃차 업서라!

아아 電車은 파르르 떨면서 울어라!

어둑 축축한 六月 밤의 서울 거리여,

그리하고 히스테리의 女子도 只今은 업서라.

— 이상, 「서울의 거리」 제26행~마지막 행

이제 서울의 밤풍경을 구경하면서 동시에 밤풍경의 이루었던 군중들은 모두 사라지고 집들은 하나둘씩 소등을 한다. 시적 화자는 "쓸쓸한 幽靈과 갓튼 陰鬱은 / 오히려 그 嘔逆나는 臭氣를 불고" 있는 이 살풍경한 서울의 거리에 홀로 남겨졌다. 이 거리는 "막 電車"가 끊기고 요란스러운 도시의 소음마저 모두 멎어 쥐 죽은 듯 고요하다. 이러한 도시 풍경을 보면서 시적 화자는 홀로 "괴롭운 가슴엣 꿈"만 부여잡고 소리 없이 울고 있다. 그가 간직한 "괴롭운 가슴엣 꿈"이란 앞서 언급한 "풀 낡은 갈바람에 꿈을 깨 힌 장지뱀"의 "꿈", 즉 근원적 세계에 대한 그리움을 가리킨다. 과거(전통)에 대한 부정으로 성립되는 근대 사회에서 근원적 세계에 대한 그리움은 결코 충족될 수 없는 법이다. 이미 사라지고 없는 것에 대한 무한한 갈망이란 결코 현실 세계에서 성취될 수 없는 것으로서 현실 세계의 궁핍함을 역설적으로 보여줄 뿐이다. 주지하듯이 근대는 자연이 간직한 순환적 시간의 리듬을 부정하고, 시간의 불가역성에 기반하여 과거에 대한 끊임없는 부정으로서 현재와 미래를 표상한다. 이와 같은 선조적인 시간 표상에 의하면 근원적 과거란 결코 되돌릴 수 없는 시간이다. 시간이란 수학의 언어로 측정될 수 있으며, 균등한 단위로 분할 가능한 양화된 시간은 시간의 고유한 질적 가치를 상실한 채 의미가 텅 빈 균질화되고 공허한 시간이다.[30) 근대 사회는 이러한 시간 표상을 바탕으로 사회적으로 표준화된 시간의 체계를 도입하게 되고, 이 시간의 체계에 의해서 인간의 육체를 훈육함으로써 학교, 공장, 교통, 우편 등의 근대적 시스템을 만들어간다. 그리고 근대란 근대 사회의 경계 내부에 있는 모든 것들을 포섭함으로써 비로소 완성되는 것이다.

이런 점에서 「서울의 거리」에 시간성의 담화 표지, 즉 "이러할 때러라"(17행), "이때러라"(28행) 등이 여러 차례 등장하는 것에 주목할 필요가 있다. 근대시란 근본적으로 인간이 자연의 순환적 무시간성으로부터 분리되는 지점에서 시작되는 것이다. 김소월 시 역시 서정시의 무시간성을 부정하고 시간성을 도입한 점에서 모더니티를 확인할 수 있다. 반어와 역설 같은 시간성(temporality)[31)의 수사학으로 가득 찬 그의 시어들에서 역사적 근대에 대한 부정의 정신을 발견할

---

30) 근대적인 시간의식에 대해서는 이진경, 『근대적 시 · 공간의 탄생』, 푸른숲, 1997의 제1장 참조.
31) P. de Man, "The Rhetoric of Temporality", *Blindness and Insight*, Univ. of Minnesota Press, 1983. 참조

수 있는 이유도 여기에 있다. 김소월 시의 시간성은 근대의 시간이 구축한 삶의 풍경들과 생활 경관이 근원적 세계의 부정을 통해 성립된 것이며, 또한 그 스스로 변화와 소멸의 운명에 빠질 수밖에 없음을 보여주기 위한 것이다. 그의 시에서 흔히 발견되는 멜랑콜리한 정조와 비극적 감정은 이 변화와 소멸로 인한 대상 상실감과 관련이 있다.

이와 함께 「서울의 거리」에 등장하는 시간성의 담화 표지들은 사물들(세계)이 밤거리를 헤매는 주체의 유동하는 시선에 따라 비계기적으로 조합되고 배치된다는 것을 보여준다. 이러한 배치와 조합은 우연성에 내맡겨져 있다. 그렇다고 그 우연성이 객관 세계를 낱낱이 해체함으로써 근대적 체계의 외부로 탈주하는 탈중심화의 시선과 관련 있는 것도 아니다. 이 작품이 발표된 1920년의 시점에서 김소월이 근대에 대한 해체의 시선에 온전하게 도달했다는 증거는 어느 곳에도 없다. 그는 서울의 거리에 내던져진 여행자(외부자)로서 폭주하는 도시 풍경의 시각적 이미지들에 압도된 위축된 영혼일 따름이다. 오히려 그의 시선은 근대 풍경에 압도된 채 해체되어 있으며, 이 해체된 자의 시선에 도시적 풍경이 와 닿는다. 이런 상황에서 위축된 영혼의 시선은 외부를 향하기보다 자기 내부로 급격하게 숨어들게 마련이다. 시적 화자는 밤거리를 유령 같이 헤매던 사람들조차 모두 사라지고 어떠한 도시의 소음도 멎어버린, 그리고 이제는 마지막 전차마저 지나가버린 서울의 황량한 밤거리에서 고독과 소외감을 드러내고 있다.

4. '조선 생명'된 고민과 '보는' 주체의 확립

김소월은 근대 도시 서울의 풍경을 자유롭게 향유하거나 감각적으로 재현하는 데까지 이르지는 못했다. 또한 그는 근대적 주체로서 자아 정체성을 정립하기 위해 필요한 탐색의 시선이나 성찰의 시선을 갖추지도 못 하였다. 김소월에게 도시 풍경은 그것에 동화될 수 없는 내면을 발견하고 자신을 내면세계 속에 가두는 단절과 유폐의 체험을 제공했다. 때문에 시집『진달래 꽃』에 수록된 시「서울 밤」은 앞서 살펴본「서울의 거리」와 마찬가지로 서울의 밤풍경을 노래하고 있지만, 풍경에 대한 시각적 재현보다는 내면의 묘사 쪽으로 현저하게 기울어 있다.

붉은電燈.
푸른電燈.
넓다란 거리면 푸른電燈.
막다른 골목이면 붉은電燈.
電燈은반짝입니다.
電燈은그무립니다.
電燈은 또다시 어스렷합니다.
電燈은 죽은듯한긴밤을 직힘니다.

나의가슴의 속모를곳의
어둡고밝은 그속에서도

붉은電燈이 흐득여웁니다.
푸른電燈이 흐득여웁니다.

— 이상, 「서울 밤」 부분 인용

1연에서 시적 화자는 서울의 거리와 골목을 밝히는 '電燈'의 모습을 묘사하고 있다. 하지만 전등은 붉은 색과 푸른 색으로, 그리고 "반짝"거리거나 "그물"거리는 모습 혹은 "어스렷"한 모습으로 포착될 뿐 그것의 구체적인 형상이 드러나지 않는다. 또한 전등빛이 닿는 도시의 거리 풍경에 대한 시각적 재현도 전혀 이루어지지 않고 있다. 전등과 그것이 수놓은 서울의 밤풍경은 단지 그 밤풍경과 대립된 시적 자아의 내면의 어둠을 드러내는 계기가 될 뿐이다. 2연에서 시적 화자가 주체 외부의 '電燈'을 주체 내부로 옮겨와 존재의 슬픈 내면을 비추는 불빛으로 활용하는 것도 이런 맥락에서 이해할 수 있다.

이제 電燈은 내면의 불빛으로 바뀌었다. 하지만 3연에서 시적 화자의 시선은 도시의 불빛 저 너머 "머나만 밤하늘"을 향한다. 무한한 어둠에 휩싸여 있는 "밤하늘"은 도시의 명멸하는 불빛과 대조를 이루면서, 시적 화자가 두고 온 근원적 세계를 환기한다. 문제는 시적 화자가 "밤하늘"로 표상된 근원 세계와 도시의 밤풍경을 대비함으로써 자신의 내면적 정조로서 멜랑콜리한 감정과 고독감을 드러낸다는 데 있다. 시적 화자는 자신의 멜랑콜리한 감정과 고독을 마지막 연에서 두 번이나 언급된 타자의 발언 즉 "서울 거리가 죠타고해요"과 대비하면서, 밝음과 소란함의 이미지로 표상되는 근대 도시에 대한 거리감과 소외의식을 드러내고 있다.

시론「詩魂」32)에서 "都會의 밝음과 짓거림이 그의 文明으로써 光輝와 勢力을 다투며 자랑할 때에도 깁고 어둠은 山과 숩의 그늘진 곳에서는 외롭은 버러지 한 마리가 그 무슨 슬음에 겨윗는지 수임 없이 울고 잇습니다" 라고 언급한 바와 같이, 이제 김소월은 문명이 뒤바꾸어 놓은 도시 풍경으로부터 '어두운 산과 숲의 그늘진 곳'으로 시선을 돌린다. 그리고 그곳에 있는 '외로운 버러지'의 운명, 즉 식민지적 근대 사회에서 비가시성의 영역에 유폐되어 있는 타자들의 슬픈 목소리에 귀를 기울인다. 이제 김소월은 시적 관심이 풍경에서 내면으로, 이미지(시각)에서 소리로, 근대 문명의 스펙터클로부터 그것에 의해 감추어진 사라져 없어질 존재들로 급격하게 이동하게 된 것이다. 이를 두고 전통주의적 전회라고 말할 수 있다면, 김소월의 전통주의적 전회는 식민지적 근대를 접하고 한 없이 위축된 시적 주체의 위기의식과 그 극복을 위한 미학적 프로젝트였다고 할 수 있다.33) 그는 근대의 풍경을 고정된 위치에서 조감하는 특권화된 시선을 확보하지는 못하였지만, 전통과 근대의 경계에 놓인 심연을 직시하면서 식민지적 근대가 지닌 내적 모순을 우울한 정조로 노래하였다. 시집『진달래 꽃』(1925)에 담긴 반어와 역설에 가득한 언어들은 식민지적 근대에 의해 찢기어진, 분열된 주체의 우울한 내면을 비추어주는 "가슴의 속모를곳"에 숨어 있는 '전등'이라 할 수 있다.

문제는 유폐된 자아가 어떤 방식으로 협애한 내면세계에서 벗어

---

32) 김소월,「詩魂」,『개벽』, 1925. 5.
33) '전통주의'의 개념에 대해서는 남기혁,『한국현대시의 비판적 연구』, 월인, 2001; 박현수,
「전통시의 형성」,『20세기 한국시의 사적 조명』(한국현대시학회 편), 태학사, 2003. 참조

나 객관 세계의 풍경을 직시하고 식민지적 근대를 넘어서는 세계상을 재정립하며, 궁극적으로 새로운 역사철학적 단계를 상상할 수 있느냐 하는 점이다. 이러한 시적 실천은 식민지적 근대의 풍경을 원근법적으로 조감할 수 있는 근대적 시선의 주체를 재정립하는 작업으로부터 시작된다. 지평이 뒤바뀌는 식민지적 근대의 풍경을 조감하기 위해서는, 보는 주체가 그 풍경 밖에서 거리를 두고 풍경을 바라볼 수 있어야 한다. 이에 대한 해답은 「展望」이란 작품에서 확인할 수 있다. 이 작품에서 시적 화자는 "蕭索한欄干우"라는 고정된 위치에서 "흰눈이 滿山遍野 쌔운" 마을의 아침 풍경을 조망하고 있다. 특히 주목할 점은 "내가 볼째 온아츰, 내가슴의, / 좁펴옴긴 그림張"에서 알 수 있듯이, 풍경을 바라보는 주체가 이제 그것을 화폭에 옮겨놓는 '그리는 주체'로 전환된다는 점이다. 물론 여기서 그림을 그리는 행위는 실제적인 행위는 아니다. 풍경을 그림으로 옮길 화폭이 '내가슴' 속에 있는 것이기 때문이다. 하지만 이러한 상상적인 그리기 행위는 시적 화자가 풍경을 통어할 수 있는 특권화된 시선을 획득하였음을 보여준다. 이 작품의 1연에서 3연까지 보는 주체의 시선은 원경에서 근경으로 서서히 이동한다. 이러한 시선 이동은 보는 주체가 마을의 풍경을 원근법적으로 조망하고 있음을 암시하는 것이다. 때문에 이 작품에 묘사된 풍경은 공간적인 깊이를 자아낸다. 물론 3연의 '더운 눈물'에서 짐작할 수 있듯이, 시적 화자가 풍경으로부터 자신을 완전히 분리하지 못한 채 감정을 이입하고 있는 것은 사실이다. 하지만 시적 화자의 '눈물'보다 마을의 풍경이 두드러지는 이유는 보는 주체가 풍경의 외부에서 마을의 생활 경관을 심미적으로 포착할 수 있는 시선을 확보했기 때문이다.

　이와 같이 보는 주체의 특권화된 시선을 획득함으로써 김소월은 1920년대 중반을 넘어서면서 발표한 일련의 작품을 통해 식민지적 근대의 현실을 보다 사실적으로 그려낼 수 있었다. 특히 그는 식민지적 근대화에 의해 지평이 뒤바뀌는 조선의 현실에 주목하고 있다. 가령 「苦樂」에서 시적 화자는 무거운 짐 지고서 사는 세상 사람들에게 "榮辱의 苦와樂도 맘에" 달렸다고 강조하면서, 눈을 들어 "시언한 세상風景 바라보시오", "사방산천의 / 뒤밧귀는 세상도 바라보시오"라고 권유하고 있다. 그는 식민지적 근대화가 초래한 피폐한 삶에 좌절하지 말고 변화하는 세상의 '풍경'을 원근법적으로 조망하면서 새로운 삶을 설계해야 한다고 말하고 있는 것이다. 김소월은 이와 같이 풍경을 사실적으로 바라볼 수 있는 시선을 회복함으로써 그 풍경에 대한 비판적 시선을 획득하게 된다. 가령 「나무리벌 노래」에서 시적 화자는 "고향산천"에서 쫓겨나 "滿洲逢天"으로 밀려온 유이민을 통해 식민지적 근대화의 폭력성을 간접적으로 비판하고 있다.

　이러한 비판적 시선은 그 시선을 지탱해 줄 수 있는 타자의 발견을 필요로 한다. 자신이 보는 식민지 근대의 내적 모순과 허구성에 함께 맞설 수 있는 타자와 연대함으로써, 비로소 시적 주체는 근대 안에서 근대를 넘어서는 시적 비전을 확립할 수 있기 때문이다. 김소월의 경우 이러한 시적 비전은 1920년대 중반에 창작된 일련의 농민시 계열의 작품들, 가령 「바라건대는 우리에게 우리의 보섭대일 땅이 있었더면」, 「상쾌한 아침」 등에서 구체화된다. 비교적 명징한 언어와 낙관적 어조로 미래에 대한 희망을 노래하고 있는 이 작품들에서 시적 주체는 자신을 포함하는 더 큰 주체(조선 혹은 조선민족)에 자신을 접합시키고, 그 접합된 지점을 식민지적 근대(풍경)를 조망할 수 있는 고정된 지점으로 설정하고 있다. 「바라건대는 우리에게 우리의 보섭대일 땅이 있었더면」의 제3연~4연을 살펴 보자.

東이랴, 南北이랴,
내몸은 써가나니, 볼지어다,
希望의반짝임은, 별빗치아득임은,
물결쑌 써올나라, 가슴에 팔다리에.

그러나 엇지면 황송한이心情을! 날로 나날이 내압페는
자춧가느른길이 니어가라. 나는 나아가리라
한거름, 쏘한거름, 보이는山비탈엔
온새벽 동무들 저저혼자…… 山耕을김메이는.

두 번째 행의 "볼지어다"는 이 시의 시상 전개에 있어서 가장 중요한 전환점을 이루는 시어이다. 삶의 정처를 잃고 방향성마저 상실한 채 "東이랴, 南北이랴" 떠돌던 시적 화자는 새로운 "희망"을 발견한다. 그것은 시적 화자의 시선에 '산비탈에서 거친 밭을 일구는 사람들이 포착되었기 때문이다. 식민 권력의 타자로서 비가시성의 영역에 숨겨져 있던 유이민들이 보는 주체의 가시성의 영역으로 들어오게 된 것이다. 그 유이민들은 고향을 잃고 방황하는 시적 자아와 달리 새로운 정주의 터전을 마련하기 위해 힘써 일하고 있다. 시적 자아는 유이민들이 농사를 일구는 모습을 보면서 새로운 삶의 희망을 발견한다. 그의 앞에 펼쳐진 '가느른길'은 시적 화자가 식민 권력의 타자들과 연대하여 함께 나아갈 삶의 방향성을 가리킨다.

이와 같이 김소월은 이제 고립된 개인이 아니라 타자와의 연대를 모색하는 근대적 주체로서 자신의 실존의 기반인 조선(민족)을 탐색하게 된다. 이런 탐색의 결과 그는 개인적 우울 대신에 민족적 울분을, 고립된 내면이 아니라 타자에 대한 사랑[34]을 노래할 수 있게 되었다. 미발표 유작시로 남아 있는 일련의 작품들 중에서 「봄과봄밤과봄비」, 「마음의 눈물」, 「忍從」, 「봄바람」, 「그만두쟈 자네」 등이 주목되는 것은 이런 이유 때문이다. 「봄과봄밤과봄비」의 경우를 보자.

무쇠다리우헤도, 무쇠다리를스를듯, 비가온다.

이곳은國境, 朝鮮은新義州, 鴨綠江鐵橋,

鐵橋우헤나는섯다. 分明치못하게? 分明하게?

朝鮮生命된苦悶이여!

우러러보라, 하늘은감핫고아득하다.

---

34) 김소월 시의 중요한 테마 중의 하나가 바로 사랑이다. 김소월의 시에서 주로 '사랑'은 헤어진 연인에 대한 미련과 집착으로 표현되고 있지만, 미발표 유작시 「可憐한人生」의 경우처럼 "가련한 인생"에 대한 연민과 자기희생을 통한 구원으로 표현되는 경우도 있다. 김소월의 시 중에서 현실주의 계열의 작품들은 식민지적 근대의 타자들에 대한 연민과 사랑, 연대의식을 보여준다. 특히 고향을 잃고 떠나는 유이민, 새로운 삶의 터전을 일구는 사람들이 이루어내는 모습을 바라보면서 식민지적 근대의 또 다른 풍경을 그려내고 있는 점은 주목할 만한 부분이다.

自動車의, 멀니, 불붓는두눈, 騷音과騷音과냄새와냄새와,

朝鮮人, 日本人, 中國人, 몟名이나될꼬……
지나간다, 지나를간다, 돈잇는사람, 또는, 끼니좃차 벗드린 사람

사람이라 어물거리는다리 우헤는 電燈이밝고나
다리아래는그늘도깁게번듯거리며
푸른물결이흐른다, 구비치며, 얼신얼신.

— 이상, 「봄과봄밤과봄비」 부분 인용

　이 작품에서 시적 화자는 어느 비오는 밤, 압록강 철교 위에 서 있
다. "鐵橋우혜나는섯다. 分明치못하게? 分明하게?"에 나타난 바와
같이, 시적 자아는 정체성의 혼란을 겪고 있다. 하지만 풍경을 바라
보는 주체의 위치(보는 위치)는 압록강 '鐵橋우'로 분명하게 고정되어
있다. 시적 화자는 이 철교 위에서 국경 주변의 풍경을 관찰한다. 국
경은 그것의 안과 밖을 구분하는 경계이자, 경계 밖의 다른 나라나
민족과 구별되는 조선이란 상상의 공동체를 떠올리는 매개체가 된
다. 구체적으로 살펴보면 이 시의 화자는 압록강 철교를 건너는 "朝
鮮人, 日本人, 中國人" 등 다양한 민족 간의 차이를 응시하는 동시에
"돈잇는사람, 또는, 끼니좃차 벗드린 사람"과 같은 계급적 타자를 응
시하고 있다. 이러한 상상의 공동체들은 시적 화자에게 "朝鮮生命된
苦悶"을 불러일으킨다. 시적 주체가 겪는 정체성의 혼란이나 방황은
궁극적으로 '민족'이라는 공동체의 운명에서 비롯한 것임이 드러나

고 있다. 이와 같이 국경의 풍경은 단순한 심미적 완상의 대상이 아니라 보는 주체, 즉 풍경의 향수자가 식민지적 근대를 이해하고 해석하고 세계를 구성하는 데 결정적인 영향을 미치는 '제도적 세계상'35)에 해당된다. 시적 화자는 더 이상 근대 도시를 방황하는 위축된 영혼의 방황하는 시선이 아니라, 식민지적 근대를 고정된 위치에서 바라보는 원근법적 시선을 가지고 '뒤바뀌는 세상'(「苦樂」중에서)의 풍경을 조감할 수 있게 되었다. 때문에 풍경은 공간적 깊이는 물론 육체성과 구체성을 얻게 된다. 이 작품에서 그려진 국경 주변의 풍경은 근경으로 포착되는 철교 위 자동차의 '소음과 냄새'과 '밝은 '전등', 원경으로 포착되는 아득한 밤하늘, "다리아래" 풍경으로 포착되는 압록강의 "푸른 물결" 등으로 구성되어 있다. 시적 화자는 이러한 풍경 요소들을 자신의 시선으로 통어하면서 일정한 순서에 따라 배치함으로써 공간적 깊이를 자아내고 있다. 이 공간적 깊이는 식민지적 근대를 조감하는 '보는 주체'의 특권화된 위치와 소실점을 동시에 설정하였기 때문에 획득된 것이다.

김소월은 '조선(사람)'이란 큰 타자와 접합됨으로써 비로소 "못니쳐 글입길내 내가 괴롭아 하는 조선"(「마음의 눈물」)이라 외치고, "우리 祖先의 노래"(「忍從」)를 부르고, "朝鮮사람에 / 한 사람인 나의 념통을 불어"(「봄바람」)주는 바람을 호흡하고, "朝鮮山川을 집삼아 떠도는

---

35) '제도적 세계상'이란 용어에 대해서는 김홍중, 「문화사회학과 풍경의 문제」, 『사회와 이론』 6, 2005, 130면 참조. 본고에서 국경의 풍경을 제도적 세계상이란 확대된 의미로 결부시키는 이유는, 국경의 풍경에 대한 시각적 경험이 조선주의적 이데올로기를 직접적으로 표출하는 김소월의 일련의 작품들, 가령 「마음의 눈물」, 「봄바람」, 「그만두쟈 자네」에 절대적인 영향을 미쳤다고 판단하였기 때문이다.

바람"에게 가는 곳마다 "朝鮮의 넋"(「그만두쟈 자네」)을 물어보라고 요구할 수 있었다. 특히 김소월은 미발표 유작시에서 식민지적 근대의 타자 즉 '조선(사람)'의 위치에서 민족의 삶을 억압하는 식민지 현실을 보다 적극적으로 비판하고 있다. 다만 그는 식민지적 근대의 풍경을 완전하게 지배하고 통어하는 수준으로 나아가지 못했다. 미발표 유작시에서 자주 발견되는 시적 주체의 정체성 분열과 혼란은 시적 화자가 자신의 특권화된 시선을 완전하게 유지하지 못한 데서 기인한다. 그의 시선과 정체성은 끊임없이 균열되고 있었으며, 시적 화자는 전통과 근대의 경계에 가로놓인 건널 수 없는 심연을 발견하고 절망하였다. 조선주의, 혹은 준비론 사상을 통해 '조선'이란 대타자를 발견하고 이를 통해 균열된 의식을 일부 봉합한 경우도 있지만,36) 김소월은 근대의 초극으로 나아가지 못하고 끝내 비극적으로 생을 마감할 수밖에 없었던 것이다.

5. 맺음말

김소월은 시각 이미지보다 청각 이미지에 더 민감하게 반응한 시인이다. 그의 시에서 청각적 이미지는 단순히 사물을 재현하는 수단이 아니다. 김소월이 민감하게 반응한 자연의 소리, 혹은 근원적 세계 저 너머에서 들려오는 주술적인 목소리는 김소월이 얼마나 근원

---

36) 김소월의 시에 나타난 조선과 조선주의에 대해서는 남기혁, 「김소월 시의 근대와 반근대 의식」, 『한국시학연구』 17, 2004 참조.

적 세계로 이끌렸는지를 잘 보여준다. 김소월은 「무덤」의 "내 넋을 잡아 끌어 헤내는 부르는 소리"와 같이, 비록 "형적 없는 노래"일망 정 존재를 "옛 조상들의 기록"이 묻힌 곳으로 이끌어내는 소리를 통 해 자기정체성의 기원을 탐색하였다. 사실 김소월이 민감하게 반응 한 그 소리들, 특히 주술적 제의나 자연이 빚어내는 소리들은 문명 의 소음과 달리 영혼의 안식을 얻을 수 있는 근원의 소리인 동시에 시인이 민족, 국가와 같은 큰 타자에 시적 주체를 접합시키는 소리 이기도 하다. 그 소리들이 근대에 의해 부정될 수밖에 없었던 습속 의 세계를 환기한다는 점은 부정할 수 없다. 하지만 김소월은 현실 세계에 대한 '인식'을 지향하고 이를 시에 담으려 했던 시인은 아니 다. 사실 사물을 본다는 것, 그리고 본 것을 시각적으로 재현한다는 것은 여타의 감각들에 비교 훨씬 더 인식의 행위와 결부되어 있다. 본다는 것은 안다는 것이고, 안다는 것은 지배한다는 것이다.

이와 같이 '보는' 주체는 자기 외부의 객관 세계를 원근법적으로 조망함으로써 사물을 지각하고, 지각된 사물을 해부하거나 분석함 으로써 대상에 대한 앎을 얻는다. 그리고 그는 주체의 시각에서 사 물의 질서를 새롭게 배치하고 조직할 수 있다. 원근법적으로 사물을 보는 주체는 인식과 표상의 주체로서 근대적 주체의 탄생을 예고하 는 것이다.37) 근대시에서 시각 이미지가 중요한 것도 이런 맥락에서 일 것이다.

김소월이 1920년 발표한 「서울의 거리」는 이러한 근대적 주체의

---

37) 가라타니 고진이 데카르트의 코기토(cogito)도 원근법의 산물이라 말한 이유도 이 때문이 다. 이에 대해서는 가라타니 고진, 앞의 책, 48면 참조.

성립이 얼마나 지난한 것인가를 잘 보여주는 작품이다. 그는 근대적 학교 교육을 받은 지식청년이었지만, 식민지적 근대가 재편해 놓은 도시의 풍경에 대해서는 외부자(여행자)일 수밖에 없었다. 외부자의 시선을 가지고 볼 때, 도시의 (밤)풍경은 환멸의 대상이 될 수도 있고 도취와 매혹의 대상이 될 수도 있다. 하지만 김소월의 경우, 식민지 근대도시 서울의 풍경은 도취와 매혹의 대상도 아니고, 환멸의 대상도 아니다. 그는 철저하게 도시의 풍경으로부터 소외된 채 분열된 시선을 가지고 밤거리를 방황할 뿐이다. 방황하는 주체는 대상을 원근법적으로 바라볼 수 있는 고정된 위치를 차지할 수 없다. 끊임없이 유동하는 시선은 밤거리의 폭증하는 이미지들에 미처 적응하지 못하고 자아의 경계마저 상실하는 상황을 맞이한다.

물론 「서울의 거리」는 부분적으로 보들레르적인 만보객의 모티브와 우울의 정조 등을 담고 있어 김소월의 초기시에서 결코 상상할 수 없었던 미적 근대성의 면모를 갖추었다고 볼 수 있다. 하지만 이 작품은 김소월 시의 주류적 경향으로 자리 잡지는 못 하였다. 김소월은 서울이란 공간의 국외자로서 냉담한 거리를 두고 도시의 풍경을 바라볼 수 없었다. 그는 원근법적인 시선도, 비판적 시선도 획득하지 못 하였다. 그 뿐만 아니라 자기 정체성을 찾기 위해 탐색의 시선도, 식민지적 현실 속에서 미래를 찾아낼 이념의 시선도 결여하고 있었다. 그는 다만 근대의 규율 권력과 상품 질서에 적응하지 못한 상태에서 밤거리를 지향 없이 헤매다 지쳐 쓰러지고 말았던 것이다.

이렇게 위축된 영혼은 이제 도시의 우울을 뒤로 하고 잃어버린 자연과 전통의 세계로 귀환한다. 첫 시집 『진달래 꽃』(1925)에 수록된 작품들은 자연과 전통의 세계에 유폐된 존재의 처절한 절망과 영혼의 절규를 노래하고 있다. 그는 식민지적 근대에 가로놓인 심연 앞에서 주저앉을 수밖에 없었다. 그의 시적 화자들이 주로 이별의 상황, 불귀(不歸)의 상황 속에서 잃어버린 대상(님, 고향)에 대한 형언할 수 없는 그리움과 절망을 토로하는 이유도 이런 맥락에서 설명이 가능하다. 그는 식민지적 근대의 허무를 보았지만 그것을 가로질러 초극할 수 있는 온전한 시적 비전을 찾아내지는 못 하였다. 왜냐하면 그것은 시인이 자기애적 세계의 한계를 벗어던지고 식민 권력이 비가시성의 영역에 가두어 놓은 타자를 발견할 때, 그리고 타자의 타자성의 계기를 주체 내부로 이끌어 들일 때 가능한 것이기 때문이다.

결국 시적 자아는 '소리'의 세계로 이끌리는 '방황하는 주체'에서 벗어나, 식민지적 근대 세계를 고정된 위치에서 바라볼 수 있는 근대적 주체로 거듭날 필요가 있었다. 창작 연대가 불분명하지만 미발표 유작시로 전해지는 몇몇 작품에서, 그리고 준비론 사상을 보여주는 몇몇 작품에서, 김소월은 근대적 주체로서 세계와 대면하는 시적 주체를 등장시킬 수 있었다. 이런 시적 주체들이 식민지적 근대의 타자들에 대한 사랑과 연대를 함께 노래하고 있는 점 역시 주목할 만하다.

2부
식 민 지 적 근 대 와 맞 서 는 언 어 의 풍 경

정지용 초기시의 '보는' 주체와 시선(視線)의 문제
식민지적 근대와 시선의 계보학(2)

임화 시에 나타난 근대 풍경과 이념적 시선의 변모과정
식민지적 근대와 시선의 계보학(3)

정지용 중·후기시에 나타난 풍경과 시선, 재현의 문제
식민지적 근대와 시선의 계보학(4)

시어로서의 '조선어=민족어'의 풍경과 시단의 지형도
1930년대 중후반 임화의 시와 평론을 중심으로

서정주의 동양 인식과 친일의 논리

정지용 초기시의 '보는' 주체와 시선(視線)의 문제

식민지적 근대와 시선의 계보학(2)

1. 들어가는 말

한국시의 모더니티는 모순되는 시적 이념과 방법이 서로 뒤섞이면서 근대(혹은 식민지적 근대)를 가로질러 새로운 현실을 만들어내려는 시적 비전을 구축하는 과정에서 구체적인 모습을 드러내었다. 때문에 한국시의 모더니티는 일련의 선조적인 발전 과정을 통해서 획득된 것으로 보기는 어려우며, 일련의 계보학적인 탐색을 통해 고찰할 필요가 있다 하겠다. 가령 계몽적 사유의 실체에 관한 문제, 언어의 문제, 내면성의 문제, 서구사조의 영향 문제 등에 대한 다양한 계보학적 추적이 겹치는 지점에서 한국 근대시의 기원적 풍경은 재구될 수 있을 것이다. 따라서 어떤 단일한 기준으로 도식적 해석을 가하는 것으로 한국 근대시의 모더니티가 어느 시점에 완성되었다고 말하는 방식은 한국 근대시 논의에서 지양되어야 한다.

한국 근대시가 형성되는 시점에서 우리의 시인들이 어떤 방식으

로 세계를 지각하고 표상하였는가를 살펴보는 것도 한국 근대시의
모더니티를 계보학적으로 연구하는 데 도움을 줄 수 있다. 특히 근
대가 본격적으로 이식되기 시작했던 1920년대 식민지 도시 풍경의
변화와 이 풍경을 '바라보는' 주체의 대응, 그리고 풍경을 대하는 주
체의 내면의 성립을 살펴봄으로써 보다 미시적인 차원에서 한국 근
대시의 모더니티를 추적할 수 있다는 것이 본고의 입장이다. 일반
민중들에게 근대에 대한 인식은 이념과 제도의 측면보다 그것이 초
래한 풍경과 '시각 체제(the scopic regime)'1)의 변화에서 시작되었다고
해도 과언이 아닐 것이다. 한국의 근대화는 자발적인 근대화 과정을
통해서 서서히 형성된 것이 아니라 식민제국의 근대가 강제적으로
이식되어 형성된 만큼 전통과 근대의 교차와 혼종은 식민 제국의 경
우보다 훨씬 심각한 양상을 보일 수밖에 없었다. 따라서 피식민 주
체가 근대 풍경의 등장과 시각 체제의 변화로 인해 겪은 충격과 혼
란은 훨씬 더 컸을 것으로 짐작된다. 하지만 충격과 혼란 속에 접하
게 된 근대 풍경의 시각적 자극은 피식민 주체가 근대를 사유하고
표상하는2) 가장 직접적인 계기가 되었다.

근대적인 시각 체제의 변화는 김소월과 같은 전통주의 시인의 작

---

1) '시각 체제'는 "본다는 것은 사회 문화적으로 규정되며, 따라서 한 사회에서 자연스러운 것
으로 통용되는 보는 방식이 형성되고 제공된다는 점, 이 사회적인 보는 방식이 일정하게 주
체를 구성한다는 점을 이해하기 위해" 사용되는 용어이다. 이에 대해서는 마틴 제이, 차원
현 역, 「현대성의 시각적 제도들」, 『현대성과 정체성』(스콧 래쉬 외 편), 현대미학사, 1997;
주은우, 『시각과 현대성』, 한나래, 2003; 김홍중, 「문학사회학과 풍경의 문제」, 『사회와 이
론』 6, 2005 참조.
2) 이식된 근대는 우리 것과 남의 것, 낡은 것과 새로운 것, 과거와 현재, 안과 밖, 습속과 문명
등의 대립적 표상의 계열체를 만들어내고, 이러한 계열체는 연쇄적으로 시간과 공간에 대
한 또 다른 대립적 표상들을 만들어낸다.

품에서도 감지된다. 사실 김소월이 알 수 없는 상실감과 방랑의식에서 벗어나 『진달래꽃』(1925)에서 보여준 전통주의적 전회를 감행한 계기는 '서울'과 '동경'이라는 근대도시에 대한 체험과 시각적 충격에 있었다. 가령 「서울의 거리」(1920.12)같은 작품은, 근대의 서양식 건물과 상점, 양장이나 교복을 입고 길거리를 활보하는 사람들, 부랑아들, 전등과 전차가 가로지는 대로 등이 이루어내는 식민지 근대도시 서울의 밤풍경을 소재로, 그 속에서 시선의 분열을 일으키며 방황하는 위축된 영혼을 등장시키고 있다.3) 김소월은 이러한 시선의 충격과 정체성의 균열을 극복할 수 있을 만큼 냉담한 거리를 충분히 두고 현실을 관조할 수는 없었다. 과거적 전통의 세계, 유기체적인 자연의 세계로 퇴거하여 그곳에서 식민지적 근대의 허무를 노래하는 방식, 특히 반어와 역설의 언어로 근대적 주체가 처할 수밖에 없었던 자기상실의 비애와 불귀(不歸)의식을 노래하는 것이 전통주의자로서 김소월이 모더니티를 탐색한 방식이라 할 수 있다.

한국 근대시의 기원적 풍경에는 김소월과는 또 다른 방식의 시적 실험이 자리 잡고 있다. 본고는 한국 근대시의 기원적 풍경에 자리 잡고 있는 다양한 '보는' 방식과 주체의 대응 양상을 계보학적으로 탐색하는 작업의 일환으로 정지용의 초기시에 등장하는 '보는 주체'의 다양한 양상과 시선의 문제를 살펴보고자 한다. 정지용의 시에서 '보는' 행위의 중요성에 대해서는 많은 연구자들이 주목해온 바 있다. 그의 시를 이미지즘의 각도에서 설명하고자 했던 다양한 논의들

---

3) 남기혁, 「김소월시에 나타난 경계인의 내면풍경」, 『국제어문』, 2004; 「김소월 시의 근대와 반근대 의식」, 『한국시학연구』 11, 2004.

은 사물을 지각하고(보고) 언어로 재현하는 과정에 주목한 바 있다. 최근 풍경과 재현의 문제를 통해 정지용 시의 근대성을 규명하려는 논의4)가 활발하게 전개되고 있는 것에서도, 그의 시에서 '보는' 행위가 가지고 있는 중요성을 짐작할 수 있다. 정지용의 시에서 '보는' 행위는 단순히 사물(자연)을 지각하는 행위, 혹은 청각이나 촉각과 같은 여타의 감각과 구별되는 일종의 섬세한 지각 행위만을 가리키지 않는다. 가령 원근법적으로 사물을 '보는' 행위는 사물에 대한 인식의 문제와 결부되어 있다.5) 그런 만큼 사물을 '보는' 방식의 변화는 사물을 인식하고 표상하는 방식의 변화와 밀접하게 관련이 있는 것으로 보아야 한다.

이러한 변화는 보는 주체의 내적 요인이 아니라, 새로운 방식으로 사물을 보지 않으면 안 되는 풍경의 변화, 혹은 시각 체제의 변화와 같은 외적 요인에 의해 좌우된다. 정지용 시의 모더니티에 있어서 그 핵심적 자장을 형성하는 '보는' 주체와 '보는' 방식의 변화는 식민지적 근대가 새롭게 구축한 근대적 풍경과 시각 체제의 변화로부터 촉발된 것이다. 다만 정지용의 시에서 '보는' 주체가 풍경에 관해서

---

4) 이상오, 「정지용 초기 시와 '바다' 시편에 나타난 자연 인식」, 『인문연구』(영남대 인문과학연구소), 2005; 하재연, 「일본 유학 시기 정지용 시의 특성과 창작의 방향」, 『비교한국학』, 2007; 김승구, 「정지용 시에서 주체의 양상과 의미」, 『배달말』 37, 2005.

5) 원근법적 시각양식에서 보는 주체는 하나의 점으로 환원된 초월적 주체이고, 이 주체의 시각은 고정된 단안적 시각이며 세계를 통어하는 전능한 힘이 부여된다는 점에서 실제의 시각과 다르다. 원근법적 시각양식에서의 보는 주체는 데카르트적 의미에서의 코기토적 주체와 밀접한 관련이 있다. "세계를 관찰하는 눈은 신체 기관으로서의 눈이 아니라 '마음의 눈'이며, 따라서 서구 현대성에서의 시각의 중심성은 의식 철학의 주체와 연결되어 있다. 결국 현대성의 시각중심성을 담지한 눈은 데카르트의 이원론을 따라서 객체와 거리를 둔 의식적 주체의 눈이고 신체로부터 추상화된 마음의 눈인 것이다." 이에 대해서는 주은우, 앞의 책, 252면 참조.

국외자의 위치에 놓여 있다는 점은 유의할 필요가 있다. 정지용은 도시적 풍경에 관한한 국외자였다. 충북 옥천이라는 변방에서 태어나 서울에서 학교 교육을 받고 식민 제국 '일본'으로 유학을 다녀온 이 근대적 지식인의 눈에 근대의 풍경은 기형적인 것으로 포착되었을 것이다. 그는 전통과 근대, 농촌과 도시, 식민지와 내지의 경계에서 근대의 혼종성을 경험하면서 식민지적 근대의 일그러진 시각 체제에 노출될 수밖에 없었기 때문이다.

본고는 이런 점에 착안하여, 정지용이 일본 교토(京都)의 도시샤(同志社) 대학 예과에 입학(1923)한 후부터 영문학과를 졸업한 시기(1929), 더 나아가 귀국한 구 모교의 영어 교사로 부임하여 활발하게 시 창작 활동을 하였던 1930년대 중반 무렵까지 정지용 시에 포착된 근대의 풍경, 그 풍경을 지각하는 '보는' 주체의 대응 양상과 '보는' 방식의 변화 과정을 추적하고자 한다. 특히 정밀한 텍스트 분석을 통해 (식민지적) 근대에 노출된 피식민 주체의 시선의 분열과 방황, 유폐된 자아가 겪게 되는 신경증의 양상 등을 함께 살펴볼 것이다.

2. '거리'의 상상력 – 파노라마적 풍경과 위축된 영혼의 분열된 시선

정지용은 1923년 도시샤 대학으로 유학을 떠난 후 몇 차례 고향을 다녀간 것을 제외하고는 6년 가까운 시간 동안 낯선 이국 도시 교토 (京都)에서 생활하였다. 식민지 지식청년으로서 조국과 고향을 떠나 식민제국에서 유학생으로 살아간다는 것은 이중의 소외, 즉 식민제국에 동화될 수 없는 타자(국외자)로서의 위치가 환기하는 소외와 고향을 떠나온 자가 고향에 대해서 느낄 수밖에 없는 소외를 불러일으킨다고 말할 수 있다. 실제로 그는 식민지 조선과 식민제국 일본, 고향이라는 습속의 세계와 도시라는 문명의 세계와 같이 대립적 표상을 이루는 두 세계 사이에서 방황하였으며, 어느 한 곳에서도 존재론적 안전이나 영혼의 안식을 얻을 수 없는 "떠도는"(「고향」 중에서) 영혼이었다.

정지용이 국외자로서 겪었던 식민제국의 도시 '교토' 체험은 1925~6년경에 창작된 작품들, 가령 「카페 · 프란스」(『학조』 창간호, 1926.6), 「슬픈 인상화」(『학조』 창간호, 1926.6), 「鴨川」(『학조』 2호, 1927.6), 「황마차」(『학조』 2호, 1927.6)[6] 등에 잘 나타난다. 이 작품들은 식민 제국의 도시에서 타자의 위치로 밀려난 피식민 주체가 겪을 수밖에 없었던 자의식의 분열을 다루고 있다. 「鴨川」의 경우, 시적 화자는 교토 가모가와(鴨川)의 저녁 무렵 풍경을 묘사한 후, 그 풍경을 바라보는 주체의 내면 풍경을 "오랑쥬 껍질 씹는 젊은 나그네의 시름"이라 묘사하고 있다. 이 작품에서 풍경의 발견과 내면의 성립은 동시적으로 이루어진다.[7] 이러한 시적 구성은 풍경과 내면의 상호의존성을 보여준다. 다만 이 작품에서 가모가와의 저녁 풍경은 시적 화자의 내면풍경을 전경화(前景化)할 뿐이다. 시적 화자는 풍경을 객관적으로 묘사하기보다 낯선 도시 도쿄에서 이방인으로 겪어야 했던 시적 화자의 소외감을 풍경에 이입하였다고 보는 편이 옳다.[8]

---

6) 작품에 실린 부기에 따르면 이 작품의 실제 창작 시점은 1925년 11월이다.
7) 가라타니 고진, 박유하 역, 『일본 근대문학의 기원』, 민음사, 1998, 17~62면 참조.

근대도시 교토의 풍경은 「압천」보다 한 해 앞서, 1926년 6월 『학조』 1호에 발표된 「카페 · 프랑스」와 「슬픈 인상화」에서 훨씬 구체적으로 묘사되고 있다. 우선 「카페 · 프랑스」의 시적 화자는 단순히 '나그네'로 언급된 「압천」의 시적 화자에 비해 훨씬 구체적인 형상을 갖고 작품에 등장한다. 이 작품의 전반부는 '카페 · 프랑스'를 찾아 헤매는 젊은이들과 밤거리의 풍경을 묘사하고 있고, 후반부는 '카페 · 프랑스'의 실내 풍경을 보여주고 있다. 전반부에는 '루바시카'를 입은 청년, '보헤미안 넥타이'를 맨 청년, '뼷적 마른 놈' 등 세 명의 청년이 등장하는데, 이 중 시적 화자는 '루바시카'라는 러시아풍 의상을 입은 청년으로서 "빗두른 능금"(학조에 발표했을 때는 '갓익은 능금'으로 표현되어 있었다)으로 비유되고 있다. 근대적인 학문과 사상, 예술의 세례를 받은 이 청년들은 알 수 없는 울분과 충동에 휩싸여 "카페 · 프랑스에 가자"고 외치며 밤거리를 뛰어간다. 사실 "카페 · 프랑스에 가자"는 외침은 절규에 가까운 목소리로 들리는데, 이는 카페라는 공간이 지니는 데카당한 분위기 때문이다. 청년들은 무엇인가 때문에 마음의 상처를 얻게 되었고, 이 상처를 치유할 순간의 쾌락과 안식을 위해 카페라는 공간을 찾아 나선 것이다.

　　그렇다면 청년들이 품었을 마음의 상처란 무엇인가? 이는 첫 행에 등장하는 "옮겨다 심은 棕櫚나무"를 통해 짐작할 수 있다. 시적 화자는 고향을 등지고 낯선 도시에 옮겨진 자신의 처지를 '종려나무'라는

---

8) 이 작품이 민요조의 정서와 리듬에서 벗어나지 못한 점, 그러니까 공간의 질서 대신에 시간의 질서가 우위에 놓이는 점 역시 이와 무관하지 않다. 특히 시적 화자가 관조하는 가모가와의 풍경이 도시 풍경보다는 심미적인 자연 풍경에 가깝도록 그려진 점도 주목할 필요가 있다.

이국의 도시 풍경과 어울리지 않는 존재와 동일시하고 있는 것이다. 이제 식민제국의 타자는 "빗두루 슨 장명등"처럼 교토의 밤거리를 정면으로 응시하지 못한 채 밤거리를 헤맬 수밖에 없다. 이런 점에서 3연에서 제시된 "밤비는 뱀눈처럼 가는데 / 페이브멘트에 흐늙이는 불빛"란 표현은 주목할 만하다. 뱀눈처럼 가는 '밤비'와 포도(鋪道)에 산란하는 '불빛'은 울분과 충동에 휩싸여 밤거리를 뛰어가는 청년이 포착한 이국도시의 순간적인 인상이다. 이러한 표현은 도시 풍경을 감각적으로 포착하여 언어화하는 정지용의 뛰어난 언어감각을 보여주지만, 이 표현이 도시 풍경을 인상주의적 수법으로 소묘하고 있다는 점 역시 주목할 필요가 있다. 서구 인상파 화가들은 도시 풍경을 재현할 때, 도시의 명멸하는 불빛 특히 밤비로 인해 산란하는 불빛의 이미지를 즐겨 사용하였다. 「카페·프란스」의 경우에도 산란하는 불빛의 이미지는 대상을 사실적으로 재현한 것이라기보다 보는 주체의 시선에 순간적으로 포착된 도시의 감각적 인상을 재현한 것에 가깝다. 여기서 대상은 자신의 고유한 경계를 갖지 못한 채 빛의 분산과 파동에 의해서 '유동하는'9) 이미지로 자신의 모습을 드러낼 뿐이다. 또한 주체가 대상을 원근법적으로 조망할 수 있는 거리를 확보하지 못하고 있기 때문에 주체와 대상 사이의 경계도 해체될 수밖에 없다. 이제 이국도시의 소외된 밤풍경은 소외된 주체의

---

9) 인상주의 화가들이 그린 그림들은 "결집력이 상실된 대신 박진감과 활력이 생겨 때로는 중앙의 소실점을 벗어나 흩어지거나 종종 무작위적인 구성"(린다 노클린, 정연심 역, 『절단된 신체와 모더니티』, 조형교육, 2001, 37~45면 참조)을 취하는 경우가 많다. 한편, 인상주의 그림에 나타나는 시선과 유동하는 이미지는 "현대적인 삶을 경험한 도시인의 시각이 지각한 자연세계의 표현"(마순자, 『자연, 풍경, 그리고 인간』, 아카넷, 2003, 342면)으로서, 이는 근대 사회에서 새롭게 등장한 교통수단의 경험을 바탕으로 한다.

내면으로 옮겨와 시적 주체의 황폐한 내면을 비추게 된다.

이 작품의 후반부 첫머리에는 카페 내부의 풍경이 제시되어 있다. 시적 화자를 맞이하는 카페는 권태와 몽상이 뒤섞여 퇴폐적인 분위기를 자아낸다. 카페를 찾은 청년들과 여급과의 수작, "更紗 커—틴 밑에서" 졸고 있는 무심한 "鬱金香 아가씨" 등은 근대 도시를 이루는 또 다른 시각적 풍경에 해당되거니와, 특히 근대의 합리화된 시·공간 배치가 유발하는 권태와 피로, 그리고 그것을 이겨내기 위해 빠져드는 관능적인 순간의 쾌락의 기표로 작용한다. 하지만 청년들이 '카페'라는 데카당한 공간을 찾은 이유는 궁극적으로 식민제국이 배치해 놓은 시공간 체계에서 벗어나기 위해서라 할 수 있다. 타자(피식민 주체)를 감시하는 식민 권력의 시선에서 벗어나 존재론적 안전을 확보할 수 있는 밀폐된 공간에 대한 욕망이 작동하고 있는 것이다. 하지만 유혹과 관능, 작은 축제와 향연이 벌어지는 퇴폐적인 공간으로서 '카페'는 시적 화자에게 순간의 쾌락은 줄 수 있어도 결코 영속적으로 존재론적 안전과 안식을 보장해 줄 수는 없다. 시적 화자는 순간의 도취에서 깨어나면서 다음과 같이 자신의 처지를 토로하게 된다.

나는 子爵의 아들도 아모것도 아니란다.
남달리 손이 히여서 슬프구나!

나는 나라도 집도 없단다.
大理石 테이블에 닷는 내뺨이 슬프구나!

오오, 異國種강아지야

내발을 빨아다오.

내발을 빨아다오.

— 이상, 「카페 · 프란스」 부분 인용10)

　자신이 "자작의 아들"이 아니라는 사실, 무기력한 지식인이란 사실은 새삼스러울 것이 없다. 단지 보잘 것 없는 유학생 신분이라는 사실을 엄살스럽게 고백한 것에 지나지 않기 때문이다. 정작 중요한 것은 "나라도 집도" 없는 피식민 주체로서의 위치를 드러내는 부분이다. 그는 식민 제국의 낯선 도시에 동화될 수 없는 낯선 타자이다. 시적 화자는 이러한 주체의 위치를 환기하는 것만으로도 쉽게 정체성의 분열에 직면하게 된다. 뺨에 닿는 대리석 테이블의 차가운 촉감은 교토라는 도시에서 피식민 주체가 경험했을 냉담한 소외를 암시한다. "異國種 강아지"에게 발을 내맡기면서 "빨아다오"라고 외치는 시적 화자의 목소리에서 자기절멸의 비애와 절망이 포착되는 것도 이 때문이다.

　「슬픈 인상화」 역시 제목이 암시하는 바와 같이 '인상주의적 소묘'를 활용하고 있다. 이 시의 2연은 "먼 海岸 쪽 / 길옆나무에 느러 슨 / 電燈"의 모습을 원경으로 제시한다. 하지만 그것은 '보는' 주체의 눈에 "헤엄쳐 나온 듯이 깜박어리고 빛나"는 순간적인 인상으로 포착될 뿐 묘사의 구체성은 확보되지 않는다. 3연에서는 "축항의 기적소

---

10) 정지용의 작품을 인용할 때는 다음 두 권의 텍스트를 활용하였다. 이숭원 주해, 『원본 정지용시집』, 깊은샘, 2003; 권영민, 『정지용시 126편 다시 읽기』, 민음사, 2004.

리"에 '沈鬱'해진 시적 화자의 시선에 "異國情調로 퍼덕이는 / 稅關의 旗ㅅ발"이 포착된다. 2연에 비해 근경으로 포착되는 세관의 깃발은 시적 화자에게 우울한 감정을 불러일으키는데, 이는 '이국정조'라는 막연한 감상 때문이 아니라 마지막 연에 드러난 바와 같이 낯선 타국('上海')으로 떠나는 사람('愛施利·黃')에 대한 아쉬움 때문이다. 한편 4연에서 시적 화자의 시선은 보다 근접한 대상으로 좁혀온다. "세멘트 깐 人道側으로 사뭇 사뭇 옮기는 / 하이얀 洋裝의 點景!"으로 포착되는 시적 대상은 시인이 그려내는 인상화의 포커스에 해당한다. 하지만 화폭의 가장 중요한 위치를 점하는 시적 대상 역시 그 경계가 불분명하여 '보는 주체'의 시선에 유동하는 '점경'으로만 포착된다. 5연에서 시적 화자가 "흘러가는 失心한 風景"이라고 토로할 수밖에 없는 이유도 여기에 있다. 시적 화자는 점경으로 포착되는 풍경에 어떤 방식으로든 관여할 수 없다. 흐릿한 풍경의 외부에서 "부즐없이 오랑쥬 껍질"을 씹는 것 이외에, 이별의 상황에 대해 혹은 항구의 풍경에 대해 어떠한 지배력도 행사할 수 없는 것이다. 때문에 이 시의 '보는' 주체는 인상주의적 기법으로 대상을 그려낼 수밖에 없다. 그는 원근법적 시선의 주체로서 대상을 조망할 수 있는 특권적 위치를 상실한 것이다.

여기에서 '항구'를 건설한 주체가 식민 제국이며, 이 식민제국이 항구라는 공간에 배치한 권력의 시선을 배치 놓아다는 사실을 떠올릴 필요가 있다. 식민 제국이 배치해 놓은 항구라는 공간의 구조 속에서, 시적 주체는 권력의 감시하는 시선을 피해 풍경과 마주설 수 없었다. 그가 마주하는 풍경은 권력이 허용하는 풍경일 뿐이며, 풍경 밖으로 탈주하기 해서는 끊임없이 감시의 시선을 의식해야 한다. 시적 화자가 항구의 밤풍경을 유동하는 모습으로, 흘러가는 '실심한 풍경'을 단편적인 파노라마처럼 표상할 수밖에 없는 이유가 여기에 있을 것이다.

한편 「황마차」는 식민 제국의 근대 도시를 걷는 피식민 주체의 분열된 시선과 정체성의 위기를 보다 구체적으로 보여주는 작품이다.[11]

이제 마악 돌아 나가는 곳은 시계집 모퉁이, 낮에는 처마 끝에 달아 맨 종달새란 놈이 도회바람에 나이를 먹어 조금 연기 끼인 듯한 소리로 사람 흘러 나려가는 쪽으로 그저 지줄지줄거립니다.

그 고달픈 듯이 깜박깜박 졸고 있는 모양이—가여운 잠의 한점이랄지요—붙일 데 없는 내 맘에 떠오릅니다. 쓰다듬어 주고 싶은, 쓰다듬을 받고 싶은 마음이올시다. 가엾은 내 그림자는 검은 상복처럼 지향 없이 흘러 나려갑니다. 촉촉히 젖은 리본 떨어진 낭만풍의 모자 밑에는 금붕어의 분류(奔流)와 같은 밤 경치가 흘러 나려갑니다. 길 옆에 늘어선 어린 은행나무들은 이국 척후병의 걸음새로 조용히 흘러 나려갑니다.

---

11) 이 작품은 1927년 6월 『조선지광』에 발표되어 「카페·프란스」나 「슬픈 인상화」보다 제작 시점이 늦은 것으로 짐작된다. 하지만 발표 당시 이 작품의 끝에 '1925. 11월 京都'라고 제작 시점과 장소를 명기해 놓은 것으로 보아, 창작의 선후 관계를 짐작하기는 곤란하다. 다만 시적 주체가 겪는 시선의 혼란과 정체성의 분열이 보다 구체적으로 드러난 점을 고려하면, 「황마차」가 다른 두 작품에 비해 늦게 창작된 것으로 짐작할 수 있다.

슬픈 은(銀) 안경이 흐릿하게
밤비는 옆으로 무지개를 그린다.

이따금 지나가는 늦은 전차가 끼이익 돌아 나가는 소리에 내 조고만 혼이 놀란 듯이 파닥거리나이다. 가고 싶어 따뜻한 화롯가를 찾아가고 싶어. 좋아하는 코란경을 읽으면서 남경콩이나 까먹고 싶어, 그러나 나는 찾아 돌아갈 데가 있을라구요?

네거리 모퉁이에 씩 씩 뽑아 올라간 붉은 벽돌집 탑에서는 거만스런 12시가 피뢰침에게 위엄 있는 손가락을 치어들었소. 이제야 내 모가지가 쭐 삣 떨어질 듯도 하구려. 솔잎새 같은 모양새를 하고 걸어가는 나를 높다란 데서 굽어보는 것은 아주 재미있을 게지요. 마음놓고 술술 소변이라도 볼까요. 헬멧 쓴 야경순사가 필름처럼 쫓아오겠지요!

네거리 모퉁이 붉은 담벼락이 흠씩 젖었소. 슬픈 도회의 뺨이 젖었소. 마음은 열없이 사랑의 낙서를 하고 있소. 홀로 글썽글썽 눈물짓고 있는 것은 가엾은 소—니아의 신세를 비추는 빨간 전등의 눈알이외다. 우리들의 그 전날밤은 이다지도 슬픈지요. 이다지도 외로운지요. 그러면 여기서 두 손을 가슴에 여미고 당신을 기다리고 있으리까?

길이 아주 질어터져서 뱀눈알 같은 것이 반짝반짝거리고 있소. 구두가 어찌나 크던동 걸어가면서 졸음이 오십니다. 진흙에 착 붙어버릴 듯하오. 철없이 그리워 동그스레한 당신의 어깨가 그리워. 거기에 내 머리를 대이면 언제든지 머언 따뜻한 바다 울음이 들려오더니……

……아아, 아무리 기다려도 못 오실 이를……

기다려도 못 오실 이 때문에 졸리운 마음은 황마차(幌馬車)를 부르노니, 휘파람처럼 불려 오는 황마차(幌馬車)를 부르노니, 은으로 만들은 슬픔을 실은 원앙새 털 깎은 황마차(幌馬車), 꼬옥 당신처럼 참한 황마차(幌馬車), 찰 찰찰 황마차(幌馬車)를 기다리노니.

— 이상, 「幌馬車」 전문 인용

기존의 연구자들은 「황마차」에 등장하는 시적 주체의 '병적인 헤매임'12)에 주목한 바 있다. 이 작품은 산문시형을 띠고 있지만 모두 9연으로 구성되어 있으며, 밤거리를 헤매는 시적 주체의 시선의 이동에 따라 시상 전개의 기본축이 형성된다. 우선, 1연과 2연은 시적 화자가 "時計집 모퉁이"를 돌아 군중들과 함께 밤거리를 "지향없이 흘러나려" 가면서 마주친 교토의 밤풍경을 그리고 있다. 여기서 시적 화자의 시선은 먼저 시계집의 처마에 매달린 새장속의 '종달새'13)를

---

12) 신범순은 정지용이 김기림의 경우와는 달리 "거리의 일상성이 내뿜는 스펙터클에 매혹되지 않고" 일상생활 속에 스며있는 우울함의 정조와 데카당스적인 어둠에 관심을 둔 점에 주목하면서, 정지용이 "도시의 근대적인 여러 사물이나 풍경들의 의미"를 흔들리는 감각들과 움직이는 감각들의 거대한 물결로 압축한다고 평가한 바 있다. 신범순, 「정지용 시에서 병적인 헤매임과 그 극복의 문제」, 『한국현대시의 퇴폐와 작은 주체』, 신구문화사, 1998 참조. 본고는 이러한 분석에 동의하면서, 「황마차」에 등장하는 거리의 풍경과 그 풍경을 바라보는 주체의 시선에 대해 보다 정밀한 분석을 시도하고자 한다.

13) 종달새가 '새장'에 갇혀서 애완용으로 길러지는 것은 흔한 일은 아니지만 그렇다고 불가능한 일도 아닐 것이다. 하지만 필자는 이 '종달새'가 실제의 종달새가 아니라, 시계 혹은 시각을 알려주는 새 형상의 시계 속 장치일 가능성이 있다고 생각한다.

향한다. 시적 화자는 "조금 연기 끼인듯한 소리"로 끊임없이 지즐대는 종달새가 도시의 피로와 권태에 찌든 시적 화자 자신과 흡사하다고 느낀다. 뿐만 아니라 새장 속에 갇힌 새는 자유를 잃은 존재로서 식민 권력의 감시를 의식하면 살아가야 하는 자신의 처지와 비슷하다. 이제 누군가에게 위로를 받고 싶어 하는 시적 화자는 자기 자신조차 대상화하여 밤거리 풍경의 일부로 바라보기 시작한다. 이러한 시적 화자의 시선에 "검은 喪服처럼 지향없이 흘러나려"가는 '내 그림자'가 포착되고, 자신이 쓰고 있는 '浪漫風의 帽子밑'으로 "금붕어의 奔流와 같은 밤경치가 흘러나려"가며, 그리고 "길옆에 늘어슨 어린 銀杏나무들"조차 "異國斥候兵의 걸음제로 조용 조용히 흘러 나려"가는 교토의 밤풍경이 포착된다. 이런 표현들은 하나같이 도시의 유동하는 이미지를 감각적으로 재현한 것이란 점에서 공통적이다.

  그러나 시적 화자는 밤거리의 풍경을 조망할 수 있는 특권화된 위치와 시선을 확보하지는 못하고 있다. 이는 시적 화자 역시 밤거리를 "흘러나려"가는 비주체적인 보행자에 불과한 까닭이다. 그는 군중의 물결을 따라, 또 식민 권력이 가시성을 고려하여 배치해 놓은 동선(動線)을 따라 "지향없이" 거리를 배회할 뿐이다. 이러한 시적 주체의 출현은 정지용 시의 미적 모더니티를 새삼 확인할 수 있는 부분이다. 그의 방황하는 주체는 식민권력의 감시와 통제의 시선을 민감하게 의식하고 있다. 그는 교토의 밤풍경을 원근법적으로 바라볼 수 있는 특권을 상실했지만, 자신이 밤풍경의 일부이자 근대 도시의 가시성의 배치에 노출된 타자임을 민감하게 포착해낸 것이다. 밤거리를 걷는 시적 화자가 거리에 늘어선 "어린 銀杏나무들"을 "異國斥

候兵"에 비유한 것은 자신이 제국의 감시하는 시선14)에 포획된 타자임을 스스로 의식하고 있었음을 보여준다. 「슬픈 인상화」나 「카페·프란스」에서 "나라도 집도" 없는 피식민 주체로 등장했던 시적 화자는 이 작품에서 소외된 주체의 위치를 보다 구체적인 드러내고 있는 것이다. 시적 화자가 자신의 "그림자"에서 "검은 喪服"을 떠올리는 것, 3연에서 "슬픈 銀眼境"으로 밤비 내리는 교토의 산란하는 불빛을 '흐릿하게' 감지하는 것 역시 식민권력의 감시대상으로 전락한 주체의 위치를 암시한다. 이러한 피식민 주체의 자기인식은 정체성의 분열로 이어진다. 또한 파노라마적으로 포착되는 교토의 밤거리 풍경은 대상의 경계가 모두 해체된 모습이다. 보는 주체와 대상 사이의 거리가 소멸하였기 때문이다. 파노라마적으로 포착되는 도시의 밤 풍경은 이미지의 폭주를 낳고, 보는 주체로서 시적 화자의 시점은 "대상 세계를 고정할 수도 없고 통어할 수도 없다."15) 그는 다만 대상 세계의 속도와 유동성에 함몰된 채 '움직이는 시각'을 가지고 밤거리를 헤맬 뿐이다.

권력의 시선을 의식하면서 위축될 수밖에 없는 '헤매는' 영혼은 이제 권력의 시선이 닿지 않는 피호성(避護性)의 공간을 갈망한다. 하지만 그는 이내 그 갈망이 충족될 수 없음을 알아차린다. 4연에서

---

14) 「황마차」에 등장하는 '이국척후병', '뱀눈', '야경순사' 등은 모두 '눈'의 이미지를 떠올리게 한다. 이 눈은 근대도시의 가시성 영역에 들어온 타자들을 감시하는 권력의 시선을 상징하는 것이다. 특히 '뱀눈'의 이미지를 감시의 시선과 관련지어 논의한 연구로는 사나다 히로코, 『최초의 모더니스트 정지용』, 역락, 2002, 142면 참조.

15) 철도의 시공간 압축과 도시에서의 감각의 과부하로 인해 야기되는 파노라마적 시각은 보는 자로 하여금 중심적인 특권적 위치를 상실하게 한다. 이에 대해서는 주은우, 앞의 책, 401면 참조.

'電車' 소리에조차 "놀란 듯이 파다거리"는 "내 조그만 魂"은 근대문명과 식민권력 때문에 한없이 위축된 근대적 주체(피식민 주체)의 혼란한 내면 풍경을 보여주고 있다. 근대도시의 폭주하는 이미지와 소음에 적응하지 못한 영혼은 이제 "따듯한 화로갛"을 찾아가 "코—란 經을 읽으면서 南京콩이나 까먹고"싶어 한다. 이러한 기표들은 시적 화자가 식민권력의 감시하는 시선에서 벗어나 존재의 안식을 얻을 수 있는 상상계적 질서를 환기하고 있다. 하지만 4연의 마지막 부분에 제시된 "그러나 나는 찾어 돌아갈데가 있을라구요?"라는 반문에서 알 수 있듯이, 피식민 주체를 감싸안아줄 공간은 어느 곳에도 존재하지 않는다. 시적 화자는 이국의 밤거리에 내던져진 존재이며, 권력의 감시에 노출된 존재이자 식민권력의 가시성의 배치에 포획된 이방인에 불과하다.

물론 5연에서 "내 조그만 魂"은 "솔닢새 같은 모양새를 하고 걸어가는" 자신의 모습을 감시하는 식민지 권력의 시선을 향해 냉소적인 태도를 보여주고 있다. "씩 씩 뽑아 올라간 붉은 벽돌집"과 시계탑은 높은 위치에서 "나"를 "굽어 보"고 있다. 시적 화자는 자신을 응시하는 "시계탑" 향해, "자신을 굽어 보는 것은 아주 재미 잇을게지요"리고 비아냥거리기도 하고, "마음 놓고 술술 소변이라도 볼까요"라는 말로 식민 권력을 조롱하기도 한다.16) 그러나 이런 비아냥거림과 조롱은 현실화될 수 없는 것이다. 왜냐하면 시적 화자는 자신의 행위

---

16) 이 작품에 등장하는 시계의 문제를 식민 권력으로 개인을 감시하고 통제하는 근대적 시간의 규율권력이란 관점에서 논의한 것으로는 이수정, 「정지용의 시에서 시계의 의미와 감각」, 『한국현대문학연구』 12, 2002 참조.

가 초래할 결과를 예견하고 있기 때문이다. 한없이 위축된 조그만 혼은 "헬멧 쓴 夜警巡査가 피일림처럼 쫓아오"는 모습을 떠올리며, 차마 그러한 행위를 실행으로 옮기지 못한다. 그는 식민권력을 냉소하는 주체로 거듭나지 못한 채 단지 식민권력의 감시와 처벌을 의식하면서 위축될 수밖에 없는 자신의 처지를 자조하는 존재에 머물고 말았다.

이 시의 6연과 7연에서 시적 화자가 "슬픈 都會의 뺨"으로부터 시선을 거두어 자신의 내면을 향하는 것도 이러한 자조와 밀접한 관련이 있다. 그는 "가엾은 소—니야"와의 이별 때문에 눈물짓고, 그를 그리워하면서 흐느낄 뿐이다. 7연의 "길이 아조 질어서 터져서 뱀눈알 같은 것이 반짝 반짝 어리고" 있다는 묘사 역시 밤거리 풍경을 인상주의적 수법으로 묘사한 것이다. 하지만 이 묘사는 외적 세계를 향한 것이 아니라 사랑을 잃은 자의 슬픈 내면의 풍경을 향한 것이다. 한편, 7연에서 시적 화자는 밤거리를 걸으면서 한없는 피로와 권태를 느낀다. 그래서 그는 "둥그레한 당신의 어깨"와 "머언 따듯한 바다 울음"으로 표상되는 상상계적 질서를 꿈꾼다. 그의 몽상은 존재의 슬픈 내면을 전경화하고 있다. 무엇보다 시적 화자는 '당신'이 "아모리 기다려도" 못 오실 사람이라는 것, 자신이 갈망하는 근원적 세계가 이미 사라져버리고 없다는 것을 잘 알고 있다.

근대란 과거와 현재를 부정하고 끊임없이 미래를 향해 진보하는 불가역적인 시간의 표상 위에 성립된 것이다. 이러한 선조적인 시간의 축에서 과거란 늘 '이미 사라지고 없는 것'이며, 다시는 돌아오지 못할 것이다. 고향을 등지고 낯선 타국의 도시에서 유학 생활을 하게 된 정지용은 근대의 시공간 체험을 통해 이러한 사실을 익히 알고 있었을 것이다. 김소월의 경우처럼 참조할 수 있는 자연이나 전통을 갖지 못한 근대적 주체로서, 정지용은 자신에 부과된 운명과 직접 맞설 수밖에 없었다. 그는 고향의 세계로 도피하거나 근원적 세계로 초월로 나아갈 수조차 없었다. 그렇다고 그가 외적 현실을 비판적으로 바라볼 수 있는 견고한 이념적 프레임이나, 혹은 식민제국의 도시 풍경을 관조할 수 있는 심미적 거리를 확보하고 있었던 것도 아니다. 때문에 정지용이 취할 수 있었던 포즈는 근대 도시의 이면에 숨겨져 있는 '거대한 어둠'의 심연 앞에서 한없이 위축된 영혼("내 조그만 魂")으로서 '보이지 않는 것'을 몽상하면서 자신의 내면성을 지켜내는 것뿐이었다.

이 포즈가 역사적 방향성을 갖기 위해서는 시적 주체가 식민 권력의 타자로서 '나라'와 '민족'을 상상할 수 있어야 한다. 앞서 언급된 작품들이나 「파충류동물」, 「말2」 같은 작품이나 몇몇의 「바다」 시편에서 시적 화자가 민족적 정체성을 묻는 경우도 있었다. 하지만 이 작품들 속에서조차 시적 화자는 민족적 정체성에 대한 사유를 본격적으로 전개하지 못한 채, 근원적 세계의 상실에서 기인하는 우울과 자기애적인 퇴행17)에 빠져들고 말았다. 결국 유학 시절의 정지용은 파노라마적으로 포착되는 시각적 풍경과 속도감 있게 제시되는 장

---

17) '우울'은 문화적 모더니티의 핵심을 이루는 정조(Stimmung)이다. 프로이드에 의하면 '우울증'은 대상 없는 상실감과 사디즘의 형식을 띠는 리비도, 자존감의 감소와 자아의 빈곤화를 특징으로 하며, "자아가 대상을 삼켜버림으로써 대상 그 자체가 되어 버리는 현상, 소위 자기애적인 퇴행이 바로 멜랑콜리의 기제"라 할 수 있다. 이에 대해서는 김홍중, 「멜랑콜리와 모더니티―문화적 모더니티의 세계감 분석」, 『한국사회학』 제40집 3호, 2006, 15면 참조.

면들, 그리고 그것을 언어화하는 감각적인 시어들의 표면을 뚫고 새로운 세계에 대한 시적 비전을 제시하는 데까지 도달하지는 못했던 것이다.

3. 파노라마적 풍경의 기원 —초기 「바다」 시편에 나타난 '여행'의 의미

그렇다면 정지용의 초기시에 나타나는 파노라마적 풍경과 시선의 기원은 무엇일까? 앞 절에서 살펴본 바와 같이, 정지용의 시에서 거리를 헤매는 분열된 주체는 보는 주체로서의 특권화된 시선을 포기하고 시선을 풍경에 내맡겼다. 그런데 보행자의 눈에 파노라마적으로 스쳐지나가는 풍경은, 철도나 선박과 같이 속도감 있게 움직이는 근대적 교통수단[18]을 타고 이동하는 여행자의 시선에 포착되는 자연 풍경과 매우 흡사한 면이 있다. 따라서 근대적 시각 체제의 변동이란 관점에서 정지용의 여행 체험을 면밀하게 살펴볼 필요가 있다. 그는 유학 시절 철도와 선박을 이용하여 장시간 여행을 하는 과정에서 근대적 교통수단이 제공하는 새로운 시각 경험에 노출되었다. 실제로 『정지용시집』에 실린 많은 시편들은 유학길에서의 여행 체험과 시각적 경험을 바탕으로 창작되었다. 근대적 교통수단을 통한 여행이 풍경의 발견과 내면의 성립이라는 근대문학의 제도적 장치가

---

18) 사나다 히로코는 "1920년대 관부연락선은 정지용에게 유교윤리가 지배하는 전근대적 세계에서 근대화된 도시로 옮기기 위한 타임머신과 같은 장치였다"고 지적하면서, 기계문명과 근대적 생활의 상징으로서 비행기, 선박, 자동차가 모더니즘 시의 시재(詩材)로 등장하는 것의 의의를 밝힌 바 있다. 이에 대해서는 사나다 히로코, 앞의 책, 146~150면 참조.

마련되는 중요한 계기가 되었던 것이다.

물론 근대적 교통수단이 풍경의 발견을 위한 필수 조건은 아니다. 풍경은 여행자가 심미적 시선을 통해 자연 경관이나 생활 경관을 바라볼 때 성립된다.[19] 여기서 중요한 것은 근대적 교통 수단의 유무가 아니라, 자연 경관 혹은 생활 경관과 그것을 심미적으로 바라보는 주체 사이에 개입하는 '거리(距離)'이다. 이 거리는 경관을 바라보는 주체가 풍경을 원근법적으로 조망하는 데 필요한 거리로서, 그것은 물리적인 거리이자 동시에 심리적인 거리라고 할 수 있다. 이 거리는 보는 주체에 의한 대상의 지배를 가능하게 하며, 동시에 대상으로부터 분리된 주체의 독립된 내면세계를 성립시킨다.

여행자의 원근법적 시선이 작동할 때, '본다'라는 시지각적 체험을 매개로 풍경, 풍경을 '보는' 주체, 그리고 보는 주체의 내면이 동시적으로 성립되는 것이다. 기계가 아닌 육체가 허락하는 속도로 자연을 보는 것은 일종의 정지된 풍경으로 자연을 마주하는 것과 동일한 효과가 있다. 하지만 철도나 선박 같은 근대적 교통수단에 의존하여 여행을 하는 상황은 보는 주체에게 이전의 여행과는 또 다른 시각적 체험을 제공하게 된다. 그것은 바로 이동하는 시선에 의해 포착되는 '파노라마적 풍경'의 체험이다. 다음 두 작품을 통해 '파노라마적 풍경'의 구체적 양상을 살펴보기로 하자.

①
나지익 한 한울은 白金빛으로 빛나고

---

19) 이효덕, 박성관 역, 『표상 공간의 근대』, 소명출판, 2002, 46~47면 참조.

물결은 유리판 처럼 부서지며 끓어오른다.

동글동글 굴러오는 짠바람에 뺨마다 고운 피가 고이고

배는 華麗한 김승처럼 짓으며 달려나간다.

문득 앞을 가리는 검은 海賊같은 외딴섬이

흩어져 날으는 갈매기떼 날개 뒤로 문짓 문짓 물러나가고,

어디로 돌아다보든지 하이한 큰 팔굽이에 안기여

地球덩이가 둥그랐타는 것이 길겁구나.

넥타이는 시원스럽게 날리고 서로 기대선 어깨에 六月볕이 시며들고

한없이 나가는 눈ㅅ길은 水平線 저쪽까지 旗폭처럼 퍼덕인다.

— 이상, 「甲板 우」(1927.1) 부분 인용

②

나는 언제든지 슬프기는 슬프나마 마음만은 가벼워

나는 車窓에 기댄 대로 회파람이나 날리쟈.

먼 데 산이 軍馬처럼 뛰여오고 가까운데 수풀이 바람처럼 불려 가고

유리판을 펼친듯, 瀨戶內海 퍼언한 물. 물. 물. 물.

손까락을 담그면 葡萄빛이 들으렸다.

입술에 적시면 炭酸水처럼 끓으렸다.

복스런 돛폭에 바람을 안고 뭇배가 팽이 처럼 밀려가 다 간,

나비가 되여 날러간다.

— 이상, 「슬픈 기차」(1927.5) 부분 인용

이 두 작품에서 시적 주체는 모두 바다의 풍경을 '보는' 주체이다. 그는 바다의 풍경을 자신과 분리된 외부의 사건으로 조망하고 있으며, 대상과의 거리를 통해 대상의 외양을 관찰한 후 다양한 비유적 표현을 활용하여 대상을 감각적 언어로 재현하는 특권을 누리고 있다. 이 때문에 시적 주체가 대상을 심미적 시선으로 바라보고 또 표상할 수 있는 것이다. 그러나 이 두 작품의 시적 화자는 근대적 풍경화의 '보는' 주체처럼 고정된 위치에서 원경과 근경을 바라보거나, 이를 일정한 프레임에 가두지는 못 하고 있다.

주지하듯이 원경과 근경의 적절한 배치, 단일한 소실점의 형성 등은 원근법적 주체가 2차원의 평면 위에 3차원의 공간적 깊이를 재현하는 방법이다. 여기서 원근법의 공간은 '합리화된 동질적이고 무한한 공간'이며, 원근법의 주체는 무한한 공간의 중심인 텅 빈 소실점에 눈이 일치됨으로써 구성되는 텅 빈 존재라 할 수 있다.[20] 작품 ①에서 시적 화자는 "한없이 나가는 눈ㅅ길은 水平線 저쪽까지 旗폭처럼 퍼덕인다"고 말로 공간적 무한성을 언급한다. 이것은 바다 풍경을 원근법적인 시선으로 바라보려는 '보는 주체'의 흔적을 떠올리게 한다. 하지만 "旗폭처럼 퍼덕인다"는 표현에서 알 수 있듯이, 이 작품에서 원근법적 주체의 시선은 흔들리고 있다. 이러한 시선의 흔들림은 바다를 보는 주체가 지금 "華麗한 김승처럼 짓으며 달려" 나가는 '배' 위에 서있기 때문이다. 그는 끊임없이 흔들리면서 속도감 있게 앞으로 나아가는 배위에서 바다를 바라본다.

그런 만큼 보는 주체의 시선에 바다 풍경은 속도감 있게 움직이는

---

20) 원근법에서 소실점과 보는 주체가 갖는 특성에 대해서는 주은우, 앞의 책, 252면 참조.

풍경으로, 또 한없이 흔들리는 풍경으로 포착될 수밖에 없다. 작품 ①에서 "白金빛"으로 빛나는 하늘과 "유리판"처럼 부서지며 끓어오르는 바다 물결은 각각 시적 화자의 시선에 포착된 원경과 근경이지만, 대상 세계는 경계가 온전히 유지되지 못하고 있다. 한편, 3~4행에서는 배가 속도감 있게 움직임에 따라 대상(바다 풍경)이 속도감 움직이는 것처럼 시적 화자의 시선에 포착되고 있다. 시적 화자는 이와 같이 유동하는 바다 풍경을 바라보면서 짐짓 "地球덩이가 둥그랬타는 것이 길겁구나"라고 말하지만, 그가 바다의 풍경을 원근법적으로 조망하는 특권을 누리고 있다고 보기는 어렵다. 그는 빠르게 움직이는 배에 의탁한 채, 파노라마적으로 펼쳐지는 바다 풍경에 내맡겨져 있다. 이제 폭주하는 이미지로서의 바다 풍경이 보는 주체의 시선을 지배한다. 보는 주체는 이러한 지배에 저항하기 위해 눈을 감거나 잠을 자는 것21) 이외에 다른 행위를 선택하기 어렵다.

작품 ②에서 시적 화자는 일본의 한 철도노선을 따라 기차 여행을 하고 있다. 인용된 표현에서 "언제든지 슬프기는 슬프나마 마음만은 가벼워"라는 부분은 여행자라면 으레 느낄 수 있는 가벼운 흥분과 애상의 정조를 암시한다. 이제 '차창에' 기댄 시적 화자의 눈에는 기차 밖의 풍경, 즉 일본의 '瀬戸內海'의 풍경이 포착된다. 그 풍경은 "먼 데 산이 군마(軍馬)처럼 뛰어오고 가까운 데 수풀이 바람처럼 불려 가고"는 모습이다, 이렇게 묘사된 원경과 근경은 작품 ①의 경우처럼 원

---

21) 실제로 작품②를 보면, 기차 여행에 지친 시적 화자가 "車窓에 기댄대로 옥토끼처럼 고마운 잠이나" 청하는 장면이 등장한다. 그는 기차 밖의 풍경은 물론 기차안의 풍경에 대해서도 권태와 피로를 느낄 뿐이다. 이는 풍경을 보는 주체가 '풍경'에 대해서 특권화된 시선을 확보하지 못한 데서 오는 소외감과 상실감을 암시한다.

근법적 주체의 흔적을 보여주지만, 정작 원근법적 주체는 속도감 있게 움직이는 기차를 따라 끊임없이 '이동하는 시점'을 갖게 된다. 작품 ②에서 대상 세계가 "뛰어오고", "불려 가고"와 같은 역동적 이미지로 표상되는 이유도 이 때문이다. 먼 바다에서 떠 있는 배를 "복스런 돛폭에 바람을 안고 뭇 배가 팽이처럼 밀려가다 간, / 나비가 되어 날아간다"와 같이 역동적 이미지로 묘사하는 것에서도 속도감 있게 움직이는 기차의 존재를 떠올릴 수 있다.[22] 그런데 기차의 역동성과 속도감은 기차 안에서 '차창'을 통해 밖의 풍경을 대면하는 '보는 주체'에게 시선의 혼란을 야기하게 된다. 그는 파노라마적으로 다가오는 풍경으로부터 분리될 수밖에 없으며, 풍경 역시 '움직이는 이미지'로서 주체와 무관한 스펙터클로 전락할 수밖에 없다.[23]

선박 혹은 기차에 의해 제공된 시각 경험의 변화로 인해, 보는 주체는 이제 대상과의 거리를 유지할 수 없을 뿐만 아니라 유동적으로 흘러가는 대상을 통어할 수도 없다. 이런 점에서 보면 선박·기차 여행객은 도시 거리의 만보객과 유사한 측면이 있다. 밤거리의 스펙터클이 거리를 활보하는 만보객과 무관한 현실이듯, 차창을 통해 내다보는 자연경관이나 생활경관 역시 여행객과는 무관한 유동하는 이미지일 뿐이다. 따라서 교토의 밤거리를 '헤매는' 작은 영혼의 기

---

22) 「말1」(1927.9)에 나오는 "말님의 앞발이 뒤ㅅ발이요 뒤ㅅ발이 앞발이라. / 바다가 네 귀로 돈다. / 웟! 웟! 웟! / 말님의 발이 여덟이요 열여섯이라. / 바다가 이리떼처럼 짖으며 온다. // 웟! 웟! 웟! / 어깨우로 넘어닷는 마파람이 휘파람을 불고 / 물에서 뭍에서 팔월이 퍼덕인다."라는 표현 역시 이동하는 시선에 포착되는 움직이는 세계의 역동성을 감각적으로 재현한 이미지로 볼 수 있다.

23) 『정지용 시집』에 수록된 「바다·1」~「바다·4」는 원래 「바다」라는 제목으로 『조선지광』(1927.2)에 발표된 작품이다. 이 작품은 시간의 흐름에 따라 바다 풍경을 배치하고 있는데, 이러한 수법 역시 파노라마적 풍경의 변형에 해당된다고 볼 수 있다.

원은 기차와 선박이라는 근대적 교통수단에 의지하여 낯선 세계를 여행하는 여행자라고 할 수 있다. 또한 같은 맥락에서 밤거리의 유동하는 이미지들 역시 여행자가 선박이나 기차 위에서 바라본 바다의 스펙터클과 유사한 것이라 말할 수 있다. 「슬픈 기차」에서 시적 화자가 느끼는 울렁증, 즉 "늬긋 늬긋한 가슴", 혹은 「船醉」(『학조』 2호, 1927.6)에서 "늬긋 늬긋한 흔들 흔들리면서"로 표현된 멀미증세는 단순히 육체적 고통만을 의미하는 것이 아니라, 유동하는 이미지를 포착해야 하는 여행자의 시선의 착란을 암시하는 것으로 보아야 한다. 이러한 시선의 교란은 교토의 밤거리를 걸으며 "놀란 듯이 파다거리"는 모습, "홀로 글성 글성 눈물짓고" 있는 「황마차」의 시적 화자가 보여준 시선의 착란과 유사한 것이기도 하다.

4. '유리창' 혹은 유폐된 공간에 갇힌 풍경과 초월적 시선의 탄생

정지용이 도시샤 대학 영문과를 졸업(6월)하고 모교인 휘문고보의 영어교사로 부임한 것은 1929년 9월의 일이다. 교토의 유학 생활 중에 그는 몇 차례 귀국해서 고향을 방문한 바 있다. 그에게 귀향은 남다른 의미가 있었을 것이다. 식민 권력의 감시하는 시선에서 벗어나 모처럼 고향이란 장소가 제공하는 존재론적 안전감을 일시적으로 맛볼 수 있었기 때문이다. 정지용에게 고향은 낯선 타인들 속에서 식민 권력의 타자로서의 위치를 민감하게 의식하는 것에서 벗어나, 자신을 더 큰 존재에 접합시키는 것을 상상할 수 있는 공간이다.24)

하지만 「고향」(『동방평론』, 1932.7)이 암시하듯, 정지용이 찾아온 옛 '고향'은 더 이상 '그리던 고향'이 아니다. 이는 고향의 모습이 변했기 때문은 아니다. "산꽁이 알을 품고 / 뻐꾸기 제철에 울건만"에 암시된 바와 같이, 고향의 자연은 시적 화자의 기억 속의 그것과 다를 바 없다. 순환적인 자연의 질서가 자기동일성을 유지하고 있는데도 고향이 고향으로 받아들여지지 않는 이유는, 고향의 풍경을 바라보는 주체의 시선이 바뀌었기 때문이다.[25] "마음은 제고향 진히지 않고 / 머언 港口로 떠도는 구름"에 암시된 바와 같이, 고향을 바라보는 주체는 더 이상 고향의 자연풍경을 풍경 내부에서 바라볼 수 없다. 단지 '여행객'의 시선으로, 혹은 국외자의 시선으로 고향의 풍경을 관조할 수 있을 뿐이다. 이런 점에서 5연에의 "어린 시절에 불던 풀피리 소리 아니나고 / 메마른 입술에 쓰디 쓰다"라는 진술은 자기동일성의 상실에 직면한 근대적 주체의 우울한 내면 풍경을 여실하게 보여준다고 하겠다.

이러한 근대(성)의 아이러니에 직면한 정지용은 바다와 거리라는 근대적 공간을 뒤로 하고 새롭게 밀폐의 공간을 찾아 나서게 된다. 정지용이 새로 찾아낸 밀폐의 공간은 퇴폐적 분위가 물씬 풍기는 「카페 · 프란스」의 카페나, 혹은 "코─란經을 읽으면서 南京콩이나

---

24) 가령 「녯니약이 구절」(『선민』 21, 1927.1)에는 고향에 돌아온 시적 화자가 "집 떠나가 배운 노래", "나가서 어더온 이야기"를 가족과 고향사람들에게 전해주는 장면이 나온다. 하지만 새로운 세상에 대한 소식과 이에 대한 고향 사람들의 호기심은 중요한 것이 아니다. 시적 화자는 이야기를 전하는 방식과 이야기의 수용이 오랜 세월 동안 변치 않고 내려온 것임을 강조하고 있다. 이와 같이 고향은 시적 화자를 시간적, 공간적 차원에서 모두 근원적 세계와 연결시켜 보다 큰 존재를 상상하는 매개체 역할을 하기도 한다.
25) 오성호, 「「향수」와 「고향」, 그리고 향토의 발견」, 『한국시학연구』 7, 2002 참조.

까먹"을 수 있는 「황마차」의 '따듯한 화로가' 같은 모성적 공간과는 성격이 다르다. 「유리창·1」과 「유리창·2」에 나타난 바와 같이 정지용이 찾아낸 방, 즉 밀폐의 공간은 일종의 갇힘의 공간에 해당하기 때문이다. 이 방에서는 단지 '유리창'을 통해서만 창밖의 풍경을 내다볼 수 있다.

이 밀폐된 공간은 이중의 의미를 지닐 수 있다. 우선 유리창이란 존재로 인해 시적 자아는 끊임없이 유동하는 시선으로부터 벗어나 자아와 세계 사이에 경계를 세울 수 있다. 그럴 경우 시적 자아는 자신을 경계 너머의 풍경을 바라보는 주체로 재정립할 수 있다. 이런 점에서 밀폐된 공간은 시적 자아가 직면한 정체성의 위기를 극복하고 존재론적 안전을 보장해줄 수 있는 '장소'로서의 의미를 지닌다. 다른 측면에서 보면, 밀폐된 공간은 풍경과 분리된 주체의 내면세계를 정립하는 데 결정적인 기여한다고 볼 수 있다. 유리창은 풍경을 바라보는 통로이지만 동시에 주체를 풍경으로부터 분리한다.[26] 더군다나 「유리창」 계열의 시에서 도시의 밤풍경은 현란한 빛의 산란 작용과 짙은 어둠에 가려 풍경의 구체성과 자립성을 획득하지 못하고 있다. 시적 화자의 시선에 포착되는 도시의 밤풍경은 대상의 경계가 해체된 채 파편화되어 있을 뿐이다. 실제로 두 작품에서는 유리창 밖의 밤풍경 대신에 유리창에 비친 환영(幻影)이 보는 주체의 시선을 사로잡고 있다.

이 환영은 흔히 알려진 것처럼, 비극적 황홀 속에서 바라보는 죽

---

[26] 이 작품에서 시적 화자는 유리창 밖의 밤풍경을 내다보는 주체이지만 결코 밤풍경에 참여할 수 없다. 주지하듯이 유리는 통로이자 벽인 까닭이다.

은 자식의 영상일 수도 있고, 시적 자아가 환상 속에서 바라보는 내면의 또 다른 얼굴일 수도 있다. 중요한 것은 시적 주체가 환상 속에서 무엇을 보느냐가 아니라 환상을 본다는 사실 자체라 할 수 있다. 환영은 주체의 시선이 분열되어있음을 알려주는 징후이며, 이 징후는 시적 화자의 시선이 더 이상 경험 세계를 향하지 않는다는 것을 암시한다. 때문에 유리창은 시적 화자를 환상으로 이끄는 통로이자, 고립된 내면세계로 이끄는 매개체라 할 수 있다. 여기서 「황마차」 계열에서 발견되는 '타자의 시선'이 「유리창」 계열의 작품에는 등장하지 않는다는 점은 의미심장하다. 정지용은 '나'를 바라보는 타자(권력)의 시선을 괄호 속에 넣어버리기 위해서 타자의 시선을 차단하는 '프레임'을 필요로 했던 것이다. 그는 프레임이 제한하는 범위 안에서만 '시선의 권력'을 향유하거나, 또는 타자의 응시를 거부한 채 고립된 내면세계에 웅크리고 있다.

　하지만 「유리창」 계열의 시에서 시적 화자는 밀폐된 방에서조차 어떠한 안식도 얻을 수 없었다. 그는 방에 갇혔다는 사실을 민감하게 의식하면서 유리창 밖의 세계로 나아갈 수도 없는 현실에 몸부림친다. 「유리창·2」에 나오는 시적 주체의 열병(熱病)은 이와 같이 유폐된 영혼이 겪게 되는 신경증적 징후27)라고 할 수 있다.

　돌아서서 자리로 갔다.
　나는 목이 마르다.

---

27) 정지용의 시에 나타난 신경증에 대해서는 김용희, 「정지용 시에 나타난 신경쇠약증과 언어적 심미성에 관한 일 고찰」, 『한국문학논총』 47, 2007 참조.

또, 가까이 가

유리를 입으로 쫏다.

아아, 항 안에 든 금붕어처럼 갑갑하다.

별도 없다, 물도 없다, 쉬파람 부는 밤.

小蒸氣船처럼 흔들리는 窓

透明한 보라ㅅ빛 누뤼알아,

이 알몸을 끄집어내라, 때려라, 부릇내라.

나는 熱이 오른다.

뺌은 차라리 戀情스레이

유리에 부빈다, 차디 찬 입맞춤을 마신다.

— 이상, 「유리창 · 2」 부분 인용

「유리창 · 1」의 경우에 비해, 「유리창 · 2」에서 시적 주체의 '보는' 행위는 훨씬 더 위축되어 있다. 그는 유리창을 통해 창밖의 밤풍경을 "내어다" 본다. 하지만 그의 눈에 포착되는 근경은 자꾸 커 올라가는 "어험스런 뜰 앞 잣나무" 뿐이며, 원경으로서 포착되는 것은 "머언 꽃"이나 "고운 화재"로 비유된 밤거리의 불빛뿐이다. 이와 같이 원경과 근경으로 포착되는 밤풍경은 모두 풍경으로서의 구체성과 육체성, 그리고 공간적 깊이를 결여하고 있다.

이렇게 위축된 시각(視覺)을 대체하여 시적 주체가 겪는 갈증과 열병, 유폐감이 다양한 촉각적 심상을 통해 제시된다. 이는 '유리창'의 물질적 속성이 광물의 '차가움'으로 축소된 것과 상응한다.28) 물론

---

28) 유리의 물질성은 시간과 공간을 합리적으로 조직하고 배치하는 근대 세계의 차가운 속성

"小蒸氣船처럼 흔들리는 창"에서 시각적 심상이 부분적으로 나타나지만, 이 표현 역시 밤풍경을 바라보는 주체의 유동하는 시선을 보여줄 뿐이다.[29] 이와 같이 '유리창'은 보는 주체에게 창밖의 풍경을 통어할 수 있는 '거리'를 제공하지 못 하고 있다. 뿐만 아니라 풍경을 일정하게 제한하는 프레임 역할도 담당하지 못 하고 있다. 이는 궁극적으로 '보는' 주체의 특권화된 위치가 확보되지 못 했기 때문에 발생한 것이다. 이러한 원근법적 시선의 해체로 인해 자아와 세계는 모두 경계가 해체될 수밖에 없다.[30]

시적 자아가 시선의 분열에서 벗어나려면 '풍경'을 일정하게, 그리고 고정된 위치에서 조망할 수 있는 거리(距離)와 특권화된 시선을 회복해야 한다. 이러한 원근법적 시선의 회복은 1930년대 중반까지 창작된 후기 「바다」 시편을 통해 확인할 수 있다. 1935년 간행된 『정지용시집』의 제1부에 수록된 후기 「바다」 시편은 초기 「바다」 시편과 마찬가지로 '바다' 풍경을 심미적 시선으로 포착하고 있다. 풍경의 복귀가 이루어지고 있는 셈이다. 그러나 후기 「바다」 시편에 재현된 바다 풍경은 그 이전의 바다 풍경과 사뭇 다르다. 둘 사이의 차이는 풍경을 바라보는 주체의 시선이 달라진 데서 연유한다. 특히 주체가

을 암시한다. 사실 이 차가움이 시적 화자가 겪는 존재론적 질병의 원인이다. 한편 정지용 시의 다양한 감각 중에서 촉각이 지니는 의의에 대해서는 김신정, 『정지용 시의 현대성』, 소명출판, 2000 참조.

29) 여기서 시적 주체의 유동하는 시선은 유리창이 바람에 흔들리고 있음을 암시한다. 하지만 근본적인 차원에서 말하자면 유리창이 흔들리는 것은 열병을 앓고 있는 시적 화자의 분열된 시선, 즉 시선의 착란(錯亂)을 암시하는 것이다.

30) 밀폐된 방에 유폐된 채 존재의 열병을 앓는 시적 자아는 창밖의 세계로 나아가기를 갈망한다. 하지만 이 갈망은 결코 주체의 의지만으로는 충족될 수 없다. "투명한 보랏빛 유리알"로 표현한 '우박'에게 "이 알몸을 끄집어내라, 때려라, 부릇내라"고 간절하고 호소할 만큼 시적 화자는 열병을 앓는 허약한 정신과 육체의 소유자일 뿐이다.

'풍경'의 외부에서 풍경을 원근법적 시선으로 관찰할 수 있게 되었다
는 점이 중요하다.

고래가 이제 橫斷 한뒤

海峽이 天幕처럼 퍼덕이오.

……힌물결 피여오르는 아래로 바독돌 자꼬 자꼬 내려가고,

銀방울 날리듯 떠오르는 바다 종달새……

한나절 노려보오 훔켜잡어 고 빩안살 빼스랴고.

— 이상, 「바다ㆍ1」(『시문학』 2호, 1930.5) 부분 인용

「바다ㆍ1」은 파도치는 해협의 역동적인 모습, 바다 속으로 가라앉
는 바둑돌, 조개의 '빨간 살'을 노리고 있는 '바다 종달새'의 비상을
원경과 근경으로 배치하고 있다. 시적 화자는 고정된 위치에서 원경
과 근경을 빠르게 옮겨가면서 대상의 전체적인 풍경을 조망하고, 이
를 자신이 장악하는 풍경의 틀(프레임) 속에 가두어 놓는다. 따라서
움직이는 대상들은 정지된 풍경의 일부로서 시에 표상되며, 풍경을
이루는 대상들은 각각 자신의 경계와 윤곽을 선명하게 유지할 수 있
다. 인용된 시의 뒷부분에서 제비가 날아가는 '하늘'을 "유리판"에 비
유한 것이나, 혹은 "청대ㅅ닢"에 비유된 푸른 바다가 "속속 드리 보이
오"라고 말하는 것에서 알 수 있듯이, 이제 보는 주체는 대상들을 일

종의 투명한 프레임 속에 가둔 채 원근법적인 시선으로 통어하고 있다. 이 시의 세 번째 부분에서 시적 화자(보는 주체)는 다양한 비유를 동원하여 바다 속 풍경을 그리고 있는데, 이는 원근법적 시선을 회복한 시적 화자의 심리적인 여유를 보여준다. 뿐만 아니라 시적 화자는 "당신은 「이러한 風景」을 데불고 / 흰 연기 같은 / 바다 / 멀리 멀리 航海합쇼"라는 표현을 통해, 자신의 '보는 행위'마저 보이는 풍경의 일부로 관조할 수 있는 심미적 거리를 획득하게 된다.

「해협」(『가톨릭청년』 1호, 1933.6)의 경우에도 심미적 거리는 유지되고 있다. 이 작품에서 시적 화자는 초기 「바다」 시편과 같이 배에 승선한 여행객의 시선을 통해서 바다를 바라본다. 하지만 바다는 더 이상 파노라마적 풍경으로 제시되지 않는다. 속도감 있게 움직이는 배에서 바라보는 바다 풍경 역시 보는 주체에게는 속도감 있게 움직이는 풍경으로 지각된다. 하지만 그는 더 이상 이미지의 폭주에 현혹되지 않고, 바다의 풍경을 정물화적으로 포착한다. 우선 전반부에서 시적 화자는 "透明한 魚族이 行列하는 位置"를 자신의 '보는' 위치로 특권화하고, 이 위치에서 "동그란 船窓"이란 프레임을 통해 밤바다의 풍경을 내다본다. 그 풍경은 "하늘이 함폭 나려 앉어 / 큰악한 암닭처럼 품고 있는" 정지된 화면으로 재현된다. 한편, 이 작품의 후반부는 항구의 갠 날씨와 새롭게 떠오르는 '태양'의 모습을 통해 바다의 풍경을 상승과 광명의 이미지로 그려내고 있다.

1935년 7월에 발표된 「다시 해협」(『조선문단』 4권 2호)에서 시적 화자의 시선은 보다 광막한 공간을 향하고 있다. 또한 바다 풍경을 바라보는 위치 역시 광막한 공간으로 바뀌어 있다. "마스트 끝에 붉은

旗가 하늘 보다 곱다"에서 알 수 있듯이, 시적 화자는 '하늘'이란 무한한 공간으로 시선을 옮긴다. 그리고 하늘이라는 광막한 공간에서 파도가 넘실거리는 해협을 굽어본다. 5연에서 "地球우로 기여가는 것이 / 이다지도 호수운 것이냐!"고 말할 수 있는 이유도, 시적 화자가 자신을 바다 풍경과 분리한 채 관조할 수 있는 '초월적 시선'31)을 획득하였기 때문이다. 물론 이 초월적 시선은 상상적인 시선에 불과하다. 하지만 그것은 시적 주체가 바다 풍경을 미적으로 관조할 수 있는 심리적 거리를 확보함으로써, 자신이 그 일부를 이루는 풍경을 주체 외부의 사건으로 대상화할 수 있음을 보여준다. 속도감 있게 움직이는 선박 위에서도 풍경을 원근법적으로 조망할 수 있는 가능성이 열린 것이다.

정지용이 원근법적 시선의 주체로서 풍경을 통어할 수 있는 위치를 확보할 수 있었던 까닭은 현실의 경험을 괄호 속에 밀어 넣었기 때문이다. 후기 「바다」 시편에서 포착되는 바다 풍경은 시적 화자가 직접 목격하고 있는 눈앞의 풍경이 아니다. 그것은 단지 '기억'이라는 프레임을 통해 회상된 바다 풍경일 뿐이다. 또한 후기 「바다」 시편에서 보는 주체의 시선은 실제적인 '보는' 행위와 관련이 없는 가상적 시선에 불과하다. 즉, 시적 주체는 초월적 시선을 빌어, 현해탄을 건너면서 경험했던 기억 속의 바다 풍경을 재구하고 있는 것이다. 때문에 초기 「바다」 시편들과 달리 후기 「바다」 시편에서는 바다 풍

---

31) 본고에서는 '초월적 시선'이란 용어를 초월적인 위치에서 대상을 바라보는 시선이란 의미로 사용하고자 한다. 이 초월적 위치는 보는 주체가 원근법적 시선의 경우처럼 대상을 통어할 수 있는 위치를 가정한다. 다만 초월적 시선은 실제의 지리적 공간이 아니라 마치 초월자처럼 절대적인 높이를 갖는 위치에서 대상을 굽어보는 상상적인 시선을 가리킨다.

경을 바라보는 시적 주체의 내면 풍경이 거의 드러나지 않는다. 시적 화자는 기억된 풍경의 관조자로 물러나, 기억 저편에서 끌어올린 바다 풍경을 하나의 정물화(靜物畵)로 옮겨 놓는 화가의 시선을 가정하고 있기 때문이다. 이런 점에서 그의 시쓰기는 화가가 정물화를 그리는 행위에 비유될 수도 있다. 실제로 「바다·2」(『시원』 5호, 1935.12)는 정물화 속에 풍경을 가두는 작업과 그것을 시화(詩化)하는 과정을 보여준다.

흰 발톱에 찢긴
珊瑚보다 붉고 슬픈 생채기!

가까스루 몰아다 붙이고
변죽을 둘러 손질하여 물기를 시쳤다.

이 앨쓴 海圖에
손을 싯고 떼었다.

찰찰 넘치도록
돌돌 구르도록

회동그란히 받쳐 들었다!
地球는 蓮닢인양 옴으라들고……펴고……

— 이상, 「바다·2」 부분 인용

모두 8연으로 이루어진 이 작품은 1~4연의 전반부와 5~8연의 후반부로 나눌 수 있다. 전반부는 바다 풍경을 감각적 언어로 재현하고 있다. 이 중 기존 연구에서 해석상의 논란이 빚어지고 있는 부분은 4연이다. 이숭원은 "흰 발톱에 찢긴 / 珊瑚보다 붉고 슬픈 생채기!"를 흰 파도가 부서지는 해안의 붉은 바위나 모랫벌을 나타낸 것[32]으로 해석하고 있다 권영민 역시 "바닷물에 부딪히는 돌과 모래를 비유적으로 표현한 것"[33]으로 파악한다. 하지만 이러한 해석들은 모두 1~3연에 암시되어 있는 보는 주체와 보이는 대상 사이의 긴장 관계를 놓치고 있다. 1~3연에서 보는 주체는 도마뱀처럼 재빠르게 움직이는 바다를 자신의 시선으로 포착하기 위해 무던히 애를 쓰고 있다. 그러나 시적 화자의 바람과 달리 바다는 "꼬리가 이루 / 잡히지 않았다." 이는 역동적으로 움직이는 바다 때문에 풍경을 일정한 프레임에 가두는 행위가 몹시 힘겹다는 것을 암시한다. 따라서 "흰 발톱에 찢긴 / 珊瑚보다 붉고 슬픈 생채기!"는 해안의 바위나 모랫벌에 생긴 바다의 흔적이 아니라, 풍경을 일정한 프레임에 가두는 데 실패한 '보는 주체'(그리는 주체)가 겪게 된 마음의 상처 혹은 주체의 내면에 아로새긴 좌절의 흔적으로 볼 수도 있다.

한편, 후반부에 등장하는 행위의 주체는, 바다가 아니라 시적 화자 자신이다. 시적 화자의 행위란 전반부에서 시적 화자의 숨겨진 행위, 즉 바다 풍경을 바라보고 일정한 틀(프레임, 화폭) 속에 가두는 행위에서 한 걸음 더 나아가 이제 '海圖'를 완성하는 행위를 가리킨

---

32) 이숭원, 앞의 책, 23면.
33) 권영민, 앞의 책, 111면.

다. '보는' 행위가 풍경을 지각하고 통어하는 행위라면, '해도'를 그리는 행위는 풍경을 재현하는 행위이다.[34] 이렇게 볼 경우, '해도'는 "바닷물이 밀려와 모래톱을 이루는 것" 혹은 바닷물이 밀려 나가고 밀려오면서 애써 그려낸 자취[35]라고 판단하기는 어렵다. 오히려 그것은 "모든 바다의 이미지들을 화자가 가까스로 몰아다 붙여"[36] 완성한 바다 그림으로 보는 것이 타당하다.

그렇다면 '해도'에 담긴 바다 풍경은 어떤 시점과 위치에서 포착한 것인가? 보는 주체의 시선과 위치는 이 시 후반부를 포함하여 작품 전체의 의미 구조를 밝히는 데 핵심이 된다. 결론적으로 말하면, 이 시에서 보는 주체의 위치는 무한한 공간으로 수직적 초월을 이룬 곳이다. 작품 전반부에서 시적 화자는 빠르게 움직이는 바다 물결을 포착하는 행위의 어려움을 피력한 바 있다. 시적 화자가 이 어려움에서 벗어나려면 파도의 빠른 움직임이 무화될 수 있는 절대적 거리를 두고 바다를 바라볼 수 있어야 한다. 따라서 보는 주체는 '시선의 확대'[37]가 아니라 시선의 수직적 초월이 필요하다고 볼 수 있다. 「다시 해협」의 시적 화자처럼, 「바다2」의 시적 화자는 이 모든 바다 풍

---

34) 풍경은 시각적으로 표상될 수도 있고, 언어적으로 표상될 수도 있다. 일단 '해도'라는 시 어에서 알 수 있듯이, 시적 화자의 표상 행위는 그림이라는 시각적 표상 행위로 나타난다. 그러나 이것은 비유적인 것일 따름이다. 방민호가 적절하게 지적하고 있듯이, 그림을 그리는 행위는 시를 쓰는 행위로, 쓰는 주체는 그리는 주체로 비유하여 시쓰기 과정을 메타적으로 보여주는 것이 이 작품의 창작 의도라고 할 수 있다. 이에 대해서는 방민호, 「감각과 언어 사이, 그 메울 수 없는 간극의 인식」, 『시의 아포리아를 넘어서』(이숭원 외), 이룸, 2001; 김정우, 「정지용의 시 「바다2」 해석에 관한 몇 가지 문제」, 『국어교육』 110, 2003 참조.
35) 권영민, 앞의 책, 111~115면 참조
36) 따라서 "변죽을 둘러 손질하여 물기를" 씻는 행위, 그리고 "해도에 / 손을 싯고 떼"는 행위의 주체는 바다가 아니라 시적 화자 자신이라 할 수 있다. 이에 대해서는 최동호, 「난삽한 지용 시와 바다 시편의 해석」, 『정지용의 문학세계 연구』, 깊은샘, 2001 참조.
37) 권영민, 앞의 책, 114면.

경을 원경으로 내려다 볼 수 있는 높은 위치, 더 나아가 "지구"를 조망할 수 있는 우주적 위치에서 바다를 내려다보는 초월적 시선을 상상하고 있는 것이다. 때문에 속도감 있게 움직이는 파도는 "찰찰 넘치도록 / 돌돌 굴르도록"과 같이 작은 움직임으로 포착되고,[38] 바다는 "蓮닢인양 옴으라들고…… 펴고……"하는 '지구'의 표면을 움직이는 잔잔한 물결로 표상될 수밖에 없다.

마지막 두 연에서 "찰찰 넘치도록 / 돌돌 굴르도록 // 회동그란히 바쳐 들었다!"는 행위 역시 이런 맥락에서 설명이 가능하다. '회동그란히'란 시어가 '회동그랗다'에서 온 말[39]이라면, "회동그란히 바쳐 들었다!"는 행위의 주체는 바다나 지구조차 풍경으로 바라보고 그림을 완성한 시적 화자 자신이다. 그리고 이 행위의 대상, 즉 시적 화자가 받쳐 든 것은 '해도'를 그려 넣은 캔버스이다. 시적 화자는 초월적 위치에서 원근법적 시선을 가지고 바다와 지구를 내려다보면서 이를 화폭 속에 담았다. 그런 화폭을 받쳐 들면 그림 속의 바다(재현된 바다)는 마치 넘쳐흐를 것 같이 생생한 느낌을 불러일으킬 것이다.

---

38) 권영민 교수가 이 시의 마지막 부분을 "넓고 푸른 거대한 바다를 그리는 것이 아니라 모래 위로 밀려오는 바다의 작은 물결을 그려내고 있다"고 지적한 부분은 수정될 필요가 있다. '작은 물결'로 바다가 포착된 것은 시적 화자가 바닷가에서 근경으로 포착되는 바다를 그리고 있음을 보여주는 것이 아니다. 오히려 그것은 시적 화자가 바다의 빠른 움직임조차 풍경에서 지울 수 있는 절대적 거리(높이)를 가지고 바다를 내려다보기 때문이다.

39) 권영민, 앞의 책, 111면.
　　한편, 국어사전에서 '회동그랗다'의 사전적 의미는 "1. 놀라거나 두려워서 크게 뜬 눈이 동그랗다. [큰말휘둥그렇다. 2. 옷맵시나 짐을 싼 모양 따위가 매우 가뜬하다. 3. 일이 모두 끝나고 남은 일이 없다."라고 뜻풀이를 하고 있다. 따라서 '회동그란히'는 바다나 지구의 형상을 묘사하는 시어가 아니라, 자신이 그린 그림을 경이의 시선으로 바라보는 시적 화자의 행위, 또는 바다의 풍경을 원경으로 포착할 수 있는 초월적인 위치에서 시적 화자가 느끼는 두려움, 혹은 그림을 그리는 과업을 성공적으로 완수했을 때 느끼는 홀가분한 마음을 묘사한 시어라고 말할 수 있다.

마지막 행에서 연잎처럼 오므라졌다 펴지는 지구의 모습 역시 그림으로 재현된 바다의 생생한 느낌을 비유적으로 표현한 것이라 볼 수 있다.40)

1930년대 중반의 시점에서, 정지용이 초월적 시선을 가정하고 풍경을 원근법적으로 조망할 수 있었던 근저에는 그의 가톨릭 신앙이 자리 잡고 있다. 그는 유폐된 영혼의 탈출구로 신을 선택하였고, 신이 거처하는 절대적인 높이에 대한 동경과 그 높이로부터 지상적 현실을 굽어보는 방식으로 근대의 시각적 충격을 지워나갔다. 가령 신앙시의 대표작인 「그의 반」에는 '높이'에 대한 동경이 나타나며, 이는 후기 산수시에서 '산'이라는 수직적 공간에 대한 지향으로 옮겨간다. '높이'에 대한 지향성은 수평적 공간의 확대만으로는 이룰 수 없는 풍경의 통어를 초월적 시선을 통해 얻어내려는 욕망을 보여준다. 그가 선택한 초월적 시선은 통상의 원근법적 시선을 조작하여 얻은 '의사—원근법적 시선'이라 할 수 있다. 이렇게 조작된 시선은 통상의 원근법적인 시선과 달리 식민지적 근대의 풍경을 조망할 수도 없고 또 그것을 해체할 수도 없는 관념화된 시선인 것이다.

한편, 「지도」(『조선문단』, 1935.8)는 정지용의 초월적 시선, 관념화된 시선이 어떻게 균열을 일으킬 수밖에 없는가를 잘 보여주는 작품이

---

40) 하지만 생생하게 재현된 바다 역시 본래적인 자연의 생동감을 잃어버릴 수밖에 없다. 격자(캔버스) 형태 안에 들어온 세계는 주체의 응시(Gaze)에 의해 재배치된다. 그리고 "유동적인 세계는 캔버스 위에서 재현되면서 고정된 세계로 몰락한다. 재현된 사물은 응시하는 주체가 명령하는 질서의 원칙에 따라 배치된다. 모든 것의 중심에 바라보는 '나의 눈'이 있다." 이에 대해서는 노명우, 「시선과 모더니티」, 『문화와 사회』 3권, 2007, 57면 참조.
　요컨대 「바다 2」는 바다를 원근법적으로 조망하여 화폭에 가두려는 자아(보는 주체)와 그것에 저항하는 풍경 사이의 긴장을 드러내는 동시에, 자아(보는 주체)의 폭력적 시선에 의해 풍경이 생동감을 잃어버리는 과정을 보여준다고 하겠다.

다. 풍경을 지배하고 통어할 수 있는 초월적 위치란 상상 속에서만 존재하는 것이다. 보는 주체가 이 상상적 위치의 허구성을 깨닫는 순간 풍경을 통어할 수 있는 특권은 사라지게 된다. 또한 보는 주체는 자신의 시선을 바라보는 자아 내부의 또 다른 시선을 의식할 수밖에 없다. 두 개의 시선이 포개지면 이제 풍경에 대한 풍경, 시선에 대한 시선, 표상에 대한 표상이 탄생한다. 이 과정을 좀 더 구체적으로 살펴보기로 하자.

「지도」에서 시적 화자는 '교원실'에 걸린 '지리교실전용지도'를 바라보면서, 지도 위에 그려진 바다 속으로 뛰어드는 상상을 한다. 이 상상은 단순히 바다에 대한 시적 화자의 동경을 보여주려는 것이 아니다. 그의 시선에는 지도 속의 '바다'(시뮬라크르, 표상화된 바다)가 "眞實한 바다"보다 훨씬 더 현실감 있는 것으로 비친다. "한가운데 검푸른 點으로 뛰여들기" 위해 "倚子우에서 따이빙姿勢를 取"하는 상상을 하는 것도 이 때문이다. 하지만 이 시에는 또 다른 시선이 자리 잡고 있다. 그것은 지도 속에 표상된 바다를 바라보며 헛된 상상을 하는 화자 자신을 응시하는 시적 자아 내부의 또 다른 자아의 시선이다. 이 내부의 시선은 지도 속의 표상된 바다에 뛰어드는 상상을 하는 화자 자신의 모습을 '譜謔'이라 여기고, '교원실'의 풍경이 '眞實한 바다'보다 더 적막하다고 여기는 냉소적 시선이다. 이와 같이 「지도」는 지도로 표상된 바다를 또다시 언어(시)로 표상하고, 그 바다를 바라보는 시선을 응시하는 또 다른 시선을 드러내고 있다는 점에서 주목할 만한 작품이라 평가할 수 있다.

그런데 시뮬라크르(지도)의 재현은 결국 자연 풍경의 소거로 이어진다. 이는 일차적으로 시적 화자가 근대적 시각 체제가 강요하는 시각적 충격으로부터 거리를 두겠다는 의도를 보여주는 것이다. 이 의도는 후기 「바다」 시편에서 발견되는 '의사–원근법적 시선'을 통해 부분적으로 성취되었던 것이기도 하다. 후기 「바다」 시편에서 그는 초월적 시선의 위치를 상상해내고, 이를 통해 풍경에 대한 거리두기에 비교적 성공하였다. 하지만 이러한 거리두기는 풍경에 대한 시간적인 거리두기를 통해 성취된 것이었다. 「지도」의 경우에도 시적 자아는 바다를 그려내고 있지만, 그것은 사실 지도로 표상된 바다를 보고 떠올린 기억 속의 풍경에 지나지 않는다. 그런 까닭에 기억된 풍경은 정물화(靜物畵)에 갇힌 풍경과 마찬가지로 자연의 역동성을 찾아보기 어렵다. 실제로 「지도」의 시적 화자는 풍경을 바라보는 주체가 아니라, 정물화에 갇힌 풍경(시뮬라크르)을 바라보는 주체일 뿐이다. 하지만 역설적으로 그는 자신이 거짓 풍경에 빠져드는 것을 냉소적으로 바라볼 수도 있다. 결국 「지도」는 거짓 풍경을 바라보는 풍경을 다루되, 거짓 풍경을 바라보는 시선과 그러한 시선을 냉소적으로 바라보는 시선을 겹쳐서 배치하고 있다. 이를 통해 시인은 풍경으로부터 소외된 인간의 모습과 함께, 풍경을 바라보는 근대적 시선의 내적 균열[41]을 동시에 희화화할 수 있었다.

---

41) 이러한 시선의 균열은 투시법(원근법)적인 시선의 체제를 해체하려는 시도가 정지용 시에서 자리 잡기 시작했음을 암시하는 것이다. 정지용의 후기시에는 근대적 시선의 체제를 넘어서려는 다양한 시도가 나타나는데, 이는 「지도」에 나타난 시선의 균열에 대한 시인의 자의식에서 비롯된 것으로 볼 수 있다. 이에 대해서는 별도의 논의를 통해 밝히도록 하겠다. 시선의 균열에 대해서는 이진경, 『근대적 시공간의 탄생』, 푸른숲, 2005, 124~125면 참조.

5. 맺음말

본고는 풍경과 시선의 문제를 중심으로 정지용의 초기시가 변모하는 과정을 추적하였다. 풍경은 "인간에 의한 자연의 재현인 동시에 이러한 재현 속에서 인간이 자연을 바라보는 관점을 역으로 규장하는 격자(格子)"[42]이다. 따라서 풍경이 어떤 방식으로 보는 주체의 인식틀을 규정하고, '사유와 상상력의 기원적 영상'으로 기능하는지 살펴볼 필요가 있다. 정지용의 초기시에서 '도시'와 '바다' 라는 근대적 풍경은 세계를 인식하고 사유하는 기원적 영상이다. 이 두 가지 풍경은 정지용이 철도와 선박을 이용하여 일본에 유학을 다녀온 '여행자' 혹은 '국외자'의 체험에서 비롯한 것이다. 우선 교토 유학 시절 창작된 「카페 · 프란스」를 포함하여 「슬픈 인상화」 · 「황마차」 등의 작품에 주목할 필요가 있다. 이 작품들은 공통적으로 식민제국의 타자(유학생)로서 식민권력의 감시하는 시선을 의식하면서 정체성의 균열을 일으키는 시적 화자를 등장시키고 있다. 이 시적 화자는 근대도시의 스펙터클에 감각적으로 반응하고 또 그것을 시각적 언어로 표상하려 한다. 하지만 그는 근대 도시의 스펙터클을 향유하지 하지 못하고 거리를 방황하는 위축된 영혼이다. 시적 화자가 카페라는 퇴폐적 공간이나 '화로가'와 같은 모태적 공간으로 회귀하여 존재론적 안전을 얻으려는 욕망을 숨기지 않는 이유도 이 때문이다.

그런데 「카페 · 프란스」 계열의 시에서 등장하는 스펙터클한 풍경의 기원은 사실 도시가 아니라 바다이다. 그의 초기 바다 시편들은

---

42) 김홍중, 「문학사회학과 풍경의 문제」, 『사회와 이론』 6, 2005, 139면.

흔히 알려진 것처럼 원근법적 시선에 의해 포착된 정지된 풍경을 다룬 것이 아니라, 선박(혹은 기차와 말)과 같이 빠른 속도로 움직이는 교통수단에 의탁하여 이동하는 주체가 자신의 눈에 포착되는 파노라마적 풍경을 다룬 것이다. 파노라마적 풍경은 빠른 속도로 움직이는 풍경인 까닭에, 보는 주체는 이미지의 폭주로 인해 풍경을 지배하고 통어할 권능을 상실할 수 밖에 없다. 초기 바다 시편에 나타나는 시적 화자의 권태와 육체적 피로는 풍경과 무관한 존재로 전락한 '보는 주체'의 시선의 착란과 존재의 무력감을 암시하는 것이다.

한편, 「유리창」 계열의 시는 시적 주체가 시선의 착란과 존재의 무력감에서 벗어나 밀폐된 방에서나마 존재론적 안전감을 회복하려는 의도를 보여준다. '유리창'은 풍경과 분리된 '보는 주체'가 풍경을 통어할 수 있는 격자라 할 수 있다. 하지만 이 계열의 작품에서 유리창을 통해 내다보는 도시의 밤풍경은 풍경으로서의 자립성을 갖지 못한다. 유리창은 풍경을 내다보는 통로(격자)가 아니라 오히려 유폐된 영혼(내면)을 바라보는 통로로써 시적 화자가 겪는 존재론적 질병을 환기하는 역할을 할 뿐이다. 정지용이 이런 질병에서 벗어나는 방법은 후기 「바다」 시편이 잘 보여준다.

후기 「바다」 시편에서 시적 화자는 기억 속의 바다 풍경을 감각적 언어로 재현하고 있다. 그의 시선은 풍경을 원근법적으로 조망하고 지배하며 통어한다. '보는 주체'는 이제 초월적 시선을 통해 풍경을 일정한 프레임 즉 화폭에 가두려 한다. '보는 주체'는 그림을 그리는 주체가 되며, 언어로 표상된 그림은 대상(바다)이 가지고 있는 풍경의 역동성을 억누른다. 이제 풍경은 정지된 화폭 속에 폭력적으로 가두어질 운명에 처하게 된 것이다. 이러한 풍경의 조작은 근본적으로 시선의 조작에 의해 이루어진 것이다. 「지도」는 후기 바다시편에 나타난 풍경과 시선의 특징들이 집약적으로 드러난 작품이다. 풍경의 표상인 지도를 바라보는 풍경이 이 작품의 기본적인 골격이다. 시적 화자는 풍경에 대한 풍경, 시선에 대한 시선을 등장시켜 근대적 주체의 이중적 분열, 즉 풍경으로부터 소외된 인간의 모습 그리고 풍경을 바라보는 시선의 내적 균열을 회화적으로 드러낸다.

이와 같이 1930년대로 들어오면서 정지용의 시에서 풍경은 자연의 생동감을 잃었다. 뿐만 아니라 초기의 인상파적인 소묘에 등장하는, 보는 주체의 섬세한 감각에 의해 포착되는 근대도시의 파노라마적 풍경도 사라지고 말았다. 풍경이 풍경으로서의 생동감을 상실한 채 사물화된 것이다. 사물로 전락한 풍경이기에 그것은 보는 주체에 의해 조작될 수 있는 풍경이다. 그의 후기 「바다」시편에서 어떤 인간적인 고뇌도, 근대의 분열된 세계상도 찾아보기 어려운 이유가 여기에 있다. 물론 시선을 관념화하고 추상화하는 '의사-원근법'은 근대적 주체가 내면의 우울에서 벗어나 '보는 주체'로서 풍경의 지배를 완성하는 데 일정한 기여를 한 것으로 보인다. 하지만 조작된 시선을 통해 풍경을 바라볼 경우 자연으로서의 풍경은 물론 그것과 분리된 내면 풍경조차 들어설 여지가 없다. 1930년대 중반 이후의 정지용 문학에서 신앙을 고백하는 시는 물론 정물화로 축소된 풍경을 묘사한 시마저 극복의 대상이 될 수밖에 없는 이유가 여기에 있다. 그는 '바다'라는 공간을 버리고 '산'을 향해 나아갔으며, 근대의 혼란스러운 시각 체제는 물론 '의사-원근법적 시선'으로 바라본 기억 속의

풍경을 뒤로 하고 동양적 산수(山水)를 찾아 나섰다.[43]

　이러한 시적 전환은 '보는 주체'의 입장에서 보면 근대의 원근법적 시선의 폭력성을 벗어던지는 일이자, 동시에 식민권력의 가시성의 배치에서 벗어나 제3의 시선을 도입하는 일이란 점에서 문학사적인 사건이라 할 만하다. 산수의 세계와 은일(隱逸)의 정신은 풍경과 정신이 하나가 되고, 보는 주체와 보이는 대상이 서로 어울리는 세계를 환기한다. 이러한 전통주의적 전회는 근대의 '보는 방식'이 은폐하였던 '타자'로서 자연과 전통의 세계를 가시성의 영역으로 불러 세우는 일이다. 그것은 정지용이 초기 유학시절에 발표하였던 「카페·프란스」와 「황마차」에 나타난 병적 우울과 시선의 혼란, 「유리창」 계열의 시에 나타난 유폐된 자아와 내면의 과잉, 후기 「바다」 시편에 나타난 관념적·조작적 시선에서 탈피하여, 시적 주체로서 자신의 위치를 재정립하는 일이라 하겠다. 일제말 후기시에서 정지용이 선택한 보는 주체의 위치와 시선의 성격, 그리고 그것이 갖는 시적 의미와 한계에 대해서는 추후의 연구를 통해 밝히기로 하겠다.

---

43) 이런 점에서 정지용이 「시의 옹호」란 글에서 "시의 자매 일반예술론에서 더욱이 동양화론 書論에서 시의 향방을 찾는 이는 비뚤은 길에 들지 않는다"(『정지용전집2-산문』, 민음사, 1988, 245면)고 언급한 점은 주목할 만하다.

임화 시에 나타난 근대 풍경과
이념적 시선의 변모과정
식민지적 근대와 시선의 계보학(3)

1. 들어가는 말

임화는 한국 근대시사에서 가장 주목받는 프로시인 중 한 사람이다. 그의 시적 궤적은 한국 계급주의 시의 발전 과정에서 제기되었던 수많은 논쟁적 요소를 가로지르고 있으며, 시와 정치, 시와 이념의 상관성이란 측면에서 가장 원론적인 논의를 이끌어낼 만큼 생산성을 갖고 있다. 특히 그의 시는 내면성의 측면이나 실제적인 작품성(예술성)의 측면과는 별도로, 시인이 겪은 풍운아적인 삶의 행적과 결부되면서 비극적 아우라에 휩싸인 채 독서 대중은 물론 시 연구자의 마음을 사로잡은 측면이 강하다. 다만 1990년대 중반 이후 사회주의 이념의 몰락과 더불어 본격화된 새로운 세기의 이념적 물결로 인해, 임화 시의 문학사적 공과를 새로운 시각에서 비판적으로 바라볼 수 있는 냉담한 거리를 확보하게 된 점은 다행스러운 일이라 하겠다.

본고 역시 임화 시의 내적 구조와 미학적 원리를 냉담한 거리를 두고 좀 더 섬세하게 분석하고자 한다. 그의 시에 나타난 양식적 · 이념적 특성에 대해서는 그 동안 심도 깊은 연구가 진행되어 왔으며, 불완전한 전기적 정보에 의존하고 있지만 여러 연구자들에 의해 완성도 높은 전기 연구[1]도 제출된 바 있다. 임화의 문학이 지닌 이념 지향성과 그의 삶의 행적을 고려한다면, 이러한 연구들은 당연한 결과라 할 수 있을 것이다. 본고는 기존의 임화 시 연구의 성과를 바탕으로 하되, 기존 연구에서 소홀하게 취급되었던 '보는 주체'의 형성과 근대적 시선의 문제라는 점에 초점을 두고 임화 시의 내적 구조와 미학적 원리를 규명하고자 한다.

주지하듯이 '보는' 행위는 일차적으로 세계(대상)에 대한 시지각적 행위이며, 이차적으로는 세계에 대한 인식의 행위이다. 기존의 임화 시 연구는 주로 후자의 측면에 논의를 집중시켜온 것이 사실이다. 작품에 나타난, 혹은 창작 동기에 자리 잡고 있는 이데올로기적 층위는 시인이 세계를 보는 방식과 밀접하게 결부되어 있다. 하지만 기존 연구에서는 임화 시를 세계관과 담론의 층위에서만 논의하는 경향을 보였다. 본고는 세계관과 담론의 층위에서 임화가 어떤 방식으로 세계를 해석하고 실천하였는가에 관심을 두는 데서 벗어나, 세계의 풍경을 어떤 방식으로 바라보고 표상하였는가에 대해 살펴보고자 한다.[2] 즉, 임화의 시선에 포착되는 식민지 조선의 근대 풍경

---

1) 김윤식, 『임화연구』, 문학사상사, 1989; 김용직, 『임화문학연구』, 새미, 1999.
2) '풍경'은 제도적이며 선험적인 인식틀로서 언어적 · 논리적 질서가 아닌 영상적 질서로 구성되어 있다. 로고스를 중심으로 구축되는 세계관(혹은 이데올로기)과 달리 풍경은 로고스로 환원되지 않는 형상적 질서이며, 풍경을 포착할 수 있는 인식론적 기능은 추론하는 이성

이 어떤 모습이고, 그것을 어떤 방식으로 지각하고 표상하는가를 규명하는 것이 본고의 목적이다. 따라서 연구 대상이 되는 작품의 범위는 초기의 감상적 경향의 시 및 전위주의 경향의 시로부터 단편서사시를 거쳐 1930년대 중·후반의 소위「현해탄」계열의 시까지 포함될 것이다.

다만 임화 시에 나타난 풍경과 '보는 주체', 그리고 시선(視線)에 대한 본고의 분석은 언어적 표상 그 자체의 미적 원리를 규명하는 것으로 모아지지는 않을 것이다. 임화의 시는 조밀한 상상력와 언어적 형상성을 통해 대상을 시각적으로 재현하는 것과는 거리가 멀기 때문이다. 임화 시의 근대성은 언어적 근대성이나 시지각 행위의 근대성에서 비롯하기보다 세계를 해석하고 실천하는 이념적 시선의 근대성에서 기인하는 측면이 강하다. 언어와 이미지 분석을 통해 대상의 재현 방식을 살펴보는 작업은 적어도 정지용과 같이 이미지즘의 세례를 받은 시인들의 작품을 통해서 이루어질 수 있을 것이다. 본고는 언어적 재현 기법이나 미학적 완성도 대신에, '보는 행위'의 자의식이 어느 정도 표출된 텍스트를 골라내고 그 행위 속에 자리 잡고 있는 이념적 시선의 형성과 그것의 미학적, 실천적 의미를 규명하게 될 것이다. 이 과정에서 시 텍스트에 표상된 식민지적 근대의

이나 판단하는 오성이 아니라 상을 지어내는 힘 즉 구상력이다. 이에 대해서는 김홍중,「문학사회학과 풍경의 문제」,『사회와 이론』6, 2005, 143~145면 참조.

한편 본고는 이와 같이 담론과 세계관의 측면이 아닌 풍경과 시선의 측면에서 임화의 시를 연구할 때, 시적 언어의 논리로는 모두 설명될 수 없는 사유와 상상력의 기원을 밝혀낼 수 있을 것으로 기대한다. 이는 전위주의시, 단편서사시, 내성화의 시, 해방 후의 선전·선동시로 급변하는 임화의 시적 세계를 보다 내밀한 시선으로 설명하는데 기여할 수 있을 것이다.

풍경을 재구하고, 풍경과 분리된 주체로서 식민지 지식인이 가졌던 성찰적 시선을 밝히는 방향으로 논의를 확장하고자 한다. 본고는 이러한 작업을 통해 기존 연구와는 다른 각도에서 임화 시의 미학적 특성을 규명할 수 있을 것으로 기대한다. 이와 함께 식민지적 근대 풍경을 바라보는 시선의 다양한 계보를 추적함으로써3) 한국 근대시의 모더니티가 형성되는 기원적 풍경을 재구하는 데도 도움을 줄 것으로 기대한다.

2. 전위주의 시에 나타난 탐색의 시선 - 풍경으로서의 서울, '장소'로서의 서울

임화의 생애를 정리한 연보4)에 따르면, 임화가 보성중학 졸업을 앞두고 가정 파산으로 인해 학업을 중단한 시점은 그의 나이 18세였던 1925년이다. 서울 낙산 밑의 소시민 가정에서 출생, 성장한 임화는 줄곧 서울에서 학교교육을 받았다. 또한, '단편서사시'라는 서술시 창작을 통해 프로문단의 주목받는 시인으로 우뚝 서기까지 서울은 그의 주된 생활공간이었다. 요컨대 식민지적 근대화가 진행되던 1910~20년대의 서울은 임화의 정신과 육체가 생성되고 성장하는 데 있어서, 그리고 그의 언어적 감각과 정치의식이 형성되는 데 있어서

---

3) 필자는 최근 1920년대 시인들, 즉 김소월, 이장희, 정지용, 박팔양 등의 시에 나타난 풍경과 시선의 문제에 대한 계보학적 연구를 진행하고 있다. 이 논문은 이러한 연구의 연장선상에서 기획된 것이다.
4) 본고에서 김외곤 편, 『임화전집 · 1 시』, 박이정, 2000에 실린 임화의 연보를 참고하였다. 본고에서 임화의 시를 인용할 때 사용한 텍스트 역시 이 시집이다.

가장 결정적인 영향을 미친 지리적 공간이었던 셈이다. 임화의 정치적 감각에서 발견되는 '서울중심주의'는 끝내 그를 비극적인 운명으로까지 이끌어왔거니와 이는 '서울'이 단순한 고향의 차원을 뛰어넘어 그의 언어의식과 미의식, 정치의식과 세계관을 형성하는 데 결정적인 역할을 하는 이념의 층위와 관련된 것임을 보여 준다.[5]

임화에게 있어서 서울은 낯선 타인들의 세계가 아니라 그 자신이 일부를 이루는 익숙한 고향의 세계이다. 이 점은 한국근대시사에서 매우 중요한 함의를 지닌다. 주지하는 바와 같이, 1910년대 후반에서 1920년대 중반에 이르는 시기에, 한국근대시 형성 과정에서 중요한 역할을 담당했던 시인들은 대부분 서울 이외의 지역에서 출생하였다.[6] 비교적 어린 나이에 서울로 유학을 와서 근대교육을 받은 시인들도 있지만, 이들 역시 처음에는 국외자의 처지에서 서울이란 낯선 공간과 대면할 수밖에 없었을 것이다. 기대와 설렘, 불안과 두려움 등이 교차하는 가운데 서울이란 이질적 공간이 주는 시각적 충격과 인식의 혼란을 피할 수 없는 것이 바로 국외자의 입장이었다. 반면 임화에게 식민지적 근대 도시 서울은 가장 익숙하고 친밀한 풍경이 펼쳐지는, 마치 고향 같은 공간이었다. 초기시는 물론 후기시에 이르기까지, 임화는 어느 작품에서도 서울에 대한 소외감을 토로한

---

5) 임화의 시에서 '서울'이란 지리적 공간이 갖는 의미에 대해서는 이경훈, 「서울, 임화 시의 좌표」, 『임화문학의 재인식』(문학사상연구회), 소명출판사, 2004 참조.

6) 서북지역 출신인 주요한, 김억, 김소월, 혹은 충청지역 출신인 정지용 등이 그러하다. 임화의 경우와 달리, 이들은 대부분 근대지향적 시창작과 미의식에서 벗어나 전통주의적 전회를 감행하고 있다. 이런 사실은, 단순화시켜 말하기는 어렵겠지만, 외부자의 시선으로 도시 풍경을 바라보는 것과 내부자의 시선으로 도시 풍경을 바라보는 것이 얼마나 성격을 달리하는 것인지를 짐작하게 해준다.

바가 없다. 오히려 그는 서울의 낯익은 거리 풍경에서 영혼의 안식을 얻었으며, 가족과 동지에 대한 기억을 떠올리며 투쟁의 결의를 다졌고, 미래에 있을 혁명의 순간을 향해 존재의 기투를 감행하였다. 이런 점에서 서울의 도시 풍경은 임화에게 있어서 세계에 대한 '사유와 상상력의 기원적 영상'[7]을 이룬다고 할 만하다.

여행객 혹은 이방인의 시선으로 서울을 보았던 타향 출신의 시인들과 달리 '서울토박이'였던 임화는 스스로 그 일부를 이루는 도시 풍경을 내부자(혹은 도시인)의 시선으로 바라보았다.[8] 내부자의 시선으로 도시 풍경을 바라본다는 것은 매우 중요한 의미를 지닌다. 왜냐하면 내부자의 시선은 농촌(혹은 자연) 풍경에 대한 경험(기억)을 전제로 도시 풍경을 바라보는 것이 아니기 때문이다. 임화의 초기 전위주의 시에서 농촌과 도시, 전근대(혹은)와 근대의 대립적 표상이 나타나지 않는 것, 그리고 도시적 삶의 도피처로서 자연이란 초월적 공간이 나타나지 않는 점 역시 이와 밀접한 관련이 있을 것이다. 그는 철저하게 도시인의 정체성을 갖고 근대적인 도시 공간 속에서 새로운 정치적 현실의 도래를 꿈꾸었다.

물론 임화의 경우 내부자의 시선은 역설적으로 도시 풍경에 대한 객관적 묘사를 가로막았던 것이 사실이다. 실제로 그의 초기 전위주의 시에서 서울의 풍경이 주체와 분리된 객관적 풍경으로 구체화되

---

7) 이 용어에 대해서는 김홍중, 앞의 논문, 145면 참조.
8) 하지만 임화가 서울의 구체적인 풍경을 그려내기 시점은 단편서사시를 처음 발표했던 1929년경이다. 단편서사시 단계 이전의 시에 등장하는 도시들은 대부분 구체적인 지명을 획득하지 못하였으며, 실제의 지명이 나오더라도 신문기사나 잡지의 기사나 사진에서 접한 외국도시(「담—1927」을 보라)인 경우가 대부분이다.

는 경우는 거의 없다. 임화는 눈앞의 실제적인 풍경 대신에 풍경의 알레고리적 의미를 중시하였고, 현재의 도시 풍경을 기억 속의 풍경이 아니라 앞으로 도래할 미래적 시간속의 도시 풍경과 대립시켰다. 가령 균질적인 도시 공간에 대한 소외감 때문에 방황하면서 근원적 세계를 떠올렸던 정지용과 달리, 임화의 초기시에 등장하는 시적 주체는 오히려 근대 도시의 새로운 풍경들을 급진화함으로써 도시적 현실을 넘어서겠다는 시적 비전을 보여준다.

정지용의 경우와 달리, 임화의 시적 주체가 시선의 착종에 빠져들지 않고 '탐색의 시선'9)을 획득할 수 있었던 까닭은 이와 같이 내부자의 시선으로 도시 풍경을 바라볼 수 있었기 때문이다. 임화의 시에서 서울의 풍경은 주체와 대립된 세계가 아니며, 오히려 보는 주체가 스스로 도시적 풍경의 일부를 이루고 있다. 그는 자아-서사를 구축하는 과정에서 도시 풍경을 적극적으로 활용하였다. 그의 초기시에 등장하는 청년 주체의 탐색의 시선은 식민지 근대도시 서울에서 피식민 주체로서의 자아정체성을 확립하려는 성찰적 기획과 밀접한 관련이 있다고 판단된다.10)

임화의 등단작으로 알려진 「무얼 찾니」는 자아 탐색의 시선이 시작되는 지점이다. 이 작품은 도시 풍경에 대한 구체적 묘사가 거의

---

9) 유성호는 임화가 시적 생애의 처음부터 마지막까지 일관되게 '무엇인가를 찾는 열정과 탐색'의 의지를 보여주었다고 지적하면서, '무엇 찾니'와 같은 질문의 형식이야말로 그의 운명과 실존을 암시한다고 보았다. 이에 대해서는 유성호, 「비극적 근대시인의 시적 경로」, 『임화 문학의 재인식』(문학사상연구회), 소명출판사, 2004.
10) 김소월이나 정지용의 시에서는 도시의 거리를 방황하는 주체가 방황을 청산하고 탐색의 시선에 이르는 경우가 거의 발견되지 않는다. 이는 두 사람의 시에서 도시 풍경을 비판적으로 바라보는 '눈'의 알레고리가 나타나지 않는 것과 상응한다.

나타나지 않는다. 하지만 '음울한 대기'가 짓누르는 비오는 밤, '소리 없이 자취를 감추고 내리는 가는 비' 등에 나타난 하강과 소멸의 이미지, 그리고 "어둔 밤에 헤매면서 우는 / 두견의 슬픈 눈물" 등에 나타난 방황과 우울은 1920년대 초반 한국시에 나타나는 상실과 비애, 우울과 퇴폐의 정조를 떠올리게 한다. 이러한 우울과 퇴폐의 정조는 식민지적 근대 도시 서울의 풍경을 잘 드러낸다. 특히 마지막 부분에 우울과 비애의 감정에 휩싸여 밤거리를 떠도는 '혼령'이 등장하고 있는 점이 주목된다. "남 모르게 홀로 뛰는 혼령아 / 이 어둔 비 오는 밤에도 쉬지 않고 날뛰며 / 무엇을 너는 찾느냐?"가 그것이다. 여기서 시적 화자가 '너'로 호명하고 있는 '혼령'은 주체 외부의 타자가 아니라 시적 화자 자신을 가리킨다. '무엇'인가를 찾기 위해 '남 모르게 홀로' 뛰어 다녀야 하는 내면 속의 또 다른 자아가 바로 '혼령'인 것이다. '혼령'이 찾는 '무엇'의 정체는 매우 불분명하다. 또한 그것을 찾기 위해 "쉬지 않고 날뛰며" 달려가는 목적지가 어디인가도 불분명하다. 자아의 정체성과 지향성이 모두 의문문의 형식으로 제시될 뿐 구체적인 형상을 드러내지 못하고 있는 것이다. 이는 청년기 시인이 겪은 정체성 분열을 암시하는 것이다. 그렇다고 시적 화자가 도시 풍경에 신경증적 반응을 보이는 분열된 주체로 귀결되는 것도 아니다. 오히려 이 작품의 화자는 새로운 정체성의 형성을 위해 '탐색의 시선'을 가지고 도시 풍경을 바라보려 한다.

「설(雪)」은 '눈(雪)'의 이미지와 '눈(眼)'의 이미지를 함께 등장시켜 자아와 세계에 대한 탐색의 시선을 구체화한 작품이다. 우선 '눈(雪)'은 세계의 "급격한 동요"에 대한 알레고리로 사용되고 있다. 시적 화자는 '눈보라'와 '폭풍'이 휩쓸고 지나가는 '거리'의 풍경을 바라보고 있다. 하지만 그 풍경은 도시의 실제 풍경이 아니라 시대의 상황을 알레고리화한 허구적 풍경이다. '태양이 "영원히 / 도망을 가고", "신의 이름이 적힌 標木"을 두 번 다시 볼 수도 없게 된 상황은 모두, 근원적 가치가 사라지고 역사적 방향성조차 가늠하기 어려운 식민지적 근대의 불확실한 역사 상황을 암시한다. 시적 화자는 이를 "급격한 동요"라고 말하고 있거니와, 이런 가운데 역사의 방향성을 가늠하려는 '보는 주체'의 분투를 "compasses의 바늘"로 비유하여 표현한 점은 주목할 만하다. 이 표현은 1920년대 초반의 상징주의자들이 상실과 폐허의 공간에서 벗어나 관념적이고 초월적인 세계로 도피한 것과 비교할 때 그 의미가 분명하게 드러날 것이다. '암흑'과 '요란', '폭풍'으로 대변되는 시대적 격랑 속에서 지상적 현실의 '방향을 '손질'하는 "compasses의 바늘"은 시인 임화가 현실 세계를 향해 민감한 의식의 촉수를 내밀고 있음을 보여준다. 이러한 노력에 의해 '눈(眼)'의 이미지가 탄생한다.

이 때에 ―
얼어터진 연못의
얼음 틈바구니에서
눈이 눈이 目……
반짝한다
어류의
미래를 위협하는

눈알이―

― 이상, 「설(雪)」 부분 인용

"어류의 / 미래를 위협하는 / 눈알"은 불길한 느낌을 자아낸다. '눈알'은 단순한 탐색의 시선을 넘어 기존의 관습적 질서를 위협하고 새로운 미래를 꿈꾸는 가치 전복적 시선과 관련되어 있다. 그렇다면 이 '눈알'은 누구의 것인가? 시적 화자는 동요하는 세계를 노려보는 '눈알'을 불길한 시선으로 바라보고 있다. 하지만 그것은 시적 화자 자신의 것이다. 그는 식민지적 근대의 착종된 도시 풍경 속에서 역사적 격변의 가능성을 포착하고, 그 가능성을 추동하는 새로운 이념과 세계관을 '눈'(眼)의 알레고리로 제시한 것이다. 동시에 그는 자신이 그러한 '눈'을 통해 세상을 바라보겠다는 생각을 드러내고 있다. 다만 시적 화자는 세계의 동요에 능동적으로 대처하는 모습이 아니라, 새로운 이념과 세계관에 자기 자신이 포획되는 상황을 그려내고 있다. 이러한 수동적인 태도는 시적 화자가 새로운 이념과 세계관을 온전히 자신의 것으로 주체화하지 못한 상황, 즉 일종의 정신적 미숙성을 반영한다.

하지만 「설(雪)」보다 한 달 가량 뒤에 발표한 「宣詩」는 시적 화자가 새로운 세계를 향해 내딛는 존재의 결단과 기투를 분명하게 보여준다.

어둠은 밀물같이
가냘픈 빛깔을 바르고

위협은 - 그 속에서

온 - 천지를 가만히

눈흘겨 노리도다

　　　　　　　　　　　　　　　　- 이상, 「宣詩」 부분 인용

'밀물같이' 몰려오는 '어둠'이 식민지적 근대의 현실을 암시한다면, "온 - 천지를 가만히 / 눈흘겨" 노려보는 '위협'의 시선은 「설(雪)」에 등장했던 "미래를 위협하는 눈알"의 것이다. 이 시의 4연에서는 "이미 기리는 나의 거룩한 목숨을 / 겨누고 달려오던 간악한 그 고기는 / 또 다시 나의 눈동자 속에서 / 두 번째 헤엄을 치고 있도다"는 표현이 등장한다. 이런 표현에서 알 수 있는 바와 같이, 시적 화자는 이제 미래를 위협하는 '물고기'의 눈알과 자신의 '눈동자'를 서로 동일시하고 있다. 새로운 이념과 세계관이 구체적으로 무엇인지 알 수 없지만 이제 새로운 '시선'을 가지고 식민지적 근대의 현실을 바라보겠다는 의지만은 분명하게 제시하고 있는 셈이다.

그런데 물고기의 시선으로 알레고리화된 시선은 단순히 공간적 차원의 '바라봄'을 넘어서 시간적 차원의 '바라봄'까지 함축하고 있다. 이 작품에서 보는 주체11)는 공간적으로 펼쳐지는 풍경을 바라보는 시선의 주체일 뿐만 아니라, 시간적으로 진행되는 역사적 사건을

---

11) 「宣詩」와 함께 발표된 「肖像」에서 '보는 주체'는 '그리는 주체' 즉 '화장(畵匠)'이 되기도 한다. 이는 시적 화자가 세계를 원근법적으로 조망하고 풍경을 통어하는 주체로서, 또 그러한 풍경을 제한된 화폭 속에 옮겨놓은 초월적 주체로 기능하고 있음을 보여준다. 이러한 '보는 주체'는 지평이 뒤바뀌는 식민지적 근대의 현실을 성찰하고 판단하는 인식의 주체가 형성되고 있음을 보여주는 것이다. 동시에 인식의 주체는 행동의 주체, 즉 동요하는 세계와 맞서서 '증오와 싸움'을 벌일 투쟁의 주체로 거듭나게 된다.

바라보는 이념적 시선의 주체로 등장하고 있는 것이다. 임화의 초기 시에서 식민지적 근대 상황이 풍부한 육체성을 갖춘 풍경으로 묘사되지 못한 채 밤, 어둠, 비나 눈이 내리는 기후 상황 등으로 모호하게 처리된 이유도 이 때문이다. 결국 '시선의 시간화'는 시적 화자가 자신의 과거와 현재 모습, 그리고 미래의 모습을 대비(對比)시키는 가운데, 결국 미래적 시간을 향해 존재를 기투하는 것으로 귀결되었다. 그는 자신이 처한 현실을 '간악한 동안'에 비유하면서, 이러한 현실에서는 "더 오래 살고자 하지 않노라"고 현재적 시간과의 결별을 선언한다. 그가 가고자 하는 곳은 "증오와 싸움이 나의 / 고단한 몸을 파악하는 나라"이다. 시적 화자는 더 이상 '거룩한 목숨'을 지키기 위해 현실에 안주하거나, "죄로운 생각과 간악한 마음"이 침범하지 않는 내면의 순수성을 지키기 위해 몸부림치지 않는다. 이제 그는 적극적으로 현실과 맞서 싸우는 투쟁의 세계로 나아가겠다고 결단하고 있는 것이다.

이러한 결단의 과정에서 새로운 '타자들'이 시적 화자의 눈에 포착된다. 「肖像」에서 이미 "이 나라 백성"으로 호명된 피식민 주체가 그들이다. 「赫土」에서는 이 타자들이 보다 구체적인 모습으로 등장한다. 시적 화자는 '시뻘건 裸土', '한없이 거칠어진 腐地'로 표상되는 황폐한 조선의 현실을 바라보면서, 그 땅이 "끊임없이 / 귀 넘겨 속삭여 주는" 생명의 소리에 귀를 기울인다. 그런데 이 소리를 "짐작이나마 할 사람"은 오직 "白蠟 같은 입을 가지고 구지레한 백포를 두른 그리운 나의 나라의 / 비척어리는 사람의 무리"일 따름이다. 식민 권력의 지배 대상으로 전락한 무기력한 존재에 불과하지만, 시적 화자는 이들 '조선의 민중'이야말로 "나의 同國人이요 피와 고기를 나눈 혁토의 낡은 주인"이라는 인식에 도달하게 된 것이다. 이러한 타자의 발견은 시적 화자의 결단이 개인의 실존적 차원을 넘어 역사적 · 실천적 차원에 결부되어 있음을 보여준다.

임화의 시에서 '조선의 민중'이 식민 권력의 타자로서 포착될 수 있었던 이유는 무엇인가? 그것은 근대 도시의 가시성의 배치와 밀접한 관련이 있다. 근대 도시의 풍경은 권력이 타자들을 감시하고 통제할 수 있도록 공간을 재편하는 가시성의 배치에 따라 구성된 것이다.12) 가령 건물과 상점, 도로와 광장 등이 들어서고, 새로운 교통수단이 도시를 가로지르고, 인파가 정해진 동선(動線)을 따라 유동한다. 이 과정에서 근대 도시의 거리는 '유혹적인 스펙터클'을 만들어내기도 한다. 하지만 가시성의 배치에 의해 거리는 역설적으로 "전통적으로 비가시적 영역으로 억압되어 왔던 계급적 타자, 즉 피지배 계급이 가시적 영역 안으로 나오는 통로"13)가 된다. 임화는 자기 정체성을 탐색하기 위해 거리를 방황하는 과정에서 식민지적 근대의 타자인 조선의 민중을 '발견'하게 되었다. 그는 비가시적 영역에 가려있던 이 민중을 식민지적 근대의 지배 권력에 맞서 싸울 연대의 대상으로 여기게 된다. 이와 같이 임화는 서울의 거리에서 '유혹적인 스펙터클'에 현혹되기보다는 그 속에 자리 잡고 있는 계급 갈등과 긴장의 징후를 포착하였다. 이것이 임화의 시적 방황과 탐색의 시선에

---

12) 식민지 시대 서울의 도시 풍경에 대해서는 노형석,『모던의 유혹 모던의 눈물』, 생각의 나무, 2004의 제1부 참조.
13) 주은우,『시각과 현대성』, 한나래, 2001, 400면.

역사적 방향성을 부여한 것이다.

「昏光의 아들」은 새로운 역사적 방향성을 가지고 도시의 풍경을 바라보는 이념적 주체의 시선을 보다 구체적으로 드러내고 있다.

> 그러나 시악시야!
> 그것이 다 – 무슨 상관이 있니
> 자아 그저 좀더 나가나 보자
> (가로의 전등을 구경할 때가 오면)
> 너의 충실한 젊은 남편은
> 夜業을 마치고 돌아오리니 –
>
> 그리고 잠자던 아기는
> 눈을 부비고
> 너의 가슴을 노리는 동자 속에서
> 微微히 흘러나오는 이상한 빛깔에
> 너의 몸과 마음 자리는 아지 못할 감각에서
> 조금씩 흔들리기 비롯하리라
> 아아 대지의 최후의 경련이다
>
> — 이상, 「昏光의 아들」 부분 인용

이 시의 1연과 2연은 식민지적 근대화가 진행되는 도시의 풍경을 그리고 있다. '높다란' 연돌(煙突=굴뚝)을 통해 배출되는 매연과 소란스러운 소리로 표상되는 도시는 이제 '일몰'의 혼광 속에 잠기어간다. 시적 화자는 도시의 이러한 저녁 무렵 풍경을 바라보면서, '진홍' 빛의 저녁노을을 "장래할 아침의 약속"이라 생각한다. 여기서 시적 화자가 주체의 위치를 어떻게 설정하고 있는가에 주목할 필요가 있다. 시적 화자는 풍경을 바라보는 주체로서 풍경의 외부에서 풍경을 바라본다. 하지만 풍경은 원근법적 조망의 대상도 아니고, 이동하는 시선에 의해 포착되는 유동의 풍경도 아니다. 오히려 이 작품의 풍경은 '이념'의 프레임에 갇혀 있는 풍경일 뿐이다. 시적 화자는 이념의 프레임을 가지고 자신이 보고 싶은 풍경만을 선택하여 바라본다.

구체적으로 살펴보면, 이 작품에서 시적 화자의 시선에는 두 가지 풍경이 포착되고 있다. 두 가지 풍경 속에 등장하는 주인공은 각각 "윤택 있는 오버"를 갖춰 입고 "'에나멜'의 구두"를 신은 채 밤거리를 "왔다 갔다 하는" 부르주아 출신의 '청년학도'(이상 6연)와, "夜業을 마치고 돌아"올 젊은 남편을 기다리는 '시악시'(이상 7연)이다. 이 중에서 시적 화자의 이념적 시선은 후자를 선택한다. 가령 7연 3행에서 시적 화자는 '시악시'에게 "자아 그저 좀더 나아가 보자"는 말로, 식민지 근대사회에서 새롭게 떠오르는 계급 주체의 등장을 예고하고 있는 것이다. 이제 '가로의 전등'에 의해 스펙터클화되는 도시의 야경은 노동자가 가시성의 영역 안으로 등장하는 통로가 된다. 시적 화자는 이러한 노동자의 출현과 잠에서 깨어나는 '아가'의 이미지를 결합하여, 변동하는 역사 현실과 새로운 미래의 출현을 예고하고 있는 셈이다.

그렇다면 시적 화자가 선택한 이념적 프레임은 무엇인가? 주지하듯이 1927년의 시점에서 그것은 아직 계급주의 사상으로 발전하지는 못한 채 막연한 수준에 머물러 있던 전위주의 예술과 급진주의 사상이었다. 「화가의 시」와 「지구와 '박테리아'」가 여기에 해당된다.

①
파열된유리창틈바구니엔
목떨어진노동자의 피비린내가나고
은행소벽돌담에는 처와자식들의
말라붙었던껍질 春節의미풍으로
구렁이탈같이흐느적거린다

춘절의 풍경화는 나의 '캔버스'위에서
이렇게화려하고 陽氣있게되어간다
有爲한청년화가의 고린내나는권태와
肉臭가코를찌르는'아틀리에'속에서
인간의낡은피와 다삭은뼈를가지고
이천재예술가는 풍경화를새긴다

— 이상, 「화가의 시」부분 인용

②
기압이저하하였다고 돌아가는철필을
도수가틀린안경을쓴 관측소원은
깃대에다 쾌청이란백색기를내걸었다

그러나 제눈을가진급사란놈은

이삼분이지난뒤 비가쏟아지면바꾸어달 붉은기를 찾느라고

비행기가되어날아다닌다

▶

아까 ─ 그사무원이페스트로즉사하였다는소식은 벌써

관측소를새어나가

　─ 街里로

　　　　▶ 우주로뚫고

　─ 山野로

질주한다 ─ 확대된다

─ 이상, 「지구와 '박테리아'」 부분 인용

「화가의 시」는 임화가 서적을 통해 접한 '미래파' 화가를 시적 주인공으로 내세우고 있다. 이 시의 화자가 "암만해도 나는 화가이상이다"라고 말한 것, "나는 이후부터는 총과 마차로 그림을 그리리라"고 선언한 것은 기존의 예술적 관습을 파괴함으로써 견고한 권력 체계에 충격을 주겠다는 전위주의자들의 미적 이념을 복창한 것이다.14) 특히 위에 인용된 ①은 전위주의 미술사조의 미적 이념이 어떻게 급진주의 사상과 결합할 수 있는지를 잘 보여준다. 이 시의 화자는 지금 '캔버스' 위에 어떤 도시의 '春節의 풍경화'를 그리고 있다.

---

14) 이 시의 마지막 연에 암시되어 있듯이, 미래파란 조화와 균형을 중시하는 전통적인 회화에서 탈피하여 '난조미'를 추구하는 전위주의 미술사조의 하나이다. 미래파가 추구하는 난조미란 부조화와 무질서를 통해 기성의 권위에 저항한다는 의미를 담고 있다.

하지만 이 풍경화는 '춘철'에 어울리는 따듯함이나 생동감, 축제적 분위기를 전혀 담아내지 않고 있다. 1연에 나타난 바와 같이, 캔버스 위에 포착된 도시 풍경은 몹시 살벌한 분위기를 자아낸다. 깨진 유리창 틈바구니로 "목떨어진 노동자의 피비린내가" 흘러나오고, 은행 건물의 벽돌담에는 죽어간 '처와 자식'들의 살갗이 마치 "구렁이탈 같이 흐느적" 거리고 있다. 시적 화자, 즉 '미래파' 화가의 시선에 포착되고 또 표상된 이러한 그로테스크한 세계는 자본주의의 물화된 현실을 암시한다.

그렇다면 「화가의 시」가 앞에서 논의한 작품들에 비해 보다 급진적이라는 인상을 주는 것은 무엇 때문인가? 그것은 시적 화자가 제시하는 존재의 결단이 훨씬 더 본질적이고 구체적이기 때문이다. 그는 자기 자신을 "회화에서 도망한 예술가"로 여기면서, 자신이 어디에선가 "1917년 10월에 일어난 병정의 행렬과 동궁 오후3시와 9시 사이를 浮彫하고 있을지도"(4연) 모른다고 말하고 있다. 이런 구절들은 분명히 러시아 혁명, 더 나아가 1920년대를 전후한 국제적인 혁명의 분위기가 시인의 자아–서사에 결정적인 영향을 미치고 있음을 보여준다.

한편, 「지구와 '박테리아'」는 '관측소'라는 공간을 배경으로, 혁명적 분위기가 팽배하고 있는 동시대의 현실을 알레고리적 수법으로 묘사한 작품이다. 여기서 '관측소' 역시 알레고리적인 의미를 지니는 공간이다. 관측소란 기상의 변화를 '바라보고 측정하는 곳'이다. 여기서 '바라본다'는 행위는 관찰과 예측의 행위를 가리킨다. 따라서 이 작품의 '관측소'는 시대의 변화를 관찰하고 예측하는 공간이라 할 수 있을 것이다. 한편 시적 화자는 "도수가 틀린 안경을 쓴 관측소원"과 "제 눈을 가진 급사"라는 두 명의 관찰자를 등장시킨다. 두 명의 관찰자는 계급적으로 위계화되어 있다. 관측소원은 도수가 틀린 안경을 쓰고 있는 까닭에 풍향계를 잘못 읽어 "쾌청이란 백색기"를 내건다. 하지만 '급사'는 "제 눈을"[15) 가진 까닭에 "비가 쏟아"질 것을 예상하고 '붉은 기'를 찾느라고 분주하다. 서로 다른 빛깔의 두 깃발은 각각 기성의 권력과 그것에 도전하는 급진세력을 상징한다.

여기서 혁명적 상황의 급박함과 계급적 주체의 속도감 있는 대응에 주목할 필요가 있다. '비행기'라는 교통수단, 그리고 그보다 더 빠른 속도로 확산되는 페스트와 죽음의 소식은 그 당시 빠르게 확산되던 국제적인 혁명의 분위기를 암시하고, 더 나아가 현대사회가 지닌 속도와 힘을 예찬하기 위해 동원된 소재들이다. 특히 「지구와 '박테리아」에 나타난 속도에 대한 예찬은 진보적 역사관의 시간 표상과 결부된 것으로서, 이 당시 임화가 경도되었던 급진주의 사상이 지니고 있던 근대주의적 성격을 보여준다. 그는 식민지적 근대가 이루어놓은 새로운 풍경의 변화에 두려움을 갖기보다, 그것을 포용하면서 극복하겠다는 생각을 가지고 있었던 것으로 보인다.[16) 자본주의의

---

15) 여기서 '눈'은 육체의 눈이 아니라, 마음의 눈이며 동시에 이념의 눈이다. "세계를 관찰하는 눈은 신체 기관으로서의 눈이 아니라 '마음의 눈'이며, 따라서 서구 현대성에서의 시각의 중심성은 의식 철학의 주체와 연결되어 있다. 결국 현대성의 시각 중심성을 담지한 눈은 데카르트의 이원론을 따라서 객체와 거리를 둔 의식적 주체의 눈이고 신체로부터 추상화된 마음의 눈인 것이다." 이에 대해서는 주은우, 앞의 책, 252면 참조.

16) 임화의 초기 다다이즘 시에는 속도와 힘을 상징하는 근대문명과 기계가 자주 등장한다. 그것은 자본과 권력의 억압을 표상한다. 하지만 근대문명과 기계는 자본과 권력에 맞서 싸우는 노동계급 역시의 미래를 암시하는 것이기도 하다. 실제로 임화는 초기 전위주의 시에서 근대문명과 기계가 만들어낸 현대 세계의 풍경을 경탄과 숭배의 시선으로 바라보고 있다.

대안인 사회주의가 자본주의의 경우와 마찬가지로 근대적 사유의 소산임을 염두에 둔다면, 임화의 시에서 근대 도시와 문명에 대한 긍정과 그 극복—혹은 완성—으로서 사회주의에 대한 탐색이 중요한 근대 표상으로 등장하는 것은 당연한 일이다.

가령 「曇−1927」의 풍경이 암시하는 프롤레타리아 국제주의는 임화의 근대 표상이 도식적인 계급주의 이데올로기와 결합됨으로써 나타난 것이다. 그는 도식적인 계급주의 이데올로기를 통해 근대의 풍경을 일반적 차원에서 상상적으로 바라보고 있을 뿐, 아직 체험을 바탕으로 식민지적 근대 풍경을 사실적으로 그려내는 수준에 이르지는 못하였다. 오로지 독서를 통해 얻은 지식과 이념이라는 '눈', 즉 추상화된 시선으로 바라볼 때 근대의 풍경은 육체성을 획득할 수 없다.[17] 임화가 이렇게 추상화된 시선을 극복하고 식민지적 현실에 밀착한 근대 풍경을 그리는 일은 소위 '단편서사시'에 와서야 가능했다.

3. 거리의 상상력과 이념적 시선 −타자의 발견, 연대의 모색

임화는 1929초부터 「네거리의 순이」, 「우리 오빠와 화로」 등 일련의 단편서사시를 발표하였다. 단편서사시에 등장하는 도시 풍경은 초기의 전위주의 시의 경우와 매우 다른 양상을 띠고 있다. 이제 식

---

17) 실제로 임화의 초기 전위주의 시에 등장하는 도시의 풍경은 현대적 미디어(출판물, 사진과 화보, 영화 등)의 경험이 제공한 것으로 보인다. 그는 미디어를 통해 간접적으로 경험한 현대적 도시의 풍경을 실제의 도시적 현실 속에서 확인하려 했다고 볼 수 있다.

민지적 근대의 도시 풍경이 구체적 현실성과 역사성을 띠고 나타나기 시작했기 때문이다. 단편서사시에서는 '서울'의 '종로'라는 구체적 지명이 직접 등장하고, 그곳에서 정치적 지향성을 모색하는 인물들이 시적 화자에 의해 호명된다. 이는 서울이 더 이상 알레고리적 공간이나 미디어 속의 재현된 도시가 아님을 보여주는 것이다. 이제 임화는 전위주의 예술 및 급진주의 사상의 프레임을 통해 관념적으로 구성한 거리의 풍경이 아니라, 전통과 근대가 교차하고 식민 권력과 피식민 주체가 감시의 시선을 주고받는 살아 숨 쉬는 공간으로서 '거리'의 풍경을 문제 삼기 시작한 것이다. 이러한 현실주의적 전회는 임화가 비로소 맨얼굴로 풍경과 마주서기 시작했다는 것을 의미한다.

겨울날 찬 눈보라가 유리창에 우는 아픈 그 시절,
기계 소리에 말려 흩어지는 우리들의 참새 너희들의 콧노래와
언 눈길을 걷는 발자국 소리와 더불어 가슴 속으로 스며드는
청년과 너의 따뜻한 귓속 다정한 웃음으로
우리들의 청춘은 참말로 꽃다왔고,
언 밥이 주림보다도 쓰리게
가난한 청춘을 울리는 날,
어머니가 되어 우리를 따뜻한 품 속에 안아 주던 것은
오직 하나 거리에서 만나 거리에서 헤어지며,
골목 뒤에서 중얼대고 일터에서 충성되던
꺼질 줄 모르는 청춘의 정열 그것이었다.

비할 데 없는 괴로움 가운데서도

얼마나 큰 즐거움이 우리의 머리 위에 빛났더냐?

— 이상, 「네거리의 순이」 제3연

　주지하듯이 단편서사시의 담론구조는 대화체를 특징으로 한다. 서간문의 형식을 통해 사건적·소설적인 이야기를 전달하되, 이념적 성숙도가 다른 화자와 청자를 등장시켜 결의·결단·권고·명령의 발화를 주고받는 것이 단편서사시에 나타난 대화체 담론구조이다.[18] 「네거리의 순이」 역시 선진적인 계급의식으로 무장한 시적 화자를 등장시켜 '누이동생'을 "청년의 연인 근로하는 여자"로 호명하는 시적 발화를 수행하게 하고 있다. 그런데 '오빠'와 '누이동생', 그리고 "근로하는 모든 여자의 연인"인 '청년'이 모두 "눈바람 찬 불쌍한 도시 종로 복판"(2연)에서 서로 엇갈린 운명에 빠져든다. '청년'은 감옥에 갇혀 있고(5연), 누이는 종로 네거리에서 갈 곳을 몰라 헤매고 있으며, '나'는 그러한 누이에게 "번개처럼 두 손을 잡고, / 내일을 위하여 저 골목으로 들어가자"고 권고하고 있다.

　그렇다면 임화의 눈에 포착된 서울(혹은 종로[19] 네거리)은 어떤 곳인가? 이 작품에서 종로 네거리는 "눈바람 찬 불쌍한 도시", "눈보라는 '트럭'처럼 길거리를 휘몰아간다"(5연)와 같이 매몰찬 풍경으로 표상되고 있다. 그러나 그 풍경은 그것을 바라보는 주체의 외부에 있는

---

18) 남기혁, 「임화 시의 담론구조와 장르적 성격 연구」, 서울대 대학원, 1992의 제2장 참조.
19) 허정은 '종로'의 공간적 의미를 일제시대 '민족해방운동의 중심장소'라는 관점에서 논의하고 있다. 허정, 「임화와 종로」, 『한국문학논총』 제47집, 2007, 261~267면 참조.

별개의 세계가 아니다. 위엔 인용된 2연의 첫 부분을 보면, 서울의 거리는 '청년'들의 일터이자 따뜻한 인정과 미래에 대한 희망이 교차하는 공간이고, 동시에 '청춘의 정열'로 "우리를 따뜻한 품으로 안아주던"(3연) 공간이다. 따라서 단편서사시에 포착된 거리는 단순히 기하학적으로 분할된 균질적이고 양화된 공간이 아니라, 체험의 원초적 직접성을 보장하는 장소[20]라 할 수 있다. 단편서사시에 등장하는 임화의 계급주의적 사유는 이러한 식민지 근대도시 서울의 거리 풍경에 영향을 받은 것이다. 거리의 풍경이 단편서사시 특유의 계급주의적 사유와 상상력을 유도한 것이다.

임화는 '거리'를 가로지르는 식민 권력의 감시하는 시선을 간과하지 않았다. 그는 '거리'의 풍경을 통해 식민 권력의 감시하는 시선과 그것에 대한 주체의 대응을 함께 드러내려 하였다. 주지하듯이 1920년대 식민지 조선의 근대도시 서울은 근대 풍경이 탄생하고 확립되는 공간이었다. 이러한 사회적·문화적 현상의 배후에는, 제국주의에 의해 이식된 근대 즉 식민지적 근대의 경계를 형성하고 그 내부 공간을 제국의 권력으로 균질화하는 과정[21]이 자리 잡고 있다. 식민 권력은 이렇게 균질화한 도시 공간에서 가시성의 배치를 통해 식민지의 타자들을 감시하고 통제한다. 하지만 시적 주체는 "이 눈물 나는 가난한 젊은 날이 가진 / 불쌍한 즐거움을 노리는"(4연) 식민 권력

---

20) "특정 사유의 핵심적 의미 구조는 그 사유가 발생한 특정 풍경의 영향을 받으며, 반대로 특정 풍경은 특정한 사유와 상상력을 유도하는 권능을 부여 받는다." 이와 같이 체험의 원초적 직접성을 보장하는 '장소'로 이해되는 풍경의 개념에 대해서는 김홍중, 위의 글, 149면 참조
21) 이효덕, 박성관 역,『표상 공간의 근대』, 소명출판, 2002.

의 감시하는 시선에 맞서서, 거리를 새롭게 노동과 투쟁의 공간으로 전유하려 한다. 이를 위해 시적 주체는 먼저 권력의 감시하는 시선이 미치지 못하는 '골목'으로 숨어든다. 즉 개방된 투쟁의 공간을 뒤로 하고 "내일을 위하여 저 골목으로 들어"간 것이다. '골목'은 식민권력이 지배하는 '거리'에 맞서 새로운 투쟁을 예비할 수 있는 피호성(避護性)의 공간이자, 권력의 감시하는 시선에서 벗어나 새로운 저항을 꿈꾸는 음모의 공간이다. 시적 화자는 이미 '무너진 집'[22]을 대신하여, 이 골목에서 프롤레타리아 계급의 연대와 희망을 살려나가려 한다. 그리고 이 골목에서 힘을 충전한 '청년'들은 언제고 '거리'로 쏟아져 나와 그 '거리'를 "계급 간의 대립이 일상화되는 공간"[23]으로, 또 노동과 투쟁의 공간으로 변화시키고 마침내 노동자 계급의 연대를 통해 사회주의적 미래를 맞이할 공간으로 뒤바꾸어 놓을 것이다.

가령 「어머니」의 시적 화자가 걸어가는 '파란 이슬길'이 가난 속에 죽어간 어머니와 투쟁에 목숨을 바친 '동무'가 "누워 간" 죽음의 길이지만, 시적 화자가 이 '거리'를 바라보면서 "이 세상의 가장 거룩하고 위대한 즐거움을 어머니 가슴에 안겨 드리리라"고 다짐하고 있는 것을 보면, 임화의 단편서사시에 나타난 거리의 상상력이 얼마나 정치적 급진성을 띠고 있는지를 짐작할 수 있다. 「봄은 오는구나」의 경

---

22) 「우리 오빠와 화로」를 비롯하여 임화의 단편서사시는 대부분 '무너진 집'을 등장시키고 있다. 일제의 노동탄압으로 인해 가족이 해체되고, '집'이라는 피호성의 공간이 권력에 의해 짓밟혀진 무너진 극한 상황을 배경으로 시적 담론이 펼쳐지고 있는 것이다.

23) 주은우는 마샬 버먼의 논의를 참조하여 보들레르의 시 「가난뱅이들의 눈」에 나타난 파리 번화가의 경험을 분석하면서, 대도시의 거리가 전통적으로 비가시적 영역으로 억압되어 왔던 계급적 타자들이 가시적 영역 안으로 나오는 통로였다고 지적한다. 프랑스 대혁명 이래 대도시의 거리는 피지배 계급이 군중의 일부로 등장함으로써 계급 갈등 혹은 계급적 긴장이 가시화되는 공간이기도 했다는 것이다. 이에 대해서는 주은우, 앞의 책, 400면 참조.

우에도 마찬가지이다. 이 작품에서 시적 화자는 "지금도 나는 이 길
거리를 걸어간다 네 발자죽 내발자죽이 어우러져서 XX에 빛나던 그
길을 걸어가던 / 이 도시 이 길거리를 이 봄을 가고 있다"는 말로 서
울의 풍경을 노래한다. 그에게 거리는 투쟁의 기억이 아로 새겨진
공간이자, 패배의 설움을 환기하며 새로운 투쟁(이상 12연)의 결의를
다지는 공간이다. 「病監에서 죽은 녀석」[24]은 투쟁의 공간으로서 '거
리'를 보다 적극적으로 부각시키고 있다.

> 오! 내 나라의 용감한 사나이야! 번개 같은 사나이야 —
> 그 날 놈들은 말굽 밑에다 알 수 없는 슬픔과 분한에 조그만 가슴을 덜
> 렁대고 있던 학교의 계집애들을 짓밟고
> 번개같이 삐라를 뿌리고 지나가는 청년 용감한 우리들의 학생들을 ×
> 대구리로 거꾸러트리지를 않았더냐
> 놈들은 무서워 떨었다.
> 그리고 조그만 너 하나를 잡으러 몇 놈이 몇십 놈이 왔었던 것이냐
> 그만큼 놈들은 우리들을 무서워하였던 것이다
> 오! 귀여운 이 녀석아!
> 네가 사람을 죽이었기 때문에 놈들은 너를 ×인 것이 아니다.
> 놈들은 너를 미워하였고 놈들은 너를 없애려는 데 모든 세력을 다한 것
> 이다.
> 그러므로 너는 병감에서 ×었다.

---

24) 이 작품은 「양말 속의 편지」와 함께 단편서사시 특유의 감상성을 극복하고 계급적 연대
의식과 투쟁의식을 잘 형상화한 작품으로 평가된다.

이 작품에서 시적 화자는 6·10 만세사건을 "조선의 프롤레타리아의 가슴에서 영구히 스러지지 않"(6연)을 날로 기념하면서, 병감에서 죽어간 동지의 목숨을 앗아간 세력이 3·1 운동 당시 동포들을 학살하고 식민지 '수도 경성'에서 젊은 여자를 죽였던, 그리고 노동자와 농민을 해방시키려한 '전위'들을 고문하고 죽였던 식민 권력임을 고발한다. 특히 시적 화자는 식민 권력의 야만적 탄압을 "개처럼 싸지르는 백색 테러"(마지막 연)로 규정하면서, "더 멀리 더 굳세이 앞으로 나가리라"고 투쟁의 결의를 다진다.

이와 같이 임화의 '거리'는 과거에 대한 결연한 결별과 미래에 대한 무한한 낙관이 교차하고, 패배의 아픈 상처에 대한 회상과 새로운 희망에 대한 발견이 교차한다. 결국 '거리'는 시적 주체가 계급적 주체로서 거듭나는 '성장의 공간'이었던 셈이다. 「무얼 찾니」에 등장했던 탐색의 주체는 이제 단편서사시의 단계에 이르러 프롤레타리아 계급의 전위로서 자아정체성을 확보하게 된 것이다. 이러한 계급적 주체에 의해 비로소 '거리'는 숨 쉬는 풍경으로 되살아난다. 전차가 지나가는 거리, 투쟁의 대열이 휩쓸고 간 거리, 식민 권력의 군화 발자국에 의해 동지들이 피 흘리며 죽어간 거리, 노동자의 노랫소리가 울려 퍼지는 거리, 식민 권력의 감시하는 시선과 그에 대한 저항이 뒤섞이는 거리가 바로 계급적 주체가 포착한 식민지 수도 경성의 거리 풍경이다.

단편서사시의 시적 화자는 이러한 풍경을 원근법적 시선의 주체처럼 중립적으로 관찰하지만은 않는다. 그는 풍경의 외부에서 그것을 조망하는 초월적 시선을 버리고, 계급주의 이념의 프레임을 갖고 거리의 풍경을 서사화·역사화하는 역할을 수행한다. 단편서사시가 만들어내는 서사는 공간적 층위의 풍경을 시간적 층위의 풍경으로 전환시킴으로써, 서울의 거리를 정물화적인 공간으로부터 미래의 낙관적인 전망을 간직한 역동적인 공간으로 뒤바꾸어 놓았다. 이런 점에서 서울은 임화에게 "사유와 상상력의 기원적 영상"[25]을 제공하는 장소로서의 의미를 지니는 것이다. 임화가 카프 해산계를 경기도 경찰청에 제출하고 요양 차 서울을 떠나면서 「다시 네거리에서」(1935)를 발표한 것, 그리고 해방이후에도 여러 차례 서울의 거리 '종로'를 노래한 것도, 사유와 상상력의 기원적 영상으로서 서울의 풍경이 임화에게 얼마나 큰 영향을 미쳤는가를 짐작하게 해준다. 일종의 '원점회귀단위'[26]라고까지 지칭되는, 이 식민지 수도 서울의 거리는 임화의 정치적 상상력과 행보를 결정짓는 원초적 체험이 이루어진 곳이다.

지금도 거리는

수많은 사람들을 맞고 보내며,

전차도 자동차도

이루 어디를 가고 어디서 오는지,

심히 분주하다.

---

25) 김흥중, 위의 글, 149면.
26) 김윤식 교수는 '네거리의 순이'를 임화 시의 원점회귀단위라 말한 바 있다. 김윤식, 『한국 근대문예비평사연구』, 일지사, 1973, 561면.

네거리 복판엔 문명의 신식 기계가

붉고 푸른 예전 깃발 대신에

이리 저리 고개를 돌린다.

스톱 ― 주의 ― 고 ―

사람, 차, 동물이 뚝 기예 배우듯 한다.

거리엔 이것밖에 변함이 없는가?

낯선 건물들이 보신각을 저 위에서 굽어본다.

옛날의 점잖은 간판들은 다 어이도 갔는지?

그다지도 몹시 바람은 거리를 씻어갔는가?

붉고 푸른 '네온'이 지렁이처럼,

지붕 위 벽돌담에 기고 있구나.

― 이상, 「다시 네거리에서」 부분 인용

「다시 네거리에서」의 시적 화자는 '종로 네거리'를 "내 고향의 거리"(4연)라고 호명하고 있다. 서울 토박이였던 임화의 처지에서 보면 서울은 가장 익숙하고 친밀한 '장소'로서 일종의 모태적 공간이라 할 수 있다. 때문에 그는 변화하는 도시의 풍경들에 낯설어하지 않고 오히려 그것을 내부자의 시선으로 바라볼 수 있었다. 특히 이 작품은 이전의 작품들에 비해 훨씬 구체적으로 서울의 변화하는 풍경을 그려내고 있다. 식민지적 근대화로 인해 거리에는 '수많은 사람'과 '전차와 자동차'가 분주하게 움직이고 네거리 복판에는 신호등이 등장하여 사람과 차의 통행을 통제하며, 낯선 건물이 들어서고 네온사인이 번쩍인다. 그러나 시적 화자는 이 휘황찬란한 도시의 스펙터클에 매혹되지 않았다. 그렇다고 해서 정지용의 시적 자아처럼 방황하는 영혼이 되어 거리의 풍경을 유동하는 시선으로 스쳐 지나가지도 않았다. 오히려 그는 서울의 "번화로운 거리"를 인격화된 대상으로 바라보면서 자신의 가슴 속에 간직했던 그리움의 감정을 토로한다. 왜냐하면 거리는 "청년들의 거센 물결"이 휩쓸고 지나갔던 곳이고, "청년을 빼앗긴" 곳이며, "순이가 이 속에 엎더져 울었"던 곳이고, 무엇보다 "그리운 내 고향"이기 때문이다. 이와 같이 거리는 '혁명'의 현장이었고 뼈아픈 패배에 대한 기억이 살아 숨 쉬는 곳이었으며, "새 세대의 얼굴"이 등장하여 "진실로 용감한 영웅의 단(熱)한 발자욱"을 이어나갈 곳이기도 하다.

하지만 「다시 네거리에서」이후 일제 말에 이르기까지, 임화는 더 이상 서울의 거리를 노래하지 못 하였다. 그것은 서울의 거리가 상이한 정치적·이념적 시선들이 교차하는 공간이었기 때문이다. 이 시의 2연과 3연에 암시된 바와 같이, 서울의 거리는 식민 권력의 감시하는 시선이 가로지르는 가시성의 배치로 균질화된 공간이다. 문명의 신식 기계에 의해 행인의 동선이 결정되고, 근대를 표상하는 '낯선 건물'들이 전통을 표상하는 '보신각'을 "저 위에서 굽어"보는 상황은 이제 서울이 식민 권력의 가시성의 배치에 완전히 포획된 공간임을 보여준다. 시적 주체가 식민 권력의 감시하는 시선에 저항할수록, 그리고 권력 투쟁을 통해 거리를 탈취하게 될 미래를 상상할수록 서울의 거리는 정치적 함의가 더욱 커질 수밖에 없다. 그리고 임화 시의 정치적 성격 또한 보다 예각화될 수밖에 없다. 카프가 해산되고 계급주의 운동이 위축되는 등 객관적 정세가 악화일로를 걷던 1930년대 중반의 시점에, 임화가 서울의 거리에 결별을 고하고 새로운 시적 공간을 찾아 나설 수밖에 없었던 것도 이 때문이다. 이후 임화는 식민 권력과의 정면 대결이나 이념의 직설적 토로를 피하고 새로운 내면(의 정치학)을 창출하는 작업으로 나아갔거니와, 그것은 '현해탄'의 풍경과 마주섬으로써 가능했다.

4. '현해탄'을 바라보는 성찰적 시선 — 풍경의 시간화와 역사화

임화가 서울을 떠나 일본에서 머문 것은 1929~30년경의 일이다. 하지만 몇몇 작품27)을 제외하면, 1934~5년경에 이르기까지 임화 시에서 서울 이외의 시적 공간이 등장하는 작품은 거의 없다. 카프 침체기에는 요양을 위해 국내 여러 곳에 머문 적은 있지만, 임화는 그의 시 창작에서 서울 이외의 공간에 유의미한 반응을 보이지 않았다. 임화가 서울을 떠난, 그리고 식민지 조선을 벗어난 곳을 새로운 시적 공간으로 도입한 시점은 대략 1936년경이다. 소위 「현해탄」 계열의 시가 집중적으로 발표되는 1936년~1938년 사이에, 임화는 현해탄을 가장 중요한 시적 공간으로 삼아 자기성찰의 담론을 펼쳐 보였다.

「현해탄」 계열의 시에서 시적 주인공인 '청년'은 현해탄을 건너는 배 — 조선에서 일본으로 가는, 혹은 일본에서 조선으로 돌아오는 —

---

27) 「우산 받은 요코하마의 부두」(『조선지광』, 1929.9), 「양말 속의 편지」(『조선지광』, 1930.3) 정도가 이에 해당된다.

위에서 현해탄을 바라보고 있다. 그는 현해탄의 바다 풍경, 그리고 현해탄의 배위에서 바라보이는 일본 열도나 부산항의 풍경을 원근법적 시선으로 바라본다. 하지만 '청년'의 시선에 포착된 풍경은 — 그것이 현재형으로 표현된 경우이든 아니면 과거형으로 표현된 경우이든 — 현재 시인의 눈앞에 펼쳐진 풍경이 아니다. 그것은 청년 시절 현해탄을 건넜던 시인이 회상한 기억 속의 풍경이다. 따라서 현해탄 계열의 시에서 풍경을 바라보는 시선은 실제적인 시선이 아니라고 말할 수 있다. 그것은 현해탄의 풍경을 통해 전경화되는 시적 주체('청년')를 인식과 판단, 지각의 대상으로 전유하는 '성찰적 시선'[28])에 해당되기 때문이다.

이와 같이 임화는 1936년의 시점에서 기억 속의 풍경을 표상하고, 이를 통해 '청년'으로 분리된 또 다른 자아를 성찰의 시선으로 바라봐야 했다. 이 성찰적 시선은 풍경의 객관화보다 시적 자아의 객관화를 지향한다. 주지하듯이 1930년대 후반 객관적 정세의 악화와 일제의 사상 탄압으로 인해 주체 절멸의 위기에 처해 있던 상황에서, 임화는 평론가로서 소위 '주체의 재건'에 관심을 기울인 바 있다. 현해탄의 풍경은 임화가 주체 재건 프로젝트를 시 창작 영역에서 구체화하는 과정에서 비로소 탄생한 것이다. 시적 주체('청년')를 긍정적

---

28) '성찰적 시선'은 육안(肉眼)의 운행이 아니라 심안(心眼)의 운행에 의한 것으로서, 주체적 자아가 대상화된 자아를 다시 반성적으로 자신의 시선에 감싸 안는 것을 말한다. 따라서 성찰적 시선은 하나의 자아가 다른 자아를 인식, 판단, 지각의 대상으로 전유하는 시선의 분리를 구조적으로 요구한다. 성찰적 자아(I)는 자연적 자아(me)를 인식론적으로 포괄하며, 이로 인해 성찰적 행위는 '시선에 대한 시선', '재현에 대한 재현', '성찰에 대한 성찰', '판단에 대한 판단과 같은 반복적이고 재귀적인 구조를 갖게 된다. '성찰적 시선'의 개념에 대해서는 김홍중, 「근대적 성찰성의 풍경과 성찰적 주체의 알레고리」, 『한국사회학』 제41집 3호, 2007, 190~191면 참조.

이념의 소유자로 이상화하고 이를 통해 객관적 현실에 대한 주체의 우월성을 낭만적 어법으로 설파하기 위해 임화는 현해탄의 풍경에 주목하였다. 왜냐하면 현해탄은 계급적 전위로서 '청년'의 오늘을 형성한 기원적 풍경이자, 식민지 근대를 해석하고 이해하는 인식의 틀을 마련해준 일종의 '제도적 세계상'[29]이었기 때문이다. 그리고 임화는 현해탄을 통해 주체 절멸의 위기에서 벗어나 새로운 주체의 현존을 이루어낼 수 있었다.

「현해탄」 계열의 시에서 과거와 현재, 미래의 선조적인 시간축이 동시에 제시되고 각각의 시간에 대한 이데올로기적 가치평가와 위계화가 나타나는 이유도 이 때문일 것이다. 「현해탄」 계열의 시에서 과거 즉 '청년'이 처음 현해탄을 건너가거나 혹은 고향으로 되돌아오던 시절은 항상 긍정적인 것으로 표상된다. 이렇게 이상화된 과거는 현재적 시간, 즉 객관적 정세의 악화 탓에 한없이 위축된 채 고립된 내면세계에 유폐되어 있던 시인 자신의 처지와 대비된다. 하지만 현해탄 계열의 시간 표상에서는 '청년'이 지녔던 이념의 순수성과 숭고함이 일련의 성찰 행위를 거쳐 미래적 시간으로 투사된다는 점에 주목할 필요가 있다. 즉 과거적 기억 속의 현해탄 풍경이 '청년'의 현재를 반성하고 미래를 구성하는 기원적 풍경으로 거듭나고 있는 것이다. 이러한 풍경의 시간화, 역사화는 현해탄 계열에 등장하는 성찰

---

29) 풍경이란 단순한 미학적 완상의 대상이 아니라, 그것을 통해서 풍경의 향수자가 세계를 해석하고 이해하고 구성하는 일종의 "제도적 세계상"에 해당된다. 또한 풍경은 역사성을 갖는다. 풍경은 늘 거기에 존재하는 물리적 상수가 아니라, 특정한 시점에 특정한 변동을 통하여 지각되고 감지되는 역사적 구성물이기 때문이다. 제도적 세계상으로서의 '풍경'에 대한 개념은 김홍중, 「문학사회학과 풍경의 문제」, 『사회와 이론』 6, 2005, 130면 참조.

적 주체의 시선과 결합함으로써[30] 임화가 일제말의 암울한 시대 현실에 대응하는 힘의 원천이 되었다.

　그렇다면 역사적 공간으로서 현해탄은 구체적으로 어떤 의미를 지니는가? 「해협의 로맨티시즘」은 다음과 같이 현해탄을 그리고 있다.

　　아마 그는
　　일본 열도의 긴 그림자를 바라보는 게다.
　　흰 얼굴에는 분명히
　　가슴의 '로맨티시즘'이 물결치고 있다.

　　예술, 학문, 움직일 수 없는 진리……
　　그의 꿈꾸는 사상이 높다랗게 굽이치는 동경,
　　모든 것을 배워 모든 것을 익혀,
　　다시 이 바다 물결 위에 올랐을 때,
　　나는 슬픈 고향의 한 밤,
　　해보다도 밝게 타는 별이 되리라.
　　청년의 가슴은 바다보다 더 설레었다.

　　바람 잔 바다,
　　무더운 삼복의 고요한 대낮,

---

30) 현해탄 계열의 시 이외에서 1930년대 후반의 임화 시는 대부분 자기성찰의 담론으로 채워져 있다. 「적」, 「지상의 시」, 「자고 새면」 등의 작품에 나타난 논쟁적인 언설과 시인으로서의 자기반성은 근본적으로 성찰적 시선에서 비롯한 것으로 볼 수 있다.

이천 오백 톤의 큰 기선이

앞으로 앞으로 내닫는 갑판 위,

흰 난간 가에 벗어 제친 가슴,

벌건 살결에 부딪치는 바람은 얼마나 시원한가!

그를 둘러싼 모든 것,

고깃배들을 피하면서 내뿜는 고동소리도,

희망의 항구로 들어가는 군호 같다.

내려앉았다 떴다 넘노니는 물새를 따라,

그의 눈은 몹시 한가로울 제

뱃머리가 삑! 오른편으로 틀어졌다.

— 이상, 「해협의 로맨티시즘」 제4연~제7연

  잘 알려진 바와 임화의 현해탄 계열 시들은 정지용의 바다시편들과 상호텍스트적 관계에 있다.[31] 하지만 현해탄의 풍경을 심미적 시선으로 포착하여 감각적인 언어로 표상한 정지용과 달리, 임화는 이념적인 시선으로 바라본 현해탄의 풍경을 새롭게 구성하고 해석하여 가치평가의 차원으로 옮겨놓는다.

  「해협의 로맨티시즘」의 경우, 현해탄의 풍경을 바라보는 시적 주체('그')의 이념은 '로맨티시즘'이다. 시적 주체는 일본 유학을 위해 부산항을 떠나 빠른 속도로 현해탄을 건너는 배위에서 "일본 열도의 긴 그림자를 바라보는" 중이다. 하지만 시적 주체의 시선에 포착된

---

31) 이에 대해서는 이경훈, 「임화 시 연구」, 연세대 석사논문, 1988 참조.

임화 시에 나타난 근대 풍경과 이념적 시선의 변모과정   261

일본 열도는 실제적인 생활 경관과는 거리가 멀다. 아니 시적 주체가 일본 열도를 생활 경관으로 바라보지 않는다는 말이 더 정확할 것이다. 그에게 일본이란 '근대'의 예술과 학술, 진리와 사상이 "높다랗게 굽이치는" 곳이고, 언젠가는 '슬픈 고향'으로 되돌아와 "해보다도 밝게 타는 별"이 되기 위해 '모든 것'을 배우고 익혀야 할 곳이다. 이런 점에서 시적 주체가 바라본 일본 열도와 현해탄은 더 이상 의미가 텅 비어있는 균질적이고 공허한 공간이나 물리적 상수가 아니다. 그것은 1930년대라는 역사적 시점에서 '로맨티시즘'을 품은 계급적 전위의 이념적 시선을 결정한 제도적 세계상으로서의 풍경인 것이다.

한편, 이 시의 6~7연에서 시적 주체는 빠른 속도로 전진하는 육중한 '기선'의 갑판 위에서 시원한 바닷바람을 느끼면서 현해탄의 풍경을 원근법적으로 조망하고 있다. 그런데 이 풍경은 마치 '나'를 중심으로 움직이는 것 같은 느낌을 준다. 시적 화자가 기선의 고동소리를 "희망의 항구로 들어가는 군호" 같다고 느끼는 것, 그리고 시적 화자가 "넘노니는 물새"를 한가롭게 시선을 옮기는 것 등은 시적 화자가 풍경을 통어하는 시선의 주체임을 보여준다.

하지만 '히로익'한 감정을 가지고 바라보는 낭만화된 풍경은 오래 지속될 수가 없다. 이 시의 10연에서 시적 화자는 선원들이 일본어로 지껄이는 '아우성' 소리에 "脅威"늘 느끼면서 "가슴에 굵은 돌이 내려앉았다"고 토로하고 있다. 히로익한 감정에 들떠 있던 시적 주체는 선원의 일본말— "'반사이'! '반사이'! '다이닛'……"— 소리에 놀라 위축된 모습을 보여준다. 여기서 시적 화자가 느낀 '협위'가 식민

제국의 언어(일본말) 때문이란 점에 주목할 필요가 있다. 현해탄은 이제 새삼스럽게 민족적 차이를 확인하는 공간으로 바뀌었다. 시적 화자는 선실에서 들려오는 '남도사투리' 때문에 피식민 주체로서 자신이 서있는 위치를 깨닫게 되고 '눈물'을 자아낸다.

이와 같이 현해탄 계열의 시에서 현해탄은 일본민족과 조선민족, 식민제국과 식민지, 일본어와 조선어(지방어)32) 사이를 갈라놓는 지리적 경계로 표상된다. 이 경계에 의해 제국의 안과 밖이 구분되고 차이가 부각되며 배제와 차별이 가시화된다. 13연에서 시적 화자가 "삼등 선실 밑 / 동그란 유리창을 내다보"면서 "손가락을 입으로 깨"무는 모습은 식민 권력에 대해 느끼는 피식민 주체의 민족적 열등감과 울분을 잘 보여준다. 근대란 역사(시간)를 "앞으로 앞으로 내 닫는" 기선처럼 미래를 향한 무한한 진보33)로서 표상한다. 피식민 주체가 이러한 근대를 동경하면 할수록 식민 권력의 안과 밖의 차이에 대한 인식은 피할 수 없는 것이 된다. 이전의 단편서사시에서 '계급적' 주체 이외에 '민족적' 주체를 발견하고 호명하는 경우는 거의 없었다.34) 프롤레타리아 국제주의의 시각 때문에 민족은 시적 화자의 시

---

32) 이에 대한 최근의 논의로는 이경훈, 「서울, 임화 시의 좌표」, 『임화문학의 재인식』(문학사상연구회), 소명출판사, 2004; 김진희, 「1930~40년대 해외 기행시의 인식과 구조」, 『현대문학의 연구』(한국문학연구학회), 2007 참조.

33) 「해상에서」란 작품은 '기선'을 무한한 진보의 표상으로서 드러내고 있다. 시적 화자가 탄 '연락선'은 '대마도 남단' → 유구열도 → 관문해협 → 일본열도(동해도연선의 열차가 보이는 곳) → 태평양의 방향으로 빠르게 움직이고, 이에 따라 시적 화자의 시선에는 현해탄의 스펙터클한 풍경들이 차례대로 포착된다. 한편, 기선의 속도에 대한 동경은 근대에 대한 동경이기도 하다. 「해상에서」의 시적 화자가 일본열도의 창공 위에 뜬 '큰 별'을 바라보면서 "더운 맥박"을 느끼고, "물결치는 태평양을 향하여 / 고함을" 지르는 것도 근대에 대한 동경의 표현이라 볼 수 있겠다.

34) 이는 임화가 조선적 현실 자체에 주목하기보다 프롤레타리아 국제주의의 관점에서 세계를 해석하고 실천하였기 때문으로 보인다. 프롤레타리아 국제주의는 단순히 임화만의 것

선 밖으로 밀려났던 것이다. 그런 '민족'이 '현해탄' 계열의 시에서 새롭게 발견되고 호명되고 있는 것이다.

여기서 현해탄의 풍경이 갖고 있는 제도성[35]과 역사성을 다시 한 번 확인할 수 있다. 이제 현해탄은 근대 학문과 사상에 이르는 통로일 뿐만 아니라, 그것을 가지고 구원해야 할 식민지적 타자가 자신의 얼굴을 드러내는 통로이기도 하다.

가령 「현해탄」에서 시적 화자는 식민지적 타자와 식민 권력 사이에 빚어지는 갈등의 양상을 '삼등 선실'의 풍경을 통해 그려내고 있다. 고향을 등지고 낯선 땅을 찾아 길을 떠난 식민지 백성의 '눈물'과 '한숨', 그리고 부모를 잃은 아이들의 '아프고 쓰린 울음'이 그것이다. 시적 화자는 삼등 선실의 풍경을 떠올리면서, 이들의 "울음 소리를 무찌른 / 외방 말을 기억"해낸다. '말'의 차이는 민족의 차이를 환기하며, 민족의 차이는 식민과 피식민 간의 차별과 배제를 정당화한다. 이 시에서 시적 화자가 바라보는 현해탄의 '높은 물결'은 식민 권력(근대)과 피식민 주체 간의 뛰어넘을 수 없는 장벽을 암시하는 것이다. 「지도」라는 작품은 근대 풍경으로서 현해탄이 지니는 제도성과 역사성을 보다 구체적으로 보여준다.

　　나는 대륙과 해양과 그리고 성신(星辰) 태양과,

　　나의 반도가 만들어진 유구한 역사와 더불어,

　　우리들이 사는 세계의 도면이 만들어진

이 아니라 당시 프로 문학인들이 일반적으로 가지고 있던 시각이기도 하다.
35) 가라타니 고진, 박유하 역, 『일본 근대문학의 기원』, 민음사, 1997.

복잡하고 곤란한 내력을 안다.

그것은 무수한 인간의 존귀한 생명과,
크나 큰 역사의 구둣발이 지나간
너무나 뚜렷한 발자욱이 아니냐?

한 번도 뚜렷이 불려 보지 못한 채,
청년의 아름다운 이름이 땅 속에 묻힐지라도,
지금 우리가 이로부터 만들어질
새 지도의 젊은 화공(畵工)의 한 사람이란 건,
얼마나 즐거운 일이냐?

— 이상, 「지도」 제7연~제9연

　이 작품에서 시적 화자는 현해탄을 건너는 배 위에서 '반도의 새 지도'(1연)를 펼쳐들고 "전선줄을 끊고 철로길에 누웠던 / 옛날 어른들의 슬픈 미신을 추억"(3연)하기도 하고, 식민지적 근대사회에서 고통을 겪는" 어버이들의 아픈 신음"과 "벗들의 괴로운 신음"(4연)소리를 떠올리며, 또한 식민제국에서 배운 학문과 사상으로 "어떤 도시 위에 자기의 이름자를 붙여, 불멸의 기념을 삼"(6연)겠다고 다짐한다. 현해탄을 건너면서 근대적 주체로 거듭났던 시적 주체는 이제 '근대'라는 프레임을 가지고 식민지적 근대 사회인 조선 역사를 되돌아보고, 또 자신이 맡아야 할 역사적 책무를 자각한다.
　구체적으로 시적 화자는 조선의 지도를 펼쳐들고 식민제국의 침략의 역사와 피식민지 백성을 슬픈 운명을 떠올리면서(7~8연), 자신을 "새 지도의 젊은 화공의 한 사람"에 비유하고 있다. 근대의 학문과 사상을 배우기 위해 현해탄을 건너갔던 '청년'은 이제 조선(고향)의 새로운 역사를 만들겠다는 영웅적 포부와 책임감을 드러내고 있는 것이다. 그런 만큼 청년이 그려낼 '새 지도'는 "별들이 찬란한 천공보다 아름다운"(10연) 것일 수밖에 없다.

한편, 「상륙」은 근대적 주체로 거듭난 시적 화자가 고향(혹은 조국)에 되돌아와서 식민지적 근대가 이루어 놓은 도시의 변화상을 조감한 작품이다. 시적 화자는 부산의 거리를 가로지르는 '전차'와 '자동차'와 '트럭', 새롭게 들어선 '양옥들'과 '넓은 길', 하늘을 통과하는 '여객기' 등에 깜짝 놀란다. 식민지적 근대화가 진행되면서 새롭게 등장하는 근대 도시의 풍경은 "몇해 전 가지고 건너갔던 / 때묻은 선입견"을 무색케 한다. 옛 부산이 간직하고 있는 "넓은 포구의 이야기와 꿈"은 "이미 깨어진 지 오래"이고, 그는 이제 "구태여 옛 노래를 듣고자 원하지 않는다." 이 작품은 정지용이 「고향」이란 작품에서 그려낸 바 있는 '고향의 자기동일성 해체를 보다 구체적인 풍경 묘사를 통해 제시하고 있다. 하지만 정지용의 경우와 달리, 임화는 사라져버린 옛 세계에 대해 일말의 아쉬움이나 그리움도 갖지 않았다. 그는 근대적 학문과 사상의 세례를 입은 지식인이고, 철저히 근대인의 시선을 가지고 식민지적 근대의 변화상을 긍정하고 찬미하는 태도를 보여주었다.

비록 오는 날,

나의 조상들의 외로운 혼령이

잠시 머무를 한낱 돌이나 나무가 없고,

늘비한 굴뚝이 토하는 연기와 그을음에

흰 모래밭과 맑은 하늘이

기름 걸레처럼 더러워진다 해도,

아아, 나는 새 시대의 맥박이 높이 뛰는 이 하늘 아래 살고 싶다.

— 이상, 「상륙」 제10연

시적 화자는 '고향이 황폐화되거나 오염이 될지라도 그것은 아무런 문제가 되지 않는다고 여긴다. 왜냐하면 식민지적 근대화가 바꾸어놓은 새로운 세상의 풍경은 "새 시대" 즉 봉건적 유제를 타파하고 등장한 근대의 풍경에 해당되기 때문이다. 오히려 그는 시대의 "맥박이 높이 뛰는 이 하늘 아래 살고 싶다"는 욕망을 토로하고 있다. 이 욕망은 시적 화자가 계몽적 근대성의 이념적 자장 안에서 형성된 근대적 시선을 가지고 식민지 현실을 바라보고 있음을 보여준다. '근대'라는 프레임만을 가지고 보면, 식민지적 근대화의 역기능은 감내해야 할 필요악이다. 이 점은 임화가 견지한 마르크시즘조차 근대적 계몽 이념에 속하는 것임을 보여준다.

임화에게 식민지적 근대의 극복은 그것이 이루어놓은 물질적 진보와 풍경의 변화를 일차적으로 긍정하고, 그 토대 위에서 보다 나은 사회주의적 미래를 이끌어내는 것을 의미했다. 따라서 "조상들의 외로운 혼령"과 "옛 노래"에 포획되어 과거로 회귀하는 것은 계몽의 이념으로부터 일탈하는 것에 지나지 않는다. 그는 새 시대의 맥박을 느끼며 "아름다운 항만의 운명을 개척할 새 심장"의 박동소리를 들으며 근대를 향해 달려가려 했다. 마지막 두 연에서 시적 화자가 부산항에서 퍼져 나오는 여러 가지 문명의 소리들을 들으면서 "바야흐로 신세기의 화려한 축제"라고 외치는 모습은 '근대'에 대해 맹목일 수밖에 없었던 근대적 지식인의 운명을 보여주는 것이기도 하다. 그리고 그것은 근대적 지식인을 계몽의 이념으로 포획한 현해탄의 풍경이 지닌 물신적 속성을 보여주는 것이기도 하다.

5. 맺음말

기존의 임화 시 연구는 주로 담론의 층위에서 진행되었다. 임화 시에 나타난, 혹은 임화 시를 만들어낸 세계관 내지 이데올로기를 분석하고, 그것의 담론화 과정으로서 전위주의 예술사조의 영향, 단편서사시라는 양식의 실험, 선전·선동시 창작 등에 연구자들의 관심이 집중되었던 것이다. 본고는 담론의 차원에서 임화 시의 세계관적 특성을 규명하기보다, 임화 시에 표상된 근대의 풍경들에 주목하고자 했다. 왜냐하면 식민지적 근대화가 급격하게 진행되면서 새롭게 재편되는 도시 공간의 다양한 스펙터클들은 그것을 바라보는 주체의 시선에 일정한 동요를 가져오게 마련이고, 이러한 동요는 새롭게 떠오르는 근대에 대한 다양한 반응을 이끌어낼 것이기 때문이다.

실제로 한국 근대시가 본격적으로 형성되기 시작한 1920년대에 문학사에 모습을 드러내기 시작한 시인들은 식민지적 근대의 풍경들을 다양한 언어와 이미지로 표상하기 시작했다. 따라서 근대의 풍경들이 보는 주체의 시선에 어떻게 포착되고 또 언어화되는지 살펴보는 일은 한국시의 모더니티를 보다 근본적인 차원에서 점검하는 작업이 될 수 있다. 임화의 경우도 마찬가지이다. 1920년대 중후반의 서울의 풍경들은 비록 서울을 떠나본 적이 없는 내부자의 시선으로 바라본 것이지만, 임화가 세계를 사유하고 인식하며 실천하는 데 있어서 가장 근원적인 영향을 미친 영상적 체험을 제공했다. 그의 초기 전위주의 계열의 시에서 시적 화자나 주인공이 그림을 그리는 주체로 등장하는 점, 임화 자신이 서구의 미술과 영화에 깊은 관심을 보이고 있었던 점 역시 근대의 시각적 체험이 임화 시의 형성에 중대한 영향을 미쳤음을 짐작하게 해준다.

하지만 임화의 초기 전위주의 시에서 도시 풍경은 자족성과 완결성을 갖지 못했다. 그의 시적 주체는 식민지적 근대의 동요하는 도시 풍경을 원근법적으로 바라보았지만, 도시 풍경의 디테일한 측면들을 섬세한 감각과 시선으로 포착하기보다 변화하는 풍경의 알레고리적 의미를 문제 삼고 있다. 임화는 풍경 그 자체에 주목하기보다 변화하는 풍경 속에서 자아의 정체성을 탐색하였고 세계를 올바르게 인식할 수 있는 '눈'(시선)을 획득하기 위해 노력하였다. 이러한 시적 기획은 비교적 일찍 그 목표가 달성되었다. 임화는 근대 도시의 스펙터클에 현혹되지 않았고 오히려 그것을 일정한 프레임에 가두어 해석할 수 있는 이데올로기적 시선과 그 시선을 뒷받침해줄 수 있는 조직(카프)을 획득하였다. 특히 식민지 도시의 대로와 거리를 가로지르는 권력의 시선과 이에 대한 저항, 그리고 권력의 가시성의 배치에 노출된 식민지 타자들에 대한 발견이 청년 임화가 역사와 현실을 바라보는 시선과 그 표상화 작업에 일정한 방향성을 부여한 것으로 보인다.

단편서사시 단계에 이르러 임화는 급진적 이념의 시선으로 풍경을 추상화하거나 알레고리화하는 단계에서 벗어나 식민지 근대도시 서울의 구체적인 거리 풍경을 맨얼굴로 마주 보게 되었다. 가령 「네거리의 순이」에 나타난 거리 풍경은 더 이상 가공의 풍경이 아니라 전통과 근대, 식민 권력과 피식민의 타자들, 감시하는 시선과 그에 대한 저항이 뒤섞여 있는 도시 풍경이다. 그것은 구체적인 역사 공간에서 살아 숨 쉬는 실제의 도시 풍경인 것이다. 이제 거리는 식민 권력과 노동자 계급의 투쟁이 일상화된 공간이자 노동자 계급이 연대를 모색하는 공간으로 표상되며, 동시에 시적 주체가 전위적 계급 주체로 거듭나는 성장의 공간으로 표상되기도 한다. 그런 만큼 서울의 거리는 더 이상 정물화(풍경화)에 갇힌 풍경이 아니라, 미래의 낙관적 전망을 간직한 역사적 공간으로 서사화되는 것이다. 임화가 정치적인 고비에 처할 때마다, 종로의 네거리로 회귀하여 과거를 회상하고 현재를 조망하여 미래적 시간을 끌어당기는 이유도 여기에 있다.

한편, 카프 해산 이후 임화는 현해탄이란 새로운 시적 공간을 끌어들여 식민지적 근대에 대한 사유와 자기정체성의 구축(주체의 재건)을 동시에 진행하게 된다. 임화가 사상 훈련을 위해 일본을 건너갔던 체험을 떠올리며 현해탄의 풍경을 기억 속에서 끌어내 재구할 때, 그리고 '청년'을 자기성찰의 시선으로 되돌아볼 때, 그것은 필연적으로 근대에 대한 다양한 표상들을 되돌아보는 일로 귀결될 수밖에 없다. 기차를 타고 부산에 가서 연락선을 갈아타고 현해탄을 건너는 과정에서, 그리고 유학을 마치고 식민지 조선으로 돌아오는 과정에서 시적 주체의 시선에 포착된 바다의 풍경 및 일본과 부산의 풍경은 이미 전위적 계급 주체로 성장한 임화 자신의 사유와 존재근거를 밝혀줄 수 있는 기원적 풍경에 해당된다. 그의 가슴에는 일본에서 배운 근대적 학문과 사상으로 식민지 조선의 '새 역사'를 이끌어내야 한다는 지식인적 사명감과 결의가 물결쳤다. 그런 만큼 임화는 식민지적 근대가 바꾸어놓은 도시(부산)의 풍경 변화를 역시 긍정적인 것으로 받아들일 수밖에 없었다.

이 과정에서 임화가 식민권력의 타자들 즉 헐벗은 조선인들을 유학생의 시선으로 포착하고, 이것을 통해 식민권력의 안과 밖의 경계를 상상하고, 더 나아가 식민지의 민족적 타자들을 감시하는 시선과 위협을 부당한 것으로 인식하게 된 점은 주목할 만하다. 그것은 현해탄의 풍경이 단순히 근대의 균질적이고 공허한 공간이 아니라, 새로운 역사의 창조를 예비하는 계몽의 공간으로 전유되었음을 보여준다. 다만 이러한 풍경의 역사화, 시간화 과정에서 식민지적 근대에 의해 억압되었던 타자들, 특히 임화가 '옛 노래'로 표상한 바 있는 과거적 세계와 조선적 세계는 가시적 영역 밖으로 배제되고 억압되고 말았다. 이는 임화의 진보주의와 계몽 이념이 지닌 한계를 보여주는 동시에 '현해탄'으로 상징되는 식민지적 근대의 운명을 보여주는 것이라 하겠다.

「현해탄」 계열의 시에서 확보된 성찰적 시선은 일제말기에 이르러 이념의 한계에 부딪힌 임화가 자신의 내면을 되돌아보면서 일련의 논쟁적 담론을 만들어내는 데 중요한 길잡이가 되었다. 「지상의 시」나 「자고 새면」 같은 작품들이 비극적 '운명'에 직면한 시인의 우울한 내면 풍경과 함께, 지식인의 양심과 고뇌를 담을 수 있었던 것도 이 때문일 것이다.

정지용 중·후기시에 나타난 풍경과 시선, 재현의 문제

식민지적 근대와 시선의 계보학(4)

1. 들어가는 말

새로운 풍경(사물)의 출현과 시각 체제(the scopic regime)[1]의 변화, 그리고 풍경에 대한 시지각적 반응과 재현 방식의 변화는 서로 맞물려 있다. 흔히 생각하듯 예술에 재현된 풍경은 주체와 무관한 외부의 사건도 아니고, "늘 거기에 있는 물리적 상수"도 아니다. 풍경은 "일정한 시점에 특정한 변동을 통하여 지각되고 감지되는 역사의 구성물"이자 세계에 대한 "사유와 상상력의 기원적 영상"[2]을 이루기 때문이다. 정지용이 교토 유학 시절에 발표한 시 작품들은 이러한 풍경과 주체의 관계 및 풍경의 역사성을 잘 보여준다. 그는 1923년, 식민지 조선을 뒤로 하고 관부연락선을 타고 식민제국의 근대도시

---

1) '시각 체제'에 대해서는 김홍중, 「문학사회학과 풍경의 문제」, 『사회와 이론』 6, 2005; 마틴 제이, 차원현 역, 「현대성의 시각적 제도들」, 『현대성과 정체성』(스콧 래쉬 외 편), 현대미학사, 1997 등의 논의 참조.
2) 김홍중, 위의 글, 143~145면 참조

'교토'에 도착하였다. 이십대 초반의 유학생 정지용에게 '바다'와 '도시'로 표상되는 근대 풍경은 엄청난 시각적 충격으로 다가왔다. 교토 유학 시절 정지용의 작품들은 '배'와 '기차' 등 근대적 교통수단을 통해 경험한 근대 풍경, 즉 바다와 도시의 파노라마적 풍경을 모던한 감각과 시선, 간결하고 정제된 언어감각으로 재현하고 있다.

하지만 정지용의 시에서 근대 풍경은 '보는' 주체가 자유롭게 향유할 대상으로서의 스펙터클은 아니었다. 그는 근대적인 '보는' 주체로서 시선의 권능을 누릴 수 없었다. 교토 시절 창작한 여러 시편에서 시적 주체는 고정된 위치에서 대상을 조망하고 지배하는 원근법적 시선을 확보하지 못한 채, 제국의 도시를 헤매는 분열된 시선의 주체로 등장한다. 그는 도시를 가로지르는 지배 권력의 가시성의 배치와 감시하는 시선에 포획된 식민지적 타자에 지나지 않았으며, 이를 민감하게 의식하는 순간 시적 주체는 근대 풍경의 능동적 관찰자에서 수동적인 소비자로 전락하게 된다.

정지용의 시에서 시선의 권능을 되찾으려는 노력은 두 가지로 나타났다.[3] 하나는 '유리창'이 상징하듯, 근대의 도시 풍경과 분리된 유폐 공간에 시적 주체를 가두는 것이다. 유리창이란 물체는 주체가 창밖의 세계를 풍경으로서 내다보는 통로이자 풍경을 재현할 캔버스가 될 수 있다. 하지만 실제로 시적 화자는 유리창 너머의 도시 풍경을 원근법적으로 바라보는 대신 죽은 '아이'의 환영에 집착하고 있다. 이 화자는 「유리창 · 2」에서 유폐된 자아 특유의 신경증적 반응을 드러내기도 한다. 시적 화자는 풍경의 관찰자가 아니라 풍경 밖

---

3) 남기혁, 「정지용 초기시의 '보는' 주체와 시선의 문제」, 『한국현대문학연구』 26, 2008 참조.

으로 밀려난 채 고독한 내면세계를 응시하는 존재가 된 것이다. 이런 양상은 '유리창'이 시선의 권능을 회복하는데 효과적인지 못하였음을 의미한다. 이 지점에서 정지용은 현실의 경험을 괄호 속에 밀어 넣은 채 기억 속 풍경을 일종의 초월적 시선을 통해 재현하는 방식을 동원하게 된다. 가령 「바다2」(『시원』, 1935.12) 같은 후기 '바다' 시편이 그러하듯 실제의 바다 풍경을 버리고 (그림으로) '재현된' 바다 풍경을 또다시 (언어로) 재현하는 방식이다. 이러한 재현의 재현은 정지용의 시에서 자연이 생동감을 잃어버리고 풍경이 사물화 되는 결과를 낳았다. 「지도」(『조선문단』, 1935.8)라는 작품에는 재현된 풍경(지도)을 바라보며 지도 속의 바다로 뛰어드는 상상을 하는 시적 화자의 시선과, 이런 헛된 상상을 '해학4)이라 여기는 시적 화자 내부의 또 다른 시선(냉소적 시선)이 겹쳐져 있다. 이는 재현의 재현이 식민지 근대의 역동적인 현실을 담아내는 것은 물론 풍경에 대한 보는 주체의 지배(시선의 권능)를 회복하는 데도 도움이 되지 못했음을 암시한다.

여기서 정지용은 근대의 원근법적 시선과는 다른 방식으로 사물을 바라보고 재현하는 모험을 시작하게 된다. 우선 그것은 성찰적 시선5)을 끌어들이는 것에서 시작된다. 정지용의 시에서 성찰적 시

---

4) 「지도」에 언급된 '해학'이란 시어는 "풍경으로부터 소외된 인간의 모습과 함께, 풍경을 바라보는 근대적 시선의 내적 균열을 동시에 희화화"(앞의 논문, 194면)하는 자기 검열의 시선에서 비롯한다.
5) '성찰적 시선'은 대상을 바라보는 '나'의 시선(肉眼)를 바라보는 '또 다른 나'의 시선(心眼)이다. 정지용의 초기시가 근대 풍경으로 다가오는 사물들에 대한 시각적 재현과 신경증적 반응에 연결된 것이라면, 본고에서 다룰 그의 중·후기시는 감각의 세계를 넘어서는 것, 시각적 재현을 넘어서는 것으로 나아가는 것이다. 여기서 감각(특히 시각) 자체를 문제 삼는 감각으로서 성찰적 시선이란 개념이 도입될 필요가 있다. '성찰적 시선'에 대해서는 김홍중, 「근대적 성찰성의 풍경과 성찰적 주체의 알레고리」, 『한국사회학』 제41집 3호, 2007, 190~191면 참조.

선은 풍경을 일정한 프레임 안에 가둬 두려는 원근법적 시선, 즉 보는 주체의 폭력적이고 허구적인 시선에 맞서, 시선 그 자체를 바라보는 '또 다른 시선'을 등장시킴으로써 성립된다. 이러한 성찰적 시선은 식민지적 근대에 맞설 수 있는 새로운 저항적 시각 체제를 도입하는 것을 의미한다.6) 현대의 시각예술에서 저항적 시각체제의 존재 양식은 실로 다양하겠지만, 1930년대 중반 무렵 정지용이 끌어들인 '또 다른 시선'은 아이러니컬하게도 가장 오래된 '보는 방식'이었다. 즉, 정지용은 오랜 세월 동안 근대적 원근법주의가 타자화하고 은폐·억압하였던 '보는 방식'을 되살려낸 것이었다. 소위 '종교시'에 등장하는 종교적 초월의 시선, 그리고 후기 '산'시편에 등장하는 '동양화론 畵論7)에 의거한 시선이 그것이다. 두 경우 모두 이전의 시 창작에서 누렸던 시선의 권능이 철저히 부정되고 있다.

우선 종교시의 경우엔, 절대자의 '눈'을 다양하게 표상하면서 그것으로 자신의 '눈'을 대신하는 주체 부정이 나타난다. '산'시편의 경우에도, 흔히 '동양화적'인 재현이 암시하듯 대상(소위 '동양적 산수')을 원근법적으로 응시하는 주체는 등장하지 않는다. 이런 변화는 다양한 시선의 겹침을 유도한다. 때로는 이질적인 감각과 시선들이 혼재하면서 정지용 특유의 독창적인 시각적 체험과 언어적 재현이 이루어

---

6) 식민지적 근대에 대한 저항적 시선은 다양한 방식으로 획득된다. 가령 김소월은 '조선'이라는 민족적 정체성의 발견과 이념적 시선의 획득을 통해, 임화는 자기정체성을 형성하려는 일련의 성찰과 탐색의 시선, 그리고 마르크스주의적 이념의 시선을 통해 각각 식민지적 근대에 맞서나갔다. 이에 대해서는 남기혁, 「임화 시에 나타난 근대풍경과 이념적 시선의 변모과정」, 『한국시학연구』 23, 2008; 남기혁, 「김소월의 시에 나타난 근대 풍경과 시선의 문제」, 『어문론총』 49, 2008 참조.

7) 정지용, 「시의 옹호」, 『정지용전집』 2-산문, 민음사, 1988, 245면.

지는 것이다.

이 논문은 정지용의 중기시와 후기시를 대상으로 연구를 진행하되, 풍경과 시선, 보는 방식, 언어적 재현의 문제를 중심으로 텍스트를 면밀하게 분석하고자 한다. 특히 정지용이 식민지적 근대에 맞서는 방식, 즉 근대성의 시각체제가 은폐한 타자들을 가시성의 영역으로 불러 세우는 방식, 그리고 일제말 식민지 현실에 맞서 새로운 주체성을 회복하고 현실 초월의 비전을 확보하는 방식에 초점을 맞춰 논의를 진행할 것이다. 정지용 시에서 풍경과 시선의 문제를 다루는 것은 궁극적으로 서정시의 심미적 모더니티를 규명하는 일과 밀접한 관련이 있을 것이다.

2. 램프의 '눈'과 절대적 타자로서의 신 – 초월적 시선의 완성

원근법적 시선은 '보는 주체'의 위치를 절대화하고, 그의 시선이 포착한 풍경을 절취하여 일정한 프레임에 가둔다. 따라서 풍경의 재현은 사실 풍경의 배제, 풍경의 은폐에 다름 아니다. 근대적 풍경화가 탄생한 이래, 원근법적 시각체제에 의존하여 풍경을 재현하는 풍경화 양식은 일종의 틀짓기를 통해 프레임 바깥의 풍경을 은폐하였다. 틀짓기에 의해 배제되고 억압된 풍경들은 보는 주체, 질서화하는 주체의 시선이 지닌 폭력성에 희생된 타자들이다. 주체의 눈에 비친 사물의 순간적 인상을 그려냈던 인상주의 풍경화는 대상의 객관적·사실적 재현이란 신화는 어느 정도 벗어났지만 보는 주체의 시선을 절대화하려는 충동이 완전히 사라진 것은 아니었다. 주관성이 개입하든 안 하든, '보는 주체'의 시선을 특권화하면 시선에 포착되지 않는 것들, 특히 비가시적인 존재들에 대한 시각적 재현은 불가능해질 수밖에 없다.

1930년대 중반에 이르러 정지용은 '보는 주체'의 시선을 절대화하는 재현 그 자체를 문제 삼아야 하는 시점에 도달하였다. 문제는 근대적 서정시의 틀 안에서 '보는 주체'의 시선에 포착되지 않는 타자들을 언어로 재현하는 것이 과연 가능한가 하는 점이다. 여기서 정지용의 종교시에 나타난 '보는 주체'와 초월적 시선의 문제에 주목할 필요가 있다.

정지용이 가톨릭에 입문하여 신앙심을 키워나간 시점은 교토 유학 시절로 거슬러 올라간다.[8] 하지만 종교적 체험을 형상화한 종교시 창작은 조선으로 돌아와 휘문고보 교사로 재직하던 시절(특히 1930년대 초반에서 중반의 시기)에 집중된다. 이 무렵 정지용은 가족사적 불행을 경험하면서 개인적으로 삶의 허무감과 실존의 위기에 부딪히게 되었다. 그런 가운데 정지용은 절대적 타자로서 '신'을 영접하였고 그 신을 향해 주체성을 기탁하는 돈독한 신앙심을 갖게 되었다. 기존 연구에서는 정지용의 소위 '종교시' 창작을 과도기적인 것, 문학성(예술성)이 떨어지는 것으로 간주하고 별다른 주목을 하지 않았다.[9] 필자 역시 이런 견해에 대체로 동의하지만, 정지용 시의 변모

8) 정지용의 가톨릭 입문 및 신앙에의 경사과정에 대해서는 사나다 히로꼬, 『최초의 모더니스트 정지용』, 역락, 2002, 165~181면 참조.
9) 이런 태도는 김윤식, 「가톨리시즘과 미의식」, 『한국근대문학사상사』, 한길사, 1984, 424~435면; 이숭원, 『정지용 시의 심층적 탐구』, 태학사, 1999, 135면 참조. 특히 김윤식 교

과정을 설명할 때 종교시의 중요성을 간과할 수는 없다고 생각한다. 그는 종교시를 통해 기독교적 사유의 전형적인 특징인 "〈주인〉임을 포기함으로써 〈주인(주체)〉으로 남아 있게 하는 정신적 역전"[10]에 도달했다. 이러한 역전은 시적 주체가 '보는' 주체의 지위를 스스로 부정하는 것, 즉 육안을 부정하는 것에서 시작된다. 그리고 시적 주체가 자신의 주체성이 부정된 자리에 새롭게 현현하는 절대적 타자(신)를 자신의 주인으로 영접하고 절대자의 '눈'을 통해서 사물을 보기 시작할 때, 즉 육안 대신에 (종교적) 심안으로 세상을 보기 시작할 때 역설적으로 새로운 주체성(보는 주체)은 완성되는 것이다. 이제 『정지용시집』제4부에 수록된 종교시편과 제5부의 산문을 통해 그 구체적인 내용을 살펴보자.

①
나의 적은 年輪으로 이스라엘의 二千年을 헤였노라.
나의 存在는 宇宙의 한낱焦燥한 汚點이었노다.

목마른 사슴이 샘을 찾어 입을 잠그듯이
이제 그리스도의 못박히신 발의 聖血에 이마를 적시며 ―

오오! 新約의 太陽을 한아름 안다.

― 이상, 「나무」 부분 인용

수는 정지용의 가톨릭 시가 삶의 깊이나 형이상학적 고민 같은 종교적 주제로 심화되지 못하고 다분히 장식적인 미학의 수준에 머물렀다고 비판한다.
10) 가라타니 고진, 박유하 역, 『일본 근대문학의 기원』, 민음사, 1998, 115면.

②
누어서 보는 별 하나는
진정 멀―고나.

아스름 다치랴는 눈초리와
金실로 잇은듯 가깝기도 하고,

잠살포시 깨인 한밤엔
창유리에 붙어서 였보노나.

— 이상, 「별」 부분 인용

③
내 무엇이라 이름하리 그를?
나의 영혼안의 고흔 불,
공손한 이마에 비추는 달,
나의 눈보다 갑진이,
바다에서 솟아 올라 나래 떠는 金星,
쪽빛 하늘에 힌꽃을 달은 高山植物,
나의 가지에 머물지 않고
나의 나라에서도 멀다.

— 이상, 「그의 반」 부분 인용

위에 인용한 세 편의 시는 모두 절대자, 혹은 절대자의 육화

(incarnation)인 예수를 대상으로 시적 자아의 돈독한 외경심과 신앙심을 드러내고 있다. 대부분의 종교시가 그러하듯 이 세 작품은 자아와 대상간의 비대칭성을 드러낸다. "宇宙의 한낱焦燥한 汚點"이란 비유에서 나타나듯, 시적 자아는 한없이 왜소한 존재이며, 그것도 죄(Sin)로 얼룩진 부정적 존재이다. 반면 시적 대상은 한 없이 높고 순결하며 빛나는 절대적 존재이다. 이러한 비대칭성은 자아와 대상간의 공간적 거리와 위계(상 / 하)를 통해 역설적으로 드러난다. 특히 ②와 ③에서 강조되고 있는 '멀다'는 자아와 대상 간의 물리적 거리를 대상에 대한 자아의 외경심이 발생하는 심리적 거리로 치환하고 있다. 이러한 공간적 · 심리적 거리는 절대적인 것이어서, 시적 자아는 '신'이라는 숭고한 대상을 바라볼 수도 없고 묘사할 수조차 없다. 비가시적 존재(절대자, 신)의 형상을 짐작하는 것은 물론 그것의 존재성을 드러내어 시각적으로 재현하는 것은 불가능한 일이다.

그런데 위에 인용한 작품들은 눈으로 볼 수 없는 존재, 시지각적 경험이 불가능한 대상을 그려내는 방법이 무엇인지 암시하고 있다. ①은 인간의 형상으로 이 세상에 와 인류를 구원하기 위해 자신을 희생한 '그리스도'를 통해, 즉 신이자 인간인 예수의 형상을 좋아 절대자의 영원성을 그려낸다. 그리고 ③은 시각적 심상을 지닌 자연물의 비유를 통해 절대적 존재의 속성을 드러낸다. 여기서 일련의 시각적 심상은 대상의 절대적 '높이'와 순결성을 강조한다. 한편, '종교시'에서 시적 대상이 '빛'을 발하는 존재로 이미지화되고 있는 점에 주목할 필요가 있다. ①에서 시적 화자는 절대자를 "신약의 태양"에 비유하고 있으며, ②에서는 밤하늘의 빛나는 '별'로 그려내고 있고, ③에서는 "홀로 어여삐 스사로 한가라워 — 항상 머언이"인 절대자를 "나의 영혼안의 고흔 불"이자 "공손한 이마에 비추는 달"에 비유하고 있다. 경우에 따라서는 "또다른 하늘"(「다른한울」)이자 "또하나 다른 太陽"(「또 하나 다른 太陽」)로 비유된 경우도 있다.[11] 여기서 '달'과 '태양', 그리고 '불'은 빛을 발하여 만물을 비춰주는 존재로서, 기독교(대부분의 종교에서도 비슷하다)에서 절대자에 대한 은유로 즐겨 사용되는 시각적 심상물이다. 이 절대적인 광명의 존재는 어둠 속에 갇힌 유한한 존재의 시지각적 활동의 원천이 된다.

이런 점에서 절대자의 시각적 표상들은 시적 화자의 육체적인 '눈'을 대신하는 영혼의 '눈'이라 할 수 있다. 태양신을 믿는 여러 종교에서도 그러하지만 기독교에서 태양은 '신의 눈'으로 간주된다. 태양(더 나아가 달과 별)은 "생명의 창조적 원천, 우주의 지배 원리, 우주의 궁극적 질서, 정의의 궁극적 실현자 등으로 표상되"거나 "신 자체와 동일시"되는 경우도 있다.[12] 정지용의 종교시에 등장하는 태양 같은 천체 이미지 역시 시인 자신이 경외하는 절대자(신), 혹은 절대자(신)

---

11) 「다른한울」이란 작품은 "눈에 보이지 않"는 절대자에 대한 경건한 신앙심을 그려낸 작품이다. 시적 화자는 "그의 옷자락이 나의 오관에 사모치지 않았으나"는 진술로 절대자가 감각기관을 통해서는 지각할 수 없는 존재, 비가시적이고 초월적 존재임을 밝히고, 그럼에도 '그의 그늘'로 '나의 다른 한울을 삼으리라'고 말한다. 여기서 시적 화자는 더 이상 보이는 것과 보이지 않는 것, 있음과 없음의 경계를 나누지 않는다. 내 눈앞에 있는 가시적 존재를 통해 비가시적 존재의 현현을 엿보겠다는 것, 이는 눈에 보이지 않는 신이 실제로 존재한다고 믿는 '내기(wager)'(L. Goldmann, *The Hidden God*, New Jersey: The humanities Press, 1977, 283~302면)에 해당한다.

12) 임철규, 『눈의 역사 눈의 미학』, 한길사, 2004, 44~48면 참조. '신의 눈=태양'의 등식은 그것이 인간사와 만물을 굽어본다는 속성에서 유추된 것으로 보인다. 기독교의 경우 미래의 심판관으로서의 신은 지상의 모든 것을 내려다보고 인간의 모든 행동을 기록하는 존재이다. "태양처럼 모든 것을 보는 존재인 신은 태양과의 동일시를 통해 빛의 원천, 때로는 빛 자체가 되기도 한다"(48면)

의 눈을 상징한다. 여기서 기독교 특유의 시선의 전도가 발생한다. 시적 화자는 절대자(신)의 눈을 의식하면서 자신의 시선을 절대자에 고정시킬 수밖에 없다. 그것도 정면의 응시가 아니라, ②의 경우처럼 '창유리에 붙어서 엿보'는 방식이다. 여기서 시적 화자는 대상을 바라보고 지배하는 시선의 권력을 행사할 수 없다. 그는 시선의 권력을 신(의 '눈')에게 위임하고 있기 때문이다. 이제 보는 주체는 신의 눈에 포획된, 보이는 주체로 전화된다. 주체성의 몰각이 본격화된 것이다. 절대자 이외에는, 아니 절대자마저도 응시할 수 없게 된 맹목의 주체는 비로소 내면의 텅 빈 자리에 태양(신의 눈)을 영접한다. ③에서 절대자를 표상하는 "나의 영혼안의 고흔 불"이 그것이다. 시적 자아는 이 '고흔 불'을 자신의 '눈'보다 값진 것으로 여긴다. 그 '불'은 자신의 육체적인 '눈'을 대신하는 신의 '눈'인 까닭이다. '신의 눈'은 이제 외부 세상과 함께 내면(혹은 영혼)을 비추는 '빛'이자 시선 그 자체가 된다.

종교시 창작 단계에서 정지용이 받아들인 초월적 시선의 성격은 이제 명료해졌다. 그는 자아와 대상의 비대칭성에 기반을 두고, 절대적 타자인 대상(신)의 시선을 자신의 시선으로 영접함으로써 오로지 신을 통해서 세상을 바라보겠다고 선언한 것이다. 그것은 근대적인 '보는' 주체가 누리는 시선의 권능, 즉 대상에 대한 관찰과 지배의 권리를 포기하겠다는 선언이자, '신'의 선한 눈을 닮아가겠다는 신앙 고백에 다름 아니다. 이 신앙 고백의 중심에는 기독교적 '사랑'이 놓여있다.

『가톨릭靑年』 4호(1933.9)에 발표되었고, 『정지용시집』 5부에 수록된 수필 「素描·5(람프)」는 정지용의 종교적 상상력을 밝히는 데 있어서 좋은 길잡이가 된다. 이 작품은 1930년대 중후반 '산' 시편에 등장하는 일련의 '등불'(혹은 '촛불') 이미지13)를 설명할 때에도 좋은 단서가 된다.

①

람프는 두손으로 바처 안고 오는양이 아담 합니다. 그대 얼골을 濃淡이 아조 强한 옴겨오는 繪畵로 鑑賞할 수 있음이외다. — 딴 말슴이오나 그대와 같은 美한性의 얼골에 純粹한 繪畵를 再現함도 그리스도敎的 藝術의 自由이외다.

그 흉측하기가 松虫이 같은 石油를 달어올려 조희ㅅ빛 보다도 고흔 불이 피는 양이 누에가 푸른 뽕을 먹어 고흔 비단을 낳음과 같은 좋은 敎訓이외다.

②

電燈은 불의 造花이외다. 적어도 燈불의 原始的 情熱을 잊어버린 架設이외다. 그는 우로 치오르는 불의 허모상이 없읍니다.

그야 이 深夜에 太陽과 같이 밝은 技工이 이제로 나오겠지요. 그러나 森林에서 찍어온듯 싱싱한 불꽃이 아니면 나의 性情은 그다지 반가오리 없

---

13) 가령 「溫井」(『삼천리문학』 2호, 1938.4)에서 "밤 이윽자 화로ㅅ불 아쉽어 지고 촛불도 치위타는양 눈섭 아시리는니 나의 눈동자 한밤에 푸르러 누은 나를 지킨다"에서는 시적 화자가 잠들어 있는 동안 자신을 지켜주는 '촛불'을 "나의 눈동자"에 비유하고 있다. 촛불과 눈동자의 형상이 서로 유사하다는 데서 발상이 시작된 것이겠지만, 시적 화자가 말하는 '나의 눈동자'란 결국 유한한 인간을 사랑으로 지켜주는 절대자(신)의 눈을 가리키는 것으로 볼 수 있다. 여기서도 정지용의 종교시와 '산'시편의 연속성을 확인할 수도 있다.

읍니다.

③
−죽음을 보았다는 것은 한 錯覺이외다−

그러나 '죽음'이란 벌서 부터 나의聽覺안에서 자라는 한 恒久한 黑點이
외다. 그리고 나의 反省의 正確한位置에서 나려다 보면 람프 그늘에 채곡
접혀 있는 나의肉體가 목이 심히 말러하며 祈禱라는것이 반듯이 精神的인
것 보다도 어떤 때는 純粹히 味覺的인수도 있어서 쓰데 쓰고도 달리 단 이
상한 입맛을 다십니다. 「天主의 聖母마리아는 이제와 우리 죽을때에 우
리 죄인을 위하야 비르소서 아멘」

— 이상, 「素描 · 5(람프)」 부분 인용. 원문자는 인용자

①에서 '그대'가 누구인가는 분명하지 않다.14) 화자는 "람프에 불
을 밝혀오시오"라는 말로 '람프' 불을 청한다. 천지만물을 구별할 수
없는 '밤'에 홀로 빛을 발하는 '람프'는 "그리스도敎的 藝術"과 "교훈"
을 성취하게 해준다. 시적 화자는 '람프'불을 통해 "그대와 같은美한
性의 얼골"을 바라보고 또 "純粹한 繪畵를 再現"할 가능성을 얻는다.
그렇다면 '람프'는 '電燈'과 어떻게 다른가? ②에서 화자는 '電燈'을
"불의 造花"에 비유하고 있다. 인공적으로 만들어낸 불빛, 즉 "太陽과
같이 밝은 기공"인 전등은 '람프' 불이 지닌 "原始的 情熱을 잊어버린
架設"에 불과하다. 여기서 화자는 자신의 '性情'이 문명의 불빛이 아

---

14) 이 작품에서 '그대'는 문학 작품에 등장하는 가상의 청자에 대한 관습적 표현으로 볼 수도
있지만, 전후 맥락과 여러 정황을 고려할 때 '그대'는 성모마리아(상)로 보는 것이 타당하다.

니라, "森林에서 찍어온듯 싱싱한 불꽃"을 더 반가워한다고 말한다. 이는 자연 / 문명의 대립적 표상을 부각하여 자연친화적 성정을 드러내기 위함이 아니다. 화자가 자신이 '불의 조화'를 멀리하는 까닭은 전등에는 "우로 치오르는 불의 혀모상"이 없기 때문이다. 여기서 '우'는 절대적 존재로서의 신의 위치를 가리킨다. 그러니까 화자가 말하는 '성정'은 절대적 존재로서의 신에 대한 갈망과 경외를 가리키며, '람프'의 '싱싱한 불꽃'은 그러한 신심의 표상이라 할 수 있다.

한편, '람프'의 불꽃과 '눈'은 서로 비슷한 형상을 지니고 있다. 이 작품에서는 〈람프'의 불꽃=절대자의 '눈'=절대자를 갈망하는 인간의 '눈'〉이라는 등식이 성립한다. 화자의 내면에 타오르고 있는 신심의 상징인 '람프'의 '불꽃'은 밝음 / 어둠, 농 / 담의 구별을 통해, '고흔 비단'으로 표상되는 "그리스도敎的 藝術"의 "재현"을 가능케 한다. 때문에 ②에 이어지는 부분에서 화자는 '성프란시스코'를 끌어 들여 "사랑의 표상", 절대자를 향한 헌신의 표상으로서 '불'에 대해 이야기하게 된다. 화자는 절대적 헌신과 사랑의 표상으로서의 '불'을 그리스도교적 poesie의 출발이라고 간주한다. 절대적인 어둠과 고요 속에서 홀로 '람프' 불에 시선을 빼앗긴 화자는 육체의 눈으로는 더 이상 사물을 분간할 수 없다. 맹목이 된 까닭이다. 맹목이 된 '보는 주체'는 이제 사물을 분간하기 위해 민감한 청각에 의존하게 된다. 그런 화자의 귀에 "창을 사납게 치는가 하면 저윽이 부르는 소리"가 들려온다. 화자를 '부르는 소리'는 "검은 망또를 두른 髑髏가 부르는 소리, 즉 죽음의 소리이다.

결국 수필 「소묘5(람프)」는 인간의 유한성을 환기하는 죽음 앞에 어떤 포즈를 취할 것인가의 문제를 제기하게 된다. ③에서 화자는 "죽음을 보았다는 것은 한 錯覺이외다"고 말한다. 그는 자신을 부르는 "髑髏"의 모습과 목소리를 애써 부정하려 한다. 그것은 환영 혹은 "착각"에 지나지 않는다고 말이다. 하지만 화자는 "'죽음'이란 벌서부터 나의 聽覺안에서 자라는 한 恒久한 黑點"이라고 고백한다. 인간은 어느 누구도 자신의 죽음을 직접 경험할 수는 없다. 하지만 죽음이란 피할 수 없는 사건이기도 하다. 모든 유기체는 매 순간 자신에게 닥쳐오는 죽음의 시선을 의식하며 그것을 유기체 내부에 간직할 수 있다. 그러나 어느 누구도 늘 살아 있는 순간에 육체의 죽음을 경험할 수는 없다. 이러한 죽음의 역설 앞에서 유한한 인간은 불안과 공포를 느끼게 되고 이것이 바로 종교적 초월에 대한 갈망을 낳는 것이다. '죽음'의 불안과 공포를 극복하고 '죽음'마저 뛰어넘는 일은 화자가 자신의 죽음을 바라볼 수 있는 위치, 즉 ③에서 언급하고 있는 "나의 反省의 正確한位置"로 비약할 때 가능하다. 그 비약은 신의 위치에서 자신의 삶을 되돌아보는 일종의 종교적 초월의 체험에 해당한다. 자신이 있어야 할 자리를 절대자의 자리로 옮기고 이 절대자의 자리를 자기반성의 위치로 여길 때, 비로소 '나'는 '나'의 죽음과 삶을 동시에 바라볼 수 있다.

　따라서 정지용이 말하는 '죽음'은 유한한 인간이 피할 수 없는 '육체의 죽음'이 아니라, 초월을 갈망하는 자가 거쳐야 할 일종의 통과 제의로서의 '상징적 죽음'를 가리킨다. 유한한 존재인 인간이 신을 영접하려면 "육체가 목이 심히 말러하며 기도"를 하는 종교적 행위가 필요하다. 이 과정에서 영혼의 기갈에서 벗어나 종교적 구원에 이르려면, 주체의 상징적 죽음이 선언되어야 한다.[15] 이 상징적 죽음의 결과로 영접하게 되는 절대자(예수, 성모마리아를 포함하여)의 시선을 자신의 시선으로 받아들이는 것, 그것을 종교적 초월이라고 할 수 있다. 정지용이 선택한 초월적 시선은 다름 아닌 근대적 시각체제에 대한 부정, 즉 세상을 원근법적으로 조망하고 사물에 대한 폭력적 지배를 완성하려는 근대적 주체의 시선에 대한 부정과 관련되며, 이런 점에서 초월적 시선은 시선 자체를 반성하는 성찰적 시선에 해당된다고 볼 수 있다.

정지용의 종교시는 대체로 1934년 전후에 집중되어 있지만, 그의 두 번째 시집 『백록담』에도 「슬픈 偶像」이란 종교시 한 편이 수록되어 있다. 이 작품은 『조선일보』(1937.6.9)에 「愁誰語 · 4」란 제목으로 발표된 바 있고, 이후 행과 연 구분을 통해 산문시형으로 재배치된 모습으로 바뀌어 「슬픈 우상」이란 제목으로 『조광』 29호(1938.3)에 재발표되었으며, 이후 『백록담』에도 수록되었다. 산문(수필)과 산문시의 경계에 놓여 있는 이 작품을 과연 독실한 신앙심을 표현한 '종교시'로 보는 것은 타당한가?[16] 필자는 이 작품이 종교시의 범주에 포함되지만, 작품이 담고 있는 내용은 정작 독실한 신앙심의 고백과는 다소 거리를 두고 있다고 본다.

---

15) 시 「臨終」에서 시적 화자는 "나의 림종하는 밤"에 대해 언급하고 있는데, 여기서 '나'의 임종은 육체적인 죽음이 아니라 "聖主 예수의 쓰신 圓光"을 "나의 령혼에 七色의 무지래"로 영접하는 순간, '나'가 경험하게 되는 상징적 죽음의 사건을 가리킨다.

16) 이승원의 주해본(『원본 정지용 시집』, 깊은샘, 2003)에서는 이 작품을 "여성의 외형을 통해 자신이 추구하는 세계를 나타낸 시"라고 보았다. 하지만 이 '여성'의 정체가 무엇인지, 시인이 '추구하는 세계'가 무엇인지에 대해 구체적으로 언급하지는 않았다.

이밤에 安息하시옵니까.

내가 홀로 속에ㅅ소리로 그대의 起居를 問議할삼어도 어찌 홀한 말로 붙일법도 한 일이오니까.

무슨 말슴으로나 좀더 높일만한 좀더 그대께 마땅한 言辭가 없사오리까.

눈감고 자는 비달기보담도, 꽃그림자 옮기는 겨를에 여미며 자는 꽃봉오리 보담도, 어여뻐 자시올 그대여!

그대의 눈을 들어 푸리 하오리까.
속속드리 맑고 푸른 湖水가 한쌍.
밤은 함폭 그대의 湖水에 깃드리기 위하야 있는 것이오리까.
내가 감히 金星노릇하야 그대의 湖水에 잠길법도 한 일이오리까.

— 이상, 「슬픈 偶像」 부분 인용

이 작품에서 작중 청자로 설정된 '그대'는 '밤'에 홀로 "안식"을 취하고 있다. 시적 화자는 "홀로 속에ㅅ소리로" 그대에게 "그대의 起居를 問議"한다. 하지만 그 말은 결코 "홀한 말"이 아니라 "좀더 높일만한 좀더 그대께 마땅한 言辭"를 찾아 최대한 경어체로 표현된다. 그렇다면 '그대' 즉 '슬픈 偶像'의 정체는 무엇인가? 이를 밝히려면 화자가 대상을 묘사하는 방식을 구체적으로 살펴보아야 한다. 우선 화자는 다양한 시각적 심상을 동원하여 대상의 외양을 묘사하고, 이를 통해 대상이 지닌 고귀한 속성을 강조한다. 그 순서는 '눈'→'입술'→

'코'→'귀'→몸의 '안'(심장, 폐, 간과 담 등)로 진행된다. 물론 이 작품에 나타난 시각적 재현은 대상의 사실적 재현과는 거리가 멀다. 이 작품은 오히려 은유적 수사의 과잉이라 할 만큼 허구성이 강조된 재현을 보여주고 있다. 시적 화자가 이와 같이 허구적 재현에 매달릴 수밖에 없는 이유는 시적 대상이 '눈'으로 지각할 수 없는 초월적 존재이기 때문이다. 현상 세계에서는 존재하지 않는 초월적 존재, 단지 '빛'의 은유로만 이 세상에 현현하는 신은 그 존재 방식 때문에 시각적 재현이 원천적으로 불가능하다.

그렇다면 시적 화자가 바라보고 있는 "단정히 여미신 입시울", "눈(雪)보다 더 희신 코", "黑檀빛 머리에 겨우겨우 숨으신 그대의 귀" 같은 얼굴 묘사는 무엇인가? 이 묘사는 화자가 초월적 존재를 그린 것이 아니라 초월적 존재의 가상, 이를테면 성모마리아상과 같은 성상(聖像)을 묘사한 것으로 보아야 한다. 문제는 시적 화자가 '암표범'처럼 두려워하고 '嚴威롭게 우러르는' 시적 대상, 즉 성상(聖像)이 과연 초월적 존재와 동일한 속성을 지니는가, 더 나아가 초월적 존재로서 화자의 간구에 응답하는가 하는 점이다.

이 작품의 핵심은 여기에 있다. 시적 화자는 초월적 존재인 신의 응답을 간구한다. 신의 응답은 청각적으로 '들려오는' 것이다. 시적 화자가 성상의 귀에 주목하는 것도 이 때문이다. 그러나 그대(聖母像)는 단지 "듣기 위한 맵시로만 열리어" 있을 뿐이다. 신의 귀는 '나'의 간구하는 목소리에 귀를 기울이지도, 신의 음성을 전해주지도 않는다. 때문에 시적 화자는 "조개껍질(인용자 주—시적 대상의 귀에 대한 비유)이 잠착히 듣는 것이 실로 다른 세계의 것"이라고 서러워하면서, "그대의 귀에 가까이 내가 방황할 때 나는 그저 외로히 사라질 나그내에 지나지" 않는다며 절망감을 토로한다. 보이지 않는 신에 자신의 존재를 기투했지만, 그 신의 응답이 주어지지 않을 때 경험하게 되는 신앙인의 내적 번민과 방황을 암시한 것이다. 다음 인용문을 살펴보자.

> 그러나 그대는 이미 모히시고 옴치시고 마련되시고 配置와 均衡이 完全하신 한 덩이로 계시어 象牙와 같은 손을 여미시고 발을 高貴하게 포기시고 계시지 않읍니까.

> 그러고 智慧와 祈禱와 呼吸으로 純粹하게 統一하셨나이다.
> 그러나 完美하신 그대를 푸리하올때 그대의 位置와 周圍를 또한 反省치 아니할수 없나이다.

> 거듭 말슴이 번거러우나 월래 이세상은 비인 껍질 같이 허탄하온대 그 중에도 어찌하사 孤獨의 城舍를 差定하여 계신것이옵니까.
> 그리고도 다시 明澈한 悲哀로 방석을 삼어 누어 계신것이옵니까.

> 이것이 나로는 매우 슬픈 일이기에 한밤에 짓지도 못하올 暗澹한 삽살개와 같이 蒼白한 찬 달과 함께 그대의 孤獨한 城舍를 돌고 돌아 守直하고 歎息하나이다.
> — 이상, 「슬픈偶像」 부분 인용

위에 인용된 부분은 자아와 대상 간의 긴장 관계를 보다 분명하게 드러낸다. '그대'는 "配置와 均衡이 完全하신 한 덩이", "智慧와 祈禱와 呼吸으로 純粹하게 統一"을 이룬 "完美하신" 존재이다. 하지만 시적 화자는 "그대의 位置와 周圍를 또한 反省"하지 않을 수 없다. '그대'가 신의 응답을 전해주지 않는 까닭이다. 시적 화자가 속한 "이 세상은 비인 껍질 같이 허탄"한 곳이지만 '그대'는 "孤獨의 城舍를 差定하여" 계실 뿐이고 "明澈한 悲哀로 방석을 삼어 누어" 계실 뿐이다. 시적 화자는 이제 "暗澹한 삽살개"처럼 "그대의 孤獨한 城舍"를 지키면서 탄식할 뿐, '그대'로부터 어떤 종교적 구원의 비전도 얻어내지 못한다. 대상에 대한 믿음은 여전하지만 시적 화자는 종교적 구원의 비전에 도달하지 못한 채 '歎息'하고 있을 뿐이다. 시적 화자는 마지막 연에서 "흰 나리꽃으로 마지막 裝飾을 하여드리고 나도 이 이오니아바다ㅅ가를 떠나겠읍니다"라고 고백한다. 이는 정지용이 여전히 가톨릭 신앙의 테두리 안에 머물러 있지만 신에 대한 절대적인 믿음만큼은 상당 부분 희석되었음을 암시한다.

정지용은 종교시 창작 과정에서 초월적 존재를 시각적으로 재현할 수도 없었고, 초월적 존재의 시선을 빌어 세상을 시각적으로 재현할 수도 없었다. 눈에 보이지 않는 존재를 '믿는' 행위는 일종의 '내기'에 가까운 것이다. 이 '내기'는 보이지 않는 존재의 존재성을 향해 자신의 존재를 기투(企投)하는 실존적 결단에 가깝지만, 종교적 구원의 비전이 주어지지 않는 상황에서 감내할 수 없는 '비애'를 감내하는 일은 내기를 건 주체의 몫이다. 1937년의 시점에서 정지용이 산문시의 형태로, 그것도 거의 산문적인 진술로밖에 신앙심을 표출할 수 없었던 것도 그의 내면에 자리 잡고 있는 정신적 혼란을 보여준다.

3. 동양적 산수의 발견 —기행시에 나타난 풍경과 시선

시집 『백록담』에 수록된 시편들에서는 '산'이란 시적 공간의 탐색
이 본격화된다. 그런데 시적 공간의 이동은 단순한 소재 변화 이상
의 의미를 지닌다. 기존 연구자들도 정지용 후기시의 시적 공간의
변화를 고전주의,17) '동양적 산수'의 발견과 은일(隱逸)의 정신, 혹은
정신주의,18) 동양화 기법,19) 동양적 생명의식,20) 기독교적 자연관21)
등 다양한 개념을 빌어 풍요로운 설명을 이끌어낸 바 있다.

다만 시적 공간의 변화를 통해 정지용의 전기시와 후기시 간의 사
이의 단절을 부각시키는 것이 과연 정당한가, 아니면 시적 공간의
차이에도 불구하고 어떤 연속성이 존재한다고 보는 것이 옳은가에
대해서는 여전히 논의가 필요하다. 특히 두 시기의 시 창작을 근대
주의적인 것과 전통주의적인 것으로 대칭시켜 각각의 특징을 절대
화하는 것은 경계해야 한다. 정지용의 정신세계가 서양적, 도시적,
문명적인 것에서 동양적, 전통적, 자연적인 것으로 옮겨왔다는 견해,
그리고 이미지즘적 기법에 의한 감각적 재현에서 벗어나 동양화나
한시의 재현 전통을 수용한 점을 강조하는 견해는 경청할 만한 부분
이 많은 것이 사실이다.

하지만 정지용 후기시가 근대(주의)적인가 아니면 전통(주의)적인

---

17) 김윤식, 앞의 논문, 435~443면 참조.
18) 이런 관점은 최동호, 「정지용의 산수시와 은일의 정신」, 『민족문화연구』 19, 1986; 오세
영, 「지용의 자연시와 性情의 탐구」, 『한국현대문학연구』 12, 2002 등에서 발견된다.
19) 최동호, 「정지용의 자연시와 정·경의 시학」, 『작가세계』, 2000 가을.
20) 최승호, 「정지용 자연시에 나타난 정·경에 대한 고찰」, 『한국현대문학연구』 4, 1995.
21) 금동철, 「정지용 후기 자연시에 나타난 기독교적 자연관」, 『한민족어문학』 51, 2007.

가의 문제는 소재 차원이 아니라, 사물에 대한 감각적 수용과 그 재현의 방식 등에 의해 판단되어야 한다. 그는 사물을 감각적으로 지각하고 재현하는 시선 그 자체를 바라보는 또 다른 시선을 끌어들였다. 이러한 '성찰적 시선'의 탐색은 근대의 원근법주의적 시선을 탈중심화하고 해체하여 새로운 감각과 재현을 끌어들이려는 방법적 모색에 해당된다. 정지용의 '산'시편은 그 소재적 특성에도 불구하고, 소재를 바라보고 재현하는 방식에 있어서만큼은 근대적 성찰성의 문제가 긴밀히 연동되어 있다.

근대적 계몽 공간인 '바다'와 달리 정지용 후기시의 '산'은 동양의 전통적 자연 관념으로서 '산수'(山水)와, 그 속에서 은일하는 동양적 지식인의 삶을 떠올리게 한다. 하지만 정지용 문학에서 산의 표상과 재현 방식은 결코 전통적 성격을 띤다고 보기 어렵다. 특히 정지용이 은일하는 자의 시선이 아니라 늘 여행하는 자의 시선으로 산을 바라보고 재현하였다는 점은 아무리 강조해도 지나침이 없을 것이다. 기행시의 시적 화자가 산행 과정에서 불가피하게 '산'에 갇힌 경우—가령 「忍冬茶」의 경우처럼—는 있어도, '산'에서 은일하며 살겠다는 소망(꿈)을 직접적으로 노래한 작품은 거의 없다. 정지용이 '산'에서 본 것은 동양적인 이념도, 유려한 아름다움도 아니다. 그는 산의 절대적인 높이를 강조하면서도 그 속에 있는 숱한 자연물들 하나하나를 작은 풍경으로 지각하면서 산행을 하였고, 또 그 경험을 재현하였다. 그에게 '산'은 근대적 주체가 발견한 풍경으로서의 동양적 산수였을 뿐이다.

실제로 정지용의 '산' 시편은 대부분 여행자의 탐승의 시선을 다루고 있다. 그의 시에서 산은 탐승의 대상인 풍경—주로 가을이나 겨울의 풍경—이다. 주지하듯이 풍경이란 그것이 성립되는 순간부터 이미 근대적인 시각체제를 전제로 한다. 자연 경관이든 도시 경관이든 간에 풍경은 제도적이며 선험적인 인식틀이라 할 수 있다. 그것은 언어적·논리적 질서, 즉 로고스로 환원되지 않는 형상적(혹은 영상적) 질서에 속하는 것이며, 풍경을 포착할 수 있는 인식론적 기능은 상을 지어내는 힘(구상력)을 갖는 것이라 할 수 있다.[22] 정지용이 식민지 근대 지식인, 특히 일본이란 제국에서 근대적(서구적) 학문과 예술에 노출되었던 모더니스트로서 경험했던 근대 풍경은 그의 사고와 행동 방식, 사물을 보는 방식을 결정하였다. 그에게 근대 풍경은 하나의 기원적 영상이었던 셈이다.

근대적인 '보는' 방식에 노출된 지식인은 결코 전통 사회의 지식인들처럼 자신의 도학적 이상을 구현할 수 있는 공간으로 자연을 이상화하거나 자연에서 은일(隱逸)하는 삶을 살아가는 것이 불가능하다. 또한 자연을 풍경으로서가 아닌 자신이 그 일부를 이루는 세계로 그려낼 수도 없다. 근대성의 마법이 작동하는 순간 자연은 회상되어야 할 기억속의 세계나, 혹은 생활세계 바깥에 놓여 있는 동경의 대상으로 변모하게 된다. 이제 자연을 찾아가는 것은 풍경을 소비하는 근대적 의미의 기행을 통해서만 가능하다.

실제로 정지용의 '산' 시편에서 시적 화자는 자연 속에서 은일하는 생활인의 형상이 아니라, 기진한 육체[23]를 이끌고 산행을 하는 탐승

---

22) 김흥중, 앞의 논문, 143~145면 참조.
23) 「조찬」에서 시적 화자는 "앉음새 갈히어 / 양지 쪽에 쪼그리고, // 서러운 새 되어 / 흰 밥

의 주체로 등장한다. '산'을 탐승하는 주체, 즉 동양적 자연을 '발견'
하고 그것의 장대함과 아름다움을 '향유'하는 '보는 주체'의 흔적을
더듬으면서, 소위 '산수'가 재현되는 방식을 살펴보기로 하자.

담장이
물 들고,

다람쥐 꼬리
숱이 짙다.

山脈우의
가을ㅅ길─

이마바르히
해도 향그롭어

지팽이
자진 마짐

흰돌이
우슷다.

알을 쫓다"는 묘사로 자신을 그려내고 있는데, 이 모습 역시 기행자의 기진한 육체를 떠오
리게 한다.

白樺 홀홀
허울 벗고,

꽃 옆에 자고
이는 구름,

바람에
아시우다.

— 이상, 「毘盧峯」 전문 인용

1930년대에 발표된 정지용의 시와 수필에서 국토 기행(紀行)은 문학적 체험의 원천을 이룬다. 특히 조선일보사, 동아일보사의 도움으로 남해안과 제주도 일대를 탐승한 것, 금강산 관광을 다녀온 것, 화가 길진섭과 함께 황해도·평안도 지역을 다녀온 것이 주목된다. 위에 인용한 「비로봉(毘盧峯)」(『조선일보』, 1937.6.9)은 금강산 기행을 바탕으로 창작되었으며, 4년 전에 발표한 「비로봉」(『가톨릭청년』 1호, 1933.6)과는 성격이 사뭇 다른 작품이다.

「비로봉」(1933년)과 「비로봉」(1937년)은 우선 '산'을 탐승하는 방식에서 두드러진 차이를 엿볼 수 있다. 「비로봉」(1933년)은 탐승 과정의 묘사를 생략한 채 막바로 '海拔五千피이트'로 대변되는 '산'의 절대적인 높이를 부각한다. 그리고 이 산을 "肉體없는 寥寂한 饗宴場"에 비유한다. '산'을 인간적인 감정이 허락되지 않는 장엄한 공간으로 재현하고 있는 것이다. 이 장엄한 공간의 정상에서 바라본 산 아래 풍경은,

"東海는 푸른 揷畵처럼 옴직 않고"란 표현에서 알 수 있듯 보는 주체의 원근법적 시선에 철저하게 예속되어 있다. 이런 시선의 지배와 예속은 '산'의 절대성을 강조하기 위한 것이다. 보는 주체의 인간적 감정으로서 "연정(戀情)"마저 장엄한 대상에 예속되어 있기 때문이다.

하지만 「비로봉」(1937년)은 탐승 과정을 산행의 재현 과정에 분명하게 드러낸다. 간결한 언어와 압축된 형식 속에 드러나는 산행 과정은 '비로봉' 정상에 이르기까지 시적 화자가 마주친 자연물의 순서와 일치한다. 구체적으로 시적 화자는 정상에 이르는 과정에서 마주친 일련의 사물들, 가령 '담장이', '다람쥐', '가을ㅅ길', '해', '흰돌', '白樺', '꽃'과 '구름' 등을 시선을 옮겨가며 재현한다. 이 재현의 과정을 따라가면 어느새 정상의 풍경이 펼쳐진다. 이런 재현 방식은 전체적인 형상의 재현을 통해 대상의 장엄함을 강조하고 장엄한 풍경 속에 다른 모든 풍경을 해소하는 「비로봉」(1933년)의 경우와 매우 다르다. 「비로봉」(1937년)은 산행 과정에서 조우한 다양한 개별적 사물들(자연물)을 조합하면서 '산'의 전체 풍경을 상상적으로 조합하는 방식으로 대상을 재현한다.24)

「백록담」(『문장』 1권 3호, 1939.4)은 「비로봉」(1937년)을 시간적, 공간

---

24) '속도감'의 측면에서 볼 때, 이런 재현 방식은 시인의 일본 유학 체험이 반영된 초기시의 파노라마적 풍경의 재현 방식과 큰 차이가 난다. 파노라마적 풍경은 '보는 주체'가 수동적으로 받아들이는 일련의 이미지이다. 보는 주체는 근대적 교통수단을 이용해 공간을 빠른 속도로 이동하는 가운데 자신의 눈에 주어지는 '폭주하는 이미지들'에 반응을 한다. 하지만 이런 속도감은 이내 권태와 피로를 불러일으킨다.
반면 「毘盧峯」(1937년)에서 일련의 풍경들은 보는 주체의 저항을 불러일으키지 않는다. 보는 주체는 인간의 육체가 허락하는 속도로 스쳐지나가면서 자연 풍경에 자신을 투사한다. 이 작품의 마지막 두 연에 등장하는 산 정상의 풍경 즉 "꽃 옆에 자고 / 이는 구름 // 바람에 / 아시우다"는 모습에서 탐승하는 주체의 '우울'을 읽어낼 수 있는 것도 이 때문이다.

적으로 확대한 것으로 볼 수 있다. 산행 대상이 금강산에서 한라산으로 바뀌었지만 시상 전개 원리는 상당히 유사하기 때문이다. 「백록담」 역시 여정에 따라 시상이 전개되지만, 각 연의 묘사 대상은 서로 독립적이어서 각 연을 마치 별개의 작품처럼 읽을 수 있다. 이 작품에서도 '산'의 전체 형상은 묘사되지 않는다. "가재도 긔지 않는 白鹿潭"에 이르기까지 여정의 몇몇 단계에서 여행자가 접한 자연물들, 즉 산행 과정에서 접한 숱한 '高山植物(나무와 꽃, 풀과 약초 등)과 마소들에 대한 이야기나 인상이 각 연별로 열거되어 있다. 또한 산행 과정에서 화자가 경험한 다양한 '소리'들을 장황하게 묘사하거나(7연), 다른 사람에게 들었을 법한 말(6연 전반부)을 자신의 상상을 뒤섞어 전하기도 한다. 독자성을 띠는 각각의 부분들을 묶어서 전체 산의 형상을 상상하는 것은 독자의 몫으로 남겨진다.

「백록담」이 재현하는 한라산은 미적으로 완전한 대상도 아니고, 그렇다고 초월적 시니피에(가령 유교에서 말하는 도(道))의 담지체도 아니다. 물론 "바람이 차기가 咸鏡道끝과 맞서는 데", "海拔六千尺우"와 같은 수직적 이미지를 통해 대상의 장엄함이 드러나는 경우도 있지만, 시적 화자는 대상의 미적 완전성을 드러내거나 이념의 절대성을 부각하려 하지는 않았다. 이런 점에서 정지용의 기행은 대상을 통해 민족이라는 숭고한 이념(초월적 시니피에)을 드러내려 했던 1920년대 국민문학파 문인들의 기행[25]과는 사뭇 다른 성격을 지닌다. 정지용은 기행시(더 나아가 기행문) 쓰기를 통해, 흔히 대상에 내재해 있다

---

25) 이에 대해서는 서영채, 「기원의 신화를 향해 가는 길」, 『한국근대문학연구』 제6권 2호, 2005 참조.

고 믿어지는 어떤 숭고한 이념을 드러내려는 의지조차 보이지 않았던 것이다. 가령 한라산 정상에 도달한 시적 화자가 "쫓겨온 실구름 一抹에도" 흐리우는 백록담의 순결성을 강조하고 있지만, 거기에서 어떤 초월적 존재의 위대함을 부각하거나 민족 이데올로기를 드러내겠다는 의도를 찾아내기는 어렵다. 다만 「백록담」에서 시적 화자는 어미를 잃은 송아지의 모습을 보며 민족이 처한 상황을 떠올리는데, 이런 점에서 보면 '한라산'은 시적 화자와 식민지 현실 사이에 놓여 있는 갈등이 미처 해소되지 못한 부정적 공간이라 볼 수도 있다.

한편, 정지용이 그려낸 한라산은 생명이 충만한 곳도 아니며, 혹은 시적 화자와 '산수' 간에 물아일체적 교감이 이루어지는 곳으로 보기도 어렵다. 그의 '산'은 생명을 그 안에 품어내는 모성적 공간이 아니라, 오히려 충만한 생명력을 잃어버린 수척한 모습으로 그려져 있다. 실제로 그의 시에서 장엄한 풍경을 구성하는 자연물들은 하나같이 생명력이 고갈된 모습으로 재현되고 있다.

「백록담」의 1연에서, 화자가 '절정'을 향한 산행 과정에서 수없이 마주친 '뻑국채'는 고도에 따라 키가 消耗되고 마침내 "花紋처럼 版박"힌 형상으로 재현된다. 이렇게 수척해진 자연물들은 정지용의 '산'이 오히려 죽음의 공간, 혹은 죽음을 환기하는 공간에 가깝다는 것을 보여준다.[26] 3연에 시적 화자가 '백화'를 바라보며 자신의 죽음을 떠올린 것, 4연에서 '鬼神'마저 살지 않는 한모퉁이의 '도채비꽃'

---

[26] 물론 정지용의 기행시는 죽음의 이미지와 대척되는 자연물들이 나타나기도 한다. 척박한 환경에도 생명을 끈질기게 이어가는 고산식물들은 물론, 특히 「백록담」의 "丸藥 같이 어여쁜 열매"를 달고 있는 '암고란'이나 「옥류동」의 '약초'는 고된 산행 과정에 지친 화자를 "살아 일어"서게 해는 생명의 이미지로 표상화된다.

에서 '무서움'을 읽어내는 것도 이 때문이다. 이와 같이 정지용이 그려낸 '산'은 실제로는 동양적 이상향, 혹은 이상 세계와 거리가 멀다.

정지용은 「백록담」에서 고립과 단절, '죽음'과 같이 '산'의 부정적 속성을 강조한다.[27] 본래 '산'은 생로병사가 끊임없이 이어지는 순환의 세계이다. 거기에는 죽음도 있고 생명도 있다. 그럼에도 그의 시에서 자연물은 주로 수척한 생명의 표상으로 등장하는데 그 까닭은 자연(대상)을 바라보는 화자의 시선이 적극 개입하였기 때문이다. "不具에 가깝도록 고단한" 다리로 백록담에 도달한 시적 화자가 '백록담'을 앞에 두고 보면서 "쓸쓸하다"고 말할 수밖에 없는 것도 이 때문이다. 장엄한 자연 풍경 앞에서 품는 화자의 쓸쓸함은 시적 화자와 풍경 사이의 거리감을 보여준다. 이 거리감은 화자와 대상의 서정적 동일화가 불가능함을 암시한다. 시적 화자가 시의 마지막 부분에서 "나는 깨다 졸다 祈禱조차 잊었더니라"라는 진술을 통해 자신의 상징적 죽음을 선언하는 것 이외에는 절대적 존재를 재현할 수 없음을 토로하는 것도 이런 맥락에서 이해할 수 있다.

정지용의 기행시에서 '상징적 죽음'은 신의 절대성을 드러내기 위해 주체의 상징적 죽음을 선언했던 종교시와 유사한 측면이 있다. 한라산(백록담)은 인간과 자연이 동화된 세계도 아니고, 미적 완전성을 담지한 이상세계도 아니다. 정지용은 '한라산'을 통해 주체를 압도하는 자연의 절대성과 그 장엄함과 대비되는 유한한 인간 존재의 유한

---

27) 이런 점에서 「백록담」의 자연을 '두려움의 대상으로서의 자연', '결핍으로서의 자연'이란 관점에서 설명하고 있는 금동철의 견해를 주목할 필요가 있다. 금동철, 앞의 논문, 513~517 면 참조. 다만 금동철이 지적하듯 「백록담」의 '자연'이 꼭 기독교적인 것인가에 대해서는 추가적인 논의가 필요하다.

성을 함께 드러내고 있다.

한편, 재현 기법의 측면에서 보면, 정지용의 기행시는 화자의 주관성이 최대한 배제된 채 객관적인 재현이 시도된 것처럼 보인다. 또한 정제된 시 형식과 압축미가 돋보이는 작품뿐만 아니라, 「백록담」·「장수산」 같은 산문시에서도 압축과 생략, 비약 같은 표현상의 특징이 두드러진다. 보는 주체는 산행 속도에 맞춰 '산'의 이모저모를 훑어본다. 이 과정에서 어떤 자연물은 재현된 '풍경'의 프레임 속에 가둬지는 반면 어떤 것들은 프레임 밖으로 배제된다. 특히 완미한 자연물과 생명력이 충만한 동식물의 시각적 재현은 거의 이루어지지 않는다. 사실 정지용의 기행시가 주는 사실적 재현의 느낌은 착각에 지나지 않는다. 대상의 원근감과 전체적 형상은 물론이고 대부분 개별적 재현물의 배치나 위계, 사물을 바라본 시간의 선후 관계를 짐작하기조차 어려운 경우가 많다. 이는 기행시에 재현된 '산'의 풍경이 보는 주체의 시선에 의해 걸러진, 선택된 풍경들의 조합이기 때문이다. 풍경의 선택과 조합에서는 화자의 우울한 시선과 내면 풍경이 중요한 역할을 한다. 시적 화자가 기진한 육체를 이끌고 정상에서 올랐을 때, 그는 절대적인 '없음'의 체험 이외에는 아무 것도 형상화할 수 없었다. 이 없음은 보는 주체의 상징적 '죽음'(의 이미지)에 대한 선언과 같은 것이다.

'산'의 장엄함과 주체의 왜소함, 그리고 생명력이 고갈된 공간을 가로지르는 여행자의 '우울'한 시선은 일제말의 시대 풍경에 대한 알레고리화로 읽을 수도 있을 것이다. 정지용의 몇 차례에 걸친 기행이 어떤 기획의 소산인가와 상관없이, 그는 '산'(금강산, 한라산, 장수산)

을 어떤 추상적 이념을 상징하는 공간으로 재현하지 않았다. 특히 '산'을 민족의 '성소'로 바라보는 민족주의적 이념의 시선도 나타나지 않는다. 또한 은일을 가능케 하는 탈속(脫俗)의 시선도 실제로 그의 '산' 시편에서는 발견하기 어렵다.[28] 가령 「장수산 1」의 절대적인 '고요', 「장수산2」의 "찬 하눌이 골마다 따로" 보이는 첩첩산중의 고절감, 「구성동」의 "꽃도 / 귀향 사는곳", 「옥류동」의 "들새도 날러들지 않고 / 神秘가 한끗 저자 선 한낮"의 풍경 등은 대상의 장엄함과 화자의 고절감을 드러내고 있다. 하지만 결코 시적 주체가 합일을 꿈꾸는 이상화된 공간의 형상은 잘 드러나지 않는다.[29] 시적 화자에게 있어서 '산'은 거리감이나 단절감이 아니고서는 그려낼 수 없는, 시적 화자가 견대내야 하는 부정적 현실의 표상인 경우가 많다.

정지용의 시적 주체가 '우울'한 시선으로 '산'을 그려낼 수밖에 없었던 것도 이 때문이다. 그는 장엄한 공간 앞에서 한껏 왜소화된 주체로 자신의 모습을 드러낸다. 이 주체는 자신이 어찌할 수 없는 일제 말의 객관적 정세 앞에서 한없이 위축된, 수척한 영혼의 표정을 드러내고 있다. 이러한 상황에서 정지용은 "長壽山속 겨울 한밤내"에 맞서기 위해 "차고 兀然히 슬픔도 꿈도 없이"(「장수산 1」 중에서) 견디겠다고 선언한다. 여기서 '슬픔도 꿈도 없이'는 매우 역설적인 표현이다. 그것은 암울한 현실의 절대적인 크기에 압도된 주체의 왜소한 모습

---

28) '隱逸' 혹은 '탈속'의 이미지는 「장수산1」, 「장수산 2」, 「忍冬茶」 등에 나타나지만, 여기서의 은일 혹은 탈속은 탐승자의 눈에 비친 '타자'(가령 '늙은 중'과 '노주인')의 것이지 화자 자신의 현재 모습과는 거리가 멀다.

29) 「옥류동」(『조광』 25, 1937.11)의 "들새도 날러들지 않고 / 神秘가 한끗 저자 선 한낮"에서 화자가 '산'을 탈속의 공간으로 그려낸 것을 볼 수도 있지만, 이 경우에도 '산'은 시적 화자가 합일을 꿈꾸는 대상으로 그려지지는 않았다.

을 보여준다. 동시에 그것은 왜소화된 주체의 인간적 감정이나 소망을 통해서는 현실이 결코 극복될 수 없으리라는 비관적 전망을 담고 있다. 정지용의 '산' 시편의 '쓸쓸함', 상실과 비애의 정서는 시대 현실을 우울한 시선으로 바라보아야 했던 식민지 지식인의 냉혹한 자기 인식과 현실 비판의식의 일단을 보여주는 것일는지 모른다.

4. 나비의 겹눈과 상징적 죽음 —기행산문시에 나타난 심미주의적 부정의식

정지용은 한학적 소양과 유교적 교양을 겸비한 근대적 지식인이었다. 그는 서구적 모더니즘(이미지즘)과 카톨리시즘, 그리고 동양적 인문주의라는 겹눈을 가지고 일제말 식민지적 근대의 착종된 현실을 가로질렀다. 이 겹눈은 원근법(주의)적 시선, 즉 보는 주체의 단안을 상정하는 근대적 시각중심주의로부터의 탈정향을 가능케 하였다.[30] 이는 정지용의 후기시에서 시각 대신에 청각이 사물을 지각하는 방식으로 중요성을 획득하게 된 것, 그리고 단안(單眼)으로는 포착할 수 없는 것들이 언어적 재현의 가능성을 얻게 된 것에서 그 의의를 확인할 수 있다. 특히 일제말의 암흑기 현실 속에서 시적 화자

---

30) 근대적인 시각중심주의로부터의 탈정향은 사실 앞이 보이지 않는 암흑 같은 현실 때문에 비롯된 것이기도 하다. 가령 바타이유의 반시각적 사유에 결정적인 역할을 한 1차 대전의 경험은 시각 대신 청각의 우위성, 즉 눈에 보이지 않는 적에 대한 경험과 뗄 수 없는 관계에 있다. 이에 대해서는 주은우, 「근대적 시각과 주체」, 『사회비평』 12, 나남출판사, 1994 참조. 한편, 바타이유의 언급과 맥락은 다르지만, 정지용의 후기시에서 시적 주체는 '보이는 것' 대신에 '들리는 것'에 정향된다. 이는 구원의 주체로서 신의 존재성을 확인할 수 없는 실존적 상황 인식에 더해, 군국주의로 치닫고 있던 일제말의 암흑기 현실 속에서 시적 주체가 더 이상 시각에 의존에서 상황을 재현하는 것이 불가능하다는 인식이 뒤따른 결과라 할 수 있다.

가 자신의 분열된 시선을 수습하여 다층적으로 현실을 관조하고, 자신이 처한 실존적 상황을 넘어서는 초월의 비전에 도달하게 된 것은 겹눈의 시선이 전통과 근대, 자연과 문명, 동양과 서양 중 어느 하나로 시선이 정향되는 것을 막아주었기 때문이다. 그는 철저하게 경계인으로 사유했으며, 경계인의 시선으로 식민지적 근대의 현실을 가로질렀다. 정지용 후기시에서 엿보이는 정신주의(혹은 정신적 염결성)는 일제말의 냉혹한 현실에 대해 비판적 거리를 유지하려 했던 경계인 특유의 균형 감각을 보여준다. 겹눈의 시선으로 현실을 바라보는 경계인의 사유는 보는 주체의 시선을 바라보는 또 다른 성찰적 시선이 있었기에 가능했다. 여기서 겹눈의 시선을 표상하는 존재로서 '나비'의 시선에 주목할 필요가 있다.

정지용의 '산' 시편에는 '나븨'가 여러 차례 등장한다. 동양문화에서 나비는 흔히 장자의 호접몽 설화와 관련하여 언급되는 경우가 많거니와 기존의 정지용 시 연구에서도 이 점은 여러 차례 언급된 바 있다.31) 이때 나비는 꿈과 현실, 환상과 실재, 자아와 대상의 경계를 허무는 해체적 사유의 한 지평을 여는 자연물이다. 다만 장자적 세계관의 입장에서 정지용의 후기시를 논하는 것은 필자의 능력을 넘어서는 일이므로, 여기에서는 '나븨'가 상징하는 겹눈의 시선, 그리고 이 겹눈의 시선이 회화적 재현에서 차지하는 의미에 대해서만 집중적으로 살펴보기로 한다.

---

31) 신범순, 「정지용 시에서 혜매임과 산문양식의 문제」, 『한국현대문학연구』 5, 1997; 「정지용의 시와 기행산문에 대한 연구」, 『한국현대문학연구』 8, 2001 참조.

시기지 않는 일이 서둘러 하고싶기에 暖爐에 싱싱한 물푸레 갈아 지피고 燈皮 호 호 닦어 끼우어 심지 튀기니 불꽃이 새록 돋다 미리 떼고 걸고 보니 칼렌다 이튿날 날자가 미리 붉다 이제 차츰 밟고 넘을 다람쥐 등솔기 같이 구브레 벋어나갈 連峯 山脈 길 우에 아슬한 가을 하늘이여 秒針 소리 유달리 뚝닥 거리는 落葉 벗은 山莊 밤 窓유리까지에 구름이 드뉘니 후 두 두 두 落水 짓는 소리 크기 손바닥만한 어인 나비가 따악 붙어 드러다 본다 가엾어라 열리지 않는 창 주먹쥐어 징징 치니 날을 氣息도 없이 네 壁이 도로혀 날개와 떤다 海拔 五千尺 위에 떠도는 한조각 비 맞은 幻想 呼吸하노라 서툴리 붙어 있는 이 自在畵 한幅은 활 활 불 피여 담기어 있는 이상스런 季節이 몹시 부러웁다 날개가 찢여진채 검은 눈을 잔나비처럼 뜨지나 않을가 무섭어라 구름이 다시 유리에 바위처럼 부서지며 별도 휩쓸려 나려가 山아래 어느 마을 우에 총총 하뇨 白樺숲 희부옇게 어정거리는 絶頂 부유스름하기 黃昏같은 밤.

— 이상, 「나븨」 전문 인용

「나븨」에는 '나븨'를 바라보는 시적 화자의 시선, 그리고 시적 화자를 바라보고 있는 '나븨'의 시선이 겹쳐 있다. 이 두 겹의 시선은 램프의 불빛에 의해 시선으로 성립된다. "暖爐에 싱싱한 물푸레 갈아 지피고 燈皮 호 호 닦어 끼우어 심지 튀기니 불꽃이 새록 돋다"에 등장하는 램프 불빛은 겹눈의 시선이 발생하는 진원지이다. 램프의 '불빛'은 산장의 내부공간을 춥고 어두운 외부세계와 구분하다. 이 '불빛'은 정지용이 종교시에서 즐겨 사용했던 영혼의 불빛을 떠올리게 한다. 앞의 2절에서 살펴본 바와 같이, '람프'의 불꽃은 신의 선한 눈, 혹은 그것을 닮고자 하는 선한 영혼(내면)의 눈이다. 이렇게 선한 눈에 산장의 유리창에 달라붙은 '나븨'가 포착된다. "한조각 비 맞은 幻想"에서 알 수 있듯이, '나븨'는 '낙엽'[32]에 대한 착시의 소산이다. 그러나 그것은 단순한 착시가 아니다. 착시란 순간적인 시선의 혼란에서 비롯한 것이기 때문에 곧바로 교정될 수 있다. 그러나 시적 화자는 '나븨'의 환상을 교정하지 않고 오히려 그것을 지속하고 향유하려 한다. 왜냐하면 '나븨'의 환상은 시적 화자 자신을 향한 연민과 성찰의 시선과 관련이 있기 때문이다.

시적 화자(의 시선)와 '나비(의 시선)'는 서로를 되비춘다. '나'가 '나븨'를 보는 사건과 '나븨'가 '나'를 보는 사건은 별개의 것이 아니다. 그것들은 환상 속에서 상상적으로 향유되는 겹의 시선이다. '나븨'를 보는 '나'의 시선과 '나'를 보는 '나비'의 시선은 모두 환상일 수도 있고 실재일 수도 있다. 환상과 실재의 경계가 무너지면 근대적 풍경화가 추구하는 '틀짓기를 통한 풍경의 배제와 은폐'는 더 이상 불가능해진다.

그런데 '나비'의 '검은 눈'에는 '나'가 놓여 있는 산장 내부가 "이상한 季節"의 풍경으로 비친다. 시선의 전도가 발생하는 것이다. 비바람이 몰아치는 늦가을 밤 '海拔 五千尺 위'의 유리창에 달라붙어 있는 '나비'에게 산장 안의 불빛과 난로는 부러움의 대상이다. 산장 안은 수척해진 생명을 의탁할 수 있는 곳이기 때문이다. 시적 화자는

---

32) 권영민과 이숭원 역시 이 작품에 등장하는 '나븨'의 실체를 '낙엽'으로 해석하고 있다. 이에 대해서는 권영민 편, 『정지용 시 127편 다시 읽기』, 민음사, 2004, 614~617면; 이숭원(주해), 『원본 정지용 시집』, 깊은샘, 2003, 227면 참조.

이런 나비의 '검은 눈'을 떠올리며 연민('가엾어라')과 공포('무섭어라')의 이중적 감정에 휩싸인다. 연민은 시적 화자가 '나비'를 자신과 동일시함으로써 발생한다. 이때 나비는 고된 산행에 육체적으로 기진한 여행자를 암시할 수도 있고, 식민지적 근대의 억압적 현실 속에 수척해진 생명을 이어가는 순결한 영혼을 암시할 수도 있다. 하지만 이런 연민의 감정보다는 공포의 감정이 더 중요하다. '잔나비'처럼 뜬 '나비'의 눈은 화자를 노려보는 눈이기도 하다. 이 눈은 산장 안에서 안락을 향유하는 시적 화자에게 죄의식을 유발한다. 그러니까 나비의 검은 눈은 시적 화자의 내면을 향한 심판자(신)의 눈, 혹은 성찰적 시선을 표상하는 것으로 볼 수도 있다.

「나븨」에서 시적 화자의 성찰적 시선은 타자에 대한 연민의 눈과 결합하면서 일종의 윤리 의식을 드러낸다. 여기서 작품의 마지막 부분에서 비구름에 휩쓸려간 '별'이 "山아래 어느 마을"로 휩쓸려 내려갔다는 진술에 주목할 필요가 있다. "부유스름하기 黃昏같은 밤"에 비록 자신이 가야할 '절정'은 내다보이지 않지만, 시적 화자는 사라진 별들이 "山아래 어느 마을 우에 총총"하기를 바라는 마음을 엿보이고 있다. 시적 화자는 자신의 눈에 보이지 않는 타자의 영역들, '自在畵 한幅'의 프레임 밖에 있는 존재들을 떠올리고 있는 것이다. 이러한 시선의 교체는 보는 주체가 홑눈(單眼)을 버리고, 나비의 겹눈(複眼)을 선택했기 때문에 가능한 것이다. 가시성의 영역 밖으로 밀려난 것들을 은폐하고 억압하는 대신에, 시적 화자는 원근법적 시선으로는 볼 수 없는 영역들, 타자들을 시각적 재현의 영역 안으로 끌어들인다. 여기서 보는 주체와 보이는 대상간의 비대칭성은 극복되

고, 은폐된 타자들은 '눈'의 폭력성에서 벗어나 비로소 자신의 존재를 드러낼 수 있다.[33]

시적 화자가 '나븨'의 눈을 통해 세상을 바라보는 '환상' 체험은 일종의 초월적 시선을 체험한 것에 비견할 만하다. '나븨'의 눈을 통해 재현되는 것들은 있음과 없음, 실재와 가상의 경계를 뛰어넘어 새로운 사물의 질서를 형성하는 원천이 될 수 있기 때문이다. 정지용에게 있어서 이러한 시각적 체험은 보는 주체의 '눈'을 절대화하는 근대적 시각주의 혹은 회화주의[34] 밖으로 나아갈 수 있는 미학적 실천 방법을 제공한 셈이다. 이런 맥락에서 「나븨」와 함께 1941년 1월 『문장』(3권 1호)에 수록된 작품들 중에서 「진달래」·「호랑나븨」·「禮裝」 등의 산문시를 함께 살펴볼 필요가 있다.

「진달래」은 세 단계로 시상이 전개된다. 첫 번째 단계는 "上峰에 올라"가기까지 고된 산행 과정을 압축적으로 재현하고 있다. 여러 골짜기에서 본 각각의 풍경들을 뒤로 하고 시적 화자가 상봉에서 만난 것은 '푸른 하늘'과 '온산중 紅葉'이다. 두 번째 단계는 산 아래에 있는 절의 '장방'에 들어 휴식을 취하는 장면이다. 시적 화자는 '낮잠 드신 칙범'[35]을 화제 삼아 이야기하다 이내 기진해 잠이 든다. 이 '잠'

---

33) 「나븨」에 등장하는 '자재화'란 시어를 이러한 겹눈의 시선을 통해 설명할 수 있다. 산장의 유리창에 달라붙은 '나븨'(실재)를 보는 것은 일차적으로 원근법적인 시선을 전제로 한다. 이 시선은 유리창이란 프레임에 갇힌 존재인 '나븨'를 회화적(언어적) 재현의 대상으로 바라본다. 그러나 '나븨'가 산장 안을 바라보는 '나븨'(환상)로 상상되는 순간 원근법주의에 기초한 '자재화'는 성립될 수 없다. '나븨' 역시 겹눈으로 산장 안의 풍경을 바라보면서 그것을 '이상스런 계절'로 여기기 때문이다. 이러한 '나븨'의 시선은 근대 회화의 원근법적 시선과 재현 체계를 와해시키는 것으로 볼 수 있다.

34) 「천주당」(『태양』 1호, 1940.1)은 같은 제목의 수필에 인용된 작품으로서, 이 시의 4행에는 "나는 나의 繪畫主義를 단념하다"는 진술이 등장한다.

35) '칙범'은 시적 화자가 실제로 본 것이 아니라 골짜기를 에둘러 가면서 '칙범'이 있을 것 같

은 시적 화자의 상징적 죽음36)에 해당된다. 이 상징적 죽음을 통과함으로써 이 시의 세 번째 단계 단계에 이르러 시적 화자의 꿈속 세계가 펼쳐질 수 있었다.

바로 머리 맡에 물소리 흘리며 어늬 한곬으로 빠져 나가다가 난데 없는 철아닌 진달래 꽃사태를 만나 나는 萬新을 붉히고 서다.

위 인용문은 꿈속에서 본 환상이다. "진달래 꽃사태"란 시적 화자가 산행 중에 경험했던 가을산을 물들인 "홍엽"에서 떠올린 이미지인데, 꿈속의 '나'는 '진달래 꽃산태' 앞에서 "萬新을 붉히고" 서있다. 자아와 대상의 서정적 합일 이루어져 서로가 경계를 허물고 있는 것이다. 이러한 서정적 합일의 체험은 이 작품의 꿈과 환상이 지닌 도취적 성격을 분명하게 보여준다. 이는 서정적 자아가 상징적 죽음에 도달했기 때문에 가능한 것이었다. 그의 꿈과 환상, 그리고 미적 도취는 경험적 현실 세계에서 벗어나 초월적 세계로 진입하려는 욕망과 관련이 있다. 이러한 서정적 초월의 욕망은 같은 시기에 창작된

다고 여긴 것이다.

36) 정지용 시에서 '죽음'이 차지하는 의미에 대해서는 김종태, 「정지용 시의 죽음의식 연구」, 『우리어문연구』, 2001 참조. 본고에서 다루는 시적 화자의 '상징적 죽음'은 「유리창」의 '자식의 죽음' 같은 육체의 죽음이 아니라, 종교적 체험 같은 데서 볼 수 있는 자기(주체성) 부정의 사건을 가리킨다. '산' 시편에서 시적 주인공의 죽음 역시 이런 맥락에서 설명이 가능하다고 본다.
한편 '상징적 죽음'이란 개념으로 정지용 시의 죽음에 접근하는 것은 김승구의 논의를 참고한 것이다. 김승구는 정지용 후기시의 죽음을 '무력화된 주체와 상징적 죽음'이란 관점에서 설명한다. 특히 1940년대 초반 정지용 시가 도달한 "주체와 객체, 현실과 환상"(김승구, 「정지용 시에서 주체의 양상과 의미」, 『배달말』 37, 2005, 231면)이 포개지는 정신적 초월의 순간은 상징적 죽음의 과정을 통과함으로써 얻어진 것이라고 보았다.

기행 산문시 「호랑나븨」, 「禮裝」에서도 확인된다.

①

博多 胎生 수수한 寡婦 흰얼굴 이사 淮陽 高城 사람들 끼리에도 익었건
만 賣店 바갓 主人 된 畵家는 이름조차 없고 松花가루 노랗고 뻑 뻑국 고
비 고사리 고부라지고 호랑나비 쌍을 지어 훨 훨 靑山을 넘고.

— 이상, 「호랑나븨」 부분 인용

②

모오닝코오트에 禮裝을 가추고 大萬物相에 들어간 한 壯年紳士가 있었
다 舊萬物 우에서 알로 나려뛰었다 웃저고리는 나려 가다가 중간 솔가지
에 걸리여 벗겨진 채 와이샤쓰 바람에 넥타이가 다칠세라 납족이 엎드렸
다 한 겨울 내─흰손바닥 같은 눈이 나려와 덮어 주곤 주곤 하였다. 壯年
이 생각하기를 「숨도아이에 쉬지 않어야 춥지 않으리라」고 주검다운 儀
式을 갖추어 三冬 내─俯伏하였다 눈도 희기가 겹겹이 禮裝 같이 봄이 짙
어서 사라지다.

— 이상, 「禮裝」 부분 인용

잘 알려져 있듯이 「호랑나븨」(①)는 신문에 보도된 비극적인 연애
사건을 소재로 만들어낸 작품이다. 다루고 있는 사건은 사실적이지
만 시적 화자가 그려내고 있는 연애 사건 속 주인공의 모습은 모두
상상의 소산이다. '비린내'를 통해 암시하고 있는 주인공의 정사(情
死) 역시 마치 풍문 같은 느낌만을 준다. 정작 이 작품의 절정은 두

인물의 정사가 아니라 정사 이후, 즉 쌍을 지어 '청산'을 넘어가는 '호랑나비'에 대한 묘사 장면이다. 봄날 노랗게 날리며 시선을 흐리는 '松花가루'는 나른한 봄날의 환상을 자아낸다. 이 환상이 눈에 보이지 않는 뻐꾹새의 울음소리를 불러내고, 산기슭에 숨어 있을 고사리를 떠올리게 하며, 마침내 '호랑나비'의 환상 즉 죽은 자의 환생을 이끌어낸다. 이같이 비가시적인 것의 재현은 시적 화자가 더 이상 육체의 '눈'에 의존하지 않고 마음의 '눈'(심안)으로 사물 저 너머의 세계를 보고 있음을 암시한다.

「禮裝」 역시 '한 壯年紳士'의 자살사건을 소재로 만들어낸 작품이다. "禮裝을 가추고" 자살한 것도 그러하지만 "주검다운 儀式을 갖추어 三冬 내—俯伏"하는 모습은 이 죽음이 예사롭지 않은 죽음임을 암시한다. 여기서 '신사'의 자살 동기가 무엇인가, 그리고 '신사'의 죽음을 바라보는 화자의 시선이 어떠한가를 밝힐 필요가 있다. 우선 자살동기는 "「숨도아이에 쉬지 않어야 춥지 않으리라」"를 통해 엿볼 수 있다. '숨'을 쉬지 않는다는 것은 죽는다는 말과 같으므로, 이 진술은 '죽어야 춥지 않으리라'의 의미가 된다. 죽음이란 사건이 '추움'의 이미지와 연결된다고 본다면, 더 이상 춥지 않기 위해 죽는다는 진술은 시적 화자가 겨울의 추위보다 더 냉혹한 현실에 처해 있음을 암시한다. 그것은 죽음이 아니고서는 벗어날 수 없는 현실, 즉 시인이 살고 있는 일제 말 암흑기의 현실을 가리키는 것으로 볼 수 있다.

정지용은 1941년 일련의 기행산문시에서 타자의 '죽음'을 통해 시인 자신의 상징적인 죽음을 선언하였다. 특히 "禮裝을 가추고" 위엄 있는 죽는 모습, 타자의 시선을 의식하는 정결한 죽음에 이르는 것에 주목할 필요가 있다. 이것이 시인 정지용의 시 쓰기가 도달한 지점이다. 그것은 끝내 '절필'로 이어지고, 이 절필은 '시 쓰기의 정결한 죽음'으로 해석될 수 있을 것이다.[37] 정지용은 이러한 상징적 죽음을 통해 일제말의 현실에 대한 심미주의적 부정을 선언한 것으로 보아도 좋을 것이다.

이런 관점에서 '상징적 죽음'을 고찰할 때, 「盜掘」에 나타난 '심캐기늙은이'의 죽음은 새로운 의미를 시사한다.[38] 「盜掘」은 두 개의 시선, 즉 '山蔘'으로 상징되는 욕망의 대상을 바라보는 심마니의 시선과 그 욕망을 감시하고 처벌하는 '경관'의 시선(혹은 식민권력의 폭력적인 눈)을 겹쳐 놓았다. 이 두 개의 시선은 "警官의 한쪽 찌그러진 눈과 빠안한 먼 불 사이에 銃견양이 조옥 섰다"에서 서로 충돌하며 극적 고조감을 이룬다.

그런데 이 작품에는 또 다른 시선이 하나 숨어 있다. 그것은 사건을 현장감 있게 묘사하는 시적 화자의 시선이다. 이 시선의 주체는 작품에 직접 등장하지 않는다. 그는 마치 소설의 관찰적 서술자처럼,

---

37) 「호랑나븨」에서 두 주인공의 자살(정사) 동기는 분명하지 않다. 다만 "戀愛가 비린내를 풍기기 시작했다"는 진술에서 알 수 있듯이 이들의 관계는 사회적으로 용납될 수 없는 것이라 여겨진다. 가령 과부와 유부남 간에 이루어지는 사랑은 사회적 통념을 넘어서는 것일 수 있다. 만일 그렇다면 두 사람의 죽음은 죽음이 아니고서는 사랑을 성취할 수 없다는 비극적 인식의 소산이라 할 수 있다. 정지용은 이들의 연애와 죽음을 미화하거나 예찬하려 하지는 않았다. 다만 그는 두 사람의 죽음을 통해 자기 자신에 대한 상징적 죽음을 선언하고, 이를 통해 사회적 통념, 혹은 당대 일반인이 지녔던 허구적 이데올로기에 대한 심미주의적 부정 의식을 드러내려 했던 것이라 짐작할 수 있다.

38) 한 밤중에 깊은 산중에서 모닥불을 피워놓고 '산삼'을 캔다는 것은 자연스러운 상황으로 보기 어렵고, 산삼을 캐는 행위가 시의 제목인 '도굴'이란 표현과도 어울리지 않는다는 점에서 이 시의 시적 상황에 대해서는 상당한 논란이 있어왔다. 박현수는 최근 발표한 논문(「미학주의의 현실적 응전력─정지용의 「도굴」론」, 『어문학』, 2008)에서, 이 작품에서 심마니가 캐고 있는 것이 '산삼'이 아니라, 당시 식민권력에 의해 도굴 행위가 금지된 '중석'임을 밝혔다.

작중의 사건에 일체 개입하지 않고 객관적으로 사건을 묘사함으로써 도굴사건을 한 폭의 '그림'으로 번역해낸다. 「호랑나븨」와 「禮裝」의 경우처럼, 이 작품의 시적 화자 역시 타자(시적 주인공)의 죽음을 통해 자신의 죽음(상징적인 죽음)을 본다. 그에게 있어서 심마니의 죽음은 결코 자신과 무관한 사건, 즉 타자의 죽음이 아니다.

심마니를 죽음에 이르게 한 것, 그것은 일차적으로 물질에 대한 욕망 때문이다. 하지만 "山蔘이 담속 불거진 가슴팍이에 앙징스럽게 後娶감어리 처럼 唐紅치마를 두르고 안기는 꿈"이 암시하는 것처럼, 심마니의 욕망은 에로티즘적 성격을 지닌다. 에로티즘적 욕망은 순간의 시간 속에서 영원을 보려는 욕망이며, 이 욕망이 성취되는 순간은 상징적 죽음이 완성되는 순간이다. 그것은 육체의 소멸을 불사한다. 그러니까 욕망의 대상을 바라보는 심마니의 시선은 욕망에 눈이 멀어 죽음을 불사하는 정념의 '눈'이며, 그 욕망의 성취는 일순간의 도취 속에서 완성되고 또 소멸된다. 당홍치마를 입은 '후취'가 되어 산삼 무더기에 안기는 '꿈'은 그야말로 일장춘몽이다. "자작나무 화투불"을 중심으로 펼쳐지는 이 일장춘몽이 현실화되는 순간 또 다른 시선(식민 권력의 시선), 또 다른 불꽃이 등장하여 그 욕망의 실현을 가로막기 때문이다. 경관의 총이 발사되는 순간 그 총에서 뿜어나오는 '火藥불'은 '唐紅 물감'이 된다. 심마니가 꿈에서 보았던 '당홍치마'의 빛깔이 경관의 '火藥불'로 옮겨온 것이다. 모닥불의 불빛과 조응하는 이 '당홍' 빛은 이 시의 지배적 심상이다. 그런데 '당홍' 빛깔은 실재하는 사물의 빛깔이 아니라 환상 속에만 존재하는 빛깔이다. '화약불'에서 '당홍' 물감을 떠올리고 그것이 '곻았다'고 여기는 화자의 비극적 황홀의 시선에서 '죽음'에 미적으로 도취된 '눈'을 떠올릴 수 있다.39) 그 순간 도취된 눈은 당홍치마를 두른 '後娶감어리'(심마니, 그리고 시적 화자)가 삶과 죽음의 경계를 넘나드는 한 마리 나비, 즉 환상의 '나비'(당홍빛 치맛자락)로 바뀌는 것을 본다.

그렇다면 죽음에 도취된 시적 화자의 눈을 그리는 작품 바깥의 또 다른 시선, 즉 시인 정지용의 시선은 무엇인가? 그는 왜 삶과 죽음을 넘나드는 나비의 환상에 집착하는가? 도대체 '나비'란 무엇인가? 「盜掘」이 암시하는 바, '한조각 비 맞은 幻想'(「나비」중에서)인 '나비'는 '당홍 물감처럼' 고운 완미한 존재이다. 시인은 이렇게 완미한 존재인 '나비'를 통해 미적인 세계를 허락하지 않는 식민지적 근대의 폭압적 현실의 견고한 벽을 뛰어넘으려 했다. 그것은 시인이 상징적 죽음을 선언함으로써 '나비'가 표상하는 미적인 세계의 절대성과 순수성을 더 이상 훼손하지 않겠다는 의지를 표명한 것이며, 이는 궁극적으로 식민지적 근대 현실에 대한 심미주의적 부정의식을 보여준 것이다. 미적인 세계에 도취된 정념의 시선, 보이지 않는 것을 보는 견자의 눈을 갖는 것. 그리고 그런 '눈'으로 "별도 없이 검은 밤"40)의 현실을 감내하는 심미주의적 부정의식41) 말이다. 소위 문장파의 일원으로서

---

39) 죽음에 미적으로 도취된 시선은 죽음을 심미화 한다. 하지만 이런 방식의 죽음의 심미화는 식민지 권력의 감시하는 시선에 대한 저항에 연결된 것이란 점에서, 개인의 죽음을 공동체를 위한 희생과 헌신으로 형상화했던 경우(가령 서정주의 친일시에서 발견되는 죽음의 심미화)와는 구별되어야 한다.

40) '별도 업이 검은 밤'은 일제말의 시대적 현실에 대한 알레고리로 볼 수 있다. 근대의 시각 중심주의는 '빛'을 전제로 성립하는 것이다. 따라서 빛이 없는 세계는 어떤 '눈'(육안)으로도 재현이 불가능한 세계라 할 수 있다. 일제 말 정지용이 처한 시 쓰기의 상황은 육안으로서의 눈 대신에 심안으로서의 눈, 혹은 원근법적 시선이 전제하는 단안 대신에 (나비의) 겹눈에 의존하여 사물의 다른 면(보이지 않는 것, 혹은 환상)을 그려내거나, 아니면 사물의 재현 그 자체를 부정할 수밖에 없는 것이었다.

정지용이 지녔던 '고전주의'적 세계상의 밑바탕에는 이와 같이 식민지적 근대에 대한 심미주의적 부정의식이 자리 잡고 있었던 것이다. 그는 신(혹은 미적인 것의 절대성)이 응답하지 않는 시대에 여전히 신의 존재에 내기를 걸고, 그 신에 자신을 기투하였던 것이다.

5. 맺음말

　해방 이후 발표한 평론 「조선시의 반성」에서 정지용은 "『白鹿潭』을 내놓은 시절이 내가 가장 정신이나 육체로 피폐한 때다. 여러 가지로 남이나 내가 내 자신의 피폐한 원인을 지적 할 수 있었겠으나 결국은 환경과 생활 때문에 그렇게 된 것이었다. (…중략…) 생활도 환경도 어느 정도로 극복할 수 있는 것이겠는데 친일도 배일도 못한 나는 山水에 숨지 못하고 들에서 호미도 잡지 못하였다"[42]고 고백한 바 있다. 이어서 그는 친일의 압박과 신변의 협위 속에서 자신과 같은 '소위 비정치성의 예술파'만이 "끝까지 버티어 보려고 한 것"에 자부심을 드러내면서, "위축된 정신이나마 정신이 조선의 자연풍토와 조선인적 정서 감정과 최후로 언어 문자를 고수하였던

---

41) 박현수는 이 작품을 "시인의 미적 조율에 의해 완전히 은폐되지 않은 현실비판 인식이 담겨 있는 일종의 사회 비판적인 시", "미학주의와 현실주의의 경계에 놓인 독특한 작품"(박현수, 앞의 논문, 349~350면 참조)이라 평가한다. 이런 평가는 예술작품의 심미성과 현실부정성을 이원적인 것으로 바라본다. 하지만 심미주의적인 예술은 그 존재 방식 자체가 물화된 세계에 대한 심미주의적 부정을 환기한다. 정지용 시에서 '미적인 것'의 환상에 대한 탐닉은 현실에 대한 심미주의적 부정이란 관점에서 설명될 필요가 있다.
42) 정지용, 「조선시의 반성」, 『정지용전집 2―산문』, 민음사, 1988, 266면.

것"43)에 대한 자부심을 드러내었다. 이러한 정지용의 진술은 문장과 시절의 문자 행위에 대한 자기반성과 옹호의 논리를 함께 담고 있다. 하지만 그가 말한 '예술파'의 견인주의적ㆍ정신주의적 경향성, 혹은 현실에 대한 심미주의적 부정의식에 대해서는 경청할 부분이 많다. 감시하고 처벌하는 식민지 지배 권력의 시선에 맞서 순결한 영혼을 지키는 것, 근대시를 사수하는 것, 그리고 (민족)언어를 고수하는 것. 이 모든 것을 위해서 그는 다양한 '눈'과 '시선'을 끌어들이지 않으면 안 되었다. 이는 교토 유학 시절 이래 그의 시에서 지속적으로 나타나는 '시선'에 대한 자의식으로부터 발전되어 온 것이다.

본고는 식민지적 근대와 시선의 문제를 계보학적으로 살펴보는 작업의 일환으로 정지용의 중ㆍ후기시, 즉 1930년대 중후반에서 1940년대 초반에 이르는 시 창작, 특히 종교시, 기행시, 기행산문시 계열의 시에 나타난 풍경과 시선, 언어적 재현의 문제를 추적하였다.

우선, 정지용의 '종교시'는 초월자의 '눈'을 빌어 사물에 대한 감각을 회복하는 모습을 보여주고 있다. 일련의 종교시에서 절대자인 신은 '태양(달, 하늘) 등의 천체 이미지로, 혹은 '람프'와 같은 불꽃 이미지로 재현되는데, 이 이미지들은 하나같이 '눈'의 형상을 지닌다. 시적 주체는 자신의 눈을 부정하고 이 절대자의 눈만을 바라보거나, 그것을 자신의 영혼 내부로 이끌고 들어와 신앙인의 내면을 비춘다. 자신이 본 것(비가시적인 것)의 존재성을 절대화하는 신앙인의 자세는 일종의 '인식의 폭력'44)에 가깝다고 볼 수도 있지만, 정지용은 종교시에

---

43) 위의 책, 267면.
44) 임철규, 앞의 책, 32면.

서 독자에게 이런 인식의 폭력을 강요하지 않고 절대적 타자의 눈을 통해 자신의 삶을 되돌아본다. 특히 보는 주체의 눈을 특권화하는 근대적 시선 대신에, 절대적 타자의 눈을 끌고 들어와 자신의 내면을 되돌아보는 성찰적 시선으로 활용하고 있다. 이런 점에서 그의 종교시는 근대시의 내면성을 한 차원 고양시켰다고 평가할 만하다.

한편 정지용은 일련의 기행시(기행적 산문시를 포함하여)에서 종교시 창작단계에서 제시했던 시적 화자의 상징적 죽음의 문제를 작품 전면에 내세운다. 그의 기행은 한 편으로는 '산'이라는 장엄한 공간의 절대성을 드러내면서, 그 '산'의 풍경을 이루는 작은 자연물들 하나하나를 시각적으로 재현하고, 재현된 자연물들을 조합하여 전체의 풍경을 재현한다. 여기서 재현된 풍경으로서의 산 전체의 형상은 중요하지 않는다. 전체를 재현하는 것은 그의 기행시 쓰기의 목적에서 벗어나 있다. 한편, '산'은 풍경으로 향유할 완미한 존재도, 혹은 절대적 이념의 표상도 아니다. 그는 '산'을 동경의 대상으로 이상화하거나 은일의 삶을 꿈꾸지도 않았다. '산'의 재현은 절대적인 존재 앞에서 자신의 상징적 죽음을 선언하기 위한 것이다. 그는 '백록담'과 '비로봉'의 정상에서 폭력적인 원근법의 시선을 앞세워 세상을 굽어보거나 대상(자연물)을 지배하려 하지 않았다. 오히려 그는 산행 과정에서 대면하였던 생명력이 고갈된 자연물에 자신의 수척한 영혼의 표정을 투사하였다.

이 수척한 영혼이 세상을 보는 눈, 그것은 '우울'한 눈이다. 그것은 '산'으로 표상되는 자연에 대한 거리감을 통해서도 확인되거니와, 이런 문제제기를 통해 정지용은 식민지적 근대의 현실을 가로질러 새로운 시선을 끌어들여야 한다는 인식에 도달하게 된다. 역설적으로 그것은 근대적인 보는 방식과 가장 거리가 먼 '겹눈'의 시선을 끌어들이는 것이다. 원근법적 시선을 해체하는 '겹눈'의 시선은 단안에 의해 사물을 재현할 수 있다는 믿음, 혹은 근대적 시각체제의 환상 자체를 부정한다.

실제로 정지용은 1941년 『문장』지에 발표한 일련의 기행 산문시에서 '나비'의 시선을 통해, 객관적 재현이 불가능한 세계 앞에서 느끼게 된 공포와 환상을 그려내었다. 시적 화자의 눈에 비친 나비의 겹눈. 이 겹눈은 눈에 대한 눈, 시선에 대한 시선으로서 성찰적 시선의 문제를 본격적으로 제기한다. 정지용의 시적 주체가 '나비'의 눈을 보고 연민과 공포의 감정을 동시에 느낀 것은, '나비'가 식민지적 근대를 살아가는 위축된 영혼들의 표상이자 동시에 시인 자인의 표상이기 때문이다. 한편, '나비'는 겹눈으로 사물을 본다는 점에서 단안을 전제로 하는 원근법적 시선을 부정하는 존재라고 할 수 있다. 정지용은 이런 '나비'의 눈을 통해 근대적 시선의 폭력성을 비판하면서, 삶과 죽음의 경계, 있음과 없음의 경계를 가로지르는 초월의 상상력을 보여준다. 특히 「나비」·「호랑나비」·「예장」 등의 작품은 '상징적 죽음'의 문제를 본격화하면서, '서정시 쓰기'의 죽음을 선언하고 있다. 미적인 것조차 허락하지 않는 세계에서 정신의 순결성을 지켜내고 근대시의 위의(威儀)를 살려내려면 절필이 유일한 선택일 수 있는데, 정지용의 '나비'가 하나의 환상으로 삶과 죽음의 경계를 가로질러 '청산'으로 날아가는 모습은 이러한 시인의 운명에 대한 표상화이자 자기선언에 해당된다.

시어로서의 '조선어=민족어'의 풍경과 시단의 지형도

1930년대 중후반 임화의 시와 평론을 중심으로

1. 들어가는 말 — 임화라는 프리즘

　카프의 해산을 전후로 한 시기로부터 1940년대 중반에 이르기까지 한국의 현대시는 절체절명의 위기에 처하게 되었다. 근대시의 현실적 토대라 할 수 있는 국민국가가 결여된 상태에서 출발한 한국 근대시는 군국주의화된 일제가 중일전쟁과 태평양전쟁 등으로 이어지는 세계침략전쟁을 전개한 상황 속에서 일련의 강압적 사상통제 정책을 펼쳤을 뿐만 아니라, 표현의 수단인 민족어 자체를 포함하여 일련의 문학적 전환을 강요하였기 때문이다. 이 과정에서 식민지 백성의 일상적 의사소통수단이자 민족적 특성의 발현에 있어서 결정적 역할을 한다고 믿어졌던 '민족어' 대신에 '국어'(일본어)의 상용화가 강제되기 시작하였다. 언어가 사유와 표현의 수단이자 그 자체이고, 언어의 민족적·역사적 특성이 문학의 그것과 함께한다는 점을 고려하면, 1930년대 중후반 한국문학이 직면하게 된 민족어의 위기는 '민족문학'으로서 조선문학의 민족적 특성과 모더니티 자체를 그 출발점에서부터 점검할 필요성을 제기한다. 이러한 작업을 비평적 차원에서, 문학사 연구의 차원에서 가장 심도 깊게 진행한 문인 중의 한 사람이 바로 카프의 대표 시인이자 이론가, 조직운동가로 활동하였던 임화였다.

본고는 임화가 카프해산 이후 1940년까지 발표한 일련의 비평문 중에서, 특히 마르크스주의적 관점에서 언어(특히 민족어와 계급어)의 문제에 대해 논의한 글들과 당대의 시단의 지형도를 그려낸 글들, 그리고 이러한 비평적 견해를 바탕으로 창작한 일련의 시작품을 연구대상으로 설정하였다. 임화의 언어적 실천 속에 투영된 민족어의 풍경과 시단의 지형도를 재구성하고, 이를 통해 임화의 '언어' 인식과 시적 실천의 이데올로기적 성격을 면밀하게 규명하는 것이 연구의 주된 목적이다. 이와 함께 1930년대 중후반 한국시에 나타난 언어적 특성의 스펙트럼과 함께, 1930년대 후반의 정치적 상황과 담론의 질서 속에서 각각의 시인그룹의 언어적 실천이 지닌 이데올로기적 성격을 드러냄으로써 1930년대 시단의 지형도를 새롭게 그려낼 수 있을 것으로 기대한다.

본고는 기존의 현대시사 서술에서 주변부적 위치로 밀려나 있던 '임화'라는 프리즘을 통해 1930년대 시단의 언어적 실천의 양상을 점검하고, 1930년대 중후반 한국시의 다양한 이념적 지향이 각각 지니고 있던 편향성을 함께 드러냄으로써 1930년대 시에 대한 새로운 이해의 단초가 마련될 수 있을 것으로 기대한다. 임화라는 프리즘은 일견 낡고 투박하다. 카프 연구를 추동하였던 마르크스주의적 이념과 비평이론이 문학 연구의 공소한 이론으로 치부되고 있는 상황에서, 그리고 임화를 비롯한 식민지 시대 좌파 문학이데올로그들의 '민족 문학'의 이상이 더 이상 우리 시대의 문학적 좌표로 자리매김 되기 어렵게 된 포스트 모던한 사회에서, 임화라는 '망령'을 호명하고 그의 언어를 통해 시대의 언어적 풍경을 되비춰보는 것이 반드시 임화와 동시대의 문학을 이해하는 데 있어서 가장 적절한 방법이라고 할 수는 없다.

그럼에도 임화를 프리즘 삼아 동시대의 언어적 실천의 스펙트럼을 얻어내는 작업은 동시대의 문학을 이해하는 유효한 방법일 수 있다. 임화가 지향한 이념과 문학적 실천의 옳고 그름을 떠나, 임화의 문제의식이 동시대 시단(문단)의 언어적 상황과 언어인식, 그리고 시적 실천의 지형도를 오늘날의 관점에서 재구성하는 데 하나의 가늠자 역할을 할 수 있기 때문이다. 최근의 비평사 연구, 특히 담론 연구에서 임화의 언어인식, 전통과 모더니티 인식, 친일의 문제 등을 새롭게 조명하는 움직임이 활발하게 전개되고 있는 것에서 알 수 있듯이, 임화가 제기한 문학사적 문제제기는 식민지 시대의 문제인 동시 우리 시대의 문학 담론과 문화적 실천—특히 탈식민적 관점에서—의 핵심 문제가 될 수도 있다.

본고는 최근의 임화 연구의 성과1)를 비판적으로 수용하면서 1930

---

1) 임화의 언어론과 관련하여 본고에서 참조한 기존 연구는 다음과 같다. 김신정, 「정치적 행동으로서의 시와 시의 형식」, 『임화 문학의 재인식』(문학과사상연구회), 소명출판, 2004; 김예림, 「초월과 중력, 한 근대주의자의 초상」, 『한국근대문학연구』 제9호, 2004; 배개화, 「민족어, 민족문학, 리얼리즘—임화의 경우」, 『현대소설연구』 37, 2008; 신두원, 「변증법적 사유와 실천의 한 절정—1940년을 전후한 시기의 임화」, 『민족문학사연구』 38, 2008; 신재기, 「임화의 문학언어론 연구」, 『한국문예비평연구』 제19호, 2006; 여태천, 「임화의 언어의식

년대 중후반 임화가 그려낸 시단의 지형도와 민족어의 풍경을 재구성하고, 그것이 식민지 시대에 대한 문학적 대응으로서 어떤 의미를 지니는가를 면밀하게 따져볼 것이다. 특히 그의 비평적 실천 속에 내재된 시인으로서의 감수성과 언어의식, 서정시의 존재 방식에 대한 비판적 인식을 함께 드러내도록 할 것이다.

2. 논의의 출발점 – 「지상의 시」에 대한 해석 문제

식민지 시대의 시인, 문인들 중에서 임화만큼 다양한 갈래에 걸쳐 문학 활동과 언어적 실천을 펼친 경우는 찾아보기 어렵다. 그는 활동 영역이 시창작과 문학비평—특히 소설비평—, 문학사 연구는 물론, 회화와 영화 관련 활동, 출판 관련 활동 등에 두루 걸쳐 있었고, 모든 부분에서 괄목할 만한 성과를 이끌어낸 전방위적인 문인이었다. 그의 비평적 관심사 역시 카프의 조직과 실천 문제, 창작방법 논쟁 등에 한정되지 않고 시단과 소설계의 창작 경향과 관련한 제반 문제에 두루 걸쳐 있다. 시문학의 경우만 하더라도, 임화는 단편서사 창작을 둘러싼 예술대중화논의, 기교주의논쟁 등에 참여하면서 근대시사에서 결코 소홀히 여길 수 없는 중요한 문제의식들을 제기한 바 있다. 특히 그의 시 비평은 신경향파시에 대한 자기옹호를

과 시의 현실성」, 『어문논집』 59, 2009; 와타나베 나오키, 「임화의 언어론」, 『국어국문학』 제138호, 2004; 윤대석, 「1940년을 전후한 조선의 언어 상황과 문학자」, 『한국근대문학연구』 4권 1호, 2003; 윤대석, 「1930년대 말 임화의 언어론」, 『우리말글』 45, 2009.4.

넘어 식민지 시대 한국시의 향방을 가늠하는 도전적인 문제의식과 진단, 처방을 함께 제시하고 있어 주목된다.

이러한 논쟁을 이끌어가는 임화의 비평적 입각점은 일정한 당파적 이해관계와 무관할 수 없으며, 그의 세계관적 기초가 되는 마르크스주의 이념으로 인해 동시대의 시적 담론과 시사적 과제를 계급성과 현실성이라는 편협한 틀 속에 한정하여 논의하는 경향이 있었던 것도 사실이다. 하지만 그의 시적 실천이 시대를 향해 가장 민감한 촉수를 내밀고 있다는 점, 그리고 언제나 새로운 시대에 대한 비판정신과 연결되어 있다는 점은 결코 간과되어서는 안 된다.

임화는 비평적 관심사를 자신의 시 창작의 중요한 모티브로 삼는 경우가 많았다. 임화의 언어적 실천이 오랜 세월 동안 이론과 실천의 양 방면에서, 문학비평과 작품 창작의 양 방면에서 동시에 이루어졌기 때문이다. 사실 그는 단편서사시 창작과 그것의 철회 과정에서 자신의 비평적—혹은 이론적—입각점을 여실하게 드러낸 바 있으며, 카프 해산을 전후한 시기에는 일련의 시 창작을 통해 식민권력에 대한 저항과 소위 '주체의 재건' 문제를 부각시켰고, 「현해탄」계열의 시를 창작할 때는 '낭만주의'의 문제를 시적 담론 내에 끌고 들어오기도 했다. 이런 사실은 임화의 시 창작과 비평, 문학사 서술에 이르는 임화의 전방위적 문학 활동이 상호 유기적으로 연결되어 있음을 보여준다.

'언어의식'의 문제 역시 마찬가지이다. 임화는 일련의 비평문을 통해, 그리고 문학사 서술을 통해 동시대 문인들이 직면한 민족어의 위기와 그 해법에 대해 심도 깊은 논의를 진행한 바 있거니와, 이러한 비평적 관심이 시적 담론 내부로 이입하여 일련의 논쟁적인 시를 창작하고 있는 점은 주목할 만한 일이다. 본고는 그의 시작품 「지상의 시」(『풍림』, 1937.2)를 논의의 출발점으로 삼고자 한다. 이 작품은 언어와 시의 존재 방식 자체를 문제 삼는 일종의 메타시이다.

太初에 말이 있느니라……
인간은 고약한 전통을 가진 동물이다.
행위하지 않는 말,
말을 말하는 말,
이브가 아담에게 따준 무화과의 비밀은,
실상 지혜의 온갖 수다 속에 있었다.

포만의 이야기로 기아를,
천상의 노래로 지옥의 고통을,
어리석게도 인간은 곧잘 바꾸었었다,
그러나 지상의 빵으로 배부른 사람은
과연 하나도 없었던가?
신성한 지혜여! 광영이 있으라.

온전히 운명이란, 말 이상이다.
단지 사람은 말할 수 있는 운명을 가진 것,
운명을 이야기할 수 있는 말을 가진 것이,
침묵한 행위자인 도야지보다 우월한 점이다.

말을 행위로,

행위를 말로,

자유로 번역할 수 있는 기능,

그것이 시의 최고의 원리.

지상의 詩는

지혜의 허위를 깨뜨릴 뿐 아니라,

지혜의 비극을 구한다.

분명히 태초의 행위가 있다……

— 이상, 「지상의 시」 전문 인용2)

이 작품에서 임화는 요한복음 1장 1절 "태초에 '말씀'이 계셨다"를 인용한 후, 일련의 수사적 표현을 통해 언어와 시에 대한 자신의 사유를 펼쳐놓고 있다. 이 작품의 전체 의미 구조와 맥락을 고려하면, 인용된 요한복음 1장 1절은 성경 본래의 신학적 맥락과 의미로부터 상당히 벗어나 있음을 알 수 있다. 사도 요한의 기록에서 '말씀'은 로고스(logos), 즉 신적 이성을 가리킨다. 이는 창세기에 서술된 바, 태초에 천지를 창조한 신(절대자)을 의미하는 동시에 말씀(로고스)의 성육신으로서 출현하게 될 예수 그리스도를 의미한다. 그러니까 복음서에서의 '말씀'은 임화가 생각하듯 인간의 사유와 표현의 도구로서의 '말(언어)'과는 다른 차원의 것인 셈이다.

---

2) 임화문학예술전집편찬위원회(편), 『임화문학예술전집 1』(소명출판, 2009), 143~144면. 앞으로 임화의 시나 평론을 인용할 때에는 별도의 주석을 달지 않고, 본문 해당 부분에 '『전집−권호수』(인용면수)'로 표시할 것임.

임화는 이러한 복음서의 진술을 오독(誤讀)3)하고 탈(脫)맥락화한 후 이 진술과 내적 논쟁을 벌인다. 내적 논쟁은 서로 다른 두 가지 방향을 향한다. 하나는 기독교적 진리로 알레고리화된 '신성한 지혜'를 향한 것이고, 다른 하나는 '시의 원리'를 향한 것이다.

전자는 인간의 언어와 행위, 그리고 모든 사물에 앞서 존재하는 것으로서 신적 이성이라는 관념에 대한 도전과 관련이 있다. 이 작품에 등장하는 신(적인 것)과 인간(적인 것), 천상과 지상의 대립적 표상은 신적 이성이라는 관념으로부터 파생한 것이다. 이 관념을 승인하는 순간, 그러니까 인간이 신적 이성에 의해 창조된 피조물임을 인정하는 순간 인간은 더 이상 신적 이성의 영역을 침범하거나 의심할 수 없다. 하지만 임화는 이러한 신적 이성의 존재를 승인하지 않는다. 시적 화자는 인용된 시의 1연에서는 '무화과의 비밀'이 "지혜의 온갖 수다 속에 있었다"고 판단하였고, 2연에서는 "신성한 지혜여! 광영이 있으라"는 반어적 표현으로 신적 이성에 대해 냉소적 태도를 드러냈으며, 3연에서는 지혜의 '허위'와 '비극'에 대해 언급하고 있다.

이는 종교적 진리와 신성성에 대한 임화의 부정적 인식의 일단을 드러낸다. 유물론적 사유에 철저했던 임화의 입장에서 반종교적, 반기독교적 언술을 표출한 것은 전혀 놀랄 만한 일이 아니다. 다만 임

---

3) 임화가 요한복음 1장 1절을 오독하고 있다는 것은 「언어의 마술성」(『비판』, 1936.3)을 보면 명확하게 드러난다. 임화는 복음서의 진술을 "기독교에 의하면 인간은 신이 창조하신 바이고, 말은 신이 인간에게 준 가장 귀한 보배의 하나"로서 "세계의 창생과 더불어 인간이 있었다든지, 인간은 태초로부터 말을 가졌었다든가 하는 우화"는 믿을 수 없는 것이라고 말한다. 그는 복음서의 '말'이 인간의 소통 수단으로서의 언어가 아니라 신적 이성(로고스)으로서의 하나님의 '말씀'(=예수 그리스도)을 가리킨다는 점을 간과한 것이다.

화가 비판하는 이 작품의 '말씀'은 신적 이성(로고스)만을 가리키는 것이 아니라, 관념론적 사유 일반을 향하고 있는 점에 유의해야 한다. 시의 마지막 부분에서 시적 화자는 '태초의 말' 대신에 '태초의 행위'를 앞세운다. 그러니까 신의 '말씀'이 인간, 그리고 인간의 말과 행위를 낳은 것이 아니라, 인간의 행위가 (인간의) 말을 낳고 이 말이 또 다른 행위를 이끌어냈다는 것이다. 이런 논리는 언어 발생에 대한 마르크스와 엥겔스의 유물론적 사유의 일단을 드러내고 있는 것이다.

한편, 후자 즉 '시의 원리'와 관련한 내적 논쟁은 '지상의 시'를 앞세워 동시대 문단의 '부르주아적' 시 관념을 비판하기 위한 것이다. '시의 표현수단은 언어'라는 것은 시에 관한 가장 일반적인 정의에 속하지만, 표현수단으로서의 언어가 언어 이외의 것에 선행한다고 주장하는 것, 더 나아가 언어 이외의 것을 일체 사상한 후 언어 그 자체만을 절대화하는 것은 임화에 의하면 부르주아적 예술과 미학이 보여주는 시에 대한 관념에 해당할 뿐이다.

그런 까닭에 인용된 시의 1연에서 시적 화자는 "행위하지 않는 말"과 "말을 말하는 말"을 들어, '행위'에 앞서 '언어'를 절대화하는 부르주아 미학, 특히 자율적 예술의 이론에 대한 부정적 인식을 드러낸다. 시적 화자는 말은 '행위'로부터 파생한 것이고, 이 행위를 언어로 그리고 언어를 행위로 "자유로 번역할 수 있는 기능"이야 말로 최고의 시적 실천의 원리를 이룬다고 보았던 것이다. 이런 유물론적, 변증법적 사유는 지혜의 허위에 빠져 있는 천상의 시(혹은 관념론적 시학)에 대한 '지상의 시'(혹은 유물변증법적 시학)의 우월성에 대한 확신으로 이어진다. 인용된 시의 2연에서 시적 화자가 '기아'와 '지옥의 고통'

을 은폐하고 '포만의 이야기'와 '천상의 노래'를 읊어대는 인간(시인)의 어리석음을 비판한 것 역시 이런 맥락에서 이해할 필요가 있다.

그렇다면 말과 행위의 변증법적 관계에 주목하는 '지상의 시', "지상의 빵으로 배부른 사람"이 부르는 노래란 과연 무엇을 가리키는 것일까? 그것은 카프 해산 이후 임화가 그려내고 있는 시단의 지형도를 통해 유추할 수 있다. 결론부터 말하면, '지상의 시'란 임화 자신을 포함한 경향파의 시를 가리킨다. 기교주의 논쟁을 거치면서 임화는 관념론적 미학과 형식주의적 시학에 맞서 형식(기교)에 대한 내용의 우위를 주장하였고, 자율적 언어에 대신에 도구적 언어를 앞세웠다. 이런 대결구도는 근본적으로 경향파의 시적 실천을 옹호하기 위한 것이었다.

여기에는 임화 자신의 시적 실천에 대한 자기 확인과 존재 증명 문제가 긴밀하게 연결되어 있다. 시의 3연에서 시적 화자가 '침묵'을 강요당하는 시대의 억압적 현실[4] 속에서 그러한 시인의 "운명을 이야기할 수 있는 말을 가진" 인간의 우월함을 강조하는 이유가 여기에 있다. 그에겐 행위와 말의 일치 속에 시인의 운명을 노래하는 것이 다른 어떤 언어적, 시적 실천보다 중요했다. 그리고 이런 믿음을 바탕으로 시대적 제약을 뚫고 '행위'를 언어로 번역하여 '지상의 시'를 노래하는 것을 자신의 운명으로 기꺼이 받아들였다.

---

4) 침묵을 강요당하는 시대 현실에 대한 임화의 절규는 「바다의 찬가」(『조선일보』, 1937.6.23)에 잘 나타나 있다. "바다야! / 너의 기픈 가슴 속엔 / 思想이 들엇느냐 / 억센 反抗은 / 무슨 意味이냐 / 나는 하늘을 向한 / 너의 意味보다도 / 날뛰는 肉體를 / 사랑한다 / 시인의 입에 / 마이크 대신 / 재갈이 물려질 때, / 노래하는 열정이 / 沈黙 가운데 / 최후를 의탁할 때, / 바다야! / 너는 몸부림치는 / 肉體의 곡조를 / 반주해라."(『전집 1』, 455면)

그렇다면 「지상의 시」에서 임화가 내세운 ① 시의 최고의 원리로서 '말'과 '행위'를 서로 자유롭게 번역할 수 있는 기능 ② '말'에 앞서 존재하는 '태초의 행위'라는 두 가지 명제는 어떤 사유로부터 도출된 견해인가? 이는 그의 비평적 언술행위를 참조해야 비로소 해답의 가능성을 얻을 수 있다. 「지상의 시」와 가장 밀접한 상호텍스트적 관계에 있는 비평이 바로 「문학과 행동의 관계」5)이다.

이 평론은 예술지상주의의 미학적 근거인 칸트의 미적 자율성 이론을 마르크스와 엥겔스의 논문에 기대에 비판하고 있다. 칸트 미학의 핵심은 '무관심(무사심성)의 예술'에 모아지고 있거니와, 임화는 칸트의 미학적 견해가 "문학과 행동에 관한 시민적 이해의 기본적 핵심"(529면)을 이루는 것으로서 문학예술을 생활로부터 분리시키고, 사유와 노동 그리고 언어의 삼위일체적 관계를 몰각한 것이라고 보았다. 이러한 견해의 논거로는 '노동용구의 인공적 제작'을 통해 노동행위가 사유를 상반(相伴)하였다는 마르크스의 논증과, "사유의 근본표상인 언어는 노동과정 내의 인간의 상호접촉 행위 가운데서 발생"(534면)하였다는 엥겔스의 논증을 인용하고 있다. 마르크스와 엥겔스의 유물변증법에 의거한 논증은 사유와 언어의 관계 및 동물과 구분되는 인간의 특성을 설명하는 데 있어서 설득력이 높은 견해이다. 정작 주목할 것은 인간의 언어가 '태초의 행위'로부터 비롯되었다는 생각이다.

이 진술은 임화가 마르크스와 엥겔스의 논증을 발전시킨 것이 아니라, 1920~30년대 소련의 언어학에서 언어의 발생과 관련하여 가

---

5) 『조선일보』, 1936.1.8~1.10; 『전집 4』, 526~536면.

장 공식적인 이론을 내놓았던 마르(N. Ya. Marr)의 언어학을 빌려온 것이다.[6] 언어를 다른 이데올로기와 마찬가지로 토대에 의해 결정되는 상부구조의 일종으로 간주하는 마르의 속류 유물론적 언어이론은 1950년대 들어와 스탈린에 의해 공식적으로 부정되기까지 소비에트 언어학의 가장 권위 있는 담론이었거니와,[7] 그 이론적 핵심에는 '동작언어설'이 자리 잡고 있다. 마르는 언어의 기원이 인간의 행동으로부터 분리된 발성언어가 아니라 최초의 노동행위 가운데서 원인(原人)들이 육체적 동작을 가지고 연작한 가시적 교통수단 즉 동작언어에 있으며, 이 동작언어는 '행위와 사유와 언어가 혼일히 융합된 상태'라고 보았다. 결국 "언어는 최초부터 사유와 노동과 사회생활과의 불가분의 관련 가운데 발생"(535면)한 것으로서, 언어는 사유와 함께 존재라고, 사유의 외부에 언어는 없다는 것이다.

언어의 발생과 관련한 마르의 견해는 관념론적인 언어관—임화의 시에서 표현된 바 인간의 행위와 노동 이전에 '말씀'(언어)가 있다고 보는 언어관—과 대척되는 것으로서, 마르는 이를 통해 훔볼트 이래의 관념론적 언어관을 비판하는 동시에 부르주아 언어학 특히 인도유럽

---

6) 마르주의 언어학의 영향은 임화의 평론에서 마르가 직접 언급되고 있다는 사실에서도 알수 있다. 그럼에도 기존 연구자들 중에서 와타나베 나오키(「임화의 언어론」, 『국어국문학』 제138호, 2004) 외에는 마르주의 언어학이 미친 영향에 대해 주목한 경우가 거의 없다. 본고에서는 마르주의 언어학에서의 '계급성' 중시가 임화의 문학어로서의 민족어 논의에 미친 영향에 주목하고 논의를 이끌어가고자 한다.
7) 마르의 언어학과 그 비판에 대해서는 오제프 스탈린, 정성균 역, 『사적유물론과 변증법적 유물론 / 마르크스주의와 언어학』, 두레, 1989; 이기웅, 「반성과 지향의 이론적 형식으로서 러시아 언어학의 흐름」, 『러시아연구』 제15권 제1호, 2005; 고영근, 「북한의 소련 언어이론의 수용양상과 적용문제」, 『통일시대의 어문문제』, 길벗, 1994; H. 마르쿠제, 문헌병 역, 『소비에트 마르크스주의—비판적 분석』, 동녘, 2000; M. 바흐찐, V. N. 볼로쉬노프, 송기한 역, 『마르크스주의와 언어철학』, 흔겨레, 1988 참조.

어족의 공통의 기원을 추적하였고 '민족어'라는 관념(혹은 신화)을 절대화하는 동시대 유럽의 언어관을 비판하였다. 그는 언어의 역사적 변이에 있어서 민족어 간의 교섭의 중요성을 부정하지 않았지만, 그것보다는 계급성이 훨씬 더 중요한 영향을 미치고 있다고 보았다.[8]

임화는 이러한 마르의 '동작언어설'을 칸트의 미적 자율성이론, 그리고 예술의 유희기원설에 대한 비판의 논거로 삼았다. 문학의 표현수단인 언어가 본질적으로 노동으로부터 발생한 것이라면, "사유와 노동, 문화, 예술과 행동을 이원적으로 분리하는"(『전집 4』, 535~6면) 칸트의 예술관은 "육체노동과 정신노동의 분리에 의하여 특징되어 있는 시민사회의 소산"일 뿐 "사유 급 문화의 역사적 사실과 일치하지" 않는다는 것이다. 이런 입각점에서 보면 인용된 시에서 "말을 말하는 말", 즉 노동과 행위로부터 분리된 언어 그 자체를 절대화하려는 자율적 문학의 이념은 부정되어야 마땅하다. 자율적 문학의 이념은 말의 기원으로서 노동, 사회현실(특히 노동계급의 현실)을 은폐하는 것이고, 「지상의 시」에서 언급한 바와 같이, '기아'와 '지옥의 고통'을 헛된 '천상의 노래'로 바꿔 부르는 것에 지나지 않기 때문이다. 여기서 '천상의 노래'란 결국 기교주의 논쟁을 통해 임화가 그토록 비판하였던 1930년대 순수시파와 모더니스트들의 시 창작을 가리키는

---

8) 이러한 속류 유물론적 견해는 훗날 스탈린에 의해 공식적으로 부정되기에 이른다. 스탈린에 의하면 토대의 변화가 언어의 변화를 이끌어내지 못했으며, 언어는 모든 계급이 공유하는 의사소통 수단으로써 언어 자체에 계급성은 중요한 계기가 되지 못한다는 것이다. 또한 마르주의자들과 달리 스탈린은 마르크스와 엥겔스, 레닌의 '언어'에 대한 언급들을 재해석하면서, 전(全)인민적인 유일한 '민족어'의 필연성—여기서 방언이나 통용어는 전 인민적 언어의 곁가지로서 전 인민적 언어에 종속되어 있다—을 강변한다. 스탈린에 의한 마르주의 언어학 비판은 2차 대전 이후 프롤레타리아 국제주의에서 일국사회주의로의 전환이란 테제가 밀접하게 연동되어 있다. 이에 대해서는 요제프 스탈린, 앞의 책, 108면 참조.

것으로 볼 수 있다. 임화는 한편으로는 언어의 현실성을 강조하면서,
다른 한편으로는 표현 대상으로서 현실을 적확하게 표현할 수 있는
언어 대신에 언어 그 자체의 아름다움만을 시창작상의 유일한 목표
로 삼는 비(非)경향파 시인들의 자율적 예술이론과 시 창작을 비판한
셈이다.

「지상의 시」에서 시적 표현을 얻은 임화의 언어관과 문학예술관
은 카프 해산을 전후한 시기로부터 1940년대 초반에 이르기까지 임
화가 견지했던 생각의 핵심을 담고 있다. 이 시기에 임화는 한편으
로는 카프 시절 견지하였던 유물변증법적 예술이론과 사회주의 리
얼리즘이란 창작방법론의 정당성을 주장하였고, 다른 한편으로는
과거 경향문학의 문학사적 성과와 한계를 입증함으로써 악화일로를
걷고 있던 민족적, 계급적 현실 속에서 문학예술의 올바른 방향을
견인하려는 비평적 욕망을 가지고 있었다. 그가 신문학사 서술의 과
제에 골몰하는 한편 동시대 문학의 다양한 지형도를 끊임없이 점검
하면서 문단의 복고주의적 경향과 형식주의적 경향을 두루 비판한
사실도 이런 맥락에서 이해할 수 있을 것이다.

이러한 비평적 작업의 핵심에 문학어로서 '민족어'가 처한 위기,
'민족문학'의 위기라는 시대에 대한 임화의 비관적 전망이 자리 잡고
있다. 임화가 보았을 때 1930년대 후반의 현실은 민족어가 소멸될
위기, 그리고 민족어를 기반으로 창작되는 민족문학의 확립이 요원
해지고 있던 시기이다. 언문일치의 이상을 실현해야 할 근대문학이
근대적 민족어(=표준어)의 확고한 기반 위에 서지 못하고 혼란된 언
어(민족어)의 상황만을 반영하거나 혹은 그것을 재생산하는 데 그친

다면 근대적 민족문학은 끝내 소멸할지 모른다는 위기의식, 더 나아가 파시즘 하의 식민지 현실에 대한 위기의식이 임화의 비평적 / 문학사적 진단에 강고하게 자리 잡고 있다. 이제 민족어(=표준어)와 언어의 계급성, 현실성에 대한 임화의 인식의 형성 및 심화 과정을 그의 비평논의를 통해 보다 면밀하게 살펴볼 필요가 있다.

3. '민족어'와 '계급성', 그리고 '현실성'의 관계

　　1930년대 중후반 임화의 언어인식에 절대적인 영향을 미친 마르크스주의가 임화의 평론에서 구체적으로 인용되기 시작한 것은 「언어와 문학—특히 민족어와의 관계에 대하여」[9]부터이다. 임화가 새삼 '민족어'의 문제에 주목한 것은 조선어학회가 제정·발표한 '한글마춤법통일안'을 둘러싼 숱한 논란—특히 조선어연구회측의 언어학자들과의—이 한 계기가 되었던 것으로 보인다. 임화 역시 많은 문인들과 함께 '한글마춤법통일안'을 지지하였는데, 이는 조선어학회의 통일안이 문학의 기반이 될 민족어의 통일 및 표준어 확립의 계기가 된다고 보았기 때문이다.

　　하지만 임화는 조선어학회측 국어학자(=관념적인 언어학자; 『전집 4』, 462면)들을 포함하여 동시대의 국어학자들의 언어관에 대해서는 비판적이었다. 임화는 그들의 관념론적 편향성, 즉 언어의 계급성을 부인하고 민족·민족어의 항구성만을 절대적으로 내세웠던 '애국주

---

9) 『문학창조』(창간호, 1934.6) 및 『예술』(1935.1); 『전집 4』, 458~485면.

의적 언어학'(464면)을 냉소적인 시선으로 바라보았다. 언어란 무쌍한 이합과 상호투영, 혹은 종합적 발전에 의해 역사적으로 변천되어 온 것이거니와, 이런 맥락에서 보면 민족어의 항구성을 인정한 나머지 "동일한 민족 가운데의 계급적 신분적인 언어의 차이와 그 발전에 대해서는"(462면) 이야기하지 않는 것은 정직하지 못하다고 보았기 때문이다.

임화는 언어의 민족적 차이와 특성은 '近古期에 와서 형성된 것'으로서, "현재의 각국어는 조상의 순수한 계통을 받아온 것이 아니라 각 시대, 각개의 다른 언어로 말미암아 다수의 언어의 교배의 결과"(464면)로 생겨난 것이라고 보았다. 또한 향후 "국민적 민족적 차별을 변화와 소멸의 방향으로 이끌고 있는 세계사적 조건인 근대적 노동자계급의 발생과 성장"(465면)이란 현실적 조건 하에서, 민족 및 민족어는 "국민주의의 쇠퇴와 국제주의의 발전 등으로 장래의 어느 시점에서는 소멸"된다는 것이 마르주의 언어학에 영향을 받은 임화의 전망이었다. 다만 현 시기는 "민족적인 것과 비민족적=계급적인 것이 격렬한 모순 가운데서 상극하"(466면)는 시기로서, 예술과 문학 그리고 그 표현수단으로서의 '언어의 민족적 특성'의 문제는 문화예술인들의 '금일의 과제'가 된다는 것이 임화의 생각이었다.

이와 같이 임화가 마르주의 언어관에 기초하여 언어의 계급성을 강조하면서도 다른 한편으로 언어('민족어')의 민족적 특성을 경향파 예술의 과제로 설정한 까닭은 두 가지 측면에서 설명이 가능하다. 우선, 임화는 조선에 있어서 민족어가 완성되지 못한 채 "실로 혼돈한 상을 뭍"(478면)하고 있다고 진단하였다. 조선의 민족 부르주아 계급은 언어를 통일적인 진실한 조선어로 발전시키지 못하였으며, 이는 그들의 사대주의, 문화적 구화주의(歐化主義), 언어문화상의 외화주의(外化主義) 경향에서 기인한다는 것이다. 그런 까닭에 1920년대의 문학은 중류 소시민의, 또는 지주(地主)적인 언어의 한계를 넘지 못한 '파산된 소시민의 문학'에 지나지 않으며, 결국 언문일치의 문체적 이상과 언어문학상의 민주적 개혁은 근대 노동계급(문학) 세대의 임무로 옮겨 왔다는 것이다.

한편, 임화는 경향문학의 당면 과제를 민족적 형식과 국제주의적 내용이 결합된 문학이라 정식화하였다. 1920년대 레닌주의 민족예술론에 근거를 두고 있는 '민족적 형식과 국제주의적 내용'에서, '국제주의'란 프롤레타리아 국제주의를 가리키는 말로서 예술에 있어서 프롤레타리아 계급의 당파성을 염두에 둔 것이다. 임화는 이런 내용을 민족 예술(문학)의 형식, 그리고 언어의 민족적 특성을 통해 담아내는 것이 경향문학에 부여된 '귀중한 사명'이라고 보았다. 따라서 현 단계에서 경향문학은 오히려 "문학어로서의 민족어의 완미한 개화를 위하여 의식적으로 노력해야"(471면) 한다는 것이다.

카프가 해산되기 이전 시기에 임화는 언어의 계급성과 민족적 특성 사이에서 혼란스러운 입장을 보여주었다. 그런 가운데 그는 '민족어의 완미한 개화'라는 과제를 경향시(문학)가 떠맡아야 한다고 주장하였다. 이는 임화가 민족어를 신화화하거나 절대화하는 대신에, 민족의 언어와 동시대의 계급적 현실과의 변증법적인 교섭을 중시한 결과라 할 수 있다. 이 과정에서 임화는 마르주의의 언어상부구조설을 기계적으로 수용한 결과 '언어'와 '민족어'의 역사성을 토대(하부구조)로 환원하여 설명하는 오류를 빚어내기도 했지만, 마르주의 언어학에 함몰되지 않고 '민족적인 것의 발랄한 개화'(467면)와 그것을 통한 국제주의에의 도달이란 결론에 도달하였다.

한편, 임화는 '일반어'(특히 일반 민중이 사용하는 속어)와 '문학어'의 분열과 차별에 주목하면서 이는 일반 대중이 문학과 절연되는 결과(472면)를 낳았다고 보았다. 이런 생각은 사회주의 예술론에서 강조하는 예술의 인민성(대중성)의 원리라는 입각점에서 문학의 언어가 지향할 바를 지적한 것이지만, 일상어와 구별되는 문학어의 특수성에 대한 인식을 결여한 점에서 그 한계를 지적할 수 있겠다. 물론 임화는 "고향의 현실은 우리의 말로써만 이상적으로 표현될 수 있는 것이다"(484면)라는 명제를 통해 문학어로서의 민족어의 위상을 재확인하기도 했다. 이는 '국어(=일본어)'로 표현하는 문학은 "고향의 현실"을 제대로 표현할 수 없을 것이라는 위기의식에서 비롯한 것으로 보인다. 그는 이 위기의식을 앞세워 민족어를 절대화, 신비화함으로써 마침내 현실로부터 벗어나려 했던 민족주의자들의 관념론적 언어학을 비판하였다.

임화의 민족어론에 나타나는 변증법적 사유는 문학과 언어를 '현실성'의 기초10) 위에 수립하려 했던 그의 '민족문학'의 구상과 맞닿

---

10) '계급어'와 '현실성'을 등치시키는 임화의 견해는 마르크스주의적 입장에서 볼 때도 정당하지 않다. 마르를 비판하면서 스탈린이 언급한 바와 같이, 언어는 특정 계급에 의해 창조되고 특정 계급에 봉사하는 것이 아니라, 수세기의 과정을 거쳐 사회 전체에 의해 창조되며 사회 전체에 봉사하는 것이다. 바흐친의 맥락에서 보아도 마찬가지이다. 언어기호 그 자체는 계급성을 띠는 것이 아니다. 언어의 이데올로기적 가치는 발화의 맥락 속에서 발신자 / 수신자의 상호관계 등에 의해 중층적으로 결정되는 것이다. 임화가 생각한 바와 같이 어떤 계급의 언어로 표현하면 (계급적) 현실성이 확보된다는 기계적 동일시는 언어의 실상과 거리가 먼 것이다.

아 있다. 그는 동시대의 현실을 문학적으로 표현하기 위해서는 문학어를 민족어의 확고한 기반위에 세워야 하고, 계급적 특성이 발현된 완미한 민족어를 통해서만 비로소 "민족을 초월한 계급적 국제적 정신의 앙양"이 가능하다고 보았다.

「언어와 문학―특히 민족어와의 관계에 대하여」에서 임화가 피력한 민족어론은 이후 임화의 언어론과 문학론의 기본 골격을 이룬다. 하지만 카프 해산이후 임화가 문학사에 대한 정리와 경향문학에 대한 평가를 본격화되면서, 그리고 조선 거주 내지인과 조선인의 공학제(공학제)가 본격적으로 논의되는 등 민족어의 소멸에 대한 위기의식이 확산되면서 임화의 언어론(민족어론)은 보다 정치한 논리적 구조를 갖추기 시작하였다. 1936년 초반 잇달아 발표된 「조선문학의 신정세와 현대적 제상」,11) 「언어의 마술성」,12) 「언어의 현실성―문학에 있어서의 언어」13) 등의 평론에서 임화는 동시대 문학이 펼쳐 보이는 민족어의 혼란상을 보다 비판적인 시선으로 바라보았다. 임화는 노래되어야 할 대상에 가장 적합한 언어로서 일상어가 시적 언어로 채택되어야 함('명확성의 원리')에도 불구하고, 대부분의 복고주의 시인들과 형식주의 시인들이 일체의 불분명한 언어, 비현대적 언어(고어)―사어, 방언, '고급' 언어 등을 활용함으로써 문학과 현실의 교섭을 차단하고 있다는 점을 비판하였다.

그렇다면 문학어에 대한 복고주의적 탁류가 형성된 원인은 무엇

---

11) 『조선중앙일보』, 1936.1.26~2.13; 『전집 4』, 537~579면.
12) 『비판』, 1936.3; 『전집 3』, 449~468면.
13) 『조선일보』, 1936.5; 『전집 3』, 469~474면.

인가? 「언어의 현실성―문학에 있어서의 언어」이란 글에서 임화는 동시대 국어학자들의 조선어주의, 문화주의에 주목한다.

> 우리의 많은 어학자들(조선어)이 고조하는 것과 같이 "말은 문화의 어머니"라든가 "말없이 문화는 없다"는 유의 말은 일견 그럴 듯하게 들리면서도 그실은 인간생활의 하나의 관념적 산물인 언어를 가지고 문화와 생활 모든 것을 규정하려는 관념론의 표현인 것이다. 즉 문화의 국한된 부분에서 나타나는 한 개 형식상의 유별, 차이를 언어 그것이 갖는 외관상의 마술성 위에서 고의로 확대, 과장한 것이다. 이러한 주장이 일견 외관상에서는 긍정될 것 같으면서도 그실 허망함은, 만일 '말이 글자대로 문화를 가능케 하는 지반이라고 언어만을 지키면 그곳의 문화, 그곳의 생활이 안전할 것이라 하겠으나, 주지하는 바와 같이 언어만 가지고는 문화와 생활은 결코 개선되지도 보장되지도 않는다.
>
> ―『전집 3』, 453면

임화의 이런 견해는 말(민족어)을 절대화·이상화하는 언어민족주의의 문화주의적 편향성 및 훔볼트의 주관적 관념론에서 파생된 언어철학에 대해 특유의 비판의식을 드러내고 있다. 특히 임화는 조선어학회의 언어관이 '민족개량주의적'(461면)이라고 보았다. 표준어(통일어)가 미처 확립되지 못하고 방언이 산재해 있는 민족어의 상황을 "언어상의 방침만으로 달성"하려는 조선어학회의 노력은, 적어도 임화가 보았을 때에는 언어의 "사회생활 정치상의 제약성"을 무시한 것이자, 언어(표준어)의 문제를 해결함으로써 조선문화와 생활을 구원하겠다는 관념론에 지나지 않기 때문이다.

관념론적 언어학에 대한 임화의 비판은 "언어만 가지고는 문화와 생활은 결코 개선되지도 보장되지도 않는다"(452면)는 것으로 모아진다. 이런 생각의 밑바탕에는 "조선어의 표준어 대신에 조선 사람의 공통어는 '他語'(=일본어)로 대신될랴는 상태"(461면)에 있다는 냉혹한 현실진단과 위기의식이 자리 잡고 있다. 요컨대 민족어의 존립 자체가 위태로운 사회역사적 상황을 객관적으로 인식하고 그것에 능동적으로 대처하는 대신 민족어 형성에 필수적인 표준어 확립 그 자체를 물신화하거나, 언어의 민족적 특성(혹은 마술성)을 절대화하여 문화적 보수주의의 함정에 빠져버리는 우를 범해서는 안 된다는 것이다.

조선어학회의 언어민족주의에 대한 비판의 연장선상에서, 임화는 춘원과 육당, 이병기와 정인보 등이 문학 창작상에서 "진부한 고어를 강제하고 사어 발굴에 열중하는"(463면) 복고주의적 경향성을 비판하고 있다. 이러한 복고주의는 "독자에게 기억을 강요하고, 모든 가치 있는 신어는 거부되어, 오로지 이이들의 언어는" 전통주의(=민족주의; 463면) 사상을 드러내는 데 적합할 뿐이라는 것이다. 여기에는 역사를 진보의 관점에서 사유하는 마르크스주의적 역사관과 시간관이 작동하고 있다.

한편, 임화는 민족어의 위기가 복고주의적, 민족주의적, 전통주의적 문화 실천의 영역뿐만 아니라, "문학을 기교로 환원시키는 예술지상주의"(463면)에서도 기인한다고 보았다. 임화는 예술지상주의의 언어관의 특징을 "언어의 미감만을 제일의로 삼고 자기의 문학어를 선택하는 언어상의 장식주의−형식주의"(464면)에서 찾았다. 그것은 문장의 아름다움을 합리성에서 찾지 않고 '음결의 묘'(정지용, 이태준의 작품이 여기에 해당한다)나 '은유의 교묘한 구사와 결합'(김기림, 이상, 박태원이 여기에 해당한다)을 추구하는 동시대 모더니즘 문학의 두 가지 언어적 경향성에서 확인된다.

이중에서 전자는 "현실에 무관심한 예술적 태도와, 지식의 한계가 보다 더 많이 과거에 연접되어 있다"(465면)는 점에서 전통주의적 언어관에 연결된 것이며, 후자는 문학어를 일상어로부터 격리시켜 "지극히 기괴한 문장을 만들어 소시민적 독선주의에 칩거하여, 새로운 가치 있는 언어"(465면)마저도 독자의 이해를 돕는 대신 그것을 조해(阻害)하고 혐오하게 만든다는 것이다. 결국 예술지상주의자들의 언어 역시 민족주의자들의 언어와 마찬가지로 현실성과 대중성을 결여하고 있다는 비판이 성립되는 것이다. 임화가 조선어학회의 표준어 규정에 내재한 계급적 편향성을 비판하고, 오히려 '민중의 언어'에 기반을 두고 창작된 경향문학의 교육적 의의를 앞세우는 연유가 여기에 있다.[14] 결국 언어란 "가장 풍부히 사회생활의 내용을 포함하고 있"(467면)어야 하기 때문이다.

언어(민족어)에 대한 이러한 임화의 견해는 몇 가지 문제점을 노출하고 있다. 우선 그는 문학의 현실성과 명징한 언어적 재현에 집착하여 문학어(시어)의 영역을 지나치게 협애화하였다. 이런 문제는 임화가 언어를 '도구', 즉 사유와 표현의 수단이란 측면에서 접근하였기 때문에 발생한 것이다. 현실의 반영과 사실적 재현을 중시하는

---

14) 계급적 언어를 강조하는 임화의 언어관은 홍기문의 영향에 의한 것이란 지적도 있다. 이에 대해서는 배개화, 앞의 논문, 175면 참조.

리얼리즘적 창작방법의 견지에서 사유할 때, 표현의 수단인 언어가 갖추어야 할 가장 중요한 덕목은 일차적으로 정확성과 명확성이다.15) 그런 까닭에 임화는 '예술적 인식과 표현의 수단'16)이란 차원을 넘어서 언어가 갖는 자율적인 질서, 혹은 의미(현실, 대상)와 기호 사이에 개입될 수밖에 없는 '차이와 거리'를 바라보지 못한 채, 현실~사유의 정확한 재현 수단으로서 언어의 정확성에만 집착하게 되었다. 이는 민족과 민족어의 위기라는 비상의 상황에서 민족문학이 숨쉴 수 있고 탈식민의 언어적 실천이 작동할 수 있는 최소한의 문학적 공간을 확보하기 위한 의도로 보인다.

하지만 임화는 문학의 언어가 언어에 대한 고도의 미적 자의식의 소산이라는 점을 간과하였으며, 그런 까닭에 동시대 문학에 나타난 다양한 언어적 실험과 민족어 확장의 시도―가령 고어와 방언의 현대적 수용을 위한 시도들―를 문화적 보수주의나 외화주의라는 이름을 붙여 타매하고 말았다. 또한 '민중의 언어'가 고어나 사어와 달리 민중의 현실을 담아내는 데 적합한 언어라는 것을 인정하더라고, 과연 임화처럼 정확한 개념 규정 없는 상태에서 '민중의 언어'로 현실을 재현해야 한다는 당위적 진술만을 앞세운다고 해서 실제 문학 창작상의 실천이 가능한가에 대해서도 의문이 남는다. 언어적 실천의 주체가 지식인 작가인 계급 사회에서 어떤 방식으로 민중 언어의

---

15) "문학자의 가장 큰 언어상의 욕망은 자기의 생각과 그려낼 사실을 가장 정확히 표현할 수 있고, 또 동시에 아름다운 언어의 발견 그것이다. 정확한 문학의 자기표현에 가장 적응하는 최대한 요건은 위선 민족의 말이다."(「조선어와 위기하의 조선문학」, 『조선중앙일보』, 1936.3.8~24; 『전집 4』, 600면)

16) 「예술적 인식 표현의 수단으로서의 언어」, 『조선문학』, 1936.6; 『전집 3』, 475~480면.

문학적 수용이 가능한가, 민중언어와 타계급 언어의 충돌은 어떻게 처리할 것인가 등에 대한 명확한 논의가 임화의 논의에서는 결락되어 있는 것이다. 이는 임화가 문학어로서 민중 언어를 수용함으로써 민족어가 도달할 수 있는 언어적 다양성과 혼종성에 대해 논의를 확산시키는 대신에, 계급어의 일종인 민중언어를 통한 단일음성의 구축에만 몰두한 결과이다.

임화의 언어인식 상의 이론적 편향성은 그의 근대주의적 편향성을 반영하고 있다. 시민계급이 방기한 민족어의 완성을 경향문학이 떠안아야 한다는 논리는 카프의 가장 핵심적인 이론분자였던 임화의 입장에서는 수긍할 만하다. 그러나 사회적 공용어로서의 민족어가 아니라 문학어로서의 민족어가 과연 표준어—그것도 계급성이 관철된 표준어—에만 기반을 두어야만 하는가는 의문이 아닐 수 없다. 또한 방언이 아닌 표준어가—귀족과 소부르주아의 언어가 아닌 —민중의 언어와 어떻게 접맥될 수 있는가, 또 그것으로 표현된 문학이 과연 객관적 현실성을 담보할 수 있는 근거는 무엇인가 등에 대해서도 임화는 분명한 해답을 내놓지 않았다.

오히려 '시골뜨기'의 문학을 조롱하는 것에서 알 수 있듯이, 임화는 공간적으로는 서울, 시간적으로는 현대, 계급적으로는 민중을 유일한 중심으로 상정하였다. 특히 그는 '국어'라는 중심으로 제국의 타자를 환원하는 일제의 단일음성화 전략에 맞서 '표준어'라는 또 하나의 절대적 중심(혹은 단일음성)만을 맞세웠던 것이다. 그럴 경우 중심과 중심 간의 힘의 충돌은 더 이상 피할 수 없으며, 그 승패는 언어적 영향력이 아니라 언어 이외의 현실적인 의지와 힘에 의해 결정될

수밖에 없다. 그 결과는 임화가 상정하는 '민족어'의 참혹한 패배로 귀결될 것임은 필지의 사실이다.[17]

중심과 중심이 맞부딪혀 더 강한 중심이 다른 중심을 흡수하게 될 형국에서, 임화가 선택할 수 있는 언어는 무엇이어야 했을까? 그것은 임화의 구상과는 달리 '표준어'라는 상상에서 벗어나는 것이어야 하지 않았을까? 그리고 조선의 표준어에서 더 나아가 또 다른 '표준어', 더 강력한 '표준어'로서 '국어'의 단일음성마저 부정하는 이중의 해체 작업이 필요했던 것은 아닐까? 이는 국민국가에 의해 부정된 식민지적 타자(와 그 언어)들에 대한 상상으로 나아가야 가능하다. 그럼에도 임화는 문학적 전유와 표현수단을 민중의 '일상어'로 한정하였고, 정체가 불분명한 '민중의 언어'를 내세워 단일음성을 강화하고자 했다. 그는 다양한 계층의 언어가 카니발적 축제를 벌이는 다중음성적인 문학어의 풍경이 상상할 수 없었던 것이다.

돌이켜 보면 다중음성성은 임화의 단편서사시가 보여준 득의의 문학적 성과였다.[18] 임화는 민중의 언어와과 민중을 지도하는 선도적 지식인의 언어가 서로 뒤섞이는 단편서사시에서 풍부한 대화성을 구현하였고, 서정시를 동시대의 계급적 현실과 접촉시켜 경향파 서정시의 새로운 가능성을 열어나갔다. 그런데 임화의 1930년대 시 창작에서 민중 언어를 기반으로 한 다중음성성은 더 이상 찾아보기 어렵다.

---

17) 다음 절에서 논의하겠지만 일제의 탄압이 공고화되고 문학어로 '국어' 사용을 피할 수 없게 된 상황에서 임화의 민족어에 대한 논의는 매우 옹색해진다. 1939년 일본어로 씌어진 「언어를 의식한다」(1939)라는 평론(『전집 5』, 490~498면)에서, 임화는 조선어와 조선문학의 가능성과 필요성을 내세우는 입각점으로 도구주의적 언어관을 내세울 수밖에 없었다.

18) 이에 대해서는 남기혁, 「임화 시의 담론구조와 장르적 성격연구」, 서울대 대학원 석사논문, 1992 참조.

여기서 의식과 실천 상의 괴리를 발견할 수 있다. 평론 활동에서 임화는 민중의 언어를 내세웠지만, 시창작의 영역에서는 민중의 언어를 거의 다루지 못한 채 주로 지식인의 논쟁적 언어를 사용하였다. 「夜行車 속」(『전집 1』, 149~150면), 「海峽의 로맨티시즘」(『전집 1』, 151~154면) 등에서 민중의 언어, 특히 '사투리'[19]가 등장하지만, 그것은 다양한 계층의 언어가 서로 교향하는 다중적 음성으로서가 아니라 지식인의 눈(혹은 귀)에 포착된 타자의 언어일 뿐이다. 그런 까닭에 '사투리'는 시적 화자에게 조선적 낙후성, 혹은 고향을 잃고 낯선 땅을 찾아 길을 떠나는 자의 슬픈 운명과 지식인적 사명감[20]을 동시에 환기한다. 임화는 이런 방식으로 민족의 위기, 민족어의 위기를 드러내고 싶었는지 모른다. 그러나 민중의 언어가 진정한 카니발적 언어로 승화하지 못하는 채 단순한 소재적 차원으로 취급된 것은 임화가 민중어의 언어를 자신의 언어로 육화할 수 없었기 때문이다. 그는 현실과의 접촉을 차단당한 상태에서 단지 진보적 지식인의 위치, 계급성과 당파성의 관점에서 민중과 민중어를 대상화하여 바라보았던 것이다.

---

19) 임화가 문학의 계몽적, 교육적 가치에 집착하여 문학어로서의 민족어를 '표준어' 위에서 상상한 점은 민족어의 풍부화나 문학어의 다양화를 위해서 결코 바람직한 것이 아니었다. 방언이 민중의 생활 속에서 차지하는 중요성을 고려한다면, 문학(어)의 현실성을 위해서만이 아니라 문학(어)의 다성성을 위해서도 방언의 문학적 의의는 적극적으로 강조될 필요가 있었다.

20) 임화의 시에 등장하는 '남도사투리'가 표준어를 매개로 해서만 '외방말'과 대립할 수 있다는 기존연구의 견해 (여태천, 앞의 논문, 462면)는 임화의 표준어중심주의를 정당하게 비판한 것이지만, 이런 읽기가 임화의 시에 대한 정단한 해석으로 이어진 것은 아니다. 임화의 시와 평론에 나타나는 '사투리'에 대한 생각은 매우 비균질적이다. 평론의 경우와 달리 「해협의 로맨티시즘」 같은 시에서 화자는 '남도사투리'를 듣고 가슴에 불덩이를 느끼고 눈물을 자아낸다. 이와 같이 임화의 시에서 '남도사투리'는 '표준어'와 제국의 언어에 이중의 저항을 내포하고 있는 것이다.

4. 시단의 지형도 — 특히 방언과 지방주의의 문제

'문학어로서의 민족어(=조선어)'라는 개념은 임화가 근대적 민족문학의 수립을 모색하는 데 가장 중요한 거멀못이었다. 공식어로서 '국어(=일본어)' 사용의 압박이 가중되는 가운데 임화는 문학어(시어)로서의 민족어에 대한 변증법적 사유의 모험을 감행하였다. 민족어에 대한 임화의 사유에는 실존적 상황에 대한 냉철한 자기인식과 존재의 기투가 뒤따르고 있다. 그것은 식민 권력의 표상으로서 '국어'와 식민지적 타자의 표상으로서 '조선어/조선의 방언'의 길항 관계 속에서 임화가 비평가로서, 시인으로서 주어진 역사적 임무를 성실하게 수행하였음을 보여준다. '문학어(시어)로서의 민족어'는 시인 임화가 동시대의 시단의 지형도를 그려내는 데 활용했던 프리즘이었다.

그러니까 우리는 이제 임화가 채택한 프리즘, 그리고 우리가 채택한 임화라는 프리즘을 통해서 이중의 겹을 에둘러 1930년대 중후반 민족어의 풍경과 시단의 지형도를 바라보아야 하는 셈이다. 먼저 임화가 동시대의 시인들, 특히 신세대의 시인들에게 요구하는 언어가 구체적으로 어떤 모습인지 살펴볼 필요가 있다.

따라서 똑똑해진 진리에 의하여 굳어진 신념은 똑똑한 눈을 낳고 똑똑한 눈은 모든 인간 사물을 똑바로 보고 느끼어 불가피적으로 명확한 언어에 의하여만 표현하게 됩니다. 이 언어의 명확성의 원리란 곧 노래되어야 할 대상에 대한 가장 적절한 언어를 고르게 되며, 보다 더 많이 감성에 의하여 전달되어야 할 시적 감정은 가장 감성적인 제 조건을 많이 가

진 함축적이고 음악적이며 가장 풍부한 연상성을 가진 아름다운 말—시
적 언어—에 의하여 우리들의 시를 가능케 합니다. 이러한 말은 말할 것
도 없이 日常語 그것입니다.[21]

　　위에 인용한 「시와 시인과 그 명예」에서 임화는 신세대의 시인들
이 먼저 "현실생활의 본질적 관계에 대한 관찰과 인식으로 과학자와
동일한 진리탐구의 열의를" 가져야 하며, "소여의 사회적 제 관계의
본질적 대립을 위대한 과학자의 도움을 받아 확인"(『전집 4』, 491면)해
야 한다고 요구한다. 임화는 과학적 이성과 진리, 즉 사회주의의 철
학과 이념에 의하여 형성된 신념과 "똑똑한 눈"을 가지고 사물을 보
아야 하며, 그것을 올바르게 표현하기 위해서는 "명확한 언어"를 구
사할 수 있어야 한다고 주장한다. 그런데 임화는 노래할 대상을 적
확하게 표현하고, 더 나아가 예술성이 풍부한 아름다운 말로 표현하
기 위해서는 '일상어(=평범한 말)'로 시를 창작해야 한다고 신세대 시
인들에게 요구하였다. 시어와 일상어를 일치시키라는 임화의 요구
는 일차적으로 시문학의 대중성과 공리성, 더 나아가 당파성을 관철
하기 위한 것으로 보인다. 이런 견지에서 '민족어'의 옹호자여야 할
신세대의 시인들, 특히 경향시의 옹호자들은 한편으로는 "일체의 불
분명한 언어, 비현대적인 언어—死語, 고급언어"(493면)와 투쟁하고,
다른 한편으로는 "새로운 생활이 만들어내는 새 말로써 시적 언어를
창조"(493면)해야 하는 임무가 주어지는 것이다.
　　여기서 임화가 그려내고 있는 카프해산 직후의 시단의 지형도를

---

21) 「시와 시인과 그 명예」(『학등』, 1936.1); 『전집 4』, 492면.

정리할 필요가 있다. 임화는 「조선문학의 신정세와 현대적 諸相」[22)라는 평론에서 카프가 해산되었던 1935년(을해년)의 문단을 되돌아보면서 "조선문학의 여러 경향과 유파가 현실생활과 맺고 있는 제 관계"를 비판하는 동시에 문단(시단)이 처한 "'혼돈의 자유' 가운데는 문학적 공허와 예술적 질의 저하가 따른다"고 경고한 바 있다. 그의 경고는 (1) 복고주의 탁류 (2) 중간적 사상의 동요와 예술지상주의의 고민 등, 두 가지로 모아진다.

우선 (1)은 카프 해산 이후 노골화된 "비진보적 제 문학의 현실로부터의 이탈경향"의 상징적 사건으로서, 주로 동시대의 고전부흥론와 결합된 조선 부르주아문학의 복고적 후퇴를 가리킨다. 임화는 그 구체적인 예를 ① 이병기, 최남선, 정인보, 한용운 씨 등의 동녹이슨 유령들 ② 과거 신문학을 주도하였지만 복고주의에 빠져든 김동인, 이광수, 이은상, 윤백남, 김동환, 김억 같은 문인들 ③ 조선적인 것의 발굴=고양을 앞세워 목가적인 내용에 조선어를 난용하는 김유정과 같은 새로운 작가들 ④ 김두용과 같이 사회주의리얼리즘을 반대하는 대신 조선적 특수성을 내세워 문학과 정치의 사회주의적 내용을 거부한 조직 이탈자(전향문학인)들을 들고 있다.

한편, (2)는 프롤레타리아문학과 파시즘문학, 민족주의문학과 프롤레타리아문학의 사이에서 부단히 동요하는 '중간적' 그룹(최재서, 이헌구, 김기림, 홍효민, 정지용 등)을 가리킨다. 임화에 의하면 본질적으로 예술지상주의자였던 이들은 카프해산을 전후로 점증하는 파시즘의 위기 속에서 불안의식을 드러내면서 예술지상주의의 원칙을 포

---

22) 『조선중앙일보』, 1936.1.26~2.13; 『전집 4』, 537~579면.

기하고 '행동'에의 요구에 일정 정도 부응하게 되었다는 것이다.

여기서 임화가 주목하는 두 시인이 바로 김기림과 정지용이다. 김기림은 임화와의 기교주의 논쟁을 거치면서 기교에 편중된 태도에서 벗어나 소위 '전체시론'으로 전회한 바 있다. 임화는 김기림의 시(론)적 전회의 의의를 부분적으로 인정하면서도, 시 창작의 측면에서 그가 "색채로서는 지적이나 기본적으로는 파토스적인 태도라든가 작시상의 주정적 측면의 긍정, 창작상의 리리시즘의 증대"(『전집 4』, 569면)가 엿보인 점을 비판하였다. 한편 임화는 정지용이 중간파(예술지상주의자) 문인들 중에서 "가장 감각적인 시를 쓰고 동시에 가장 '사상적'인 시를 쓰는 시인"이라고 평가한다. 그는 "무내용의 감각으로 시를 쓰는 일방 그는 가톨릭교의 중세 정신으로 열렬한 사상적 시인"(569면)이라는 것이다.

임화가 카프 해산 이후의 중간파(예술지상주의자) 시인들의 문학에서 공통적으로 발견한 것은 소위 "인간정신의 발양과 인간성의 탐구란 인간학에 의하여 수행되는" 중간자적 초월이다. '중간자적 초월'이란 종내는 '반현실적인 낭만주의', '초현실의 낭만주의'(『전집 4』, 570면)로 성격화되어, 복고주의자들과 마찬가지로 현실도피적 낭만주의와 궤를 같이 한다. 특히 임화는 이들의 지성과 감각에 의한 현실초월의 로망이 ① 이상(李箱)의 경우와 같은 '몽환에로의 로망', ② 주지주의 같은 '논리성과 언어구조에의 로망'이라는 두 가지 길로 분화되어 있다고 보았다. 이는 임화가 모더니즘 시 창작을 대륙계통의 아방가르드(특히 초현실주의)와 영미계통의 주지주의(이미지즘과 신고전주의)로 정확하게 구별하고 있음을 보여준다. 중요한 것은 이러한 제반 분화에도 불구하고, 사상적으로 동요하고 있는 중간파의 "로맨티시즘에의 접근"은 "현실의 어떤 자에 대한 긍정자"(570면)가 되지 않고는 불가능한 것이며, 임화는 이런 위험성을 염두에 두고 김기림이 과연 '민족주의-파시즘'의 로맨티시즘과 '역사적=진보적 로맨티시즘'이라 두 갈래의 길 중에서 어느 쪽을 선택할 것인지 묻고 있다. 그리고 그 답은 "진정한 인간성은 전면적으로 발양되고 지성은 감정과 통일되는" 후자의 길이라는 것이다.

이와 같이 1936년의 시점에서 임화는 '진보적 리얼리즘'(『전집 4』, 571면)의 견지에서 시단의 지형도를 파악하고, 각 진영의 이념적 보수화와 현실도피적 태도를 비판하였다. 더 나아가 그는 김기림과 같은 중간파의 시인들을 진보적 리얼리즘으로 견인하려는 태도를 보여주었다. 임화가 그려낸 시단의 지형도는 리얼리즘과 모더니즘의 회통이란 측면에서도, 점증하는 파시즘의 위기 하에서 반파시즘의 문학전선을 구축한다는 측면에서도, 그리고 민족과 민족어의 전면적 위기 하에서 민족문학의 수립을 도모한다는 측면에서 주목에 값한다 하겠다. 여기에는 (프로)문학이 나아갈 방향에 대한 통일적 전망이 상실된 주조(主潮) 상실기의 상황 속에서 여전히 계급성의 원칙을 고수하면서 진보적 문예 창작의 원칙을 이어나가고자 했던 한 진보적 지식인의 내면의 정치학이 작동하고 있다.

「적」(『중앙』, 1936.5; 『전집 1』, 141~142면)은 임화의 이러한 내면의 정치학이 가장 잘 드러난 작품이다. 이 작품에서 임화는 자신을 패퇴시킨 '적'으로부터 오히려 '섬멸의 수학', '전진과 퇴각의 고등수학'을 배우고 "가슴 속에 사는 청춘의 정신"을 되살려내려 하였다.

이러한 주체 재건의 의지를 바탕으로 임화는 프롤레타리아 계급성을 내세워 프로문학진영에서 일탈한 일부 문인들(가령 박영희 같은)을 비판하는 한편, 민족주의자(전통주의자)들과 중간파(새롭게 행동문학을 제창하고 있는 이전 시대의 예술지상주의자들과 모더니스트)의 문학관과 언어관, 문학어(시어)에 내재한 부르주아적 계급성을 폭로하였다. 특히 임화는 특유의 논쟁적 어법과 냉소적 표현을 활용하여 비(非)경향파 시인들이 민족어의 위기를 외면하거나, 심지어는 민족어의 혼란을 가중시켰다고 비판하였다.

이 영역에서 우리는 사어 고어를 나열하는 복고주의와 더불어 문학어상의 외화주의와 격렬하게 대립한다. 이들은 조선어를 외국어의 노예로 만들려는 모던 보이들이다.

산문에 있어서는 조선어문에 고유한 어음의 구성과 단어의 연결, 장구의 미를, 외어 그것으로써 전혀 이해할 수 없는 스콜라적인 잡문을 만들며, 시가에 있어서는 시조와 구비가요에서 보는 그렇게 높은 음악적 선율을 초가집에 '뺑키'칠해 놓은 것과 같이 추하게 파괴한다.

이 외에 문학어상의 형식주의라는 것도 우리들의 언어의 고유한 문학적 형상과 무관계한 유해한 것이다.

이들은 수필이나 약간의 젊은 시인들의 작품에서 볼 수 있는 것과 같이, 언어를 ―내용을 거세하고 그 음향의 일점에서만 구사하려는 사람들로서, 그들의 특징은 모든 감정과 의지를 표현하는 데 부족이 없는 조선어를 그저 곱고 시냇물소리같이 고요하며 여자의 속삭임같이 감미한 것으로 불구화시키는 것이다.[23]

위 인용문에서 임화는 사어와 고어를 나열하는 복고주의자들과 조선어를 외국어의 노예로 만들려는 일부 '모던보이'의 외화주의, 내용을 거세하고 음향의 일점에서만 언어를 구사하려는 문학어상의 형식주의(주로 김영랑 같은 순수시인들이나 정지용의 시 창작을 가리키는 듯함)를 싸잡아 비판하였다. 왜냐하면 그것은 근본적으로 '민족문학'의 전제조건이라 할 수 있는 '민족어'의 수립을 저해한다고 보았기 때문이다. 사회주의 리얼리즘에서 '민족적 형식에 국제주의적 내용'이라는 공리를 내세울 때 '민족어'란 '민족적 형식'의 가장 중요한 부분을 이루는 것이다. 따라서 언어의 계급성이란 입장을 견지했던 임화는 조선색과 조선(어)의 특수성을 내세워 복고주의로 회귀하는 문학적 경향에 대해서 강력하게 반발할 수밖에 없었다. 시단에 한정해서 논의하자면, 민중어와 유리된 채 고어와 귀족어(한자어 포함)로 회귀한 시조시인들,24) 정지용 같은 기교파(언어파) 시인들이 주된 비판의 대상이 된다.

이와 함께 임화가 당대 시단에 나타난 지방주의, 방언주의를 엄중하게 비판하고 있는 점을 주목할 필요가 있다. 이 문제와 관련하여 「문학상의 지방주의 문제」25)에서 제기된 백석에 대한 비판을 살펴볼 필요가 있다. 이 글에서 임화는 프리체의 『구주문학발달사』를 장

---

23) 「조선어와 위기하의 조선문학」(『조선중앙일보』, 1936.3.8~24); 『전집 4』, 604면.
24) 「담천하의 시단일년」(『신동아』, 1935.12)에서 임화는 초창기의 근대시들과 시조시인들의 작품이 "현대어의 모든 신선미로부터, 또 현대 호흡을 전하는 생생한 음률로부터 완전히 이거하여, 무의미, 난해한 고어, 사어의 발굴과 부유하기 짝이 없는 시조나 그와 유사한 정형율로 퇴화하고 있는" 현상, 특히 김억 같은 시인이 "가장 비속한 유행가, 잡가요에 힘을 쓰고 있는 것"(『전집 3』, 488면)에 대해 비판하면서, 이는 반진보적인 시가가 생활상의 진보 대신에 중세적 과거에 대한 낭만적 감상과 결합한 것 결과라고 보았다.
25) 『조광』, 1936.10; 『전집 4』, 704~723면.

황하게 소개하였다. 특히 그는 유럽의 낭만주의 문학의 지방주의적 경향과 대전 후 불란서 문학에 나타난 신지방주의의 성격을 대별하면서, 국민문학의 건설에 긍정적인 역할을 했던 전자와 달리 후자는 "자국의 자본주의적 조건하의 소시민의 참담한 몰락으로부터 눈을 돌리기 위한 것"(『전집 4』, 708면)이자 "사회적 표면에 나타난 계급투쟁의 현실과정으로부터 도망"(709면)하려는 현실도피와 자기위안의 문학에 불과하다고 소개한다. 그리고 이런 논리의 연장선상에서 임화는 사회적인 것에 관심을 두지 않는 동시대의 '순수순학'이 관심을 기울이고 있는 "민족적인 것, 조선적인 것"(719면), 혹은 조선 고유의 것이란 사멸했거나 소멸한 것에 지나지 않으며, 이들의 감상적 회고주의와 복고주의는 예술지상주의와 맞닿아 있다고 비판하였다. 특히 임화는 조선의 예술지상주의자들이 "불가피적으로 지방주의적 색채"(719면)를 띠는 현상을 날카롭게 끄집어내고, 그 구체적 사례로 백석을 들고 있다.

시집 『사슴』을 일관한 시인(백석을 가리킴;인용자)의 정서는 그의 객관적인 태도에도 불구하고 어디인지 공연히 표시되지 않은 애상이 되어 흐르는 것을 느끼지 아니치는 못하리라.
그곳에는 생생한 생활의 노래는 없다. 오직 이제 막 소멸하려고 하는 과거적인 모든 것에 대한 끝없는 애수 그것에 대한 비가이다. 요컨대 현대화된 향토적 목가가 아닐까? 『사슴』의 작자가 시어상에서 일반화되지 않은 특수한 방언을 선택한 것은 결코 작가 개인의 고의나 또 단순한 취미도 아니다.

나는 이 야릇한 방언을 『사슴』 가운데 표현된 작자의 강렬한 민족적 과
거에의 애착이라 생각코 있다.

이 난삽한 방언은 시집 『사슴』의 예술적 가치를 의심할 것도 없이 저하
시킨 것이라 믿으며, 내용으로서도 이 시들은 보편성을 가진 전조선적인
문학과 원거리의 것이다.

— 이상, 『전집 4』, 719면

인용문에서 임화는 백석이 시어상에서 일반화되지 않은 '특수한
방언'을 선택한 것을 문제 삼고 있다. 임화가 지적한 바와 같이, 백석
의 '향토적 서정시'는 "농촌 고유의 여러 가지 습속, 낡은 삼림, 촌의
분위기, 산길, 그윽한 골짝 등의 아름다운 정경이 시인의 고운 감수
력을 가지고 객관적으로 노래"(720면)하고 있으며, 그의 방언에 대한
고려와 그 시적 구사는 한국시사에서 전인미답의 것이라 할 수 있다.
그럼에도 백석의 '방언지향성'은 소멸된 민족적 과거에 대한 애착에
서 비롯된 것으로서 그의 문학적 가치를 현저히 저하시킨다는 것이
임화의 주장이다. 임화는 '방언의 난용'이 작품의 언어적 미감을 파
괴할 뿐만 아니라, 지방색의 예술적 묘사를 피하는 안일한 방편으로
서 예술의 형상적 질을 저하시키고, 마침내는 한 개 감상주의나 자
연주의로 연락된다고 보았다. 때문에 백석의 지방주의나 방언주의
는 "진실한 의미의 조선적 성격을 지닌 문학의 성장"에 악영향을 미
치는 '시골뜨기 문학'(722면)을 낳을 가능성이 있다는 것이다. 백석의
시에 대한 임화의 신랄한 비판은 임화의 다음과 같은 문제의식에서
연유한다.

오직 지방색이란 창작상에서는 그 부분적 디테일스의 범위를 넘지 않는 것이며 그것이 과장될 때 '전형적 정황 가운데 있어 전형적 성격의 묘사'란 예술문학의 높은 요구를 유린하게 되는 것이다. 만일 조선문학의 특성을 조선색이나 지방색에서만 발견하려는 자가 있다면 조선문학을 식민지 문학으로 고정화하려는 자일 것이다. 우리는 조선문학의 세계적 수준, 세계문학적 의의를 갖는 조선문학의 생산을 위하여 노력하는 자이다.

— 이상, 『전집 4』, 723면

임화의 입장에서 보았을 때, 1930년대 시단과 소설계에서 뚜렷하게 나타나는 방언과 지방주의는 사회주의 리얼리즘의 창작방법으로부터의 일탈이란 점에서 문제가 된다. 그는 방언과 지방색을 문학작품의 사실성과 현실성을 풍부하게 해줄 문학적 디테일의 차원으로 한정하려는 욕망을 숨기지 않았다. '방언'이 문학적 디테일의 차원을 넘어 물신화될 때, 사회주의 리얼리즘 문학이 요구하는 전형성을 유린할 수 있기 때문이다. 이것은 문학어로서의 민족어를 사유하면서 임화가 일관되게 견지했던 계급성의 원칙을 창작방법상의 원리에 적용한 것으로 보아도 좋다. 하지만 '복고주의자'들은 '조선색'과 '지방색'에서만 조선문학의 특성을 발견하려 하기 때문에 "조선문학을 식민지문학으로 고정화"(723면)시킬 위험이 있다.

임화의 이러한 판단은 제국주자들의 오리엔탈리즘적 시선을 내면화하는 민족주의 문학을 엄중하게 비판하고 탈식민적 사유의 가능성을 엿보인 것이라는 점에서 의의가 있다. 임화가 '지방주의적 경향'과 '방언의 난용'이란 문학적 탁류를 뚫고 '세계적인 문학', 즉 민족적 형식과 국제주의적 내용이 결합된 진정한 사회주의 문학의 수립을 고대한 것 역시 같은 맥락에서 이해할 수 있을 것이다. 방언주의, 지방주의에 대한 임화의 비판은 과학적인 현실분석에서 비롯된 것일 뿐만 아니라 탈식민의 이념적 진정성을 가지고 있었던 것으로 평가할 수 있다.

하지만 임화의 입론은 방언이 표상할 수 있는 근대의 타자를 아쉽게도 또 다른 근대의 중심으로 환원하는 오류를 빚어냈다. 국어에 맞서는 민족어, 제국이 강요하는 식민지적 근대에 맞설 수 있는 또 다른 (사회주의적) 근대란 근본적으로 국민국가의 성립을 전제하는 것이다. 이 국민국가라는 제도적 폭력에 맞서 탈근대를 전망할 수 있는 유일한 근거는 근대의 타자들을 상상하는 것이다. 근대의 타자를 상상하고 문학적으로 전유하는 것은 탈식민의 근거를 확보하고 진정한 민족문학을 수립하기 위해서는 결코 간과될 수 없을 것이다. 그러나 임화는 백석의 언어가 보여준 카니발적 양상들, 민중의 언어가 서로 교향하며 빚어내는 말의 축제가 근대주의의 단일음성에 대한 엄중한 경고가 될 수 있음을 간과하고 말았다.

이런 한계는 민족어의 위기가 전면화된 1930년대 후반에 이르러서도 극복되지 않았다. 가령 「문학어로서의 조선어─일편의 조잡한 각서」26)에서 임화는 "문학자는 항상 '랑그'이고 언어 동태의 모태는 늘 '빠롤'"(99면)이라고 주장하고 있다. 여기서 '랑그'란 소쉬르적 개념과는 다소 거리가 있지만, 그것의 문맥적 의미가 "이미 형성된 언어" 즉 언어의 "통일적인 힘"을 가리킨다는 점에서 서로 통하는 부분도

---

26) 『한글』, 1939.3; 『전집 5』, 97~101면.

있다. 하지만 문학의 언어를 통일적 힘이 작용하는 '형성된 언어'(랑그)로 한정한다면, 그 언어를 통해 표현되는 문학은 이미 형성된 질서(중심)에서 한 걸음도 벗어날 수 없다. 남는 문제는 시의 언어가 어떤 방식으로 이미 형성된 질서(중심)를 해체하고 탈근대의 가능성을 열어줄 것인가 하는 점이다.

아쉽게도 임화의 언어(시어)에 대한 사유는 이 지점에서 멈추고 말았다. 같은 글에서 임화가 "인구어, 내지는 인구어의 영향을 받은 동양 각국의 외래어와 조선와의 교섭에 대한 관심, 혹은 영남과 관북의 특수한 방언에 연구"(『전집 4』, 101면)의 필요성을 제기하기도 했다. 하지만 임화는 더 이상 방언(지방)과 외래어가 빚어낼 수 있는 말의 축제에 대한 논의로 비평의 주제를 심화시켜나가지 못했다. 그것은 1940년을 넘어서면서 민족 / 민족어가 인식과 표현의 수단으로서, 문학어로서 더 이상 현실적인 힘을 발휘할 수 없게 된 시대적 제약에서 비롯한 것이다. 임화는 조선의 현실을 효과적으로 그려내려면 조선어로 표현하는 문학이 필요하다고 강변하였다. 그것은 일본과 '국어'라는 존재를 승인한 자리에서 이루어진 것이어서 민족어에 대한 논의로는 더 이상 의미를 갖기 어렵다. 여기서 '국어'에 대한 저항은 기껏해야 문학어의 수준에 한정된 것으로서 일상어의 수준으로 나아갈 수도 없다.

물론 언어('조선어')가 '표현의 도구'일 뿐 더 이상 "정신의 표식이 아니다"라고 강변되는 상황, 그래서 "언어를 뭔가 국경표식이라도 되는 것처럼 생각"[27]하는 견해를 타매하는 상황은 분명히 문화적 보수

---

27) 「언어를 생각한다」, 『경성일보』, 1936.8.16~20: 『전집 5』, 498면.

주의자에 대한 엄중한 비판이자 '국어'를 통해 식민지를 제국의 균질적인 공간으로 흡수하려는 식민지 권력에 대한 우회적 비판으로 볼 수도 있다.[28] 그럼에도 이러한 비판의 칼날은 정작 임화 자신에게 돌아올 수도 있다. 그 이유는 임화의 논리가 공용어로서 '국어'(일본어)라는 중심을 부정할 수 없는 자리 위에 서있었기 때문이다. 황국신민화가 강제되는 파시즘적 통치 하에서, 민족어(특히 표준어)로서의 조선어, 문학어로서의 민족어에 대한 사유를 언표화하는 것 자체가 불가능해진 상황에서, 더 이상 정상적인 비평적 논의의 심화는 기대할 수 없게 된 것이다.

5. 맺음말

시 「斷章」(『낭만』, 1936.11; 『전집 1』, 210~211면)에서 임화는 "범용한 시인만이 항상 말의 부족을 한탄한다. / 한번도 이름없는 풀잎이 / 지상에 나본 일은 없었다. / 시인은 이름없는 풀에서 이름을 발견하는 인간이다 / 그러나 죽은 말은 자연의 생명을 빼앗는다"고 노래한 바 있다. 모름지기 시인은 하찮은 사물에서도 이름을 '발견'할 수 있

---

28) 신두원이 정당하게 지적하였듯이, 임화의 발언은 파시즘 하에서 "제국어의 시선으로 조선어를 상상한 것이 아니라, 조선어를 지키기 위한 고유적 발언"이었다고 볼 수도 있다. 신두원은 언어를 정신의 표지, 국경의 표지로부터 끌어내려 단지 수단일 뿐이라고 격하함으로써 오히려 조선어 말살의 위기 하에서 "조선어를 지키고자" 한 것이 임화의 책략이었다고 평가한다. 이는 윤대석이 지적한 바와 같이, '조선어=조선인=조선문학' 혹은 '일본어=일본인=일본문학'라는 두 등식 모두와 거리를 둠으로써 언어민족주의로 함몰되지 않을 수 있었다고 보는 것과 같은 맥락이다. 이에 대해서는 신두원, 앞의 논문, 44면 참조.

는 존재라는 것이다. 여기에는 '사물'이 '이름'보다 선행하고, 시인은 사물에서 새로운 이름을 발견하고 이 이름으로 사물을 호명하는 존재라는 생각이 자리 잡고 있다. 그렇다면 어떤 이름으로 사물을 호명할 것인가? 여기서 임화는 사물(자연)의 '생명'을 보존하는 살아 있는 '말'을 내세우고 있다. 시인은 살아 있는 말, 사물의 생명을 보존하는 말을 구사할 수 있어야 하고, 이런 시인이야말로 "노예의 자유와 향락의 자유의 깊은 모순"(4연)을 발견할 수 있다는 것이다. 요컨대 적확한 언어를 구사하는 시인의 능력은, '주인'에 대한 '노예'의 투쟁을 승리로 이끄는 데 관건이 된다는 것이다. 적어도 내면으로 침잠하여 노예의 복수를 꿈꾸었던 임화가 절치부심하며 주인을 향한 칼날을 벼릴 때, 그가 꿈꾸었던 시어는 '국어'와 맞설 수 있는 또 다른 표준어로서의 '민족어'가 아니면 안 되었다.

그러나 이 민족어는 국민국가가 상상하는 또 다른 인공어, 즉 민족어 내부에 존재하는 언어적 다양성을 표준어라는 균질화된 언어로 흡수한 가공의 언어가 아닌가? 요컨대 과연 무엇이 민족어인가에 대한 개념 규정이 필요했다는 것이다. 여기서 임화는 동시대의 조선어가 지닌 다양한 표정들, 그리고 근대문학사에 나타난 민족어 형성을 위한 문학적, 언어적 실천에 주목하게 된다. 임화는 조선의 민족어가 제대로 완성되지 못하였으며, 이는 민족부르주아 계급의 불완전성에서 비롯한다고 보았다. 전통주의자(=민족주의자)의 문학에 나타난 복고주의적 역사관과 언어관뿐만 아니라, 예술지상주의에 빠져 언어상의 무분별한 외화주의에 귀착한 모더니스트(기교파) 시인들의 역사관과 언어관까지, 문학어로서 민족어의 풍요로운 완성은 이루어내지 못하였다. 또한 경향파 문학 역시 민족어의 이상에는 도달하지 못하였으며, 그것은 미래의 과제로 남겨져 있다는 것이 임화의 생각이었다.

문학어(시어)로서의 조선어=민족어에 대한 임화의 상황 인식은 '민족문학'의 구상에서 비롯한 것이지만, 그는 민족적 타자의 언어('외방말')와 민족어의 차이만을 절대화하지는 않았다. 그럴 경우 민족어의 차이를 인정받기 위해 민족개량주의에 빠져 아무런 현실성을 담보하지 못한 고어와 사어, 즉 비민중적이고 비현대적인 언어의 난용에 빠질 염려가 있기 때문이다. 임화의 민족어론의 근저에는 언어의 계급성과 문학의 당파성이란 원칙이 자리 잡고 있으며, 이는 시대 현실을 정확하게 재현할 수 있는 사실적 언어에 대한 추구로 이어졌다. 임화의 이런 생각은 레닌의 '민족적 형식에 국제주의적 내용'이란 명제와, 마르주의 언어학에서 중시한 언어변동의 원천으로서의 계급성이란 문제를 조야하게 결합시킴으로써 형성된 것이다. 다만 임화가 카프 해산 이후 민족어의 위기가 좀 더 가시화됨에 따라 언어의 계급성 문제보다 언어의 민족적 특성 문제로 논의의 초점을 옮겨간 것은 언어(민족어)에 대한 변증법적 사유를 위해서나 민족문학의 수립이라는 테제를 위해서도 불가피한 것이었다.

임화가 카프 해산 이후 시단의 지형도를 그려낼 때 '민족어론'은 중요한 준거로 활용되었다. 고어와 사어를 의도적으로 되살려 시를 창작하는 복고주의자들, 언어의 의미를 중시하지 않은 채 언어 그 자체의 아름다움만을 추구하거나 외래어를 무분별하게 사용하는 기교주의자들의 언어상의 외화주의, 언어의 완미성에 전혀 도달하지 못했던 신경향파시 등이 모두 비판의 대상이 된다. 특히 임화는 백석 시의 주된 특징을 방언과 지방주의로 규정하고 신랄한 비판을 한 바 있다.

하지만 임화는 이러한 표준어중심주의가 과연 제국주의에 맞서 또 다른 '국민국가'를 상상하는 유일한 방법인가, 그것을 상상하기 전에 눈앞에 있는 '국민국가'와 '국어'에 저항할 수 있는 방법은 무엇인가에 대해서는 충분한 논의를 제시하지 못하였다. 특히 1939~40년경에 들어와 조선어의 도구적 가치를 내세워 조선어로 창작되는 문학의 필요성을 주장한 것은 임화의 한계라기보다는 파시즘이란 시대적 한계에서 비롯한 것이겠지만, '국어'를 승인한 채 도구적 유용성만을 내세워 조선어를 옹호할 수밖에 없을 때, 그것은 더 이상 '민족어론'에 값하는 사유로 발전하기 어려운 것이었다고 볼 수밖에 없다.

서정주의 동양 인식과
친일의 논리

1. 들어가는 말

한국 현대시사에서 미당 서정주(1915~2000)만큼 자아-서사(self-narra-tives)에 집착한 시인도 드물 것이다. 미당의 자아-서사 행위는 순수한 서정시 쓰기에서는 물론 여러 차례의 자서전 쓰기, 반성적 회고의 성격을 띤 에세이 쓰기를 통해서 반복적으로 시도되고 있으며, 심지어는 자서전 쓰기에서 언급된 내용들을 밑텍스트로 삼아 다시 시를 창작한 경우도 많았다. 미당은 이러한 자아-서사 행위를 통해서 자아동일성을 구축함으로써 시대적 현실이 초래한 주체 분열의 위기를 극복하려 했던 것으로 보인다. 주목할 점은 초기시 단계에서 미당의 자아-서사가 '육친적인 것'에 대한 부정을 유별나게 내세웠다는 점이다. 가령 "애비는 종이었다"는 충격적인 언술로 시작되고 있는 「자화상」은 가족, 즉 핏줄을 통해 이어진 부모와의 연속성에 대한 격렬한 거부의식을 보여주고 있다. 이것은 자아-서사의 해체

양상을 극적으로 보여주는 것이지만 역설적으로 육친적인 것에 대한 부정을 통해서만 새로운 주체의 구성이 가능하다는 점, 더 나아가 '핏줄'로 표상되는 유기체적 연속성에 대한 부정을 통해서만 경험적 세계에 대한 심미적 부정이 가능하다는 인식을 역설적으로 보여준다.

그러나 미당은 '아버지'의 상징적 질서로 환원되지 않는 심미적 주체를 탄생시키는 부정의 정신을 지속시키지는 못하였다. 오히려 미당은 끊임없이 '아버지'의 상징적 질서를 욕망하였다. 그리고 이 욕망은 보다 큰 '아버지'의 권력, 가령 일본 제국주의(혹은 천황)나 해방 이후의 독재정권에 대한 무비판적 순응을 낳게 된다. 이런 과정에서 미당은 끊임없이 자아-서사를 변경하면서 자기동일성을 재구성해야 했고, 가족-서사를 조정하면서 '아버지'의 상징적 대리물에 자신을 통합시켜야 했다. 불행한 사실은 미당의 경우 '아버지'의 질서에 대한 수용이 늘 윤리적인 비난을 불러일으켰다는 점이다.[1]

본고는 미당의 친일문제에 접근함에 있어서 '윤리성'의 잣대를 내세워 이를 재단하거나 평가하는 태도에서 벗어나려고 한다.[2] 그것

---

[1] 이는 한국 근현대사의 비극성(혹은 격동성)에서 기인한 것으로 볼 수 있지만, 그보다는 진정한 의미의 윤리적 결단과는 무관한 방식으로 아버지의 상징적 질서에 동화됨으로써 일신상의 안위를 도모한 데서 근본적인 원인이 있다.

[2] 미당의 친일에 대한 논의는 임종국의 『친일문학론』이래 다양한 각도에서 시도되었지만, 민족주의적 관점에서 그의 친일을 윤리적으로 단죄하는 경향이 강했다. 이 분야에 대한 최근의 본격적인 연구 논문에서도 윤리적 단죄의 시각은 기본적으로 잠재되어 있다.
본고에서 참고한 서정주의 친일관련 연구 목록은 다음과 같다.
김재용, 「전도된 오리엔탈리즘으로서의 친일문학」, 『실천문학』, 2002년 여름호.
박수연, 「절대적 긍정과 절대적 부정」, 『포에지』, 2000년 겨울.
박수연, 「일제말 친일시의 계보」, 『우리말글』 36, 2006.
박수연, 「근대 한국 서정시의 두 얼굴: 미당 문학에 대해」, 『실천문학』, 2002년 봄호.
손진은, 「문학교육과 제재 선정의 문제-서정주의 친일문학에 대하여」, 『우리말글』 33,

은 그동안 숱하게 제기된 반(反)미당 담론만으로도 충분하다고 보기 때문이다. 정작 우리는 미당이 어떤 방식으로 친일의 논리에 함몰되었는가, 또 그것은 미당의 시정신에 어떤 영향을 미치고 있는가 하는 점에 주목해야 한다. 특히 그의 초기시가 보여주었던 심미적 근대성과 중기시 이후에 나타났던 전통주의 간에 나타나는 뚜렷한 논리적 편차와 단절이 '친일' 문제에 어떻게 연결되어 있는가를 섬세하게 규명할 필요가 있다. 즉 친일의 내적 논리를 규명함으로써 미당의 전통주의적·동양주의적 전회가 지닌 의의와 한계를 동시에 밝혀내어야 하는 것이다. 이를 위해 본고는 미당 서정주라는 개인의 실존적 고뇌와 시대 현실간의 상관관계를 고려하면서, 그가 소위 대동아공영권이라는 상상의 공동체에 자신의 운명을 기투하게 되는 내면의 논리를 추적할 것이다.

2. 자기변명의 논리와 기억의 편집

미당 서정주는 1942~44년 사이에 일련의 친일문학작품3)을 발표

2005.

최현식, 『서정주 시의 근대와 반근대』, 소명출판, 2003.

3) 서정주의 친일문학 작품목록은 다음과 같다.

　1. 시: 「항공일에」, 『국민문학』, 1943.10; 「헌시」, 『매일신보』, 1943.11.16; 「무제」(『국민문학』, 1944.8; 「松井伍長頌歌」, 『국민문학』, 1944.12.9).

　2. 산문: 평론 「시의 이야기─주로 국민시가에 대하여」(『매일신보』, 1942.7.13~17; 소설 「崔遞夫의 軍屬志望」, 『조광』, 1943.11; 종군기「경성사단 대연습 종군기」, 『춘추』, 1943.11; 수필 「隣保情神」, 『매일신보』, 1943.9; 종군기「報道行─경성사단 추계연습의 뒤를 따라서」, 『조광』, 1943.12.

한 바 있다. 미당은 역사적 기록으로 남아 있는 부끄러운 친일 행위 사실 자체를 숨기려 하지는 않았다. 하지만 그는 일련의 자서전적 글쓰기를 통해 친일에 대한 자기변명과 반성을 시도한 바 있다. 친일에 대한 미당의 해명, 즉 자기변명과 반성의 논리는 두 가지로 나뉘어 있다. 하나는 『서정주문학전집 3』(일지사, 1972)에 수록된 자서전에서, 다른 하나는 그의 친일 문제가 사회적으로 논란거리가 되었던 1992년 무렵에 쓴 「일정말기와 나의 친일시」(『신동아』, 1992.4)라는 글에서 각각 제시된 것이다. 전자가 미당이 자발적으로 쓴 문건이라면 후자는 당대의 반미당 담론을 보다 민감하게 의식하면서 쓴 문건이다. 그런 만큼 양자 사이에는 친일에 대한 해명 방식이나 자기옹호 논리에서 있어서 편차가 발견된다. 우선 주목되는 구절을 인용해 보기로 하자.

①

㉠ 그러나, 이런 때를 당하여서 자기나 민족의 장래를 생각해 보는 것은 정말 따분한 일이었다. 일본은 이미 중국에 王精衛의 政權을 세우고, 東南 아시아 全域을 처먹어 들어가고 있어서, 이것이 두 해 뒤에 풀리어 해방이 되리라는 것은 나 같은 사람으로선 예상도 할 수 없었다. 인생에서 아무 목적도 보이지 않고, 어디 갈 곳도 요량할 수 없는 암담한 상태가 내 속에 계속되었다.4)

㉡ 나는 第二次大戰에서 싱가포르가 일본군에 함락 당했다는 기별과 그

---

4) 서정주, 『서정주문학전집』 3, 일지사, 1972, 223면.

축하 잔치를 보고 들은 뒤부터는 日本과 獨逸과 이태리의 同盟한 樞軸軍이란 것이 마침내 이기지 않을까 하는 생각을 한쪽으로 가져왔다. 그러다가 1944년 여름에 와서부터는 그들의 승리를 불가피한 것으로 예상하기에 이른 것이다. 이것은 인제 와서 보면 어이없는 일이 되었지만 그때의 내 識見과 省察力으로는 그 이상이 될 수는 없었던 것이다.5)

②
㉠ 우리들을 이렇게(인용자 : 일제의 수탈 행위를 가리킴) 만들면서 일본제국주의의 기세는 그래도 나날이 팽창해나갔다. (…중략…) 그들이 주장하고 장담했던 大東亞共榮圈의 성립을 국제정세의 실상에 깜깜하게 무지한 우리로서는 할 수 없는 운명으로 받아들일밖에 아무런 딴 도리가 없었다. 1945년 8월 15일에 일본의 항복선언이 있을 걸 짐작이라도 했다면 이 몇해 안되는 동안을 어떻게 해서라도 숨어 살 길이라도 찾아보았으리라. 그러나 「적어도 몇백년은 일본의 지배속에 아리나 쓰리나 견디고 살아갈밖에 별수가 없다」는 체념 하나밖에는 더 아는 것이 없는 채, 나는 처자를 데불고 따분한 나날을 이어가고 있었던 것이다. 그리고 이것이 이때의 우리 겨레의 다수의 실상이었다고 나는 지금도 회고한다.

㉡ 이때 조선의 어느 직장이나 마찬가지로 國民總力同盟 人文社支部라는 또하나 강요된 간판을 더 붙이고 지내야 했던 이곳에서 한 반년쯤 몸담아 지내는 동안에, 사장인 최재서 씨가 그의 두개의 일본말 문학잡지에 쓰라는 것은 물론 조선총독부 기관지였던 유일한 우리말 신문인 『매

---

5) 위의 책, 228면.

일신보』에서 쓰라는 것도 두루 다 응해서 써주어야 했었다. 어기다니? 그 촘촘한 국민총력연맹의 감시의 그물 속에서 그들의 눈 밖에 나면 살아올른지 죽어올른지 모르는 그 무서운 徵用만이 기다리고 있었던 것도 엄연한 사실이었는데 말인가?[6]

친일을 둘러싼 서정주의 여러 자서전적 글쓰기의 내용 구성은 거의 유사하다. 일제 말기에 생활난을 겪었다는 것, 욱일승천하는 일본제국주의의 기세를 사실로 수리할 수밖에 없었다는 것, 최재서가 운영하는 잡지사에 근무하면서 몇 편의 친일 문건을 작성하였다는 것, 잡지사를 그만 둔 후 극심한 생활고에 봉착하였을 뿐만 아니라 관헌에 끌려가 고초를 겪었다는 것 등등이 그것이다. 문제는 ①과 ② 사이에 존재하는 섬세한 차이일 것이다.

①에서 미당은 자신의 친일이 주로 "識見과 省察力" 부족으로 인해 일본의 승리를 불가피한 것으로 판단하고 체념했기 때문이라고 말하고 있다. 윤리적 단죄의 목적이 아니라면 ①의 진술이 시인의 실존적 상황과 관련하여 나름대로 설득력이 있는 것을 부정할 필요는 없다. 언론 통제의 현실을 살아가는 식민지 '국민'의 입장에서 조국의 해방을 예상 못했던 것은 어쩔 수 없는 운명이었고, 또 실제로 그러했기 때문이다. 서정주는 이를 "창피한 이야기들"이었다고 고백하고 있거니와, 이러한 고백은 식견과 성찰력의 부족에서 기인한 친일에 대한 최소한의 고해성사는 될 수 있을 것이다. 흥미로운 점은 ②에 있다.

---

6) 서정주, 「일정말기와 나의 친일시」, 『신동아』, 1992.4.

1990년대에 들어와 미당은 자신의 친일행위를 둘러싼 논란을 해명하는 자리에서 자신의 친일 행위가 운명에 대한 '체념'(②의 ㉠)과 함께 일제의 '강요'와 징용의 두려움 때문이었다고 변명하고 있다. 그리고 이 체념과 순응은 子孫之計를 위해 불가피한 것이었을 뿐만 아니라, 이는 자신만의 선택(운명)이 아니라 우리 겨레의 "다수의 실상"이었다고 변명한다. 요컨대 가족과 함께 먹고 살기 위해 다른 사람들처럼 어쩔 수 없이 친일에 응할 수밖에 없었다는 것이고, 이는 나만 저지른 잘못이 아니라 식민지 '국민'은 누구나 저지를 수밖에 없는 잘못이었다는 것이다. 개인이 겪은 체험적 진실성이란 관점에서만 본다면, 미당의 이러한 논리와 자기변명이 전혀 설득력이 없는 것은 아니다.[7] 문제는 친일에 대한 자기변명의 그 천연덕스러움에 있다. 1992년의 문건에서 미당은 윤리적 타자를 의식하지 않은 채, '겨레의 실상'을 내세워 자신의 부정한 행위를 '어쩔 수 없었던 일'로 합리화하려 했다. 이 시점에서 미당은 자신에게 쏟아지는 타자의 따가운 시선을 자기성찰의 윤리적 준거점으로 파악하지 않고 있을 뿐만 아니라, 책임을 외부로 전가함으로써 오히려 자기보존에 보다 집착하는 행태를 보여주고 있는 것이다.[8]

결국 ①의 ㉠, ㉡과 ②의 ㉠, ㉡의 결정적 차이란 친일행위가 정세

---

7) 다만 "식견과 성찰력"의 부족 때문에 일제의 흑색선전에 속아 "美國이나 英國에 대한 적대감정"(서정주, 『서정주문학전집』 3, 일지사, 1972, 243면)을 품게 되었다는 1972년의 문건을 보면, 미당의 친일 행각이 상당한 정도의 자발성에 가지고 진행된 것만은 분명하다. 그럼에도 1992년의 문건에 이르면 미당은 자기보존의 욕망 때문에 친일의 원인을 자기 내부가 아닌 외부에서 찾고 있다.

8) 1973년의 자서전에서 그토록 우호적으로 묘사하던 최재서가 1992년의 문건에서는 다소 부정적인 색채로 그려지고 있는 것도 이 때문일 것이다.

에 대한 그릇된 판단 때문이었는가, 외적 강요에 대한 굴복 때문이었는가 하는 점이다. 개인의 실존적 경험을 존중한다면 이 두 개의 기억은 양립할 수도 있다. 그럼에도 친일의 원인을 서로 다른 데서 찾는 것은 자서전적인 글을 기술하는 시점에 있어서 자기보존의 욕구가 상이한 방식으로 작동하고 있다는 것을 의미한다. 이는 자서전 쓰기가 체험적 진실에 대한 충실한 기록보다는 자아-서사의 왜곡을 통한 '판타지' 만들기와 알게 모르게 관련이 있음을 보여준다. 고백과 자성의 외피를 쓰고 있다고 하더라도 이러한 방식의 자아-서사는 사실에 대한 왜곡과 변형을 동반하게 마련이다. 기억에 의해 퍼올린 과거적 사실을 선택적으로 수용하거나 배제(의도적인, 혹은 비의도적인 망각)하는 원리가 작동하고 있는 것이다. 따라서 ①의 ㉠, ㉡과 ②의 ㉠, ㉡은 모두 부분적 진실을 내포하고는 있을 가능성이 있겠지만, '친일'의 내적 논리를 선명하게 보여주지 못할 뿐만 아니라 자기반성의 담론이 되기엔 너무나 함량 미달이라 할 수밖에 없다.

이제 미당의 친일논리를 해명하려면 2차적 텍스트에 대한 검토에서 벗어나, 친일행각이 드러난 1차 텍스트들을 꼼꼼하게 분석하고 그것이 산출되었던 전후(前後)의 문학 텍스트와의 연속성과 단절을 보다 계기적으로 파악해야 한다. 특히 일제가 대동아공영권이란 상상의 공동체를 내세워 동양 및 세계 침략의 야욕을 불태웠던 시기에 미당이 어떻게 일제의 '동양(문화)' 담론에 함몰되면서 친일의 논리를 구축하였는가를 살펴볼 필요가 있다. 그리고 그의 친일시가 오랜 문학적 이력에서 돌출된 예외적 사건이 아니라, 그가 추구한 동양적 영원성이란 미학적 기획과 윤리적 선택이 지닌 논리적 한계와 밀접하게 관련되어 있음을 꼼꼼하게 짚어낼 필요가 있다.

3. 그리스적 육체성에서 동양정신으로의 회귀

주지하듯이 미당의 초기시는 니체의 초인사상이나 보들레르의 상
징주의 시에 큰 영향을 입었다. 이 영향은 흔히 근대 문명에 대한 격
렬한 거부의 몸짓으로 해석되고 있다.9) 가령 「花蛇」10)에서 시적 주
체가 육체적 관능과 미적인 것에 몰입한 것은 "肉身의 밑바닥에까지
自進해 놓여서 그렇게도 몸부림하는"11) 부정의 정신에 연결된 것이
다. 그리고 이는 서구 사회가 이룩한 근대문명에 대한 참을 수 없는
매혹과 거부의 모순된 몸짓을 동시에 보여준 것이다. 니체가 초인을
갈망하였던 것, 또는 보들레르가 부르주아 문명에 대한 귀족주의적
부정에 도달하였던 것은 근대 사회가 초래한 문명의 위기와 자아의
분열을 넘어서려는 정신적 분투와 관련이 있기 때문이다. 양화된 시

---

9) 미당은 자신의 초기시 즉 생명파 단계의 시의 가장 주된 특성을 '直情言語', 즉 "內心의 가장
밑바닥에서 꾸밈없이 그대로 솟아 나오는 語風"에서 찾으면서, 이는 "장식하지 않은 純裸의
美의 形式을 노렸던 것"(서정주,『서정주문학전집』5, 일지사, 1972, 267면)이라고 밝히고
있다. 언어의 장식성을 배제하면서 내면의 감정과 욕망을 꾸밈없이 표출하는 방식에 의해
표현되는 시는 정지용 류의 이미지즘이나 언어조탁 방식에 의해 창작되는 시와는 분명하
게 차이가 있다. 하지만 양자의 차이는 언어의 문제라기보다는 언어에 의해 표출되는 정신
의 문제일 것이다. 즉 분열된 근대적 주체의 어찌할 수 없는 정념과 초월의 열망을 어떻게
드러낼 것인가의 문제 말이다.
10)『화사집』(남만문고)이 간행된 것은 1941년이지만, 시인의 기록에 의하면 이 시집에 수록
된 작품들은 출판사에 넘긴 시점이 1938년이라고 한다. 이 이후부터 해방 무렵까지 창작된
작품 중 친일시를 제외하고는 대부분 두 번째 시집 『귀촉도』(서문사, 1948)에 수록되었다.
한편 같은 시기에 창작된 미당의 시집 미수록 작품들은 최현식의 연구서(『서정주 시의 근
대와 반근대』, 소명출판, 2003)에 실린 부록을 참고할 수 있다.
11) 서정주,『서정주문학전집』3, 일지사, 1972, 266면.

간의 계기적 연속으로서 유토피아적 미래가 도래할 것이라는 근대의 역사철학적 시간의식을 부정하고,[12] 매 순간순간의 시간들 속에서 영원한 것의 감각적 현현을 갈망하는 부정의 정신. 관능적 욕망을 불러일으키는 대상에 대한 에로스적 탐닉. 이러한 것들은 '육체성' 속에서 영원성의 비전을 보고자 했던 반근대주의자의 정신적 면모를 유감없이 보여준다. 특히 「화사」는 향토적인 언어와 서구적 신화의 상상력을 교묘하게 결합하여 물리적 시간의 계기적 연속성을 끊어내고 관능적 욕망 충족의 순간 속에 몰입하는 시적 화자를 통해 근대성의 원리에 저항하는 심미적 주체를 제시하고 있다.

미당은 심미적 주체가 탐닉하는 이 세계를 '古代그리스的 肉體性'이라 명명하면서, 그것은 "최고로 精選된 사람에게서 神을 보는 바로 그 人神主義的 肉身現生"에 대한 대망을 피력한 것이라고 고백한 바 있다. 미당은 자신이 초기시 단계에서 기독교적인 신본주의는 물론 근대적 인본주의마저 부정하고 인간적인 것과 신적인 것이 결합된 견고한 육체를 흠모한 것을 소위 그리스적 '신성'의 추구였다는 말로 설명하고 있거니와, 미당은 그러한 그리스적 신성의 추구를 통해서 영원성의 시학을 이루어낼 수 있다고 보았던 것으로 짐작된다. 이와 같이 미당은 근대의 파편적인 시간에 맞서려는 미학적 열망에 사로잡혀 있었던 바, 보들레르의 「악의 꽃」에서 받은 영향도 이런 맥락에서 설명이 가능할 것이다. 이러한 사실을 염두에 두면서 다음의 인용을 살펴보기로 하자.

---

12) 송기한, 『한국 전후시와 시간의식』, 태학사, 1997, 102면.

그리고 또 하나 말해 둘 것은, 이러한 神話 헬레니즘을 나는 基督教의 舊約聖書의 솔로몬 王의 「雅歌」 等에서 보이는 古代 이스라엘的 陽明性과 이때는 거의 混同하고 있었던 일이다. 내 「花蛇集」을 主意해서 보아 준 이라면 이 혼동을 여러 곳에 쉬이 發見할 수 있을 것이다. 내 공부와 省察은 이때는 아직도 基督教의 舊約을 佛教, 道教, 儒教 等과 아울러 仔細히 吟味해야 할 東洋精神의 一環임을 注意할 만한데 이르지 못했고, 다만 그 生態에 있어서 솔로몬의 「雅歌」的인 것과 그리이스의 神話的인 것의 近似値에만 着眼하여 兩者의 그 崇高하고 陽한 肉體性에만 매혹되어 있었던 것이다.[13]

자서전에 의하면 『화사집』에 실린 시편들을 창작하는 단계에서 이미 미당은 불교를 비롯한 동양사상에 꽤나 친숙한 상태였을 것으로 짐작이 된다. 중앙불교전문학교에 잠시 적을 두고 있었던 사실이나, 박한영 선사나 김범부 등과의 교유 관계를 고려한다면 동양적인 것에 대한 미당의 교양과 견문은 비교적 일찍 형성되었을 것으로 판단되기 때문이다. 그럼에도 미당은 자신의 초기시가 '神話 헬레니즘'과 기독교 구약성서의 '雅歌적인 것'의 "陽한 肉體性"에만 매혹된 결과라고 설명하고 있다. 여기서 주목할 것은 '육체성'과 '정신성', '서양적인 것'과 '동양적인 것'의 경계를 설정하는 방식이다. 그는 자신이 기독교적 '양명성'과 그리스적인 육체성의 차이를 파악하지 못하였으며, 기독교(구약)의 세계가 불교, 도교, 유교 등과 아울러 "동양정신의 일환"임을 뒤늦게야 깨달았다고 말하고 있다. 기독교(구약)가

---

13) 서정주, 『서정주문학전집』 5, 일지사, 1972, 226면.

과연 '동양적인 것'인 것인가에 대해서는 다양한 판단이 가능할 것이다. 문제는 미당이 뒤늦게 그것을 서양적인 것, 육체적인 것에 대립되는 개념으로서 동양적인 것, 정신적인 것으로 파악하기 시작했다는 점이다. 이러한 혼동은 문학청년 단계의 성숙하지 못한 독서 체험에서 얼마든지 가능한 일이지만, 그것을 동양적인 것의 회귀에 대한 자기합리화로 귀결시키고 있다는 점은 주목할 만하다.

하지만 동양정신으로의 회귀를 강조하려는 의도를 제켜 두고 생각한다면, 미당의 초기시가 추구하였던 그리스적 육체성과 동양정신이 과연 별개의 것인가에 대해서 검토할 필요가 있다. 앞서 지적한 명백한 차이에도 불구하고 양자는 내밀한 공통성을 가지고 있으니, 그것은 바로 영원한 것의 회귀에 대한 동경을 보여주고 있다는 점이다. 그리스적 육체성에 대한 숭배란 결국 니체적인 '초인'에 대한 갈망, 영원한 것의 회귀에 대한 욕망을 드러내는 것이기 때문이다. 그래서 그 '초인'의 무게로 간주되는 것이 '육체성'의 자리에 대신 놓이기만 한다면 '현실 초월'에 대한 미당의 욕망은 얼마든지 충족될 수 있을 것이다. 미당이 새롭게 발견한 '동양정신', 정확하게 말하면 천황제적인 질서는 그의 초기시가 추구하였던 '人神主義的 肉身現生'의 가능성을 경험적 현실 속에서 찾아낸 것으로 볼 수 있다. 이 지점에서 미당은 천황으로 표상되는 '동양정신'과 질서를 통해 근대(서양)에 대한 미학적 부정의 프로젝트로 나아가게 된다. 그러니까 고대 그리스의 시간성으로 소급하는 방식을 통해 근대의 심미적 부정을 시도하였던 서구의 지성에서 벗어나 동양의 고대적 정신으로 거슬러 올라가 동양적 정체성을 구축하고 이를 서구적 근대에 맞세운 것이다.

미당의 첫 시집인 『화사집』이 놓인 자리는 과연 무엇인가? 이 시집은 그리스적 육체성과 동양 정신이 서로 착종된 상태에서 청년 시인 미당이 보여준 다양한 정신적 방황과 활로 모색을 동시에 보여주고 있다. 다만 미당이 영원성에 대한 비전[14]과 심미적인 것의 절대화[15]를 통해, 경험적 세계로 환원될 수 없는 심미적 주체의 확립을 도모하려는 정신을 견지하고 있었다는 점은 주목된다. 그리스적 육체성이든 아니면 동양 정신이든 간에 미당에게 중요한 것은 영원성의 비전을 획득하는 것이었다. 그리고 그 이면에는 '심미적인 것'의 절대화를 통해 근대적 질서를 벗어나려는 욕망이 자리 잡고 있다. 다만 『화사집』은 서구의 고대로 거슬러 올라감으로써 서양중심주의적 사유를 강화하고자 했던 당대 서구의 미학적 프로젝트를 추수하려는 경향에서 벗어나, 그 동일한 미학적 모델을 동양의 고대에서 찾아 나서는 분기점에 해당된다고 말할 수 있다.

그렇다면 서정주가 새롭게 발견하는 '동양의 판타지가 구체적으

---

14) 미당 시에서 영원성에 대한 지향이 과연 언제부터 시작되는가에 대해서는 서로 다른 견해가 제시된 바 있다. 가령 김재용은 미당의 전통의 세계와 정한에 대해 탐색 및 영원주의가 일본의 근대의 초극론에 영향을 받아 친일문학을 하던 1940년대 초반이라고 보았다. 하지만 최현식은 미당의 영원주의—더 나아가 전통주의까지—에 대한 관심과 집착은 거의 생리적인 것이었으며, 친일 행위 이전의 단계에서 해방 이후의 단계에까지 지속적으로 나타나는 현상이라고 보았다. 한 시인의 미학적 기획을 '생리적'이라고 진술하는 방식이 적합한 것인지에 대해서는 의문이 생기지만, 미당의 영원성에 대한 지향이 때로는 서구적 고대나 동양적(혹은 조선적) 고대를 찾아내기도 하고, 반전통적 태도나 전통주의적 태도로 표출되기도 했다는 점에서 필자는 후자의 입장이 보다 적절하다고 본다.
15) 이는 미당의 동양회귀가 동시대에 왕성하게 논의되었던 동양담론과 욱일승천하는 일본 제국주의가 창출하는 근대초극의 프로젝트에 압도적인 영향을 입은 것임을 보여주는 것이기도 하다. 심미적인 것을 절대화하는 근대의 미적 기획과 근대의 전체주의적 기획의 친연성에 대해서는 김예림, 「근대적 미와 전체주의」, 『문학 속의 파시즘』, 삼인, 2001 참조.

로 어떤 내용이며 그 근거는 무엇인가? 『화사집』 단계에서 미당은
이미 '서양적인 것'에서 '동양적인 것'으로 옮겨가는 양상을 보여주고
있다. 미당은 일찍이 주요한의 민요시에 발현된 민족적 요소와 전통
적 어풍16)에 영향을 받았다고 고백하고 있거니와, 『화사집』에 수록
된 「水帶洞詩」는 조선적인 것, 그리고 고향과 사투리가 표상하는 전
통적 세계로의 회귀를 보여주고 있다. 구체적으로 「水帶洞詩」에서
시인은 "샤알 · 보오드레—르"와 "서울女子"로 표상되는 근대적 세계
혹은 근대적 심미성의 세계와의 절연을 선언하면서 자신을 태어나
게 한 故鄕의 세계로 귀환한다. "흰 무명옷"과 "高句麗"와 "사투리"로
표상되는 고향의 세계로의 귀환은 육친적인 것과의 화해를 암시한
다. 그것은 근대사회에 잔존하고 있던 전근대의 잔여물들로서 가령
민족이나 혈족 같은 "공통의 뿌리", "피와 대지"와의 유기체적인 결
합17)을 보여주는 것이다. 이러한 전근대의 잔여물로의 귀환은 「復
活」이 그려내고 있는 초월적인 것의 에피파니와 영원성의 체험을 가
능케 한다는 점에서 의미가 있다.18)

하지만 『화사집』 단계에의 미당은 전통주의적 사유를 통해 민족
적 전통의 고유성과 특수성을 강하게 내세우려 하지는 않았다. 뿐만
아니라 '민족'을 일제말의 정치 현실에 대한 저항담론의 준거로 활용

---

16) 서정주, 앞의 책, 268면.
17) 이 개념에 대해서는 슬라보예 지젝, 『그들은 자신이 하는 일을 알지 못하나이다』, 박정수
역, 인간사랑, 2004, 165~171면 참조.
18) 『화사집』의 말미에 수록된 「復活」이 보여주는 영원성의 체험은 순간의 시간 속에서 맛보
는 영원성의 체험을 노래한 「花蛇」와 달리, 억눌렸던 근대의 타자로서 전통적인 것의 귀환
을 노래하고 그것을 통해서 미래에 대한 희망과 영생의 의지를 드러낸다. 여기에는 영적인
것, 초월적인 것과의 교섭을 내세우는 미당의 신비주의적 상상력이 잠재해 있다. .

하지도 못하였다.19) 이러한 사실은 미당이 민족적인 것(=억눌린 것)의 정치적 기능을 확인할 만큼 전통에 자각적이지 못하였으며 '조선적인 것'에 대한 생각 역시 조선주의로 통칭될 만큼 의식적이지 못했음을 보여준다.

가령 『화사집』 간행 전에 창작된 시집 미수록 작품 「풀밭에 누워」(『비판』, 1939.6)를 보면, 시적 자아는 고향·서울·조선·전라도·어머니와 결별하고 "國境線박갓, 奉天이거나 外蒙古거나, 上海로가는 쪽"으로 가고 싶어 한다. 비록 북쪽을 향해 시선을 돌리고 있는 시적 자아의 척추신경에 "늘근어머니의 파뿌리 같은 머리털과 누런잇발과 (…중략…) 흰옷을 입은무리조선말"이 와닿지만, 시적 자아는 그것을 "이저버리자!"고 굳게 다짐하고 있다. 이는 조선적인 것과의 결별의지로 해석되거니와, 미당이 이처럼 손쉽게 결별을 선언할 수 있었던 것은 그의 조선에 대한 상상이 견고한 것이 아니었기 때문이다. 뿐만 아니라 미당이 『화사집』 발간 이후 생계의 문제를 잠시 해결하기 위해 찾아갔던 만주라는 역사적 공간 속에서조차 '민족'이란 상상의 공동체를 떠올리지 못하였던 것, 더 나아가 1940년대 초반에 들어와서는 손쉽게 '일본'의 동양문화론에 함몰된 것도 이 때문이다. 미당은 민족적인 것의 구체적 함의와는 무관한 자리에서 과거적인 것과의 유기체적 결합,20) 더 나아가 세계와의 화해를 도모하고 있었

---

19) '민족적인 것'과 시원의 시간으로 귀환한 시기에 미당이 상상한 민족은 정치적 상상력—가령 저항적 민족주의 같은—이 결여된 문화주의적 성격을 띠고 있다. 이는 민족외부에 대한 상상, 즉 지리적이고 공간적인 경계 외부의 타자와의 '차이'에 대한 인식이 나타나지 않는 것과도 밀접한 관련이 있을 것이다.

20) 미당 문학에서 시적 주체가 과거적인 것과의 유기체적 결합을 추구한 이유는 서정주가 그것을 통해 세계와 화해할 수 있다는 믿음을 지니고 있었기 때문이다. 하지만 화해의 욕망

던 것이다.

근대에 대한 심미적 부정의 연장선상에서 발견된 전통, 혹은 민족의 판타지란 결국 미당의 심미적 세계인식 내에서 얼마든지 다른 것으로 대체될 수도 있는 것이었다. 그의 친일 문건들은 경험적 현실에 대한 심미적 대안을 동양문화에서 찾은 것에 지나지 않는다. 거기에는 어떠한 죄의식이나 모럴 감각도 개입하지 않는다. 운명론의 이름으로 얼마든지 자기변명이 가능하기 때문이다.[21] 가령 「꽃」의 경우를 살펴보자.

가신 이들의 헐떡이는 숨결로
곱게 곱게 씻기운 꽃이 피었다.

흐트러진 머리털 그냥 그대로,
그 몸짓 그 음성 그냥 그대로,
옛 사람의 노래는 여기 있어라.

오― 그 기름 묻은 머리빡 낱낱이 더워

은 무기력한 주체가 타율적인 질서를 동경하고 그것에 순응하는 결과를 낳는다. 그것은 질서에 대한 동경, 중심에 대한 회귀, 고향으로의 귀환이란 방식으로 실천된다. 미당의 동양문화로의 귀환은 유기체적 완전성을 갖춘 미를 추구하는 심미적 주체가 필연적으로 도달하게 될 막다른 골목이었던 셈이다.

21) 미당은 해방 이후 서슴없이 또 다른 동양과 민족을 찾아 나섰다. 특히 삼국유사와 향가를 매개로 소위 고대정신(신라정신)의 세계를 자유자재로 넘나들고 있다. 하지만 미당이 추구한 전통과 민족, 즉 특히 '신라'와 '신라정신'은 일견 역사의 외피를 띠고 있음에도 불구하고 탈역사주의적 상상력(역사의 심미화)으로 귀결되고 말았다. 또한 그가 1960년대 후반 이후 질마재로 되돌아간 것, 설화의 세계를 시적으로 변용한 것, 세계를 떠돌아다닌 것, 역사 편력을 감행한 것 역시 같은 맥락에서 설명될 수 있다.

땀 흘리고 간 옛 사람들의

노랫소리는 하늘 위에 있어라.

— 이상, 「꽃」 부분 인용

　미당은 자서전을 포함하여 여러 글을 통해 작품 「꽃」이 생활고와
병마에 시달리던 일제말의 어느 날, 서울 종로의 "骨董品 가게"에서
우연히 마주친 "李朝 純白磁"의 "빛깔과 線"을 보고 그 경험을 시로
형상화한 것이라고 밝힌 바 있다.[22] 한낱 골동품에 지나지 않을 도
자기가 이 작품에서는 조상의 "헐떡이는 숨결"이 스며서 탄생한 미
적 결정체로, 과거로부터 현재로 연면하게 이어지는 유기체적 생명
력을 가진 존재로 거듭 인식되고 있다. 특히 미당은 도자기를 민족
과 전통의 표상으로 간주하고 이러한 과거적 잔존물의 친근력과 영
향력을 새삼 발견하면서 그것과의 유기체적 결합을 통해 생명의식
을 회복하고 존재의 영원성을 획득하였다는 발상을 보여준다.

　이와 같이 미당은 골동품 가게에서 우연하게 겪은 심미적 체험을
통해 전통이라는 타자를 보다 적극적으로 상상하게 되었다. 더 나아
가 그는 절대적 보편성을 지니고 있는 것으로 간주되는 과거적 잔존

---

22) 「꽃」은 해방 후 간행된 제2시집 『귀촉도』에 수록되었지만, 미당은 자서전을 통해 이 작품
　　이 일제 말에 창작된 것으로서 자신의 詩作生活에 한 轉機를 가져온 작품이라고 밝힌 바 있
　　다. 이 작품이 창작될 당시의 내면 풍경에 대해서는 "저 너머 先人들의 무형화된 넋의 세계
　　에 접촉하는 한 門을 이 작품의 原想은 잡아 흔들고 있는 것이다. 李朝白磁의 線보다도 오히
　　려 그 色彩가 내게 이 시의 原想을 짜게 하는 동기가 되었다. 그러면서 나는 아무렇게 우거
　　지로 살다가 죽어도 된다는 諦念을 마련했고, 이 혹독하던 환경 속에서는 그게 그대로 한 삶
　　의 의지가 되었다. (…중략…) 形體도 없이 된 先人들의 마음과 形體 있는 우리와의 交合의
　　이야기는, 내가 언제 국으로 죽어 無形밖에 안 될는지는 모르는 이 막다른 때에 무엇이든지
　　내게 무엇보다 제일 중요한 일이 되었다"는 진술을 참고할 수 있다. 서정주, 『서정주문학전
　　집』 3, 일지사, 1972, 226~228면.

물과의 상상적 동일시를 통해 경험적 현실을 수용하는 징검다리로 삼게 된다. 이 과정에서 전통과의 재봉합을 "形體도 없이 된 先人들의 마음과 形體 있는 우리와의 交合의 이야기"라고 표현하고 있는 것은 주목된다. 순간의 시간 속에서 영원성의 비전을 보고자 했던 초기시에서 시적 주체가 육체적 욕망과 '아버지'의 질서 사이의 아이러니적 대립에 봉착했던 것과 달리, 전통으로 표상되는 과거적 시간의 현재성을 자각하면서 거기에서 초시간적 영원성에 도달하고자 했던 전통주의 시에서 자아(육체)와 세계(아버지의 질서)는 더 이상 대립의 관계가 아니라 교합의 관계로 표상되고 있는 것이다. 이 '교합'의 상상력은 이후 미당시의 가장 중요한 시적 상상력을 이루지만, 친일시의 단계에서 이미 아버지의 질서와의 교합에 대한 욕망은 상당히 중요한 위치를 차지하고 있었음이 확인된다.

4. '국민시'론의 내적 논리와 친일 이데올로기

평론 「시의 이야기―주로 국민시가에 대하여」는 일제 말기 미당의 전통주의와 친일의 논리를 밝히는데 가장 중요한 길잡이다. 미요시 다츠지(三好達治)의 '국민시가론'의 영향을 받아 쓰여진 것으로 추정되는[23] 이 평론은 조선총독부의 기관지인 매일신보(1942.7.13~17

---

23) 미요시 다츠시와 서정주의 문학적 이력이 지닌 유사성, 혹은 영향관계에 대해서는 최현식, 앞의 책, 122~128면; 박수연, 「일제 말 친일시의 계보」, 『우리말글』 36, 2006, 17~20면 참조.

일)에 발표한 것이다. 이 평론이 미당의 자발적인 의사에 따라 작성된 것인지, 아니면 외적 강요에 의하여 작성된 것인지는 분명치 않다. 하지만 과거적 전통과의 재봉합에 나선 미당이 소위 '동양'의 고전을 내세워 '동양정신론'으로 나아가게 된 것이 순전히 외적인 강요에 의한 것이었다고 말하기는 어렵다. 오히려 미당의 국민시론은 미당시 전개의 내적 논리 위에서 파생된 것이며, 해방 이후의 신라정신론 등에도 알게 모르게 그 영향이 잠재해 있다고 보는 것이 옳을 것이다.

이 평론에서 미당은 끊임없는 개성의 몰각과 중세 유럽의 보편적 질서로의 회귀를 요구한 T. S. 엘리어트의 전통론을 빌어와 한국 근대 시사에 대한 반성과 새로운 시 창작의 방향성 정립을 촉구하고 있다.

우리는 항용 '獨創'이라든가 '個性'이라든가 하는 말을 애용해 왔다. 생명이 유동하는 순간순간에서 ―의 자기의 언어, 자기의 색채, 자기의 흡響만을 찾아 헤매었던 것이다. 그러나 아무와도 닮지 않은 독창이라든가 개성이란 어떤 것일까? 중심에서의 도피, 전통의 몰각, 윤리의 상실 등이 먼저 齊來되었다. 알 수 없는 무질서와 혼돈 속에서 작가들은 아무와도 닮지 않은 자기의 幽靈들을 만들어 놓고 또 오래지 않아서는 자기가 자기를 모방하여야 했던 것이다. (…중략…) 생명이 내포한 것이 사실은 내용에 있어 변하지 않는 것처럼, 시가의 세계 역시 전무후무한 자기의 것과 같은 것은 존재하지 않았던 것이다. 여기에서 우리는 다시 개성이라든가 독창성이라든가 하는 말에 대치되는 말로서 '보편'이라든가 '일반성'이라든가 하는 말을 생각해 보지 않을 수 없다.

　시적 주체의 창조적 개성과 내면성을 중시하는 것은 근대시의 가
장 중요한 특성에 해당된다. 한국의 근대시 역시 서구시 및 일본 근
대시의 영향을 받아 개성의 발견과 창조적 영혼의 표현을 창작의 중
요한 원리로 삼아왔다. 그런데 미당은 한국 근대시가 독창과 개성만
을 중시한 나머지 전통을 몰각하고 윤리를 상실하였다고 진단하면
서, 이제 시인들은 '보편'과 '일반성'에 입각하여 시를 창작해야 한다
고 주장하고 있다. 여기에는 보편성과 개별성, 전통과 현대의 대립
속에서 단순히 어느 하나를 취해야 한다는 식의 단순논법 이상의 심
각한 문제가 내포되어 있다.
　미당의 글에서 창조적 개성이 자신의 개체성을 몰각하고 도달해
야 할 보편성이란 결국 '전통'과 '고전'을 가리킨다. 그런데 시인이 의
식해야 할 전통, 혹은 개성의 몰각을 통해 뼈 속 깊이 간직해야 할 전
통이 구체적으로 어떤 함의를 갖는가는 전통을 전유하고자 하는 주
체의 위치에 따라 결정되게 마련이다. 엘리어트의 경우 창작 주체가
의식해야 할 전통은 호머 이래의 유럽 시문학의 전통이었다.[24] 엘리
어트는 당대의 젊의 시인들이 자신의 개성을 몰각하고 유럽 시문학
의 전통(과거)의 현재성을 의식하면서 시를 쓰는 역사의식을 갖추어
야 한다고 요구한 바 있다. 왜냐하면 그는 근대 이전의 문학적 전통
및 고전과 유기적으로 결합되어 있다는 의식을 가지고 시를 쓰는 것
만이 근대 사회의 위기와 주체의 분열을 극복하는 유일한 방법이라

---

24) Eliot, T.S., "Tradition and Individual Talen", *Selected Essays*, Faber & Faber Ltd., 1980.

고 보았기 때문이다. 이와 같은 엘리어트의 전통론은 주체의 위치를 서구적 보편성에 설정하는 서구중심주의적 사유의 일단을 드러낸 것으로 볼 수 있다. 미당은 엘리어트의 논의에서 중핵을 이루고 있는 서구적 보편성의 자리에 동양적 보편성을 대치시키고 있을 뿐이다. 그럴 때 미당의 경우에는 동양의 고전이 바로 모방해야 할 과거(전통)가 된다. 미당은 이러한 전도된 오리엔탈리즘[25]을 바탕으로 당대의 시인들에게 "동방전통의 계승과, 보편성에의 지향"을 통해 "민중의 항심(恒心)"에 침투하는 시가를 만들어낼 것을 요구하게 된다. 이러한 시가를 미당은 국민문학 혹은 국민시가라 이름하고 있다.

그렇다면 여기에서 '국민'이란 구체적으로 무엇을 가리키는가? 주지하듯이 그것은 황국의 신민을 가리킨다. 일본제국주의가 동양 침략의 명분으로 내세웠던 저 대동양공영권이란 상상의 공동체에 '주체'로서 호명되는 개인들, 즉 국민주체들이 바로 국민인 것이다. '국민적 주체'의 소환은 천황귀일(天皇歸一)·팔굉일우(八紘一宇)로 대변되는 가족-서사에 기반하고 있거니와, 이는 결국 가족-서사의 정점에 놓인 천황의 절대적 보편성을 승인한 자리에서 개인을 절대적 보편자에게 환원하는 집단주의적·파시즘적 사유로 이어지게 된다. 뿐만 아니라 국민 이데올로기가 피식민 주체에게 적용될 때, 그것은 제국주의의 폭력성과 억압성을 억압하고 은폐하는 것은 물론 피식민 주체에 대한 전쟁 동원논리로 귀결되게 마련이다.

---

25) 이런 점에서 미당의 전통론은 '동양문화'의 외피를 쓰고 있음에도 불구하고, 서양중심주의의 사유가 도달한 기원의 시간성으로의 소급과 논리적으로 닮아 있다. 이러한 서양중심주의가 없었다면 동양중심주의도 탄생할 수 없었으며, 이런 맥락에서 그것은 전도된 오리엔탈리즘의 일종이다. 이러한 시각에 대해서는 김재용, 앞의 글 참조.

바로 이 지점에서 식민 제국과 피식민지에서 살아가는 모든 개인들을 하나의 공동체로 묶어줄 수 있는 상상의 공동체에 대한 필요성이 대두된다. 나름대로의 고유성과 개별성을 지닌 문화적 전통을 간직하고 있는 개별 민족들을 하나의 절대적 보편성으로 묶어낼 수 있는 메커니즘이 필요한 것이다. 주지하듯이 일본 제국주의는 그 해결 방법을 '동양의 창출, 더 나아가 '근대초극'론에서 촉발된 일본제국주의의 동양문화론에서 찾았다. 미당 역시 '동양'이란 상상의 공동체를 내세워 결국 '대동아공영권'이란 운명공동체를 창출하고, 이를 통해 '서양과 맞서 싸운다'는 당대의 동양담론에 주목하게 된다. 그런데 '동양'의 구체적 함의를 찾아내려면 시간의 차원은 물론 공간의 차원에서 논리의 조작을 감행할 필요가 있다. 우선 시간의 차원에서는 동양 제민족의 공통의 기원으로 소급해 올라가야 하고, 공간의 차원에서는 '동양'의 내부와 외부 사이에 어떤 '경계'를 설정해야 한다. 이를 위해 미당은 소위 '한자문화권'이란 문화적 공동체를 상상하게 된다.

서구제국의 문화가 그 근원에 있어서는 조금씩이라도 모두 희랍·로마(羅馬) 문화의 혜택에서 출발하는 것처럼, 동양의 정신문화라는 것은 그 전부가 근저에 있어서 한자(漢字)를 중심으로 하는 일환(一環)의 문화를 운위하는 것임은 두말할 필요도 없다. 동아공영권(東亞共榮圈)이란 또 좋은 술어(述語)가 생긴 것이라고 나는 내심 감복하고 있다. 동양에 살면서도 근세에 들어 문학자의 대부분은 눈을 동양에 두지 않았다. 몇몇 동양학자들이 따로 있어 자기들이 일상 사용하는 한자의 낡은 문헌들을 字意

的으로 해석해 내는 정도에 그쳤었다.

시인은 모름지기 이 기회에 부족한 실력대로도 좋으니 중국의 고전에 비롯하여 황국의 전적들과 반도 옛것들을 고루 섭렵하는 총명을 가져야 할 것이다. 동양에의 회귀가 성히 제창되는 금일이다.[26]

미당이 생각하는 "한자를 중심으로 하는 일환"의 문화란 상상된 것에 불과하다. 흔히 한자문화권으로 취급되는 권역 내의 모든 개별 민족과 종족의 문화[27]가 어떤 공동의 기원이나 문화적 보편성을 가지고 있는 것은 아니기 때문이다. 또한 동양이 소위 '한자'에 의해 균질화될 수 있는 문화적 보편성을 가지고 있다는 의식을 공유한다거나, 개별 민족 문화가 한자 중심으로 균질화되어 있다고 보기도 어려운 노릇이다. 그러나 막연한 상상에서 시작된 동양의 정신문화는 이데올로기적 조작과정을 통해 동양 제민족의 공통된 기원으로 간주되고, 제민족의 문화를 하나의 공동체로 묶어줄 문화적 심급으로서 '한자'의 중요성 혹은 한자로 기록된 고전의 중요성이 급부상하게 된다. 이러한 한자문화권, 동양문화권에 대한 상상은 '희랍·로마 문화'에 대한 서구인의 상상만큼이나 허구적인 것이다. 그것은 유럽의 상상된 통일성과 구별되는 동양의 상상된 통일성을 구축하기 위해 '창안된' 전통에 지나지 않기 때문이다. 이 '창안된 전통'은 동양 제

---

26) 서정주, 「시의 이야기—주로 국민시가에 대하여」, 『매일신보』, 1942.7.13~17. 본고에서는 김규동·김병걸 편, 『친일문학작품선』 2, 실천문학사, 1986, 289~290면에 수록된 자료에서 인용하였음.
27) 한자문화권에서 '문명'과 대립되는 개념으로서의 '문화'가 어떤 의미를 가지는가에 대해서는 니시카와 나가오, 윤대석 역, 『국민이라는 괴물』, 소명출판, 2002, 109~114면 참조.

민족 문화의 개별적이고 고유한 특성들, 그로 인한 '문화적 다양성과 차이'[28]를 억압하거나 은폐하면서 동양문화의 유기적 통일성을 창안하는 기제가 된다. 그리고 그것의 정치적 표현이 대동아공영권이란 식민담론이라는 것은 주지의 사실이다. 위 인용문에서 미당이 '동양에의 회귀'를 제창하면서 시인들이 "중국의 고전에 비롯하여 황국의 전적들과 반도 옛것들을 고루 섭렵하는 총명"을 가져야 한다고 요구할 때, 그것은 근본적으로 '황국' 즉 일본의 전적에 대한 교양과 미적 전유를 요구한 것으로 해석된다. 요컨대 한자문화에 대한 미당의 강조는 일차적으로 동양문화의 보편성에 합일될 것에 대한 요구로 해석되지만, 그 핵심에는 일본문화의 보편성을 상상하고 그것을 미적으로 전유하라는 요구가 자리 잡고 있는 것이다.[29]

이제 미당은 동양의 정신문화로 눈을 돌리는 '동양에의 회귀'를 당대의 문인들에게 요청하게 된다. 그럴 때 '국민문학'은 대동아공영권내의 모든 개인과 민족들을 국민적 주체로 소환하는 문학, 모든 시인들이 "본래적 자기로 회귀하게 하는 전체성의 부름(Ruf)"[30]에 응하는 문학이 된다. 전체성의 부름에 응한다는 것은 개인이 자신의 개별성을 부정하고 전체성이 규정하는 '본래적 자기'에로 귀환한다는

---

28) 위의 책, 122면.
29) 한자와 한문에 소양이 깊었던 미당에게 한자문화권이란 상상의 공동체는 득의의 영역일 수 있었을 것이다. 특히 탈근대적 심미성을 추구하던 미당의 입장에서 한자문화권은 동양이라는 '억압된 것'의 복귀를 상상할 근거가 될 수도 있었을 것이다. 하지만 정작 그는 '한자'를 매개로 '동양적인 것', 더 나아가 '일본적인 것'의 수용으로 나아감으로써 일제의 대동아공영권의 논리에 함몰된다. 이때 '한자'와 '동양'은 억압된 타자의 복귀 대신에 타자에 대한 새로운 억압 기제로 변질되는 것이다.
30) 이는 사카이 나오끼가 와쓰지 데쓰로의 『윤리학』(1931)을 분석하면서 사용한 표현이다. 이에 대해서는 사카이 나오끼, 후지이 다케시 역, 『번역과 주체』, 이산, 2005, 168면 참조.

것을 의미한다. 여기에는 일종의 윤리적인 결단이 요구된다. 근원적 자기로 귀환하는 윤리적 결단은 앞서 언급했듯이 기원의 순간으로 회귀하는 시간적인 소급(시간성)과 함께, 동양 / 서양이란 상상을 통한 공간의 분할·분리(공간성)를 필요로 한다. 특히 후자, 즉 '동양과 '서양의 지정학적·문화적 구별이 중요해진다. 여기에는 서양에 반발하고 싶은 욕망, 즉 서양과 동양의 대칭성에 대한 욕망이 자리 잡고 있다. 이 욕망은 동양을 윤리적으로 절대시하는 욕망[31]을 파생시키고, 이것이 다시 동양적 보편성으로 환원되지 않는 특수하고 고유한 것들에 대한 배제와 차별을 낳게 된다. 이런 점에서 볼 때 일본의 동양문화론은 서구의 제국주의적·식민주의적 담론을 모방한 것에 지나지 않고, 미당의 국민시론은 동양문화론을 기계적으로 복창한 것에 지나지 않다. 여기에는 피식민 주체의 분열된 자의식이 개입될 여지가 없다.

5. '국민'의 목소리와 역사의 심미화

이러한 제국주의적·식민주의적 담론에 접합된 미당은 이제 천황으로 표상되는 국민국가의 '국민'으로서, 피식민지 주체를 호명하는 역할을 작품 창작을 통해 수행하게 된다. 가령 미당이 발표한 친일소설 「崔遞夫의 軍屬志望」(조광, 1943.11)을 보자. 이 작품은 제목 그대로 '최체부'라는 인물이 군속에 지망하는 과정을 다루고 있다. 우

---

31) 위의 책, 172면.

편배달부인 최체부는 일찍 아내를 잃고 노모와 어린 아들을 키우며 살아가는 서른 한 살의 사내이다. 비교적 안정된 삶을 살아가는 최체부는 매일 아침이면 어린 아들과 함께 서툰 발음으로 "규ー죠ー요하이!"를 외치면서 천황이 있는 동쪽을 향해 경배하고, 하루의 일과를 마치고 집에 돌아와서는 국어(일본어)로 아들과 대화를 나누는 평범한 일상을 살아가고 있다. 그런 중에 소학교 동창의 육군 군속 지원 소식에 자극을 받아 자발적으로 육군 군속 지망의 탄원서를 제출하고는 군속이 되어 "먼 남녘 나라로 떠나"게 된다. 국가의 부름에 자발적으로 응하는 이러한 최체부의 삶을 전해주는 서술자의 목소리는 개인을 국가(보편주체)에 통합키고 피식민 주체를 전쟁에 동원하려는 식민주체의 목소리와 완전하게 일치한다.

수필 「인보정신」에도 이러한 식민주체의 목소리가 동일하게 나타난다. 이 작품에서 화자는 이웃이 이사를 가면서 선물로 주고 간 깃대에 국기(일본기)를 꽂아두고서 감격해 한다. 특히 그는 국기가 국가(전체)의 상징으로서 일종의 신성성을 지니고 있는 것으로 여기면서, 자신이 그 국기가 상징하는 세계로의 소환(부름)에 자발적으로 응하지 못한 것에 대한 부끄러움을 토로하고 있다.

한편, 「시의 이야기ー주로 국민시가에 대하여」에서 예술성을 갖춘 국민시 창작을 요구한 바 있는 미당의 심미주의자적 면모는 그의 친일시 창작에서도 발견된다. 특히 친일시에서 미당의 심미주의자적 면모가 역사와 삶에 대한 심미화, 정치에 대한 심미화로 변질되면서 정치적 담론이 보다 구체적인 모습을 드러내기 시작하는 것을 알 수 있다.

우선 「항공일에」(『국민문학』, 1943.10)를 보자. 이 작품에서 '항공일' 이란 기념일은 일본 군국주의의 전쟁이데올로기를 떼놓고 생각할 수 없다.[32] 왜냐하면 '항공일'은 일본 군국주의의 침략 전쟁을 미화하며, 태평양 전쟁 수행에 필수적인 항공기와 비행사 등 전쟁 물자 및 인력의 동원을 독려하기 위한 상징조작의 의례였던 것이다. 「항공일에」는 이러한 관제 행사에 맞추어서 제작된 작품이다. 이 작품의 시적 자아는 '하늘'을 바라보면서 전쟁 수행 중 죽어간 비행사에 대한 그리움과 흠모의 감정을 표출하고, 비행사가 되어 높은 하늘로 비상하는 꿈을 노래하고 있다. 여기서 '하늘'이란 무한의 공간은 초월적이고 영원한 세계에 대한 상징이라기보다는 '천황'으로 표상되는 절대적 보편성에 대한 상징으로 이해할 수 있다. 그러니까 하늘로 비상하는 꿈이란 '천황'을 정점으로 형성되는 동아협동체적 질서에 동화되고자 하는 욕망을 보여주는 것이다.

한편, 「헌시」·「무제」(『국민문학』, 1944.8)와 「松井伍長 頌歌」(『每日新報』, 1944.12.9)는 일제의 전쟁 동원 프로젝트를 보다 직접적으로 수행하고 있는 작품이다. 이 중에서 「松井伍長 頌歌」는 일종의 추모시 혹은 찬양시인데, 가미가제 특공대로 전사한 조선 병사에 대한 추모의 염을 노래하고 있는 작품이다. 이 작품에서 시적 화자는 영미(英美)에 대한 적개심[33]을 드러내면서, '국가'의 부름을 받고 가미

---

32) 이 작품이 발표되던 시기를 전후하여 조선총독부 기관지였던 『매일신보』 지면을 살펴보면 매우 흥미로운 사실을 알 수 있는 바, 태평양전쟁의 전황에 대한 왜곡된 보도와 함께 징용·징병 등 전쟁동원과 관련된 기사가 지면의 많은 부분을 차지하고 있다. 특히 전쟁 수행에 필수적인 비행기 헌납, 적국 비행기 격침, 비행사 지원, 전투 중에 죽은 비행사와 그 가족에 대한 이야기 등이 연일 보도되고 있다.
33) 이 적개심이 인종적 타자에 대한 적개심으로 표출되고 있는 것도 주목할 만하다. 미군은

가제 특공대로 출격하여 장렬하게 전사한 조선인 청년 '마쓰이 히데오'의 '영웅적'인 삶을 그려내고 있다. 특히 조선인 청년이 적국의 항공모함에 옥쇄(玉碎)를 감행한 비행기가 "우리 동포들이 밤낮으로 / 정성껏 만들어 보낸" 비행기로 설정되고, 그의 옥쇄로 인해 "삼천리의 산천"이 향기로워지고 "우리의 하늘"이 더 짙푸르러졌다고 진술하고 있는 점이 주목된다. 이와 같은 미당의 친일시는 다음 두 가지 점에서 주목된다.

첫째, 미당의 친일시는 '옥쇄'의 이미지를 통해 죽음의 심미화를 시도하였다. '국가'의 부름에 응해 '자발적'으로 전장에 나간 병사, 특히 태평양전쟁의 제국주의적 본질을 파악하지 못한 피식민 청년이 '천황'과 '국가'를 위해 자식의 목숨을 바치는 '영웅적 행위'가 다루어지고 있는 것이다. 여기에는 죽음에 대한 두려움, 전체를 위해 개인이 희생되는 것에 대한 억울함 따위란 전혀 개입하지 없다. 죽음의 정당성에 대한 어떠한 회의도 끼어들 여지가 없는 것이다. 이러한 '심미화된 죽음'의 표상은 옥쇄를 감행하는 주체(병사) 및 그 주체의 죽음을 흠모하는 주체들(국민)을 하나의 인류적 공동체('동포'라는 운명 공동체)로 묶어냄과 동시에 '천황'을 정점으로 하는 국가를 상상하는 데 결정적인 역할을 한다. 그 결과 공동체의 모든 구성원은 '국가'의 잠재적인 병사로 '동원'되며, 오직 "살해를 당함으로써 공동체에 귀속될 가능성"[34]을 얻게 되는 것이다. 이런 점에서 미당시의 '심미화

"머리털이 샛노란 벌레 같은 병정"들이고, 그들이 항공모함을 몰고 온 것은 "우리의 땅과 목숨을 뺏으"(「松井伍長 頌歌」 중에서)려는 목적 때문이라는 것이다. 여기서 '우리'란 단순히 피식민지 조선이 아니라 일본을 중심으로 한 대동아공영권 전체를 가리킨다.

34) 옥쇄가 보여주는 '죽음의 심미화'가 지닌 의미에 대해서는 사카이 나오끼, 앞의 책,

된 죽음'은 개인의 죽음을 국가가 일방적으로 전유하는 죽음이며, 공동체주의적인 동일화의 논리가 지닌 폭력성을 고스란히 드러내는 죽음이라 할 수 있다.

이와 같이 미당 친일시의 시적 화자는 공동체가 강요하는 죽음(개별성의 부정)의 폭력성을 은폐하고 있다. 모두가 자살로 죽음을 맞이한다는 마지막 순간은 궁극적으로 '영적 교합 / 합일화'가 이루어지는 심미적 경험으로 상상되고, 비로소 한 개인(국민)은 국체(國體) 즉 국민의 신체로의 합일화와 통합이 이루어진다. 미당은 죽음을 향한 이러한 결단을 전체성을 위한 결단으로 '번역' 하면서 독자들을 그러한 죽음과 하나로 묶어낸다. 「松井伍長 頌歌」의 시적 화자가 옥쇄의 주인공이 산화한 "레이테만의 파도소리"를 떠올리고, 「무제」의 시적 화자가 "사이판에서 전원 전사한 영령을 맞이하"는 것은 이런 맥락에서 이해될 수 있다.

둘째, 미당의 친일시는 피식민 주체의 타자성에 대해서는 어떠한 관심도 드러내지 않고 있다. 오히려 미당의 친일시에서 시적 주체는 '국민' 주체로 소환되고 있는 것에 대한 무한한 자부심과 함께, 벌레 같은 '노랑머리'(영미)를 물리치면 동양(대동아공영권)이라는 상상의 공동체가 실현될 수 있을 것이라는 거짓 믿음을 강하게 표출하고 있다. 이러한 자부심과 믿음은 일본제국주의가 피식민 주체를 국민주체로 소환하는 과정에서 내세웠던 '대동아공영권'의 이데올로기를 그대로 답습한 것에 지나지 않는다. 피식민 주체(조선인)를 피식민지(조선)로부터 분리시켜 대동아공영권이라는 상상의 공동체에 결합시키는 논

186~188면 참조.

리의 조작은, '동양이라는 하나의 상상된 통일성[35]'을 '서양이라는 상상된 통일성에 맞세움으로써 제국주의적 전쟁을 효율적으로 수행하려는 했던 일제의 제국주의적 전쟁 동원논리에 절대적으로 필요한 것이었다. 하지만 적어도 피식민 주체의 입장에서는 벌레 같은 '노랑머리'(인종적 타자)나 자신과 피부색이 같은 일본(인종적 타자)이나 모두 피식민 주체의 타자성을 억압하는 주체들에 불과하다. 다만 지배/피지배가 현실태인가 잠재태인가의 차이가 있을 뿐이다. 그럼에도 미당은 '노랑머리'를 인종적 타자로 설정하면서 그것과 다른 존재로서 동양이란 유기체적 통일성을 내세우고, 그 동양이 우리가 귀속되어야 할 절대적 보편에 해당한다고 초과–상상하고 있다. 미당 시의 시적 화자가 태평양전쟁을 마치 '우리 땅'을 앗아가려는 적(영미)이 일으킨 전쟁인 것처럼 묘사한 것도 이러한 논리의 착종에서 비롯된 것이다.

「헌시」(『매일신보』, 1943.11.16)는 친일시의 논리적 착종이 여실하게 드러난 작품이다.

    교복과 교모를 이냥 벗어버리고
    모든 낡은 보람 이냥 벗어버리고

    주어진 총칼을 손에 잡으로!
    적의 과녁 위에 육탄을 던져라!

---

35) 사카이 나오끼, 이연숙 역, 『국민주의의 포이에시스』, 창작과비평사, 2003, 53~55면.

벗아, 그리운 벗아,

성장(盛章)의 군모 아래 새로 불을 켠

눈을 보자 눈을 보자 벗아……

오백 년 아닌 천 년 만에

새로 불 켠 네 눈을 보자 벗아……

아무 뉘우침도 없이 스러짐 속에 스러져 가는

네 위에 한 송이의 꽃이 피리라.

흘린 네 피에 외우지는 소리 있어

우리 늘 항상 그 뒤를 따르리라.

— 이상, 「헌시」 부분 인용

　이 작품은 '반도학도 특별지원병 제군에게'라는 부제에서 알 수 있
듯이, 학병지원을 독려할 목적으로 창작되었다. 이 작품에서 시적
화자는 '원수'('적')와의 전쟁 중에 죽어간 "우리 형제들의 피로 물든
꽃자주빛 바다"와 "조상의 넋이 잠긴 하늘가"를 떠올리면서, 조선의
학병들에 "기어코 발사해야 할 백금탄환"이 되어 적과의 싸움에 함
께 나설 것을 독려하고 있다. 특히 시적 화자는 '교복과 교모' 차림의
조선 학생을 '벗아'라고 호명하고, 그와 '우리'가 하나의 운명공동체
로서 "아무 뉘우침도 없이" 전쟁으로 나아가 자신의 목숨을 내던지
자고 호소한다. 여기에는 피식민 주체의 분열된 의식이 끼어들 여지
가 전혀 없다. 시적 화자의 목소리는 그대로 식민권력의 목소리를

대변하며, 피식민 주체의 죽음은 식민 권력에 의한 희생이 아니라 서양의 침략에 맞선 동양의 '숭고'한 저항으로 간주된다.

이와 같이 미당의 친일시는 한편으로는 개체성을 부정하고 공동체를 위해 개인을 희생해야 한다는 파시즘적 논리를 뒷받침하기 위해 '죽음의 심미화'를 감행하면서, 다른 한편으로는 피식민 주체의 타자성을 부정하기 위해 동양이라는 상상된 공동체에 피식민 주체를 접합시켰다. 그것은 미당이 식민권력의 전쟁동원 논리에 그대로 함몰되고 말았음을 보여주는 것이다. 서양이라는 인종적 타자와 맞서 싸우는 과정에서 피식민 주체는 전쟁의 소모품으로 전락할 수밖에 없다. 그러나 미당은 제국주의적 전쟁의 폭력성을 고발하는 대신 오히려 그러한 행위를 찬양·고무하는 일을 선택하였다. 그것은 운명론적 포즈나 정세 판단의 미숙성만으로 온전히 해명될 수 없을 것이다. 왜냐하면 그의 윤리적 결단은 파시즘적 윤리의 내면화로 귀결되고 말았기 때문이다.

일반적으로 동양이라는 억압된 것의 복귀는 서구중심적 근대성에 대한 미학적 부정의 기획으로서 의미를 지닌다. 동양이란 타자는 근대적 주체의 외부를 상상하게 함으로써 근대의 은폐된 폭력성과 억압성을 고발할 수 있기 때문이다. 실제로 해방 이후, 특히 한국전쟁 이후에 보여준 미당의 동양적 미의식 탐구는 탈근대적 상상력의 가능성을 보여준 것으로 평가된다. 하지만 일제말기의 단계에서 미당은 '동양(더 정확하게 말한다면 일본)이라는 새로운 중심을 상정함으로써 동양담론에 의해 희생되는 또 다른 타자의 문제를 은폐하고 말았다.

가령 그의 친일시에서 죽음(옥쇄)을 향한 결단을 촉구하는 시적 주체의 목소리는 제국의 목소리를 대변한다. 그래서 공동체를 위한 개인의 부정 및 식민권력을 위한 피식민 주체의 부정을 완성하자는 단일한 목소리만이 그의 친일시를 지배한다. 이 단일한 목소리에는 피식민지의 지식인이 가질 법한 내적인 분열이 엿보이지 않는다. 동양에 대한 미적인 자각이 근대적 이성에 대한 부정으로 이어지지 못한 채 일제의 제국주의적 침략과 파시즘적 지배논리를 옹호하는 논리로 변질되고 만 것이다.

다만 미당이 그것을 영원성의 체험(영적 교합)으로 제시하고 있는 점은 주목된다. 미당의 친일시가 담고 있는 이러한 공동체주의적 상상력, 동양주의적 상상력은 '영원성'에 대한 심미적 체험을 중시하는 그의 미학적 프로젝트가 '태평양전쟁'이라는 역사적 환경을 만나면서 필연적으로 봉착하게 된 윤리적 굴절을 보여주기 때문이다. 특히 그것은 삶과 역사조차 심미적으로 인식하는 심미파적인 영원성지상주의, 그리고 과거와 기원을 낭만적으로 이상화하는 전통주의가 결국은 근대성 담론의 폭력성을 은폐하고 또 강화하는 수단으로 얼마든지 변질될 수 있음을 보여준다는 점에서 문제적이다. 기원의 신비화란 결국 특정한 '중심'에 대한 상상, 자기동일적 주체에 대한 상상으로 이어지게 마련이다. 이 상상이 타자에 대한 배제와 차별의 논리를 제공할 때 파시즘적 세계는 언제든지 현실로 재연될 수밖에 없는 것이다.

6. 맺음말

　미당에게 '동양'이란 무엇이었나? 그것은 과연 지리적 경계나 시간적 기원이 있는 것인가? 이런 물음에 우리는 누구도 분명한 대답을 내리기 어렵다. 왜냐하면 '동양'이란 애초부터 존재하지 않는 것이며, 오로지 '발명'된 것이었다고 말하기는 어렵기 때문이다. 다만 '동양'이라는 범주가 어느 시점에, 누군가에 의해 의도적으로 '발견'이 된 것이라는 점은 분명하다. 그렇다면 누가 '동양'을 발견하였는가? 적어도 이 문제에 대해서 우리는 최소한의 답을 내릴 수 있는데, 그것은 바로 '동양'을 타자화해서 볼 수 있는 자 혹은 '동양'이라는 '타자'가 있어야만 자신의 정체성을 구성할 수 있는 서양중심주의자들이라고 말할 수 있다.

　서양중심주의자만이 동양을 상상한다는 것은, 뒤집어서 말하면 동양을 상상하는 자들이란 근본적으로 서양중심주의자라는 것을 의미한다. 이런 맥락에서 일제말기 '동양문화'론 혹은 근대초극론을 통해 '동양'에 대한 상상을 펼치고 그것을 전향의 논리로 이어나간 문인들이 대부분 근대주의자들이었던 점은 의미심장한 일이다. 오직 '근대'를 경험한 자만이 서양(문화)과 대립되는 범주로서 동양(문화)을 내세울 수 있고, 동양의 특수성[36]을 통해 서구적 근대(보편성)의 대안

---

36) 서양에 대한 동양의 타자성, 혹은 동양의 특수성을 강조하고 그러한 동양의 중심에 일본(문화)를 상정하면서 동양적 보편성을 초과 상상하는 동양문화론은 동양 내부에 "끊임없이 교섭하고 융합하며, 습합되어 흘러가는 미시적인 흐름들이 존재하고 있다"는 인식을 전제로 하지 않는다는 점에서, 근본적으로 "아시아의 근대사가 갖는 내부의 분열에서 눈을 돌리려는 일종의 전도된 전체주의가 잠재해 있는 것이다." 이에 대해서는 차원현, 「1930년대 중·후반기 전통론에 나타난 민족 이념에 관한 연구」, 『민족문학사연구』 24, 2004, 117면

을 생각할 수가 있다. 문제는 동양(문화)을 절대적 보편성으로 초과-상상하는 순간, 더군다나 그 중심에 '일본(문화)'을 놓은 순간 그것은 서양의 제국주의의 논리를 그대로 답습하게 된다는 점이다. 미당의 친일시 창작에 있어서 그 이념적 근거가 되었던 동양주의 혹은 '동양으로의 회귀'는 바로 체제의 논리인 동양문화론에 맞닿아 있고, 그것은 운명적으로 파시즘적 논리의 내면화에 연결되는 것이다.

일제 말기 미당은 자신이 초기시에서 추구하였던 서구지향적인 미의식 내지 심미적 근대성에서 벗어나 동양지향적인 미의식으로 회귀하였다. 하지만 그것은 미당의 시적 상상력과 논리에 있어서 예외적이고 이질적인 사건은 아니다. 미당은 초기시에서 서구적 근대에 맞서는 심미적 전략으로 그리스적 육체성을 전유하였다. 마찬가지 선상에서 그는 동양 고전의 전유를 통해 서구적 근대에 맞서겠다는 논리에 도달하였다. 이렇게 이질적인 미의식이 한 시인의 내부에서 아주 짧은 시기에 교차될 수 있었던 원인은 영원성·보편성의 세계에 대한 미당의 욕망이 그만큼 강렬하였기 때문일 것이다. 영원성에 도달할 수 있는 시적 비전이라면 그것이 서양주의적인 것이든 동양주의적인 것이든 문제가 되지 않는 지점에서, 미당은 당대의 동양담론에 접합됨으로써 아주 손쉽게 영원성의 시적 비전을 획득하게 된다. 그것은 바로 천황을 정점으로 성립되는 대동아공영권에 대한 상상으로 이어진다.

그런데 미당은 '동양'이라는 절대적 보편성에 포섭될 수 없는 타자에 대한 상상을 보여주지 못했다. 가령 『화사집』에 수록된 일부 시

참조.

편에 조선의 사투리나 고구려에 대한 상상이 나타나기도 하고 일제 말에 창작된 「꽃」에서는 조선백자라는 심미적 대상의 발견이 나타나기도 하지만, 이것이 동양적 보편성에 포섭될 수 없는 개별민족의 특수성에 대한 인식으로 확장되는 경우는 거의 없었다. 미당의 동양 회귀가 끝내 역사와 정치를 심미화하는 파시즘적 논리에 그대로 포섭되고 말았던 것도 이 때문일 것이다. 동양적 기원을 신비화하고 이상화된 동양문화의 정체성을 내세워 서양에 맞서는 순간, 피식민 주체로서의 위치는 망각되고 그 대신 '제국'의 부름에 응하는 '국민'적 주체만이 남게 된다. 미당의 친일시는 바로 이 지점에서 '제국'의 목소리를 대변하는 시적 주체를 등장시키게 된다. 즉 조선적인 것과 동양적인 것이 맞바로 교환 가능한 것으로 간주되는 순간, 타자(조선)의 타자성은 무시되고 제국이라는 보편적 권력(동일성)에 동일화되는 타자로서 '조선' 혹은 '조선민족'의 운명이 '숭고'하게 그 모습을 드러내는 것이다.

　미당은 일종의 운명론적 태도로 자신의 친일 행위를 변명하는 입장을 취하였다. 즉 친일은 외적으로 강요된 것이었고, 살기 위해서는 어쩔 수 없었다는 것이다. 이러한 변명은 실존의 차원, 혹은 경험적 차원에서는 얼마든지 가능한 것이고, 또한 체험적 진실의 일단을 가지고 있다. 이러한 논리적 파탄이 어떻게 윤리적 단죄를 받아야 하는가는 우리의 관심사가 아니다. 정작 중요한 것은 미당의 윤리적 결단이 상당히 자발적이고 견고하였으며, 그의 전 생애의 미학적 실천에 이어지는 중대한 이데올로기와 연결되어 있다는 점이다. 그의 동양적 전통 회귀(전통주의)는 역사를 심미화하는 파시즘적 상상력에 다양한 방식으로 연결되어 있다. 물론 그것은 시기에 따라 서로 다른 모습으로 변주된다. 가령 해방공간과 한국전쟁을 거치면서 미당은 소위 '신라정신'론을 통해 역사의 신비화와 심미화를 감행하면서 전후의 모순된 현실을 애써 비켜갔다. 심지어 그는 '질마재'라는 토속적 공간의 심미화를 통해 시적 주체를 전근대의 잔여물에 습합시키는 퇴영적인 토속주의에 빠져들기도 했다. 이는 미적인 것의 자율성을 내세워 심미화된 주체를 역사적 현실의 외부에 위치시키려 했던 심미주의적 기획이 끝내 역사적 삶 자체를 심미적인 것으로 바꾸어낼 수 있다는 것을 보여준다. 그리고 이것이 심미적인 것의 절대성을 정치의 영역에까지 확장하는 파시즘적 상상력과 쉽게 결탁할 수 있다는 것은 주지의 사실이다.

서정주의 전통주의는 근대 '이후'를 상상하지 않고, 끝내 '전통'이라는 전근대적 잔여물에 습합되는 문화적 보수주의로 귀결되었다. 이는 '전통'의 전유방식을 둘러싸고 벌여졌던 1960~70년대의 다양한 문화적 기획들 속에서, 미당이 체제친화적인 삶의 행로를 지속할 수 있었던 동인이라 할 수 있다. 이제 미당의 '신화'에 대한 탈신화화의 작업이 지속적으로 필요한 시점이다. 그것은 단순한 윤리적 단죄나 비난이 아니라, 전통주의적 시 창작이 지니고 있는 문화적 역동성과 현실부정성을 되살려내기 위해서라도 꼭 필요한 일이다.

3부
전후의 시대풍경과 시적 주체의 대응

한국 전후시에 나타난 '가족' 모티브 연구

웃음의 시학과 탈근대성
전후 모더니즘 시를 중심으로

한국 전후시에 나타난 '가족' 모티브 연구

1. 들어가는 말

한국 전후시는 한국전쟁이 초래한 위기의식, 즉 개인의 실존을 위협하는 체계의 폭력과 광기에 대한 미학적 반응물이라 할 수 있다. 시인의 이념, 유파, 미적 취향에 따라 다양한 미학적 반응이 나타났다. 미증유의 살상과 파괴로 인해 생겨난 불안과 공포, 수치와 죄의식이 전후시에 자리 잡고 있고, 또 실존의 위기를 극복하기 위한 노력으로서 근대의 폭력성을 비판하면서 대안적 미래를 꿈꾸는 모습을 확인할 수 있기 때문이다. 전쟁이 초래한 위기의식은 시적 주체가 세계에 대한 기초적 신뢰를 상실한 데서 기인한다. 자신의 의지와 상관없이 주체 외부에서 강요하는 죽음, 도처에 널려 있는 타자의 죽음을 보면서 전후의 시적 주체는 죽음의 공포와 불안에 사로잡히게 되었고, 그러한 사태에 대해 아무런 대응을 할 수 없다는 무기력감과 죄의식에 빠져들면서 자신을 곤경에 빠뜨린 궁핍한 세계에 대해 불신감을 드러내게 되었다.

세계에 대한 불신의 가장 근본적인 형태는 국가 체제와 이데올로기에 대한 부정적 사유로 나타난다. 국가 이데올로기의 관점에서 체제의 입장을 옹호하거나 전쟁 영웅들을 찬양하는 전쟁시[1]가 없었던 것은 아니지만, 남한의 전후시는 대체로 전쟁을 초래한 근대적 국가 체제와 이데올로기에 대해 부정과 비판의 태도를 보여주었다. 전후 문학에서 실존주의가 상당한 영향력을 행사할 수 있었던 이유도 개인과 국가 체제, 개인과 이데올로기 사이에 빚어지는 불화를 떼놓고 생각하기 어렵다. 근대적 국가 체제와 이데올로기에 대한 비판은 이상적인 공동체에 대한 열망으로 이어졌다. 지식인의 소시민적 생활에 대한 자기반성을 거쳐 시민정신과 자유의식을 노래하였던 김수영, 분단체제의 억압성을 고발하면서 민족 통일에 대한 열망을 노래하였던 박봉우와 신동엽 등의 시 창작이 좋은 예이다. 이들의 시 창작은 전후의식의 한 흐름으로서 근대적 국가체계에 대한 반성적 사유가 결실을 맺은 것으로 볼 수 있다.

이 논문은 전후시에 나타난 가족의식을 검토하여 전후시인들이 꿈꾸었던 이상적 공동체가 무엇인지 살펴보고, 그것이 근대적 국가 체계와 이데올로기에 대한 미학적 반응으로서 어떤 의미가 있는지를 규명하려고 한다. '가족'이 연구의 중요한 단위로 설정될 수 있는 이유는 가족(혹은 家)-사회-국가가 맺는 유기적 연관성 때문이다. 유교적 전통에 따르면 '家'가 없는 사회나 국가는 있을 수 없다. 사회는

---

1) 한국전쟁기의 전쟁시에 대한 연구는 오세영, 「6·25와 한국전쟁시」, 『한국 근대문학론과 근대시』, 민음사, 1996 참조.

'가'에서 말미암고 국가는 '가'를 근거로 한 사회에서 말미암는다. 사회든 국가든 모두 그 바탕은 '가'인 것이다.[2] 따라서 가족의 위기는 사회-국가의 위기로 이어지고, 역으로 사회-국가의 위기는 그 기초 단위로서 가족의 위기를 촉발한다. 특히 전쟁이나 혁명과 같은 사회적 격변기에 가족공동체의 안전은 심각한 위협에 처할 수밖에 없다. 한국 전쟁과 같은 이데올로기 전쟁에서 이러한 특성은 보다 분명하게 드러난다. 하나의 민족 혹은 국가로 상상되던 집단 내부에서 빚어지는 이데올로기적 갈등은 이념이 다른 상대방에 대한 무차별적인 증오로 표출되게 마련이다. 이 과정에서 단일한 민족에 대한 상상, 가족과 같은 국가에 대한 환상은 여지없이 무너질 수밖에 없다. 게다가 한국전쟁은 전면전의 성격을 띤 전쟁이었기 때문에 상당한 인적·물적 피해가 초래되었고, 이에 따라 대부분의 가족들이 가족구성원의 죽음·실종·상해를 체험할 수밖에 없었다. 이것은 사회와 국가의 정체성 위기로 이어지기도 했지만 역설적으로 이상적인 사회와 국가의 정체성에 대한 회복의지를 낳기도 하였다.[3] 이 과정에서 가족서사의 재구축이 필연적으로 요구되었다. 남한의 전후시인들은 가족의 해체를 경험하면서 가족의 안전을 지켜내지 못한 사회와 국가에 대한 신뢰를 상실하였다. 하지만 그들은 결국 가족의 재구축을 통해서 새로운 사회와 국가의 정체성에 대한 회복을 꿈꿀

---

2) 배장섭, 『헤겔의 가족철학』, 얼과알, 2000, 217면.
3) 이는 전후 복구기의 북한시에서 보다 분명하게 나타난다. 사회구성원을 이데올로기적으로 통합하고, 그것을 전후복구를 위한 대중동원에 활용하려는 당의 의지가 뚜렷하게 관철되고 있는 것이다. 이에 대해서는 남기혁, 「북한 전후시의 전통과 모더니티 연구」, 『한국현대문학연구』 제11집, 2002 참조.

수밖에 없었다. 가족적 인륜성의 회복은 사회와 국가가 봉착한 인륜
성의 위기를 극복하는 첫출발이기 때문이다.[4]

물론 전후시의 가족담론은 단일한 양상으로 드러나지 않는다. 전
후시의 시적 주체들은 가족 해체에 직면하여 가족을 온전하게 지켜
내지 못한 '아비'(가장)의 무책임을 탓하며 죄의식에 사로잡히거나,
사회와 국가 체제 혹은 전통적 질서를 억압적인 질서체제로 읽어내
면서 억압적 질서체제의 표상인 '아버지'를 반성의 대상으로 삼기도
하였다. 경우에 따라서는 가족을 사회나 국가체제로부터 분리된 이
상적 공간 속으로 분리시켜 그곳에 온전한 가족공동체를 재구축하
려는 가부장적인 '아버지'가 시적 주체로 설정된 경우도 있었으며,
실존의 위기에서 벗어나기 위해 보호막으로서의 가족, 자궁으로서
의 어머니와 누이, 생의 근원적 조건으로서의 고향(집)을 욕망하는
시적 주체도 있었다. 어떤 경우이든 전후시의 가족 담론은 온전한
가족 서사를 회복함으로써 분열된 자아-서사(self-narratives)를 회복하
려는 시적 주체의 내밀한 욕망을 드러내는 것이 사실이다.[5]

자아서사 및 가족서사에 대한 욕망은 필연적으로 가족서사에 통
합될 수 없는 것, 혹은 통합되지 않는 것에 대한 분리와 배제를 필요
로 한다. 초대받지 않은 상태에서 '나의 가족'의 평화로운 질서에 폭

---

4) 전후소설과 전후희곡에서도 가족담론은 중요한 위치를 차지한다. 이에 대해서는 권명아,
『가족이야기는 어떻게 만들어지는가』, 책세상, 2000; 김교봉, 「한국전쟁기 소설에 나타난
가족 해체의 가족주의적 의미」, 『어문학』 85집, 2004; 장혜원, 「한국 전후 희곡 연구:가족의
해체와 복원」, 동국대 대학원, 2003 등 참조.
5) 자아정체성은 자아의 전기적 서사를 전제로 한다. 가령 일기를 쓰거나 자서전을 통해 나
아가는 것은 통합된 자아감을 유지하기 위해 필수적이다. 가족-서사는 이러한 자아-서사
의 과정에서 필연적으로 부딪히는 것이다. A. Giddens, 권기돈 역, 『현대성과 자아정체성』,
새물결, 1998, 145면.

력적으로 진입한 '이질적인 것'을 부정해야만 시적 주체는 그 가족을 통해 존재론적 안전감을 획득할 수 있기 때문이다. 이 과정에서 가부장적 주체가 지배하는 권력의 장(場)으로 가족 공동체를 이루는 구성원들을 소환하는 방식, 특히 타자에 대한 억압이 발생하는 기제[6]를 신중하게 살펴볼 필요가 있다.

시적 주체가 '가장'으로 호명되거나 혹은 가장이 구축하는 이상적 가족 공동체의 일원으로서 동질적인 가족집단에 의해 호명되는 것과, 개인이 새로운 사회-국가 공동체에 호명되는 것 사이에는 구조적 상동성이 있다. 이는 가족주의 이데올로기를 통해 교묘하게 가족을 통제하고 관리하는 근대 파시즘 체제에서 가장 분명하게 드러난다.[7] 근대 파시즘 사회에서는 가족을 근대적 국가체계의 한 구성요소로 간주하고, 근대적 국가체계 내부에 발생하는 억압의 기제를 가장을 정점으로 형성되는 혈연공동체 내부에 이식한다. 이때 근대적 국가체계의 폭력성은 가부장이 지배하는 가족공동체 내부에 그대로 반복된다. 근대사회에서 가족주의란 흔히 생각하듯 '가족'을 사회와 국가보다 우선적인 지위에 놓는 이데올로기가 아니라, 근대적인 사

---

6) 일반적으로 가족 구성원들을 하나의 가족으로 결속시키는 데 있어서 가장 중요한 역할을 하는 것은 혈연과 혼인이다. 혈연과 혼인은 가족구성원을 동질적으로 묶어줄 뿐만 아니라 그들을 가족 외적 타자와 구별시켜 준다. 문제는 동질적 가족집단 내부에서 발생하는 권력의 문제, 가령 남편-아내, 아버지-아들 사이에 발생하는 권력이다. 가족 내부에서 가부장을 정점으로 발생하는 수직적이고 위계적인 구조는 최고 권력자가 국가 권력을 대리, 표상하는 것과 상당히 흡사하다. 이에 대해서는 이득재, 『가족주의는 야만이다』, 소나무, 2001, 44면.

7) 권명아는 전후소설에 대한 분석을 통해 전후 현실에서 개인이 느끼는 불안과 공포는 강력하고 안정된 기반, 즉 '완전한 가족'의 꿈으로 연결되는데 가족에 대한 이러한 상상은 결국 가족의 배타적 경계를 구축하게 하며, 가족을 위해 헌신하는 모성을 요구한다고 보았다. 이러한 가족이데올로기가 자기희생과 헌신을 강요하는 파시즘적 이데올로기의 대안적 가치 체계로 서사화된다는 것이다. 권명아, 앞의 책, 59~62면.

회와 국가 체제 내부에서 작동하는, 혹은 그것의 효율적인 작동을 위해 필연적으로 요구하는 체제내적 이데올로기이다. 결국 가족주의에 대한 비판은 사회-국가 체제의 유지 전략으로 가족주의 이데올로기를 활용하는 국가주의에 대한 비판의 의미를 지닌다.[8]

이 논문은 전후시에서 가족의 해체가 이루어지는 양상 및 가족 서사를 상실한 시적 주체가 겪는 정신적 위기감을 먼저 살펴보고, 가족(그 중심에는 '아버지'가 놓여 있다)이라는 인륜적 공동체의 회복을 통해 민족-국가 공동체의 유기체적 질서를 회복하려는 보수주의적인 가족관과 그러한 가족관을 냉소적인 태도로 바라보면서 가부장적 질서의 바깥에 놓일 수밖에 없는 타자들을 상상하는 비판적인 가족관에 대해서도 검토할 것이다. 이 과정에서 외디푸스적 억압의 주체인 '아버지'와 대결하면서 가족주의의 환상을 부정하는 시적 주체는 물론 소위 여성적인 것, 즉 '어머니'나 '누이'로 표상되는 모성적 존재를 열망하는 시적 주체도 만나게 될 것이다. 물론 이 논문에서는 무리한 단순화와 일반화를 피하고, 대표적인 전후시인들이 '가족'을 꿈꾸거나 그것에 반발하는 양상을 개인의 실존이란 관점에서 조망하면서 그것이 사회-국가 체제에 대한 비판의 관점에서 어떤 의미망을 획득하는지를 규명하려 한다.[9]

---

8) 이득재, 앞의 책, 31면.
9) 사회 변화와 가족주의의 균열은 긴밀한 연관이 있다. 가족이란 "하나의 육체가 자신의 욕망을 풀어나가기 위해서 끊임없이 사회관계들 속으로 뻗어 나가는 곳이며, 또한 역으로 사회의 여러 힘과 권력 그리고 이념과 상징들이 스며 들어오는 장소"이기 때문이다. 즉 가족은 존재의 욕망과 사회 구조가 상호 침투하는 장인 것이다. 이에 대해서는 신범순, 「시에서 '가족'의 기호와 상징」, 『포에티카』 여름, 1997 참조.

2. 가족의 위기, 위기의 가족 – 전쟁의 광기와 폭력

한국전쟁이 시적 주체에게 가한 폭력과 정신적 외상을 가장 극적으로 보여주는 시인은 박인환이라 할 수 있다. 그는 전쟁 이전에 『새로운 도시와 시민들의 합창』(도시문화사, 1949)을 통해 역사의 진보에 대한 믿음과 '시민 정신'을 시정신의 핵심으로 삼아, 건강한 역사의식과 사회비판 정신을 서정시에 담아내려 하였다.[10] 이는 궁극적으로 '나라 만들기'에 대한 열망에서 비롯한 것이다. 일체의 낡은 관습을 타파하고 새로운 질서를 건설하려는 욕망이 미래적 시간에 대한 낙관적 판단을 낳게 되고, 시적 주체는 '나라 만들기'를 위협하는 일체의 것들에 대해 비판적 주체로 거듭나게 된다. 하지만 전쟁을 경험하면서 박인환은 근본적인 위기에 직면하게 되었다. 그는 더 이상 역사의 진보에 대한 신뢰감을 유지할 수 없었는데, 이는 일체의 정치적 담론에 대한 극단적인 혐오감을 통해서 확인할 수 있다.

하루 종일 나는 그것('壁':인용자 주)과 만난다

避하면 避할쑤록

더욱 接近하는 것

그것은 너무도 不吉을 象徵하고 있다

옛날 그 위에 名畵가 그려졌다하여

---

10) 박인환의 정신적 지향은 『새로운 도시와 시민들의 합창』 발문에 쓰인 "나는 不毛의 文明, 資本과 思想의 不均整한 싸움 속에서 市民精神에 離反된 言語作用만의 어리석음을 깨달았다"라는 진술을 통해 확인할 수 있다. 송기한, 『한국 전후시의 시간의식』, 태학사, 1996, 168~170면.

즐거워하던 藝術家들은

모주리 죽었다.

지금 거기엔 파리와

아무도 읽지 않고

아무도 바라보지 않는

檄文과 政治포스터어가 붙어 있을 뿐

나와는 아무 因緣이 없다.

그것은 個性도 理性도 잃은

滅亡의 그림자

그것은 文明과 進化를 障害하는

싸탄의 使徒

나는 그것이 보기 싫다.

― 이상, 「壁」 부분 인용

　이 작품에서 '벽'은 시적 주체가 직면한 전쟁의 폐허와 암울한 현실
을 상징한다. 시적 주체는 '벽'을 '피'하려 하지만, 그럴수록 '벽'은 시
적 주체에게 "더욱 接近"하고 있다. 그는 '벽'에서 '不吉'을 읽어낸다.
그 벽에는 이제 "아무도" 읽지 않고, 바라보지 않는 '檄文'과 '政治포
스터어'만 붙어 있기 때문이다. 여기서 격문과 정치포스터는 체제를
옹호하고 적에 대한 적개심과 분노를 자극하면서 대중들을 정치적으
로 동원하려는 근대적 국가체계의 정치적 담론 혹은 그것의 선동적

표현으로서의 정치적 선전물을 상징한다. 시인은 정치적 담론에 대한 거부와 단절의 의지를 "아무 因緣이 없다"는 진술로 표현하고 있는 것이다. 이제 국가주의의 담론은 "感性도 理性도 잃은 滅亡의 그림자", "文明과 進化를 障害하는 / 싸탄의 使徒"로 간주될 뿐이다. 그는 전쟁을 통해 근대 국가 이념의 파산을 목도하면서 더 이상 진보에 대한 신념을 유지할 수 없었다. 그의 전후시에 강하게 드러나고 있는 '황무지' 의식, 혹은 문명사의 종말 의식[11]은 더 이상 자신을 구원할 신이 존재하지 않는 현실, 단지 "戰爭의 悽慘한 追憶"(「검은 神이여」)으로 존재하는 "검은 神"에 대한 저주로 표현되기도 한다.

이와 같이 전후의 박인환은 죽음에 대한 공포와 불안에 사로잡혀, 미래적 유토피아에 대한 전망을 상실하고 절대적 허무의식에 빠져들었다. 그에게 일체의 역사 과정이란 헛된 것에 불과하며 당면한 현실은 '돌이킬 수 없는 폐허'로 간주된다. 「살아 있는 것이 있다면」이란 작품에서 시적 주체가 "懷疑와 不安만이 多情스러운 / 모멸"(3연)의 시간을 살아갈 수밖에 없다고 말하는 것, 그리고 자신을 "回想도 苦惱도 이제는 亡靈에게 팔은 / 철없는 詩人"으로 인식하고 있는 것도 이 때문이다. 세계에 대한 신뢰감의 상실과 일관된 자아-서사의 붕괴에서 비롯된 자아정체성의 해체는 자기모멸감과 죄의식을 통해 보다 극적으로 표현된다. 그런데 이 자기모멸감과 죄의식은 가족을 지켜내지 못한 무능한 가장에 대한 자기비판과 연결되어 있다.

①
_____

11) 위의 책, 181면.

또 다른 그날

街路樹 그늘에서 울던 아이는

옛날 江가에 내가 버린 嬰兒

쓰러지는 建物 아래

슬픔에 죽어가던 少女도

오늘 幻影처럼 살았다

이름이 무엇인지

나라를 애태우는지

分別할 意識조차 내게는 없다

(…중략…)

지낸 날의 무거운 回想을 더듬으며

壁에 귀를 기대면

머나 먼

運命의都市 한복판

희미한 달을 바라

울며 울며 일곱 개의 層階를 오르는

그 아이의 方向은

어데인가

— 이상, 「일곱개의 層階」 부분 인용

②

당신과 來日부터는 만나지 맙시다

나는 다음에 오는 時間부터는 人間의 家族이 아닙니다.

왜 그리 할 것인지 모르나

지금처럼 幸福해서는

조금 전처럼 錯覺이 생겨서는

다음부터는 피가 마르고 눈은 감길 것입니다.

사랑하는 당신의 寢台 위에서

내가 바랄 것이란 나의 悲慘이 連續되었던

수 없는 陰影의 年月이

이 幸福의 瞬間처럼 속히 끝나 줄 것입니다.

…… 雷雨 속의 天使

그가 피를 吐하여 알려 주는 나의 位置는

曠漠한 荒地에 세워진 宮殿보다도 더욱 꿈 같고

나의 編歷처럼 애처럽다는 것입니다.

— 이상, 「밤의 未埋葬」 부분 인용

　작품 ①의 시적 자아는 전쟁이라는 "不幸한 年代"(1연)를 회상하면서 자신이 버린 '아이'를 떠올린다. 어린 자식을 버려서라도 목숨을 연명할 수밖에 없었지만, 그래도 자식을 버렸다는 것에 대한 자책과 회한은 남는 법이다. "街路樹 그늘에서" 울고 있는 아이들, "쓰러지는 建物 아래"에서 슬픔에 젖은 채 죽어 가는 아이들, 도처에 널려 있는 헐벗은 이 고아들이 모두 자신이 버린 '嬰兒'의 모습으로 다가오기 때문이다. 이 헐벗은 고아들, "울며 울며" 죽어가는 아이들이 시적 자아의 내면의식을 상징하는 "일곱 개의 層階"를 오르내리고, 시적 자아는 자신의 내면에서 울며 헤매는 '아이'의 목소리에 응답하지 못한 채 비탄과 절망의 신음을 내뱉고 있을 뿐이다.

작품 ②의 시적 자아는 '당신' 즉 사랑하는 사람의 시신을 침대에 뉘어놓고 이별의 말을 고하고 있다. 전쟁이 강요하는 죽음, 죽음이 강요하는 이별 앞에서 시적 자아는 사랑하는 사람과 나누었던 "幸福의 瞬間"(1연)이나 "官能的인 時間"(3연)에 대한 회상에 젖어보지만, 끝내 그는 "나의 位置"가 "曠漠한 荒地"(1연)를 벗어날 수 없음을 깨닫게 된다. 시적 자아가 자신을 "人間의 家族"이 아니라고 선언한 것도 이런 맥락에서 이해할 수 있다. 자신이 바라던 온전한 가족공동체가 무너지고 자신의 눈앞에서 가족구성원이 죽어가는 것을 목도한 시적 자아는 '당신'으로 표상되는 시적 대상과의 통합에 대한 감각을 유지하지 못한 채 "不安과 恐怖", 죽음충동에 사로잡힌다. 삶의 보호막인 가족과 집을 잃은 시적 주체의 불안과 공포는 일차적으로 전쟁으로 인해 생겨난 것이다. 하지만 시적 주체는 자신이 지켜내야 하는 여인, 자신에게 윤리적 책임을 요구하는 타자를 끝내 죽음의 세계로 몰아 넣은 것에 대한 죄의식에서 벗어나지 못한다. 이 죄의식은 시인의 통합된 자아-서사를 해체할 뿐만 아니라 세계에 대한 일관된 해석의 가능성을 봉쇄한다.12)

가족공동체의 해체와 근대적 국가체계에 대한 신뢰의 붕괴는 동전의 양면과 같다. 온전한 가족공동체의 신화란 그것을 비호할 수 있는 사회-국가 체제의 안정성에 의해 유지되는 것이다. 그런데 전쟁이나 혁명과 같은 급진적인 사회적 변혁, 특히 기존의 관습과 전

---

12) 죄의식과 수치가 개인의 정체성 형성에 미치는 영향에 대해서는 A. Giddens, 앞의 책, 125~133면 참조.

통을 뿌리 채 뒤 흔드는 역사적 시간이 가족이라는 공동체에 폭력적으로 진입할 때, 개인의 실존과 통합된 자아-서사의 밑바탕이 되어야 할 가족 공동체에 대한 서사는 여지없이 붕괴될 수밖에 없다. 박인환의 가족서사에서는 사랑하는 여인과 자식을 죽음으로 내몰거나 거리에 방치할 수밖에 없었던, 그래서 가족의 붕괴를 무력하게 바라볼 수밖에 없었던 전쟁기의 무력한 가장이 시적 주체로 설정되는 경우가 많다. 가령 「어린 딸에게」의 시적 주체도 "機銃과 砲聲"이 요란한 "주검의 世界"에서 태어난 어린 딸에게 따뜻한 안식과 평안을 제공하기 어려운 비극적 현실 앞에서 절망하고 있다. 물론 전쟁은 언젠가는 끝나겠지만, 전쟁이 끝나 "서울에 남은 집"으로 돌아가더라도 그 딸은 자신이 "어데서 태어났는지도 모르"고, 자신의 "故鄕"과 "나라"가 어디에 있는지 모른 채 살아가야 할 운명에 처해 있다. 여기서 시적 주체가 자신에게 부과된 윤리적 책임을 방기하였다는 가장의 죄의식과 모멸감을 근대적 국가체계('나라')에 대한 비판적 성찰과 회의로 연결시키고 있는 점에 주목할 필요가 있다. 이는 전후 현실에 대한 부정의식이 궁극적으로 가족공동체의 안전과 질서의 궁극적 담지자인 무력한 '큰' 아버지, 즉 사회-국가에 대한 전면적 회의와 연결될 것임을 보여준다. 사회-국가라는 '큰' 아버지의 부재 앞에서, '큰' 아버지의 권위와 권력의 대리자인 '아버지'(혹은 남편)는 무능력할 수밖에 없다.

박인환 시의 시적 주체는 시대의 요구를 정면으로 거부하면서 가족의 울타리로 남길 자처하거나, 반대로 시대의 요구(국가의 호명)를 수용하면서 가족이라는 울타리를 스스로 부정하는 모습을 보여주지도 못하였다. 박인환의 '아버지'(혹은 남편)는 대부분 이 두 가지 요구 사이에서 끊임없이 방황하고 갈등하는 무기력한 아버지의 모습으로 가족 서사에 등장한다.

> 넓고 個體 많은 土地에서
> 나는 더욱 孤獨하였다.
> 힘 없이 집에 돌아오면 세사람의 家族이
> 나를 쳐다 보았다. 그러나
> 나는 차디찬 壁에 붙어 回想에 잠긴다.
>
> 戰爭 때문에 나의 財産과 親友가 떠났다.
> 人間의 理智를 위한 書籍 그것은 재떠미가 되고
> 지난 날의 榮光도 날아가 버렸다.
> 그렇게 多情했던 親友도 서로 갈라지고
> 간혹 이름을 불러도 울림조차 없다.
> 오늘은 飛行機의 爆音이 귀에 잠겨
> 잠이 오지 않는다.
>
> — 이상, 「잠을 이루지 못하는 밤」 부분 인용

이 작품의 시적 주체는 전쟁 때문에 "財産과 親友"를 모두 잃었다. 시적 주체는 자신의 소중한 것들이 사라진 이유를 "共産主義者"(3연) 들 탓으로 돌리고, 그들과의 싸움을 "正義의 戰爭"(4연)이라 규정하는 시대의 담론에 내면적으로 동의한다. 그래서 "우리의 뜰 앞에서 버려진 싸움"을 통찰한 끝에 자신이 그 싸움에 참여하지 못한 것에 대한, "遲刻"한 것에 대한 자책감을 피력한다. 하지만 시적 주체는 사회-국가의 요구를 전면적으로 수용하지는 못한다. 시적 주체는 그것을 "내게 달린 家族을 위해"(마지막 연)서라고 말한다. "나를 쳐다보"는 "세 사람의 가족"의 얼굴, 시적 주체에게 윤리적 책임을 요구는 타자의 얼굴 때문이다. 자신이 부양하고 안전을 책임져야 할 가족이 있기에, 시대의 요구와 사회-국가의 호명에 부응하지 못하는 것이다. 시적 주체는 이러한 자신의 모습을 "나는 참으로 비겁하다"라고 자책한다. 가족의 울타리가 되어야 한다는 가장의 윤리의식과, 시대의 요구에 부응해야 한다는 지식인의 책임의식 사이의 갈등은 지식인의 자아-서사를 위협하는 요인이다. 문제는 시적 주체가 자신의 비겁함을 어쩔 수 없는 것으로 간주하면서도, 그것을 끝내 용인하지 못한 채 윤리적 갈등에 빠져 있다는 점이다.

3. 아버지에 대한 부정과 가족주의 비판

김수영의 가족-서사에 있어서 가장 중심적인 위치를 차지하는 인물은 "아버지"이다. 그의 아버지는 현실에선 부재(不在)하는 인물로 작품에 등장한다. 전쟁 직전에 발표된 작품 「아버지의 寫眞」(1949)에서 알 수 있는 것처럼, '아버지'는 이미 "돌아가신" 인물이기 때문이다. 하지만 이미 죽은 아버지의 사진조차, 정면으로 응시할 수 없을 만큼 시적 자아는 부재하는 아버지의 권위에 압도되어 있다. 시적 주체에게 '아버지'는, 그리고 그의 '사진'은 "내가 떳떳이 내다볼 수 없는 현실"로서 절대로 거부할 수 없는 가부장적 권력을 행사하고 있는 것이다. 시적 주체는 그 '아버지'가 행사하는 권력의 시선을 끊임없이 의식하며 억압을 느낀다. 가령 사진 속의 아버지는 "서서 나를 보"지만, 시적 주체가 아버지의 사진을 다른 사람들의 눈을 "避하여" 몰래 숨어서 보는 이유가 여기에 있다.

　김수영의 전후시는 아버지와의 대립을 극복하고 자기의식을 정립하는 과정에 해당된다. 그는 부재하는 아버지의 권위에 내면적으로 굴복하기를 거부하고, 자기 스스로 아버지가 되어야 하는 과정에 도달하게 된 것이다. 그러나 김수영은 '아버지'가 된다는 것, 가장이 된다는 것을 흔쾌히 받아들이지는 못한다. 이는 무엇보다 인민군에 끌려갔다가 포로가 되어 거제도에서 탈출했던 경험, 그래서 생활에 무능한 사람이 될 수밖에 없었던 현실에서 비롯하는 것으로 보인다. 하지만 피난생활 중에 아내와 일시적으로 헤어져 있어야 했던 점, 두 아우가 전쟁의 소용돌이에 휘말려 실종되었던 점 등도 무시할 수 없는 요인이다.13) 특히 시인의 책무와 생활인의 의무 사이에 끊임없이 갈등하면 자신의 무능을 탓하는 대목에서는 정체성의 위기조차 감지되기도 한다. 김수영의 전후시에서 가족모티브는 이와 같이 복잡한 상황 속에서 아버지 되기를 피할 수 없는 시적 주체의 정신적 번뇌와 갈등을 보여주고 있다.

---

13) 한국전쟁 시기 김수영의 가족사에 대해서는 최하림, 『김수영 평전』, 실천문학사, 2001; 김수영, 『김수영 전집 1』, 민음사, 1981, 298~306면에 수록된 연보 참조.

古色이 蒼然한 우리집에도
어느덧 물결과 바람이
新鮮한 氣運을 가지고 쏟아져 들어왔다.

이렇게 많은 식구들이
아침이면 눈을 부비고 나가서
저녁에 들어올 때마다
먼지처럼 인색하게 묻혀가지고 들어온 것

얼마나 長久한 歲月이 흘러갔던가
波濤처럼 옆으로
혹은 世代를 가리키는 地層의 斷面처럼 억세고도 아름다운 색깔—

누구 한 사람의 입김이 아니라
모든 家族의 입김이 합치어진 것
그것은 저 넓은 문창호의 수많은
틈 사이로 흘러 들어오는 겨울바람보다도 나의 눈을 밝게 한다

조용하고 늠름한 불빛 아래
家族들이 저마다 떠드는 소리도
귀에 거스리지 않는 것은
내가 그들에게 全靈을 맡긴 탓인가
내가 지금 순한 고개를 숙이고

온 마음을 다하여 즐기고 있는 書册은

偉大한 古代彫刻의 寫眞

― 이상, 「나의 家族」 부분 인용

「나의 家族」(1954)은 전후 김수영의 의식의 한 단면을 보여 준다. 아버지를 정점으로 형성된, 완고한 전통적 가족공동체의 한 구성원으로 살던 김수영은 이제 전쟁이 초래한 생활의 변화를 "古色이 蒼然한 우리집"과 "新鮮한 氣運"의 대비를 통해 보여주고 있다. 김수영이 말한 "新鮮한 起運"이란 생계를 위해, 혹은 학업을 위해 모든 가족구성원들이 아침과 저녁마다 들고나며 세상살이를 하고, 그 세상의 "물결과 바람"이 가족의 질서와 분위기를 일신하게 된 전후의 상황을 가리킨다. 문제는 전쟁을 겪으면서 가족이 대면한 새로운 상황 속에서 시적 주체가 차지하는 위치일 것이다. 앞서 살펴보았던 「아버지의 寫眞」의 시적 주체는 완고한 아버지의 억압적 시선을 감당하지 못하는 나약한 아들이었다. 반면 「나의 家族」의 시적 주체는 세상의 물결과 바람을 몰고 와서 새로운 기운을 불러일으키는 가족들, 서로 입김을 합치며 웃고 떠들고 "調和와 統一"(6연)을 이루며 살아가는 "柔順한 家族"(7연)의 모습을 "사랑"의 시선으로 바라다보는 가장의 위치에 있다. 이 시의 시적 주체가 그려내는 가장의 상은 가족 위에 군림하는 입법자로서의 아버지가 아니다. 오히려 가족에게 자신의 "全靈을 맡긴" 탓에 그들의 소란스러움이 더 이상 "귀에 거슬리지 않는" 울타리로서의 가장, 가족의 조화와 통일을 꿈꾸는 가장의 모습을 하고 있다. 문제는 시적 주체가 꿈꾸는 이상 즉 "書册"의

"偉大한 古代彫刻의 寫眞"(4연)이 상징하는 정신적 가치와, 모든 위대한 것들에 대한 지향을 포기하고 "거칠기 짝이 없는 우리집안"(8연)의 새로운 분위기를 사랑의 시선으로 포용해야 한다는 가장으로서의 책임감 사이에 갈등이 빚어지고 있다는 점이다.

현상적인 면만을 고려한다면, 이 작품의 시적 주체는 자신이 꿈꾸는 "偉大한 所在"(7연)를 포기하고 가족공동체의 유지·존속을 위해 생활을 전면적으로 수용하는 것처럼 보인다. 그러나 시인의 내면 깊은 곳에는 근원적인 우울, 즉 정신의 "偉大한 所在"에 대한 지향을 포기하고 가족이라는 현실을 수용해서 소시민적 삶을 살아가야 하는 지식인의 쓸쓸한 내면 풍경이 자리 잡고 있다. 이는 김수영의 전후시에서 빈번하게 등장하는 "생활"의 문제, 그리고 생활을 수용해야 한다는 소시민적 자의식의 정서적 표현으로서의 "설움"[14]과 밀접하게 관련되는 것으로 보인다. 그것은 홀어머니, 아내, 자식, 여동생 등의 생계를 책임져야 할 가장의 모럴 의식과, 가족의 생계에 대한 관심을 끊고 오로지 진정한 정신적 가치에 몰입해야 한다는 지식인적 사명의식이 변주하는 정신적 갈등을 보여준다.

---

14) '설움'은 김수영의 전후시에서 가장 빈번하게 등장하는 감정 상태이다. 그의 설움은 1950년대의 사회현실과 근대문명에 대한 비판적 성찰에서 기인하는 바, 근원적인 세계에 대한 향수와 그것을 가로막는 생활 세계에 대한 환멸이 빚어내는 역설적 감정이다. 그는 자신의 삶을 구속하는 생활 세계(혹은 가족)를 버리고 위대한 삶을 꿈꾸지만, 경험적 현실 세계가 그러한 꿈을 허락지 않고 생활인으로서의 삶을 강요한다는 것에 대해 비애를 느낀다. 그의 전후시에서 시적 주체가 자신을 '白蟻'와 같은 하찮은 동물로 비하하고 있는 것도 이와 관련이 있다.

김수영 시에서 '설움'이 지니는 의미에 대해서는 김춘식, 「김수영의 초기시─설움의 자의식과 자유의 동경」, 『작가연구』 5호, 1998, 170~177면 참조. 이 글에서 김춘식은 설움을 반속(反俗)과 속(俗)의 경계에 놓인 자의식으로 규정하고, 이를 김수영 시의 또 다른 주제인 '자유'와 '사랑'이란 문제와 연결시켜 설명하고 있다.

전후의 김수영이 얼마나 "생활"의 문제에 민감하였고, 또 나름대로 민첩하게 생활의 문제를 헤쳐 나갔는가는 그의 에세이15)를 통해서 얼마든지 확인할 수 있다. 그것은 김수영이 그토록 미워하였던 아버지의 질서, 혹은 아버지를 정점으로 구축되는 전통적 가족 질서로부터 자유롭지 못했다는 반증이기도 하다. 이 시의 마지막 연에서 시적 화자가 자신의 가족과 집안에 몰려온 "아득한 바람과 물결"을 보면서 "낡아도 좋은 것은 사랑뿐이냐'고 진술한 것도 이런 맥락에서 이해할 수 있을 것이다. 그는 가족을 사랑으로 감싸 안아야 한다는 현실을 받아들인다. 그것이 가장에게 새롭게 요구되는 의무인 까닭이다.

김수영이 생활인의 감각을 유지해야 한다는 강박증을 보인 것도 이 때문일 것이다. 문제는 가족에 대한 사랑이란 '낡은' 것이며, 따라서 부정되어야 한다는 사실이다. 그럼에도 불구하고 그 낡음을 긍정할 수밖에 없는 모더니스트로서의 자의식이 "낡아도 좋은 것은 사랑뿐이냐"는 진술의 밑바탕에 깔려 있다. 시적 주체가 생활(가족, 사랑)에 구속된 경험적 자아와, 시라는 "위대한 所在"를 지향하는 이상적 자아로 급격하게 이중화되는 '아이러니'16)는 가장의 위치를 놓고 심각하게 고민하면서 정체성의 균열을 체험했던 김수영의 정신적 상

---

15) 『김수영 전집 2-산문』(민음사, 1981)에 수록된 「養鷄 辨明」(1964)가 대표적인 예이다.
16) 자아의 이중화(dédoublement)는 아이러니의 수사학에 필연적으로 나타나는 현상이다. 김수영의 전후시에서 아이러니는 일상적 삶에 사로잡혀 있는 일상적 자아의 활동으로부터 성찰적 활동을 분리하기 위한 것이다. 아이러니의 관점에서 김수영의 시세계를 연구한 논문으로는 김창원, 「한국 현대시에 나타난 아이러니에 관한 연구-이상 시와 김수영 시를 중심으로」, 서울대 대학원, 1987; 신주철, 『이상과 김수영 시의 아이러니』, 박이정, 2003 등을 참조할 수 있다.

황을 역설적으로 보여주는 것이다. 「구름의 파수병」(1956)은 아버지의 위치를 전면적으로 받아들이지 못하는 불완전한 가장의 분열된 정체성[17]을 보다 극적으로 보여주는 작품이다.

　　방 두간과 마루 한간과 말쑥한 부엌과 애처러운 妻를 거느리고
　　외양만이라도 남과같이 살아간다는 것이 이다지도 쑥스러울 수가 있을까

　　詩를 배반하고 사는 마음이여
　　자기의 裸體를 더듬어보고 살펴볼 수 없는 詩人처럼 비참한 사람이 또
어디있을까
　　거리에 나와서 집을 보고
　　집에 앉아서 거리를 그리던 어리석음도 이제는 모두 사라졌나보다
　　날아간 제비와같이

　　날아간 제비와같이 자죽도 꿈도 없이
　　어디로인지 알 수 없으나
　　어디로이든 가야 할 反逆의 정신

　　나는 지금 산정에 있다—

---

17) 김수영은 아버지 세대가 보여주었던 과거의 비참과 습관을 변혁하고자 했지만, 자신이 가족 내에서 '아버지' 혹은 '남편'으로 등장할 때에는 남성중심주의에 사로잡힌 폭력적인 가부장의 모습을 반복하기도 한다. 60년대에 창작된 「罪와 罰性」・「女子」・「性」 등이 좋은 예이다. 이에 대한 논의는 김현자・엄경희, 「한국 근현대문학에 나타난 가족담론의 전개와 그 의미: 현대시」, 『한국어문연구』 제51집, 2003, 477면 참조.

시를 반역한 죄로

이 메마른 산정에서 오랫동안

꿈도 없이 바라보아야 할 구름

그리고 그 구름의 파수병인 나.

— 이상, 「구름의 파수병」 부분 인용

「구름과 파수병」에서 시적 자아는 소시민적인 삶을 "詩와는 反逆된 생활"이라고 자조한다. 그가 생각하는 올바른 시인의 삶이란 일상의 "낡아빠진 생활"을 버리고 "자기의 裸體를 더듬어 살펴볼 수" 있는 삶, 즉 자기 존재의 본모습을 반성할 수 있는 삶이다. 문제는 생활에 시달리는 "애처로운 妻를 거느리고 / 외양만이라도 남과같이 살아"가야 한다는 가장으로서의 자의식이다. 그는 남이 보기에 그럴듯하게 가장의 역할을 수행하면서 일상적인 삶을 영위하려 한다. 그러나 이런 욕망은 늘 시로 표상되는 정신적 가치, 초월적 가치와 배리를 이룬다. 그는 "거리"에 나와서는 "집"을 보고, "집"에 앉아서는 "거리"를 그리워하는 아이러니한 상황에 대해서도 이제는 더 이상 문제를 느끼지 않을 만큼 가장의 역할에 매몰되어 있지만, 시를 버렸다는 것에 대한 죄의식만큼은 결코 버리지 못한다. 그래서 그는 초월적인 가치를 지향하는 시인으로서의 삶을 포기하고 시에 반역된 삶을 사는 자신을 "山頂"에 유배되어 꿈도 없이 구름이나 지키는 파수병에 비유하고 있는 것이다.

이러한 극단적인 자기모멸과 자조(自嘲)는 전후의 김수영이 처한 정신의 위기, 정체성의 위기를 보여주는 것이다. 그에게 가족이란 어쩔 수 없이 받아들여야 하는 것, 그들의 생존을 위해 경제적 활동을 하고 울타리 역할을 해주어야 할 대상으로 간주된다. 김수영의 시적 주체는 가장의 윤리적 책임을 수락하면서도, 자신의 가족을 자신의 영혼을 구속하는 짐으로 간주하는 이중적 태도를 보이고 있다.18)

김수영의 전후시가 보여주는 가족-서사의 문제성은 가장의 역할에 대한 비자발적 수용에서 기인한다. 그는 외디푸스적 억압을 상징하는 아버지, 즉 가족 위에 군림하는 입법자로서의 아버지가 되기를 거부한다. 그렇다고 그는 가족을 사랑으로 감싸 안는, 타자의 타자성을 인정하고 그 타자의 고통을 감싸 안으며 그들을 자신의 윤리적 실천의 한 계기로 받아들이는 아버지의 모습을 완벽하게 보여 준 것도 아니다.19) 김수영에게 있어서 다른 가족들에 대한 인정과 수용은 결코 자발적으로 이루어지지 못했던 것이다. 그는 전후시에서 일관된 자아-서사와 가족-서사를 해체하는 객관적 현실 즉 전쟁의 현실 앞에서 어쩔 수 없이 가족을 지키는 울타리의 역할을 떠맡고, 이 마다할 수 없는 현실을 '생활'이란 이름으로 정당화하면서도 끝내 그것을 감당할 수 없었던 유약한 가장, 무기력한 아버지의 모습에 대한

---

18) 김수영의 이런 이중적 태도는 '가족'의 문제를 통해 전후적 현실을 우회적으로 비판하려는 성찰적 기획과 관련이 있다. 그는 늘 생활의 문제에 비판적인 거리를 유지하면서, 자아의 이중성을 냉소적으로 바라본다. 이것은 궁극적으로 부르조아적 일상성이 지배하는 삶의 질서에 대한 성찰로 연결되고 있다. 반면 박인환의 가족-서사에는 전후적 현실에 대한 성찰적 기획이 결여되어 있다. 그는 가족의 해체를 초래한 전쟁의 현실에 압도되어 세계에 대한 환멸을 드러낼 뿐 그 세계에 맞설 수 있는 시적 전략을 획득하지 못한 채 협소한 내면 세계로 숨어들어 갔다.

19) '타자의 타자성'을 존중하는 아버지, 타자를 주체 내부에 있는 또 다른 자아로서 인정하는 아버지는 타자와 진정한 윤리적 관계를 형성한다. 이러한 윤리적 관계는 근대적 주체와 타자 사이에 존재하는 비대칭성과 불평등성에서 벗어나 인간의 보편적 결속을 가능케 한다. 부성적 존재가 갖는 철학적 의미에 대해서는 E. Levinas, 강영안 역, 『시간과 타자』, 문예출판사, 1996, 134~148면 참조.

성찰을 보여주고 있는 것이다.

김수영이 '가장'의 책임감과 또 그것에서 벗어나고 싶다는 이율배반적 충동 사이에서 방황하는 근본적인 원인은 무엇인가? 그것은 전쟁이라는 참혹한 현실을 초래한 근대적 국가체계에 대한 전면적인 회의 때문이라 짐작된다. 인민군으로 참전하여 거제도 포로수용소에 갇혔다가 반공포로로 탈출한 그로서는 '자유'의 진정한 가치가 다른 무엇보다 소중하였다. 문제는 전후적 현실이 시인이 추구하는 '자유'의 가치와 배리관계에 있었다는 점이다. '국가'라는 가부장적 질서, '아버지'로 대리 표상되는 절대 권력자(國父)에 의해 유지되는 사회는 전쟁으로 야기된 가족해체의 궁극적 책임자라 할 수 있다.

하지만 그것은 다시 가족의 재구축을 통해 사회체제를 재구축하고, 그러한 가족의 집단적 결합체로서 '국가' 체제를 정비하며 그 정점에 최고 권력자라는 '아버지'를 위치시킨다. 그러니까 가족주의란 국가주의가 생산하고 유포하는 이데올로기이며, 이러한 이데올로기 위에서 국가체계는 가장의 권위에 복속하는 개인들을 일종의 신민으로 거느리게 된다. 가족 구성원들의 대표자인 가장에게 국가라는 '큰' 아버지를 대행해서 가족을 통솔하고 지배할 수 있는 권력을 주는 대신에, 사회와 국가가 져야할 개인의 안위에 대한 책임을 가장에게 부여한다.

그러한 '큰' 아버지(국가체계)가 개인에게 요구하는 삶의 방식, 즉 사회와 국가의 기초적 단위인 가족의 수장으로서 요구되는 역할이 김수영의 전후시에서는 '생활'이란 말로 표현된 것이다. 이 생활을 감당하지 못하는 가장은 가장의 역할을 다하지 못하는 것이다. 김수영은 자신에게 요구되는 가장의 역할, 혹은 생활의 억압을 비판하고 그것이 소시민적인 현실안주에 지나지 않는 것이라 경계하면서 부단히 자신의 내면을 성찰하는 태도를 견지하였다. 「폭포」(1957)에 등장하는, 현실을 향해 소시민적 "懶惰와 安定"을 질타하는 목소리는 이러한 자기반성이 있었기에 가능했다. 4·19 직후 발표한 「우선 그놈의 사진을 떼어서 밑씻개로 하자」(1960)는 외디푸스적 억압의 주체인 '아버지'에 대한 거부와 부정이 보다 직접적인 현실비판의 목소리, 정치적 선동의 목소리로 변모한 경우이다. 이 작품의 소재는 4·19 이전까지 '나라'라는 '가족'의 아버지(國父)로 숭앙되던 절대 권력자의 사진이다. 온갖 정치적 부정부패와 가부장적 억압의 상징인 "그놈의 미소하는 사진을 그것이 붙어 있는" 방방곡곡에서 "이제야말로 아무 두려움 없이" 떼어내서 "조용히 개울창에 넣"(1연)거나 밑씻개로나 쓰자는 정치적 선동은 가족주의에 대한 비판의 담론이 어떻게 국가주의에 대한 비판의 담론으로 발전할 수 있는가를 역설적으로 보여주고 있다.[20]

---

20) 김수영의 1960년대 시창작에도 가족-서사는 자주 등장한다. 특히 '아내'라는 존재가 전면적으로 부각되고 있는 것을 볼 수 있다. 「만용에게」, 「금성라디오」, 「여자」 등에 등장하는 '아내'는 생활력이 강하고 이기적인 인물로서 일상의 일에 무능한 가장과 끊임없이 갈등을 일으킨다. 하지만 이 갈등은 '아내'와의 싸움을 통해 일상적인 현실에 대한 저항을 표현하려는 시적 주체의 의도를 보여주는 것이다. 이때 '아내'는 사실 '내 안의 적'이며, 동시에 시적 주체가 맞서 싸워야 할 현실적인 적(사회적 억압)이다. 김수영은 이런 '적'과 맞서 싸울 수 있는 방법론을 끊임없이 모색하였고, 그 해답은 바로 '사랑'이었다. 김수영 시에서 '사랑'의 의미에 대해서는 문혜원, 「아내와 가족, 내 안의 적과의 싸움」, 『작가연구』 5, 1998; 유성호, 「타자 긍정을 통해 '사랑'에 이르는 도정」, 『작가연구』 5, 1998 참조.

4. 가족공동체의 회복과 아버지 되기의 욕망

전후시에서 가족이 늘 해체된 모습으로, 혹은 시적 주체의 실존을 위협하거나 참다운 생의 가치 실현을 부정하는 존재로만 그려진 것은 아니다. 서정주·박목월·김관식과 같은 전통주의 계열의 시인들의 시에 등장하는 가족은 전쟁의 참혹한 현실로부터 한 걸음 벗어나 있다. 그것은 이들의 가족이 전쟁의 현실을 경험하지 못했기 때문이 아니다. 전통주의 시에 등장하는 가족 역시 참혹한 전화(戰禍)로 죽음에 대한 불안과 공포를 경험한, 해체의 위기에 빠진 가족이다. 문제는 시적 주체가 참혹한 전쟁의 현실과는 거리를 둔 '자연'이란 이상적 공간에 가족을 격리시키고, 그곳에서 가족공동체의 안위를 도모하고 있다는 점이다.

서정주의 「무등을 보며」에 나타난 가족이 대표적인 예이다. 이 작품의 시적 자아는 '가난'으로 대변되는 전후의 참혹한 현실과 직접 맞서 싸우려 하기보다 '靑山'으로 상징되는 동양적 자연이란 이상향을 꿈꾼다. 경험적 시간이 침투할 수 없는 이 무시간성의 공간, 영원성의 공간은 "우리의 타고난 살결 타고난 마음씨", 즉 인간의 성정을 닮은 공간이다. 자연의 유기체적 질서와 인간의 성정이 서로 조응을 이루는 세계 속에서 가족 역시 자연의 유기체적 질서를 닮은 것으로 간주된다. 그것은 '지애비'와 '지어비'가, '內外'와 '새끼'들이 서로를 아껴주고 보듬어 주는 사랑의 공동체이다. 여기서 가족을 하나의 공동체로 맺어주는 절대적인 원천은 '혈연'이다. 국가가 결코 '나'의 안위를 보장하지 못하는 현실 속에서 세계에 대한 믿음을 상실한 시인은 세계에 대한 신뢰 회복의 첫걸음을 혈연으로 맺어진 가족공동체의 유대의식 속에서 찾았다. 그에게 혈연으로 묶인 가족은 사회 전체의 질서와 우주의 질서가 응축된 독자적인 소우주이자, 존재론적 안전감과 세계에 대한 신뢰[21] 회복의 첫걸음이었던 것이다. 특히 「무등을 보며」에 나타나는 연면한 세대계승의지는 국가체계가 강요하는 죽음과 폭력에 맞서 영원한 생명을 획득하려는 욕망을 표현한 것으로 볼 수 있다.[22]

전후 전통주의 시에서 가족은 삶의 무한성과 영원성을 가능케 하는 것으로 간주된다. 이때 시적 주체는 가족이란 소우주의 주관자로서, 가족구성원의 대표자이자 입법자로서 등장한다. 특히 시적 주체는 개체를 넘어 타자 혹은 무한자와의 관계에 대한 욕망을 바로 가족에 대한 연민과 사랑을 통해 실현하려 한다. 타자(가족)의 궁핍과 곤궁을 하나의 명령으로서 받아들이는 시적 주체는 자기 유지를 위해 타자를 대상화하는 것에서 벗어나, 그 타자의 타자성을 인정하면서도 자기동일성을 지켜나가는 부성적 존재로 거듭나게 된다.

하여간 이 한나도 서러울 것이 없는 것들옆에서, 또 이것들을 서러워하는 微物하나도 없는곳에서, 우리는 서뿔리 우리 어린것들에게 서름같은 걸 가르치지 말 일이다. 저것들을 축복하는 때까지의 어느것, 비비새의 어느 것, 벌 나비의 어느 것, 또는 저것들의 꽃봉오리와 꽃숭어리의 어느 것에 대체 우리가 행용 나즉히 서로 주고받는 슬픔이란 것이 깃들이어

---

21) '존재론적 안전'과 '신뢰'에 대해서는 A. Giddens, 앞의 책, 87~95면 참조.
22) 이에 대해서는 남기혁, 「1950년대 시의 전통지향성 연구」, 서울대 대학원, 1998, 75면 참조.

있단 말인가.

　이것들의 초밤에의 完全歸巢가 끝난 뒤, 어둠이 우리와 우리 어린 것들과 山과 냇물을 까마득히 덮을때가 되거든, 우리는 차라리 우리 어린 것들에게 제일 가까운곳의 별을 가르쳐 뵈일 일이요, 제일 오래인 鐘소리를 들릴 일이다.

— 이상, 「上里果園」 부분 인용

　서정주의 시 「상리과원」은 동양적 자연에의 귀의를 통해, 그 자연이 벌이는 생명의 축제에 동화됨으로써 영원한 삶의 비전을 확보하고자 했던 전후 서정주 시의 정신적 경향을 잘 보여주는 작품이다. 자연의 질서에 완전히 동화된 이 작품의 시적 주체는 이제 더 이상 "우리 어린것들에게 서름같은" 것을 가르치지 말아야 한다고 말한다. 자연이란 거대한 생명의 공간 속에서 그 자연의 유기체적 질서를 닮아가는 가족공동체의 내부엔 더 이상 전쟁의 폭력과 상흔이 개입할 틈이 없기 때문이다. 아니 그러한 폭력과 상흔마저 자연의 놀라운 생명 치유력을 통해 감싸 안을 수 있는 것이다. 그래서 자연물 속에 어떤 "슬픔이란 것"도 깃들 수 없는 것처럼, 가족공동체 내부에도 어떤 슬픔이 깃들 수 없다.

　한편 "우리의 어린 것들"에게 "제일 가까운곳의 별을 가르쳐 뵈"이고, "제일 오래된 鐘소리를 들"려 주어야 한다는 진술은 전후 전통주의 시의 가족-서사가 지향하는 바를 핵심적으로 보여준다. 시인은 동양적 자연, 더 나아가 전통적 질서 속에 가족을 위치시킴으로써, 근대적 시간성에서 벗어난 탈시간적 지평위에 가족을 옮겨놓음으로써 가족공동체를 지켜내려는 시적 주체의 '아버지 되기'의 욕망을 보여주고 있는 것이다. 이 아버지에게 있어서 근대적 국가체계란 가족의 안전을 위협하는 적대자로 간주될 수밖에 있다. 전후 전통주의 시의 아버지가 근대 도시문명 속의 가족이 아니라, 농경문화 속의 가족을 대표하는 아버지로 등장하는 이유가 여기에 있다. 다분히 시대착오적인 욕망에 해당되지만, 전후 전통주의 시의 아버지는 근원적인 자연 세계 속에서 안분지족의 삶을 살아가는 전통적인 가부장의 모습으로 등장한다.

이와 같은 전통적인 가족주의에 가장 근접한 시를 발표한 전통주의 시인은 김관식이다. 그는 현실 세계의 질서에서 벗어나 상대적 독립성을 유지하는 가족공동체, 그리고 그 가족공동체의 정점에 아버지가 있어 혈연집단을 수직적으로 위계화하는 가족 모델을 꿈꾸었다.[23] 이를 구체적인 작품 분석을 통해 살펴보기로 하자.

①

저녁 연기 피어 오르는 저기 저 수풀 아래 그윽히 가라앉은 항아리 속 같은 곳에 그림처럼 펼쳐진 아조 옛스러운 마을이었다. 해는 늦게 떴다 일찌감치 떨어지고 하늘만 동그랗게 빤히 내다 보이는.

아들놈에겐 老子의 道德經과 莊子의 南華經, 그리고 염생이 뜯기기를 가

23) 하지만 김관식의 '아버지'가 개인의 자율성과 능동성을 거세하는 남성 우위적 가부장주의의 전형적인 모습을 보여주지는 않고 있다. 전통사회의 가족모델에 대해서는 김동춘, 「유교와 한국의 가족주의」, 『경제와 사회』 제55호, 한울, 2002, 98면 참조.

르칠 일이요 어린 손주놈들은 시냇가에 나가 오리새끼들이나 데리고 놀게 하면 그만인 것이다.

뽕나무 밭이 있어, 아내의 누에 치기엔 걱정이 없고 祭祀날이 돌아오면 며느리 손으로 지어 곱게 발다드미질한 명주 두루매기에 눈부신 동정을 달아 새로 갈아 입을란다.

— 이상, 「夢遊桃園圖」 부분 인용

②

시골 살림살이도 맛들이기 나름이지. 나는 나의 가난한 食率들을 거느리고 아하 이런 隱僻한 산골짝에 없는 듯이 파묻혀 조용히 살지라도 연연히 짙어오는 新綠과 같이 타고난 목숨을 티없이 조촐히 기른다는 그것은 얼마나 스럽고 즐겁고 또 빛나는 이야기가 될것인가.

— 이상, 「養生銘」 부분 인용

작품 ①에서 "그윽히 가라앉은 항아리 속 같은 곳에 그림처럼 펼쳐진 아조 옛스러운 마을"은 도연명의 도화원기에 나오는 동양적 이상향(무릉도원)의 모습과 유사하다. 시적 주체는 현실에는 존재하지 않는 이상적 공간에서의 '집짓기'를 꿈꾼다. 이 집에서 시적 주체가 누리고 싶은 삶은 노자와 장자로 대변되는 무위자연의 삶, 무욕의 삶이다. 도덕경과 남화경 이외에 어떤 문자나 책도 필요치 않은 세계, 단지 가축을 기르고 옷을 지어 입을 뽕나무밭이 있어 누에치기에 걱정이 없으며 제삿날이면 효성스런 며느리가 지어준 옷을 입는 것에 만족할 수 있는 세계. 시적 주체는 이런 동양적 이상향에서 원만한 질서를 유지하며 가족의 대표자로서 살아가기를 욕망한다.

물론 김관식이 그려내는 아버지는 가족 위에 군림하는 아버지, 그 가족의 희생 위에서 자신의 욕망만을 실현하는 억압적인 아버지가 아니다. 타자의 타자성을 인정하고, 그것을 인정하는 가족구성원들이 서로 조화를 이루는 이상적 공동체로서의 가족을 대표하는 존재. 이런 아버지가 바로 전후 전통주의 시의 주체가 꿈꾸는 아버지이다. 작품(2)의 시적 화자 역시 작품 ①에 나타난 '아버지'와 크게 다르지 않다. 그는 "隱僻한 산골"로 들어가 식솔들을 거느리면서 시골 살림살이에 만족하며 살아간다. 그곳은 "연연히 짙어오는 新綠"으로 상징되는 자연의 생명력을 닮은, 인간의 "타고난 목숨"을 조촐하게 기를 수 있는 생명의 공간이기 때문이다. 시적 화자는 무위자연의 삶을 통해 식솔들의 안전과 생계를 도모하는 '아버지'로서의 삶을 동경하고 있는 것이다.

박목월 시에 등장하는 아버지 역시 다른 전통주의 시의 아버지와 크게 다르지 않다. 그의 시에서 가장 빈번하게 등장하는 가족은 '어머니'[24]이지만, 시적 주체가 어린 것들의 아버지로 등장하는 경우도 상당히 많다. 「가정」, 「층층계」에 등장하는 아버지가 좋은 예이다.

---

24) 박목월의 50~60년대 시는 그 이전의 시에 비해 자연에 대한 관심보다 생활에 대한 관심이 많이 표명된다. 이 과정에서 가족모티브가 빈번하게 등장하게 되는데, 박목월의 가족모티브는 주로 '아버지−아들', '어머니−아들 '의 관계로 나타난다. '아버지−아들'의 경우 시적 주체가 '아버지되기'의 문제를 다루고 있다면, '어머니−아들'의 경우에는 생명의 근원으로서의 어머니, 모성적 존재로서의 어머니에 대한 동경을 다루고 있다. 박목월 시에 나타난 모성성에 대해서는 김종태, 「박목월 시의 가족 이미지와 내면 의식 연구」, 『우리말글』 30, 2004; 금동철, 「박목월 시의 '어머니'이미지와 근원의식」, 『한국시학연구』 제3호, 2000 등의 논문을 참조할 수 있다.

아랫층으로 내려가면

아랫층은 단칸방(單間房).

온 가족(家族)은 잠이 깊다. 서글픈 것의

저 무심(無心)한 평안(平安)함.

아아 나는 다시

층층계를 밟고

이층(二層)으로 올라간다.

(사닥다리를 밟고 원고지(原稿紙) 위에서

곡예사(曲藝師)들은 지쳐 내려오는데……)

나는 날마다

생활(生活)의 막다른 골목 끝에 놓인

이 짧막한 층층계를 올라와서

샛까만 유리창에

수척한 얼굴을 만난다.

그것은 너무나 어처구니없는

「아버지」라는 것이다.

— 이상, 「층층계」 부분 인용

　「층층계」의 시적 주체는 가족의 생계를 위해 밤을 새워 원고지를
써내려가며, 그날그날 써 내려간 원고료를 계산하고 그 용처를 계획
하는 아버지이다. "생활(生活)의 막다른 골목 끝"에서 가장에게 주어
진 막중한 책무를 힘겨워하면서 "수척한 얼굴"로 변모하는 이 '아버

지'에게 "어린것"들은 무한한 연민의 대상이다. 적산가옥의 한 귀퉁이에서 추위에 떨며 "날무처럼 포름쪽쪽 얼어 있"는 아이는 내가 돌봐야 할 타자이며, 그의 고통 받는 얼굴은 나에게 윤리적 행동을 명령하는 '나 아닌 나'이다. 헐벗은 타자(아이)의 요구를 받아들임으로써 아버지는 비로소 궁핍한 세계 저편의 무한한 시간, 혹은 미래적 시간으로 초월할 수 있다.

타자를 위해 존재하는 아버지의 운명을 받아들이는 것, 동양적 부성의 원리를 전면적으로 수용하는 것은 결국 "인간의 보편적 결속과 평등의 차원"25)에 진입한다는 것을 의미한다. 그것은 시적 주체에게 강요된 현실, 일상적인 삶의 질서가 강요하는 역경을 헤쳐 나가는 힘의 원천이 되기도 한다. 「家庭」이란 시에서 노래하였듯이, "얼음과 눈으로 壁을 짜올린" 지상에서 "屈辱과 굶주림과 추운 길"을 뚫고 자신이 거주할 집(가정)으로 되돌아 온 아버지는 이제 가장 평안한 모습으로 잠들어 있는 자식의 얼굴을 보면서 미소를 짓는다. '아버지'라는 이름으로. 이 아버지야말로 비록 "무슨 짓으로 돈을 벌까"(「밥상 앞에서」 중에서)라는 구질구질한 걱정에서 벗어날 수 없는 "어설픈" 존재이지만, 그 아이들에게 생명의 거처이자 울타리가 되어 주는 가장 위대한 아버지인 것이다.

전후 전통주의 시인들이 보여준 아버지 되기의 열망, 그리고 온전한 가장에 의해 식솔의 안위와 생명이 보장되는 완전한 가족공동체에 대한 열망이 국가가 요구하는 가족주의와 배리관계를 이루는 것은 아니다. 그들은 근대적 사회체계의 외부에 거주의 공간을 마련하

---

25) E. Levinas, 앞의 책, 134~148면 참조.

고, 그곳에서 전통적인 형태의 가족을 재구축하려 했다. 하지만 낭만적 반자본주의의 가족관, 전통적인 가족주의로의 퇴행이 근대국가체제에 대한 부정과 저항의 의미를 지니지는 못한다. 전후 전통주의자들은 개인적 실존의 차원에서 국가체제와는 구분되는 사적인 영역, 친밀성의 영역[26]으로 집(가족)이란 공간을 확보하고자 했고, 또 그 세계의 온전한 주인(아버지) 행세를 하고자 했을 뿐이다. 비록 가장이 신산한 삶, "얼음과 눈으로 壁돌을 짜올린" 지상의 길을 걸어간다 할지라도, 그것은 가족 내에서 가장의 권위와 권력을 강화하는데 기여할 뿐이다. 그러니까 온전한 가족공동체에 대한 욕망은 주체의 자기보존 충동이란 의미를 벗어나기 어려운 셈이다.

전후 전통주의시의 가족서사가 오히려 전후의 나라만들기 서사와 구조적 동일성을 가지고 있음에 주목할 필요가 있다. 전후의 잿더미 위에 나라를 다시 세우려면 그 첫출발로서 나라의 기초가 될 수 있는 가족들을 다시 불러 모아 가족공동체를 재구축해야 한다. 그러니까 가족공동체에 대한 욕망과 그들이 거주할 수 있는 '집'을 짓는 것에 대한 욕망은 나라를 재건하는 일에 대한 상징으로 해석될 수 있다.[27] 전후 전통주의 시에 등장하는 집짓기의 욕망이 가족 내에서 가장의 위치에 대해 일말의 회의나 부정의 시선을 보여주지 않는 이유가 여기에 있다. 가족은 국가라는 유기체의 한 부분이고, 국가 체제의 정점에 있는 절대 권력자의 권위에 대해 일말의 회의도 용납되지 않는 것

---

26) A. Giddens, 앞의 책, 44면 참조

27) 한국 현대시에서 가족-서사, 집짓기의 욕망, 나라 만들기의 문제는 밀접하게 관련을 맺고 있다. 이는 일제 강점기는 물론 해방공간의 시 창작에서도 확인된다. 이에 대해서는 신범순, 『한국시사의 매듭과 혼』, 1992, 263~294면 참조.

처럼 가장 역시 그를 억압적 존재로 인식하는 타자의 시선으로부터 절대적으로 자유로워야 한다. 전후 전통주의 시에 등장하는 아버지가 시적 주체의 아버지로 등장하는 것이 아니라, 시적 주체 스스로 한 가족을 이끄는 '아버지'로 등장하는 것도 이 때문이다.

스스로 아버지가 되고자 하는 시적 주체는 가장의 권력이 관철되는 가족의 장(場)으로부터 탈주하려는 꿈을 꾸지 않는다.[28] 오히려 그는 아버지로서의 위치를 끊임없이 확인하면서 자신에게 부과된 책임과 의무를 수용하여 온전한 가족공동체를 유지하는 것에만 관심을 기울인다. 이런 시적 주체가 근대적 국가체제에 대한 비판을 감행한다는 것은 상상하기 어렵다. 국가체계 그 자체가 가장에 의해 통솔되는 '가족'을 요구하고 가족 내에서 가장의 위치를 강화하는 후원자 역할을 하기 때문이다. 이는 전후의 정치체제가 가부장적 독재체제였다는 사실[29]과 무관하지 않을 것이다.

5. 어머니와 누이 – 모성적인 것에 대한 욕망

아버지 되기의 문제를 드러내는 작품 계열 외에도 전후시에는 다

---

28) 가족적 질서로부터의 일탈은 김수영의 가족-서사에 잠재하고 있는 기본적인 욕망이다. 그는 자신의 일탈을 허락하지 않는 가족을 '적'으로 간주하고 내면적인 싸움을 벌이다가 결국 '사랑'이란 이름으로 타자에 대한 긍정에 도달한다. 일탈과 귀환의 변증법은 아버지로서의 김수영이 맞서 싸우고자 했던 적이 자신의 가족이 아니라 더 큰 가족, 즉 사회와 국가 체제였음을 보여주는 것이다.

29) 한국 전쟁이 한국 사회에 초래한 사회변동과 정치체제 변화의 양상에 대해서는 『한국사 17: 분단구조의 정착 1』(한길사, 1994)에 실린 오유식의 논문 「1950년대의 정치사」와 박명림의 논문 「한국 전쟁의 영향과 의미」 참조.

양한 가족모티브가 등장한다. '아버지'를 중심으로 펼쳐지는 가족 서사는 필연적으로 아버지를 정점으로 형성되는 가족공동체 내부의 권력과 갈등 관계를 드러내게 마련이다. 하지만 가족공동체로부터 아버지의 존재를 지워버릴 수 있다면 사정은 달라진다. 이는 '큰' 아버지로 상징되는 국가 체제가 더 이상 침범할 수 없으며, 권력과 이데올로기의 지평이 작동할 수도 없는 새로운 가족 공동체를 떠올리게 한다. 이 새로운 가족공동체는 가족구성원들을 가장의 의지 아래 굴복시킬 필요도 없고, 가장을 가족 질서의 대표자로 위임하는 체제의 의지로부터도 자유로울 수 있다.

이러한 가족 서사에서 중심에 놓이는 존재는 여성, 즉 시적 주체의 어머니와 누이, 혹은 모성적인 존재로 표상되는 여성들이다. 여성들은 자신이 시적 세계의 중심이라고 주장하지 않는다. 아버지라는 중심이 사라진 그 권력의 빈 지대에서 가족 구성원들은 서로에게 무한한 신뢰를 느끼면서 평등하고 친밀한 존재로서 가족적 유대감을 형성한다. 특히 어머니와 누이라는 모성적 존재는 체계(아버지)의 폭력 때문에 신음하는 시적 주체를 감싸 안아준다는 점에서 외디프스적 억압의 주체로서의 아버지와 절대적으로 구별된다.[30]

시적 주체가 모성적 존재, 즉 여성적인 타자와의 맺는 관계는 에로스적인 느낌을 주는 경우가 많다. 대체로 유년기 자아로 고정된

---

30) 하지만 전후시의 가족-서사에서 어머니나 누이와 같은 여성적 존재의 목소리가 직접 드러나는 경우는 그리 많지 않다. 즉 아버지(혹은 남편)의 억압성을 비판하는 여성 주체의 말하기 대신에, 완전하고 흠 없는 영원한 모성의 상징으로서의 어머니(혹은 누이)가 시적 대상으로 설정되는 경우가 대부분인 것이다. 이때 어머니(혹은 누이)는 통합된 자기정체성을 구하는 시적 주체의 내면적 욕망의 대상이 된다. 시적 화자와 시적 대상이 에로스적 분위기를 형성하는 이유도 이 때문일 것이다.

시적 주체는 여성적 타자와의 에로스적 사랑의 관계 안에서, 그 여성이 지니고 있는 생산성의 무한한 신비를 통해서 유한한 시간에서 무한성의 차원, 절대적 미래, 폭력과 죽음을 넘어선 무한한 존재의 차원을 얻게 된다.[31] 박재삼의 시를 통해 이를 확인해 보자.

①
晋州장터 생魚物전에는
바다밑이 깔리는 해다진 어스름을,

울엄매의 장사끝에 남은 고기 몇 마리의
빛發하는 눈깔들이 속절없이
銀錢만큼 손안닿는 恨이던가
울엄매야 울엄매,

별밭은 또 그리 멀리
우리 오누이의 머리 맞댄 골방안되어
손시리게 떨던가 손시리게 떨던가,

— 이상, 「追憶에서」 부분 인용

누님의 치맛살 곁에 앉아
누님의 슬픔을 나누지 못하는 심심한 때는,
골목을 빠져나와 바닷가에 서자.

---

31) E. Levinas, 앞의 책 참조.

비로소 가슴 울렁이고

눈에 눈물 어리어

차라리 저 달빛 받아 반짝이는 밤바다의 質定할 수 없는

괴로운 꽃비늘을 닮아야 하리.

天下에 많은 할말이, 天上의 많은 별들의 반짝임처럼

바다의 밤물결되어 찬란해야 하리.

아니 아파야 아파야 하리.

— 이상, 「밤바다에서」 부분 인용

③

우리의 어린날의

날 샌 뒤의 그 夫人의

한결로 새로웠던 사랑과 같이

조촐히 닿을길없는 살냄새의

또다시 썰물진 모래밭에

우리는 마을을 완전히 비어버린 채

드디어는 무너질 宮殿같은 것이나

어여삐 지어 두고

눈물고인 눈을 하고 있었던 것이다.

— 이상, 「밀물결치마」 부분 인용

세 작품은 모두 가족—서사를 등장시키고 있으며, 그 중심에는 여

성이 있다. 박재삼의 시에 아버지가 전혀 등장하지 않는 것은 아니지만, 그 아버지는 사업에 실패하고 가족에게 가난을 물려준 무능한 인물로 그려진다.32) 아버지 대신에 가족의 생계를 떠맡아 신산한 삶을 이끌어가는 주인공은 어머니이다. 작품(1)에서 시적 자아는 가족의 생계를 위해 해질 무렵까지 장사를 하고 밤길을 되짚어 집으로 돌아오는 어머니의 모습을 그리고 있다. 시적 화자가 유년 시절에 대한 회상을 통해 펼쳐내는 동화 같은 이야기지만, 이 가족-서사는 아버지가 부재하는 가족이 겪어야 했던 고통스러운 삶에 대한 기억을 보여주고 있다. 특히 부재와 결핍의 가족-서사를 지탱해준 어머니의 신산한 삶에 대한 그리움과 연민이 이 작품의 지배적 정서를 이루고 있다.

한편, 작품 ②에서 시적 자아는 나눌 수 없는 슬픔을 간직한 "누님"의 동생으로 설정되어 있다. 누님의 슬픔이 무엇에서 기인하는 것인지 어린 '나'로서는 "質定할 수 없는" 것이다. 그렇게 질정할 수 없는 "바다의 밤물결"같은 누이의 슬픔에 대한 연민을 통해 시적 자아는 비로소 시적 대상인 누이와 서정적 합일을 이룬다. 이 시의 마지막 연에서 시적 자아가 "섬가에 부딪치는 물결처럼", 잠들어 누워 있는 누님의 "치맛살에 얼굴을 묻고" 깊은 울음을 우는 모습은 시인이 그려내는 가족서사의 가장 중요한 특징을 보여준다. '나'는 비록 누이의 슬픔을 나누어 가질 수 없다. 그 슬픔은 누이만의 고유한 몫이기 때문이다. 다만 나는 누이의 질정할 수 없는 슬픔에 대해 깊은 연민

---

32) 이는 『한국전후문제시집』(신구문화사, 1961)에 수록된 박재삼의 산문 「사족」, 그리고 시 「아버지」를 통해서 확인할 수 있다.

을 보일 수 있다. 이 연민은 타자의 타자성을 억압하지 않으면서 그 타자가 '나'를 이루는 한 계기임을 인정하기 때문에 가능한 것이다. 타자의 타자성을 억압하는 외디푸스적 아버지의 입장에서, 혹은 그런 아버지를 욕망하는 아들의 입장에서 누이를 그린다면 누이의 슬픔은 그렇게 크게 부각될 수 없다. 이 시는 아버지의 부재를 기꺼이 수락하는 유년기 자아의 목소리를 통해 누이의 슬픔을 그림으로써, 아버지가 강요하는 인륜적 질서로부터 자유로운 가족 공동체의 형상을 만들어내고 있는 것이다.

　작품(3)은 박재삼의 초기시에 빈번하게 등장하는 '남평문씨 부인'에 대한 그리움을 노래하고 있다. 젊은 날 과부가 되어 바다에 몸을 던져 죽은 '남평문씨 부인'은 시적 자아의 유년을 사랑으로 채워주었던 영원한 어머니, 영원한 연인이다. 혈연으로 맺어진 가족의 구성원은 아니지만, 시적 자아가 목말라 하는 모성애를 충족시켜 주는 '어머니' 같은 존재인 것이다. 이러한 모성적 존재에 대한 그리움을 감각적으로 그려낸 것이 바로 "조촐하고 닿을길없는 살냄새"란 표현이다. 시적 자아는 그녀가 죽었던 바닷가의 썰물진 모래밭에 "드디어는 무너질 宮殿"을 지어두고 연민과 그리움의 눈물을 흘리고 있다. 그런데 연민과 그리움의 한편에는 에로스적인 사랑이 자리 잡고 있다. 시적 자아가 '영원한 여인'의 "머언 향내 속으로 살달아 마음달아 젖"(「봄바다에서」 중에서)어 들어간다는 진술이 이를 잘 보여준다.

　박재삼 시의 가족 서사에 편입된 남평 문씨부인은 비록 육체적인 어머니는 아니더라도 유년기 자아의 정신세계를 빛나게 해주었던 어머니 아닌 어머니라고 할 수 있다. 이런 모성적 존재는 시적 자아가 무시간적이고 무한한 세계를 엿볼 수 있는 통로가 된다. 뿐만 아니라 외디푸스적인 억압 주체인 아버지나 혹은 그 아버지가 지배하는 가족 체계에서 맛볼 수 없는 친밀성의 영역을 구축한다는 점에서 가족 이상의 의미를 지닌다고 말할 수 있다. 박재삼의 시에서 모성적 상상력의 원천으로 '바다' 이미지가 빈번하게 등장하고 있는 것도 이와 무관하지 않을 것이다. 박재삼 시의 가족 서사에 등장하는 유년의 자아는 어머니의 자궁과 같은 고향의 바닷가에서, 자신을 지극한 사랑으로 감싸 안아주던 '어머니'의 그 아늑하고 평온한 품에 안겨 있다. 이제 시적 자아는 '어머니'를 통해 무한한 존재에 대한 경험을 얻게 되고, 더 나아가 폭력적인 세계 질서로부터 벗어날 수 있다. 때문에 어머니의 신산한 삶이 주는 가난과 궁핍은 이제 더 이상 시인의 자아-서사나 가족-서사를 위협하지 않는다. '어머니'를 꿈꾸는 것만으로도 세상의 위협과 공포를 벗어날 수 있는 힘이 생기기 때문이다.

하지만 과거에 대한 회상을 재구성한 박재삼의 가족-서사는 지나치게 탈(脫)정치화되어 있다. 그는 아버지가 부재하는 가족공간에 대한 회상이 갖는 정치적 함의, 즉 근대사회의 남성중심주의에 대한 적극적인 공격과 비판을 보여주지 못하였다. 대신에 그는 결핍된 존재의 근원회귀 본능만을 작품 전면에 배치하고 그것을 전통적인 정한(情恨)의 정서로 포장하여 제시한다.33) 이러한 가족-서사는 시적

---

33) 박재삼은 자신이 "痼疾的 習性"에서 기인하는 정한의 정서를 "民族情緒"에 의탁하여 표현하려 했다고 고백하고 있다. 이는 박재삼의 시적 담론이 근본적으로 민족에 대한 상상이란 문제와 뗄 수 없는 것임을 보여주는 것이다. 이에 대해서는 『한국전후문제시집』(신구문화사, 1961)에 수록된 박재삼의 산문 「蛇足」 참조.

주체의 근원적인 결핍감과 부재에 대한 향수를 영속화할 수는 있다. 하지만 그것은 결국 완전하고 이상적인 가족에 대한 환상을 강화하거나 또 다른 가족 이기주의로 환원될 위험을 내포하고 있다. 유년의 기억으로부터 소환된 가족은 일종의 환상 속의 가족이며, 현실과의 접촉을 더 이상 유지할 수 없는 신성(神聖) 가족인 것이다. 시적 주체가 이런 환상 속의 가족에 고착된다는 사실은 그의 심리적 퇴행을 보여주는 것이기도 하다.

한편, 가족-서사의 확대를 통해, 부재와 결핍을 강요하는 근대적 사회 체제를 보다 적극적으로 비판하는 경우도 있다. 가족-서사의 정치화는 가족 외적으로는 남성적인 체계(전쟁)의 폭력성을 적극적으로 고발하면서, 가족 내적으로는 혈연 중심의 가족주의에서 벗어날 때 가능하다. 특히 혈연으로 맺어지지 않은 타자, 가족 공동체의 외부에 놓여 있는 타자를 새로운 가족으로 감싸 안고 그것을 나의 인륜적 의무로 받아들여야 하는 것이다. 이는 기독교적 윤리의식을 드러내고 있는 김종삼 시에서 발견할 수 있다.

①
군데 군데 잿더미는 아무렇지도 않았다.
못 볼 것을 본 어린것의 손목을 잡고
섰던 할머니의 황혼마저 학살되었던
避地이다.
그 곳은 아직까지 빈사의— 독수리가 그칠 사이 없이 선회하고 있었다.
원한이 뼈무더기로 쌓인 고혼의 이름들과 신의 이름을 빌려

號哭하는 것은 「洞天江」邊의 갈대뿐인가.

— 이상, 「어둠 속에서 온 소리」 부분 인용

②
오늘에도 가엾은
많은 赤十字의 아들이며 딸들에게도
그지없는 恩寵이 내리며는

서운하고도 따시로움의
사랑을
나는 무엇인가를 미처 모른다고 하여 두잔다.

제 각기 色彩를 기대리고 있는
새 싹이 마무는 봄이 오고
너희들의 부스럼도 아물게 되며는

나는
〈미순〉
병원의 늙은 간호원이라고 하잔다.

— 이상, 「마음의 울타리」 부분 인용

김종삼의 시의 가장 중요한 특징은 비극적 세계인식[34]이라고 지

---

34) 김현, 「김종삼을 찾아서」, 『김종삼전집』(장석주 편), 청하, 1990 참조.

적된다. 그의 비극적 세계인식은 훗날 「民間人」이란 작품에서 암시된 것처럼 어른의 생존을 위해 "울음을 터뜨린 嬰兒를" 바다에 빠뜨려 죽여야 했던 실향민의 죄의식, 더 나아가 수많은 어린 생명을 고아로 만들고 죽음으로 내몬 한국전쟁의 체험에서 비롯한 것이다. 위에 인용한 작품(1)은 무차별적인 파괴와 살육이 벌어진 현장을 그리고 있다. "집과 마당이 띠엄 띠엄, 다듬이 소리가 나던" 평화로운 마을에 닥친 전쟁은 할머니에게 손목을 잡힌 "어린것"에게 "못 볼 것을" 보게 한다. 시적 주체의 의식은 "아직까지 빈사의 독수리가 그칠 사이 없이 선회하고 있는" 그 파괴와 살육의 시간에 고정되어 있다. '어린것'을 지켜내지 못한 것에 대한 죄의식 때문에 김종삼의 시적 주체는 집요하게 아이를 시적 대상으로 등장시킨다. 그 아이는 전쟁 때문에 죽어가는 '아이'이거나, 버림받은 아이이다. 시적 주체는 아이를 그런 상태로 내몬 세계의 폭력적 질서를 비극적인 어조로 고발하면서, 그 아이를 사랑으로 감싸는 어른들을 함께 등장시킨다.

위에 인용한 작품(2)가 좋은 예이다. 이 작품에서 시적 주체는 미션계 병원에서 아이들을 돌보는 '늙은 간호원'이다. 그는 전쟁으로 인해 빚어진 타자(고아)의 고통을 나의 고통으로 간주하고, 그들을 치유하여 영원한 안식과 생명을 주는 존재로 그려져 있다. 이러한 사랑의 실천, 타자의 고통을 치유함으로써 폭력적인 전쟁의 질서를 넘어서려는 현실 극복 의지는 기독교적인 윤리 의식에 바탕을 두고 있다. 시적 화자는 '늙은 간호원'이 일하는 병원을 "주님이 꽃 피우시는 / 울타리"라고 비유하면서, 병원에 있는 "赤十字의 아들이며 딸들에게 / 그치없는 恩寵이 내리"기를 간구하고 있는 것이다. 기독교적 사랑은 신성 가족의 좁은 울타리를 벗어나, 신에 대한 믿음으로 결속된 보편적 가족애로 확산된다.

> 전쟁과 희생과 희망으로 하여 열리어진 좁은―
> 구호의 여의치 못한 직분으로서 집없는 아기들의 보모로서 어두워지는 어린 마음을 보살펴 메꾸어 주기 위해 역겨움을 모르는 생활인이었습니다. (…중략…)
>
> 그 여인의 손은 이그러져 가기 쉬운 세태를 어루만져 주는 친엄마의 마음이고 때로는 어린 양떼들의 무심한 언저리의 흐름이었습니다.
> 그 여인의 눈 속에 가라 앉은 지혜는
> 이 세기 넓은 뜰에 연약하게나마 부감된 자리에 비치는 어진 광명이었습니다.
>
> ― 이상, 「여인」 부분 인용

「여인」의 시적 주인공인 '여인'은 "집없는 아이들의 보모"의 임무를 성실하게 수행하는 인물이다. 때로는 역겨운 일을 도맡아야 처리해야 하는 생활인이지만, 그가 하는 일은 단순히 생활의 방편 때문만은 아니다. 그 일은 신이 주신 "직분"이기 때문이다. 마음이 궁핍해질 수밖에 없는 아이를 위해 자신을 희생하면서, 그들을 "친엄마의 마음"으로 보살피는 '여인'은 이제 "이 세기 넓은 뜰", 참혹한 전화(戰禍) 속에 "비치는 어진 광명"의 존재로 그려진다. 시인은 이러한 희생적인 여인을 통해 인류애적인 사랑의 실천을 역설하고 있다.

문제는 인류애적 사랑의 지평으로 확대된 가족-서사가 어떤 정치적 함의를 갖는가 하는 점이다. 김종삼의 전후시는 한 가족의 중심적 존재로서의 아버지, 타자를 억압하는 외디푸스적 아버지가 아니라 전쟁으로 인해 상처 입은 가족(아이)을 사랑으로 감싸 안아 구원으로 인도하는 영원한 '어머니'를 등장시켰다. 이 '어머니'는 시적 주체의 실제 어머니는 아니지만, 극단적인 자기희생을 감내하는 이상적 인물이다.35)

김종삼의 가족-서사에 등장하는 모성적 존재로서의 어른은 이와 같이, 현실 속에서는 비록 무능하고 무기력하지만 무수한 고아를 자신의 자식으로 받아들이면서, 자식에 대한 사랑을 통해 인류의 보편적인 사랑을 실천하는 이상적인 인간형이다. 김종삼이 이상적 인간형을 다분히 동화적인 분위기 속에서 그려내고 있는 것 자체가 그의 비극적인 세계인식을 역설적으로 보여주는 것이지만, 편협한 가족이기주의에 빠져 있거나 혹은 온전한 가족공동체의 원형에 집착하여 전통적인 가족질서만을 강조하는 전후시의 일반적인 가족-서사와는 사뭇 다른 층위에서 가족-서사를 작동시키고 있다는 점은 매

---

35) 이 이상적 인물은 가령 김종길의 시 「聖誕祭」에 등장하는 '아버지'와 비견할 만하다. 이 작품에는 추운 겨울날 열병을 앓는 아들을 위해 눈밭을 헤치고 산수유 열매를 따오는 서늘한 옷자락의 '아버지'가 등장한다. 이 아버지는 마치 '고아'로 다가오는 타자의 얼굴을 통해 자신의 윤리적 의무를 자각하는 포용의 존재로 그려져 있다. 물론 「성탄제」에서 시적 주체는 자식을 사랑으로 감싸 안는 아버지에 '대해' 이야기할 뿐, 시적 주체 스스로 아버지'로서' 말하지 못한다. 즉 시적 주체가 아버지의 사랑을 받는 '아이'의 형상을 띨 뿐 스스로의 결단과 노동을 통해 나름으로 사랑의 가치를 생성하는, 가치 있는 사건의 주인공으로 등장하지 못하는 것이다. 이에 대해서는 강웅식, 「아버지에 '대해' 말하기와 아버지'로서' 말하기」, 『시와 사람』 30, 2003 참조.

우 주목할 필요가 있다. 이처럼 김종삼 시의 가족-서사는 가부장적인 가족 질서 위에 구축되는, 그러면서 가족의 질서를 위협하는 체계의 폭력에 대해서 비판의 담론으로 읽힐 수 있다.

6. 맺음말: 전후시와 가족의 의미

이 논문은 가족모티브가 등장하고 있는 한국전후시를 대상으로, 전후시인들이 기획한 가족-서사가 개인의 정체성 형성의 측면에서 그리고 가족의 해체와 재구축을 강요한 전쟁의 현실 속에서 어떤 의미를 지니는가에 대해 집중적으로 검토하였다. 이 과정에서 필자는 전후시에 등장한 가족-서사가 시인의 전기적인 사실들과 얼마나 부합하는가에 대해서는 크게 관심을 두지 않았다. 문제는 시에 등장한 가족-서사와 실제적인 가족의 일치가 아니라, 전후시인들이 가족-서사를 문제삼는 이유가 무엇이고 그 가족-서사를 통해 전후적 현실에 대한 비판을 어떻게 수행하였는가에 있기 때문이다.

전후시에 나타난 가족-서사는 서사시적인, 혹은 소설적인 구도에서 펼쳐지는 가족-서사와 엄밀하게 구별되어야 한다. 서정시는 서정적 자아의 내면에 자리잡고 있는 순간적인 체험을 문제삼는 장르이기 때문이다. 서정시에서 가족-서사가 등장하는 경우 그것은 서사적인 일관성의 층위가 아니라, 서정적 자아가 가족을 감지하는 방식 혹은 가족에 대해 회상하는 특정한 위치를 통해 살펴보아야 한다. 전후시에서 가족이 문제가 되는 이유는 전쟁의 체험이 가족의 질서에 미친 영향과 그것에 대한 시적 주체의 대응이 일정한 시사적 의미망을 갖추고 있기 때문이다. 주지하듯이, 한국전쟁은 오랜 세월 동안 지속되었던 전통적 질서를 뿌리째 뒤흔들었다. 아버지를 정점으로 구축되는 가족의 질서, 더 나아가 그 가족이 사회적·국가적 질서의 기초를 이루는 전근대적 시스템이 전면적으로 무너져 내린 것이다.

전쟁의 파괴와 살육을 체험한 전후시인들 역시 죽음의 공포와 불안에 노출된 가족, 해체의 위기에 처한 가족을 중요한 시적 소재로 등장시키고 있다. 이들은 가족적 질서 내부로 폭력적으로 진입하여 가족의 위기를 빚어낸 근대의 광기를 고발하면서 새로운 가족 담론을 만들어내기 시작한다. 여기서 중심적인 위치를 차지하는 존재는 당연히 '아버지'이다. 전후시에 등장하는 아버지는 다양한 모습을 하고 있다. 박인환의 경우에는 가족의 안전을 지켜내지 못한 무능력한 아버지, 그래서 세계에 대한 환멸과 죄의식에 빠져든 아버지를 등장시키고 있다. 이때의 아버지는 시적 주체와 동일시되는 존재로서, 시인은 이런 화자를 통해 정체성의 분열과 그것을 야기한 시대의 폭력성을 고발한다. 김수영 시에는 새로운 아버지가 등장한다. 자신을 응시하는 아버지의 시선을 외디푸스적 억압으로 간주하면서 그 시선으로부터 벗어나기 위해 몸부림치던 김수영의 시적 주체는 전후의 현실 앞에서 자신이 아버지가 되어야 한다는 현실, 혹은 '아버지'(가장)의 책무를 다해야 한다는 현실 속에서 괴로워한다. 그는 자신에게 강요되는 책무를 성실하게 수행하려 하지만, 생활의 이름으로 강요되는 아버지의 지위에 대해 끊임없이 회의할 수밖에 없다. 그것은 근대사회가 강요하는 생활의 질서와 가족주의 이데올로기의 허구성에 대한 비판과 성찰의 의미를 지닌다. 김수영이 4·19 이후 소시민적 생활 질서에 안주하지 않고 국부(國父)로 표상되는 '큰' 아버지에 풍자와 비판으로 나아갈 수 있었던 근본 원인은 시인의 사명과 가장의 윤리적 책무를 동시에 견주어 보는 성찰의 기획이 있었기 때문이다.

한편, 서정주나 김관식 같은 전후 전통주의 시인들의 작품에 등장하는 아버지는 전통적인 가부장의 모습을 하고 있다. 그들은 자신이 직접 온전한 가족공동체의 질서를 주관하는 '아버지'를 자임한다. 그런데 주목되는 것은 그들의 가족이 한결같이 전화(戰禍)가 침범할 수 없는 이상적인 자연세계 속에서 폐쇄적인 공동체를 유지하며 살아간다는 점이다. 경험적 현실 세계를 거부하고, 근원적인 세계 속에서 자연의 유기적인 질서를 닮은 가족을 그려내는 것은 일견 근대적 국가체제에 대한 부정처럼 비친다. 하지만 그 이면을 들여다보면 사정은 퍽 달라진다. 유기적 자연 질서를 닮은 가족, 그 가족의 운명을 가장에게 위임하고 있는 가족이란 국가라는 더 큰 가족을 상상하는 원천이 되며, 그 국가의 지도자를 정점으로 형성되는 운명공동체로서의 국가라는 관념을 낳는 토대가 되기 때문이다. 전후 전통주의 시의 가족 담론이 체제비판적인 기능을 수행하지 못하고, 현존의 사회적 질서를 재구축하는 보수적 가족주의로 귀착하고 있는 점은 이들의 가족 담론이 지니고 있는 가장 큰 한계라고 할 수 있다.

아버지의 부재를 통해서, 혹은 아버지의 소거를 통해서 가족구성원간의 보편적 결속을 그려내고 있는 작품들도 있다. 박재삼 작품에 등장하는 어머니는 아버지의 부재로 기인하는 결핍의 서사를 튼튼하게 지탱하는 존재이다. 시적 자아는 영원한 여성으로서의 어머니를 통해 한편으로는 실존의 위기를 극복하면서, 다른 한편으로는 근대적 국가 체계의 폭력적 질서와는 다른 차원에서 구축되는 새로운 가족 질서를 시에서 그려내고 있다. 한편 김종삼이 그려내는 어머니 아닌 어머니, 아버지 아닌 아버지는 혈연중심적인 가족관에서 벗어나 있다. 그는 집요하게, 분단과 전쟁이 빚어낸 상처를 고발하고 있는데 이 과정에서 버림 받은 아이나 죽어 가는 아이를 등장시키고 있다. 이 아이에 대한 보호자의 역할을 자임하는 것, 타자의 고통을 나의 고통으로 간주하고 새로운 가족으로 수용함으로써 인류적 사랑을 실천하는 것. 이것이 김종삼의 가족−서사가 보여주는 새로운 양상이다.

인간의 보편적 유대와 결속이란 근대적 체계가 개인의 실존에 강요한 폭력성에 대한 가장 적극적인 대응 방식이라 할 수 있다. 인류적 사랑과 보편적 유대를 통해 결속된 새로운 '가족'은 편협한 가족 이기주의를 벗어나면서도 체계의 폭력성을 고발하는 시적 상상력의 원천이 되기 때문이다. 다만 미래에 대한 낙관적인 전망 대신에 어둡고 습한 과거에 갇혀버리는 비극적 세계인식이 김종삼의 가족 담론을 보다 정치적인 담론으로 확산되는 것을 가로막았다는 점에서 그 한계를 지적할 수 있을 것이다.

웃음의 시학과 탈근대성

전후 모더니즘 시를 중심으로

1. 들어가는 말 – 주체의 분열과 웃음의 전략

한국 전후시에 대한 논의가 회고적, 비평적 차원을 벗어나 학술적인 차원에서 본격화된 것은 1990년대 초반 무렵의 일이다. 그 동안 전후시 연구자들은 전후시의 성립 배경인 한국전쟁 체험의 특수성에 관심을 두었다. 특히 한국전쟁을 모더니티의 위기에 대한 체험의 계기로 간주하고, 전후 시인들이 보여주었던 죽음에 대한 불안과 공포, 그로 야기되는 실존의식에 주목한 것이 전후시 연구의 주된 경향이었다. 전후시 연구가 전통주의 시인들이나 새롭게 등장하는 참여파 시인들에 대한 논의에 비해 전후 모더니즘 시인들의 정신적 위기 및 그 극복과정에 대한 논의로 초점화 되었던 것도 이 때문일 것이다.

전후 모더니즘 시에 대한 논의는 결국 모더니스트들이 전후 현실의 비판을 위해, 특히 4 · 19로 대변되는 새로운 시대현실로의 도약을 위해 어떻게 '비판적 주체'[1])로 거듭나는가 하는 점으로 귀결된다. 이러한 관점은 역사적 사건을 단위로 전후시의 처음과 끝을 나누고, 전후시가 일정한 수준 혹은 목표를 향해 발전하는 과정이었다고 해석하는 경향이 있다. 이는 동시대 현실과의 유기적 교섭 속에서 상대적 자율성을 유지하며 변모하는 전후시의 제 문제를 일정한 목적론에 입각하여 기계적으로 해석하고 평가한다는 느낌을 주는 것이 사실이다. 만일 4·19 혁명이 역사발전의 필연적 귀결이 아니라 역사적 시간의 진행과정을 파열시키는 우연적이고 예외적인 사건이었다고 본다면, 비판적 주체의 형성을 통해 전후 모더니즘 시의 발전 과정을 확인하는 논의는 논리적 근거가 상당히 취약하다는 사실이 드러날 것이다.

하지만 무게 중심을 한국전쟁 쪽에 놓는다면 사정은 달라진다. 미증유의 살상과 파괴를 체험한 전후시인들은 죽음의 불안과 공포, 시대의 광기와 타락한 현실을 관조할 수 있는 비판적 거리를 확보하게 됨에 따라 현실에 대해 보다 적극적으로 발언할 가능성을 얻게 된다. 다만 전후시인들이 가부장적 독재정권 하에서 '아버지'의 권위에 도전할 수 있는 집단적 주체를 발견할 수 없었던 점은 간과할 수 없는 시대적 제약이었다. 그들은 자신의 담론을 지지해 줄 동질적인 이념의 공동체를 확보하지 못한 상태에서, 반공 이데올로기나 전통적 관습에 얽매인 무지하고 냉담한 대중들 사이에 고독한 존재로 내던져졌다. 때문에 그들은 자신의 실존 위기를 냉담하게 인식하는 비판적 주체의 위악적 포즈를 통해서 현실에 대응할 수밖에 없었다. 뿐만

---

1) 박윤우, 『한국 현대시와 비판정신』, 국학자료원, 1999, 37~49면.

아니라 그들은 전후 현실에 대해 적극적으로 저항하지 못하는 자기 자신에 대한 혐오감에 휩싸일 수밖에 없었다. 이와 같이 외적 세계에 대한 환멸과 고립된 내면세계에 대한 자기 부정의 감정은 전후 모더니즘 시의 시적 주체가 견지하고 있던 냉소적 태도의 근본 요인이라고 할 수 있다. 이 냉소적 주체들은 빈곤한 세계의 견고한 질서가 왜소한 주체의 의지로는 어찌해볼 수 없는 것이라 판단하면서 결국은 세계의 관습적 질서를 인정하거나 동조하게 된다. 그들의 냉소는 세계에 대한 주체의 우월성을 주장하는 웃음이지만, 이 웃음에 동조할 수 있는 공동체 즉 웃음을 공유할 수 있는 집단주체를 상정하지 않는다. 냉소적 주체의 이러한 웃음은 근본적으로 자기기만에 빠질 수밖에 없다.

본고는 송욱과 김수영의 시 창작에 나타난 웃음에 관한 사유를 분석하려 한다.[2] 특히 이들의 시 창작에 나타난 냉소적 주체의 허위의식과 그 극복가능성을 점검함으로써 전후 모더니즘 시가 보여준 근대성 비판과 탈근대적 사유의 가능성을 확인하고자 한다.[3] 냉소적 웃음(더 나아가 웃음에 관한 담론)은 전후의 시적 주체들이 직면한 주체의 분열이 포착되는 지점이다. 철학적 측면에서 근대란 주관성의 원

---

[2] 송욱과 김수영은 모두 전후 모더니스트로 꼽히지만 창작 경향이 사뭇 달랐기 때문에 함께 논의하기에는 많은 난점이 있다. 하지만 이들은 지적인 태도로 전후 현실을 관찰하고 비판하면서, 서로 다른 방향에서 웃음의 시학을 정립하려 했다. 때문에 이들의 웃음의 시학에 나타난 냉소적 주체의 형상을 비교하면서 전후 모더니즘 시의 탈근대적 사유를 검토하는 것은 나름대로 의미가 있을 것이다.

[3] 1950년대 시에 나타난 웃음의 시학에 대한 논의로는 다음을 참고할 수 있다.
이승하, 『한국의 현대시와 풍자의 미학』, 문예출판사, 1997.
이순욱, 『한국 현대시와 웃음 시학』, 청동거울, 2004.
박슬기, 「한국 전후시의 그로테스크 시학 연구」, 서울대 대학원, 2004.
신진숙, 「전후시의 풍자연구: 송욱과 전영경의 시를 중심으로」, 경희대 대학원, 1994.

리 즉 인간의 사유가 자신을 자유로운 존재로서 의식하고 세계 해석의 중심 원리를 점유할 때 시작된 존재론적 역사의 변화 과정을 의미한다.⁴) 가령 데카르트의 코기토적 주체, 즉 의식 활동의 주체로서의 자아는 사유와 존재의 근원적 동일성을 전제로 한다. 계몽이란 이러한 자기 동일적 주체의 사유를 통해 대상세계에 대한 앎을 획득하고, 인간의 자기 유지를 위해 대상 세계를 합목적적으로 지배하고 변형시키는 과정을 가리킨다. 문제는 근대의 계몽 이념이 자기의 한계를 드러내는 지점이다. 한국전쟁은 근대성의 이념이나 진보의 믿음이 파국⁵)으로 귀결될 수 있음을 보여준 역사적 사건이었다.⁶) 전후시인들은 전쟁의 참상을 목도하면서 근대의 파산을 예감하였고 인간을 해방시킬 수 있는 이념이 아니라 또 다른 억압과 차별, 감시와 처벌, 진리의 은폐를 시도하는 근대의 양면성에 전율하게 되었다. 근대라는 이 거대한 괴물, 자기 내부에 간직된 모순과 위기를 조절하면서 타자들을 자신의 질서 아래 굴복시키는 근대의 저 엄청난 위력 앞에 전후시인들은 무력감을 느낄 수밖에 없었던 것이다.

전후 모더니즘 시의 냉소적 웃음은 이러한 근대성 비판의 맥락에 연결되어 있다. 전후 모더니스트들은 자신을 비루하고 무기력한 존

---

4) 김상환, 『해체론 시대의 철학』, 문학과지성사, 1996, 360면.
5) 도구적 이성에 의한 세계의 합리화는 이성은 물론 이성이 추구하는 완성이나 해방에도 역행한다. 그런데 이러한 역행은 단순한 오류나 사고, 혹은 우연한 왜곡에 의해 일어나는 것이 아니다. 오히려 세계의 합리화가 더욱 완벽하게 성취될수록 이성의 역행적 귀결의 가능성은 더욱 커진다. G. Vattimo, 김승현 역, 『미디어 사회와 투명성』, 한울아카데미, 1997, 90면.
6) 한국전쟁은 유례없는 이데올로기 전쟁이었으며, 근대적 국가의 바람직한 모델을 둘러싸고 빚어졌던 상이한 계몽이념 간의 쟁투의 결과 남·북한 공히 가부장적 권력을 강화한 지배체제가 성립되었다. 한국 전쟁이 한국사회에 초래한 사회변동에 대해서는 『한국사 17: 분단구조의 정착 1』(한길사, 1994)에 실린 오유석의 논문 「1950년대의 정치사」와 박명림의 논문 「한국 전쟁의 영향과 의미」 참조.

재로 위축시키는 전후 현실을 향해 위악적 포즈를 취하였다. 특히 송욱과 김수영 같은 전후 모더니스트들은 냉소적 웃음을 통해 부정적 대상을 야유·조롱함으로써 자신의 왜소함과 비루함이 근본적으로 세계의 빈곤에 기인한 것임을 고발하고, 이를 통해 자신의 내면에 간직된 죽음의 공포와 불안을 해소하고자 했다. 뿐만 아니라 그들은 주체의 자기동일성을 부정함으로써 계몽적 이념의 허구성을 폭로하고자 했다. 이러한 웃음의 전략이 진정한 현실 부정 및 극복으로 이어졌는가에 대해서는 다양한 평가가 가능할 것이다. 비판적 주체의 냉소적 웃음에도 불구하고 웃음의 대상이 되는 현실은 변화하지 않은 채 그대로 남아 있게 마련이며, 현실에 대한 냉소적 부정은 끝내 "현실이란 원래 그 따위일 뿐이지"라는 방식의 현실 순응주의로 귀결될 가능성이 높기 때문이다. 이런 문제의식 아래 본고는 전후 모더니즘 시가 채택한 웃음의 전략이 지닌 의의와 한계를 송욱과 김수영의 시를 통해 추적하고자 한다.

2. 냉소적 주체의 현실 비판과 풍자적 웃음

참혹한 전쟁을 겪어낸 전후시인들은 전쟁의 상처를 미처 치유할 틈도 없이 전후의 분열되고 타락한 현실에 직면하였다. 이 점은 공산주의의 단일한 이데올로기와 당 주도의 일사분란한 전후복구 정책에 지배를 받았던 북한의 전후시인들과 극적으로 대비되는 부분이다. 그들은 전후복구 및 사회주의 국가 건설에 대한 사회구성원들의 전면적인 합의를 바탕으로, 미래에 도래할 공산주의 체제의 완성에 대한 낙관주의적 전망을 시에 담아내려 하였다. 그 결과 북한의 전후시에는 이질적인 목소리가 끼어들 여지가 거의 없었다. 당의 공식적인 목소리가 시적 주체의 목소리를 완전히 지워버리는 상황에서, 적에 대한 무조건적인 분노감과 적대감, 사회주의 완성을 위협하는 세력과의 결연한 투쟁의식, 낡은 것과 새 것의 대립 속에서 새 것의 승리에 대한 확신을 노래하는 단일음성적이고 공식적인 언어만이 전면적으로 부각되었던 것이다.7) 당연히 전후복구 및 사회주의 건설기의 북한시는 사회주의적 이상을 담지한 긍정적 인간을 찬양하거나, 자신의 목숨을 바쳐 조국을 위기에서 구해낸 전쟁 영웅의 숭고한 행위를 예찬하는 시가 주류를 차지하였다. 여기서 시적 주체의 의식은 이상적·영웅적 인간형의 단일한 의식으로 수렴되고, 그것은 궁극적으로 국가 주도의 사회주의 이념을 설파하기 위한 계몽의 서사로 표출된다. 이 계몽의 서사에 등장하는 시적 주체의 어조는 확신으로 가득 차 있으며, 시적 대상에 대한 일말의 회의나 조소가 끼어들 틈이 없다. 물론 대상에 대한 야유와 조롱, 풍자가 드러나는 작품이 없는 것은 아니지만 이 경우에도 웃음의 대상이 되어야 할 부정적 대상은 체제 내적인 인물·현실이 아니라 공산주의 사회를 위협하는 체제 외적인 인물·현실이다.

남한의 전쟁시와 전후시에서도 이념지향적 담론을 일부 발견할 수는 있다. 민족주의 이념은 물론 반공 이데올로기와 강력하게 결합된 이념지향적 시 창작을 통해 공산주의 세력에 대한 분노와 적개심

---

7) 남기혁, 「북한 전후시의 전통과 모더니티 연구」, 『한국현대문학연구』 제11집, 2002.

을 표출하는 시가 1950년대 전반기에 많이 창작되었다.8) 하지만 남한의 전쟁시 및 전후시의 주류는 이념지향적—특히 반공이데올기—담론과는 일정한 거리를 유지하고 있었다. 전후시인들은 전쟁 및 전후의 현실을 명확하게 규정하는 것에 대해 주저하였다. 또한 그들은 화해할 수 없는 현실 앞에서 어떤 포즈를 취할 것인가를 두고 분열된 의식을 드러낼 수밖에 없었다. '나라만들기'와 관련된 계몽의 담론은 자칫 편협한 반공이데올로기에 휩쓸려 버릴 수 있고 개인의 자율적 의식과 합리성에 대한 요구는 가부장적 절대권력 및 만연한 부정부패·부르조아의 속물적 가치 앞에서 전면적으로 부정되었기 때문이다. 전후 모더니즘 시의 시적 주체가 보여준 환멸감은 이러한 전후적 현실에 대한 절망감과 허무의식에서 비롯한 것이다.

「하여지향」 및 「해인연가」 연작시에서 실험된 송욱의 풍자의 시학은 전후의 환멸스러운 현실을 배경으로 성립되었다.9) 송욱은 근대적 사회 체제, 특히 가부장적 권력과 타락한 부르조아적 가치가 지배하는 전후적 현실을 향해 카메라의 시선을 들이댄다. 송욱 시의 시적 주체는 시궁창 같은 서울의 거리와 뒷골목을 냉담한 시선으로 거니

---

8) 오세영, 「6·25와 한국전쟁시」, 『한국 근대문학론과 근대시』, 민음사, 1996.

9) 송욱의 풍자시가 성립되는 데 있어서 엘리어트의 영향을 간과할 수 없다. 그는 『시학평전』에서 엘리어트의 '전통의식'에 대해 여러 차례 언급하면서, 엘리어트가 시에 담아내려는 경험이 "歷史와 生活과 時代, 그리고 社會相과도 밀접한 관계가 있"으며 《荒蕪地》에 나타난 종교적 초월조차 "리어리스트의 눈에 비친 경험의 세계와 모진 緊張關係에 있"다는 점에 주목한다. 특히 그는 엘리어트의 풍자시 「河馬」를 소개하는 글에서 "諷刺詩가 훌륭한 경우에는 憎惡와 否定만을 노리는 것이 아니라, 오히려 주제에 대한 뜨거운 사랑이나 혹은 간곡한 관심이 그 바탕을 이룬다는 사실을 잊지 말아야 한다"고 강조한다. 실제로 송욱의 풍자시가 대상에 대한 뜨거운 사랑과 관심을 보여주었는가에 대해서는 뒤에서 논의하겠지만, 그의 풍자시론은 풍자의 본질적 속성을 핵심적으로 포착한 것이라 평가할 수 있다. 송욱, 『시학평전』, 일조각, 1963, 323~355면.

는 산책자의 형상으로 작품에 등장한다. 냉담한 산책자의 눈에 포착된 "만화경" 같은 현실은 본래적 가치가 사리지고 교환적 가치가 지배하는 타락한 세계이다. 가치가 전도된 세계에 대해서 어떤 애정도 느낄 수 없는 냉담한 산책자는 비판적 거리를 유지한 채 현실을 관조하거나 개탄할 뿐 부정적 현실에 발을 들여놓으려 하지 않는다. 그는 자신이 타락한 세계의 외부에 위치한 우월한 존재라 여기고, 또 그러한 거짓된 믿음에 안도한다. 산책자는 분열된 내면의식이나 해체된 자아—서사를 숨긴 채 짐짓 자신이 자기동일성을 유지하는 주체인 양 여기면서 타락한 세계의 외면을 미끄러져 들어갔다.

솜덩이 같은 몸뚱아리에
쇳덩이처럼 무거운 집을
달팽이처럼 지고,
먼동이 아니라 가까운 밤을
밤이 아니라 트는 싹을 기다리며,
아닌 것과 아닌 것 그 사이에서,
줄타기하듯 矛盾이 꿈틀대는
뱀을 밟고 섰다.
눈 앞에서 또렷한 아기가 웃고,
뒤통수가 온통 피 먹은 白丁이라,
아우성치는 子宮에서 씨가 웃으면
亡種이 펼쳐 가는 萬物相이여!
아아 구슬을 굴리어라 琉璃房에서 ─

여기서 시적 주체는 "숨덩이 같은" 피곤한 육체로 삶의 고뇌와 역경을 헤쳐나가야 하는 존재로 설정되어 있다. 그는 "트는 싹"으로 상징되는 새로운 시간에 대한 희망을 지니고 있지만, 지금은 "矛盾이 꿈틀대는" 현실을 줄타기하듯 살아가야 한다. 시적 주체가 직면한 현실이 "모순"인 이유는 무엇인가? 시적 주체는 지금 "아닌 것"에 의해 둘러싸여 있다. 화해할 수 없는 것, 긍정할 수 없는 것으로서의 "아닌 것"과 "아닌 것"들은 서로 대립하고 충돌한다. "눈 앞에서" 아기가 또렷하게 웃고 있지만 뒤통수는 "온통 피 먹은 白丁"인 세계에선 어느 무엇도 자신의 진정성을 주장할 수 없다. "子宮에서" 자라는 새로운 생명에서조차 미래에 대한 희망을 찾을 수 없는 세계가 바로 시적 주체가 대면하고 있는 모순의 세계인 것이다.

그런데 "亡種이 펼쳐 가는 萬物相" 같은 이 세계는 시적 주체에게 "계집과 술 사이를 / 돈처럼 뱅그르르 / 돌며 살라고"(「하여지향 · 1」중에서) 권면한다. 하지만 시적 주체는 타락한 세계가 내미는 손, 즉 현실 순응의 요구를 받아들일 없었다. 그래서 그는 자신이 이 세상에 설 자리가 "자꾸만 좁아들"어간다는 것을 한탄하고, 마침내 "내가 길이 아니면 길이 없겠"다는 인식에 도달하게 된다. 망종이 지배하는 타락한 현실 세계에서는 더 이상 설 자리가 없기 때문에, 오로지 자기 자신이 "길"이 되어 시대의 역경을 헤쳐 나가야 한다는 것이다. 이러한 부정적 현실 인식의 저변에는 화해 불가능한 세계에 대한 시적 주체의 절망감이 자리 잡고 있다. 이제 새롭게 트는 "싹"으로 시선을 돌려 다가올 시간으로의 초월에 대한 기대를 품는 시적 주체는 인간의 삶을 억압하는 모순된 현실을 아무런 가치가 없는 것, 정신적으로 고려할 필요가 없는 것으로 여긴다. 세계에 대한 주체의 우월감은 「하여지향」과 「해인연가」 연작시의 풍자가 성립될 수 있는 절대적인 근거가 된다.

물론 「하여지향」의 시적 주체가 단일한 의식과 정체성을 지닌 존재로 작품에 등장하는 것은 아니다. 오히려 시적 주체는 가치론적으로 저열한 세계(타락한 세계)에서 무기력하고 비겁하게 살아갈 수밖에 없는 경험적 자아와, 경험적 자아의 곤경을 초래하는 궁핍한 세계를 동시에 야유하고 조롱하는 성찰적 자아로 이중화되어 있다.10) 그런데 「하여지향」의 시적 주체는 경험적 자아의 입을 빌어 말하는 것이 아니라, 경험적 자아를 포함하여 세계 전체를 비판적으로 관조하는 성찰적 자아의 입장에서 말을 한다. 이 성찰적 자아는 현실 세계의 타락한 질서를 냉담한 시선으로 바라보고, 일체의 권위적 담론을 가치론적으로 전복시켜 야유하고 조롱하는 냉소적 주체이다. 가령 「하여지향·3」에서 시적 주체는 "動亂을 거쳐 / 목이며 四肢가 / 갈라지며 합치고 하는 사이에 / 歷史가 넣은 주릿대가 늘리는데"라는 표현을 통해, 전쟁을 통해 표출된 광기의 역사를 고발하고 있다. 특히 인간의 몸이 여러 장기(臟器)들, 예를 들면 위장·뇌수·義眼·義肢 등

---

10) 주체의 이중화(dédoublement)는 일상적 삶에 사로잡혀 있는 일상적 자아의 활동으로부터 성찰적 활동을 분리하기 위한 것이다. 아이러니한 의식의 전형적인 특성을 보여주는 주체의 이중화에서 중요한 것은 상호주관적인 관계가 아니라, 의식 내부에 자리잡고 있는 두 자아간의 관계이며, 이는 근본적으로 '우월성(superiority)−열등성'의 문제를 파생시킨다. P. de Man, "The Rhetoric of Temporality", *Blindness and Insight*, Univ. of Minnesota Press, 1983, pp. 212~213.

으로 절단되는 신체 이미지는 자아의 파괴와 사회의 전체성 상실을 비판하기 위한 것[11]으로 보인다. 한편, 「하여지향·4」에서 시적 주체는 "會社 같은 社會"라는 말장난을 통해 타락한 전후 사회를 비판하고 있다. 시적 주체에게 전후의 한국 사회는 "法律"이 사람을 등지고 "돈" 때문에 현실에 순응해야 하며, 성모럴이 극도로 타락한 "修羅場" 같은 세상이다. 이렇게 "修羅場" 같은 서울의 거리를 산책하던 시적 주체는 「하여지향·5」에선 서울의 가장 번화한 거리 "명동"에 도달한다.

"명동"이란 어떤 곳인가? 「하여지향·5」에서 시적 주체는 명동의 "그림자진 / 거리"에 "梅毒"처럼 퍼져나가는 그 음탕하고 불순한 "고독"의 냄새를 맡으면서 "淸溪川邊 酌婦"를 한 아름 안아 보는 환상에 빠져든다. 이 환상은 타락한 현실에 대한 절망감에서 비롯하는 것이다. 그를 시대 현실로부터 소외된 고독한 존재로 만드는 것은 "痴情 같은 政治가 / 常識이" 되어버린 사회, 현금이 모든 것을 "實現하는 現實"이다. 진정한 가치가 사라지고, 타락한 가치가 마치 자신이 정상(혹은 상식)인 양 모든 것을 실현하고 군림하는 가치의 전도 현상을 목도하면서, 이제 시적 주체는 자신이 "낭떠러지"에 다다랐다는 위기의식을 드러낸다. "영혼"(진정한 가치)을 팔아버린 물화된 세계에서는 더 이상 발을 딛고 서있을 수 없다고 느끼기 때문이다. 「하여지향」의 냉소적 주체는 "영혼을 판 시대"를 향해 냉담한 시선을 던진다.

그의 냉담한 시선은 「하여지향」의 독특한 풍자구조를 성립시킨다. 냉소적 주체는 타락한 현실에 대해서는 일말의 애정도 갖고 있

---

11) Linda Nochlin, 정연심 역, 『절단된 신체와 모더니티』, 조형교육, 2001.

지 않다. 때문에 자신이 몸을 내던져 현실과 맞서 싸우거나 그것을 교정하려는 의지도 없다. 그는 타락한 현실과 융합할 수 없는 자기 자신을 "고독"한 존재로 여길 뿐이다. 고독한 존재는 타락한 세계에 비해 자신을 우월한 존재로 간주하고, 이 세계를 조롱하고 야유할 뿐이다.12)

하지만 「하여지향」의 언어유희를 접하는 독자가 보낼 웃음 역시 차가운 웃음일 뿐이다. 독자의 웃음은 언어의 충격적인 결합을 접하고 대상에 대한 새로운 인식에 도달하는 데서 비롯하는 깨달음의 웃음이다. 그러나 이러한 웃음은 결코 오래 지속될 수 없다. 웃음을 유발하는 부정적 대상에 대한 혐오로 인해 시적 주체와 독자는 모두 대상에 대해 우월감을 느끼지만, 웃음이 터져 나오는 순간에 웃는 주체 또한 자신이 웃음의 대상으로 전락할 수 있다는 사실13)을 깨닫게 되기 때문이다. 웃는 주체와 웃음을 공유할 주체(독자), 웃음의 대상이 서로 거리를 유지한 채 융합되지 못하는 상황에서 웃음은 차가운 것이 될 수밖에 없다. 따라서 「하여지향」은 웃는 주체와 웃기는 주체 그리고 그 웃음을 함께 나눌 독자가 함께 어우러져 가치의 융합을 경험

---

12) 이 연작시의 풍자적 웃음이 주로 언어유희(pun)에 의해 발생하는 것은 이러한 사정을 반영한다. 구체적으로 송욱의 언어유희는 서로 연결될 수 없는 사물들을 언어의 우연적인 유사성이나 대립성을 통해 연결시킨다. 가령 동음이의어나 형태적으로 유사하지만 의미가 다른 한자어를 중첩함으로써 말의 질서를 교란시키는 것이다. 말의 질서의 교란은 사물의 질서의 교란으로 이어진다. 대상에 대한 그로테스크한 묘사와 희화화가 곁들여 있지만, 「하여지향」의 웃음은 주로 말의 질서와 사물의 질서가 균열되는 순간에 발생하는 것이다. 가치와 권위가 있다고 믿어지는 대상은 언어유희에 의해 전혀 낯선 맥락 속에 옮겨져 그 추악성을 폭로당하고, 부정적 현실에 대한 인식은 탈자동화된다. 말의 질서 및 사물의 질서의 교란으로 인한 웃음에 대해서는 M. Foucault, 이광래 역, 『말과 사물』, 민음사, 1987, 11~22면.

13) 독자 역시 웃음의 대상이 되는 인물처럼 주체의 분열을 경험할 수밖에 없다는 것에 대해서는 윤혜준, 「웃음, 주체, 시니시즘」, 『문학동네』 15, 1998, 462면.

하고, 신체 내부에서 호탕하게 터져 나오는 웃음을 통해 일체의 자아를 없애버리는 해소와 배설의 웃음, 즉 키니시즘(Kynicism)[14]적인 웃음을 결여하고 있다고 말할 수 있다.

키니시즘적 웃음이 결여된 「하여지향」의 풍자와 냉소는 냉소적 주체의 허위의식을 보여준다. 이 시는 서울의 거리를 산책하는 행동의 주체와 서울의 거리에서 마주치는 시대의 풍경을 부정적으로 인식하고 반성하는 주체 간에 선명한 분열이 발생한다. 시적 주체는 결코 행동과 인식의 간극을 메우려 하지 않는 '시닉'이다. 시닉, 즉 냉소적 주체는 계몽된 존재인 까닭에 바보라고는 할 수 없다. 오히려 그는 자신의 지적 우월성에 대한 견고한 믿음을 가지고 있다.[15] 하지만 그는 시대의 부정적 실상을 비판적으로 인식하는 데 그칠 뿐 결국 현실의 생존논리에 기계적으로 복종할 수밖에 없다. 이런 이유로 「하여지향」의 냉소적 웃음은 결코 부조리한 현실에 충격을 주지 못한다. 냉소적 주체가 다만 "우울해하고 경멸하는 듯한 미소"[16]를 짓는 것—가령 「하여지향·5」의 "미친 微笑"가 여기에 해당된다—,

---

14) P. Sloterdijk은 일체의 주체, 일체의 자아를 없애버리는 해소와 배설의 웃음, 즉 키니시즘 적 웃음을 통해 냉소주의(시니시즘)의 저 우울한 웃음을 치유할 수 있다고 보았다. 이에 대해서는 P. Sloterdijk, *Critique of Cynical Reason*, Univ. of Minnesota Press, 1987, p.5; S. Zizek, 이수련 역, 『이데올로기라는 숭고한 대상』, 인간사랑, 2002, 60~64면.

15) 시적 주체와 시적 대상간의 관계가 우월함—열등함으로 선명하게 구분되는 사례는 전영경의 풍자시에서도 발견된다. 전영경의 풍자시는 시적 대상을 부정적인 인물로 설정하거나, 지성적인 인물의 경우에도 "당대적 삶에서 떨어져 나온 부적응 인물로만 설정"되어 있다. 여기서 "현대적이고 지성적인 정신"은 단지 풍자적인 것으로 끝나고 웃음은 비판적인 현실 인식 속에서 하나의 배설적 의의로만 남게 된다. 전영경의 풍자시가 시적 긴장감의 결여, 미학적 차원의 왜소화, 서정성과 현실성의 균형감 부족 등의 문제를 드러낸 이유도 이때문이다. 이에 대해서는 조영복, 「시의 서사화와 풍자의 방법」, 『한국 모더니즘 문학의 근대성과 일상성』, 다운샘, 1997, 237면 참조.

16) P. Sloterdijk, *op. cit.*, 104면.

이 "웃기는 슬픔의 우울한 광경"은 시니시즘의 전형적인 미적 경지를 보여주는 것이다.

송욱의 풍자적 웃음은 냉소주의의 한계[17]에 갇혀있는 웃음이다. 송욱 시의 냉소적 주체는 언제나 우울하다. 냉소적 주체의 우울은 시인이 고독한 정신의 소유자임을 보여주는 것이다. 그의 고독은 타락한 현실과 자신을 맞세우는 데서 비롯하는 것이지만, 더 근본적으로는 세상과 자신을 맞세우는 과정에서 자신을 뒷받침해줄 타자를 발견하지 못하였기 때문에 발생한다. 송욱은 냉소적 웃음을 통해 진지한 것들의 무거움을 조롱하고 전도된 가치의 재전복을 시도하였지만, 실제로 그는 냉소적 주체 자신의 '웃음의 정신'을 함께 나눌 타자를 발견하지 못했다. 함께 웃어줄 집단주체와의 연대를 상정할 수 없을 때 냉소적 주체의 웃음은 냉소적 주체의 경계 안에서 메아리치는 웃음에 머물고 말았다. 독자 역시 냉소적 주체의 냉소적 언어에 쓴 웃음을 짓지만, 그 웃음에 동조하지는 못한다. 자기 자신이 냉소적 웃음의 대상이 되는 것을 순간적으로 알아차리기 때문이다.

---

17) P. Sloterdijk은 관습화된 주체분열의 양태를 시니시즘이라 부르면서, 시닉의 모습을 다음과 같이 묘사한다. "오늘날의 '시닉'은 우울증 환자와 멀쩡한 사람 사이의 경계선에 있는 자들로, 이들은 우울증의 증상들을 조절할 능력이 있고 업무능력은 대체로 유지한다. (……) 이들의 활동의 근저에는 일종의 세련된 슬픔이 깔려 있다. 시닉들은 바보가 아니어서 만사가 늘 귀착하는 허망함을 이따금씩 목도하기 때문이다. 그들의 심리적 장치는 자신들의 활동에 대한 영속적인 의구심을 하나의 생존의 요소로서 포용할 정도로 유연하게 변해 있다. 그들은 자신들이 하는 일의 실상을 알고 있지만 그들은 여전히 살던 대로 사는데, 왜냐하면 단기적으로 보면 상황의 힘과 자기보전의 본능이 똑같이 말을 하고 있으며, 그 말의 내용인즉 사는 것이 그럴 수밖에 없다고 하기 때문이다." 즉 시닉은 부조리한 상황에도 불구하고 자신의 부조리한 행동을 관조하면서 동시에 그것을 행한다. 이와 같이 행동의 주체와 인식과 반성의 주체 간에 선명한 분열이 생겨으면서도 그것이 메워지지 않은 채 그냥 순응하며 살아가는 모습을 슬로터딕은 "계몽된 허위의식"이라 부른다. 이에 대해서는 윤혜준, 위의 글, 465면.

이와 같이 송욱의 풍자시는 풍부한 내적 대화성의 요소를 갖추고 있음에도 불구하고 끝내 닫힌 풍자에 머물 수밖에 없었다. 그의 풍자시의 소통구조를 보면 웃음을 공유할 수 있는 타자에 대한 배려나 다양한 대화적 목소리의 교향을 위한 장치를 찾아보기 어렵다.[18] 단지 냉소적 주체의 단일하고 건조한 목소리가 대상을 지적으로 조작하고 기괴하게 변형시켜 차가운 웃음을 이끌어낸다. 타자를 함께 끌어안지 못하는 냉소적 주체는 그래서 고독하다. 바흐친적 의미에서 축제의 웃음[19]이란 웃는 주체와 웃음을 당하는 대상, 웃는 주체와 그것을 보는 주체가 함께 어우러져 웃고, 그 어우러짐을 통해 억압된 감정—가령 죽음의 공포와 같은—의 순화와 재생은 물론 새로운 가치 세계로의 비약을 맛보는 웃음을 가리키는데, 송욱의 풍자시는 이러한 축제적 웃음을 결여하고 있는 것이다.

다만 송욱의 연작시가 근대적 이성과 사회 체제를 비판하면서 탈근대의 상상력으로 비약할 가능성을 보여준 점은 높이 평가할 수 있다. 가령 「하여지향·11」에서 시적 주체는 "NÉANT가 / No / 怒한다"는 언어유희를 통해 허무의식에 빠져들 수밖에 없는 냉소적 주체의 현실 부정 의식을 보여주는 동시에, "COGITO를 砲擊"하고 "萬有引力에 대항한다"는 말로 해방 이후 '나라만들기' 과정에 등장했던 일련의 역사적 사건과 계몽담론에 대한 부정의 태도를 명확히 표현하였다. 이제 그는 "超現實을 뛰어 넘는 / 現實"(「하여지향·12」), 가치가 전

---

18) '내적 대화성'에 대해서는 M. M. Bakhtin, 전승희 외 역, 『장편소설과 민중언어』, 창작과비평사, 1988, 87면 참조.
19) M. M. Bakhtin, 이덕형·최건영 역, 『프랑수아 라블레의 작품과 중세 및 르네상스의 민중문화』, 아카넷, 2001, 148~153면 참조.

도된 역사적 현실에서 벗어나 보다 초월적인 세계에 대한 욕망을 분명히 드러낸다. "登仙하고 싶었"(「하여지향·8」)다는 진술은 바로 냉소적 주체의 이룰 수 없는 초월에 대한 욕망을 보여주는 것이다.[20]

이러한 초월의 욕망은 「海印戀歌」 연작시에서 보다 분명하게 표출된다. 「해인연가」 역시 「하여지향」 연작시처럼 부정적인 시대현실에 대한 냉소적 비판과 풍자가 등장한다. 하지만 「하여지향」에 비해 그 풍자와 냉소의 열도는 가라앉아 있다. 「해인연가」에서 언어유희나 알레고리적 표현, 몽타지적 구성이 현저히 감소하고 있는 것도 이 때문이다. 그 대신 시적 주체는 종교적(특히 불교적) 명상과 신화적 상상력을 빌어, "戰爭이 / 더럽힌 / 世代 年代 時代가 / 총알이 박힌 時間"(「해인연가·4」)을 "無時間"의 지평으로 투사한다. 그에게 역사적 시간이란 "죽음으로 말려드는 時間"에 불과하다. 시적 주체는 이 시간의 사슬에서 벗어나 무시간적인 세계로 나아가려 한다. 이 무시간의 세계가 바로 「해인연가」가 그려내는 "바다"의 세계이다. 서울의 명동거리와 뒷골목에서 벗어나 저 광활하고 푸르른 바다로 나아가는 것, 그 바다 같은 "非非想處에서 / 독수리가 / 鶴이 날 듯이" 초월의 날개를 펼치는 것, 그것은 「해인연가·7」에 언급된 "眞如"(TATHATA)로 나아가는 것을 의미한다. 불교설화를 빌어 표현되는 "眞如"의 세

---

20) 냉소적 주체는 자신이 야유하고 조롱하는 경험 세계의 관습적 질서가 결코 수정될 수 없으며, 자신의 풍자 행위가 더 이상 생산성이나 긴장을 확보하기 어렵다는 것을 깨닫게 된 것이다. 이런 상황에서 시적 주체가 선택할 수 있는 길은 두 가지이다. 하나는 경험적 현실 세계의 관습적 질서에 그대로 동참하는 것이며, 다른 하나는 현실세계를 완전히 버리고 무한한 이념을 향해 수직적 초월을 감행하는 것이다. 어느 경우에도, 경험 세계의 타락한 질서는 교정되지 않지만, 냉소적 주체가 고독과 우울에서 벗어날 수 있는 계기가 된다는 점만은 결코 무시할 수 없다.

계는 「해인연가 · 8」에 그려진 "脊髓神經이 / 動亂으로 마비"되어 버린 국토나 조국의 현실과 극적으로 대비를 이룬다. 이러한 진여의 세계를 체험한 시적 주체는 더 이상 냉소적 주체로 머물 필요를 느끼지 않는다. 그는 타락한 현실 세계를 산책하는 산책자이기를 멈추고 진여로 표상되는 초월 세계를 찾아 모험을 떠나는 영웅적 인간으로 변모하더니, 어느새 냉소적 사유의 과정에서 "망각한" 참나(眞我)를 다시 만나게 된 것이다. 그러니까 「하여지향」과 「해인연가」의 시적 주체는 "참나"를 찾기 위한 여정을 밟아 온 것이라 할 수 있다. 참나를 되찾은 시적 주체는 이제 비로소 "입을 막고 신음하는 우리 겨레를 / 궁둥이를 껴안았다"고 선언하게 된다.

하지만 「해인연가」의 시적 주체 역시 계몽된 허위의식을 완전히 벗어던질 수 없었다. 타락한 세계의 관습적 질서를 냉소하면서도 끝내 그것을 인정할 수밖에 없었던 「하여지향」의 시적 주체는 계몽된 허위의식에서 벗어나기 위해 선적인 깨달음을 추구하였고, 더 나아가 "진여"로 표상되는 근원적 진리의 세계로 초월하고자 했다. 하지만 이러한 정신주의적 초월은 독자의 광범위한 공감을 얻어내는 데 실패하였다. 여전히 그는 냉소적 웃음을 공유할 타자를 찾아내지 못한 채 타락한 세계의 외부(초월적 세계)에 고독하게 머물러 있을 뿐이다. 현실에 대한 보다 극단적인 해체 작업은 냉소적 주체가 자기보존의 본능을 버리고, 자신이 단일한 의식의 주체임을 부정하며, 마침내 자기 자신이야말로 진정한 부정의 대상임을 고백할 때 비로소 가능하다. 축제적 웃음, 즉 가치전복적이고 카니발적인 웃음은 바로 계몽된 허위의식을 극복할 때에야 도달할 수 있는 것이다.[21]

3. 김수영 시의 자조와 냉소적 주체의 자기극복

냉소적 주체의 단일한 의식을 통해 전후의 현실을 풍자했던 송욱과 달리, 김수영은 타락한 현실세계로부터 비루한 소시민의 삶을 살아가야 하는 자기 자신에게로 냉소적 시선을 옮겨 놓았다. 그는 부르조아의 속물적 가치가 지배하는 전후의 일상적인 현실에 대해 절망하였지만, 그보다 더욱 문제가 되는 것은 일상적인 삶의 질서를 승인하고 자신에게 부과된 생활의 무게를 감당해야 한다는 중압감이었다. 그의 전후시에는 '우울'(혹은 '설움')의 정조가 자주 등장하는데, 이 우울은 김수영이 생활인이자 가장으로서 가족의 생계를 떠맡아야 한다는 책임감과 자신이 서책 속에서 만난 "偉大한 古代彫刻의 寫眞"(「나의 家族」 중에서)에 대한 시적인 동경 사이의 갈등을 보여주는 모순된 감정이다. 김수영의 시에서 '우울'은 체계가 강요하는, 혹은 가족이 욕망하는 생활의 수락 때문에 무한성의 이념을 더 이상 견지할 수 없다는 인식에서 기인한다. 무한성의 이념, 시의 이념을 포기하지 못하는 주체가 가치론적으로 저열하고 '유한한 것'에의 굴복을 관조할 때 생겨나는 감정이 바로 우울인 것이다. 우울한 주체는 이제 유한한 현실에 굴복할 수밖에 없는 자기 자신을 부정적으로 바라보는 자아와, 그러한 자아를 멸시하면서 "위대한 소재"를 꿈꾸는 자아로 급격하게 분열된다. 이런 주체의 이중화에서 비롯하는 웃

---

21) 김수영은 송욱이 두 편의 장편 풍자시 이후 안이한 시 창작으로 일관한 것을 들어 그의 주지주의적 실험시가 "실험을 위한 실험을 亂行하다가 지쳐 떨어진 수많은 소위 모더니스트들과 정도의 차이는 있지만 똑같은 실수를 범하고 있다"고 비판한 바 있다. 김수영, 「현대성에의 도피」, 『김수영 전집 2―산문』, 민음사, 1981, 359면.

음이 바로 자조이다. 그렇다면 자기 자신을 웃음거리로 만듦으로써 시인이 얻을 수 있는 것이 무엇인가? 그것은 일차적으로 자기 자신에 대한 부단한 성찰이다. 그의 초기시에는 자유의 이념을 부정하는 체계의 폭력성에 대한 비판과 함께 근대의 일상적 질서와 사유체계 혹은 문명에 대한 비판이 등장한다. 이것이 김수영 특유의 자기 성찰과 결부되면서 시의 내면성을 풍부하게 만들고 있다. 그는 자기 자신을 웃음거리로 만듦으로써 시대의 부조리한 현실을 우회적으로 비판하고 조롱하면서 가치의 전복을 꿈꾸고 있는 것이다.

이와 같이 김수영의 시적 주체는 현실세계의 관습적 질서를 거부하고 있다. 뿐만 아니라 그는 근원적인 세계로의 낭만적 초월도 동시에 거부한다. 김수영은 현실과 이상, 소시민적 생활과 지식인의 양심, 일시적인 것과 영원한 것, 현재와 미래 등과 같이 상이한 가치 사이를 대립시키면서도, 그 모순에 대한 인식과 극복 방법을 끊임없이 경험적 현실 세계 내부에서 찾았다. 이러한 부정의 정신은 자기 동일적 자아 대신에 분열된 주체를 작품 전면에 드러내는 데서도 확인된다. 여기서 우리는 시적 주체의 형상과 기능에 주목할 필요가 있다. 김수영의 냉소적 주체는 시대 현실에 대해 냉담한 시선을 던지는 관찰자이며, 속물적 가치가 지배하는 서울의 거리를 "서늘"한 마음(「거리(二)」)으로 바라보는 산책자이다. 하지만 송욱과 달리 김수영의 냉소적 주체는 궁핍한 세계가 강요하는 주체의 이중화를 자발적으로 받아들이는 시적 전략을 선택하였다. 이는 김수영이 자신의 내부에 자리 잡고 있던 연극적 자아[22]를 인정하고, 그 연극적 자아

---

22) 김수영이 젊었을 때 연극 활동을 한 것을 떠올린다면, 김수영이 연극적 자아의 위악적 언

의 위악적인 포즈조차 냉담한 거리를 두고 관조하는 성찰적 자아를
등장시킨 것에서도 알 수 있다.

가령 「바뀌어진 地平線」(1956)에서 "墮落한 新聞記者의 / 탈을 쓰
고 살고 있"는 시적 주체를 보자. 여기서 시적 주체는 "墮落한 新聞
記者"와 그것을 "탈"이라 말하는 성찰적 자아로 이중화된다. 시인은
주체의 이중화, 자아의 분열을 냉담하게 관조하면서 오히려 교환가
치가 지배하는 시대 현실(4연의 "墮落한 「오늘」")을 관찰하기 위해, "오
늘과 來日의 差異를 正視"하기 위해 "탈"을 쓰는 전략을 구사한다.
특히 타락한 "「오늘」보다 더 깊이 떨어져"서 타락한 현실을 냉담하
게 기록하겠다는 다짐은 김수영의 냉소적 주체가 자기보존의 욕망,
계몽된 허위의식을 결연히 떨쳐버리고 있음을 보여준다.23) 그는 "바
뀌어진 地平線"을 냉소적 시선으로 바라보면서도, 현실 세계가 부과
하는 가장의 책무와 시인에게 요구되는 근원적 세계에 대한 지향 사
이에서 갈등하는 가운데 무기력한 삶을 살 수밖에 없는 경험적 자아
에 대해 자조(自嘲)한다. 자기 자신조차 웃음의 대상으로 객관화하는
정신, 대타자의 무소불위한 권능 앞에 무기력한 경험적 자아의 왜소
함과 비루함을 공격하는 자기부정의 정신이 바로 김수영의 전후시
에 나타난 자조, 즉 자기비하적·자기풍자적 웃음의 실체이다. 이

어를 통해 목소리를 내는 것에 익숙했을 가능성도 배제할 수 없다.
23) 송욱의 시니시즘은 자유의지에 대한 욕망을 실현할 이상 사회에 대한 갈망 대신에, 자유
의지를 억압하는 논리나 기제 자체를 해체하고자 하는 타나토스적 충동이 더 강하다. 반면
김수영의 시니시즘은 자유에 대한 욕망을 실현할 수 있는 사회에 대한 갈망(에로스적 충동)
이 보다 강하게 드러난다. 즉 김수영은 시니시스트이면서 동시에 계몽주의자인 것이다. 한
편, 한국문학의 정치적 무의식으로서 '시니시즘'이 계몽정신에 대해 갖는 관계에 대해서는
류보선, 「시니시즘의 이율배반」, 『문학동네』 15, 1998 참조.

웃음은 부르조아적 합리성과 자본주의적 가치체계 혹은 근대문명의 제 조건이 지니고 있는 허위성(이데올로기)을 인식한 주체가 근대적 사회 질서 외부에서 자신의 삶을 바라보면서 내뱉는 일종의 야유와 조롱인 것이다.

한편, 「구슬픈 肉體」(1954)에서 시적 주체는 자신을 "구슬픈 肉體"라고 말한다. 시적 주체가 자신을 "구슬픈 육체"라고 말하는 이유는 근대의 직선적 시간의식의 압박 때문이다. 시적 주체가 욕망하는 세계는 "아름다운 統覺과 調和와 永遠과 歸結"로 표상되는 근원적 세계이다. 그는 자신이 발을 딛고 사는 "대지"가 진동하는 것을 느끼면서 "땅과 몸이 一體가 되기를 원하"(4연)였지만, 자아와 세계의 조화에 대한 시적 주체의 갈망은 결코 충족될 수 없는 것이었다. 근대성의 원리가 생활 세계에 완벽하게 침투하여 일상적인 삶을 파편화시켰기 때문이다. 이제 시적 주체가 욕망하던 옛날의 그 "귀중한 생활", "아름다웠던 생활"은 "부박한 꿈"(6연)으로 간주되고, 시적 주체는 시대의 속도에 발맞추어 자신의 육체를 "쉴사이없이" 끌고 가야 한다. 따라서 "구슬픈 肉體"라는 진술은 잠시의 휴식도 허락하지 않는 속도의 압박, 혹은 생활세계를 식민화하는 근대의 추상 체계의 억압성에 굴복할 수밖에 없는 시적 주체의 비극적 운명을 자조하는 표현이라고 할 수 있다. 또한 시적 주체는 "조화를 원하는" 정신과 "구슬픈 육체"로 이중화된 주체를 폭로함으로써 궁극적으로는 조화와 총체성이 사라진 전후 현실을 비판한다.

음탕하리만치 잘 보이는 유리창

그러나 나는 너를 통하여 아무것도

보지 않고 있는지도 모른다

두려운 세상과같이 배를 대고 있는

너의 대담성—

그래서 나는 구태여 너에게로 더 한걸음 바싹 다가서서

그리움을 잊어버리고 웃는 것이다

부끄러움도 모르고

밝은 빛으로 너는 살아왔고

또 너는 살 것인데

透明의 代名詞같은 너의 몸을

지금 나는 隱蔽物같이 생각하고

기대고 앉아서

安堵의 歎息을 짓는다

유리창이여

너는 언제부터 세상과 배를 대고 서기 시작했느냐

— 이상, 「너는 언제부터 세상과 배를 대고 서기 시작했느냐」(1955) 부분 인용

위에 인용한 작품에서 웃음이 발생하는 양상은 보다 복잡하다. 이 작품에서 웃음의 대상은 일차적으로 "유리창"(너)이지만, 유리창 밖의 "세상"과 유리창을 바라보는 "나" 역시 웃음의 대상이 된다. 우선 '유리창'의 경우를 보자. 이 작품에서 '유리창'이 웃음의 대상으로 간주되는 것은 시적 주체의 조롱 섞인 묘사 때문이다. "유리창"은 "세

상과 배를 대고 서" 있다. "배를 대고" 있다는 말은 성적인 결합을 비하하는 표현이다. 이 시의 2연에서 시적 자아는 이러한 성적 상상력을 통해 "유리창"을 향해 "짓궂은 웃음"을 웃는다. "유리창"이 "짓궂은 웃음"의 대상이 되어야 하는 이유는 그것이 "너무 밝아서"이다. 유리창은 너무 밝아서 세상이 "음탕하리만치 잘 보이"게 한다. 시적 화자에게 "세상"은 배를 대고 있기엔 너무나 "두려운" 것인데, 유리창은 감히 그 세상과 배를 대고 있다. 때문에 부끄러움도 모르고 오직 밝은 빛으로만 살아온, "透明의 代名詞"인 유리창의 "대담성"은 어리석은 순진함을 보여주는 것이다. 유리창의 대담성이란 결국 타락한 세계에 대해 비판적 거리를 유지할 수 있는 자기조절 능력의 결핍에서 기인하고, 그 결과 "유리창"은 자신이 배를 맞대고 서 있는 "세상"만큼이나 음탕하고 타락한 존재로 전락할 운명에 빠져든다. 시적 주체는 이러한 '유리창'을 통해, 부정의 전략을 갖추지 못한 채 타락한 세계에 손쉽게 야합하는 순진한 정신을 향해 경멸의 웃음을 던지고 있는 것이다.

한편, 이 작품의 3연에서 시적 주체는 자조의 웃음을 짓는다. 시적 주체 자신이 웃음의 대상이 되는 이유는 "나"의 어리석음 때문이다. "나"는 세상이 너무 두렵기 때문에 감히 유리창에 빠짝 다가서서 세상 밖을 내다보려하지 않는다. 오히려 "나"는 모든 빛을 통과시켜서 "투명의 대명사"가 되어버린 유리창이 시적 주체 자신을 세상과 분리시켜 안식을 가져다 줄 수 있는 "隱蔽物"이라 생각하고 "安堵의 歎息을 짓는다." 시적 주체의 웃음은 사실 이러한 "나"를 향해 있다. 무서운 세상과 직접 대면하지 않고 단절된 세계로 숨어들어가는 도피의 정신, 자신에게 전혀 은폐물이 되어주지 못하는 것을 은폐물로 생각하는 허위의식이 바로 웃음의 폭로를 감당해야 하는 것이다. 이러한 자조적 웃음은 계몽된 허위의식에 대한 고발인 동시에, 자신을 계몽된 허위의식 안에 가두는 "유리창"과 "세계"의 야합, 즉 순진한 정신과 타락한 세계의 불순한 결합에 대한 고발이라 할 수 있다.

이와 같이 김수영의 시적 주체는 자신을 '시닉'으로 만드는 현실의 생존논리에 기계적으로 복종하기를 거부하고, 시대 현실은 물론 냉소적 주체의 자기동일성을 해체하려 한다. 그는 현실의 광포함을 부정하지 않을 뿐만 아니라 내면의식 속에 숨어 있는 소시민성을 은폐하지 않는다. 오히려 그는 광포한 현실과 자신의 소시민성을 내 안에 있는 타자(적)로 간주하면서, 그 적에 대한 부정과 긍정을 동시에 수행한다. 그 적은 타자인 까닭에 부정되어야 하지만, 내 안에 있는 것이기에 '사랑'해야 한다.24) 그러니까 웃음의 대상에 대한 냉소적 거리화, 비판적 거리화를 통해 현실을 방관하는 것이 아니라,25) 부정과 극복을 통해 내가 도달해야 할 이상으로 적을 변모시키는 것 즉 자기해체와 자기창조의 부단한 변증법을 통해 보다 고양된 주체와 대상으로 거듭나게 하는 것. 이것을 김수영은 '사랑'이라고 말한 것이다.

실제로 김수영의 시에는 부정적인 것에 대한 '사랑'이 여러 차례 진술되고 있다. 가령 「나의 가족」(1954)에서 시적 주체는 가족에 대

---

24) 김수영 시에서 '사랑'의 의미에 대해서는 유성호, 「타자 긍정을 통해 '사랑'에 이르는 도정」, 『작가연구』, 1985. 5 참조.
25) 「폭포」(1957)에 등장하는 "곧은 소리", 즉 소시민적인 '나타와 안정'을 질타의 목소리는 이런 맥락에서 이해할 수 있다.

한 사랑을 "낡은 것"이지만 "좋은 것"이라 자조하고 있다. 그는 근대적 가족 체계의 허구성을 냉소적으로 비판하지만, 자신이 가족을 '내 안의 타자'로서 사랑할 수밖에 없음을 고백한다. 하지만 정신의 "위대한 소재"에 대한 갈망, 혹은 계몽적 충동에 사로잡혀 있는 시적 주체는 자신을 끊임없이 가족이라는 공동체에 종속시키려는 체제의 의지를 '적'으로 간주하고, 자신의 내부로 침투한 '적'에 대한 사랑과 미움의 변증법을 통해 상징계적 질서의 외부를 상상하는 작업을 지속하였다.

「謀利輩」(1959)는 적에 대한 정신현상학이 보다 세련된 형태로 드러난 작품이다. 이 작품에서 시적 주체는 "모리배"로 대표되는 부정적 현실을 내 안에 있는 적으로 간주한다. 모리배는 결코 용납할 수 없는 대상이지만, 주체는 모리배를 주체 내부로 끌어들여 그것으로부터 "言語의 단련"을 받는다. 이 말은 시의 언어를 일상의 수준(2연의 "생활")으로 끌고 내려와 타락시킴으로써 그 언어를 통해 타락한 현실에 맞선다는 의미가 될 수도 있고, 일상적 자아의 타락한 욕망을 새롭게 조정된 언어의 질서를 통해 해체한다는 의미가 될 수도 있다. 시적 주체는 이렇게 언어를 단련시켜 주는 적(敵)[26]이야말로 본원적인 것("하이덱거를 / 읽"는 행위가 암시하는 것)에 대한 그리움을 다시 일깨워주는 반면교사라고 말하고 있는 셈이다. 내 안에 있는 반면교사, 그 "유치한 것"은 그래서 이제 내가 "사랑하지 않을 수 없"는

---

26) 1960년대에 들어와 김수영은 '敵'을 소재로 여러 편의 시를 발표하였다. 그에게 '적'은 "나의 良心과 毒氣를 빨아먹는 문어발같"(「敵」, 1962)은 것이지만, 이 "敵"을 통해서만 또 다른 "敵을 쫓을 수도 있"(「적(1)」, 1965)고, "偶然한 싸움에 이겨"(「적(2)」, 1965)볼 수 있다.

것, "나의 화신"으로 바뀐다.27)

　김수영이 '내 안의 적'28)을 자신의 또 다른 얼굴로 자조하고 냉소
할 수 있는 자기풍자의 힘은 근본적으로 웃음을 공유할 수 있는 타
자들, 특히 부정적 현실을 함께 뛰어넘을 수 있는 집단주체를 발견
하였기 때문에 가능한 일이었다. 이 경우에 시적 주체의 목소리는
고독한 예언자의 그것을 닮아 있다. 특히 그는 예언을 성취해 줄 타
자를 발견함으로써 냉소적 주체의 계몽된 허위의식을 극복할 수 있
는 토대를 구축하게 된다.

　　이제 나는 曠野에 드러누워도

　　時代에 뒤떨어지지 않는 나를 發見하였다

　　　　　時代의 智慧

　　너무나 많은 羅針盤이여

　　밤이 산등성이를 넘어내리는 새벽이면

　　모기의 피처럼

　　詩人이 쏟고 죽을 汚辱의 歷史

　　　　　그러나 오늘은 山보다도

　　　　　그것은 나의 肉體의 隆起

---

27) 1960년대에 창작된 「거대한 뿌리」의 "더러운 전통"에 대한 자기긍정도 이런 맥락에서 이
　　해할 필요가 있다. "더러운 전통"에 대한 자기긍정은 "더러워도 전통이니까 좋다"는 의미가
　　아니라, "아무리 더러운 전통이라고 그것은 내가 딛고 있는 현실이며, 내 안에 있는 그것을
　　부정해야만 자기완성에 도달할 수 있다"는 것, 즉 부정을 위한 자기긍정의 의미로서 해석할
　　필요가 있다.
28) 문혜원, 「아내와 가족, 내 안의 적과의 싸움」, 『작가연구』, 1985.5.

이제 나는 曠野에 드러누워도

共同의 運命을 들을 수 있다

　　疲勞와 疲勞의 發言

詩人이 恍惚하는 時間보다도 더 맥없는 時間이 어디있느냐

逃避하는 친구들

良心도 가지고 가라 休息도—

우리들은 다같이 산등성이를 내려가는 사람들

　　　그러나 오늘은 山보다도

　　그것은 나의 肉體의 隆起

— 이상, 「曠野」 부분 인용

　　김수영의 1950년대 시창작에서 주체의 분열에 대한 관조는 다분히 양식화되어 있다. 더 이상 웃음을 생산하지 못할 정도로 생명력이 약화된 관습화된 주체분열과 자조적 웃음에서 벗어나기 위해서는 행동의 주체와 인식·반성의 주체 사이의 간극을 메워야 한다. 그런데 이 간극을 메우려면 웃음을 공유할 타자가 필요하다. 이제 웃음을 함께 나눌 타자는 작품 「꽃」에서는 추운 겨울을 이겨내기 위해 헐벗은 산의 나무마저 거두어 가야 하는 가난한 "동네아이들"로 등장하며, 위에 인용한 작품 「曠野」에서는 "다같이 산등성이를 내려가는 사람들"로 등장한다. 가난하고 헐벗은 이웃들은 시적 주체가 떠맡아야 할 "共同의 運命"을 환기하는 존재들이다. 시적 주체는 그들의 고통을 나의 고통으로 받아들이고, 그들의 얼굴을 나의 또 다른 얼굴로 간주한다. 그들이야 말로 "汚辱의 歷史"를 함께 극복해야

할 존재이기 때문이다. 이제 시적 주체는 무지하고 궁핍한 타자들의 얼굴[29]을 외면하거나 그들의 비참한 현실로부터 도피하는 것이 아니라, "微笑"를 띠고 그들의 얼굴과 그들이 처한 현실을 받아들인다. 이 "미소"는 공동의 운명에 대한 깨달음, 더 나아가 타자와의 연대를 통해 부정적인 것을 함께 부정하는 연대의 정신을 상징적으로 보여 주는 것이다. 시적 주체는 이제 냉소의 주체에서 벗어나 미소의 주체로 거듭남으로써, 자신이 부정적 현실에 대한 인식·반성의 주체일 뿐만 아니라 타자와 더불어 행동하는 주체임을 선언하고 있는 셈이다.[30]

4. 냉소적 웃음을 넘어서는 사랑

전후 모더니즘 시에서는 축제적 웃음이 거의 발견되지 않는다. 전후 모더니즘 시의 웃음은 그래서 차갑고 건조하다. 전후시인들은 전쟁, 국가, 민족과 같은 거대 담론들 앞에 지나치게 위축되었으며 개인의 실존을 진지하게 탐색하는 실존주의 철학에 과도할 정도로 압도되었다. 그들은 전후적 상황을 근대성의 위기로 인식하고 적극적으로 비판했지만 근대성 담론을 전면적으로 해체하기보다, 그 자체의 논리에 매몰되거나 개인적 초월을 감행하려 했다. 이렇게 진지하

---

29) E. Levinas, 강영안 역,『시간과 타자』, 문예출판사, 1996.
30) 김수영이 「꽃」에서 "塵芥와 糞尿를 꽃으로 마구 바꿀 수 있는 나날"을 꿈꾸는 것, 「광야」에서 "시인이 쏟고 죽을 汚辱의 歷史"를 향해 "肉體의 隆起"를 선언하는 것 역시 이런 맥락에서 이해할 필요가 있다.

고 무거운 정신에는 축제적 웃음이 깃들 여지가 없다. 전후 모더니즘 시에서 시대를 표면을 자유롭게 미끄러져 들어가는 유희의 정신을 발견하기 어려운 까닭은 무엇인가? 그것은 궁극적으로 전후시인들이 웃음을 함께 나눌 공동체, 유희정신을 공유할 수 있는 신뢰할 만한 타자들을 발견하지 못하였기 때문이다. 그들은 죽음과 파괴의 공포가 만연하는 전쟁의 현실, 더 나아가 개인의 삶을 가부장적 독재권력 및 부르조아적 합리성의 질서 속에 편입하려는 큰 '타자'의 감시체계와 폭력 앞에서 절망할 수밖에 없었다. 이 절망감은 위악적인 포즈와 냉소, 자조와 자기모멸로 이어졌다.

이런 점에서 김수영이 부단한 자기 성찰과 타자에 대한 긍정을 통해 냉소의 긴 터널을 벗어날 수 있었던 것은 매우 예외적인 일이라 할 수 있다. 이 예외성은 그의 목소리에 예언의 무게를 더해준다. 그것은 새로운 시대에 대한 예감이고, 역사적 시간의 폭파를 선취하는 목소리이기 때문이다. 그리고 이것이 4·19혁명을 통해 시인의 눈앞에 실현된 것이다. 4·19의 거센 격랑 속에서 김수영은 절대 권력에 대한 공격적 풍자와 야유의 언어를 유감없이 구사하였다. 「우선 그놈의 사진을 떼어서 밑씻개로 하자」(1960)에서는 가부장적 권력을 행사하던 전직 대통령을 "그놈"이라 비하하고, "선량한 백성이 하늘같이 모시고 / 우러러보던" 전직 대통령의 "점잖은 얼굴의 사진"을 떼어내어 "밑씻개"로 사용하자고 선동한다. 가장 가치 있고 권위 있던 것이 일순간에 가장 저급한 것으로 전락하는 이러한 가치의 재전도, 부정적인 대상에 대한 교정은 풍자적 웃음의 고유한 기능을 잘 보여준다. 이 풍자적 웃음을 통해 주체의 내부에 자리 잡고 있던 긴장과 불안은 일시에 해소되고, 그 대신 "인제는 상식"이 된 민주주의적 질서 아래 모든 사람이 "自由"를 마음껏 누리게 된다.

「나는 아리조나 카보이야」(1960) 역시 절대 권력을 상실한 구정권에 대한 노골적인 희화화를 통해 웃음을 유발한다. 이 웃음은 권위를 가진 대상에서 권위의 광휘와 허식을 벗겨내는 방식으로 대상에 대한 막연한 두려움을 없애는 해방적 기능을 갖고 있다. 뿐만 아니라 희화화의 웃음은 권위 있는 대상을 비판적 의식을 가지고 상대화해서 볼 수 있는 의식의 갱생 기능을 갖고 있다.[31] 냉소적 이성을 넘어서는 이러한 풍자적 '웃음'의 시학은 고도의 정치적 기능을 떠맡게 된다. 4·19로 열린 희유의 역사적 체험, 시간의 진행이 멈추고 초역사적인 것이 현현하는 혁명의 시공간 속에서 김수영은 웃음을 공유할 타자를 발견하였다. 때문에 이 시기에 창작된 작품들은 주체의 분열이 극복된 상태에서 비판적 주체의 단일한 목소리가 작품의 전면에 드러날 수 있었다. 하지만 4·19혁명은 불완전하고 깨지기 쉬운 것이었다. 군사쿠데타로 시민적 자유의 이념이 전면적으로 부정되자 김수영은 또다시 자조적 언어와 자기풍자로 되돌아갈 수밖에 없었다.

가령 「어느날 古宮을 나오면서」(1965)의 시적 주체는 일상적 자아의 왜소함과 비겁함을 자기풍자의 언어로 고발한다. 시적 주체는 "왕궁"의 음탕에 분개하는 대신에, 언론의 자유를 요구하고 월남 파병에 반대하는 대신에 내가 누려야 할 사소한 이익과 권리에 눈이 어두워 이웃을 욕하고 증오하는 자신의 모습에 자기모멸감을 느낀

---

31) 비속어가 공식적 문화에 대해서 갖는 관계에 대해서는 R. Lachman, 「축제와 민중문화」, 『바흐친과 문화 이론』(여홍상 편), 문학과지성사, 1995 참조.

다. 소시민적 정체성에 대한 이러한 자기고발은 자조적 웃음을 유발한다. 이는 김수영의 1950년대 시 창작에서 흔히 발견할 수 있는 자기성찰의 연장선상에 있는 것이다. 다만 1960년대 초반 김수영의 시 창작에 나타난 자조는 주체를 이중화하는 전략의 궁극적 목적을 시대적 현실에 대한 풍자에 두고 있다는 점에서 1950년대의 자조와 구별된다. 이는 4·19의 체험, 공동의 운명을 들었던 경험을 그 밑바탕에 깔고 있는 것이다. 김수영은 자조를 통해 근대성의 기초가 되는 개인 주체의 단일함과 유일함에 대한 신념을 해체하고, 근대를 해체하여 탈근대화 하는 파괴적인 힘을 웃음에 부여한다. 「우리들의 웃음」(1963)은 이성중심주의에 대한 해체로서 자조적 웃음이 담당할 수 있는 기능에 대한 무엇인지 잘 보여준다.

나는 아이들을 가르치면서
우리나라가 宗敎國이라는 것에 대한 自信을 갖는다
마당에 서리가 내린 것은 나에게 想像을 그치라는 信號다
그 대신 새벽의 꿈은 具體的이고 선명하다
꿈은 想像이 아니지만 꿈을 그리는 것은 想像이다
술이 想像이 아니지만 술에 취하는 것이 想像인 것처럼
오늘부터는 想像이 나를 想像한다

이제는 선생이 무섭지 않다
모두가 거꾸로다
선생과 나는 아이를 가르치는 것이 아니라 아이들을

가르치고 있기 때문이다

宗敎와 非宗敎, 詩와 非詩의 差異가 아이들과 아이의 差異이다

그러니까 宗敎도 宗敎 이전에 있다 우리나라가

宗敎國인 것처럼

새의 울음소리가 그 이전의 靜寂이 없이는 들리지 않는 것처럼……

모두가 거꾸로다

―태연할 수밖에 없다 웃지 않을 수밖에 없다

조용히 우리들의 웃음을 웃지 않을 수 없다

― 이상, 「우리들의 웃음」 부분 인용

　이 작품에서 시적 주체는 자신 있게 "우리나라가 종교국"이라 판단하고, 그 사실에 "絶望"(1연)한다. 여기서 "종교국"이란 하나의 독단적 이념이 지배하는 사회, 허위의식이 지배하는 닫힌 사회에 대한 알레고리로 보인다. 시적 주체가 우리나라를 종교국이라고 판단한 계기는 "아이들을 가르치면서"부터이다. "머리가 나쁜" 선생과 어머니가 강요하는 죽은 지식에 맹목적으로 순응하는 아이들, 기성세대가 강요하는 질서에 맹목적으로 굴복하는 아이들은 획일적 이념에 지배되고 있는 군사정권하의 한국사회를 떠올리게 한다. 종교국 같은 한국사회는 시적 주체에게 "想像을 그치라는 信號"로서 마당에 서리가 내리게 한다. 한 사회의 지배적 질서 체계와는 다른 새로운 질서를 상상하는 행위는 반체제적인 것이다. 따라서 서리의 그 칼날지고 차가운 이미지에서 떠올릴 수 있는 것처럼, 시적 주체는 앞마

당에 내린 서리를 보고 새로운 세계에 대한 상상을 "그치라는" 권력의 억압적 명령을 읽어낸다. 하지만 시적 주체는 "새벽의 꿈"만은 생생하게 기억한다.

이제 시적 주체는 "상상"을 멈추라는 권력의 명령을 피해서 "구체적이고 선명"하게 기억되는 새벽의 꿈을 상상한다. 그 꿈은 비록 "상상"과는 다른 것이지만, 꿈속에서 구체적이고 선명하게 본 것을 "그리는 것"은 상상에 해당되기 때문이다. 이제 꿈속에서 무엇을 보았는가는 더 이상 중요하지 않다. 단지 꿈꾼 것을 상상할 수 있는 자유, 권력의 "시선"을 피해 상상 그 자체를 상상할 수 있는 자유가 중요할 뿐이다. 새로운 세계에 대한 상상이 허락되지 않는 상황에서도 "꿈을 그리는 것"에 대한 상상만이라도 붙들고 늘어지는 것이다.

유토피아에 대한 이러한 강렬한 충동이 "想像이 나를 想像"하는 역설적 상황을 만들어낸다. "想像이 나를 想像"하는 단계에서는 상상 속의 "나"와 현실 속의 "나"가 서로 경계를 허물게 된다. 그것은 시적 주체의 사유와 행동의 자기동일성이 무너지고, 새로운 세계와 새로운 주체에 대한 상상이 현실 속의 그것들을 대체하는 단계에 돌입하게 된 것이다. 이런 단계에서 "종교국"의 견고한 언어와 질서는 급격하게 무너지고, 그래서 그것은 더 이상 "무섭지 않다." 무겁고 진지한 것들이 더 이상 무서움을 주지 않는 이유는 그것의 비본래성이 폭로되었기 때문이다. "모두가 거꾸로다"라는 표현은 바로 무겁고 진지한 것들의 가치전도에 대한 선언인 것이다. 이제 유일한 진리에 대한 절대적·맹목적 믿음이 거짓 믿음으로 드러나는 상황에서 시적 주체는 본래적인 것을 회복하기 위해서 가장 원초적이고 순수한 형태의 믿음으로 되돌아가야 한다고 말한다. 종교 이전의 종교로 되돌아가는 것, "새의 울음"을 들을 수 있는 원초적 "靜寂으로 되돌아가는 것"이 필요하다는 것이다.

하지만 모든 것이 폭로되었다고 하더라도 시적 주체는 결코 "태연할 수" 없다. 시적 주체의 웃음에 대한 사유가 시작되는 부분은 바로이 곳이다. 결코 태연할 수 없는 사태를 앞에 두고 시적 주체는 자신이 "태연할 수밖에 없다"고, "웃지 않을 수밖에 없다"고 말한다. 그러니까 사태를 냉정하고 무관심하게 바라보는 "태연함"이란 결코 자발적인 것이 아니라 강요된 것이며, "웃지 않"음 역시 웃음을 가로막는 현실의 억압성에서 기인한 것이다. 이 강요된 태연함과 웃음의 억제는 팽팽한 시적 긴장을 유발하게 된다. 이제 시적 주체의 억눌린 웃음 자체를 관조하면서 "웃지 않을 수 없다"고 고백하는 또 다른 주체의 언어가 작동하기 때문이다.[32] 마지막 행에서 "웃지 않을 수 없다"고 고백하는 주체는 자신의 웃음을 숨겨야 하는 일상적 자아의 자기동일성을 해체하는 자조의 주체인 동시에, "종교국"의 저 엄숙주의를 야유하고 조롱하는 냉소의 주체이다.

이와 같이 김수영은 모든 진지한 것을 까발리고, 그 허구성을 폭로하는 전법이 근대성을 폭파하는 시적 전략이 된다는 인식에 도달한다. 그것은 자기 자신을 비롯하여 자기 주위의 모든 것이 지니고 있는 기만과 허위에 대한 전면적인 비판과 현실참여로 나아가는 것

---

32) 웃음에 대한 웃음, 즉 강요되거나 억압된 웃음을 비웃는 웃음은 메타적인 웃음이라 할 수 있다. 이 메타적 웃음은 웃음의 주체가 자신의 웃는 행위를 성찰함으로써 성찰과 행위의 간극을 메우려는 노력을 보여주는 것이다.

이다. 이미 두 해 전에 발표한 「누이야 장하고나!―신귀거래 · 7」에서 천명한 풍자의 세계가 그것이다.

「누이야 장하고나!」에서 시적 주체는 누이의 방에 걸어 놓은 동생의 사진을 "곰곰히 正視"하다가 마음이 거북해져 방에서 뛰쳐나온다. 시적 주체가 전쟁 때 실종된 동생의 사진을 정면으로 응시할 수 없는 이유는 "十年"이란 세월로도 치유되지 않는 "상처", 즉 정신적 외상 때문이다.[33] 그것은 상징계적 질서, 아버지의 질서로 편입되지 못하고 문턱에서 좌절하는 어린이의 모습을 떠올리게 한다. 아버지를 거부할 수 없는 억압의 주체로서 인식하는 아이, 그러나 아버지의 이름이 강요하는 관습적 질서를 수용할 수 없는 아이는 「아버지의 寫眞」(1949)의 시적 주체처럼 아버지의 얼굴을 정면으로 바라보지 못하고 "모든 사람을 피하여" 숨어서 바라볼 수밖에 없다. 그런 아버지가 죽었을 때 아버지를 위해 부르는 "鎭魂歌"는 "우스꽝스러"운 것이 아닐 수 없다. 아버지의 권위에 압도되어 있지만 아버지의 권위를 도저히 인정할 수 없는 아이는 죽은 아버지를 위해 "엎드리"고 "무조건 숭배하"고 "진혼가"를 부르는 것이 하나의 "습관"에 지나지 않는다고 생각한다. 기계적 반복의 맹목성은 웃음을 자아낸다.[34]

33) 시적 주체를 그토록 거북하게 만들고, 동생의 사진을 정시하지 못하게 만드는 트라우마란 아마도 전쟁에서 입은 정신적 충격을 가리키는 듯하다. 김수영은 한국전쟁 기간동안 사랑하는 아우를 잃었고, 그 자신도 의용군에 끌려갔다가 포로가 되어 거제수용소에 갇혔던 경험이 있다. 이런 체험은 김수영이 자유를 외쳐야 한다는 강박에 사로잡히기도 하고, 자유를 억압하는 것들에 대해 의심과 분노의 시선을 보내게 되는 중요한 원인이 되었다고 생각된다. 김수영의 전기적 사실에 대해서는 최하림, 『김수영 평전』, 실천문학사, 2001. 참조.
34) 베르그송은 "신체의 태도나 몸짓, 움직임들은 우리에게 한낱 기계적인 것임을 연상시키는 정도에 비례하여 우스꽝스러운" 것이라고 지적하면서, 살아 있는 생명은 결코 반복하는 법이 없기 때문에 반복이 있는 곳에서, 그리고 완벽한 유사성이 있는 곳에서 우리는 살아 있는 것 뒤에서 기계적인 것이 작동하고 있다는 생각을 하게 된다고 말한 바 있다. 결국 웃

그러니까 "모르는 것", 아니 그 권위를 인정할 수 없는 "아버지의 이름"과 아버지가 강요하는 관습적 질서에 대한 맹목적 "숭배"는 "웃음을 자아낸다." 참다운 생명의 경화(硬化)를 비웃는 웃음은 맹목적인 복종을 행하는 "나"뿐만 아니라, "나"의 맹목적 복종을 강요하는 아버지의 "죽음"과 절대적인 것의 그 "높음"을 향해 양방향의 운동을 전개한다. 그리고 그 운동은 궁극적으로 "높다는 것"에 대한 풍자와 함께, "높다는 것"에 맹목적으로 복종하는 일상적 자아에 대한 자기 풍자로 귀결된다.

그러니까 「누이야 장하고나!」에서 김수영이 말하는 "풍자"란 부정적 현실의 관습화된 질서를 받아들이는 냉소주의의 계몽된 허위의식을 고발하고, 웃음의 해방적·가치전복적 기능을 최대화하여 근대적 이성주의를 해체한다는 의미를 지닌다. 그는 아버지가 강요하는 상징계적 질서의 바깥에서 사유하면서, 상징계적 질서에 대한 교정의 의지를 포기하지 않았다. 그것은 김수영이 자유의지를 억압하는 논리나 기제 자체를 해체하려는 타나토스적 충동과 함께, 자유의지라는 욕망을 실현할 수 있는 사회에 대한 계몽적 충동을 가지고 있었던 시인임을 의미한다. 전자가 냉소적 주체로 발현되는 것이라면, 후자는 계몽주의자의 단면을 보여주는 것이다.[35]

이 상이한 두 가지 충동이 하나의 주체 속에 공존하고 있는 점은 김수영이 전개한 탈근대적 사유의 진면목일 것이다. 이것은 김수영

음의 진정한 원인이란 "기계적인 것의 방향에로 생명이 전환하는 것"에 있다. H. Bergson, 정연복 역, 『웃음—희극성의 원리에 대한 시론』, 세계사, 1992, 32~37면 참조.
35) 류보선, 위의 글 참조.

특유의 "사랑"의 담론이 있었기에 가능했다. 그는 현실을 교정하려는 열정이 있는 따뜻한 모더니스트였던 셈이다. 이 따뜻함은 가령 김춘수가 선택한 해탈의 길과 선명한 대조를 이루고 있다.[36]

풍자와 마찬가지로 김춘수의 해탈은 '웃음의 미학'에 맞닿아 있다. 그의 웃음은 언어의 무의미성을 극단화함으로써 얻어지는 웃음이다. 의미를 포기한다는 것, 다른 말로 하면 언어의 청각적 영상으로 환원되는 말의 새로운 질서(시니피앙의 유희)를 통해 진지한 것의 진지함을 해체하는 작업은 근대적 이성을 넘어서는 또 다른 방법론일 수 있다. 거기에는 달관과 체념의 웃음이 자리 잡고 있다. 하지만 달관과 체념의 웃음은 계몽된 허위의식의 변종이라 할 수 있다. 어떤 맥락에서 보면 그것은 자학적이면서도 나르시시즘적인 정신이 만들어내는 도착적인 웃음이다. 가령 「타령조(5)」에서 "애비의 불알 먹는 새끼들"의 "쓸개빠진 웃음"처럼 말이다. 이 "쓸개빠진 웃음"은 웃음을 유발하는 상황의 긴장성을 무화하는 웃음이며, 웃음이 가져야 할 윤리적 책임에서 벗어나려는 웃음이다.

김춘수가 선택한 "해탈"의 방법론이란 낄낄대는 웃음소리가 그 청각적 영상으로 환원되는, 언어의 의미작용이 전적으로 무화되는 지점에서 발생하는 방관자적이며 일탈적인 웃음인 것이다. 이 방관자적이며 일탈적인 웃음은 김춘수가 현실에 대한 교정의지를 포기한, 그래서 계몽된 허위의식에 머물고자 했던 순응주의자이자 냉소주의자임을 보여주는 유력한 증거라고 말할 수 있다. 이 냉소주의자의

---

36) 김춘수가 선택한 '해탈'에 대한 논의로는 남기혁, 『한국 현대시의 비판적 연구』, 월인, 2002의 제2부 참조.

웃음에서 생에 대한 허무의식을 읽어낼 수 있지만, 허무를 넘어서려는 계몽의 의지를 읽어내는 것은 원천적으로 불가능하다.

　송욱의 '초월'과 김춘수의 '해탈'이 결여하고 있는 것, 그들의 웃음에 부재하는 것은 결국 미래에의 의지라 말할 수 있다. 유토피아적 세계에 대한 희망을 발견할 수 없었던 송욱과 김춘수가 끝내 '적'으로부터 도피하는 데 골몰하였던 것과 달리, 김수영은 현실의 '적'을 자기 내부의 '적'으로 끌고 들어와 그 적에 대한 사랑과 미움의 변증법을 전개하였다. 그는 적에 대한 미움을 사랑으로 바꾸고, 그래서 내 안에 있는 타자에 대한 계몽을 통해 나와 타자를 모두 바꿈으로써 아직 오지 않은 시간에 대한 희망을 노래한다. 「풀」에 등장하는 견인주의적 웃음, 울음을 웃음으로 전환하는 상상력이 주목되는 것은 이런 이유 때문이다. 김수영이 새롭게 발견한 '웃음'은 거짓 화해를 강요하는 현실에 맞서 창조적 부정을 시도하는 웃음이며, 주체 내부에 간직된 불안과 긴장을 생성의 에너지로 전환시키는 해방적 웃음이다. 주체의 자기긍정으로 인도되는 「풀」의 웃음은 자기보존의 욕망에서 비롯되는 소극적 웃음이 아니라, 자기를 부정하는 것("바람")에 맞서 비판적 주체로 거듭난 자의 깨달음에서 기인하는 창조적 웃음이다. 이 웃음이 지니고 있는 해방적·갱생적 기능은 근대성 비판의 사유를 전개할 수 있는 토대로서 근대의 타자(즉 민중 공동체)를 발견하였기 때문에 가능한 것이었다.

5. 맺음말

  본고는 송욱과 김수영의 시 창작에 나타난 웃음의 시학을 통해 전후 모더니즘 시의 근대성 비판과 탈근대적 사유의 가능성을 추적하였다. 베르그송은 수많은 존재들 중 오로지 인간만이 웃을 줄 아는데, 웃음은 동정심 따위의 감정이 배제된 상태에서 일어나는 현상으로서 웃음을 같이 웃는 집단이 있을 때 가능하다고 말한 바 있다.[37] 흥미로운 것은 웃음이 터지는 상황에서 주체가 "웃기는 행동을 하는 나"와 "나의 웃기는 행동을 보고 있는 나"로 분리된다는 사실이다. 이러한 주체의 이중화 혹은 분열은 코기토 속에서 단일한 한 개의 단위로 존재한다고 믿어지는 근대의 개인 주체에 대한 부정의 의미를 지닌다. 웃음은 근대의 엄숙한 개인 주체를 분열시킬 뿐만 아니라, 그러한 주체에 의해 시작된 계몽의 원리를 해체하는 파괴적인 힘을 가지고 있다. 보들레르가 웃음을 인간이 갖고 있는 타락이나 악마성의 가장 명백한 징표로 간주한 것[38]도 이 때문이다.
  전후 모더니즘 시인들은 시대 현실에 대한 냉소와 함께 일상적 현실에 매여 비루하게 살아갈 수밖에 없는 경험적 자아의 삶에 대한 자조를 통해 궁핍한 시대 현실을 풍자하였다. 풍자란 근본적으로 우월한 주체가 부정적 인물이나 현실을 대상으로, 그 대상이 가지고 있는 권위를 깎아 내리고 허구성을 폭로함으로써 새로운 가치를 체험하게 하는 것이다. 여기서 중요한 것은 부정적 대상에 대한 교정

---

37) H. Bergson, 앞의 책, 15면.
38) 윤혜준, 위의 글, 459~464면.

의지인데, 이는 근본적으로 대상에 대한 사랑을 전제로 하는 것이다.

전후 모더니즘 시인들이 보여준 풍자의 양상은 다양하다. 우선 송욱은 다양한 언어유희와 역설적 수사 등을 동원하여 말의 질서와 사물의 질서 사이에 균열을 초래함으로써, 독자로 하여금 부정적 현실에 대한 인식의 탈자동화를 유도한다. 따라서 송욱 시의 웃음은 말과 사물의 교란에서 빚어지는 깨달음의 웃음이라 할 수 있다. 하지만 그의 웃음은 냉소주의의 한계를 벗어나지 못하는데, 이는 근본적으로 시적 주체가 우월한 자아의 목소리를 통해 시대 현실을 냉소하는 데 집중하였기 때문이다. 그의 냉소는 부정적 대상과 독자를 모두 웃음의 소통구조로부터 배제시킨다. 따라서 웃음을 통한 상이한 가치의 융합은 가로막히고 냉소적 주체의 단일한 목소리가 서정시의 전면에 부각되는 결과를 낳는다. 웃음을 공유할 수 있는 집단주체를 발견하지 못한 냉소적 주체는 이제 타락한 현실 세계의 관습적 질서에 순응하는 '계몽된 허위의식'에 빠져들거나(「하여지향」 연작시), 혹은 경험적 세계의 외부에 자리 잡고 있는 이상적 세계로 수직적 초월(「해인연가」 연작시)을 감행해야 한다. 어떤 경우이든 현실은 변화되지 않은 채 그대로 남게 마련이며, 시적 주체의 냉소는 고독한 정신을 증명하는 목소리로 머물게 된다. 전영경의 경우와 마찬가지로 송욱의 풍자시가 전후시단에 신선한 충격으로 받아들였음에도 불구하고, 1960년대 이후 웃음의 시학을 보다 발전된 경지로 이끌어 올리지 못한 이유가 여기에 있다.

한편, 김수영은 송욱의 냉소적 주체와 달리 주체의 분열을 보다 적극적으로 폭로하는 전략을 구사하였다. 그는 전후 현실 속에서 부르조아 문명의 타락상과 허구성을 발견하지만, 그것이 지니고 있는 견고한 구조 앞에 절망하였다. 이런 절망감 속에서 그는 현실 세계가 강요하는 소시민적 삶의 압박을 '우울'과 '설움'의 감정을 가지고 받아들였다. 여기서 냉소적 주체는 성찰적 주체로 거듭난다. 그는 전후의 부조리한 현실에 대한 비판의 시선을 주체 내부에 간직된 이중성에 대한 비판으로 옮겨온다. 그의 전후시에서 자조적 웃음이 빈번하게 등장하는 이유는 이 때문이다. 그의 자조는 인식과 실천, 성찰과 행동 사이의 간극을 메우려는 지식인의 부단한 자기고발의 정신을 보여주는 것이다. 김수영은 끊임없는 자기고발을 통해 결국 "공동의 운명"을 들을 수 있게 되었다고 선언하면서, 부정적인 시대현실에 대한 풍자로 나아갔다. 4·19 전후 발표된 작품들 속에서 절대권력에 대한 야유와 조롱, 새로운 유토피아에 대한 갈망이 동시에 나타날 수 있었던 것이 좋은 예이다. 혁명의 이상이 군사쿠데타에 무너진 이후에도 그는 계속해서 산문적인 언어와 요설을 통해 단일한 이데올로기가 지배하는 60년대 현실을 풍자하거나 비판하였다.

김수영의 시가 보여준 풍자와 비판의 정신이 송욱의 경우와 구별되는 것은 웃음을 공유할 수 있는 집단주체를 발견하였다는 점에 있다. 김수영은 '내 안에 있는 적'에 대한 긍정을 통해 '적'의 부정을 시도하였고, '적'의 부정을 함께 추구할 웃음의 공동체를 시에 끌어들임으로써 냉소적 주체의 계몽된 허위의식에서 벗어날 수 있었다. 결국 그의 웃음의 시학은 개인의 자유의지를 억압하는 한국적 근대성을 해체하는 작업과 자유의지의 욕망을 실현할 수 있는 사회에 대한 갈망을 동시에 모색한 것이라고 할 수 있다. 그것은 모더니즘의 완성을 통해 모더니즘의 해체를 시도한 것이라 말할 수 있다. 「풀」에 나타난 견인주의적인 웃음은 모더니즘의 해체가 결국 웃음을 공유할 새로운 집단 주체(민중)에 의해서 수행될 수 있음을 보여주는 좋은 사례이다. 1960년대 말~70년대의 민중시에서 민중적 풍자 양식, 즉 판소리나 민요의 말하기 방식과 풍자성을 수용하여 키니시즘적, 축제적 웃음의 시학이 펼쳐질 수 있었던 것도 이런 맥락과 무관하지 않을 것이다.